BASTEI
LÜBBE

Von Madge Swindells sind bei BASTEI LÜBBE erschienen:

11313 Die Ernte des Sommers
11571 Die Zeit der Stürme
11868 Die Frau aus Korsika
12909 Eine Liebe in Dover
14790 Zeit der Entscheidung
14876 Schatten des Glücks

MADGE SWINDELLS

Wer Wind sät …

ROMAN

Aus dem Englischen von
Bodo Baumann

BASTEI LÜBBE

BASTEI LÜBBE TASCHENBUCH
Band 26109

Vollständige Taschenbuchausgabe
der im Ehrenwirth Verlag erschienenen Hardcoverausgabe

Bastei Lübbe Taschenbücher und Ehrenwirth Verlag
sind Imprints der Verlagsgruppe Lübbe

Titel der englischen Originalausgabe: *Harvesting the Past*

Einbandgestaltung: HildenDesign, München
Titelbild: Alamy.com, England
Satz: Quadro PrintService
Druck und Verarbeitung: Ebner & Spiegel, Ulm
Printed in Germany, Mai 2003
ISBN 3-404-26109-7

Jenni in Dankbarkeit gewidmet

Ich möchte mich bei Jenni Swindells, Eddie Humphries, Lawrie Mackintosh, Philip Boulton und Stephen Le Roux für ihre wertvolle Unterstützung bei meiner Arbeit bedanken.

Prolog

Arion segelte nach Hause. Der Anblick des Schatzes, den er mit sich führte, weckte die Begehrlichkeit der Matrosen, die beschlossen, ihn zu töten und sich seines Reichtums zu bemächtigen. Da richtete Arion die Bitte an sie, sich mit einem Lied von der Erde verabschieden zu dürfen, und die Matrosen erfüllten ihm diesen letzten Wunsch. Der Dichter stellte sich auf das Deck des Schiffes und stimmte ein Totenlied an, wobei er sich selbst auf seiner Leier begleitete. Dann sprang er über Bord, wurde jedoch auf wundersame Weise von einem Delphin gerettet, den er mit seiner Musik verzaubert hatte und der ihn auf seinem Rücken sicher an Land trug.

Teil I

Kapitel 1

Als die ersten Sonnenstrahlen den Horizont in ein goldenes und rosenfarbenes Licht tauchten, stimmten die Vögel ihr schrilles Hosianna an: Honigsauger, Weber, Sperlinge, Reiher, Adler und Scharen rotschnäbeliger Queleas, bis Veld* und Wald von ihrem Morgengesang widerhallten. Rotbrüstige Roller schossen freudejauchzend in den Himmel hinauf und ließen sich taumelnd wieder hinunter auf die Erde fallen. Zwei zierliche Impalas schwankten mit ineinander verschränkten Gehörnen hin und her, ein Trupp von Babuinen galoppierte aus dem Schatten einer Schirmakazie heraus und begann sich um Heuschrecken zu balgen, während der Fischadler sich mit heiseren Schreien auf den Weg zu den Sümpfen machte.

Dann trat jählings eine Stille ein, als alle Kreaturen in einer wachsamen, lauschenden Pose verharrten, jedoch dieses seltsame neue Biest nicht fürchteten, das jeden Morgen bei Sonnenaufgang lärmend über das Veld ratterte, diesmal aber aus unerfindlichen Gründen inmitten einer Staubwolke angehalten hatte. Ein junges Mädchen war auf das Geländer des Allrad-Aussichtswagens geklettert, und das war nicht erlaubt.

»He, steigen Sie da wieder herunter! Sie werden sich sonst das Genick brechen!« rief eine Männerstimme. Als die Tiere daraufhin das Weite suchten, fluchte der Parkaufseher leise in sich hinein.

»Mandy, komm da runter«, echote Hannah, ihre Mutter. Solche Unarten war sie von ihrer Tochter eigentlich nicht gewohnt. Sie erkannte, daß Mandys Betragen darauf abzielte, die Aufmerksamkeit auf ihre Person zu lenken, und es war auch nicht schwer zu erraten, warum. Wie vielen Europäern, die in der zweiten Generation hier in Afrika lebten, waren auch dem Wildparkaufseher das Land und die Sonne gut bekommen. Hübsch und verwegen, überragte er mit Kopf und Schultern alle anderen, und mit seinen blonden Haaren und den blauesten Augen, die Hannah jemals in

* hügelige Graslandschaft

ihrem Leben gesehen hatte, war er ein überaus attraktiver Mann. Mandy schleuderte mit einer kurzen Kopfbewegung ihre schwarzen Haare über die Schulter und hob das Gesicht ein wenig an, als hielte sie Ausschau nach irgendwelchen in den Baumwipfeln versteckten Vögeln und Leoparden, ohne jedoch von der obersten Stange des Geländers herunterzusteigen.
Der Parkaufseher kletterte aus dem Führerhaus und begab sich zum Heck seines Fahrzeuges. Hannah hielt den Atem an, den Tag erhoffend, an dem ein Mann sich unempfänglich für die Reize ihrer Tochter zeigen würde. Doch heute war nicht dieser Tag. Er schmolz dahin. Seine blauen Augen nahmen einen seltsam entrückten und verträumten Ausdruck an. Sein Mund klaffte ein wenig auseinander, und er machte einen etwas benommenen Eindruck, während er Mandy jetzt länger anstarrte, als sich das eigentlich schickte, offenbar ihre glatte, elfenbeinfarbene Haut, ihre rabenschwarzen Haare, ihre roten Lippen und ihre Augen bewundernd, die groß und leuchtend waren vor Liebe für jedermann und alles. Hannah seufzte. Ihre Tochter war dieses seltene Phänomen – eine vollkommen schöne Frau und mit jener Art von sinnlicher Ausstrahlung begabt, die in Männern Aggressionen weckte. Sie mußten sie besitzen und haßten sie, wenn sie von ihr abgewiesen wurden. Mandy hatte es eilig damit, die Macht und den Fluch ihrer unglaublichen Anziehungskraft zu entdecken.
»Wenn Sie besser sehen wollen, kommen Sie doch zu mir nach vorn«, lud sie der junge Wildhüter ein.
Mandy zögerte.
»Kommen Sie. Ich kann Ihnen die Vögel erklären – und alles andere.« Er errötete. »Ich werde anhalten, wenn Sie etwas sehen, was Sie interessiert.«
Sie schaute nun fragend zu ihrer Mutter hin, die zustimmend nickte. Alles war besser als dieser lebensgefährliche Sitz dort oben. Mandy war ja noch so ein Kind, das mit der Schönheit und dem Sex-Appeal, die ihr in die Wiege gelegt worden waren, noch gar nicht umzugehen verstand. Sie stellte sich und ihr Glück stets auf die Probe, in dem Bemühen, an ihre Grenzen zu stoßen; aber für Mandy gab es offensichtlich keine. Sie brauchte nur zu lächeln, und jeder Mann wurde weich.

Während Mandy jetzt von dem Geländer herunterstieg, probierte sie diesen schmachtenden Blick aus, den Hannah sie vor dem Spiegel hatte einüben sehen.
»Wow!« Der schwüle Schlafzimmerblick verlor sich sofort, als neben ihnen ein Leopard durch das hohe Gras hüpfte. »Schau nur! Dort drüben, Mum!« Sie war wieder ein Kind. »Wo ist meine Kamera?« rief sie, in der Aufregung ihre jüngste Eroberung vergessend.
Ich sollte ihr ein Schild um den Hals hängen: Ich bin erst sechzehn. Ihr Urlaub in den Okavango-Sümpfen war ihr Geburtstagsgeschenk für Mandy. Aber würde das einen Unterschied machen? Sie versuchte es trotzdem: »Sie müssen ihr das bitte nachsehen«, raunte Hannah dem Parkaufseher zu. »Mit sechzehn ist ja alles so ... so ... aufregend.« Sie hatte ihm die Botschaft übermittelt, und ihre Stimme verebbte.
»Sechzehn«, murmelte er, eine Braue in die Höhe ziehend, und sein Mund verriet seine Enttäuschung.
»Von wem sie das nur alles hat?« hatte Hannah erst vor einer Woche Bill, ihren Mann, erbittert gefragt.
»Sie ist wie meine Schwester Rose – eine seltene Schönheit, was auch immer ihr das nützte.«
Ihr Mann war kein sonderlich gesprächiger Mensch, und das Thema seiner längst verlorenen Schwester war für sie verbotenes Terrain. Hannah hatte das auf eine schmerzliche Weise erfahren müssen. Als Bill eines Tages außer Haus war, hatte Hannah das Photoalbum seiner Familie studiert. Trotz der schon etwas verblichenen Sepiatöne hatte sie die frappierende Ähnlichkeit erkennen können.
Wie würde Mandy mit so einer Gabe umgehen? Selbst alte Männer wurden zu Narren, wenn sie mit ihrer Tochter zusammentrafen, und das machte Hannah wütend. Diese Dummköpfe! Hinter ihrem Ärger verbarg sie ein Gefühl des Verlustes von etwas, was sie nie besessen hatte. Wie wäre wohl ihr Leben verlaufen, wenn sie so ausgesehen hätte wie Mandy? Manchmal beneidete sie sogar ihre Tochter, und dann bekam sie ein schlechtes Gewissen. Mit solchen verworrenen Gefühlen ins reine zu kommen war ihr Problem. Trotz ihrer sechzehn Jahre war Mandy

noch so naiv. Sie vertraute jedem. Schau nur, wie sie jetzt ihre schwarzen Haare über die Rückenlehne ihres Sitzes wirft, während ihre etwas schrägstehenden bernsteinfarbenen Augen vor Vergnügen strahlen! Es war ein gutes Gefühl für Hannah, sie jetzt zu beobachten. Sie war wahrhaftig gesegnet.
Sie hatten nun den Rand des Sees erreicht, wo sie von den Bootsleuten mit ihren Einbaum-Kanus erwartet wurden. Hier würden sie sich trennen müssen – jedem Kanu wurde nur eine Person zugeteilt. Das machte Hannah wieder bang. »Du wirst dich doch benehmen, nicht wahr, Mandy?«
»Sie ist ein bißchen waghalsig. Sie dürfen sie nicht aus den Augen lassen«, erklärte sie ängstlich.
»Seien Sie unbesorgt. Die Guides wissen, was sie tun; und wir vermeiden es, mit den Einbäumen in die Nähe von Stellen zu kommen, wo das Wasser tief ist. In seichten Gewässern kann einem in diesen Booten nichts passieren. Ich werde Sie hier erwarten, wenn Sie zurückkommen.«
Er würde also nicht zusammen mit Mandy in einem Kanu sitzen. Das war zumindest ein schwacher Trost für sie. Er schaute sie kaum an, während er mit ihr sprach. Hannah war sich nicht ganz sicher, seit wann sie für Männer unsichtbar geworden war; aber in letzter Zeit hatte sie offenbar die Endstufe dieser Verwandlung erreicht.
Sie kniff die Augen zusammen, um nicht vom Licht der aufgehenden Sonne geblendet zu werden, und spähte über das stille graue Wasser, beobachtete die darüber hinschwebenden Vögel und lauschte ihren Schreien. Die Einbäume sahen ihr ziemlich gebrechlich aus, und sie fragte sich im stillen, ob sie sich jetzt nicht zum Gespött der Leute machen würde, wenn sie so ungeschickt in das Kanu stieg, daß es umkippte. Aber schon wurde sie von starken Händen an den Armen gepackt und in das Boot hineingehoben. Der Bootsmann kauerte sich vor ihr im Bug des Einbaums nieder, tauchte sein Paddel ins Wasser, und im nächsten Moment glitten sie über das nasse Element auf eine grüne Wand aus Papyrusstauden zu. Zweifellos würden sie daran zerschellen! Fast hätte sie laut aufgeschrien, bevor sie den schmalen Kanal zwischen den Binsen erspähte, und ein paar Sekunden später be-

fanden sie sich in einer anderen Welt mit leuchtend bunten Wasserlilien, Schmetterlingen und gaukelnden Vögeln, Baby-Krokodilen, die auf Seerosenblättern kauerten, Fröschen und Fischen und kristallklarem Wasser.

Es war ein Paradies. Selbst ihre Sorge um Mandys Betragen verblaßte im Angesicht all dieser Wunder. War es die Stille, die diesen Ort zu etwas Besonderem machte? Oder dessen Schönheit? Ein Zauber schien über diesem Sumpfland zu liegen. Mit ihrem schmalen Einbaum konnten sie sich gerade noch zwischen den mannshohen Papyrusstauden, die ihren Wasserweg säumten, hindurchzwängen. Dann glitten sie wieder auf einen großen See hinaus, und sie blickte auf eine verschwenderische Fülle von blauen, zitronengelben, pink-, creme- und malvenfarbigen Wasserlilien. Ein Jacana-Hühnchen spazierte leichtfüßig auf der Suche nach Nahrung über Wasserrosenblättern hin, während ein ungefähr fünfzehn Zentimeter langes Baby-Krokodil, das ihr Kanu bemerkt hatte, von dem Teichlilienblatt, auf dem es sich gesonnt hatte, hinuntersprang und rasch dem Wurzelwald im Schlamm zustrebte. Das Wasser war so durchsichtig wie Glas. Sie konnte die auf dem Grund umherflitzenden kleinen Fische, die Kaulquappen, die Wurzeln und Stengel auf dem Seeboden sehen. »Erstaunlich«, murmelte sie. »Und wunderschön.«

Der Bootsmann hielt den Einbaum wieder an. Als sie hochblickte, sah sie einen Storch auf einem Nest balancieren. Ein Fischadler schoß auf das Wasser herunter, schickte in der Sonne glitzernde kreisförmige Wellenbänder über den See und tauchte Sekunden später mit einem großen Fisch in den Fängen wieder auf.

»Wo sind die anderen? Wo ist meine Tochter?« fragte sie den Bootsmann.

Der zuckte mit den Achseln und machte eine Handbewegung, die ganz Afrika zu umfassen schien. »Jeder sucht sich seinen eigenen Weg«, sagte er.

Sie fuhren weiter, glitten wieder durch lange, von hohen Papyrusstauden gesäumte Kanäle, die sie zu einem weiteren See brachten, und tauchten dann abermals in ein Labyrinth von Tunnels ein. Außer dem Zwitschern der Vögel und dem gelegentlichen Brüllen eines Löwen, das vom entfernten Ufer herkam, war hier nichts zu hören. Sie verlor rasch die Übersicht über die Vogelwelt, die hier in einer solchen Vielfalt und Buntheit vertreten war, wie sie es bisher noch nie erlebt hatte. Während sie lautlos unter dem Blätterdach von Bäumen dahinglitten, auf denen Scharen von Affen herumturnten, sahen sie auf dem nahen Ufer einen Trupp von Löwen, die ein junges Zebra jagten, und einen Wüstenfuchs, der unentschlossen am Wasserrand stand, nicht wissend, ob er fliehen oder trinken sollte.

»O Gott! Wenn ich daran denke, daß es das schon immer gab, nur ich keine Kenntnis davon hatte! Wer hätte sich auch so etwas Herrliches vorstellen können?« flüsterte sie.

Die Sonne stand jetzt im Zenit; das Wasser glitzerte wie ein Diamant, und ein heißer Luftstrom wie aus einer Backröhre kam aus den Papyrusstauden. Die Krokodile schliefen, von einer lähmenden Trägheit erfaßt, in ihren flachen Lagunen-Kinderstuben und bewegten sich, selbst wenn das Kanu dicht an ihrer Nase vorbeiglitt, keinen Millimeter von der Stelle. Der Bootsmann schwitzte, und seine pechschwarze Haut überzog sich mit einem öligen Schimmer, während die sie umgebende Luft einen moschusartigen bittersüßen Geruch annahm. Sie legten eine kurze Pause ein, um sich mit den Getränken zu erfrischen, die sie in einer Kühltasche bei sich führten, und fuhren dann weiter. Wie konnte der Bootsmann sich hier nur zurechtfinden? wunderte Hannah sich. Dann nickte sie ein und erwachte panisch, als sie merkte, daß sie nach vorn kippte. Sie setzte sich rasch wieder auf und dachte, in das einen Meter tiefe kristallklare Wasser starrend, was für einen Anblick sie wohl geboten hätte, wenn sie aus dem Kanu gefallen wäre.

Eine halbe Stunde später schabte der Einbaum über festen Boden. Sie blickte erschrocken um sich, als sechs Paare dunkler Hände nach ihr griffen und sie auf die Betonrampe hinaufzogen. Sie befand sich wieder im Moremi Game Park.

»Kamera? Handtasche? Sonnenbrille?« sangen die Arbeiter im Chor.

Langsamen Schrittes, denn es war sehr heiß, folgte sie der Gruppe zum Wagen. Sie setzten sich dort in den Schatten, um auf die

Rückkehr der anderen zu warten. Das dauerte, und Hannah nickte wieder ein.
»Wo bleibt denn meine Tochter so lange?« fragte sie, als sie wieder erwachte. »Fehlt denn sonst noch jemand?«
Alle anderen waren inzwischen beim Wagen versammelt. »Vermutlich haben sie irgendwo angehalten, um Aufnahmen zu machen«, rief eine Engländerin.
Aber Hannah bemerkte, daß der Parkaufseher den See und das Schilf jetzt immer wieder mit dem Feldstecher absuchte. »Blöder Kerl«, murmelte er stirnrunzelnd.
Zehn Minuten später nahm er Funkverbindung mit der Ranch auf. Der Laster fuhr mit den Gästen und seinem Assistenten am Steuer dorthin zurück, während Hannah mit einem Bootsmann bei dem Parkaufseher am See blieb. Das Hauptlager würde ein Motorboot losschicken, erklärte er, das nach den beiden Vermißten suchen sollte.
»Aber so eine Bootsfahrt muß doch sicher sein«, stammelte sie. »Sie würden doch keine Leute in Gefahr bringen, nicht wahr? Nicht solche gewöhnlichen Touristen wie uns! In Ihrer Broschüre wurde uns garantiert, daß wir ...«
»Mrs. September«, unterbrach er sie mit fester Stimme. »Dies ist einer der letzten unberührten Flecken auf dieser Welt, die der Menschheit noch geblieben sind. Selbstverständlich lauern in solchen naturbelassenen Gebieten immer Gefahren. Wenn wir sie eliminieren würden – nur einmal angenommen, daß wir das auch tatsächlich könnten –, würde es dort keine wilden Tiere mehr geben, und ihr Touristen würdet keine so weiten Reisen mehr unternehmen, um das dunkelste Afrika zu besichtigen, nicht wahr?«
»Das war ihr Geburtstagsgeschenk«, wisperte sie.
Der Parkaufseher lauschte den Geräuschen eines sich nähernden Motorbootes, das plötzlich aus einer Lücke im Schilf herauskam und auf sie zuschoß. Hannah wurde an Bord gehoben, wo drei weitere, bis zu den Zähnen bewaffnete Parkaufseher die Köpfe zusammensteckten.
Da war etwas Makabres und Unwirkliches an der Art, wie sie nun mit hoher Geschwindigkeit durch die Sümpfe rasten. Krokodile und Flußpferde versanken, von Panik ergriffen, im tiefen

Wasser, Vögel flogen in dichten Scharen auf und suchten das Weite, während die Auspuffgase eine stinkende Rauchspur hinter ihnen herzogen.

Kurz vor Einbruch der Dämmerung wurde der Guide ihrer Tochter, mit dem Gesicht nach unten im seichten Wasser treibend, gefunden. Das war meilenweit von der Stelle entfernt, wo sie eigentlich hätten sein sollen. Die Polizei schickte Verstärkung zu den Sümpfen hinauf. Inzwischen konnte Hannah kaum noch gehen, so steif waren ihre Glieder. Ihr Gepäck wurde aus dem Zelt, das sie sich mit Mandy geteilt hatte, in das Haupthaus gebracht, und ein Arzt, der aus Maun eingeflogen wurde, gab ihr eine Beruhigungsspritze, die jedoch nichts half. Sie hatte das Gefühl, als würde sie nie mehr schlafen können. Wo war Mandy? Was war mit ihr passiert? Visionen von Flußpferden und Krokodilen, die Mandys Kanu attackierten, quälten sie. Dann machte sie sich des Bootsmannes wegen Sorgen. Was hatte er mit Mandy angestellt? Die Polizei traf mit einem Hubschrauber im Lager ein und war ungehalten darüber, daß das Beruhigungsmittel sie fast vernehmungsunfähig gemacht hatte. Sie versuchte zwischen Anfällen von Schüttelfrost und Weinkrämpfen deutlich zu sprechen, während sie der Polizei alles erzählte, was sie meinte, daß diese wissen sollte.

»Hatte sie hier vielleicht einen Freund?« fragte einer von ihnen.

»Ich sagte Ihnen doch schon«, erwiderte sie, sich an den letzten Fetzen ihrer Selbstbeherrschung klammernd, »daß wir niemanden in Botswana kennen.«

Kälte bemächtigte sich ihrer. Sie konnte kaum noch ihre Lippen bewegen. Ich darf nicht krank werden. Ich muß stark sein. Ich muß sie dazu zwingen, die Suche nach ihr fortzusetzen.

In dieser Nacht und den ganzen folgenden Tag hindurch vermischten sich das Rattern des Such-Hubschraubers und der Lärm zweier Motorboote mit den Geräuschen des Busches. Nach Sonnenaufgang traf die Nachricht im Lager ein, daß man ein fremdes Motorboot gesichtet habe, das sich auf Toteng zubewege. Schließlich fand man auch das durchlöcherte Kanu im Sumpf, aber keine Spur von dem vermißten Fahrgast. Hereros

eines in der Nähe von Ramsden ansässigen Stammes hatten einen bärtigen weißen Mann mit einem großen Filzhut gesehen, der dort das Motorboot erwartet und einen schlafenden Passagier aus diesem in seinen Laster getragen habe. Kurz darauf sei er dann auf der Straße davongefahren, die über die Grenze von Namibia nach Gobabis führe. »Er hat keine Chance, mit ihr über die Grenze zu entwischen«, wurde Hannah von der Polizei versichert. »Wir haben dort auf jedem Posten Leute, die nach ihm Ausschau halten.«
Doch danach wurden keine weiteren Beobachtungen mehr gemeldet.

Eine Woche später traf Bill im Lager ein, um seine Frau abzuholen und nach Hause zu bringen. Er war auf hoher See gewesen und hatte deshalb nicht früher kommen können. Die Sümpfe zu verlassen war die härteste Entscheidung ihres Lebens.
»Oh, Gott möge uns beistehen.« Sie schluchzte, als sie sich auf den Weg zurück nach Kapstadt machten. »Wie konnte so etwas Grausames geschehen? Warum haben sie sich Mandys bemächtigt? Warum sie? Warum ...? Wie können wir nur ohne sie heimfahren?«
»Wir dürfen deswegen doch nicht unsere ganze Familie zugrunde gehen lassen«, sagte Bill. »Wir müssen weitermachen.«
»Wie kannst du nur so stark sein?«
Bill war Hannah ein Rätsel – war es schon immer gewesen, seit sie ihn geheiratet hatte. Für sie und seine Familie war er der gütigste Gatte und Vater der Welt, doch anderen gegenüber zeigte er sich mürrisch und wortkarg und als ein Mann, mit dem nicht gut Kirschen essen war. Sie hatte ihn der Sicherheit wegen, die er ihr bieten konnte, geheiratet. Von all den Jungen in ihrem Dorf war er der einzige gewesen, der etwas besaß. Und was er besaß, war beträchtlich: ein eigener Fischdampfer und ein Haus.
Bill war hochgewachsen, sehnig, unglaublich stark, mit einem von der Sonne tiefgebräunten und mit Runzeln durchzogenen Gesicht. Seine Arme waren dick und behaart und mit einem blauen Anker und einem roten Herzen mit der Inschrift »Ich liebe Hannah« tätowiert. Diese hatte er an sich an dem Tag, an dem

er ihr einen Heiratsantrag gemacht hatte, in die Haut ritzen lassen. Er hatte eine dichte Mähne gewellter schwarzer Haare, die hier und dort mit eisengrauen Fäden durchzogen waren. Seine Züge schienen viel zu groß für sein Gesicht zu sein, doch alles in allem machte er den Eindruck eines schlauen, zähen und gewissenhaften Mannes. Sie würden jetzt seine ganze Zähigkeit und Standhaftigkeit brauchen, dachte sie, da sie am Ende ihrer Kräfte war. Sie hatte das Gefühl, daß sie mit dieser Situation niemals fertig werden würde.

»Manchmal denke ich, daß du überhaupt keine Gefühle hast«, jammerte sie schluchzend. »Was ist mit unserer kleinen Tochter geschehen? Wo ist sie? Leidet sie? Ist sie noch am Leben? Was machen sie mit ihr? Wer möchte so einem reizenden Mädchen wie Mandy etwas zuleide tun?«

Sie wußte, daß es so viele Antworten auf ihre Fragen gab. Ständig verschwanden Kinder: aus Rachsucht, Mißgunst, Satanismus, um ein Lösegeld zu erpressen, sie als *muti* – Medizin für Zauberdoktoren – zu verwenden, sie sexuell zu mißbrauchen oder einfach, um eine böse Tat zu begehen.

»Ich gebe dir jetzt ein Versprechen, Hannah. Wir werden sie irgendwie zurückbekommen. Wenn die Kidnapper Kontakt mit uns aufnehmen, werden sie das in Kapstadt tun. Wir werden diese schreckliche Sache von unserem Heim aus bekämpfen.«

Kapitel 2

Es war so dunkel! Mandy vermochte nicht rational zu denken. Ihre Gedanken rasten im Kreis herum, purzelten übereinander und ließen sie verwirrt zurück. Als sie hier erwachte, kam ihr das wie eine Wiedergeburt in einer einsamen, schrecklichen, schwarzen Welt vor. War sie tot? Sah so der Tod aus – eine ewige stockfinstere Nacht? Aber wie konnte sie tot sein, wenn sie sich so krank fühlte?

Tage oder Stunden später setzte dann ihr Erinnerungsvermögen mit verworrenen Bildern von ihrem Zuhause und ihren Eltern wieder ein. Es war eine Zeit der totalen Konfusion; aber allmählich schlossen sich die Lücken und wurde aus Bruchstücken ein zusammenhängendes Muster. Ihre Mutter hatte sie stets irritiert, doch nun sehnte sie sich von ganzem Herzen nach ihren tröstlichen Umarmungen.

Noch deutlicher waren die Erinnerungen an ihren sechzehnten Geburtstag und die Reise in die Sümpfe. Sie glitt durch Wasserlilien, und dann drehte der Bootsmann sich um und lächelte. Da war etwas Falsches an seinem Lächeln. »Wir steigen hier aus«, hatte er gesagt.

Sie war dieser Aufforderung ein wenig verwundert nachgekommen. Wo waren die anderen? Als sie sich umgeblickt und den Landrover gesehen hatte, der in der Nähe des Ufers geparkt war, hatte sie das beruhigt. Als sie sich dann aber zu dem Bootsmann umgedreht hatte, hatte sie gesehen, wie sein Gesicht plötzlich explodierte, sich in einer Fontäne von Blut auflöste und er dann mit ausgebreiteten Armen nach hinten in den Sumpf fiel und langsam darin unterging. Das war alles. Hier endeten ihre Erinnerungen.

Nun wurde sie von dem Gedanken an Krokodilnester in den Uferhöhlen geplagt, wo deren Opfer langsam verwesten. Aber hier gab es kein Wasser. Wo befand sie sich also? Krank und benommen, mit bleischweren Gliedern und einem Kopf, der vor Schmerzen zu zerspringen drohte, hatte sie versucht, sich ihren Zustand zu erklären. War auch sie erschossen worden? O Gott, hilf mir, betete sie.

Es war die Zeit der Jacarandablüte. Massen violetter Dolden verdunkelten die unter der Hitze schmachtenden Straßen und Häuser von Pretoria. Im Polizeipräsidium der Hauptstadt jedoch herrschte das ganze Jahr hindurch eine düstere, nüchtern graue und gleichbleibend kühle Atmosphäre. Mit einer Ausnahme: Colonel Greg du Plessis war im nördlichen Namibia aufgewachsen und haßte Klimaanlagen. In seinem Büro war es unerträglich schwül, und der Staub flimmerte in Prismen aus Sonnenlicht.
Der junge Lieutenant, der vor seinem Schreibtisch strammstand, versuchte, sein Unbehagen nicht zu zeigen, während ihm der Schweiß in Bächen den Rücken hinunterlief. Er bemühte sich, eine Entscheidung zu treffen, die über den Rest seines Lebens bestimmen würde. Aber das war gar nicht so einfach, weil sein Vorgesetzter nicht aufhören wollte zu reden. Ari hatte seine bevorstehende Entlassung aus dem Polizeidienst fast die ganze Nacht hindurch gefeiert, und in seinem Kopf schien jetzt ein Preßlufthammer zu arbeiten. Er versuchte, sein körperliches Unbehagen aus seinem Bewußtsein zu verdrängen und nachzudenken. Es hatte auch gute Zeiten gegeben; aber das war vor seiner Versetzung zur CPU - der Child Protection Unit, der Kinderschutzabteilung - gewesen. Danach ... Er schüttelte sich bei der Erinnerung daran, und dem Colonel war seine Reaktion diesmal nicht entgangen.
»Setzen Sie sich doch, mein Junge.«
Du gönnerhafter Bastard, du, dachte Ari bei sich.
»Ich möchte, daß Sie Ihre Kündigung zurücknehmen. Man sollte niemals wichtige Entscheidungen treffen, wenn man sich in psychiatrischer Behandlung befindet. So ähnlich hat man es mir mal gesagt.«
»Das ist vorbei.« Ari holte tief Luft. »Ich bin geheilt.«
»Sie sind niemals krank gewesen.«
Der Colonel war dafür bekannt, daß er sich teilnahmsvoll geben konnte, wenn ihm das nötig zu sein schien. Aber jetzt trug er zu dick auf, fand Ari.
»Nur streßgeplagt. Überarbeitet! So steht es jedenfalls in Ihrer Akte. Sie haben sich zu sehr mit Ihren Fällen identifiziert. Vielleicht hatten Sie auch einen kleinen Nervenzusammenbruch?

Wer weiß? Sie sind ein sehr guter Polizist, Saint-John. Ich will Sie nicht verlieren. Ich möchte, daß Sie Ihre Kündigung zurückziehen. Schlechtes Timing, mein Junge.«
Der Colonel blickte listig hoch und versuchte, im Gesicht des Lieutenants zu lesen, aber dessen haselnußbraune Augen fixierten einen Punkt an der Wand knapp über seinem Kopf und verrieten ihm nichts. St. John war ein großgewachsener, gutaussehender Mann mit gewellten schwarzen Haaren, einem herzförmigen Gesicht und sinnlichen Lippen. Seine Erscheinung strafte seinen Ruf Lügen, einer der schlauesten – und härtesten – jungen Männer der Truppe zu sein.
Ari spürte den bohrenden Blick, mit dem der Colonel die Wirkung seiner Worte ergründen wollte, und reagierte gereizt: »Einen Verdächtigen zu Tode zu prügeln gehört nicht zu meinem Job.« Er hatte das Gefühl, daß er auf eine hintergründige Weise erpreßt werden sollte. »Es war auch kein Unfall. Ich mußte diesen Bastard töten. Und deshalb quittiere ich jetzt den Dienst …«
Wenn es doch nur so einfach wäre. Tatsächlich hatte er in letzter Zeit angefangen zu trinken, sich deprimiert gefühlt, seine Freunde gemieden und war aggressiv geworden. Er wußte auch, warum. Er lief vor etwas davon, was er nicht verstand und was ihm nie mehr im Leben passieren durfte.
»Im Bericht des Psychiaters steht, daß Sie sich weigern, darüber zu sprechen. Das ist der Tatbestand.«
»Das ist er nicht. Ich verlor die Beherrschung und lief Amok, wie mein Vater zu sagen pflegte.«
»Ihr *Adoptivvater*, steht hier.« Der Colonel blätterte wieder in dieser verdammten Personalakte. Sie würde ihm nur einen überaus dürftigen Umriß seines Lebens liefern, wie Ari wußte. Im Alter von drei Jahren war er von Professor Duncan St. John, einem Anthropologen und Schriftsteller, und dessen Frau Isobel, einer Botanikerin, adoptiert worden. Seine natürlichen Eltern waren unbekannt. Das stand alles dort in der Akte. Aber kein Wort von der glücklichen Kindheit, die sie ihm verschafft hatten, oder von der herrlichen Zeit, die er mit ihnen in Kenia und Sambia hatte verbringen dürfen. Oder von dem strengen Moral-

kodex, den sie ihm beigebracht hatten. Oder wie groß ihre Liebe zu ihm gewesen war.
In der Sorge, daß sie schon zu alt sein würden für die Rolle mustergültiger Eltern, waren sie mit ihm quer durch halb Afrika getreckt, hatten ihn auf Safaris in den Busch und in die Berge mitgenommen, auf anthropologische Expeditionen, auf die Jagd nach afrikanischen Kunstschätzen, die sie gesammelt hatten. Sie hatten ihm beigebracht, detaillierte Beschreibungen und Skizzen anzufertigen, seine Beobachtungsgabe zu schulen, logisch zu denken und seine Aggressionen zu beherrschen. Er hatte durch sie gelernt, was es heißt, bedingungslos zu lieben. Seltsam, daß er geglaubt hatte, eine glückliche Kindheit sei eine allgemein verbreitete Erscheinung, bis ihn die zwei Jahre bei der CPU eines anderen belehrt hatten. Das einzig Schlimme, das sie ihm jemals angetan hatten, war, ihm den Namen Arion Fletcher St. John zu geben.
»Ich hatte eine sehr glückliche Kindheit, Sir.«
»Aber ich könnte mir denken, daß Sie trotz allem die Frage nach Ihren wahren Wurzeln quält.«
»Nein, Sir.« Natürlich hatte der Colonel recht; doch er hatte diese Sehnsucht immer unterdrückt, aus Angst, er könnte sonst seine Eltern, die er liebte, verletzen. Alles, was er wußte, war, daß seine Adoptionspapiere am 13. März 1967 in Kapstadt ausgefertigt worden waren. Und daß er im Alter von zweieinhalb Jahren von Pater Richard Mooney, einem katholischen Geistlichen, der Kinderfürsorge übergeben wurde.
»Ich bitte Sie, Ihre Kündigung zurückzunehmen, Ari. Wir haben nicht viele Polizeioffiziere, die sich so hingebungsvoll ihren Aufgaben widmen wie Sie. Ich habe einen Job für Sie. Wir brauchen jemanden, der den Entführungsfall Mandy September weiterverfolgt. Ein zuverlässiger Mann sollte sich dort befinden, wo ihre Familie lebt. Diese hat ihren Wohnsitz in der schönsten Gegend der Kapprovinz – in einer Stadt namens Silver Bay.«
Silver Bay, dachte Ari. Was für ein seltsamer Zufall.
»Nichts passiert jemals in Silver Bay«, fuhr der Colonel fort. »Es ist ein sehr friedlicher Ort. Dort gibt es eine Handvoll enorm reicher Familien, die den größten Teil des Tales an sich gerafft haben. Daneben auch die übliche Zahl von Leuten, zumeist Profis, die

mit Drogen das rasche Geld machen wollen. Aber die Bewohner von Silver Bay erfreuen sich einer sensationell niedrigen Kriminalitätsrate; vielleicht deswegen, weil es dort eine Vollbeschäftigung der farbigen Bevölkerung und nur eine Handvoll von schwarzen Zuwanderern gibt. Die Stadt ist eine Hochburg liberalen Denkens. Es ist sehr einfach, liberal zu sein, wenn Haus und Hof nicht bedroht sind, und deshalb haben dort auch achtundneunzig Prozent für das allgemeine Stimmrecht votiert.« Er blickte wieder auf Aris Personalakte hinunter. »Hier steht, daß Sie auf dem Gebiet der Kriminologie promovieren wollen, aber Ihren Doktor könnten Sie auch nebenbei machen.«

»Sir – entschuldigen Sie, wenn ich Sie das frage –, aber warum bemühen Sie sich so sehr um mich?«

»Sie waren wie ein Kreuzfahrer, Ari. Einer, der mit Feuer und Schwert über alle Missetäter herfiel, die sich an Kindern vergingen. Sie haben jeden Fall gelöst, der Ihnen übertragen wurde. Die Wahrheit ist, daß ich Sie brauche. Sie waren der Leiter des Teams, das wir zur Unterstützung der örtlichen Polizei nach Botswana und Namibia schickten. Wir vermuten, daß das Mädchen quer durch die Wüste zum Kap gebracht wurde. Möglich, daß der Kidnapper vorhat, dort Kontakt mit den Eltern aufzunehmen. Falls sie noch am Leben ist, heißt das. Die Eltern sind zwar nicht reich, aber nach örtlichen Begriffen gut situiert.

Hören Sie, Ari. Ich will nicht länger um den heißen Brei herumschleichen. Der Regierung steht die erste Wahl ins Haus, in der sich die Vertreter aller Rassen um ein politisches Mandat bewerben können. Es gibt da einige Minister, die meinen, wir sollten ein paar Tricks anwenden, damit die farbigen Wähler für weiße Kandidaten stimmen. Wir sind auf deren Stimmen angewiesen, wenn wir uns in der Kapprovinz behaupten wollen. Mandys Vater gehört zu den maßgeblichen Vertretern der dort ansässigen Farbigen. Was wir dringend brauchen, sind ein paar gut publizierte Projekte, die den farbigen Wählern zeigen, daß wir ehrlich um ihr Wohl bemüht sind, auf ihrer Seite stehen und wir und sie im gleichen Boot sitzen.«

»Ein bißchen spät, daß wir zu dieser Einsicht kommen. Meinen Sie nicht auch?«

»Lassen Sie uns jetzt nicht politisch werden, Ari. Ich habe von Ihren liberalen Ansichten gehört. Diese schlauen Füchse von der ANC haben damit begonnen, Squatters – illegale schwarze Siedler – in jene Gebiete einzuschleusen, wo sie mehr Stimmen für ihre Kandidaten brauchen.
Ich möchte, daß Sie sich darauf konzentrieren, Mandy wiederzufinden. Sie können von den Verteidigungsstreitkräften jederzeit Hubschrauber anfordern, wenn Sie dort das Gelände nach ihr absuchen lassen wollen. Ein Maximum an Publicity – behalten Sie das immer im Kopf, Ari. Verteilen Sie Flugblätter mit ihrem Photo, organisieren Sie Fernsehauftritte, lassen Sie die Eltern vor den Kameras einen leidenschaftlichen Appell an den Entführer richten, ihnen die Tochter zurückzugeben. Wie ich bereits sagte – die Suche ist wichtiger als der Erfolg.«
»Aber nicht für Mandy, Sir«, erwiderte Ari leise.
Der Colonel errötete. »Natürlich sind das nicht meine persönlichen Ansichten. Ich gebe nur an Sie weiter, was man höheren Ortes von uns erwartet. Ich wußte, daß Sie der richtige Mann dafür sind. Ihnen liegt das Wohl dieser Kinder wirklich am Herzen. Das ist Ihre Stärke und zugleich Ihre Schwäche.«
Vielleicht deswegen, weil jedes von ihnen ich selbst hätte sein können, dachte Ari bei sich. In den tiefsten, verborgensten Winkeln seines Geistes schlummerten unbewußte Erinnerungen an frühere Zeiten. An dunkle Zeiten! Sie kamen in seinen Träumen an die Oberfläche und zuweilen bei seiner Arbeit; aber das war nicht der Grund, weshalb ihm der Job angst machte. Er erschauerte.
»Was ist das Thema Ihrer Dissertation, Ari?«
»Kindesmißbrauch, Sir. Ich will versuchen, das, was ich in den letzten beiden Jahren allzu oft habe erleben müssen, auf eine rationale Weise zu verarbeiten.«
Die Augen des Colonels verengten sich. »Hören Sie, Ari. Sie sind jung genug, um mein Sohn sein zu können, und viel zu gut, um Ihre Fähigkeiten brachliegen zu lassen. Nehmen Sie meinen Rat an. Bleiben Sie bei der Truppe, und studieren Sie in Ihrer Freizeit. Sie werden Lieutenant Rolf Gerber assistieren«, fuhr er rasch fort. »Er ist zwar Chef der Verwaltung, aber Sie stehen rangmäßig mit

ihm auf gleicher Stufe. Gerber wird Ihnen gefallen. Ein sehr umgänglicher Typ. Sagen Sie ja. Ein langer heißer Sommer am Kap wird Ihnen guttun. Und Verbrechen geschehen dort selten, wie ich bereits erwähnte.«
Schließlich, nachdem sie eine Stunde lang das Für und Wider erörtert hatten, nahm Ari den Auftrag an – vielleicht deswegen, weil es Silver Bay war und ihm die Sehnsucht nach seinen Ursprüngen keine Ruhe ließ.

Kate Palma befand sich an diesem Morgen in einer ausgelassenen Stimmung, als sie mit ihrem Hengst über die Sanddünen nach Hause galoppierte. Sie war in der Dämmerung losgeritten, hatte nackt im eiskalten Atlantik gebadet und war rasch zu dem alten Wrack hinausgekrault, um es einmal zu umrunden, bevor die Hypothermie einsetzte. Dann war sie durch die Brandung ans Ufer geschwommen, unter den größten Brechern hinwegtauchend und gegen den mächtigen Sog des zurückflutenden Wassers ankämpfend, das sie aufs Meer hinausziehen wollte. Es hatte ein paar kritische Momente gegeben, als die Strömung sie mit sich riß und über den Sand rollte; aber sie hatte mit der reißenden Flut gerungen und gewonnen. Und schließlich hatte sie sich, begeistert über ihren Sieg, von einer zwei Meter hohen Welle auf den Strand hinauftragen lassen. In ihrem Heim führte sie immer ein so behütetes und abgeschirmtes Dasein. Hier war sie ihr eigener Herr und konnte sich ihren Mut beweisen. Ihr Mund und ihre Augen brannten von dem Salz, ihre Haut kribbelte, und ihre Haare flatterten im Wind, als sie hügelan galoppierte.
Sie hielt oben auf dem Kamm an und blickte zurück auf die grollende See, die unter ihr tiefgrün glitzerte. Im Südosten konnte sie hinter dem Bergrücken den Fischereihafen von Silver Bay in der Tiefe liegen sehen und jenseits davon die hohen Granittürme, die senkrecht aus dem Meer aufstiegen und aus einer Höhe von mehr als dreihundert Metern auf ihr schimmerndes Spiegelbild hinunterblickten. Zu ihrer Linken stand das Herrenhaus der Palmas inmitten eines fünfzig Morgen umfassenden Naturschutzgebietes, und im Norden barg sich das dunkelgrüne Tal im Schatten der Tafelberge.

Angelo Palma, ihr Schwiegergroßvater, hatte sich den Platz für sein Haus sorgfältig ausgewählt. Von dieser Stelle aus konnte er immer seine Weingärten im Tal, seine Fischkonservenfabriken und Frostereien hinter dem Hafen, seine Fischdampfer, seine Segelyacht und seinen Hochseekreuzer im Auge behalten.
Als Kate auf ihre Uhr sah, stellte sie fest, daß es fast halb neun war. Sie hatte Hunger, war jedoch um neun mit ihrem Architekten verabredet. Sie lächelte in sich hinein bei der Erinnerung an Angelos Wutanfall, als sie einen Außenstehenden zu Hilfe gerufen hatte, der sie in ihrem Vorhaben, noch eine Veränderung an seinem kostbaren Schloß vorzunehmen, unterstützte. Das Haus war ein Relikt einer längst vergangenen Zeit – dunkel, altmodisch und auf eine absurde Weise unbequem. Es sollte eine naturgetreue Nachbildung von Angelos Familiensitz sein, und er hatte es selbst entworfen, was vermutlich das einzige törichte Unternehmen seines Lebens gewesen war, überlegte Kate, als sie nun widerstrebend ihren Hengst auf das Haus zulenkte.
Zehn Minuten später, nachdem sie ihr Pferd dem Stallburschen übergeben hatte, rannte sie die Treppe zur Haupthalle hinauf. Ramona, die Haushälterin, erwartete sie dort. »Ich habe überall nach dir gesucht.« Wie gewöhnlich brachte sie es fertig, einen einfachen Satz mit Verachtung zu füllen. »Dein Vater ist in der Leitung. Er sagte, daß er nicht auflegen wolle, weil er eine Stunde dazu gebraucht habe, zu uns durchzukommen.«
Dann muß er sich im Wildpark befinden, überlegte Kate. Eine seltsame Zeit für einen Anruf, wenn man sich im Urlaub befindet, setzte sie überrascht in Gedanken hinzu.
Fünf Minuten später warf sie den Hörer auf die Gabel. Ein wenig außer Atem rannte sie dann durchs Haus auf der Suche nach Rob, ihrem Mann, bis ihr wieder einfiel, daß er sich mit einer Gruppe von Wissenschaftlern mit dem neuen Forschungsschiff des Fischerei-Ministeriums auf hoher See befand. Sie rief nach dem Chauffeur, der sie zum Flughafen bringen sollte, und hinterließ Rob einen Zettel mit der hastig hingekritzelten Botschaft: *Darling. Vater befindet sich in einer schlimmen Notlage. Ich fliege zu ihm. Bin in ein paar Tagen wieder zurück. Paß auf Dich auf. Ich liebe Dich. Kate.*

Sie mußte eine Stunde am Flughafen auf die erste verfügbare Maschine warten, und so wanderte sie dort auf dem Parkplatz auf und ab, wobei sie die Augen im grellen Licht der Sonne zusammenkniff und die wabernde Luft über den Autos und dem verbrannten Gras beobachtete, während die Hitze in erstickenden Wellen von der zerfurchten Rollbahn aufstieg. Vorübergehende Männer starrten verlangend, aber nur kurz die hohe schlanke Gestalt mit den hochgesteckten flachsfarbenen Haaren in dem Hosenanzug aus beigefarbener Seide an. Sie war schön, aber reich und deshalb für sie unerreichbar.

Für Kate war der Zweistundenflug nach Johannesburg eine Tortur, und es kam ihr so vor, als würde er niemals enden. Als sie die Sommerregenzone im Norden erreichten, ballten sich Wolken unter ihnen zusammen, bis sie über einer sich bis zum Horizont ausbreitenden brodelnden Milchsuppe dahinzugleiten schienen. Als die Maschine dann im Sinkflug die Wolkendecke durchstieß, hatte sie das Gefühl, in einer Achterbahn zu sitzen.

Bei ihrer Ankunft auf dem Rand Central Airport, wo ihr Vater seine Privatjets abgestellt hatte, hatten sich ihr Schock, ihr Ärger und ihre Nervenanspannung zu einem explosiven Gemisch verdichtet. Jim – einer ihrer Piloten – bat sie, ihren Trip zu verschieben. »Schauen Sie sich das an!« Er deutete über den Hangar nach Osten, wo die Regenwolken sich so schwarz und bedrohlich wie eine Horde von Zulu-Kriegern über das Rollfeld bewegten. Kurz darauf fielen die ersten Tropfen, und dann goß es wie aus Kübeln. Kate sog heftig die Luft ein. »Verschwenden Sie keine Zeit«, schnaubte sie.

Immenser Reichtum scheint jenen, die damit gesegnet sind, das Gefühl von Unverletzbarkeit zu geben, überlegte Jim, während er sie mit schmalen Augen betrachtete. Sie war so angespannt wie ein Leopard. Mit einer etwas in Schräglage befindlichen Frisur und vor Zorn wild funkelnden grünen Augen lief sie ruhelos auf langen Beinen vor ihm auf und ab; doch selbst jetzt, als sie ihren Mund zu einer harten, grimmigen Grimasse verzog, war sie noch immer eine vollkommene Schönheit, und ihre großen weißen Zähne gaben ihr ein verwegenes, fast jungenhaftes Aussehen. Ich wette, sie ist eine überaus heiße Nummer im Bett, dachte er.

»Mrs. Palma, befolgen Sie meinen Rat, und warten Sie ein paar Stunden ab. Ein Flug bei diesem Wetter ist zu riskant.«
»Mein Vater hat Sie angeheuert, und deshalb nehme ich an, daß Sie auch gut sind in Ihrem Job«, erwiderte sie und kletterte in den Sitz, ohne erst seine Antwort abzuwarten.
Biest, fluchte er leise in sich hinein.
Kurz darauf stießen sie in einem steilen Winkel in diese strudelnde Masse purpurfarbener Wolken hinein, sich aufbäumend und erschauernd unter den weißglühenden Zacken der Blitzspeere, von mächtigen Fäusten gepackt und durchgeschüttelt; an Höhe gewinnend und wieder der Erde zustürzend; doch für Kate war das Gewitter nur ein Ausdruck der eigenen Wut und Empörung.
»Bankrott«, hatte ihr Vater am Telefon gesagt. »Schlimmer als bankrott. Zahlungsunfähig. Mira und ich verbringen ein paar Tage im Wildpark. *Love it and leave it* – eine Art Lebewohl an Afrika. Ich muß das Land verlassen haben, bevor die Neuigkeit publik wird. Ich habe ein paar Abkürzungen genommen ... war mir so sicher, daß ich gewinnen würde ... in spätestens einer Woche ... es heißt also, Abschied voneinander zu nehmen, Kate.«
Unmöglich! Wahnwitzig! Wie konnte so jemand wie Vater bankrott sein? Sie waren doch so reich. Sie vermochte sich an keine Zeit zu erinnern, in der sie nicht reich gewesen waren; aber sie war zu betäubt gewesen für einen Kommentar oder einen klaren Gedanken.
»Wo gehst du hin? Nach London?« hatte sie ihn gefragt.
»Wohl kaum. Ich muß die Möglichkeit der Auslieferung bedenken. Wir hatten an Venezuela gedacht. Ein schönes Land.«
Sie mochte es nicht glauben. Wie konnte so etwas passieren? »Ist das deine Vorstellung von einem schlechten Scherz? Mach so etwas bitte nicht mit mir.«
»Tut mir leid, Kate. Du wirst in Zukunft selbst für dich sorgen müssen.«
»Willst du damit sagen, daß du auch mein Kapital ...? Daß du uns beide ruiniert hast?«
»Die Lagune können sie nicht antasten. Sie gehörte zum Vermögen deiner Mutter.«
Heiße Tränen des Schocks und der Wut liefen ihr über die Wan-

gen, als sie das Gespräch nun in Gedanken rekapitulierte. Ein paar Abkürzungen genommen? Wie war das zu verstehen? Hatte er etwas Unrechtes getan? Und warum Venezuela? War er etwa auf der Flucht? Sicherlich nicht. Ihr Vater war doch immer so distinguiert, so bedeutend, so angesehen gewesen.
Er konnte unmöglich alles so gemeint haben, wie er es am Telefon zu ihr gesagt hatte. Sie mußte sich mit ihm aussprechen, konnte es kaum erwarten, mit ihm zu reden. Aber die Maschine brauchte so lange, und mit diesen verdammten Tränen ruinierte sie sich nur den Anzug.
Sie wischte sie ab und blickte verstohlen zu Jim hinüber, doch der war von seinem Job gänzlich in Anspruch genommen. Offenbar wußte er nichts von der bevorstehenden Liquidation.
Das Gewitter wurde immer schlimmer. Die Blitze schienen ihnen immer dichter auf den Leib zu rücken, immer gefährlicher zu werden, und es war so dunkel zwischen den Entladungen. Wie klein, wie erstaunlich unbedeutend sie doch zu sein schienen, als sie von diesem riesigen purpurfarbenen Sprungtuch auf und ab geschleudert wurden. Jim kämpfte geschockt und mit bleichem Gesicht darum, die Kontrolle über die Maschine zu behalten, und fluchte dabei ständig leise in sich hinein. Aber sie kümmerte das nicht. Sie spürte vielmehr ein wildes Verlangen, auf den Boden hinuntergeworfen und dort vernichtet zu werden. Weshalb auch nicht? »Warum diesen Job nicht gleich gründlich machen?« raunte sie leise ihrer eigenen dämonischen Gottheit zu. Diese mächtigen Sätze, atemberaubenden Stürze und schwindelerregenden Aufschwünge schienen ihren Zorn ein wenig zu dämpfen.

Als sie schließlich auf der mit Kies bestreuten Rollbahn von Wild Eden aus dem Flugzeug stieg, war es eher Verbitterung als Wut, was sie empfand. Es war Abendzeit, die Luft war kühl und von Düften erfüllt, die Blätter trieften noch vom Regen, und das Veld war im Zwielicht von einem sanften goldenen Dunst überzogen. Doch zum erstenmal empfand Kate keine Freude bei diesem Anblick.
Wie konnten sie nur Wild Eden verlieren? Sie war doch hier aufgewachsen und liebte jeden Winkel davon. Es war ihr zweites

Heim und für sie immer eine beglückende Zuflucht vor den Spannungen ihrer Welt gewesen, doch heute abend konnte sie nichts erheitern. Weder die graziösen Impalas, die neben der Rollbahn grasten, noch die vier ihr so sehr ans Herz gewachsenen Giraffen, die mit gespreizten Beinen die Köpfe zusammensteckten und neugierig auf sie hinuntersahen, und auch nicht der Fuchs mit den Fledermausohren, der neben ihr durch das Gras schnürte. Nichts vermochte den eisigen Panzer ihrer Angst zum Schmelzen zu bringen. Sie warf kaum einen Blick auf den mächtigen Affenbrotbaum, den sie so sehr liebte, als sie eilends der Lodge zustrebte. Scharen von zwitschernden Webervögeln ließen sich auf ihre Kolonie in den Akazienbäumen nieder, um sich dort auf die Nacht vorzubereiten. Alles schien so normal zu sein, doch ihre Welt war zusammengebrochen.

»So etwas kann doch nicht passieren. Nicht solchen Leuten wie uns«, murmelte sie.

Kapitel 3

Als sie später ihrem Vater gegenüberstand, konnte sie nur sagen: »Ich mußte kommen ... mußte mit dir reden. Wie konntest du mich nur über diese schreckliche Sache im unklaren lassen?«
Er saß im Schatten bei dem Kupferherd in dem alten Speisezimmer, das so groß war wie ein Haus, unter dem hohen, riedgedeckten Dach mit den Schiebewänden aus Glas, die jetzt geöffnet waren. Ein frischer Geruch feuchter Erde und Blätter erfüllte den Raum, und draußen zerplatzten die Regentropfen, die vom Dach herunterrannen, geräuschvoll auf der Holzveranda. In der Ferne brüllte ein Löwe. Er blickte kurz zu ihr hoch und dann zur Seite. Sie hätte ebensogut nicht dasein können.
Seine Geste riß alte Wunden auf, weckte Erinnerungen an das frühe Leid und die Einsamkeit ihrer Kindheit. Sie starrte ihn sehnsüchtig an, hoffte, daß er diesmal ein paar Strahlen der Liebe in ihre Richtung ausschicken würde, und wenn auch nur, weil es nun galt, Abschied voneinander zu nehmen. Doch diese unsichtbaren Jalousien waren noch immer da.
Sie dachte an die Zeiten zurück, als das Haus immer voller Freunde gewesen war und seine blauen Augen nur so gefunkelt hatten vor Vergnügen und Wärme. Aber immer nur für andere, niemals für sie. Nun waren sie stumpf, sein blondes Haar war schütter, die Haut auf seinen Händen fahlgrau und glanzlos. Die Niederlage stand ihm ins Gesicht geschrieben. Aber noch schlimmer war die Zurückweisung, die sie weiterhin von ihm erfuhr. Nichts hatte sich daran geändert.
»Du hättest nicht hierherkommen sollen«, war alles, was er zur Begrüßung jetzt zu ihr sagte. »Du fährst einfach mit deinem bisherigen Leben fort. Dir wird nichts passieren. Gott sei Dank hast du ein Vermögen geheiratet. Rob wird für dich sorgen ... trotz allem. Du bist jetzt ein Teil ihrer Familie.«
»Wir werden doch das hier nicht verlieren, nicht wahr? Nicht Wild Eden? Das könnte ich nicht ertragen.«
»Du bist solch ein Kind. Wie kann ein Mädchen zweiundzwanzig Jahre alt werden und noch so naiv sein?«

»Vater, ich ...« Sie streckte die Arme nach ihm aus, doch er erhob sich abrupt von seinem Platz. So war es schon immer gewesen. Er pflegte zu ihr zu sagen, daß er rührselige Szenen hasse, doch sie spürte, daß es eher ein Mangel an Gefühl war. Ihr Leben lang hatte sie sich nach seiner Liebe gesehnt, sie jedoch niemals von ihm bekommen. Nun würde er für immer aus ihrem Leben verschwinden, und sie sollte ihres Geburtsrechts beraubt werden. Hellrote Flecken zeigten sich auf ihren Wangen.

»Ich habe ein Recht darauf, zu erfahren, was hier gespielt wird! Ich will es wissen!« Sie ballte die Hände zu Fäusten. »Du hast mich gezwungen, dieses vornehme Mädchenpensionat zu besuchen, als ich Kunst studieren wollte. Ich hätte etwas Nützliches erlernen können. Du hast mich zum Reichtum erzogen. Du hast kein Recht dazu, ein Bankrotteur zu werden. Wie kamst du dazu, auch noch *mein* Vermögen zu verlieren? Wir hatten doch so viel! Wie konntest du mir das antun?«

»Ich habe das Ausmaß von Palmas Zorn unterschätzt.«

Kate starrte ihren Vater ungläubig an, als er nach draußen ging und die Tür hinter sich zuwarf. Erst dann wurde ihr bewußt, daß Mira neben ihr im Schatten stand und sie beobachtete. Sie hatte nie verstanden, wie ihr Vater sein Leben mit jemandem verbringen konnte, der so wenig Charme und noch weniger Intellekt besaß, während ihre Mutter doch so etwas Besonderes gewesen war. Zumindest hatte er Mira nicht geheiratet. Sie stand nun mit verschränkten Armen im Durchgang. Sie hatte sich stets defensiv verhalten, doch nun glaubte Kate einen geheimen Triumph in ihren Augen zu erkennen und einen Hauch von Amüsiertheit. Das war etwas Neues. »Lassen Sie uns einen Drink nehmen«, sagte Mira.

»Nein, ich ...«

Doch Mira hatte sie bereits am Arm gepackt und zog sie von ihrem Stuhl hoch. Ein Zeichen der Zeitenwende, dachte Kate. Sie widerstand dem Impuls, die Frau von sich zu stoßen. Mira war ihr immer ein bißchen ungewaschen erschienen. Ihre weiche, olivfarbene Haut schien feminine Düfte zu verströmen, die von teuren Parfums überlagert wurden, die ihr Vater für sie kaufte. Mit diesen Seidenbändern im Haar, diesen klirrenden Ohrringen,

Ketten und Armbändern, dieser Bluse, dieser Seidenweste und dem darüber drapierten pinkfarbenen Seidenschal, dem goldenen Gürtel, den langen Fingernägeln und den viel zu vielen Ringen kam ihr Miras Weiblichkeit immer so konstruiert vor. Und trotz dieser aufwendigen Verpackung waren ihre plumpen, glatten Brüste immer zur Hälfte entblößt. Kate konnte unter all der Seide den Spalt zwischen ihren Schenkeln erkennen und fühlte sich abgestoßen. Ausgerechnet in Monaco mußte mein Vater sie kennenlernen, dachte sie, und seither hat Mira ihn nicht mehr aus ihren Fängen gelassen. Ihre Mutter war so liebenswürdig, so intellektuell und dabei so voller Anmut gewesen. Mira hingegen erinnerte sie an einen Schwamm. Weich und formlos. Sie schien Vater in sich aufzusaugen, heimlich dabei zu lächeln, aber nichts von sich dazu beizusteuern. Wenn man sie drückte, würde ihr der Schleim aus allen Poren quellen, dachte Kate bei sich, Mira ihren Arm entziehend.

»Ihre Wut wird ihn nur noch mehr verletzen.« Vielleicht war es Miras Pariser Akzent, der Kate jetzt noch mehr auf die Palme brachte. »Sie werden doch etwas Mitleid für ihn finden können. Ein paar teilnehmende Worte«, säuselte sie. »Ein wenig Erbarmen.«

Erbarmen – o Gott! Kate zog die Nadeln aus ihren Haaren, während sie versuchte, Mira mit einem starren Blick zum Schweigen zu bringen. War Mira jetzt etwa der Mentor der Familie? Hatte diese Katastrophe ihr einen Status verliehen? Hatte die Hure sich zur Tante Agatha gemausert?

»Behandeln Sie ihn wie eine Erwachsene.«

»Hören Sie auf damit, und lassen Sie mich in Ruhe!« fauchte Kate.

»Es ist schlimmer, als Sie glauben«, fuhr Mira fort. »Wir müssen in Venezuela sein, bevor die Geschichte ruchbar wird, weil sie ihm sonst den Paß wegnehmen würden. Sie würden ihn wegen Betrugs verhaften, verstehen Sie?«

»Wegen Betrugs? Oh... nein! Und ich?« erwiderte Kate brutal. »Bin ich dazu ausersehen, den Kopf dafür hinzuhalten, während ihr beide es euch dort auf eurer Ranch gemütlich macht? Ich bin sicher, daß er noch irgendwo einen tüchtigen Batzen Geld versteckt hat.«

»Nein. So gut wie nichts. Es kam alles so unerwartet.« Sie zögerte. »Mike wurde in eine Falle gelockt. Er möchte nicht, daß ich es Ihnen erzähle, aber ich bin der Meinung, daß Sie es wissen sollten. Es ist nicht gerade Liebe, was Ihren Vater mit Angelo Palma verbindet; aber damit verrate ich Ihnen natürlich nichts Neues. Palma hat Michael vorsätzlich in den Bankrott getrieben. Ich wußte schon immer, daß da eine Fehde zwischen den beiden herrschte – etwas, worüber sie beide nicht sprechen wollten. Ich glaube, daß sie es beide aus Scham verschweigen. Michael will jedenfalls nicht mit mir darüber reden – hat mir nur so viel verraten, daß Angelo für eine alte Wunde Bußgeld zahlte. Ich nehme an, daß Ihr Mann das auch wußte.«
Kate hatte das Gefühl, daß ihr übel wurde. Miras Worte waren wie Dolche, die in ihren Eingeweiden wühlten.
»Nein! Sie lügen!«
»Aber es ist die Wahrheit! Es war ein sorgsam vorbereitetes und überaus schlau eingefädeltes Manöver. Das Ganze begann damit, daß ...«
Ihre Erklärungen schienen kein Ende nehmen zu wollen, und obwohl Kate den Kopf voll hatte mit ihren eigenen Sorgen, gelang es ihr doch, den Kern von Miras Ausführungen zu erfassen: Vater hatte die Kontrolle von einer Mine mit seltenen Erden in Namaqualand übernehmen wollen, aber nicht genügend Bargeld gehabt, um das dafür erforderliche Aktienpaket zu kaufen. Und deshalb war er an Angelo herangetreten und hatte ihm eine Teilhaberschaft angeboten. Angelo hatte ihn daraufhin mit einem Schwindler zusammengebracht – dem Repräsentanten einer fiktiven Montserrat-Bank. Vaters Transaktionen waren dort angeblich durch Dollareinlagen in dieser Bank abgesichert, aber die Bank war eine Scheinfirma, und Vaters Dollareinlagen verschwanden spurlos zusammen mit den Bankdirektoren und deren Makler.
»Mike hatte sich das erforderliche Bargeld von seiner Minengesellschaft geborgt, aber die werden natürlich sagen, daß er es den Aktieninhabern gestohlen habe. Und jetzt sind er und die Gesellschaft zahlungsunfähig«, fuhr Mira fort. »Er kann nicht erklären, wo das Geld hingekommen ist, ohne wegen betrügeri-

scher Währungsspekulationen verhaftet zu werden. Es gibt für ihn also keinen Ausweg aus dieser Falle.«

»O Gott. Wie konnte er nur so dumm sein und diesem Mann vertrauen?«

»Weil Angelo Palma ihm diesen Makler ins Haus geschickt und persönlich für dessen Integrität gebürgt hatte. Später fanden wir dann heraus, daß dieser Makler gerade erst aus dem Gefängnis entlassen worden war, Angelo das wußte und ihn Ihrem Vater trotzdem empfohlen hatte. Jetzt wissen Sie also, was für ein Mann Palma ist.«

»Gibt es hier irgendwo Wasser?« Kates Mund war knochentrocken, und sie hatte einen galligen Geschmack auf der Zunge. Mira ging zur Bar und brachte ihr ein Glas eisgekühltes Wasser.

»Sie haben mich nie gemocht«, sagte sie. »Haben es immer vermieden, mit mir zu reden. Aber ich mußte Sie warnen.«

»Sie haben keine Beweise. Es ist lediglich Hörensagen.«

Trotzdem hatte sie schon bei Miras ersten Sätzen gewußt, daß es wahr sein mußte. Szenen begannen sich nun zu einem Bild zu runden: Angelo, der sich so erbittert ihrer Heirat widersetzt hatte. Dann hatte es einmal eine Zeit gegeben, in der sie ihn zu Rob sagen hörte, sie hätte böses Blut ins Haus gebracht. Zu viele Erinnerungen. Wie konnte sie noch mit Angelo unter dem gleichen Dach leben, wußte sie doch jetzt, was er ihrem Vater angetan hatte? Und ihr selbst! Und hatte auch Rob das gewußt? Wenn ja, würde sie ihm das niemals verzeihen. O Rob, Darling, du mußt unbeteiligt gewesen sein! Nein... Rob durfte nicht darin verwickelt sein. Das wäre zu grausam. Sie liebte ihn zu sehr.

Kate stand still und versuchte eine unbekümmerte Miene aufzusetzen, während das Messer in ihren Eingeweiden wühlte. Ich werde mich jeden Moment übergeben müssen, dachte sie. Sie darf nicht sehen, wie verängstigt ich bin. Es war nicht so sehr diese gemeine Tat noch diese uralte, ihr etwas suspekt erscheinende Fehde, noch ihr gehässiger, machiavellistischer Schwiegergroßvater, was ihr solche Angst einjagte. Es war die Bedrohung ihrer Liebe. Rob war ihre ganze Welt: Ehemann, Liebhaber und Freund. Er war der Felsen, an den sie sich klammerte. Mehr als das: sie liebte ihn von ganzem Herzen.

Da war das Geräusch eines Motors, der unter ihnen angelassen wurde. Durch eine Lücke in den Blättern sah Kate ihren Vater sich über das Lenkrad seines Jeeps beugen. Er fuhr im Schutz der Blätter davon, und die beiden Frauen standen regungslos da, den leiser werdenden Geräuschen des Fahrzeugs lauschend, das sich in nördlicher Richtung entfernte.

»Er liebt diesen Ort. Er ist den ganzen Tag, nur den Busch anstarrend, hier herumgefahren.«

»Ich liebe ihn auch ...«

»Ich vermute, daß sie ihn versteigern werden. Gott weiß, ob er ein Tierreservat bleiben wird.«

Kate versuchte, gegen ihre Tränen anzukämpfen. »Schon ein seltsamer Gedanke, daß man wilde Tiere einfach so kaufen und wieder veräußern kann«, murmelte sie. »Ich meine ... es ist doch eher so, daß dieser Ort den Tieren gehört. Aber das ist ein Irrtum. Dem Mensch gehört alles. Ich würde ihnen diesen Ort zurückgeben, wenn ich könnte.«

»Sie stellen es so dar, als wären wir grundverschiedene Wesen«, erwiderte Mira gehässig. »Die Natur erschuf sich den im Kampf ums Dasein allen anderen Kreaturen überlegenen aggressiven, mit Verstand begabten Primaten – uns! Sie sollten das doch am besten wissen!«

Versuchte sie jetzt, grob zu ihr zu werden? Und wenn schon, dachte Kate und machte eine gewaltsame Bewegung mit den Händen, als wollte sie diesen Horror von sich wegschieben. Dann ging sie auf gummiweichen Beinen hinaus auf die Veranda und stieg wankend die Stufen zum Hof hinunter.

Dort blieb sie mißmutig stehen und stieß mit dem Fuß einen Stein beiseite. Sie besaß nicht das Rüstzeug, um mit dieser Katastrophe fertig zu werden. Sie liebte Rob innig, hatte sich aber nie wirklich als Mitglied der Palma-Familie gefühlt, sondern sich immer danach gesehnt, mit Rob in ein eigenes Haus ziehen zu können. Bisher waren Rob und sie ebenbürtige Partner gewesen, weil sie die Erbin eines großen Vermögens war und ein großzügiges eigenes Einkommen aus Aktien und Grundbesitz bezog. Sie hatte niemals gearbeitet, aber sie war unabhängig gewesen und hatte nie jemanden um etwas bitten müssen. Sie liebte ihren Mann, hat-

te aber keine Illusionen, was ihn als Geschäftsmann betraf. Er benutzte die Macht des Geldes, um andere zu manipulieren und zu beherrschen. Liebte er sie wirklich? Natürlich tut er das, überlegte sie. Nichts würde sich ändern. Wie konnte es das, wenn sie einander so sehr liebten?
Sie fuhr erschrocken zusammen, als sie den Knall eines Schusses hörte, den der Wind ihr von Norden zutrug. »O Gott!« Mira stand mit wachsbleichem Gesicht oben auf der Veranda. Ein zweiter Schuß hallte über das Buschland hin, als Mira, nach ihrem Gewehr greifend, die Stufen zum Hof hinunterrannte.
Wenige Sekunden später rasten die beiden Frauen im Landrover nach Norden. Das letzte verlöschende Tageslicht bildete indigofarbene Schatten unter den Bäumen. Die Raubtiere kamen aus ihren Verstecken. Eine braune Hyäne wurde von Panik ergriffen und rannte auf der Straße vor ihnen her, bis Kate auf die Bremse stieg, die Scheinwerfer ausschaltete und wartete, bis das Tier in die Büsche geflüchtet war. Was würden sie finden? Was hatte er getan? Die Angst fraß wieder an ihr, als sie den Wagen erneut beschleunigte.
Sie trafen unerwartet auf Michaels Jeep, der auf dem Abhang eines steinigen Hügels geparkt war. Über das Geröll schlitternd, gelang es Kate mit knapper Not, einen Zusammenstoß mit dem Jeep zu vermeiden. Unweit des Fahrzeuges lag ein Leopard im Gras. Er war durch den Hals geschossen worden, und ihr Vater stand, sich auf sein Gewehr lehnend, neben dem toten Tier. Er machte ein vergnügtes Gesicht. Mira rannte zu ihm und hängte sich an seinen Hals.
»Gott sei Dank ... Ich dachte schon, du würdest dich ... Aber du bist heil und gesund«, stammelte sie schluchzend.
»Ich habe ihn schon seit vielen Jahren erlegen wollen. Ich bin froh, daß ich die Chance dazu bekam«, sagte er.
»Aber warum? Warum?« brach es nun aus Kate heraus. Ihre aufgestauten Gefühle brachten sie den Tränen gefährlich nahe – etwas, was ihr Vater ihr niemals verzeihen würde. »Wie konntest du so etwas tun? Du hast kein Recht dazu. Wie grausam von dir, diese schöne Kreatur zu vernichten!« Sie kauerte sich neben dem toten Leoparden nieder, streichelte sein Fell und wünschte, sie

könnte ihn mit der Kraft ihres Mitleids wieder zum Leben erwecken. Du armes Wesen, dachte sie. Das Leben, diese unbekannte, unerklärbare Macht, ist aus dir gewichen und hat glasige Augen und einen gefleckten Pelz zurückgelassen.

»Wenn ich noch die Zeit dafür hätte, würde ich ihn ausstopfen lassen«, sagte ihr Vater. »Vielleicht kann ich das noch. Ein Erinnerungsstück an Afrika.«

Wofür? fragte sie sich da. Diese feurig glühende Lebenskraft, dieser so lautlos sich anpirschende, furchtgebietende Geist waren verschwunden. Ausgelöscht? Nein. Unmöglich, dachte sie. Nichts ging jemals verloren. Sie beugte sich über den Kadaver, um ihre Tränen zu verbergen. »Ich hasse dich dafür«, murmelte sie. »Du hast niemals jemanden oder etwas geliebt.«

»So ist es«, sagte er. »Wollt ihr jetzt nicht zur Ranch zurückfahren, bevor ich ihn abhäute?«

Der Abschied am folgenden Tag war förmlich und ohne einen Funken von Gefühl. Sie stand einen Moment da und beobachtete das zum Trocknen an der Wäscheleine aufgehängte Fell. Ich werde niemals um meinen Vater trauern, dachte sie. Wenn ich noch Tränen habe, werde ich sie für den Leoparden aufsparen. Ich werde auch nie mehr hierher zurückkehren. Alles ist bedeutungslos für mich geworden. Alles, was er mir beigebracht hat, ist ausgelöscht – meine ganze Kindheit. Nichts ist davon übriggeblieben. Gar nichts.

Kapitel 4

Kate war vor einer Stunde von ihrem Trip zurückgekommen und hatte sich das Dinner als den für ihre Attacke geeignetsten Moment ausgesucht. Nicht, daß sie dafür so viele Gelegenheiten haben würde, denn die Familie fand sich nur einmal am Tag am Dinnertisch zusammen. Rob arbeitete seit kurzem fast rund um die Uhr an der Planung, Kostenaufstellung und Organisation neuer Geschäftsvorhaben. Zuweilen argwöhnte sie, daß Angelo ihn nur bis in die Nacht hinein arbeiten ließ, um sie zu ärgern, aber Rob hatte ihr erklärt, daß Angelo einsam sei. Ich bin es auch, drängte es sie, ihm darauf zu erwidern, doch sie war zu stolz, ihn anzubetteln.

Es war jetzt acht Uhr abends, Dinnerzeit, doch das riesige, düstere Speisezimmer war leer. Sie wanderte darin umher, kaum das dunkle Parkett, die gemauerten Wände, den mächtigen Kamin und die dunkelbraunen Balken beachtend. Sie hatte ihre eigene Vision, wie dieses Zimmer eines Tages aussehen würde. Sie wandte sich den großen Erkerfenstern zu und blickte über die Lichteransammlungen an der Küste hin. Sie waren meilenweit vom nächsten Nachbarn entfernt. Das hier war Niemandsland – ein ausgedehntes Naturschutzgebiet, das das Farbigendorf zu ihrer Rechten von den weißen Vorstädten zu ihrer Linken und jenseits der Bucht trennte. Sie begann sich ein kleines Haus in bester Lage dort drüben beim Dorf vorzustellen, vielleicht mit einem Wintergarten und einer Koppel für die Pferde – alles ganz normal und gesund und weit weg von Angelo. Nur Rob und sie.

Denn bemerkte sie die beiden Männer, die dort auf der unteren Terrasse auf einer Bank beisammensaßen und sich leise miteinander unterhielten. Sie konnte die Vertrautheit der beiden spüren. Sie lebten in einer Welt, in die sie nicht einzudringen vermochte. Ein jäher Anfall von Eifersucht brachte ihre Haut zum Kribbeln. Sie liebte Rob sehr, hatte jedoch niemals diesen Grad von Intimität bei ihm erreicht. Als sie sich wieder in den Raum hineindrehte, sah sie Ramona im Schatten neben dem Kamin stehen, die sie nun aus ihren unergründlichen schwarzen Augen durch-

bohrend anblickte. Kate wußte, daß die Haushälterin sie nicht mochte, wußte aber nicht, weshalb. Was sie aber auch nicht sonderlich interessierte.
»Läuten Sie doch noch einmal zum Dinner«, sagte sie. »Etwas lauter als zuvor.«
»Aber, Madam ...« Diese beiden Worte schienen stets Ramonas Antwort auf alle Anweisungen zu sein, die Kate ihr erteilte. Von einer jähen Ungeduld ergriffen, nahm Kate nun die Gongglocken selbst in die Hand und spielte dreimal laut *Three Blind Mice* darauf.
Die Haushälterin lächelte und verließ das Zimmer, während Kate innerlich vor Wut kochte. Solange sie zurückdenken konnte, hatte Ramona hier das Regiment im Haus geführt. Sie war so alt wie Angelo und hätte sich schon vor vielen Jahren zur Ruhe setzen müssen. Sie hatte Rob aufgezogen, als sein Vater starb und seine Mutter das Haus verließ. Vielleicht war sie auf jede andere Frau, die unter diesem Dach weilte, eifersüchtig. Kate ließ nun ihren Unmut an den Dinnergongs aus und hämmerte sich durch die Melodie von *John Brown's Body*.
Ihre schlechte Laune verschlimmerte sich noch, als die beiden Männer ins Zimmer kamen.
»Ihr kommt spät«, sagte sie. »Warum müßt ihr euch jedesmal verspäten?«
Da war ein Kloß in ihrem Hals, als sie das sagte, und ihre Stimme hatte einen grollenden Ton. Als sie sich jäh umdrehte, sah sie ein amüsiertes Zwinkern in Robs Augen.
»Du bist so sexy, wenn du dich ereiferst«, sagte Rob mit seiner sie neckenden Baßstimme. Er faßte sie am Arm und zog sie an sich, um mit seinem Mund in ihren Haaren zu wühlen. »Mmm – riechst du aber gut! Und schmeckst sogar noch besser! Wenn Angelo nicht hier wäre, würde ich dich gleich hier auf dem Tisch vernaschen«, flüsterte er, während seine kräftigen Finger in ihrem Nacken nach der geheimen Stelle suchten, die, wie er wußte, über einen heißen Draht direkt mit ihren Lenden verbunden war.
»Scht!« Sie schob ihn von sich, von einer Welle widersprüchlicher Gefühle erfaßt, die um die Vormacht kämpften. Sie liebte ihn, wollte aber jetzt ernst bleiben, während sie von der Vorahnung ei-

ner Niederlage erfaßt wurde. Rob würde sicherlich für Angelo Partei ergreifen. Was sollte sie in diesem Fall tun? Den Ruin ihrer Familie hinnehmen und sich damit zu Bett begeben?
Warum versuchte er sie zu becircen? Sie konnte spüren, wie sie weich wurde. Sein Gesicht war kraftvoll und schön mit diesen brütenden, kohlschwarzen, etwas schräg stehenden Augen, dieser geraden, kurzen Nase, diesem wohlgeformten Römerkopf, dieser dichten Masse blauschwarzer drahtiger Haare. Jeder behauptete, daß Rob wie Angelo aussähe, aber sie hatte diese Ähnlichkeit nie empfunden. Das Alter und der Kummer hatten Angelo zugrunde gerichtet. Sein Gesicht glich abgenutztem Leder und war fast ebenso dunkel, seine Lider hingen schlaff herunter, befrachtet von einer klumpig warzigen Haut, und seine Augen waren gelb gefleckt. Sie erschauerte. Wenn er sie unter seinen ihm in die Stirn hängenden weißen Haaren hervor ansah, fühlte sie sich an einen von der Herde ausgestoßenen Büffel erinnert – wild, einsam und sehr gefährlich. Es ist so, als habe er sich von allen anderen abgesondert, dachte sie.
»Rob«, sprudelte sie nun heraus. »Mach jetzt keine Scherze. Mein Vater ist ruiniert. Er wurde in eine Falle gelockt. Und Mira erzählte mir, daß Angelo ihm das angetan hat. Sie sagte, daß du auch davon gewußt hättest. Ich muß die Wahrheit wissen, Rob. Dir muß doch klargewesen sein, daß der Bankrott meines Vaters auch meinen Ruin bedeutet.«
Sie bedauerte nun, diesen Zeitpunkt für ihre Attacke gewählt zu haben. Niemand schien ihr zuzuhören. Aber da war wieder dieser Blick, diese stumme Botschaft, die die beiden Männer untereinander tauschten.
Sie würde es später noch einmal versuchen. Angelo hatte das Tischgebet gesprochen, was er immer tat, wenn sie unter sich waren. Dann war die Suppe serviert worden, und einen Moment lang befand Ramona sich nicht im Zimmer. Kate räusperte sich.
»Ich bin hinauf nach Wild Eden geflogen, um dort meinen Vater zu besuchen, wie du weißt. Vater verläßt das Land. Er hat sein Geld in eine faule Sache investiert, und seine Gesellschaft befindet sich in Liquidation.«
Sie sah ein spöttisches Funkeln in Angelos Augen. Er wußte da-

von. Ja, natürlich wußte er es. Mira hatte ihr die Wahrheit erzählt.
»Er lieh sich Geld von seiner Firma, um damit eine andere Mine zu kaufen, aber er wurde betrogen.«
»Er hat betrogen ...«, unterbrach Angelo sie, und eine flammende Verachtung sprach nun aus seinen Augen. »Seine Habsucht hat ihm diesmal einen Streich gespielt. Leute, die betrügen, liefern sich auf Gedeih und Verderb Leuten aus, die ebenfalls betrügen und in diesem Fall eben besser als er.«
»Willst du damit etwa sagen, daß mein Vater ...«
»Ich fürchte, dieses Prädikat hat er sich selbst aufgeklebt, meine Liebe. Es hatte nichts mit mir zu tun«, erwiderte Angelo, ihr abermals ins Wort fallend.
»He, nun haltet mal beide die Luft an«, rief Rob, ließ seinen Löffel fallen und hob beide Hände. »Laßt uns jetzt damit aufhören, bevor einer von euch zu weit geht.« Er sah Kate mit einem Blick an, der sie beschwor, nicht mehr weiterzureden.
»Wir müssen das aber jetzt klären«, sagte sie und versuchte dabei, seinem Blick auszuweichen.
»Dann laß mich das für dich tun, Kate«, erwiderte Rob in einem überraschend sanften Ton. »Wir wollten es dir sagen, aber als du gestern Hals über Kopf abgereist bist, hatten wir keine Gelegenheit mehr dazu. Dein Vater hat Millionen von Rands – genauer gesagt, zwanzig Millionen –, die den Aktionären der Firma gehörten, aus der Kasse seiner Minengesellschaft genommen, um damit eine andere Mine in seinen Besitz zu bringen. Er ist aber niemals dazu gekommen. Da er nicht genügend Bargeld für den Erwerb der kontrollierenden Mehrheit hatte, hat er sich auf ein illegales Spekulationsgeschäft eingelassen und dabei alles verloren. Vielleicht sollte ich dir das Ganze etwas genauer erklären«, setzte er gönnerhaft hinzu. Was er auch tat, bis sie ihn unterbrach.
»Ja, ja. Ich weiß das doch alles schon. Bitte, laß mich jetzt weiterreden. Der entscheidende Punkt dabei ist, daß Angelo meinen Vater wegen irgendeiner Familienfehde ins offene Messer rennen ließ. Einer Geschichte wegen, über die sie beide nicht sprechen wollen. Mira hat mir das alles erzählt. Es war ein sorgsam vorbereitetes und überaus schlau eingefädeltes Manöver. Ich möchte jetzt wissen, warum, Angelo. Ich muß es wissen ... wirklich, Rob.

Was ich eigentlich sagen wollte, ist: Bist du ebenfalls in diese Sache verwickelt gewesen?« Tränen brannten nun in ihren Augen.
Angelos Augen verengten sich zu Schlitzen. Er deutete mit dem Kopf zu Rob hinüber. »Ah«, sagte er leise. »Wie konnte Mira denn so etwas wissen? Auf was für Einfälle doch solche intriganten Frauen kommen! Dein Vater ist ein Betrüger und wird bald ein *in absentia* verurteilter Verbrecher sein.« Er wandte sich wieder Rob zu. »Die Leute werden reden. Wir sollten ihnen zu verstehen geben, daß Kate sein erstes Opfer war. Was euch beide davor bewahren sollte, zu sehr in die Schußlinie der Medien zu geraten. Was meine Rolle betrifft, habe ich versucht, ihn zu retten, mußte am Ende jedoch feststellen, daß seine Verluste selbst meine Mittel überstiegen.«
Warum wollte er sie dabei nicht anschauen? Weil er log? Es juckte sie in den Fingern, ihm diesen scheußlichen silbernen Kerzenständer an den Kopf zu werfen. »Du hast mir noch nichts von der Fehde verraten, die zwischen euch beiden besteht, und warum du dich unserer Heirat so sehr widersetzt hast.«
»Jetzt wirst du hysterisch.«
Sie war im Begriff, die Schlacht zu verlieren. Rob war wütend, und sein Blick warnte sie davor, in diesem Ton fortzufahren.
»Ich verlange nur eine ehrliche Antwort auf eine einfache Frage. Hast du meinen Vater in eine Falle tappen lassen? Und wußte Rob davon?« schleuderte sie den beiden ins Gesicht.
»Eine Hure hätte bessere Tischmanieren als du«, erwiderte Angelo, ihrer Frage ausweichend. Er stand auf und läutete mit der Tischglocke. »Bringen Sie mir das Essen in mein Arbeitszimmer«, sagte er leise zum Dienstmädchen.
»Warum?« fragte Rob. »Warum mußt du eine öffentliche Szene machen? Hättest du nicht später mit mir darüber reden können? Ich habe jetzt keinen Appetit mehr.« Er schob seinen Teller zur Seite und stand auf.
»Hör mich an.« Sie war jetzt verzweifelt. »Es war Angelo, der meinen Vater auf die Idee brachte, daß er vierzig Prozent der Kosten damit einsparen würde, daß er das Aktienpaket mit Rands bezahlte. Es war Angelo, der meinem Vater einen betrügerischen

Finanzmakler ins Haus schickte. Dieser versprach, Vaters Geld ins Ausland zu transferieren, was zugegebenermaßen gegen das Gesetz verstieß, aber alles wäre in ein paar Wochen okay gewesen. Der Handel sollte über eine ausländische Bank in Montserrat abgewickelt werden.«

»Mira hat dir das erzählt?«

»Ja.«

»Aber du hast keine Beweise dafür.«

»Ich glaube ihr. Zudem hat es Angelo nicht abgestritten. Du weißt, wie sehr ihm das Lügen verhaßt ist.«

»Selbst wenn sie die Wahrheit gesagt haben sollte, hat dein Vater noch immer das Geld gestohlen.«

»Er borgte es sich.«

Rob zuckte mit den Achseln. »Was Angelo deinem Vater auch immer empfohlen haben mag – er konnte ihn nicht dazu zwingen, das Gesetz zu brechen. Ich gehe aus«, murmelte er. »Ich habe keinen Hunger. Es hat keinen Sinn, wenn du aufbleibst, um auf mich zu warten.«

Kate blieb nun inmitten dieser Katastrophe allein am Tisch zurück. Sie wußte, daß Ramona und das Dienstmädchen ihr Gespräch belauscht hatten. Aber ich werde ihnen jetzt nicht auch noch die Genugtuung verschaffen, daß ich klein beigebe, überlegte sie. Sehr gerade auf ihrem Stuhl sitzend, löffelte sie ihre Suppe aus. Dann läutete sie nach dem nächsten Gang und verzehrte diesen ebenfalls, langsam jeden Bissen kauend, während ein Lächeln um ihre Lippen spielte. Ich werde mich nicht von dieser schrecklichen Familie unterkriegen lassen und auch nicht von diesem kalten, unglückseligen Haus, dachte sie, während sie nach ihrem Dessert läutete.

Als Rob um Mitternacht nach Hause kam, lag Kate im Bett und tat so, als schliefe sie. Er hatte ein Glas unverdünnten Scotch ins Schlafzimmer mitgebracht, weil er dachte, daß er vielleicht einen Drink benötigen würde. Kate konnte zuweilen recht kratzbürstig sein. Er schaltete das Licht ein und warf seine Jacke über den Kleiderständer und seine Schuhe in den Schrank, aber sie rührte sich nicht. Dummes Luder! Jeder konnte doch sehen, daß sie

wach war. Er setzte sich neben sie auf den Bettrand und nahm ihre Hand in seine. Sie war so reizend und so wild. Heute abend hatte sie ihn an ein wütendes, fauchendes Kätzchen erinnert, als sie versuchte, Angelo in die Enge zu treiben.
»Kate«, flüsterte er.
Er schlang die Arme um sie, spürte, wie ihre dicken Haare ihn unter dem Kinn kitzelten, und drückte sie fest an sich, bis sie erschauerte.
Er beugte sich zu ihr hinunter, um sie zu küssen, aber sie schob ihn von sich weg. »Du mußt es mir sagen«, erklärte sie. »Ich muß es wissen.«
Er seufzte. Als er ihre Brustwarzen streichelte, spürte er, wie sie hart wurden, und wußte, daß sie ihn begehrte. Er fühlte in sich eine Welle heißer Liebe aufsteigen, die ein Gefühl der Verzückung und eines gesteigerten Selbstbewußtseins zurückließ. Sie schlief stets nackt, und so schlug er nun die Bettdecke zurück und beugte sich über sie, um sie zu betrachten. Er konnte sich an ihrer unglaublichen Schönheit nicht satt sehen. »O Kate, meine Liebe«, murmelte er. Ihre Brüste waren perfekt, zwei schwellende Hügel festes Fleisch mit den sich nun etwas erweiternden Kreisen brauner Haut unter den erigierten Brustspitzen. Er legte die Hände darüber und preßte seinen Mund auf ihren.
Sie wehrte sich gegen ihn und befreite sich aus seinem Griff. »Sag es mir«, forderte sie. Als sie sich aufsetzte und ihn wild ansah, während ihr die blonden Haare über die nackten Schultern und Brüste fielen, erinnerte sie ihn an eine nach Rache dürstende Walküre. Er wollte sie auslachen, spürte jedoch, daß das jetzt nicht die richtige Zeit war für einen Scherz. Vielleicht hatte sie sogar recht. Angelo hatte Mike Russell schon immer gehaßt, doch wenn es eine Vendetta zwischen den beiden gab, hatte Angelo lange auf seine Rache gewartet. Aber so war er. Er war bekannt für sein langes Gedächtnis. Er hatte noch nie vergessen, seine Schulden oder das, was man ihm angetan hatte, zurückzuzahlen. Er hatte sein Leben lang für seine Schuld an Silver Bay bezahlt.
Was, in aller Welt, konnte er jetzt zu ihr sagen? Er liebte sie beide, fühlte sich zwischen ihnen hin- und hergerissen.

»Ich weiß nichts davon«, erklärte er schließlich. Sie tat ihm leid, aber andererseits hätte sie ihm auch vertrauen müssen.
Etwas von der Spannung in ihr schien abzufließen. »Wenn ich mir sagen müßte, daß du etwas damit zu tun gehabt hast, würde ich dich verlassen«, murmelte sie.
»Und ich würde vor Einsamkeit sterben«, erwiderte er, sie auf das Bett hinunterdrückend, und begann wieder ihre Brüste zu streicheln. Er hatte sich vorgenommen, nicht mit ihr zu streiten. Schau doch nur an, wie sie sich an ihre Würde klammert, dachte er. Dabei hatte sie nicht einmal genügend Geld für einen Lippenstift. Nicht, daß das etwa eine Rolle spielen würde. Sie hatte ja ihn. Ihre finanzielle Unabhängigkeit war ihm schon immer ein Dorn im Auge gewesen. Er hatte ihr Vermögen stets als eine Bedrohung betrachtet. Von jetzt an würden sie eher eine Einheit sein. Sie würde zwar zuweilen vielleicht von ihrem hohen Roß heruntersteigen müssen, aber das konnte für alle Beteiligten nur von Vorteil sein.
Er schob ihr die feuchten Haare aus dem Gesicht und spürte, wie seine momentane Unsicherheit sich wieder legte. Er hatte schon immer gewußt, daß man mit Geld alles kaufen konnte – selbst Loyalität und Liebe. Sogar Kates Liebe. Alles hatte einen Preis, nichts bekam man umsonst. Angelo hatte ihm das als Kind immer wieder eingebleut. Und er war zwölf Jahre alt gewesen, als er seine erste Erfahrung mit dieser Maxime gemacht hatte.
Er hatte sich damals danach gesehnt, einer von den großen Jungen zu sein und mit Kurt, der drei Jahre älter gewesen war als er und dessen Vater ein Thunfischboot besessen hatte, zum Sportangeln aufs Meer hinausfahren zu können, aber so eine Ehre würde ihm natürlich niemals zuteil werden. Und dann hatte er plötzlich und gänzlich unerwartet eine Einladung zu so einer Angelfahrt bekommen. Er hatte eine großartige Zeit mit Kurt verlebt und sich trotz seiner Jugend recht wacker gehalten. Am Abend hatte Angelo ihm dann erzählt, daß Kurts Vater sie dazu bringen wollte, seine Fischfrosterei zu kaufen. »Wir werden ihm zunächst nur ein paar unbedeutende Gerätschaften abkaufen und die Verkaufsverhandlungen so lange hinziehen, bis die Sportangelsaison zu Ende ist. Das ist die Macht des Geldes«, hatte er erklärt. »Du

darfst dich da nicht täuschen und auch nur einen Moment lang glauben, daß die Menschen aufrichtig zu dir sind oder dich deiner selbst wegen mögen. Sie wollen dein Geld – das ist der Anfang und das Ende von allem. Und der Trick ist, das Größtmögliche aus dem, was man besitzt, herauszuholen. Du kannst nur dem Geld, aber niemals den Menschen vertrauen.« Wie recht er damit hatte, zeigte sich dann, als sie schließlich den ersehnten Kaufvertrag abschlossen und Kurt ihn daraufhin fallenließ.

Er hatte diese Lektion nie mehr vergessen, und sie hatte ihm immer gute Dienste geleistet. Viel später hatte er dann den Fehler begangen, dem Charme von Kate, einer reichen Erbin, zu erliegen. Nur der Himmel wußte, warum sie ihn genommen hatte. Daß er so sehr an ihr hing, hatte ihn mit einem Gefühl der Unsicherheit erfüllt, aber nun war sie unwiderruflich an ihn gebunden.

Seine Hand glitt zu ihren Schenkeln hinunter, und er begann, ihre Scham zu streicheln.

»Ich möchte jetzt nicht mit dir schlafen«, murmelte sie.

»Aber ich mit dir.«

Er stand auf und begann sich zu entkleiden. Kate beobachtete ihn mißmutig. Warum konnte er ihr schreckliches Problem nicht ernst nehmen? Speiste er sie absichtlich mit abgedroschenen Phrasen und Sex ab? Schau doch nur, wie er sich vor dir mit seinem Körper produziert! Sie wünschte sich, sie wäre kräftig genug gewesen, um die Wahrheit notfalls aus ihm herausprügeln zu können, aber ein Teil von ihr sehnte sich auch danach, mit ihm zu schlafen. Sie liebte seine breiten Schultern, seine straffe, sonnengebräunte Haut, seinen sehnigen Nacken und das Spiel der Muskeln auf seinem Rücken, wenn er sich bewegte. Sie liebte das gekrauste schwarze Haar seiner Lenden, seinen vor Saft strotzenden süßen Penis und die Art, wie er roch, wenn er sie begehrte. Als er sich über sie beugte, gab sie sich geschlagen, schloß die Augen und bewegte ihre Hüften.

Als Rob das sah, wußte er, daß er gewonnen hatte. Er wanderte mit seinen Lippen nun langsam über ihren Körper – suchend, findend und erkundend. Sie stöhnte leise. Und als er erkannte, daß sie reif war und bereit für den Liebesakt, stieß er in sie hinein.

Er konnte nie aufhören, sich darüber zu wundern, wie sie stets zugleich mit ihm zum Höhepunkt kam. So etwas hatte er vor Kate noch bei keiner Frau erlebt. Das machte ihn glücklich und erfüllte ihn mit einer tiefen Befriedigung. Er setzte sich auf und nippte an seinem Scotch.

»Himmel, Kate, du bist wirklich etwas Besonderes«, sagte er. »Ich kann gar nicht genug von dir bekommen. Und du bist meine Frau. Verrückt, nicht wahr?«

Sie betrachtete ihn jetzt mit einem Stirnrunzeln. »Ist das so?« murmelte sie.

»Spiele deine Karten richtig aus, und du wirst alles von mir bekommen, was du dir wünschst.«

Ihre Augen weiteten sich vor Schock. Was, zum Kuckuck, war denn jetzt wieder in sie gefahren? fragte er sich. Er versuchte, ihre Zuneigung wiederzuerlangen. »Es gibt nichts Schöneres, als mit dir zu schlafen, Kate. Du wirst alles bekommen, was du möchtest. Mach dir nur deswegen keine Sorgen. Was mein ist, ist auch dein. Sei ein bißchen nachgiebiger, ein wenig entgegenkommender, und lerne, mich zu erfreuen. Dann wirst du keine Probleme haben, denn ich liebe dich ja.« Er lachte.

Gütiger Himmel – die Temperatur hatte jetzt fast den Gefrierpunkt erreicht. Frauen! Er würde sie doch niemals verstehen. Er hatte den Eindruck, daß sie fast die ganze Nacht über wach lag. Denn jedesmal, wenn er sich bewegte, wurde sie neben ihm ganz steif und starrte an die Decke.

Kapitel 5

Mandy spürte ihren Körper. Es tat weh, wenn sie ihn kniff. Bedeutete das, daß sie noch am Leben war? Wo war sie – und warum? Wie lange hatte sie hier gelegen? Sie wußte nicht zu sagen, was mit ihr passiert war oder wo sie sich befand.
Sie war so durstig. Hatten Tote Durst? Vielleicht war sie blind und lag in einem Krankenhaus? Sie rief immer wieder, aber es antwortete ihr niemand. Geräusche schienen von diesem schrecklichen Ort erstickt zu werden. Aber sie konnte da doch etwas hören, nicht wahr? Einen tropfenden Wasserhahn. Hatten tote Menschen noch ein Hörvermögen?
Sie wollte sich aufsetzen, wagte aber nicht, sich zu bewegen. Nach einer Weile wurde ihr Durst unerträglich. Sie schob ihre Hände in diese tintenschwarze Dunkelheit hinein, aber sofort stürzten Bilder von Schlangen, Spinnen, Ratten und Skorpionen auf sie ein. Sie schrie, bis sie das Bewußtsein verlor.
War es nur Sekunden oder viele Stunden später, als ihr bewußt wurde, daß sie wieder wach war? Sie konnte noch immer diesen tropfenden Hahn hören. Sie befühlte vorsichtig ihren Körper. Er schien noch aus einem Stück zu bestehen. Abgesehen von ihrem Kopf und ihrer trockenen Kehle tat ihr nichts weh. Keine Schlangen hatten sie gebissen, keine Ratten an ihr genagt. Sie nahm nun ihren ganzen Mut zusammen und tastete ihren Kopf ab. Da war nichts außer einem Kissen. Sie lag auf einer harten Matratze in einem Bett aus Metall, an dem sie nun mit den Fingern herumfummelte, davon überzeugt, daß diese ihr jeden Moment abgehackt würden. Doch nach einer Weile gewann sie die Gewißheit, daß sie das einzige lebendige Wesen an diesem einsamen Ort war. Als sie nun vorsichtig aufzustehen versuchte, fiel sie wieder um. Sie konnte die Balance nicht halten. Und so kroch sie auf allen vieren, immer wieder mit den Händen in dieser totalen Dunkelheit den Boden vor sich abtastend, aus Angst, sie würde sonst in einen bodenlosen Abgrund stürzen.
An einer Seite des Raumes befand sich ein Wasserhahn. Die Erkenntnis, daß sie Wasser trinken konnte, wann immer sie wollte,

erfüllte sie mit Dankbarkeit, denn sie wäre jetzt fast vor Durst gestorben. Sie trank, bis sie das Gefühl hatte, sie könnte beim nächsten Schluck platzen. Am Boden unter dem Wasserhahn befand sich ein Metallrost, durch den das Wasser abfloß. Was befindet sich unter diesem Gully? fragte sie sich. Sie kroch nun auf Händen und Knien kreuz und quer durch ihr Gefängnis, um herauszufinden, wo sie sich hier befand. Die Wände und der Boden bestanden zweifellos aus Beton, und die Decke war so hoch, daß sie diese mit den Händen nicht zu erreichen vermochte. Der Raum war groß – jedenfalls größer als ein normales Zimmer. Als sie an seinem Rand entlangkroch, kamen ihre Hände mit etwas Glattem und Rundem in Berührung. Als sie dieses Objekt abtastete, erkannte sie, daß es sich dabei um eine Kloschüssel handelte mit der dazugehörigen Wasserspülung, die auch funktionierte. Und im Verlauf ihrer Erkundung entdeckte sie auch noch ein Waschbecken, einen Tisch, einen Stuhl …

Die Realität kehrte wie eine erlösende Flut in Mandys Geist zurück. Sie atmete erleichtert auf. Sie war weder verrückt noch blind oder gar tot. Sie wanderte nicht als fleisch- und blutloses Wesen in einer höllischen Unterwelt umher, sondern war lediglich entführt worden und wurde nun in einer unterirdischen Zelle gefangengehalten. Diese Erkenntnis weckte neue Kräfte in ihr. Aber weshalb hatte sie denn jemand kidnappen wollen?

»Gütiger Gott«, betete sie. »Schicke Hilfe! Hole mich hier heraus!«

Niemand holte Ari in Kapstadt vom Flughafen ab, und so mietete er sich schließlich ein schwarzes Taxi, einen von seinem schwarzen Eigentümer chauffierten Minibus. Es war fast fünf Uhr nachmittags und so heiß wie in einem Backofen, als der Bus den Scheitel des Passes erklommen hatte und nun auf der engen, gewundenen Straße nach Silver Bay Village hinunterfuhr. Die Berghänge waren dicht bewaldete, dunkel schimmernde Massen in der Hitze. Zu beiden Seiten ragten von rosenfarbenen und purpurroten Bändern durchzogene Granittürme auf, deren Spalten mit indigoblauen Schatten gefüllt waren. Dahinter dehnte sich der in sattem Türkis erstrahlende Ozean aus, und der meilenwei-

te Sandstrand, der die Bucht säumte, glitzerte in der Sonne wie Silber. Lieutenant Ari St. John blickte sehnsüchtig aus dem Busfenster, nach einem erfrischenden Bad im Meer lechzend.
In dem brechend vollen Taxi war die Luft zum Schneiden dick und so reich mit Düften gewürzt wie ein malaiisches Reisgericht. Billige Parfums vermischten sich mit Auspuffdämpfen, Körperschweiß, Haschisch, schalem Wein und starkem Tabak. All diesen Aromen gesellte sich noch der seltsam abstoßende Eigengeruch des Mannes hinzu, der auf dem Platz vor ihm saß. Ein *Bergie* vermutlich, ein in Berghöhlen übernachtender Tramp. Sein runzliger, ungewaschener Körper schien erst in Wein gebeizt und dann über einem Holzfeuer geräuchert worden zu sein.
Der Bus kam mit kreischenden Bremsen an der nächsten Haltestelle so abrupt zum Stehen, daß alle Insassen nach vorn geschleudert wurden. Flankiert von zwei massigen schwarzen Ladys, spürte Ari davon so gut wie nichts – nur ein kurzes Aufundabwabbeln zwischen zwei erschauernden Bergen aus schwarzem Gelee. Der Tramp vor ihm fing an, etwas vor sich hin zu murmeln, während seine Lippen und Finger krampfhaft zu zucken begannen. Vermutlich war er am Ende seiner Selbstbeherrschung angelangt und brauchte dringend seinen nächsten *dop,* einen Becher billigen Wein.
Der Bus beschleunigte wieder und kam in den engen Kurven gefährlich ins Schleudern. Die Frauen kreischten, während die Männer mit versteinerten Gesichtern stumm auf ihren Plätzen saßen. Aber man konnte ihre Angst riechen. Wer braucht schon einen Lügendetektor in einem Land, wo man die Angst so deutlich an ihrem Moschusduft erkennen kann?
Sie passierten nun rasch die opulenten, auf mindestens zwei Morgen großen Grundstücken errichteten Häuser mit Swimmingpools, gepflegten Gärten, Tennisplätzen und all den anderen Sachen, die sich für die Angehörigen der südafrikanischen Mittelklasse mit dem entsprechenden Einkommen gehörten. Ari versuchte einen Anflug von Neid zu unterdrücken. Er würde niemals so ein Haus wie diese dort besitzen. Nicht mit dem Einkommen eines Polizisten. Seltsam, solche reichen Häuser nicht von hohen Gitterzäunen, elektrisch verriegelten Toren und gei-

fernden Rottweilern umgeben zu sehen. Einige von diesen Gärten hatten nicht einmal einen Holzzaun – ein sicheres Zeichen für eine friedliche Nachbarschaft. Ari sah Afghanen, Schäferhunde und eine Vielzahl kleinerer Schoßtiere, die bestimmt keinen Bettler vom Grundstück würden vertreiben können. Würde sich das alles ändern, wenn die Squatters hier Einzug hielten? Er stieg in der Hauptstraße von Silver Bay aus, holte seinen Koffer hinten aus dem Gepäckfach des Taxis und machte sich dann pfeifend auf den Weg zum Polizeirevier.

»Guten Tag«, sagte er zu der großen Gestalt, die ihm, über auf dem Boden ausgebreitetes Angelzeug gebückt, den Rücken zukehrte.

»Hi, Rob! Ich schätze, diese Schnurrolle ist nicht mehr zu gebrauchen.« Der Sprechende blickte nun über die Schulter und runzelte die Stirn. »Ihre Stimme! Einen Moment lang dachte ich ... Sie hören sich an wie ein Freund von mir«, sagte er, sich nun aus der Hocke aufrichtend. »Und wenn ich Sie mir so betrachte, sehen Sie ihm sogar ein bißchen ähnlich.«

Lieutenant Rolf Gerber, der Stationsleiter von Silver Bay, war nach den fehlenden Zäunen für Ari ein weiterer Beleg für eine von Verbrechern verschonte Gemeinde. Er war selbstgefällig, übergewichtig und keuchte ein bißchen. Seine von der Sonne arg gebeutelte helle Haut begann sich bereits in kleinen Schuppen von seiner krebsroten Nase zu lösen. Seine sandfarbenen Haare waren fast weiß gebleicht, und seine blauen Augen hatten einen metallischen Schimmer.

»Wer sind Sie?« erkundigte er sich jetzt, und Ari stellte sich ihm vor.

»Sie sind also dieser Heißsporn, den sie uns schicken, damit er hier nach dem September-Kid suchen soll«, schnaubte er. »Ich glaube nicht, daß Sie hier damit viel Glück haben werden. Sie hätten dort oben in Botswana bleiben sollen. Das schlimmste Verbrechen, das wir hier in den letzten zehn Jahren erlebt haben, war Trunkenheit am Steuer.« Er lächelte arrogant. »Wir haben hier eine mustergültige farbige Gemeinde, und es ist hier noch nie zu irgendwelchen Schwierigkeiten zwischen Farbigen und Weißen gekommen. Und warum nicht? Weil hier niemand das Boot, in dem er sitzt, zum Kentern bringen möchte. Hier gibt es keinen Hunger. Hier ist niemand obdachlos und ohne Arbeit. Hier greift alles so reibungslos ineinander wie in einer gut geölten Maschine. Ich habe Erkundigungen über Sie eingeholt, Lieutenant. Wie ich hörte, macht es Ihnen Spaß, Ihre Verdächtigen zu töten. Heutzutage haben wir uns exakt an die Vorschriften zu halten. Die Zeiten sind vorbei, in denen wir uns unsere Geständnisse auf die bequeme Art besorgen konnten. Vergessen Sie das! Das ist das neue Südafrika, Mann! Jeder erwartet jetzt von uns, daß wir uns wie Weihnachtsmänner verhalten. Wenn Sie heute ein Kind auf der Straße betteln sehen, geben Sie ihm ein Bonbon und keinen Klaps hinter die Ohren. Das ist ein Befehl. Ist das klar? Natürlich haben wir auch jetzt noch ein paar Trümpfe im Ärmel, und ich zweifle nicht daran, daß die Jungs sie Ihnen auch zeigen werden. Aber wir hinterlassen niemals Spuren.«

Ari stufte Gerber jetzt in Gedanken als einen unsensiblen Dummkopf ein, der niemals etwas anpackte, bevor er sich nicht sicher war, daß er als Sieger aus der Sache hervorgehen würde. Es stimmte ihn unbehaglich, daß man ihn als Leuteschinder einstufte, aber er hatte einen Kodex, an den er sich hielt: sich niemals zu beschweren und nie etwas zu erklären, was ihn jetzt daran hinderte, sich vor diesem Mann zu rechtfertigen.

»Das Nächstliegende zuerst«, fuhr Gerber fort. »Hier ist eine Liste der verfügbaren Unterkünfte. Prüfen Sie das Angebot, und treffen Sie Ihre Wahl. Sergeant Willis Gous hat alle Adressen, die er für geeignet hält, mit einem Sternchen versehen.«

»Sir, mein Wagen wird mit der Bahn hierhergebracht. Ich bin mit dem Flugzeug gekommen. Man hat mir gesagt, daß mich jemand am Flugplatz abholen würde.« Er legte eine Pause ein, aber Gerber versuchte nicht, dieses Versäumnis zu erklären. »Kann ich mir solange einen fahrbaren Untersatz vom Revier leihen?«

»Eigentlich nicht, aber was, zum Teufel, könnten Sie denn anderes tun? Unsere öffentlichen Verkehrsmittel beschränken sich auf einen Bus und Hunderte von schwarzen Taxis. Schätzen Sie sich glücklich, daß Sie hier sind, Saint-John.« Er stolperte über diese beiden Worte und blickte mißtrauisch auf. »Was für eine Art von Name ist das eigentlich?«

»Ein englischer Name, Sir. Wird ›Sinjun‹ ausgesprochen.«
»Soso ...« Er blickte stirnrunzelnd auf den Brief hinunter, den er von Aris Colonel bekommen hatte. »Arion Fletcher Saint-John«, murmelte er. »Ich glaub' es nicht. Haben Sie etwas dagegen, wenn ich Sie Fletcher nenne? Sind Sie Engländer?«
»Nein. Das heißt, meine Eltern sind es, aber ich bin erst in Kenia, dann in Sambia und schließlich in Simbabwe aufgewachsen. Dann kam ich hierher.«
»Die koloniale afrikanische Fluchtroute.« Er lachte ohne Humor. »Nun, der Zug endet hier, Fletcher. Es sei denn, Ihre Leute finden Geschmack am Südpol.«
»Mein Vater ist Hochschullehrer und Schriftsteller. Er ist nur von einem akademischen Posten zum anderen gezogen, um seine Forschungen voranzutreiben.«
Gerber fixierte ihn mit einem stählernen Blick. »Ist das so? Nun, ich weiß, was Sie sind, und ich möchte hier keinen Ärger haben. Wir verstehen uns doch, nicht wahr? Sie sollen ja ein recht heller Kopf sein, wie man mir erzählte. Lassen Sie das nicht zu sehr raushängen!«

Es war nur eine Adresse auf der Liste, die mit zwei Sternchen markiert war, und Ari machte sich auf den Weg dorthin. Die voll im Trend liegenden liberalen Eheleute Jack und Gillian Bronson empfingen ihn auf ihrer Veranda, auf ihren Gesichtern ein falsches Lächeln und eine tiefe Besorgnis, die darauf verharrten wie das Standbild eines mitten in der Bewegung angehaltenen Videos. Jack mußte so um die Fünfzig sein. Er war groß, kräftig gebaut, muskulös, schien jedoch rapide aus dem Leim zu gehen. Die Ursache dafür war nicht schwer zu erraten, wenn man seine Gürtellinie und seine rotgeäderte Nase betrachtete. Doch seine schwarzen Haare waren nur von wenigen grauen Fäden durchsetzt, und unter seiner aufgedunsenen roten Haut verbarg sich ein klassisches römisches Profil.
Gill mochte als Vierzigerin durchgehen, wenn sie es darauf anlegte. Sie hatte eine stramme Figur und gefärbte Haare mit reizenden, rötlich schimmernden Glanzlichtern. Sie sah in ihren verblichenen Designerjeans, ihrer gelben Seidenbluse und ihren

Sandalen überaus appetitlich aus. Sie war zwar nicht hübsch, aber apart und hatte gute Augen. Sie hatte die Angewohnheit, ihre langen Fransen nach vorn in die Stirn zu schleudern und unter diesen hervorzulugen wie ein ganz junges unschuldiges Ding, was einen schon ein wenig aus der Fassung bringen konnte.
»Sie ist dort unten«, sagte sie jetzt und warf Ari einen koketten Seitenblick zu. »Vielleicht schläft sie noch.«
»Wer?«
»Unser Squatter. Deswegen sind Sie doch hier, nicht wahr?«
»Ich bin der Wohnung wegen gekommen.«
»Um Himmels willen – überlege erst, bevor du den Mund aufmachst«, sagte ihr Mann in grollendem Ton.
»Oh!« Mrs. Bronson ließ den angehaltenen Atem mit einer hörbaren Explosion entweichen. »Du meine Güte! Was müssen Sie jetzt von uns denken! Aber Sie sind doch von der Polizei, nicht wahr? Ich meine, Sie sind doch eben in einem Streifenwagen gekommen. Warum werfen Sie also nicht mal einen kurzen Blick auf diese alte Frau? Sie ist in unseren Stall eingebrochen und dort eingeschlafen.«
»Gill hätte Ihnen erklären müssen, daß wir uns Pferde gehalten haben. Das tun wir jetzt nicht mehr«, sagte Jack mit falscher Herzlichkeit.
»Sie müssen nicht denken, daß sie uns nicht leid täte. Und nennen Sie mich bitte Gill«, erklärte Mrs. Bronson in kurzen Stakkatosätzen. »Es ist nur so, daß ... nun, es gibt dort keine sanitären Einrichtungen. Nicht mal einen Wasserhahn. Außerdem haben wir die schrecklichsten Geschichten gehört. Wenn man sie achtundvierzig Stunden auf dem Grundstück beläßt, haben sie Siedlungsrechte. Danach werden wir sie nicht mehr los.«
»Du kommst ins Schwafeln, Gill. Tatsache ist, daß wir sie hier nicht haben wollen«, grollte Jack.
»Nun – lassen Sie uns doch erst mal die Wohnung besichtigen«, sagte Ari. »Vielleicht erledigt sich das andere Problem von selbst, wenn die Frau den Polizeiwagen vor dem Haus stehen sieht.«
»Sie sind Engländer, nicht wahr, alter Junge? Sie werden sich hier im Revier ein wenig deplaciert vorkommen, fürchte ich. Erholen

Sie sich nach der Besichtigung mit einem Drink bei mir im Haus. Gill wird Sie mit ihrer Inventarliste zum Wahnsinn treiben.«

Führen die beiden eine Art von Sexkrieg miteinander? fragte sich Ari, als er Gill über ein Feld zu einem Cottage folgte.

»Wir hatten einen *hairy back** erwartet. Wir wußten, daß sie jemanden aus dem Transvaal hierherschicken würden, verstehen Sie?« erklärte Gill atemlos mit ihrem nasalen, etwas schrillen englischen Akzent, als sie ihm auf dem Weg zum Cottage voranging. »Gott sei Dank sind Sie das nicht. Tatsächlich haben wir das noch nie gemacht. Das ist alles neu für uns. Jack hat bei dieser Versicherungspleite von Lloyds eine Menge Geld verloren. Hätte uns fast um unser ganzes Vermögen gebracht. Zum Glück haben wir eine Anleihe bekommen, so daß wir einen Teil unserer Schulden zurückzahlen konnten. Es ist das erste Mal, daß wir das Cottage vermieten. Wir mußten die Pferde verkaufen – nun, praktisch fast alles. Und Jack kämpft jetzt darum, im Geschäft zu bleiben.«

»Das ist hart.«

»Jack entwickelt Immobilienprojekte«, fuhr sie atemlos fort. »Und ich schreibe Artikel, vorwiegend für die Lokalpresse. Und zuweilen kann ich auch etwas in englischen Zeitungen veröffentlichen – Kurzgeschichten und dergleichen. Das hilft.«

Das Cottage war klein, aber sauber. Vermutlich hat es früher mal den Dienstboten als Quartier gedient, überlegte Ari, war jetzt aber zu einem Apartment mit einem guten Duschbad, einer hübschen Kochnische in einer Ecke des Salons und einem separaten Schlafzimmer umgebaut worden. Gill machte ein großes Gewese um die Einrichtung, wie ihm Jack prophezeit hatte, und zählte ihm sogar die Eierlöffel vor. Aber sobald er den Mietvertrag unterschrieben hatte, löste sich dieser angespannte Ausdruck in ihrem Gesicht in ein strahlendes Lächeln auf, mit dem sie ihn ins Haus zurückbrachte, wo Jack ihn in der Bar erwartete.

Als Ari dort auf den Balkon hinaustrat, war er wie verzaubert. Obwohl sie sich hier in der Mitte eines Abhangs befanden, schienen sie direkt über der Bucht zu schweben. Die Abenddämmerung hatte die Bergflanken purpurrot eingefärbt, und violette Ne-

* abfällige englische Bezeichnung für eine Person burischer Abstammung

belschwaden trieben über die flaschengrüne See. Am Horizont trennte ein breiter, gezackter scharlachroter Streifen den Himmel vom Meer.

»So etwas Schönes habe ich noch nie gesehen«, flüsterte Ari.

»Deswegen habe ich hier auch die Bar eingerichtet. Sie werden nirgendwo sonst auf der Welt so ein Schauspiel genießen können. Es ist der Himmel auf Erden. Oder zumindest war es das, bevor die Marmalades hierherkamen.«

»Marmalades?« wiederholte Ari ratlos.

»Wir sind schon immer liberal gewesen«, vertraute ihm Gill an, »haben noch nie irgendwelche Rassenvorurteile gekannt. Die werden Sie übrigens auch bei keiner anderen hier ansässigen weißen Familie finden. Aber man kann sie doch auch nicht einfach als ›Leute‹ bezeichnen, nicht wahr? Ich meine, Sie würden dann doch niemals wissen, von wem Sie eigentlich reden. Sie brauchen heute das Wort ›Kaffer‹ nur zu flüstern, wenn Sie sich in einem Gerichtssaal wiederfinden wollen. Eingeborene, Schwarze, Afrikaner, was auch immer – diese Leute werden alle diese Bezeichnungen für *infra-dig* halten. Diskriminierend und ihrer nicht würdig. Und deshalb haben wir unser eigenes Wort für sie geprägt. Wie diese *golliwogs* – diese Mohren –, die früher auf den Etiketten von Marmeladengläsern abgebildet waren, verstehen Sie? Darauf werden sie niemals kommen.«

»Ah!«

»Du schwafelst schon wieder, Gill.« Jack wandte sich an Ari mit einer Mann-zu-Mann-Attitüde: »Scotch? Unverdünnt? Kommt sofort. Tatsache ist, daß in letzter Zeit täglich Hunderte von Marmalades hierherkommen. In immer größeren Scharen. Sie haben kein Geld, keine Arbeit, aber man begegnet ihnen überall. Ich habe bei Ihrem Revierchef angerufen und mich darüber beschwert, aber er sagte, sie werden wieder abziehen, wenn sie hier keine Jobs finden. Was meinen Sie?«

»Ich hatte bisher noch nichts davon gehört«, log Ari.

»Wir haben uns nie mit einer falschen, ungerechtfertigten Deportation und dergleichen Praktiken einverstanden erklärt«, fuhr Jack mißmutig fort.

»Wir sind schon seit vielen Jahren Liberale gewesen, aber tatsächlich ist das jetzt in dieser Gegend ein Problem«, fügte Gill hinzu und goß ihren Drink hinunter. »Ganze Regimenter von ihnen rücken hier ein.« Irgendwie kam ihr Barhocker dem von Ari so nahe, daß sich ihre Schenkel berührten.

»Du mußt mir nicht jedes Wort, das ich sage, nachplappern wie ein verdammter Papagei.«

Gill lächelte nervös. »Es gibt hier keine Jobs für Marmalades«, vertraute sie Ari mit einem mädchenhaften Augenaufschlag an. »Traditionsgemäß werden hier auf den Fischdampfern und in den Fabriken farbige Arbeiter beschäftigt.«

Jack goß sich einen zweiten Drink ein. »Es ist die reinste Pest.«

Den beiden Bronsons schien es peinlich zu sein, sich mit einem Problem konfrontiert zu sehen, das sie zwang, die Rolle des Aggressors zu übernehmen, nachdem sie so viele Jahre über theoretisch von der Seitenlinie aus den Opfern ihre Sympathie bekundet hatten.

Konnte Jack sehen, daß sie ihre Knie jetzt fest gegen seine preßte? fragte sich Ari. War ihm das egal? Was genau konnte sie dazu bewogen haben, so unverschämt mit ihm zu flirten, während ihr Mann nur zwei Meter von ihr entfernt stand? Das Spiel, das sie hier miteinander trieben, bestand darin, sich gegenseitig verächtlich zu machen. Es herrschte eine Atmosphäre des Unbehagens und der Rachsucht zwischen ihnen. Aus Gills Verhalten schloß Ari, daß es sich dabei offenbar um ein sexuelles Problem handelte. Vielleicht hatte der Schock über seine finanziellen Verluste Jack impotent gemacht. Gill war verärgert und verletzt und bestrafte ihn auf die einzige Weise, die sie kannte.

Er leerte sein Glas und erhob sich von seinem Hocker.

»Nehmen Sie sie mit, alter Junge.«

»Wen?« fragte er. Etwa Gill? dachte er.

»Die Frau im Stall.«

»Mit welcher Begründung?«

»Wegen Einbruchs oder Hausfriedensbruchs oder was weiß ich. Sie sind der Profi auf diesem Gebiet.«

Gill führte ihn, sich entschlossen bei ihm einhakend, mit durchgedrückten Schultern und erhobenem Kinn zu den Ställen.

»Es sieht so aus, als ließe sich die Tür nicht mehr verriegeln.

Tatsächlich schließt sie gar nicht mehr richtig«, sagte Ari. »Das bedeutet, daß sie nicht in das Gebäude eingebrochen ist.«
»Also ist sie einfach hineingegangen«, kam Jacks Stimme aus dem Schatten der Veranda. »Das ist illegal, nicht wahr?«
Hineingestolpert wäre das richtigere Wort, dachte Ari, während er auf das Häufchen Elend, das da vor ihm im Stroh lag, hinunterstarrte. Er kniete sich neben der alten Frau nieder und schüttelte sie sacht an der Schulter, während er leise in Xhosa-Dialekt auf sie einsprach. Sie setzte sich nun mit einiger Mühe auf und begann zu husten. Ihrer Erscheinung nach zu schließen, war sie eine sehr reinliche Person. Also keineswegs ein Tramp. Ihre Socken und Schuhe, der geblümte Rock, die weiße Bluse und das Kopftuch waren sauber, wenn auch ihre Kleider, weil sie darin geschlafen hatte, zerknittert waren.
»Wie heißt du denn, meine Gute?« fragte er sie in freundlichem Ton, ihren ramponierten alten Koffer, die beiden Tragetaschen und den Mantel betrachtend, auf dem sie gelegen hatte. Offenbar war das ihre ganze Habe, was da im Stroh vor ihm ausgebreitet war. Ihre gekräuselten schwarzen Haare waren an den Schläfen grau, ihr Gesicht war voller Runzeln und Falten, und ihre Augen hatten diesen milchigen Schimmer einer in die Jahre gekommenen Afrikanerin. Es schien so, als habe sie vor kurzem noch in einem der Homelands gelebt.
»Eunice Tweneni.« Sie griff nach seinen Händen, offenbar dankbar dafür, hier jemand gefunden zu haben, der ihren Heimatdialekt sprach.
»Du kannst hier nicht bleiben. Du hältst dich hier unbefugt auf einem Grundstück auf, das diesen Leuten dort gehört. Das hier ist ihr Stall.«
Sie fragte ihn nun in höflichem Ton: »Wohin kann ich denn gehen, mein Boß?«
»Das weiß ich nicht. Ich bin selbst erst vor ein paar Stunden hierhergekommen.«
Sie seufzte. »Ich war so müde, mein Boß. Ich bin den ganzen Tag von Tür zu Tür gegangen und habe nach Arbeit gefragt. Die weißen Leute, die hier wohnen, können einen schon zum Weinen bringen. Keiner bot mir ein Stück Brot an. Nicht einmal

einen Schluck Wasser hatten sie für mich. Als es dunkel wurde, sah ich diese leere Hütte hier und bin hineingegangen, um darin zu schlafen.«
»Haben Sie denn nicht irgendeine Arbeit für sie? Nicht einmal für einen halben Tag?« fragte Ari.
Gill schüttelte den Kopf.
Sich an Jack wendend, sagte Ari: »Sie ist verzweifelt und scheint mir eine saubere und zuverlässige Person zu sein.«
Jack blickte Gill fragend an, deren Gesicht sich mit einer ärgerlichen Röte überzog. Eunice stand nun vom Boden auf und wartete mit gefalteten Händen, den Blick bang auf Gills Gesicht gerichtet. Sie war zu stolz, um zu betteln, aber trotzdem in Nöten.
»Du meine Güte, Gill – es muß doch etwas geben, was sie tun kann«, sagte Jack grollend.
»Kann sie bügeln?« fragte Gill schließlich.
»Ich bin sicher, daß sie das kann.«
Eunice nickte.
»Na gut. Einen halben Tag pro Woche. Freitag vormittags.« Sie hätte das wohl kaum in einem noch schrofferen Ton sagen können, der seine Wirkung auf Eunice auch nicht verfehlte. Sie ließ den Kopf hängen. Ari vermutete, daß sie nicht mehr hierherkommen würde.
»Laß uns gehen«, sagte er zu ihr. Als er ihren Koffer nahm, sah er den Blick, den Jack und Gill in diesem Moment tauschten. Und er konnte fast hören, was sie nun leise hinter seinem Rücken miteinander tuschelten, als er Eunice zu seinem Wagen brachte. *Bloody commie* – verdammter Kommunist.

Kapitel 6

Ari hatte sich im Fischereihafen von Silver Bay mit seiner Tüte *fish and chips* auf den Rand des Kais gesetzt und warf hin und wieder eines von den fritierten Kartoffelstücken in die Luft, bis ihm das Gezeter der um ihn herumwirbelnden Möwen zu bunt wurde und er ihnen den Rest seiner Tüte überließ. Dann sah er stumm auf das Meer hinaus und wartete, bis Eunice ihre Mahlzeit beendet hatte. Wie immer war er auch diesmal von der schlichten Würde der Xhosas beeindruckt. Sie war ausgehungert, aß jedoch, sehr stolz und aufrecht dasitzend, ganz langsam, um sich ihre Nöte nicht anmerken zu lassen. Als sie ihre Tüte schließlich leer gegessen hatte, ging sie zum Wasser hinunter, um ihre Hände zu waschen, und nahm dann etwas linkisch wieder neben ihm Platz. Ari fing nun an, sie zu ihrer Person zu befragen, ein recht mühseliges und langwieriges Unterfangen, wie sich herausstellen sollte; denn sie war eine stolze Frau, die nur ungern über ihre private Tragödie sprach.

Zunächst war es eine sehr gewöhnliche Geschichte. Eunice war eine Xhosa aus dem Ciskei-Homeland, und dies war das erste Mal, daß sie ihre Heimat verlassen hatte. Sie war im Alter von fünfzehn Jahren mit einem Mann eines Nachbarstamms verheiratet worden, der einen *lobola*, einen Brautpreis, von zehn Kühen für sie bezahlt hatte. Nachdem sie ihm ihr erstes Kind geboren hatte, eine Tochter, hatte er sich Arbeit in den Goldminen gesucht. Er kam jedes Jahr, wenn er Urlaub hatte, nach Hause, und sie wurde dann jedesmal schwanger. Sie brachte eine zweite Tochter zur Welt, dann eine dritte, bis schließlich ihre Familie aus fünf noch lebenden Töchtern bestand, während zwei Mädchen gleich nach der Geburt gestorben waren, und zwar in den Dürrejahren, als sie keine Milch zum Säugen für sie hatte. Als sie Ari das erzählte, wurde ihm ganz heiß vor Schuldgefühlen, aber es war keine Bitterkeit in ihrer Stimme. Für sie waren Entbehrungen eine ganz normale Naturerscheinung.

»Eines Tages... nichts... kein Brief... kein Geld... wir hatten Hunger. Jeden Tag ging ich zum Postamt... fünf Meilen... aber nichts ...« Ihre Worte klangen gestelzt, doch ihre Augen verrieten ihre Qual. »Am Ende des Jahres kam Amos, mein Vetter, aus den Minen zurück, aber nicht mein Mann. Amos sagte, er sei bei einem Streit im Township ums Leben gekommen. Er sagte, es sei nicht seine Schuld gewesen.«

Ari hörte ehrfürchtig zu, wie Eunice ihm nun den endlosen Kampf schilderte, ohne irgendwelches Einkommen ihre fünf Töchter am Leben zu erhalten, wobei ihr diese Aufgabe noch zusätzlich durch die Rassengesetze erschwert wurde, die sie daran hinderten, ihr Heim zu verlassen, um sich in den Städten der Weißen eine Arbeit zu suchen. Sie war jetzt von einem tiefen Groll erfüllt.

»Boß, hör zu. Ich bin mit der Sonne aufgestanden und habe mein Feld mit den Händen bestellt, bis es dunkel wurde. Ich hatte eine Axt und eine lange Stange als Werkzeuge dafür. Manchmal regnete es. Manchmal nicht; und die Maispflanzen starben, und wir mußten hungern. Jedes Jahr wurde das Gras weniger, bis wir kaum noch etwas Grünes sehen konnten – nur noch nackte braune Erde. Unsere Kühe verhungerten langsam. Unser Zauberdoktor hatte nicht mehr soviel Macht. Die Magie der weißen Leute siegte, und der Regen ging zu ihnen. Meine Töchter wurden groß und heirateten. Ihre *lobola* brachten noch mehr Kühe, und das Gras verschwand ganz.«

Sie zuckte mit den Achseln, und er sah, daß ihre Wangen naß waren.

»O Boß!« Sie bewegte ihren gebeugten Kopf rasch hin und her. »Bittere ... bittere Tage.«

Ari lehnte sich in den Sand zurück, um sich auf ihre Redeweise einzustellen und sich darauf zu konzentrieren, die Lücken in ihrer Geschichte auszufüllen; denn er verstand nicht alles, was sie zu ihm sagte, wenngleich sein Xhosa-Wortschatz dafür ausreichte, den Sinn ihrer Sätze zu erfassen.

Eines Tages waren weiße Männer in ihr Dorf gekommen, um den Leuten dort zu zeigen, wie man bessere Ernten erzielen konnte. Sie hatten nach Freiwilligen gefragt, und sie war die erste Frau in ihrem Dorf gewesen, die dieses neue Verfahren angenommen hatte.

»Verstehst du, Boß – ich wußte, daß ihr Zauber stärker war als unserer«, sagte sie schlicht. »Meine Familie wandte sich gegen mich. Als ich unsere Kühe verkaufte, damit wieder mehr Gras wachsen konnte, wollte niemand mehr mit mir reden. Als ich dann den Zauberdünger des weißen Mannes verwendete … Was für ein Aufstand! Der *induna,* der Dorfälteste, machte sich unsichtbar, weil er Angst hatte, eine falsche Entscheidung zu treffen, aber der *sangoma,* der Zauberdoktor, drohte mir.«

Es folgte ein langes Schweigen. Eunice saß gedankenverloren neben ihm, und Ari vermutete, daß sie nun nach einer Möglichkeit suchte, sich auszudrücken.

»Verstehst du, Boß«, erklärte sie schließlich, »es war zu spät für eine Umkehr. Die Kühe waren weg, meine Familie war wütend. Ich konnte jetzt nicht damit aufhören. Und als die weißen Männer zu mir sagten, ich müsse lernen, mit dem Traktor zu fahren, den alle Dorfbewohner benutzen sollten, lernte ich das. Ja, Boß, ich lernte es gut. Ich war die erste im Dorf, die es lernte. In jenem Jahr war unsere Ernte gut. Im Winter wuchs auch wieder Gras auf unserer Weide, und die beiden Kühe, die wir noch behalten hatten, wurden fetter. Eine davon bekam sogar ein Kalb.«

Sie lächelte nun voller Stolz. »Im nächsten Jahr folgten auch die anderen Frauen meinem Beispiel, wozu viel Mut gehörte, weil der *sangoma* es ihnen verbieten wollte.«

Ihre Töchter hatten jung geheiratet und, wie sie selbst, jedes Jahr ein Kind zur Welt gebracht. Aber trotz ihrer Bemühungen regnete es in den nächsten beiden Jahren kaum, und der *sangoma* triumphierte. Wieder mußte ihre Familie hungern, aber diesmal machte man sie für die Dürre verantwortlich, sagte sie betrübt zu Ari.

Die vier älteren verheirateten Töchter waren fortgezogen, um in den weißen Städten so lange von einem Job zum anderen zu wandern, bis die Polizei sie eingeholt hatte. Sie hatten ihre Kinder im Dorf zurückgelassen, die sie nun hüten mußte. Ari konnte sich leicht ausmalen, wie ihr Leben und ihre Arbeit von den Jahreszeiten bestimmt worden waren und daß sie dabei ständig mit der rückständigen Denkweise ihres Stammes und mit dem Mangel an Regen zu kämpfen hatte. Sie war dem Gesetz nach gezwungen, die Anweisungen ihres ignoranten Stammeshäuptlings zu befolgen. Ari war von ihrem Mut zutiefst beeindruckt, weil er wußte, daß sie sich, ihren Einsichten folgend, über alle Traditionen ihrer Stammeskultur hinweggesetzt hatte, die Veränderungen als eine Bedrohung und Beleidigung ihrer Vorfahren betrachtete. Er blickte sie an, hütete sich aber davor, sie anzustarren, wenngleich es ihn danach verlangte, zu erfahren, woher sie die Kraft für das alles genommen hatte.

In ihren alten, müden Augen glühte noch immer die Hoffnung. »Ich war dazu entschlossen, Boß. Meine Familie mußte überleben und wachsen. Ich will jetzt in einer Stadt wohnen, meine Kinder dort in Arbeit und Lohn sehen und erleben, wie meine Enkelkinder auf euren Schulen und Universitäten eure Bräuche erlernen. Denn unsere sind tot. Eure Magie ist stärker. Wir müssen von euch lernen.«

Ari spürte sich nun auf eine unerklärliche Weise für diese Frau verantwortlich. Sie war an die Rituale und den Mystizismus der Xhosa gebunden gewesen, die ihr eine Illusion von Sicherheit gegeben und ihr eine Macht über ihre Welt vorgegaukelt hatten, doch sie hatte die Courage besessen, sich von diesen traditionellen Bindungen zu lösen. Und niemand hatte ihr dabei geholfen.

»Du bist eine sehr tapfere Frau, Eunice«, sagte er leise. Sie antwortete ihm nichts darauf. Als er sie jetzt heimlich von der Seite ansah, bemerkte er, daß sie mit leeren Augen auf das Meer hinausschaute und mit ihren Gedanken ganz woanders zu weilen schien. Vermutlich bei den Erinnerungen an ihr Zuhause.

Es war Nonna, ihre jüngste, aber zugleich auch größte Tochter, ihr Lieblingskind, das sich stöhnend im Bett wälzte, nachdem sie bereits sechsunddreißig Stunden in den Wehen gelegen hatte. Es waren keine Männer im Dorf. Sie waren alle fortgegangen, um als Wanderarbeiter in den Goldminen den Lebensunterhalt für ihre Familien zu verdienen. Nur eine von ihren Töchtern war zu Hause geblieben, weil sie schwanger war, während alle übrigen irgendwo illegal in den Städten arbeiteten. Ihre drei älteren Schwestern hatten sich um das Bett ihrer Tochter versammelt und kühlten ihr Gesicht mit nassen Tüchern.

Das Stöhnen ihrer Tochter wurde nun von lauten Schreien abgelöst. Etwas stimmte da nicht. Aber was konnte sie schon unternehmen? Etwa den *sangoma* um Hilfe bitten? Das hätte sie nur ungern getan. Während sie seinen Kenntnissen von der menschlichen Seele, seinen Heilkräutern und seinen weisen Ratschlägen vertraute, waren allein schon in diesem Jahr drei Frauen im Kindbett gestorben, die sich in seine Obhut begeben hatten. Nein, ihre Tochter brauchte jetzt die Magie des weißen Mannes, wenn sie noch einen Tag länger leben wollte.
Als ihr wieder einer von diesen markerschütternden Schreien in den Ohren gellte und ins Herz schnitt, faßte sie einen jähen Entschluß. Sie würde dem Zorn des *sangoma* trotzen. Sie ließ ihre Schwestern am Bett ihrer Tochter zurück und machte sich auf den zweistündigen Weg über die Hügel. Zum Glück war es eine Vollmondnacht. Vielleicht ein gutes Omen. Ihre Angst überwindend, begann sie zu laufen.
Der Himmel über den fernen Hügeln färbte sich bereits grau, als der Arzt ihr mit der jungen weißen Frau, die ihm bei seiner Magie helfen sollte, in die Hütte folgte. Ihre Schwestern hatten inzwischen den Zauberdoktor an das Bett ihrer Tochter gerufen, der ihnen nun, während er seine Federbälge schwang und mit seinen Fußringen rasselte, böse Blicke zuwarf und dann, Flüche vor sich hin murmelnd, eilends entschwand. Eunice zündete ihren Primuskocher an, um Wasser in einem Topf zu erhitzen, wobei sie versuchte, dem weißen Arzt nicht bei dem zuzuschauen, was er mit ihrer Tochter machte. Zehn Minuten später, als sie das Baby schreien hörte, wußte sie, daß sie das Richtige getan hatte. Ihre Tochter erholte sich dann zwar rasch wieder von dieser schweren Geburt, aber der Junge, den sie zur Welt gebracht hatte, hatte einen Klumpfuß, und Eunice fürchtete um das Leben des armen kleinen Wurms. Sie bewegten sich auf einem recht schlüpfrigen Hang des Überlebens, auf dem es keine sicheren Tritte für Behinderte gab. Ich werde seine Kraft sein müssen und ihn aufziehen, schwor sie sich.
Sie nannte das Baby Tabson, und als seine Mutter wieder an ihre Arbeitsstelle in der Stadt zurückkehrte, nahm Eunice den kleinen Krüppel in ihre Familie auf, die nun sieben Enkelkinder umfaßte.

Er wuchs und gedieh unter ihrer Pflege, aber als er älter wurde, spürte sie, daß er sich einsam und frustriert fühlte. Obwohl er sich große Mühe gab, konnte er nicht einmal die Kühe hüten. Aber er liebte jede lebendige Kreatur, und sie mußte jeden Tag aufs neue über sein liebenswürdiges Wesen und seine Intelligenz staunen. Mit seiner hohen, breiten Stirn und seinen großen, ernsten Augen war er auch ein schönes Kind. Sein Verstand war hier vergeudet, wie sie wußte, aber er war nicht einmal kräftig genug, täglich die zehn Meilen zur Schule und zurück zu humpeln.

Die Nachricht, daß sein Monges, Vater, wieder in das Homeland zurückkommen würde, um dort für immer zu bleiben, war ihr so willkommen wie ein Schwarm Heuschrecken. Sie ging schweren Herzens daran, eine Ziege für die Feier seiner Heimkehr zu schlachten, denn er würde zweifellos von ihr die Rückgabe seines Sohnes verlangen. Ihr Schwiegersohn war ein einflußreicher Mann, der die Dockarbeiter-Gewerkschaft von East London angeführt hatte, und er kehrte nach Ciskei zurück, um dort den Posten des örtlichen ANC-Repräsentanten zu übernehmen. Und es geschah nun genau das, was sie befürchtet hatte: er und ihre Tochter nahmen Tabson wieder zu sich, als sie sich für die Dauer in Ciskei einrichteten. O Gott! Wie weh das alles getan hatte.

Sie wurde sich nun der Tränen bewußt, die ihr über die Wangen liefen, und versuchte, diese wegzuwischen, ohne daß der weiße Mann das sah.

»Was ist denn?« fragte sie der Polizist.

»Ich habe an meinen Enkel Tabson gedacht, Boß«, erwiderte sie traurig. »Ich liebe den Jungen so sehr, aber sein Vater schämte sich seiner, weil er ein Krüppel war; besonders dann, als ihm eine gesunde Tochter geboren wurde. Und statt Tabson nun bei mir wohnen zu lassen – da hätte er sich in zu großer Nähe von ihnen befunden –, übergaben sie ihn einer indischen Frau, die sich auf der Durchreise befand: einer Mrs. Desai, die meiner Tochter zweihundertfünfzig Rand für ihn bezahlte und ihr versprach, ihn auf eine Schule zu schicken und sein verkrüppeltes Bein kurieren zu lassen. Aber was wollten diese Leute denn mit Tabson an-

fangen? Ich fürchtete das Schlimmste und wartete auf meine Chance, das Dorf verlassen und nach ihm suchen zu können.«
Aber zu viele Jahre waren bereits vergangen, bevor diese Chance kam. Sie mußte ihre Enkelkinder aufziehen, wie es die Sitte ihres Volkes verlangte, und sie war mittellos. Erst vor zwei Monaten waren dann ANC-Funktionäre in ihr Dorf gekommen auf der Suche nach Leuten, die dazu bereit waren, sich in die Städte der Weißen transportieren zu lassen, um dort bei der ersten Wahl, zu der Vertreter aller Rassen zugelassen waren, ihre Stimme abzugeben. Als Gegenleistung für den kostenlosen Transport sollten sie sich in den Orten, zu denen sie gebracht wurden, niederlassen, dort nach Arbeit suchen und auch nach den Wahlen dort wohnen bleiben. Neben den vielen Männern, die vor der Meldestelle der ANC Schlange standen, hatte auch sie sich für diesen Transport in die weißen Wohnbezirke beworben, und ihre Tochter hatte sich dazu bereit erklärt, für alle ihre Enkelkinder zu sorgen.
Im letzten Moment war dann auch der *sangoma* mit einem Gesicht wie ein Sommergewitter in ihre Hütte gekommen. »Weil du an deinen Enkel glaubst, wirst du ihn wiederfinden«, hatte er zu ihr gesagt. »Weil du der Medizin des weißen Mannes vertraust, werden sie sein Bein kurieren. Weil du unseren Sitten den Rücken gekehrt hast, wirst du sterben.«
Aber davon erzählte sie diesem cleveren jungen Polizisten, der jetzt neben ihr saß, nichts. Er mußte schon einer seltsamen Sorte von weißen Männern angehören, denn in seinen Augen spiegelte sich echte Anteilnahme, und sie vertraute ihm. Sie hatte ihm ihr Herz ausgeschüttet. Instinktiv erkannte sie nun, daß es ihr gelungen war, den ungeheuren und unerschütterlichen Glauben an den Erfolg ihrer Mission auf ihn zu übertragen. Er würde ihr helfen, Tabson wiederzufinden.

Zwanzig Minuten später hörte sich Lieutenant Gerber mit wachsender Ungeduld Aris Bericht über die alte Frau an, die ihren Enkelsohn suchte.
»Sie ist hier nicht ansässig«, sagte er.
»Jetzt ist sie es.«
»Aber warum sich ihretwegen solche Mühe machen? Die Hälfte

aller schwarzen Frauen in den Städten haben ein oder sogar zwei Kinder verloren oder verlassen. Wir würden in Arbeit ersticken, wenn wir uns darum bemühten, die alle wiederzufinden. Warum kehrt sie nicht wieder an den Ort zurück, wo sie hingehört? Sie hat hier ja nicht mal eine Unterkunft. Ich habe nicht übel Lust, sie wieder dorthin zu schicken, wo sie hergekommen ist.«

Eine leere Drohung, wie sie beide wußten. Im Jahr zuvor war das Influx Control Act – die Niederlassungsbeschränkung für Farbige und Schwarze – aufgehoben worden, und zum erstenmal in ihrem Leben hatte Eunice das Recht, dort zu wohnen, wo es ihr gefiel. Silver Bay würde nun bald von obdachlosen Schwarzen überflutet werden, doch jeder wartete auf Erlasse und Anweisungen. Das neue Südafrika wartete bereits hinter der nächsten Ecke, aber niemand kannte die neuen Gesetze.

»Trotzdem werde ich den vermißten Jungen in die Liste der gesuchten Personen aufnehmen«, sagte Ari. »Und um sicherzugehen, daß man in diesem Fall auch tätig wird, tun wir so, als wäre es ein weißes Kind.«

»O gütiger Himmel«, grummelte Gerber, »verschonen Sie mich mit ihren sarkastischen Bemerkungen. Es ist schon spät. Sie erledigen das. Ich gehe nach Hause.«

Eunice machte nun ihre Angaben und verließ dann wieder das Revier. Später, gegen Mitternacht, sah Ari sie mit einem großen Pappkarton auf dem Kopf zum Strand hinuntergehen, und er vermutete, daß sie sich daraus irgendwo in den Dünen ein Notquartier errichten wollte. Der Südostwind nahm an Kraft zu, und sie hatte Mühe, den Karton auf ihrem Kopf festzuhalten. Er empfand eine so starke, mit Schuldgefühlen vermischte Anteilnahme für sie, daß er ihr nachlief und versuchte, ihr zwanzig Rand zuzustecken.

Zu seiner Überraschung weigerte sie sich, das Geld anzunehmen. »Finden Sie mir meinen Tabson wieder«, sagte sie schlicht. »Das wird die Antwort auf all meine Gebete sein.«

Am nächsten Morgen hatte der Wind Sturmstärke erreicht – nicht ungewöhnlich zu dieser Jahreszeit, in der das Wetter vom Südostpassat beherrscht wurde. Es war kalt im Wind, aber heiß in der Sonne. Kleine, am Rand des Wassers hinwirbelnde Windhosen überschütteten Kate mit Sand, als sie in der Frühe am Strand entlanggaloppierte. Die Bucht war von einem Wall hoher Berge umgeben, deren Gipfel sich hinter dicken Wolkenmassen versteckten, die sich immer höher auftürmten, bis sie sich dann plötzlich über die Hänge ergossen und wie Wasserfälle über senkrechte Felswände in die Tiefe hinunterstürzten, wo sie sich auf halber Höhe über dem Boden wieder in nichts auflösten und den Blick auf violett getönte Felsvorsprünge und dunkelgrüne Nadelhölzer freigaben. Der Himmel war tiefblau und nahm am Horizont, wo das Wasser mit dem Äther zu verschmelzen schien, eine austerngraue Färbung an. Vor ihr schwankten und hüpften die Fischerboote im hohen Wellengang am Kai auf und nieder und stießen mit den Bordwänden aneinander. Weiße Schaumgirlanden lösten sich von den Brechern und stoben im Wind über die Felsen hin.

Dem Meer den Rücken zukehrend, ritt Kate nun durch Pampasgräser, wilde Paradiesvogelblumen und Flecken noch blühender Feuerlilien, die sich in den eisigen Böen duckten und zerbrachen, das Flußdelta hinauf. In den Momenten der Windstille wurde die frostige Kälte vom alles belebenden Gluthauch der Sonne abgelöst. Junge Perlhühner, Hammerkopfstörche und Braune Sichler mit metallisch glänzendem Gefieder wanderten durch das Schilf, junge Frösche sprangen aus dem Wasser und klammerten sich an die im Wind schwankenden Rohrkolben, Möwen schrien, kreiselten, stürzten mit den Fallwinden auf den Fluß hinunter und wurden von den Aufwinden wieder emporgetragen. Ein Schwarm von Hadedah-Ibissen erhob sich mit lauten Klagerufen aus ihrem bisher so geschützten Hafen und flog auf der Suche nach Frieden das Tal hinauf. Da waren so viele Blumen: Teppiche von zartrosa und weißen Watsonias, blauen und weißen Lobelien, Samtblumen, Flachs, Maßliebchen und malvenfarbenen Skabiosen. Und hier und dort lugte ein leuchtendroter Fingerhut aus dem schwankenden Röhricht und den Büschen wilder Gladiolen, weißer Chinesennelken und purpurfarbener Geranien hervor.

Kate legte ihre Kleider ab und watete bis zu den Hüften im Wasser, wobei sie das Gefühl des feinen Sands genoß, der bei jedem Schritt zwischen ihren Zehen aufquoll. Das kalte Wasser jagte ihr nun Schauer über den Rücken und überzog sie mit einer Gänsehaut. Sie liebte diesen Ort, aber ihr Besitzerstolz war auch mit Schuldgefühlen durchsetzt. Wie konnte man denn Land besitzen? Wie konnte es ihr jemals wirklich gehören, selbst wenn es ihr von ihrer Mutter vermacht worden war? Es gehörte doch den Vögeln – und Gott. Sie war nur dessen Hüter. Es war ihrer Obhut anvertraut, und eines Tages würde sie es zum Vogelschutzgebiet erklären lassen.

Als sie, vor Kälte erschauernd, wieder aus dem Fluß stieg, entdeckte sie in ihrer Nähe einen großen, über ein paar Stöcke gelegten und im hohen Gras fast unsichtbaren Pappkarton. Seltsam. Sie zog ihn beiseite und sah eine alte Frau zusammengerollt auf einem Schilfbett liegen, die Hände um ein paar Gepäckstücke gekrampft und das Gesicht mit einem Tuch bedeckt. Kate schob es mit einem Stock beiseite, und die alte Frau setzte sich blinzelnd auf.

»O mein Gott!« Kate spürte, wie Ärger sich in ihr darüber regte, daß jemand diesen Ort so entweihen und die Blumen zerdrücken konnte. Und noch mehr ärgerte sie die Tatsache, daß jemand sie hier splitternackt vor sich stehen sah. Sie schlüpfte jetzt rasch in ihren Slip und streifte sich das Hemd über den Kopf.

»Sie halten sich hier unbefugt auf meinem Gelände auf«, schnaubte sie. »Wer, zum Henker, sind Sie?«

»Missus?«

»Wer sind Sie? Wie heißen Sie?« fragte sie wütend. Die Frau schien benommen zu sein.

»Eunice, Missus.«

»Was machen Sie hier?« Kate fühlte sich schockiert und ungehalten. Die Frau starrte zu ihr hinauf und machte jetzt einen verängstigten und sehr kranken Eindruck. Sie sah so verfroren und grau aus. Als Kate sah, wie die Frau bei ihren Worten zusammenzuckte, regte sich in ihr das schlechte Gewissen. »Warum schlafen Sie hier?« fragte Kate und versuchte nun einen freundlicheren Ton anzuschlagen. »Haben Sie denn keinen Platz, wo Sie schlafen können?«

»Nein, Missus.«
»Wo arbeiten Sie denn?« erkundigte sich Kate, die sich in ihre engen Jeans hineinzwängte, die ihr an den nassen Beinen klebten.
Eunice zuckte mit den Schultern. »Ich bin auf der Suche nach Arbeit«, murmelte sie.
»Haben Sie denn irgendwelche Referenzen?«
»Missus?« Die alte Frau blickte sie verdutzt an, schien jedoch darum bemüht zu sein, ihr Wohlwollen zu erwerben. Denn sie sagte, eine traurige Miene aufsetzend: »Keine Arbeit, Missus.«
»Haben Sie denn jemals gearbeitet?« Kate stieg nun in ihre Schuhe. Was sollte sie mit dieser Frau anfangen? Es fehlte ihr der Wille, sie von ihrem Land zu verjagen.
»Mein ganzes Leben lang«, erwiderte die Frau in gebrochenem Englisch.
»Wo haben Sie denn zuletzt gearbeitet?« O Gott, was sollte diese Fragerei? Sie streifte sich den Pullover über, zog ihn glatt und fuhr sich mit den Händen durch die Haare. Wenn sie diese alte Frau nach Hause mitnahm, würde sie sich Ramonas Zorn zuziehen. Doch dann ärgerte sie sich über ihren Anflug von Feigheit.
»Hören Sie. Sie können hier nicht schlafen. Es ist zu feucht dafür. Sie würden sich den Tod holen.« Ihr plötzliches Verlangen, dieser alten Frau zu helfen, überraschte sie. »Aber es gibt einen Platz – eine Unterkunft – nun, es ist eigentlich nur eine Hütte, aber besser als gar nichts. Sie gehört mir. Sie werden dort also sicher sein, aber nur so lange, bis Sie etwas Besseres gefunden haben. Kommen Sie ...« Die Frau blieb mit einem bestürzten Gesichtsausdruck im Gras sitzen. »Kommen Sie!« wiederholte Kate mit lauter Stimme und winkte die alte Frau zu sich.
Die Frau beeilte sich, dem Pferd und Kate, die es am Zügel führte, gehorsam zu folgen.
»Aber halten Sie sich vom Wasserfall fern!« rief Kate über die Schulter. »Und versprechen Sie mir, die Vögel nicht zu stören. Es gibt so viele halbwüchsige Störche und Reiher im Schilf. Und erst gestern sah ich hier einen schwarzen Austernfischer – eine Seltenheit in dieser Gegend.«
»Ja, Missus«, erwiderte Eunice beflissen.
»Und es nisten auch viele Bläß- und Moorhühner auf der ande-

ren Seite der Lagune, die Sie ebenfalls nicht stören dürfen. Versprechen Sie mir das? Im letzten Jahr habe ich dort einen Fischadler gesichtet, aber er ist heuer nicht wiedergekommen. Ich wünschte, er käme hierher, um zu brüten.«
Warum schwadronierte sie unermüdlich weiter, wo sie doch wußte, daß die alte Frau kein Wort von dem, was sie sagte, verstehen konnte? Wollte sie damit dieses seltsame Mitgefühl ersticken, das sie für einen fremden Menschen empfand? Was war nur in sie gefahren?
Sie erreichten schließlich eine Holzhütte, die stark nach Kreosot roch, aber einen recht stabilen Eindruck machte. Eunice untersuchte das Dach und die Wände, tastete sie sorgsam mit den Händen ab, als wollte sie die Hütte kaufen. Sie war trocken und in einem recht guten Zustand. Selbst das Fenster war intakt.
Die Frau drehte sich schließlich zu Kate um und lächelte mißtrauisch.
»Wieviel?«
Kate war schon im Begriff, »nichts« zu sagen, als sie erkannte, daß das ein Fehler sein würde. Wohltätigkeit war ein Begriff, der Schwarzen fremd war. Daß man etwas umsonst bekam, würden sie niemals verstehen. Und es würde bei ihnen ein Gefühl der Bedrohung auslösen.
»Sie müssen einmal in der Woche zu mir ins Haus kommen und bügeln. Und vielleicht finden wir auch noch eine andere Arbeit für Sie. Wir werden Ihnen dafür auch etwas bezahlen.«
»Wieviel, Madam?« wiederholte die alte Frau beharrlich.
»Ich weiß nicht.« Kate spürte, wie sie wieder gereizt wurde. »Fragen Sie nach Ramona. Sagen Sie ihr, daß Kate Sie geschickt habe. Sie wird Sie bezahlen. Sehen Sie das große Haus dort drüben auf dem Hügel? Dort wohne ich. Sie müssen dorthin kommen.« Die Hütte war voller Spinnen. Die alte Frau zertrat einige von ihnen mit dem Fuß, als sie über den Boden huschten, aber Kate packte sie am Arm. »Nein«, sagte sie. »Töten Sie sie nicht.«
Kate kam sich töricht vor, als sie wieder auf ihr Pferd stieg. Sie hatte widersprüchliche Gedanken, was die Unterstützung von Schwarzen anlangte. Einerseits würden die englischen Philanthropen eine Nation von Arm- und Beinamputierten großziehen,

hatte ihr Rob immer wieder versichert, doch andererseits hatten sie diesen seltsamen, ihnen angeborenen Instinkt, all jenen zu helfen, die Hilfe brauchten. Und was hätte sie in diesem Fall denn anderes tun können? fragte sie sich. Die Frau hier liegen und sterben lassen? Sie war schon zu alt dafür, hier im Freien auf sumpfigem Boden zu schlafen.

Kate spürte, wie die alte Frau sie nun am Knöchel zupfte.

»Ja?«

»Vielen Dank, Missus.« Die alte Frau legte ihre beiden Hände zu einer höflichen afrikanischen Geste des Dankes zusammen und lächelte dann. Es war nicht die Grimasse des Respekts oder der Dankbarkeit eines Untergebenen – es war das Lächeln eines Freundes.

Dieses Lächeln lag Kate wie ein Kloß im Hals, als sie nun im Galopp nach Hause ritt. Sie überließ dem Stallknecht das Tier, damit er es trockenreiben sollte, läutete nach der Haushälterin und trug dieser auf, ihr Decken und eine Thermoskanne voll heißer Suppe zu bringen. »Und einen Besen«, sagte sie zu der zögernden Ramona. »Ja, und wenn du schon mal dabei bist, auch einen Laib Brot. O ja! Und warum nicht auch noch ein Glas Marmelade? Oder Erdnußbutter? Ja, das wäre nett! Und beeile dich bitte.«

Als sie kurze Zeit später in ihrem Jeep zur Hütte zurückkehrte, bewunderte dort die alte Frau noch immer ihr Heim und kehrte es mit bloßen Händen aus. Was für eine süße, verführerische Freude, Zuneigung zu finden bei einem Menschen, dem man etwas Gutes tat. Kate fühlte sich großartig. Sie lud Eunice in ihren Jeep ein und nahm sie mit nach Hause, damit sie sich dort mit irgendwelchen Arbeiten etwas Geld verdienen konnte. Und zur Hölle mit Ramona, dachte sie bei sich.

Kapitel 7

Mandy erwachte bei dem Geräusch einer Stimme, die dicht neben ihr flüsterte:
»Wie konntest du mich nur seinetwegen verlassen, Rose? Warum hast du mir ... uns ... das angetan? Unsere Versprechen gebrochen und all unsere Träume zerstört? ... Hast du mich auch belogen, Rose? Du sagtest doch, daß du mich lieben würdest!«
Eine Hand fummelte an ihren Brüsten. Sie begann vor Entsetzen zu schreien, kämpfte um ihr Leben, versuchte ihm die Augen auszukratzen.
Da wurde sie mit einer solchen Wucht auf das Bett zurückgeworfen, daß ihr die Luft wegblieb. Sie hörte, wie eine Tür zugeworfen wurde. Schritte entfernten sich von ihrer Zelle. Sie schrie ihnen nach: »Nein, geh nicht fort! Komm zurück... komm zurück ...! Ich werde nett zu dir sein. Es tut mir leid, aber ich bin nicht Rose. Ich bin Mandy! ... Hörst du mich? ... Mandy! Bitte ... o bitte, komm zurück. Es tut mir ja so leid. Aber du hast mir angst gemacht!« Eine zweite Eisentür fiel ins Schloß.
Sie schien in einen bodenlosen Abgrund zu fallen, als sie hörte, wie seine Schritte nun rasch in der Ferne verhallten. Sie spürte, daß er ihr etwas zu essen gebracht hatte, denn mit Mahlzeiten wurde sie hier regelmäßig versorgt, und sie hatte sich darüber gewundert, wie das geschehen konnte. In der Regel waren sie schon da, wenn sie aufwachte. Sie kroch nun durch den Raum zum Tisch und tastete mit den Händen darüber hin. Etwas roch da wie Parfum, und als sie sich über den Tisch beugte, fand sie dort eine Rose in einem kleinen Krug. Daneben Sandwiches, einen Karton mit Milch, einen Apfel, ein paar Nüsse, eine Orange und ein paar Süßigkeiten. Es war immer das gleiche. Sie setzte sich auf den Boden. Der Schreck steckte ihr noch in allen Gliedern. Sie konnte jetzt nichts essen. Später vielleicht.
Als sie sich von ihrem Schock einigermaßen erholt hatte, begann sie mit der Analyse ihrer jüngsten Informationen. Den Geräuschen nach zu schließen, die er gemacht hatte, als er sich wieder von ihr entfernt hatte, gab es hier zwei dicke Eisentüren – eine an

ihrer Gefängniszelle und eine zweite über einer aus steinernen Stufen bestehenden Treppe. In letzter Zeit war ihr Gehör empfindlicher geworden, vermutlich aus dem Grund, weil es hier in der Zelle so still war, und sie hatte deshalb neue, etwas entferntere Geräusche wahrnehmen können. Den Gesang von Vögeln, Wellen, die sich an Felsen in der Tiefe brachen, und auch das Bellen von Seehunden. War sie wieder ans Kap zurückgekehrt? Oder war sie in Namibia? Wenn sie doch mehr auf die Vogelstimmen geachtet hätte! Aber selbst sie wußte, daß Eulen nur des Nachts schreien. Fortan würde sie wissen, ob es draußen hell oder dunkel war, und die Tage zählen können. Da war noch etwas, was sie herausgefunden hatte: Er glaubte, sie wäre Rose. Aber wer war diese Rose? Und was hatte sie getan, um so eine Strafe zu verdienen? Er muß verrückt sein, dachte sie mit wieder aufsteigendem Entsetzen.

Hannah September blickte Ari stirnrunzelnd durch welkende Azaleen und Farne hindurch an und wollte ihm schon die Tür vor der Nase zuschlagen, als er ihr seinen Ausweis zeigte. Sie schien erleichtert aufzuatmen und bat ihn jetzt einzutreten. »Sie sehen nicht wie ein Polizeioffizier aus«, bemerkte sie, und es klang wie ein Tadel. Wie gewöhnlich trug Ari Jeans, ein T-Shirt und Sportschuhe, was auf Hannah offenbar keinen Eindruck machte.

Die Sergeants Willis Gous und Albert Smit, mit denen er bereits im Revier Bekanntschaft gemacht hatte, waren smart genug gekleidet, um Hannahs Beifall zu finden. Sie saßen, umgeben von leeren Kaffeetassen, Kopfhörern, Notizblöcken, einem Packen Spielkarten und auf der Tischplatte verstreuten Scrabble-Steinen am Eßzimmertisch. Die Tonband- und die Ortungsgeräte waren in einer Ecke des Zimmers hinter ihnen zusammengeschoben.

»Nichts bis jetzt«, sagte Willis. Er war groß, dunkel und sah frisch geschrubbt und nach einer gesunden Lebensweise aus. Jede Mutter wäre stolz auf ihn, dachte Ari, während er die großen blauen Augen, die gewellten schwarzen Haare, das gestärkte Hemd und die tadellos geraden Bügelfalten der Hose betrachtete. Er sah müde aus. Smit, ein kräftiger, athletischer Mann, dessen sich mächtig bauschende Muskeln an beiden Armen den Stoff seines gestreiften Hemds fast sprengten, wischte sich das rote, verschwitzte Gesicht mit dem Ärmel ab, während er mit seinen grauen Augen sehnsüchtig zur Tür schielte.

Das Sechszimmerhaus der Septembers mit seinem Schieferdach, seinem Gartenzaun, den Kletterrosen, dem kleinen Schwimmbecken im Garten, der Doppelgarage und seiner sich durch Lavendelbüsche hinschlängelnden gepflasterten Auffahrt war ein Tribut an Hannahs Ehrgeiz, sich Zutritt bei der weißen Gesellschaft zu verschaffen. Das Inventar im Haus schien – wenn man von der Tatsache absah, daß es überladen wirkte – Stück für Stück unter dem Gesichtspunkt ausgewählt worden zu sein, sich dem Geschmack der Nachbarschaft anzupassen. Der Flur war mit Kisten und Kartons vollgestopft, weil die beiden Septembers sich noch nicht von ihrem Umzug erholt hatten. »Es ist schon eine Menge, was sich so in achtundzwanzig Jahren ansammelt«, hatte ihm Bill September reumütig erklärt. »Und das ist auch das erste Mal, daß wir umgezogen sind. Früher hätte das ja auch wenig Sinn gemacht.«

Er meinte damit natürlich die Zeit, bevor die Apartheidgesetze außer Kraft gesetzt worden waren; und Ari konnte nur erahnen, mit was für Freude im Herzen die beiden Septembers den Staub ihres Farbigenghettos für immer von ihren Schuhen abgeschüttelt haben mußten, um in eine der Oberklassen-Vorstädte der Weißen zu ziehen, wo sie dann mit dieser schrecklichen Tragödie konfrontiert wurden.

Hannah war noch immer eine schöne Frau, wenngleich sie jetzt dicht vor einem Nervenzusammenbruch zu stehen schien. Das hatte sie jedoch nicht daran gehindert, sich sorgfältig und modebewußt mit einer pinkfarbenen Seidenbluse und einem weißen gefältelten Leinenrock zu bekleiden. Ihre glatten schwarzen Haare waren zu einem Dutt aufgesteckt, und sie fingerte ständig an ihrer Perlenkette herum, als müßte sie sich ständig vergewissern, daß ihre adrette Persönlichkeit noch immer gegenwärtig war. Ari war überzeugt, sie richtig eingeordnet zu haben, aber Bill, ihr Ehemann, bereitete ihm Kopfschmerzen, weil dieser von einer undurchdringlichen Barriere umgeben zu sein schien. Er war wie das Meer – tief und unergründlich. Er konnte gefährlich werden, wenn er heftig genug gereizt wurde, vermutete Ari. Aber was konnte ihn zu einer Gewalttat hinreißen? Die Familie? Oder sein Boot? Und warum schien er dauernd vor irgend etwas auf der Hut zu sein?

»Was wollen Sie denn wissen?« fragte Bill, dessen Stimme wie ein Fauchen klang. »Was könnten wir Ihnen denn noch erzählen? Sie müssen doch verstehen, daß wir alles immer wieder von vorn durchgegangen sind. Das ist für Hannah eine nervenaufreibende Sache.«

Ari zögerte, zwischen Bill und Hannah hin- und herblickend. »Eine seltsame Geschichte«, sagte er. »Keine Lösegeldforderungen, keine Kontakte. Sie verschwand einfach.«

Hannah ließ nun einen langen, zitternden Seufzer hören. »Entschuldigen Sie mich«, flüsterte sie und floh aus dem Zimmer.

Bill sah Ari böse an. »Bringen wir es hinter uns.«

»Ich werde warten«, erwiderte Ari. »Ich brauche Sie beide. Natürlich ist das entnervend. Wie könnte es anders sein? Eine Mutter verliert ihre einzige Tochter, und die Möglichkeiten sind ... nun ... beunruhigend; aber hoffentlich nicht gar so schrecklich wie jene, die ihr in den frühen Morgenstunden durch den Kopf gehen.«

Bill betrachtete ihn nun mit einem traurigen Lächeln. »Sie wacht des Nachts ein paarmal schreiend auf.«

»Verständlich. Sie ist ja die Mutter. Könnte ich jetzt ein paar Photos von der Tochter sehen und vielleicht eine genaue Beschreibung ...«

»Wir haben das schon so oft getan.«

»Tut mir leid, aber ich bin eben erst hier eingetroffen. Ich gehörte zu den Leuten, die damals ins Camp eingeflogen wurden, verstehen Sie? Jetzt hat man mich hierhergeschickt ...«

»Ich verstehe.«

Bill ging aus dem Zimmer und kam kurz darauf mit einem Photoalbum wieder zurück.

Als Ari es durchblätterte, war er verblüfft von der Schönheit dieses Mädchens. Sie war groß, graziös, voller Anmut in jeder Haltung und Bewegung, photogen. Konnte sie vielleicht mit dem

Mann, in dessen Begleitung sie von ein paar Hereros gesehen worden war, durchgebrannt sein? Sie sah älter aus als sechzehn. Ari suchte sich ein gutes Studiophoto von ihr aus und schrieb die Angaben zu ihrer Person aus ihrem Paß ab.

Nun kehrte auch Hannah wieder ins Zimmer zurück, ein Tablett mit Kaffee, einer Schale voll Gebäck und einem frischen Gedeck vor sich hertragend. Trotz ihres Kummers hatte sie nicht vergessen, das Tablett mit einem weißen Spitzentuch auszulegen und ihr bestes Porzellan zu nehmen. Man hatte ihr schon im frühen Kindesalter die Anstandsregeln der besseren Kreise eingeimpft.

»Falls ich Ihnen gefühllos erscheine, darf ich Ihnen versichern, daß ich das nicht bin«, sagte er jetzt zu Hannah. »Ich muß jeder möglichen Spur nachgehen, und je früher wir damit anfangen, um so besser. Ich werde Sie sicherlich immer wieder zu irgend etwas befragen und vieles, was Sie uns bereits erzählt haben, noch einmal mit Ihnen durchgehen müssen. Falls Ihnen dabei die Tränen kommen sollten, laufen Sie nicht weg, um Ihren Kummer vor mir zu verstecken. Er ist ganz normal. Ich bewundere Ihre Selbstbeherrschung. Aber lassen Sie uns jetzt die Möglichkeiten betrachten, die ich mir notiert habe.

Jemand könnte einen Haß auf Sie haben und Ihre Tochter dazu benutzen, Ihnen etwas heimzuzahlen. Ihr Freund könnte sie entführt haben. Oder man könnte sie gekidnappt haben, um Lösegeld von Ihnen zu erpressen. Vielleicht ist sie auch in die Drogenszene verwickelt. Wir können die Möglichkeit, daß sie ein Opfer des weißen Sklavenhandels geworden ist, nicht ganz ausschließen, obwohl diese Leute in der Regel Blondinen bevorzugen. Die üblichen Motive für solche Vermißtenfälle – Satanismus oder *muti* – kommen wohl ebenfalls nicht in Betracht. Dagegen spricht die sorgfältige Vorbereitung der Entführung. Dem Kidnapper sind dabei Ausgaben in einer Höhe entstanden, die den Preis einer *muti* erheblich übersteigen. Ein Notzuchtverbrechen oder ein Tötungsdelikt im Affekt ist deshalb ebenfalls ziemlich unwahrscheinlich. Dafür war es ein zu gut geplantes Unternehmen. Der Grund, warum man mich hierhergeschickt hat, ist, daß der Kidnapper Ihre Lebensgewohnheiten offenbar sehr genau kannte. Er wußte, daß Sie vorhatten, mit einer Reise in die Sümpfe Ihrer Tochter ein Geburtstagsgeschenk zu machen. Und er besaß die finanziellen Mittel, Ihnen dorthin zu folgen. Mr. September – kennen Sie jemanden, der einen Groll gegen Sie hegt und die Möglichkeiten besitzt, so ein Unternehmen zu planen und zu finanzieren?«

»Niemand«, erwiderte er prompt.

»Haben Sie sich in letzter Zeit jemanden zum Feind gemacht?«

»Nur die da.« Hannah wies mit der Hand zu ihrer *stoep*, ihrer Veranda, hin. »Werfen Sie dort mal einen Blick hinaus.« Sie schob die Glastüren zur Seite, und ein feuchtwarmer, mit einem üblen Gestank vermischter Luftschwall drang ins Zimmer. Ari konnte nun das Plärren von Babys und das Gemurmel vieler Stimmen hören. Ein Meer von Behausungen aus Segeltuch, Pappkartons, Wellblech und Zweigen dehnte sich unweit der Wohnung nach Norden hin aus. Ari hatte nicht gewußt, daß das Lager der Squatters schon solche Ausmaße angenommen hatte, aber jetzt, wo er das Camp von dieser erhöhten Stelle aus überblicken konnte, sah er, daß es aus Hunderten von Hütten bestand.

Ari war so schockiert, daß er eine Weile lang keine Worte fand. Flüchtlinge aus erodierten Homelands, hatten die Squatters die weißen Städte überschwemmt. Aber dort warteten keine Rot-Kreuz-Pakete, keine Zelte, Decken oder Suppenküchen auf sie. Gab es ein Land, das seine Bewohner noch ungnädiger behandelte als dieses? fragte er sich im stillen.

»Gütiger Gott«, sagte er schließlich. »So viele sind es.«

Bill erhob sich mit einem finsteren Gesicht von seinem Platz, schaltete die Klimaanlage ein und warf die Verandatüren wieder zu.

»Wir haben die Wasserleitung für den Garten abgestellt«, sagte Hannah.

»Ja«, ergänzte Bill. »Und wissen Sie auch, warum? Unsere Wasserrechnung belief sich zuletzt auf zweitausend Rand.«

»Wir haben unser ganzes Leben dafür gearbeitet, in dieses Haus ziehen und unter professionellen Leuten leben zu können ...« Hannah verwendete niemals den Ausdruck »Weiße«, stellte Ari fest. »Und nun sind wir von ›denen‹ dort umzingelt, und sie stehlen unser Wasser. Deshalb sind wir vermutlich ihre Feinde.

Aber wie sollte es wohl einem von ihnen möglich gewesen sein, uns bis nach Botswana hinauf zu folgen?« Ihre Stimme verebbte.
»Lassen Sie uns nun auf die Möglichkeit zurückkommen, daß sie in die Drogenszene verwickelt ist. Hat sie oder einer ihrer Freunde jemals ...«
»Nein!« fiel ihm Bill da barsch ins Wort. »Ich habe denen dort bereits gesagt und wiederhole es jetzt vor Ihnen, daß sie ein guterzogenes Mädchen und erst sechzehn ist. Sie ist niemals abends ausgegangen. Sie hat sich immer hier bei uns aufgehalten, wenn sie nicht gerade in der Schule war.«
Bill September hatte eine explosive Art von Wut wie einer dieser schlafenden Vulkane, die hin und wieder gefährlich grummelten und überkochten, die meiste Zeit hindurch jedoch ruhig blieben.
»Und ihre Freunde? Sie hätte doch eine Mitwisserin sein können. Vielleicht ist einer ihrer Schulkameraden in die Drogenszene verwickelt gewesen – als Dealer oder Konsument. Neuerdings mixen sie alles mögliche zusammen, um die Kinder süchtig zu machen. Vielleicht hat sie da etwas gehört.«
Bill seufzte.
»Ich nehme an, daß es zu Ihrem Job gehört, solche Fragen an uns zu richten, aber was Sie da vorbringen, beleidigt solche Leute wie uns. Sie war ein guterzogenes junges Mädchen, das keine Drogen nahm, keinen Freund und auch keine Geheimnisse vor uns hatte. Sie war nur ein nettes, artiges Kind, das gute Zensuren nach Hause brachte. Wir hatten immer ein wachsames Auge auf sie.«
»Es muß aber einen Grund für diese Entführung geben, Mr. September. Ich muß Ihnen deshalb diese Fragen stellen«, erwiderte Ari mit fester Stimme.
Er erhob sich jetzt von seinem Platz. »Ich denke, daß wir unser Team aus Ihrem Haus abziehen können. Eine Lösegeldforderung nach so langer Zeit ist ziemlich unwahrscheinlich. Aber Sie müssen uns sofort benachrichtigen, wenn der Entführer mit Ihnen Kontakt aufnehmen sollte. Wir werden einen Steckbrief von Ihrer Tochter veröffentlichen und eine Belohnung für Hinweise aussetzen, die zur Ergreifung des Kidnappers führen. Wir werden auch ein paar Spots im Fernsehen schalten, in denen wir die Öffentlichkeit um Informationen bitten. Übrigens wird man Sie da-

zu einladen, in diesen Spots mitzuwirken. Kurzum – wir werden alles unternehmen, was uns in dieser Sache weiterbringen könnte. Aber so, wie es jetzt aussieht, haben wir so gut wie gar keine Anhaltspunkte.«

Als Ari das Haus verlassen wollte, murmelte Hannah ihm zu, daß er draußen auf sie warten solle.

Er wanderte eine Weile hinter dem Haus auf und ab. Es wurde bereits dunkel, als er von dem Anblick Hannahs belohnt wurde, die eilends den Gartenpfad herunterkam.

»Hören Sie«, sagte sie, heftig errötend, »es könnte vielleicht wichtig sein. Mandy hatte einen Freund – einen weißen Jungen, der die gleiche Schule wie sie besuchte. Sie war mächtig verknallt in ihn, aber Bill hat die Beziehung zu ihm beendet. Er hat dem Jungen verboten, sie zu sehen – ist sogar zu seiner Mutter gegangen, um ihr das zu sagen.«

»Warum machte er so etwas? Es ist doch nur natürlich, daß sie sich in diesem Alter mit jungen Männern verabredete. Schließlich war sie bereits sechzehn.«

»Wir wußten, daß er Drogen nahm«, erwiderte Hannah. »Und ich kann Ihnen sogar einen seiner Lieferanten nennen. Es ist der alte Tom oben im Dorf. Er hat keine Beine mehr, ist früher aber mal Steuermann auf einem der Fischdampfer gewesen. Sie haben ihn recht schäbig behandelt, und er bekam keine Pension. Also mußte er etwas tun, um sich das Geld für seinen Lebensunterhalt zu beschaffen. Es wäre mir nicht recht, wenn er meinetwegen Schwierigkeiten bekäme.«

»Ich werde es vertraulich behandeln. Sie können sich darauf verlassen«, erwiderte Ari. »Meine Aufgabe ist es, Mandy wiederzufinden.«

»Der Junge geht immer noch auf diese Schule. Ich bin erst gestern dort gewesen. Er hat auch nichts von Mandy gehört. Sie verstehen, ich dachte ... ach, nichts.« Sie bekam wieder feuchte Augen, drehte sich rasch um und eilte ins Haus zurück.

Als Ari ins Revier zurückfuhr, ging er im Geist noch einmal alle Möglichkeiten durch. Mandy war vor zehn Tagen entführt worden, und eine Lösegeldforderung nach so langer Zeit war ziem-

lich unwahrscheinlich. Zu viele junge Mädchen waren in letzter Zeit spurlos verschwunden, doch es waren zumeist hübsche blonde und blauäugige Backfische gewesen. Mandy mit ihren schwarzen Haaren und bernsteinfarbenen, mandelförmigen Augen war keine Kandidatin für den prosperierenden arabischen weißen Sklavenmarkt; aber er konnte diese Möglichkeit nicht ganz ausschließen. Kinder wurden täglich entführt, um sie für sexuelle Perversitäten zu mißbrauchen, und dieses Motiv stand noch immer ganz oben auf seiner Liste. Doch noch wahrscheinlicher schien ihm die Vermutung zu sein, daß sie in die Drogenszene verwickelt gewesen war. Er nahm sich vor, diesen Gesichtspunkt sehr energisch zu verfolgen. Sie mochte vielleicht etwas beobachtet haben, was sie nicht hätte sehen sollen, oder sie hatte vielleicht damit gedroht, einen Dealer anzuzeigen.
Täglich verschwanden Kinder in den Townships, wo Zauberdoktoren ein Vermögen für sie bezahlten. Die Körperteile der Kinder wurden von ihnen für zahlreiche Arten von *muti* verwendet, und sie wurden vorher nicht immer getötet. Es war makaber. Er erschauerte, als er sich wieder daran erinnerte, wie er diese Höhle auf der Rückseite einer verlassenen Soweto-Werkstatt ausgehoben hatte. Sein Leben lang würde er diesen Verwesungsgeruch nicht mehr vergessen und diesen Säugling, den er dort als einzigen noch lebend vorgefunden hatte.
Während er den Wagen zum Revier zurücklenkte, wünschte er sich, daß er diese unwillkommenen Erinnerungen abschütteln könnte, die sich ihm immer wieder gewaltsam aufdrängten.

Es war bereits nach neun Uhr abends, und Ari, der an diesem Tag Bereitschaftsdienst hatte, saß im Revier vor dem Fernseher und sah sich die Sendung *Police File* an. Als Willis mit seinem Schachspiel unter dem Arm und zwei Bechern voll Tee hereinkam, hoffte Ari, daß es seiner Exfreundin, die jetzt Programmdirektorin bei SATV war, gelungen war, in letzter Minute noch einen Spot in die *Police File*-Sendung hineinzuschmuggeln.
»Oh, danke! Aber gedulden Sie sich doch bitte noch einen Augenblick, Willis, während ich mir das da anschaue«, sagte Ari.
Zuerst kam Mandy. Ari hatte damit gerechnet, daß fast alle Zu-

schauer beim Anblick von Mandys Photo wie gebannt auf die Mattscheibe blicken würden. Und nun schaute die blonde Ansagerin mit einem gewinnenden Lächeln in die Kamera und beschrieb Eunices Enkel und dessen Klumpfuß. »Tabson Tweneni wurde zuletzt in der Gesellschaft einer gewissen Mrs. Desai in Kapstadt gesehen«, erklärte sie. »Für Hinweise, die die Polizei auf die Spur des vermißten Jungen bringen könnten, ist eine Belohnung ausgesetzt. Setzen Sie sich in diesem Fall mit Lieutenant ...«
Ari sprang von seinem Stuhl auf und schaltete das Gerät aus. »Okay«, sagte er mit einem Gefühl innerer Befriedigung. »Das ist es! Lassen Sie uns jetzt mit dem Schachspiel beginnen, das Sie mir angedroht haben.«
»Belohnung?« wollte Willis da wissen. »Wie, zum Teufel, haben Sie sich eine Belohnung für ein schwarzes Kind besorgen können, das von seinen Eltern verstoßen wurde?«
»Sie stammt aus dem Fonds für Öffentlichkeitsarbeit einer bestimmten politischen Partei«, erklärte Ari selbstgefällig, »die den Wählern zeigen möchte, daß ihr das Wohl aller Kinder – ganz gleich, welcher Hautfarbe – am Herzen liegt.«
Lieutenant Gerber erschien jetzt mit hochrotem Gesicht im Aufenthaltsraum. »Was, zum Henker, geht hier vor? Sind Sie verrückt geworden? Sollen wir jetzt vielleicht für jedes entlaufene Kaffernkind Geld lockermachen? Wer hat Sie dazu ermächtigt, eine Belohnung auszusetzen? Sie sind hier, um sich mit dem Fall dieses entführten September-Mädchens zu befassen. Ich habe Ihnen doch gesagt, daß Sie dieses Negerkind vergessen sollen. Jede zweite Xhosa-Frau lädt ihr Kind bei irgendwelchen Verwandten ab, das dann laufend vermißt wird. Das sind Millionen, die da ständig in der Gegend herumschwirren. Wir werden mit solchen Fällen überschwemmt werden!« Seine Lippen kräuselten sich zu einem verächtlichen Lächeln. »Was sind Sie eigentlich – irgendeine Sorte von Kommunist?«
Das war der schlimmste Vorwurf, den man ihm machen konnte, wie Ari wußte. Er stand auf. »Das ist jetzt nicht mehr Ihr Problem, Lieutenant. Seit gestern ist die Kinderschutzabteilung für diesen Fall zuständig, und ich soll sie in dieser Sache bis auf weiteres unterstützen ...«

»Einen Teufel werden Sie tun! Sie unterstehen hier meinem Kommando.« Doch Gerber suchte nicht die Konfrontation mit Ari, sondern ließ lediglich Dampf ab. Die Tür fiel krachend hinter ihm ins Schloß.

Willis stand auf. »Warum, Ari?«

»Für die Politik hat man alle Zeit und alles Geld der Welt. Demnächst werden hier unten Wahlkämpfe ausgefochten. Beide Seiten wollen den Wählern beweisen, daß sie sich für sie einsetzen. Ich fragte, und sie sagten ›ja‹. Na, was ist? Wollen wir jetzt eine Partie Schach spielen oder nicht? Ich habe ein paar Flaschen Coke in den Kühlschrank gestellt, und eine kalte Pizza ist auch noch da. Ich denke, jemand sollte demnächst mit dem Hut herumgehen und Geld für eine Mikrowelle sammeln.«

Ari wartete bis zwei Uhr morgens, aber zu seiner Überraschung bekam er nicht einen Anruf in der Sache Tabson. Zwar hatte er nicht erwartet, daß jemand sich meldete, der ihm einen Hinweis auf den Aufenthaltsort von Mandy geben konnte, aber er war sich sicher gewesen, daß die indische Familie die ausgesetzte Belohnung kassieren wollte. Sinnlos, noch länger auf einen Anruf zu warten, überlegte er. Er konnte jetzt ebensogut nach Hause fahren.

Es war eine seltsam verführerische Nacht mit einem heißen Wind, der aus Nordwest blies und den sie hier Bergwind nannten. Er redete sich ein, daß er die Gegend besser kennenlernen müsse, obwohl er in Wahrheit davor zurückscheute, schon jetzt in sein leeres Zimmer zurückkehren zu müssen, und so wählte er einen Umweg, der durch die Vorstädte und den Hafen führte. Es war eine ganz besondere Nacht: eine Nacht für eine Romanze, für das Tanzen am Strand, eine Barfußwanderung in der Brandung oder was auch sonst immer – nur nicht dafür, allein ins Bett zu gehen.

Die Geräusche von Musik und Gelächter drangen aus einem gleißend hellen Nebel unten am Strand wie von einem fernen Stern zu ihm. Ari fuhr darauf zu, von dem menschlichen Bedürfnis angetrieben, sich mit anderen freuen zu können. Er war schon viel zu lange ein Außenseiter. Bald erkannte er, daß er sich

dem »Sands« näherte, dem Elitenachtclub am Rand der Bucht. Scheinwerfer erhellten die Tanzfläche, wo eine exzellente Jazzkapelle soeben die Kuschelrockphase erreicht hatte, mit mehr als nur einem Touch Afrika in ihrer Technik. Heiße Musik! Heiße Nacht! Oh, jetzt jemanden an seiner Seite haben, den man liebte. Auf dem Balkon drängten sich die Tanzpaare, aber als Ari den Wagen auf dem Parkplatz abbremste, hörte er eine schroffe, die Musik übertönende Männerstimme. Eine Frau gab ihm wütend etwas zur Antwort, und eine geschmeidige, schlanke Gestalt in langem, weißem, bis zu den Schenkeln hinauf geschlitztem Abendkleid rannte mit wehenden langen, glitzernden Haaren aus dem Nachtclub.
Der Motor eines hellroten Porsche wurde angelassen, der nun einen Satz machte und dann im Zickzack auf der schnurgeraden Straße davonraste, während seine Geschwindigkeit auf beängstigende Weise zunahm. Ari machte sich an die Verfolgung des Wagens, doch das Mädchen behielt seinen Vorsprung. Der Streifenwagen konnte mit dem Porsche nicht mithalten. Mit heulender Sirene raste er nun zum Paß hinauf. Dort gab es keine Laternen mehr, und die Bäume, die hier mit ihren Ästen über die Fahrbahn hinausragten, verwandelten die Straße in einen schwarzen Tunnel, in den der Porsche vor ihm eintauchte. Ari runzelte die Stirn, als er auf seinen Tacho blickte.
Nun verlor er sie sogar aus den Augen. Er fluchte. Der Porsche war bereits außer Sicht, als Ari hörte, wie er von der Straße abkam. Die berstenden Geräusche, die er vernahm, ließen ihn das Schlimmste vermuten. Ein paar Sekunden später hatte er die Unfallstelle erreicht und sah, daß der Porsche durch dichtes Buschwerk gepflügt und dann am Fuß der Böschung in einem Graben gelandet war. Die Frau in Weiß hatte aus dem Wagen steigen können, klammerte sich nun an ein paar Büschen fest und versuchte, die Böschung hinaufzuklettern. Er strahlte sie mit seiner Taschenlampe an und schluckte. Was für ein wunderbares Geschöpf! Er hatte noch nie eine echte Schönheit in Fleisch und Blut gesehen. Vielleicht war sie nur von einer Leinwand heruntergestiegen, um ihn zu quälen. Was, in aller Welt, hatte diese Vision perfekter Schönheit in einem Straßengraben verloren? Ihre Haare schim-

merten wie Gold, ihre großen, etwas schräg stehenden Augen funkelten im Zorn, ihre perfekt geformte Nase war mit Schlamm bedeckt.

»Helfen Sie mir lieber, statt mich so anzuglotzen, Menschenskind!«

Erst jetzt bemerkte er den bekümmerten Ausdruck in ihren Augen und den schmollend verzogenen Mund. Sie war verwöhnt, reich, betrunken und schön. Schlimmer noch: sie war mit ihrem unglaublichen Sex-Appeal zu ihm durchgedrungen, und das ärgerte ihn. Er packte sie bei den Handgelenken, zog sie auf die Straße und untersuchte sie auf Schnitt- und Platzwunden. Aber wie durch ein Wunder hatte sie nur einen Schock erlitten. Als er sie jetzt am Arm faßte, sah er im Licht der Taschenlampe ihren Verlobungs- und ihren Ehering an ihrer rechten Hand glitzern. Ein paar Sekunden später schob er sie vor sich her auf seinen Wagen zu.

»Wofür halten Sie sich eigentlich? Lassen Sie sofort meinen Arm los, Sie Grobian!«

Sie schwankte erbärmlich, stolperte, fing sich wieder und stieß ihn nun mit beiden Händen von sich weg.

»Sie sind in großen Schwierigkeiten, Ma'am«, erklärte Ari ihr. »Trunkenheit am Steuer, zu schnell gefahren, und jetzt widersetzen Sie sich auch noch Ihrer Festnahme.« Er gab ihr einen Stoß, so daß sie auf den Rücksitz seines Wagens fiel.

»Zum Teufel mit Ihnen! Warten Sie ab, bis Sie erfahren, wer ich bin!«

»Wenn Sie jetzt nicht den Mund halten, lege ich Ihnen sogar noch Handschellen an«, gab er gereizt zurück. »Benehmen Sie sich!«

»Sie können nicht in einem solchen Ton mit mir reden«, sagte sie, die Silben verschluckend. »O Himmel, wie schmutzig ich mich fühle!«

Dann verlor sie das Bewußtsein. Ari forderte nun über Funk einen Abschleppwagen an und bat den Sergeant vom Dienst, den Distriktsarzt ins Revier zu bestellen.

Eine Stunde später wartete Ari noch immer auf den Distriktsarzt, damit er der Frau, die er festgenommen hatte, Blutproben ent-

nehmen konnte. Warum ließ er sich so lange Zeit damit? Hier gibt es einiges, was man wird ändern müssen, dachte er bei sich. Diese verwöhnte junge Dame hatte sich inzwischen so weit von ihrem Schock erholt, daß man sie in ihrer Zelle toben hörte.
»Wo, zum Kuckuck, bleibt denn dieser Arzt?« fragte Ari jetzt Willis. »Geben Sie mir seine Adresse. Dann mache ich mich selbst auf den Weg zu seiner Wohnung und lade ihn dort ein.«
Willis zuckte mit den Achseln. »Entspannen Sie sich, Ari. Er hat gerade einen Besuch bei einem Patienten gemacht, als wir bei ihm anriefen. Er muß jetzt jede Minute hier eintreffen. Ich werde uns inzwischen einen Kaffee machen.«
Er kam mit drei Bechern wieder und brachte einen davon in die Zelle.
»Versuchen Sie etwa, die Delinquentin wieder nüchtern zu machen? Was ist nur in Sie gefahren, Willis?«
Willis nahm sich nun wieder sein Buch vor. Er war so unkooperativ wie ein Maultier.
Es war drei Uhr morgens, als der unrasierte und etwas zerzaust aussehende Lieutenant Gerber ins Revier kam und dort, sich die Augen reibend, jeden der dort anwesenden Polizisten leise verfluchte.
»Danke, daß Sie mich angerufen haben, Sergeant«, sagte er zu Willis, während er Ari wütend anfunkelte. »Was für ein verdammter Idiot sind Sie eigentlich? Wissen Sie denn nicht, wer sie ist? Den Palmas gehört diese Stadt ... die Weinberge, die Farmen, die Fischfabriken. Sie geben hier allen Arbeit und Brot. Ihnen gehören sogar die verdammten Fische. Sie sind im Besitz von allen Konzessionen. Manchmal glaube ich, daß ihnen sogar die Regierung gehört. Ein Wort von ihnen – und Ihre Karriere ist kaputt, finito, zu Ende! Haben Sie das begriffen? Lassen Sie die Palmas in Frieden. Ich warne Sie, Lieutenant! Außerdem ist Kate in Ordnung, hat nur ein bißchen zuviel Pfeffer im Blut. Ich bin sicher, daß Rob sie nun bald zur Raison bringen wird.«
Das hörte sich für Ari so an, als würde dieser Rob einen Hund abrichten. Er versuchte, in neutralem Ton zu sprechen, aber seine Worte kamen ihm wie Eiswürfel über die Lippen: »Sie ist viel zu schnell gefahren und war so betrunken, daß sie nicht aufrecht ste-

hen, geschweige denn einen Wagen chauffieren konnte. Wenn der Distriktsarzt hierherkommt, werde ich Ihnen das beweisen.«

»Und wenn schon. Sie feierten heute den Geburtstag ihres Mannes, aber die beiden stritten sich. Rob hat mich bereits angerufen. Sehen Sie mal her, Lieutenant«, fuhr Gerber fort und nahm den von Ari ausgefüllten Bogen mit den ihr zur Last gelegten Vergehen vom Tisch. »Ich übernehme jetzt den Fall. Überlassen Sie ihn mir. Denn ich denke, daß man in diesem Fall Gnade vor Recht ergehen lassen sollte.«

»So, wie Sie das bei Eunice Tweneni und ihrem Enkel getan haben«, bemerkte Ari sarkastisch.

»Sie werden anmaßend, Lieutenant. Ich werde Mrs. Palma jetzt nach Hause bringen.«

Zwei Minuten später führte er Kate durch den Raum, denn einen anderen Ausgang hatte der Zellenblock nicht. Ihr Haar war zerzaust, ihr Gesicht mit Schmutz bedeckt, das Kleid zerrissen, und es kam Ari so vor, als würde sich das ganze Elend dieser Welt in ihren Augen widerspiegeln. Was für ein herrliches Wesen! Natürlich würde sie nur einen reichen Mann geheiratet haben. Waren denn alle Frauen käuflich? überlegte er trübsinnig.

»Bleiben Sie solange hier stehen, Kate. Ich will nur noch rasch Ihre Akte aus der Registratur holen«, murmelte Gerber.

Sie hielt sich an der Schranke fest und warf Ari finstere Blicke zu. Sie würde sich notfalls den Weg freischießen, wenn sie hier nicht anders rauskam. Und dabei konnte er fast riechen, wie sehr sie sich schämte. Sie fuhr sich mit der Hand über die schweißnasse Stirn. »Hier.« Er gab ihr ein Taschentuch. »Nicht einmal eine Palma hat das Recht dazu, das Leben anderer Menschen zu gefährden«, sagte er in ruhigem Ton. »Selbst wenn Ihnen das eigene Leben egal sein sollte. Und von Frauen erwartet man eigentlich auch mehr Anstand. Wissen Sie, wie Sie jetzt aussehen?«

»Niemand wurde verletzt, Sie Chauvinist«, fauchte sie. »Und so viel schneller als erlaubt bin ich auch nicht gefahren.« Sie blickte ihn nun voller Verachtung von Kopf bis Fuß an. »Was glauben Sie eigentlich, wer Sie sind? Mein Mann braucht nur so zu machen, und Sie sind weg vom Fenster.« Sie schnippte mit den Fingern.

»Aber das ist Ihr Mann und nicht Sie. Wie steht es denn mit Ihnen? Können Sie noch etwas, außer sich zu betrinken? Wenn Ihnen die Straßenverkehrsordnung nicht gefällt, sollten Sie sich zumindest nicht hinter der Macht Ihres Mannes verstecken. Und eines verspreche ich Ihnen schon jetzt, Mrs. Palma: Das nächstemal sehen wir uns vor Gericht wieder.«

Ihre Augen füllten sich mit Tränen, aber sie machte trotzdem einen Schritt auf ihn zu und gab ihm eine deftige Ohrfeige. Gerber eilte aus der Registratur herbei.

»Sie weiß nicht, was sie tut«, sagte er und zog sie mit sich hinaus zum Parkplatz.

»Blödsinn«, war das letzte Wort, das Ari von ihr hörte. Dann fiel eine Wagentür ins Schloß, ein Motor wurde angelassen, dessen Geräusche sich rasch in der Nacht entfernten.

War Gerber diesem Rob Palma etwa irgendwie verpflichtet? überlegte Ari, während er bemüht war, sein verletztes Moralgefühl nicht zu deutlich zu zeigen. Willis lieferte ihm die Antwort auf diese Frage.

»Wahrscheinlich wundern Sie sich jetzt, warum ich den Commander angerufen habe«, sagte der Sergeant mit schamrotem Gesicht.

»Das können Sie laut sagen«, erwiderte Ari kalt.

»Gerber bildet sich ein, er befände sich mit Rob in der gleichen Liga. Natürlich stimmt das nicht, aber Palma läßt ihn in dem Glauben, daß es so wäre. Gerber fährt einmal im Monat hinauf zu ihrem Haus, um dort zu dinieren. Er fährt auch ziemlich häufig mit Rob zum Sportangeln aufs Meer hinaus. Manchmal fliegen sie zusammen in einem von Palmas Privatjets hinauf nach Norden zur Großwildjagd. Wir bekommen hier alle zuweilen kistenweise Krebse, Snoek oder Krabben. Aber das ist nicht der Punkt. Gerber würde den Tag nicht überleben, an dem Sie Robs Frau öffentlich demütigen würden. Angelo Palma verfügt über genügend Einfluß, um ihn über Nacht strafversetzen zu lassen. Und ich hatte nicht das Gefühl, daß Ihr Sinn für Gerechtigkeit so stark ausgeprägt sein würde, daß Sie damit Gerbers Leben ruinieren wollten. Denn im Grunde ist er ja gar kein so übler Kerl.«

»Darum ging es doch gar nicht«, erwiderte Ari, verblüfft darüber,

daß Willis so etwas von ihm denken konnte. »Kümmert es denn hier niemanden, wenn man sich nicht an das Gesetz hält? Sind wir nicht dazu da, es zu vertreten?« Willis machte nun ein so unglückliches Gesicht, daß Ari beschloß, ihn vom Haken zu lassen. »Warum tut Palma denn der Polizei schön?«
»Keine Ahnung. Es ist ja nicht so, daß er uns brauchte. Er möchte uns nur gern in der Tasche haben... für alle Fälle, verstehen Sie? Er ist eben so ein Typ. Er hat im letzten Winter den Bankdirektor und dessen Gattin auf die Komoren geflogen. Ich schätze, daß er nicht gerade zu den Leuten gehört, die einen Überziehungskredit benötigen. Er will lediglich die Leute unter seiner Kontrolle haben. Rob Palma hat ein echtes Problem. Er befindet sich im Konkurrenzkampf mit seinem Großvater. Nur daß die Aussichten, diesen zu gewinnen, für ihn schlecht stehen. Die Zeiten haben sich geändert. Es ist schwer, heutzutage noch zu einer lebenden Legende zu werden.«
Ari betrachtete Willis nun mit neuem Interesse. Der Sergeant war gar nicht so grün, wie er aussah, und besaß ein ausgeprägtes intuitives Menschenverständnis. Seine ausdrucksvollen Augen schienen seine Seele widerzuspiegeln.
»Warum geht also so eine Frau wie Kate Palma hin und betrinkt sich? Sie hat doch alles, wie es scheint – plus einem brandneuen Porsche, den sie, ohne mit der Wimper zu zucken, zu Schrott fährt.«
»Alles hat eben seinen Preis«, fuhr Willis fort. »Sie macht im Augenblick eine ziemlich harte Zeit durch. Ihr Vater hat sich ins Ausland abgesetzt und ihr – außer ihrem sehr reichen Ehemann natürlich – keinen Penny hinterlassen. Morgen früh wird man das alles vermutlich schon in der Zeitung lesen können. Sie wird jetzt wohl die Hauptlast der moralischen Schuld für ihren Vater, Mike Russell, auf ihre Schultern laden müssen, der anscheinend die Aktionäre seiner Firma um ihr Geld betrogen und sich durch die Flucht ins Ausland der Verantwortung für seine Tat entzogen hat. Ich persönlich möchte jetzt nicht in ihrer Haut stecken, und ganz bestimmt würde ich jetzt, wenn ich sie wäre, nicht mehr in Angelo Palmas Haus wohnen wollen.«
»Möchten Sie noch einen Kaffee, Willis?« fragte Ari.

»Haben Sie jetzt nicht dienstfrei?«
»Sie haben mich neugierig gemacht, Willis. Ich hätte gern noch mehr von dem gewußt, was die Leute hier so übereinander reden.«
»Nicht ich bin es, der Sie neugierig gemacht hat, sondern sie. Sie sollten sie jedoch besser vergessen. Komisch ist nur, daß Sie ihrem Mann so ähnlich sehen. Ich frage mich, ob ihr das aufgefallen ist.«
Ari stand in einer Ecke des Raumes, in der sie eine kleine Küche eingerichtet hatten, über den Topf gebeugt, in dem er das Wasser für ihren Pulverkaffee zum Kochen brachte. In diesem Moment sprudelte das siedend heiße Wasser über und verbrannte ihm die Hand. Er fluchte leise. Es war jetzt schon das zweite Mal, daß man ihn auf diese Ähnlichkeit hingewiesen hatte.

Es war bereits nach vier Uhr morgens, als Ari das Revier wieder verließ. Er fuhr die Hauptstraße hinunter und dann das Tal hinauf bis zum Fuß der Berge, wo er seinen Wagen parkte und sich auf einen mit Gras bewachsenen kleinen Hügel setzte, um den lauen Wind zu genießen und den Geräuschen der Nacht zu lauschen. Der Vollmond hing über den Gipfeln im Westen und überzog die Wälder mit seinem sinnlichen Licht. Ein schwarzer Mann kam über einen Gebirgspfad ins Tal herunter, an einem seltsamen tonlosen Saiteninstrument zupfend, während er ein trauriges Lied dazu sang. Die melancholische Weise schien sich an ihm festzuklammern, als er an Ari vorbeikam, und sich mit dem Aroma von Holzkohlenrauch, Haschisch und dem moschusartigen Geruch seines Körpers zu vermischen. War es ein Squatter? Hatte er Sehnsucht nach seiner in der Ferne weilenden Familie?
Ari litt unter der Schönheit dieser Nacht. Ihn erstaunte die Verschiedenartigkeit der Menschen, die hier lebten, und ihn quälte wieder die Frage nach seiner unbekannten Herkunft, denn es war hier in Silver Bay gewesen, wo Pater Richard Mooney ihn der Wohlfahrtsbehörde zur Adoption übergeben hatte. War der Weg eines Menschen vom Schicksal vorgezeichnet? Hatte es ihn noch zu einem anderen, subtileren Zweck hierhergeschickt? Lebten seine natürlichen Eltern hier in der Nähe? Es war eine Nacht, die einen auf wunderliche Ideen brachte. Wieder stieß die Eule ihren

Jagdschrei aus, und ein Nachthäher strich kreischend mit wild flatterndem Gefieder über die Baumwipfel hin.

Nach einer Weile ließ er den Motor wieder an, fuhr in das Dorf der Farbigen zurück und parkte dort. Hier waren die Häuser kleiner; bescheidene Wohnungen und Herbergen, eine Schule, eine Kirche, eine Moschee – alles auf den Berghang hingestreut und im Mondlicht weiß schimmernd. Halblaute keifende Stimmen in einem Haus in seiner Nähe. Die Klage einer Katze, die vor ihm über die Straße huschte. Eine wütend erhobene Stimme, auf die ein kurzer, spitzer Schrei folgte und dann Stille. Er konnte das phosphoreszierende Glitzern des Meeres im Mondlicht sehen und das Murmeln der Wellen hören. Dann die melodische, weit über das Tal hin hallende Stimme des Muezzins von der Moschee am Hang über ihm, der die Gläubigen zum Gebet rief: »Im Namen des allergnädigsten, barmherzigsten Gottes ... Dich verehren wir, Dich suchen wir.«

Mit dem Einzug der Squatters war die Stadt ein Mikrokosmos von Südafrika geworden – ein Nebeneinander aller Völker und Religionen, die sich jedoch gegenseitig ignorierten. Die Weißen klammerten sich an ihre Ländereien und ihren Reichtum, die Farbigen an ihre Jobs, ihre Wesensart und ihre Familien, während die Schwarzen mit den kümmerlichen Mitteln, die ihnen zur Verfügung standen, zu überleben suchten. Moslems, Christen und Juden waren sich kaum der anderen Religionen bewußt. Leben und leben lassen war die hier herrschende Devise, doch die Stadt besaß keinen Zusammenhalt, kein Gemeinschaftsgefühl. Keine Seele!

Er blieb sitzen – grübelnd, sinnend und sich sehnend. Der Wind streichelte sein Gesicht und wühlte in seinen Haaren. Er konnte die bitteren Veldkräuter und die trockene Erde der Staubwüsten im Norden schmecken. Er fuhr sich mit der Zunge über die Lippen – kostend, riechend und das durchlebend, was er nie ganz verstehen konnte: die Liebe und den Haß, die er für dieses gequälte Land empfand.

Kapitel 8

Die Zeitung war so gefaltet und neben ihren Teller gelegt worden, daß die Schlagzeilen deutlich sichtbar waren.

INDUSTIEKAPITÄN FLÜCHTET VOR SEINEN SCHULDEN UND DER IHM DROHENDEN VERHAFTUNG WEGEN UNTERSCHLAGUNG

Kate überflog den Bericht und begann sich sehr heiß zu fühlen. Hier ist keine Luft, dachte sie und sah zu den Fenstern, die jedoch weit offenstanden. Sie hatte einen Druck auf der Brust, und der Magen tat ihr weh. Sie spürte die Feindseligkeit, die sie umgab, und als sie hochsah, entdeckte sie Ramona im Durchgang, mit einem leisen Lächeln auf den Lippen und in den Augen, die sie zu verspotten schienen.

Kate raffte die Zeitung an sich und flüchtete in den Garten. Hatte jeder sie gelesen? Sogar die Dienstboten? Natürlich, dachte sie. Sie wußten jetzt alle, wie tief sie gestürzt war. Wie konnte ihr so etwas passieren? Es war wie ein Alptraum, der nicht weichen wollte. Tiefe Scham breitete sich in ihr aus – wie Gift, das sich einen Weg durch ihren Körper bahnte und in all ihren Adern kreiste, bis sie sich vor sich selbst zu ekeln begann.

Wenn ich doch nur von hier weggehen könnte, dachte sie, als sie den schlimmsten Absatz noch einmal las: »Man nimmt an, daß der Vorstandsvorsitzende zwanzig Millionen Rand gestohlen und auf eine Bank in Übersee transferiert hat ... Mehr als tausend Angestellte sind über Nacht arbeitslos geworden, und Hunderte von pensionierten Investoren haben all ihre Ersparnisse verloren. Eine Untersuchung wurde angeordnet ...«

Das kleine Kind in Kate kam an die Oberfläche. Sie mußte nach Hause und sich ihren Kummer von der Seele weinen. Sie warf die Zeitung weg und fuhr zu dem einzigen Ort, den sie jemals als ihr Zuhause anerkannt hatte: zur ehemaligen Wohnung ihrer Mutter. Der Anblick der Silberpappeln und des Pools im Garten, wo sie so viele sorglose Sommerferien verbracht hatte, und des Sommerhäuschens, in dem sie so oft den Tee genommen hatten, trieb ihr die Tränen in die Augen. Sie konnte die Auffahrt kaum sehen, als sie an den Rasenflächen vorbeischoß und im Hof anhielt. Als

sie den Wagen unter der Lärche abgestellt hatte, rannte sie die Stufen der Veranda hinauf, blieb dort jedoch abrupt stehen und hätte sich fast übergeben, als sie die Bretter sah, mit denen die Eingangstür vernagelt war. Auf diesen war der Anschlag eines Liquidators mit Reißzwecken befestigt, der das Datum der Versteigerung auf den 13. Februar festsetzte: »Haushaltsgeräte, Möbel, Antiquitäten, Gemälde, Spielsachen ...«
»Ich muß da hinein«, erklärte sie dem Wachmann, der in der Nähe der Tür auf einer Bank saß. »Es befinden sich noch so viele persönliche Dinge von mir im Haus.«
»Dafür brauchen Sie die Erlaubnis der Liquidatoren. Deren Adresse finden Sie dort oben ...« Er deutete auf den Anschlag an der Tür. Sie konnte kein weiteres Wort aus ihm herausholen. Er benahm sich wie ein Taubstummer und starrte eigensinnig auf seine Füße.

Sie fuhr zum nächsten öffentlichen Telefon und rief ihren Anwalt an.
»Die können das Erbe Ihrer Mutter nicht antasten, zu dem das an die Lagune und das Flußdelta grenzende Feuchtgebiet und der alte Leuchtturm dort gehören«, erklärte ihr der Anwalt. »Ich muß Sie ja nicht erst an die das Feuchtgebiet betreffenden Wünsche Ihrer Mutter erinnern. Doch diese Bestimmungen des Treuhandvermögens wurden vor ihrem plötzlichen Hinscheiden niemals notariell beglaubigt. Ein schlauer Detektiv würde vermutlich dahinterkommen und dieses Kodizill für nichtig erklären lassen, aber ich würde Ihnen nicht dabei helfen, falls Sie so etwas im Sinn hätten«, sagte er streng. »Wenn Sie Gegenstände, die Ihnen gehören, aus dem Haus entfernen wollen, werde ich gern für Sie die Liquidatoren anrufen. Diese werden Sie jedoch begleiten wollen, wenn Sie das Haus betreten. Lassen Sie mich wissen, wann Sie das vorhaben, aber machen Sie das nicht telefonisch, sondern kommen Sie hierher in meine Kanzlei, Kate.«
Kate legte auf und ging langsam zu ihrem Wagen zurück. Sie fuhr im Dorf umher, wie betäubt von dem Schock, dessen Wirkung sie erst jetzt spürte. Irgendwie waren ihr bisher die Schande ihres Vaters und seine Flucht wie ein Traum erschienen. Erst die

Schlagzeilen heute hatten beides für sie zu einer Realität gemacht. Sie fühlte sich so allein, und jetzt mußte sie sich auch noch dem Zorn der hier Ansässigen stellen. Instinktiv wußte sie, daß alles, was sie bisher in ihrem Leben gelernt hatte, ihr nicht dabei helfen würde, diese Krise zu überstehen.

Da ihr Benzintank fast leer war, fuhr sie zur Tankstelle und füllte ihn dort wieder auf. Sie bestätigte gerade die getankte Menge mit ihrer Unterschrift, als der Tankstellenbesitzer, Jim Dawson, zu ihr trat. »Hi, Kate, guten Morgen«, sagte er. Sein Lächeln schien ein wenig starr und bemüht zu sein. »Ich habe Ihr Konto auf das Ihres Gatten umbuchen lassen. Ist das okay? Fragen Sie ihn doch bitte, ob er damit einverstanden ist.«

»O Gott«, flüsterte sie.

Als sie sich mit ihrer Bankkarte Bargeld besorgen wollte, verweigerte der Automat die Auszahlung. Ihr Magen verwandelte sich in Blei, als sie in den Schalterraum trat und den Filialleiter zu sprechen wünschte. »Mrs. Palma. Ich habe Sie bereits erwartet. Setzen Sie sich doch«, sagte er, sein Gesicht ein Spiegelbild des Elends. »Ihr Konto ist überzogen. Ich habe mich bereits mit Ihrem Gatten in Verbindung gesetzt, doch er hat den Saldo bisher noch nicht ausgeglichen.«

Sie erhob sich müde von ihrem Stuhl. »Danke. Ich werde mit meinem Mann sprechen und die Sache in Ordnung bringen lassen.« Er sah sie nicht an, als er sich ebenfalls von seinem Platz erhob.

Rob befand sich in der Bibliothek und telefonierte. Sie wartete fünf Minuten, während er über Kricket sprach. Er schien den größten Teil des Gesprächs zu bestreiten.

»Ich muß mit dir reden«, flüsterte sie. Er hob die Hand und deutete mit einem Stirnrunzeln an, daß sie still sein sollte, während er den scherzenden Ton, in dem er mit Gerber konferierte, beibehielt.

Sie lernte nun die Spielregeln des Machtpokers kennen. Die einen stolzierten durch den Schalterraum, während andere dahergekrochen kamen, was von der Größe ihrer Bankkonten abhing. Während Kate ihren Mann jetzt betrachtete, wünschte sie, sie

könnte ihn hassen. Aber Rob sah blaß, müde und noch hübscher aus als sonst, falls das überhaupt möglich war. Seine Haare wurden länger, so, wie sie sie liebte, doch sie wußte, daß er sich bald wieder einen Bürstenschnitt zulegen würde. Seine Nase war kurz und gerade, aber mit einem leichten Knick an der Stelle, wo er sich bei einem Skiunfall das Nasenbein gebrochen hatte. Sie hatten eine so schöne Zeit miteinander verlebt. Als sie jetzt an die wilden Wochen ihres letzten Skiurlaubs zurückdachte, wurde sie schwach. Sie lächelte ihn an, verliebt in sein Aussehen – in seine großen, ausdrucksvollen braunen Augen und seine vollen, sinnlichen Lippen. Es war für sie stets ein Vergnügen, ihn nur anzuschauen, aber heute schüchterte sie dieser mürrische, brütende Blick, mit dem er sie musterte, ein. Seine langen braunen Finger trommelten auf die Schreibtischplatte, während er mit Gerber sprach, und seine Lider waren leicht gesenkt, was seinem Gesicht etwas Finsteres gab. Wie Angelo. Ja, er wird eines Tages aussehen wie Angelo, dachte sie.
Endlich legte er den Hörer auf die Gabel zurück.
»Rob, warum hast du mein Konto nicht ausgeglichen?« fragte sie, und rote Flecke zeigten sich auf ihren Wangen. Es war das erste Mal, daß sie miteinander über Geldangelegenheiten redeten.
»Der Manager hat mir deinen Kontostand mitgeteilt. In den letzten zwölf Monaten hast du mehr Geld ausgegeben, als die meisten Leute in ihrem ganzen Leben sehen.«
Sie fühlte sich jetzt so schockiert, daß sie die Augen ganz weit öffnete und ihn mit offenem Mund anstarrte. »Wie bitte?« Sie mochte nicht glauben, was sie da hörte. »Aber du weißt doch, daß ich das Geld für dieses Haus ausgegeben habe. Das gefiel dir. Du sagtest das. Jeder sagte das. Ich war reich, oder jedenfalls bildete ich mir das ein. Ich habe praktisch mein ganzes Jahreseinkommen in dieses Haus gesteckt.«
»Um so dümmer von dir. Angelo wird dir das nicht danken.«
»Die Gemälde sind eine Menge wert.«
»Versuche doch, sie zu verkaufen, dann wirst du herausfinden, wieviel sie wert sind.«
»Du hättest doch bestimmt etwas Geld auf mein Konto einzahlen können, nicht wahr?«

»Das hätte ich, aber du hast mich nicht darum gebeten.«
»Muß ich dich denn um alles bitten?«
»Ich besitze keine Kristallkugel, Kate.«
»Die hast du auch nicht gebraucht, weil der Bankdirektor dich angerufen hat.«
»Mach mir jetzt um Gottes willen keine Szene. Ich bin beschäftigt.«
»Und ich bin pleite.«
Er holte sein Scheckbuch aus der Schreibtischschublade. »Wieviel möchtest du haben?« erkundigte er sich kalt. Seinem Ton nach zu schließen, hätte sie ihn ebensogut um eine Spende für einen wohltätigen Zweck bitten können.
»Zwei Millionen«, gab sie zurück.
Er warf ärgerlich seinen Füller auf den Schreibtisch zurück. »Verschwende nicht meine Zeit, Kate.«
»Du könntest mich zumindest für die Gemälde und die Inneneinrichtung entschädigen ...«
»Niemand hat diese verdammten Gemälde hier haben wollen.«
»Zum erstenmal in meinem Leben hasse ich dich«, sagte Kate. Die Worte sprudelten aus ihr heraus, bevor sie eine Chance hatte, sich diese zu überlegen. »Ich habe dich vorher nie gekannt – nicht wirklich. Du bist ein Tyrann! Du hast mir bisher nie dein wahres Gesicht gezeigt. Jetzt, wo ich am Boden liege, trittst du mich auch noch mit Füßen.«
»Danke für deinen Vertrauensbeweis, aber du täuschst dich da gewaltig«, erklärte er ihr kalt. »Ich arbeite gerade an einem Plan, der dich finanziell wieder unabhängig macht, so daß du dein eigenes privates Einkommen haben kannst. Wir treffen uns um zwei in der Kanzlei meines Anwalts. Ich kann dich nicht mit dem Wagen dorthin bringen, weil ich eine Verabredung zum Lunch in der Stadt habe. Mach mir inzwischen eine Aufstellung, was du im Monat für Kleider und sonstiges an Taschengeld brauchst, und dann sehen wir weiter.«
»Sehen wir weiter? Du Bastard!«
Er lächelte sie an. »Wir sind im Augenblick eine ökonomische Einheit, Kate. Du bist extravagant.«

Oh, wie sehr es sie jetzt danach verlangte, ihm dieses überhebliche Lächeln mit einer Ohrfeige aus dem Gesicht zu wischen.
»Hör zu, Kate«, rief er ihr noch nach, als sie schon die Tür hinter sich zumachen wollte. »Du hast in letzter Zeit auf zu großem Fuß gelebt. Das muß aufhören. Deswegen werde ich jetzt die Kasse verwalten. Frage mich immer erst, wenn du etwas kaufen möchtest. Ich werde dir etwas Bargeld geben, damit du über die Runden kommst.« Er zog seine Brieftasche aus dem Jackett, schüttelte ein paar Banknoten auf die Tischplatte und ließ sie dort liegen. Dann nahm er den Hörer wieder hoch und wählte. Sie stand, vom Schock wie gelähmt, unter der Tür.
»Möchtest du, daß ich jetzt vor dir hinknie oder dir die Hand küsse?«
»Ich telefoniere gerade, Kate«, sagte er, die Hand über die Sprechmuschel haltend. »Werde erwachsen und komm nicht zu spät zu dieser Besprechung beim Anwalt.«

»Vergiß nicht, Kate: Wer bezahlt, gibt auch den Ton an.«
Diese abgedroschene Redensart war für sie wie ein Schlag unter die Gürtellinie – und ausgerechnet Rob mußte so etwas zu ihr sagen. Der Schock schien einen Moment lang Kates Körper zu lähmen, während ihr Geist in Panik geriet. Sie drehte sich dem Fenster zu, um das Gesicht vor ihnen zu verstecken. Sie hatten sich in der Kanzlei von Dan, Robs Anwalt, mit Bailey, ihrem Architekten, und einem Gutachter für den Verkehrswert von Grundstücken getroffen. Die Besprechung verwandelte sich allmählich in einen Alptraum.
Bin ich machtlos, weil ich pleite bin? Und ist so etwas üblich unter Ehepaaren, wo nur einer von beiden mit Reichtum gesegnet ist? fragte sie sich im stillen. Vielleicht war es jedoch nur Robs Verfahrensweise. Er durfte es nicht wissen. Er darf nicht sehen, wie verletzt ich bin. Vor einem Monat noch hätte er so etwas niemals sagen können. Gott wußte, wie sehr er sich darum bemüht hatte, die Lagune und das angrenzende Feuchtgebiet in die Hand zu bekommen, seit sie miteinander verheiratet waren! Nun glaubte er wohl, die Macht zu besitzen, um sie zur Herausgabe dieses Gebietes zwingen zu können. Vielleicht ist ihm das eben

nur so herausgerutscht, überlegte sie, sich an einen Strohhalm klammernd. Vielleicht tat es ihm jetzt leid. Sie schaute wieder zu ihm hin, nicht bettelnd, wie sie hoffte, sondern ihm fest in die Augen sehend. Doch sie konnte erkennen, daß er entschlossen war, ihren Widerstand zu brechen. Sein Gesicht war eine Maske kalter Wut.

Sie drückte ihre Schultern durch und drehte sich zu seinen Lakaien um. »Sie wissen ja inzwischen, was ich mit dem Feuchtgebiet und den angrenzenden Feldern vorhabe. Sie werden so bleiben, wie sie jetzt sind – mein Vater hat es meiner Mutter versprochen. Sie hat dort ein Vogelschutzgebiet einrichten wollen.«

»Verschone uns um Gottes willen damit! Das Wort deines Vaters ist im Augenblick eine Beleidigung für alle. Er hat schon genügend Unheil angerichtet.«

Dan erhob sich mit besorgtem Gesicht aus seinem Sessel. »Sie sehen so blaß aus, Kate. Ist Ihnen nicht gut? Ich schlage vor, daß wir die Sitzung unterbrechen und sie nach einer Stunde oder so wieder fortsetzen. Ich habe da eine großartige kleine Teestube entdeckt, die gar nicht weit von hier entfernt ...«

Sie schüttelte den Kopf. Sie wäre niemals auf den Gedanken gekommen, daß Dan auch ein Herz haben könnte. Bei all diesen hinterhältigen Machenschaften, die er und Rob gemeinsam ausgeheckt und in die Tat umgesetzt hatten, hatte sie diese Seite von ihm niemals kennengelernt. Auch Bailey, ihr Architekt, sah jetzt verlegen vor sich hin. Nur Rob schien noch wütend zu sein. Aber das war er in jüngster Zeit fast immer.

»Ich möchte, daß du ganz genau verstehst, was ich hier zusammenzubringen versuche, Kate.«

Rob probierte es mit einer anderen Masche. Er hofierte sie jetzt mit sanfter Stimme, aber seine Miene war immer noch grimmig und verschlossen. Er hatte seine Gefühle noch nie verbergen können. Seine Augen waren die Spiegel seiner Seele. Sie zuckte innerlich bei dem Gedanken zusammen, daß der Verrat von Menschen, die man liebte, die schlimmste aller seelischen Wunden war.

»Du bist mittellos bis auf diese verdammten Sümpfe. Die Liquidatoren werden womöglich versuchen, sie der Konkursmasse

zuzuschlagen, aber wenn du sie dem Konsortium verkaufst, können sie dir rechtlich nichts anhaben, und du hast einen vierzigprozentigen Anteil an einem sehr lukrativen Unternehmen.«
Sie schüttelte den Kopf und konnte ihm dabei nicht in die von einem hartnäckigen, aggressiven und brennenden Verlangen erfüllten Augen blicken. Er mußte andere beherrschen, immer seinen Willen durchsetzen. Wie hatte er doch eben noch vor Wut gezittert, weil sie es gewagt hatte, seine Pläne zu durchkreuzen. Er kämpfte stets mit unlauteren Mitteln.
»Werde um Gottes willen erwachsen, Kate. All diese Aufregung wegen ein paar lumpiger Vögel!«
»Wir reden hier nicht von ein paar lumpigen Vögeln«, sagte sie in einem trügerisch sanften Ton, mit dem sie ihren Abscheu und ihre Wut kaschierte. »Wir sprechen hier von der Macht. Du hast das alles hinter meinem Rücken eingefädelt.« Sie wies mit der Hand auf die sorgsam ausgearbeiteten Pläne, die für das Grundstücksamt vorbereitet worden waren. Eine monatelange Arbeit. Wie viele Monate hatten sie dazu gebraucht? Drei wahrscheinlich. Rob hatte offenbar damals, als ihr Vater sich mit Angelo in Verbindung gesetzt hatte, mit der Ausarbeitung seiner Pläne begonnen und dann den Tag abgewartet, an dem der Ruin ihres Vaters publik sein würde. »Du bekommst die Lagune nicht, und das ist mein letztes Wort. Du kannst diese Pläne zerreißen.«
Einen Moment lang war er zu wütend, um sprechen zu können. Seine Augen zuckten zu ihr hin, enthüllten ihr einen Moment lang seinen verletzten Stolz. Sie hatte ihm vor anderen eine Niederlage zugefügt. Das würde er ihr niemals verzeihen.
»Schön – wenn du dein Leben lang von Almosen leben möchtest.« Die Härte in seiner Stimme bekam nun einen ominösen Klang. »Ich schätze, daß du noch immer erwartest, im Juli nach Europa reisen und im Winter dort Skiurlaub machen zu können. Gott weiß, daß ich Avril Pearlman ein Vermögen bezahle, seit dein Konto in den Miesen ist. Das ist doch eine von seinen Kreationen, die du jetzt trägst, nicht wahr?« Er betrachtete ihr Kostüm, und sie kam sich plötzlich nackt vor. Mit einem Frösteln im Magen drückte sie die Schultern durch.
»Zweitausend Rand hat es mich gekostet, wenn ich mich recht

erinnere. Sei mein Gast, Kate, und sitz bei diesen verdammten Teepartys in deinen letzten Pearlman-Kreationen auf deinem Allerwertesten. Ich werde zwar damit fortfahren, deine Rechnungen zu begleichen, hatte jedoch etwas mehr Stolz von dir erwartet.« Rob sah nun hart und gemein aus. Seine Augen glitzerten vor verletztem Stolz, und sein Gesicht war weiß vor Wut.

»Hör auf damit, Rob«, sagte Dan verdrossen.

Kate blinzelte, um ihre Tränen zurückzuhalten. Er grinste jetzt höhnisch. Ja, wie sollte sie sonst diesen boshaft-lüsternen Ausdruck nennen, mit dem er sie nun von Kopf bis Fuß musterte? Was müssen die anderen von uns denken?

»Laß das, Rob. Kate ist deine Frau. Du machst dich doch nur lächerlich«, sagte Dan jetzt. Bailey blickte auf die Pläne, die er nun sorgsam wieder zusammenrollte, während der Grundstücksgutachter – ein Bild des Jammers – auf seine Füße starrte.

Es begann in ihren Zehen, kroch durch ihre Beine zu ihren Schenkeln und ihren Magen hinauf – bewegte sich immer weiter in ihrem Körper hinauf, bis sie gänzlich von diesem seltsamen, unbeschreiblichen Gefühl eingehüllt war. Ekel vor sich selbst war die einzige Bezeichnung, die diesem Gefühl einigermaßen gerecht wurde. Sie mußte jetzt rasch das Zimmer verlassen, weil sie sich sonst übergeben mußte und damit diesem peinlichen Vorgang die Krone aufsetzen würde.

Wie konnte er sich erdreisten ... es wagen ... oh, wie konnte er nur! Sie eilte zur Toilette und erbrach sich dort, ihre Demütigung und ihre Frustration zusammen mit ihrem Lunch herauswürgend. Als sie sich dann über das Waschbecken beugte, um mit einem nassen Lappen erbrochene Speisereste von ihrem pulverblauen Avril-Pearlman-Kostüm zu entfernen, das mit einemmal zu einer schweren Belastung ihrer Ehe geworden war, kam plötzlich ein schrecklicher Gedanke aus ihrem Unterbewußtsein an die Oberfläche: *Es war vorbei!* Er hatte ihr innerstes geheimes Selbst durchbohrt, den Sitz ihrer Liebe. Sie wußte, daß sie noch eine Weile lang ausharren, kämpfen, an ihre Gefühle appellieren und sich an ihre Liebe klammern würde. Aber es war trotzdem zu Ende, und je früher sie das akzeptierte, um so rascher würden die Wunden zu heilen beginnen. Diese Erkenntnis machte sie wü-

tend. Wenn er den Kampf wünschte, sollte er ihn haben. Der Krieg war jetzt erklärt.
Sie starrte in den Spiegel und sah die strengen Linien um ihren Mund und die Schatten unter ihren Augen. Sie hatte solche Angst. Ihr Vater hatte sie bei wichtigen Dingen immer beraten. Nach ihrer Heirat hatte sie es dann Rob überlassen, die schwierigen Entscheidungen für sie zu treffen. Sie hatte bisher noch nie ihr Schicksal selbst in die Hand genommen. Zum erstenmal in ihrem Leben würde sie auf eigenen Füßen stehen müssen. Aber konnte sie das? Was war sie wirklich wert? In diesem Moment konnte sie das noch nicht sagen.
Sie trocknete sich die Hände am Handtuch ab und kehrte dann ein wenig schwankend in Dans Büro zurück.
»Wie sieht es mit meinen Rechten an meinem Landbesitz bei der Lagune aus, nachdem ich nun zu einer mittellosen und auf die Almosen meines Mannes angewiesenen Frau geworden bin?« begann sie.
»Ich bitte Sie, Kate, beruhigen Sie sich! Machen Sie die Dinge nicht schlimmer, als sie tatsächlich sind«, erwiderte Dan. Doch er wollte sie dabei nicht ansehen, sondern schob die Dokumente auf seinem Schreibtisch hin und her, um ihrem Blick auszuweichen. »Rob ist ein bißchen ausgerastet, aber können Sie ihm das verdenken? Sein Herz hängt nun einmal an diesem Projekt – und er hat recht, daß Sie damit Ihr Vermögen wieder zurückgewinnen können. Nun, jedenfalls einen Teil davon. Genug, um gut davon leben zu können. Ich bin sicher, daß es ihm jetzt leid tut.« Dan redete so, als würde Rob sich nicht mit ihnen im gleichen Raum befinden.
»Tut es dir leid, Rob?«
»Was soll mir denn leid tun? Du brauchst keine Rechtsbelehrung, sondern ein bißchen gesunden Menschenverstand. Ich habe genug für heute. Sie wird schon zur Vernunft kommen. Es wird ihr gar nichts anderes übrigbleiben.«
Dann verließ er das Zimmer und warf die Tür hinter sich zu. Bailey murmelte etwas in seinen Bart und empfahl sich ebenfalls, und Dan saß da und blickte auf seine Hände hinunter, während die Tränen, vor denen sie sich so gefürchtet hatte, ihr nun über

die Wangen zu laufen begannen. Sie stand rasch von ihrem Stuhl auf. »Leben Sie wohl«, würgte sie hervor.
»Nein, bleiben Sie noch!« Er seufzte. »Das Land bei der Lagune ist Ihr Eigentum, und niemand kann es Ihnen streitig machen. Rob bemüht sich schon seit Jahren, es zu bekommen, wie Sie wissen, weil ihm der schmalere Landstreifen gehört, der im Westen an Ihren Besitz grenzt. Wenn die beiden Ländereien miteinander verschmolzen werden, sitzen Sie buchstäblich auf einer Goldmine. Was Ihre Rechte als verheiratete Frau betrifft, so ist Rob verpflichtet, für Sie zu sorgen. Sie haben jedoch vor Ihrer Heirat einen Ehevertrag geschlossen, in dem Ihnen der Schutz Ihres Eigentums zugesichert wurde, jedoch keine Abfindung, falls die Ehe scheitern sollte, wenn Sie wissen, was ich meine.«
»Ich weiß es nicht«, erwiderte sie.
»In dem unwahrscheinlichen Fall einer Scheidung haben Sie in materieller Hinsicht nur sehr wenig zu erwarten. Sie kennen Rob. Er kann es nicht vertragen, daß er seinen Willen nicht bekommt, wenn er sich etwas in den Kopf gesetzt hat. Er liebt Sie und wird bald wieder zur Besinnung kommen.«
Sie winkte ihn zur Seite und wankte hinaus in das gleißende Sonnenlicht. Sie hatte jetzt das starke Bedürfnis, nach Hause zu gehen. Wo aber, zum Teufel, war ihr Zuhause?

Kapitel 9

Nach der Konfrontation mit diesem ihr bisher unbekannten harten und berechnenden Rob war Kate bereit, Miras These, daß er gemeinsam mit Angelo ihren Vater ruiniert habe, als Tatsache zu akzeptieren. Der Lunch, bei dem Angelo und Rob über Geschäfte geredet und sie ignoriert hatten, war für sie eine Tortur gewesen. Rob war noch immer wütend auf sie. Offenbar hatte er sich vorgenommen, sie mit Nichtachtung zu strafen, bis sie ihm das Feuchtgebiet auslieferte.

Sie stellte ihn nach dem Essen in seinem Arbeitszimmer zur Rede. Es tat so weh, wenn er sich ihr gegenüber so unnahbar und verschlossen zeigte, und sie sehnte sich danach, ihm die Arme um den Hals zu legen und ihn zu bitten, sich wieder mit ihr zu versöhnen. Doch das wäre, wie sie wußte, ein taktischer Fehler gewesen. Er würde sie nur zurückweisen und sie dumm aussehen lassen.

»Ich bin beschäftigt«, sagte er.

»Das ist mir egal. Wie konntest du es wagen, mich so verächtlich zu behandeln? Ihr habt beide beim Lunch nicht ein Wort mit mir gesprochen. Du kannst von mir nicht erwarten, daß ich noch länger in Angelos Haus bleibe, nachdem er meinem Vater und mir das angetan hat. Und wie steht es mit dir? Ich habe heute deine harte Seite in Aktion erlebt und frage mich jetzt ernstlich, ob du nicht auch an dem Komplott gegen meinen Vater beteiligt warst. Warst du es, Rob?«

Sie wartete auf eine Antwort, aber Rob nahm seinen Taschenrechner vom Tisch und begann ein paar Zahlen einzutippen.

»Ich warte auf eine Antwort.«

»Und ich warte darauf, daß du wieder aus diesem Zimmer verschwindest.«

»Was hat es für einen Zweck, noch mit dir zu reden? Ist es dir egal, was aus unserer Ehe wird? Ist es dir gleichgültig, ob ich dich liebe oder nicht?«

Er blickte hoch, und in seinen Augen loderte eine mühsam gebändigte Wut. »Du kannst mich nicht verlassen, Kate. Und je

früher du das begreifst und lernst, mir zu vertrauen, um so besser für dich.«
»Dir vertrauen«, wiederholte sie ungläubig.

Hatte Rob recht? War sie nun für immer eine Gefangene dieses Hauses? Kate nahm ihr Notizbuch und setzte sich draußen auf die Veranda. Es war ein wunderschöner Sommertag. Die Zikaden zirpten schrill und zwingend, die Frösche quakten im Fluß, die Sonne stand im Zenit, und die Hitze, die vom Boden aufstieg, war erfüllt mit dem würzigen Geruch von Kräutern und dem Duft des Grases und der Blumen. Aber Kate nahm das alles nicht wahr. Sie schrieb in ihr Notizbuch. Ihr Schmuck würde ihr so um die zehntausend Rand einbringen, wenn sie ihn verkaufte, und ihr Pferd vielleicht noch einmal zwei- oder dreitausend. Damit würde sie sich eine Weile über Wasser halten können. Aber dann? Sie würde sich einen Job suchen müssen. Aber was konnte sie denn tun?
Den Gedanken, sich an ihre Freundinnen zu wenden, hatte sie rasch verworfen. Die Frauen von Robs Geschäftspartnern hatten auf das Betreiben ihrer Ehemänner hin versucht, eine Gruppe zu bilden, aber keine von ihnen hatte seit dem schändlichen Bankrott ihres Vaters etwas von sich hören lassen.
Und wenn sie Rob das Feuchtgebiet nun doch überließ? Damit würde sie sich vollends unter Robs Fuchtel begeben. Sie würde seine Marionette sein. Konnte sie ihrer gesellschaftlichen Stellung und ihrer finanziellen Sicherheit wegen ein Scheindasein führen? Hatte sie denn eine andere Wahl?
Das alles schmerzte tief, und wie ein verwundetes Tier hatte sie nur das Verlangen, sich irgendwo zu verkriechen. Der einzige Ort, an dem sie sich stets wohl gefühlt hatte, war die Lagune. Als Kind war sie auf der Lagune Kanu gefahren, hatte dort Picknicks veranstaltet und ihre Schulfreundinnen zu Tanzpartys geladen. Ihre Mutter pflegte dort im Sommerhaus auch zu malen. Wie freundlich ihr die Welt doch erschienen war, bevor sie starb.
Sie zog ihre Reithose und ein T-Shirt an, sattelte Ponty, ihr Pferd, und ritt zunächst über die Sanddünen, um in der Begeisterung über die Geschwindigkeit ihren Frust ein wenig zu vergessen, bis

das schwarze Haarkleid von Ponty mit weißen Schaumflocken bedeckt war. Sie war auf der Seite des Hügels zum Meer hinuntergaloppiert, wo eine unterirdische Quelle mit kristallklarem Wasser mitten in einem Hain knorriger Talgbäume aus dem mit Geröll bedeckten Hang ans Tageslicht kam. Ponty wuße genau, wo diese Quelle zu finden war. Dann trabten sie in der drückenden Nachmittagshitze wieder bergan. Nach einer Weile begann der schweißnasse Rappe zu straucheln, und sie stieg ab und ging neben ihm her, bis sie den Hügelkamm überquert hatten. Darauf lenkte sie Ponty auf die Bucht zu, und wenige Minuten später trabten sie teils durch das Wasser und teils über den Sand zum Flußdelta.

Während sie flußaufwärts ritt, wurde sie auf ein Dröhnen vor sich aufmerksam. Sie beschattete die Augen mit der Hand und suchte die Dünen ab, bis sie den Kopf und die Schultern eines Mannes entdeckte, der sich mit einer großen Maschine in kurzen, schnellen Schüben hin und her bewegte. Bei jedem dieser Sprints tauchte der Mann tiefer in das Gelände ein. Warum buddelte er hier ein Loch in den Boden?

Als sie näher an diese Stelle herankam, sah sie, daß der Mann mit einem Schaufelbagger einen tiefen Graben aushob. Hatte Rob etwa damit begonnen, auf seiner Seite der Dünen das von ihm geplante Kondominium zu errichten? Ein seltsamer Ort für die Fundamente von Häusern, überlegte sie. Oder wollte er hier einen Wall zwischen seinem und ihrem Land aufschütten lassen? Ein Trupp von Arbeitern war damit beschäftigt, Wurzeln, Büsche und Steine zu entfernen, um Platz zu schaffen für den Bagger. Sie begann am ganzen Leib zu zittern, als sie die Baustelle erreichte. Das Ufer war hier bis zur Unkenntlichkeit verstümmelt und ein Teil des Feuchtgebietes entwässert worden. Aber warum hatte er einen so langen Graben bis zum Meer hinunter ziehen lassen?

Er will die Lagune trockenlegen! Diese Erkenntnis traf sie nun wie ein eisiger Windstoß. Selbst in seinen schlimmsten Anwandlungen von Raffgier hatte er nie davon gesprochen, daß er die Lagune trockenlegen wollte. All ihre aufgestauten Aggressionen kamen nun zum Ausbruch, als sie ihrem Pferd die Sporen gab. Die Planierraupe kam scheppernd zum Stehen, als Kate, den

Fahrer mit Sand überschüttend, die Böschung des Grabens hinuntergaloppierte und der Maschine den Weg verlegte. Ein Arbeiter kam auf sie zu, als wollte er das Pferd beim Zaum nehmen und zur Seite ziehen, aber sie bedrohte ihn mit ihrer Reitpeitsche. Der Rappe bäumte sich auf, und der Mann brachte sich, sie verfluchend, in Sicherheit.

Der Fahrer der Planierraupe erkannte sie jetzt. Er zuckte zusammen, als Kate ihr Pferd ganz dicht an ihn heranbrachte und mit ihrer Gerte vor seinem Gesicht herumfuchtelte.

»Wer hat Ihnen Anweisung gegeben, die Lagune zu entwässern? Sie müssen damit aufhören ...« Sie war so wütend, daß ihre Worte kaum zu verstehen waren. » Sofort. Ich bestehe darauf!«

Der Fahrer schielte jetzt ängstlich zu ihr hinauf. Er sah alt und schäbig aus in seiner Latzhose.

»Mit Verlaub, Madam, aber das ist Mr. Palma, Ihr Ehemann, gewesen. Er weiß, was er will, und er hat uns klare Instruktionen erteilt. Er befahl mir, einen Kanal zu graben, der die Lagune mit dem Meer verbindet. Wir arbeiten bereits eine Woche daran. Er ist jeden Abend hiergewesen, um zu sehen, welche Fortschritte wir am Tag gemacht haben. Ich kann deshalb nicht verstehen, wo hier ein Problem sein soll.«

Sieben Tage! Sie hätte nie geglaubt, daß er sie so sehr hintergehen würde. Sie könnte wohl jetzt eine gerichtliche Verfügung gegen ihn erwirken, aber vielleicht kam diese bereits zu spät. Bis heute abend könnten sie den Durchstich zur Lagune geschafft haben. Und dann ...?

»Ich befehle Ihnen, mein Land sofort zu verlassen«, sagte sie mit fester Stimme. »Lassen Sie Ihre Planierraupe hier stehen. Oder wollen Sie, daß ich die Polizei rufe?«

Sie streckte ihm die Hand hin, damit er ihr den Zündschlüssel übergeben sollte. »Los – geben Sie mir den Schlüssel!« befahl sie mit so herrischer Stimme, daß die sich in seinen Augen abzeichnende Rebellion im Keim erstickt wurde.

Der Fahrer begann vor Verlegenheit zu schwitzen. Er kannte seine Befehle, aber er war alt und in einer Zeit groß geworden, wo die Nichtweißen dazu erzogen worden waren, den Weißen zu gehorchen. *Jedem* Weißen. Die Arbeiter hatten sich bereits von der Baustelle zurückgezogen und trotteten über die Dünen auf das Haus des Aufsehers zu.

Sie starrte kalt auf den Fahrer hinunter, bis er die Hand zu einer Geste der Kapitulation hob.

Sie entriß ihm den Schlüssel, während er sich das Gesicht mit einem Taschentuch abwischte und schwerfällig von seiner Planierraupe herunterstieg.

Als er noch einmal unschlüssig stehenblieb und sich zu ihr umdrehte, wies sie mit der Hand zum Haus des Grundstückverwalters.

»Gehen Sie!« befahl sie mit lauter Stimme.

Da begann er zu laufen und war bald hinter einer Gruppe von Bäumen verschwunden. Sie wartete noch zwei Minuten, bevor sie auf den Sitz der Planierraupe hinaufkletterte und den Motor anließ. Dann fuhr sie mit dem schweren Gerät über ein paar Bodenwellen auf die Lagune zu. Ein Triumphgefühl überkam sie, als sie mit der Planierraupe die Böschung hinunterfuhr und in das Wasser eintauchte, das ihr in wenigen Sekunden fast bis zu den Knien hinaufreichte. »Weiterfahren, weiterfahren!« spornte sie sich an. »Und wenn es dir noch so lächerlich vorkommen mag!« Das Wasser ging ihr nun schon über die Knie, und der Motor fing an zu stottern und gab dann seinen Geist auf. Sie konnte spüren, wie dieses tonnenschwere Baugerät unter ihr langsam immer tiefer im Schlick versank. Aber sie verharrte noch immer, am ganzen Körper zitternd, auf dem Fahrersitz. Es war ein Gefühl des Schocks und der Unwirklichkeit, das sie jetzt empfand, aber auch der Gewißheit, daß sich etwas verändert hatte. *Daß sie sich verändert hatte!* Sie hatte ein Zeichen gesetzt. Es war vielleicht die erste bedeutende Rebellion in ihrem Leben, aber sie hatte sie vollzogen. Es mochte zwar verrückt sein, was sie gemacht hatte, *aber sie hatte es getan.* Es war jetzt schwer für sie, sich noch auf dem schlüpfrigen Sitz der Baumaschine zu halten, weil diese sich nun nach vorn neigte. Doch sie harrte noch immer auf ihrem Platz aus, bis die Planierraupe umzukippen drohte. Da schwamm sie zurück und versuchte nicht eher ans Ufer zu waten, bis sie es fast erreicht hatte. Sie wußte, wie tief sie sonst mit den Füßen im fauligen Schlamm versinken würde, was ihr als Kind so oft passiert war.

Ein paar Knirpse bewegten sich nun hundepaddelnd auf die versenkte Planierraupe zu und nahmen jauchzend von ihr Besitz. Trunken von ihrem Triumphgefühl, stieg sie wieder in den Sattel und ritt flußabwärts auf das Meer zu.
Da hörte sie den gellenden Schmerzensschrei einer Nilgans im Schilf. Bis zu den Knien im Schlamm versinkend, watete sie durch das Röhricht und fand den Vogel, der mit einem Flügel in der Schlinge einer Falle hing. Sie befreite ihn daraus, wobei sie behutsam seinen Kopf festhielt, denn er besaß einen sehr kräftigen Hals und einen scharfen Schnabel.
Sie beugte sich gerade über den Vogel und versuchte, ihn in ihr T-Shirt einzuwickeln, als der Schlag kam. Der sengende Schmerz, den sie jetzt empfand, betäubte sie einen Moment lang. Der Vogel riß sich von ihr los und flatterte auf einen Busch zu, und während er über den Boden lief, hob ein schmutziger, hohlwangiger Squatter sein Messer, um den flugunfähigen Vogel damit zu durchbohren. Sie gab ihm mit ihrer Reitgerte einen so heftigen Schlag auf den Arm, daß ihm das Messer aus der Hand flog. Als sich die Gans nun im dichten Schilf in Sicherheit brachte, hob der Mann das Messer rasch vom Boden auf und drehte sich mit vor Wut glühenden Augen zu ihr um. Überrascht erkannte sie, daß er sie töten wollte. Das war unmöglich! Sie hatte eine Entschuldigung von ihm erwartet. Als die Klinge auf sie zuschoß, packte sie mit beiden Händen den Griff des Messers und versuchte, es ihm zu entreißen. Sie spürte, wie die Klinge in ihren linken Handteller schnitt. Ihre Hände wurden schlüpfrig von ihrem Blut, aber sie war keine schwache Frau. Keuchend vor Anstrengung, rang sie mit dem Squatter um den Besitz der Waffe. Er stank fürchterlich. Ihre ganze Kraft aufbietend, gab sie ihm einen heftigen Stoß vor die Brust, so daß er, überrascht von dieser Aktion, rückwärts taumelte. Nun hatte sie das Messer. Sie machte einen wütenden Ausfall damit und brachte ihm eine tiefe Schnittwunde am rechten Arm bei, aus der nun das Blut herausschoß.
»Bleib mir vom Leib!« warnte sie ihn, als sie sich wieder aufrichtete. Sie fühlte sich schwach und schwindlig, als sie aus den Büschen am Flußufer trat, und sah sich von Squatters umringt, die sie alle wütend anstarrten. Eine von den Frauen löste sich mit ei-

nem vor Neid und Haß verzerrten Gesicht aus der Menge und schrie: »*Necklace her* – knüpft sie auf!« Der Schrei wurde von anderen aufgegriffen, und ein zerlumpter Junge rannte auf sie zu und warf mit einem alten Autoreifen nach ihr.
Einen Moment lang war sie vor Angst wie gelähmt. Dann duckte sie sich, wehrte das Geschoß ab und packte den Zügel ihres Pferdes. Sie sprang in den Sattel, gab dem Rappen einen Hieb mit der Reitgerte, daß er sich aufbäumte und mit den Vorderbeinen auskeilte. Sie hoffte, damit dieser Meute Angst einjagen zu können, so daß sie eine Gasse für sie öffnete, durch die sie entwischen konnte. Wenn es ihr gelang, sich einen Weg zur Lagune zu bahnen, konnte sie sich vielleicht schwimmend in Sicherheit bringen. Aber die Squatters umringten sie immer noch wie eine Horde wilder Hunde.
Da fielen zwei Schüsse ganz in der Nähe, denen eine jähe Stille folgte. Die Meute begann sich zu zerstreuen, als ein Mann sich ihr näherte. Es war dieser diensteifrige Polizist, der sie neulich wegen Trunkenheit am Steuer verhaftet hatte. Er hatte trotz seiner Jeans und seines T-Shirts ein recht autoritäres Auftreten. Plötzlich schien er gar kein so übler Bursche zu sein.
»Gott sei Dank, daß Sie gekommen sind!« rief sie laut.
»Keine Panik jetzt. Es ist noch nicht vorbei«, sagte er, während er näher kam. »Einige von ihnen sind im Besitz von Feuerwaffen. Sagen Sie nichts. Steigen Sie rasch von Ihrem Pferd herunter, und bleiben Sie immer auf gleicher Höhe mit ihm und mir. Nehmen Sie meinen Arm.«
Sie bewegten sich auf das Meer zu. Zum erstenmal sah sie nun, wie groß inzwischen das Squatter-Lager geworden war. Wie konnte das in einer so kurzen Zeit passieren, fragte sie sich deprimiert. Buchstäblich über Nacht, dachte sie verstört und hielt sich am Zügel ihres Pferdes und dem Arm des Polizisten fest. Grimmige Gesichter, feindselige Blicke, greinende Babys und der Gestank von Fäkalien. »Oh, wie schrecklich«, murmelte sie. »Wo wollen denn all diese Leute hin? Wie kann ich sie wieder von meinem Land entfernen?«
»Das können Sie nicht. Das ist unser jüngstes Problem, und niemand weiß, wie man es bewältigen kann. Die Leute haben Sied-

lungsrechte, verstehen Sie? Niemand weiß, was da zu tun ist. Wir haben keine Anweisung bekommen, in so einem Fall einzuschreiten.«

Ein Stein landete in ihrer Nähe, und der Lieutenant blieb stehen und rief den Leuten etwas in Xhosa, ihrer Heimatsprache, zu – maßregelte und beruhigte sie, während sie zwischen den Hütten hindurch zum Meer hinuntergingen. Am Rand der Siedlung hielt er dann wieder an. »Hier sind Sie vor ihnen sicher. Sie können jetzt nach Hause reiten. Ich bedaure, was da eben geschehen ist, Mrs. Palma.«

Wie hatte er wissen können, daß er gebraucht wurde? Und warum entschuldigte er sich für *deren* Verhalten?

»Ich werde Sie zur Station begleiten. Ich möchte Anzeige erstatten. Mein Mann versucht die Lagune zu entwässern...« Sie erzählte ihm nun in kurzen, atemlosen Sätzen die Geschichte von dem Bautrupp. Dann fragte sie ihn: »Woher wußten Sie, daß ich hier war?«

»Der Fahrer der Planierraupe kam zu uns ins Revier gerannt. Er hatte zu große Angst vor seinem Manager und wollte sich von uns seine Unschuld am Verlust seiner Baumaschine bescheinigen lassen. Ich machte mich dann auf den Weg hierher, weil ich befürchtete, daß Sie in Schwierigkeiten geraten könnten. Ihr Mann hat nämlich heute morgen Anweisung gegeben, ein paar Siedlerhütten zu zerstören, müssen Sie wissen. Haben Sie die Überreste gesehen?«

Sie schüttelte den Kopf.

»Es sind ungefähr fünfzig Hütten, die in der Nähe der Straße dort drüben hinter den Bäumen niedergewalzt wurden. Ich vermute, es sollte ein Testfall werden, um herauszufinden, ob er damit durchkommen würde. Wir befinden uns in einer Zeit des Umbruchs. Niemand weiß im Augenblick, was Recht ist und was Unrecht. Im Lager der Siedler gehen die Wogen hoch. Die Zerstörung der Hütten stellt für sie eine Kriegserklärung dar. Bis diese Angelegenheit geklärt ist, muß ich Sie bitten, sich von Ihrem Land fernzuhalten. Wenn Sie es betreten müssen, werde ich Ihnen eine Polizeieskorte schicken.«

»Kann ich eine Anzeige erstatten? Ich brauche eine gerichtliche

Verfügung, die meinem Mann verbietet, die Lagune zu entwässern und das Land auf meiner Seite des Flusses zu betreten«, fuhr sie in einem Atemzug fort. Sie wußte, daß ihre Aktionen nur zu einem Chaos führen konnten, aber sie hatte Angst, diese Sache schleifen zu lassen. Wenn die Lagune erst einmal entwässert war, gab es hier kein Feuchtgebiet mehr. Nichts, für das zu kämpfen sich lohnte - keine Vögel, keine Büsche, keine Notwendigkeit, hier ein Naturschutzgebiet einzurichten.
Er runzelte die Stirn und räusperte sich. »Das ist ein privater Rechtsstreit, Mrs. Palma«, sagte er. »Ich vermute, daß die Zivilkammer und die Naturschützer auf Ihrer Seite stehen werden, aber der Prozeß wird Sie eine Stange Geld kosten. Lassen Sie mich erst mit Ihrem Mann reden.« Sein Gesicht war ausdruckslos, als er sie jetzt ansah. »Sind Sie sicher, daß Sie auch die Tragweite Ihrer Handlungsweise erkennen? Wenn ja, denke ich, daß ich ihn dazu überreden kann, von seinem Vorhaben abzulassen.« Er blickte über die Schulter und suchte die Büsche hinter ihnen mit den Augen ab, aber es schien ihr jetzt keine Gefahr mehr zu drohen. »Er kann in diesem Fall nur unterliegen. Doch der Prozeß wird vermutlich zwei Jahre dauern und Sie beide ein Vermögen kosten. Und Ihre privaten Dissonanzen würden bis dahin ein öffentliches Gemeingut sein.«
Würden sie das? Sollte sie deshalb jetzt hinter dem Rücken eines fremden Mannes Zuflucht suchen? Weshalb nicht? So fremd schien er ihr inzwischen auch nicht mehr zu sein.
»Ja, reden Sie bitte mit ihm«, erklärte sie. »Sagen Sie ihm, daß ich zu Ihnen gekommen sei, um ihn wegen unbefugten Betretens meines Eigentums und wegen Sachbeschädigung anzuzeigen.«
»Wenn Sie das unbedingt wollen.«
»Ja«, erwiderte sie fest.

Rob war wieder geladen, als er Kate auf ihrem Pferd zum Stall reiten sah. Er hatte soeben ein peinliches zehnminütiges Gespräch mit einem Mann am Telefon geführt, der ihm Belehrungen erteilt hatte, obwohl er seiner Meinung nach in intellektueller wie sozialer Hinsicht einige Stufen unter ihm stand.
»Um Gottes willen, Kate, werde endlich erwachsen«, schnaubte

er. »Mußtest du die Polizei in die Sache hineinziehen? Schau dich an! Du bist von oben bis unten mit Schlamm bedeckt. Du hast dich mit einem Squatter geprügelt, wie ich hörte – ihn erst mit deiner Reitgerte geschlagen und dann mit einem Messer verletzt. Mit deinem Verhalten hast du alle meine Pläne, wie wir die Squatters wieder loswerden könnten, durchkreuzt. Warum kannst du solche Dinge nicht einfach mir überlassen? Glaubst du etwa, du könntest ganz allein ein paar hundert wilde Siedler von deinem Land vertreiben, indem du sie mit deiner Reitgerte verprügelst? Bist du verrückt oder was? Weißt du eigentlich, was eine Planierraupe kostet?«

»Der Squatter versuchte, mich umzubringen«, erklärte sie kühl. »Er fing eine Nilgans mit einer Schlinge, und ich habe sie daraus wieder befreit. Und dann griff er mich mit seinem Messer an.« Sie hielt ihre linke Hand hoch. »Die Wunde muß genäht werden. Glaubst du etwa, ich würde mit einem Messer in der Gegend herumwandern, um damit Leute zu attackieren?«

Da entwich die Wut aus ihm wie das Gas aus einem angestochenen Ballon. Er wurde ganz blaß, als er jetzt ihre Hand ergriff und Ramona anwies, einen Arzt ins Haus zu bestellen. Dann wiegte er Kate in seinen Armen. »O mein Gott, du hättest umkommen können. Halte dich von ihrem Camp fern. Hörst du mich, Kate? Ich verbiete dir, dorthin zu gehen. Sie hätten dich töten können. Und stell dich nicht gegen mich, Kate. Ich tue das alles nur für dich. Begreifst du das denn nicht? Es geschieht alles nur zu deinem Besten. Ich möchte, daß du wieder ein eigenes Vermögen hast. Überlaß das alles nur mir. Ich werde dich wieder zu einer Millionärin machen. Ich werde alles für dich tun.«

»Und ich werde nicht zulassen, daß du die Sümpfe entwässerst, Rob. Glaube mir, Rob: Ich werde dich daran hindern. Begreifst du denn nicht, daß das Feuchtgebiet nur ein Teil unseres Problems ist? Daß du mir mit deinem Verhalten das Recht auf eine eigene Individualität verweigerst? Siehst du das denn nicht ein?«

Da ließ er sie abrupt wieder los und starrte sie mit einem Ausdruck von Schmerz an. »Kämpfe nicht gegen mich, Kate«, flüsterte er. »Du weißt nicht, auf was du dich damit einläßt. Du weißt, ich habe dieses Problem, daß ich niemals verliere. Niemals.«

Kapitel 10

Mrs. Allingham vom Wellington-Seniorenheim war mindestens achtzig, wie jeder hier sagte, aber sie wollte nur 69 Jahre gelten und sich nicht beim Einkaufen helfen lassen. Sie machte sich an einem Samstagmorgen mit ihrem Einkaufskorb auf Rädern und ihrer unter einer Decke versteckten Handtasche auf den Weg zum Markt. Sie hatte erst die Hälfte der Strecke bis dorthin zurückgelegt, als plötzlich ein Mann aus den Büschen beim Fluß heraussprang, sie zu Boden stieß, ihre Decke und ihren Einkaufskorb packte und damit zum nächsten Laden rannte. Mrs. Allingham rappelte sich wieder auf und lief dem Schwarzen nach, während sie mit gellender Stimme rief: »Haltet den Dieb! Haltet ihn! Er hat mir meine Handtasche gestohlen!«

Jack Bronson befand sich gerade im Metzgerladen, um dort Fleisch einzukaufen. Er und Robin, der Metzger, rannten daraufhin aus dem Laden. Ein rascher Blick draußen auf der Straße genügte, um Jacks Adrenalinspiegel in die Höhe zu treiben und den Schwarzen mit einem Rugbyhecht zu Boden zu schicken. Der Squatter kam Sekunden später etwas benommen wieder auf die Beine und versuchte nun, mit einem Sprint die gegenüberliegende Straßenseite zu erreichen, als ihm ein junger, langhaariger Student den Weg verstellte und ihm einen Faustschlag gegen das Kinn versetzte, der den Dieb abermals von den Beinen riß.

Als er wieder aufstehen wollte, beförderte ihn Jack mit einem Tritt erneut hinunter auf den Gehsteig. Kurz darauf war der Schwarze dort von einer johlenden Meute haßerfüllter Weißer und Farbiger umringt. Der von Todesangst ergriffene Squatter zog ein Klappmesser aus der Tasche, während er sich, vor der Meute zurückweichend, mit dem Rücken gegen eine Hauswand lehnte.

»Paßt auf!« schrie Jack. »Er hat ein Messer!«

Jacks Welt war jetzt in einen roten Nebel getaucht. »Zum Henker mit dir, Mann!« brüllte er. Von einer rasenden Wut ergriffen, schlug er mit dem Bein dem Schwarzen das Messer aus der Hand und schickte dann eine rechte Gerade gegen dessen Magen, so daß der Squatter, nach Luft japsend, mit dem Oberkörper nach

vorn knickte. In der nächsten Sekunde warf Jack sich auf ihn, unterstützt von einer schreienden, mit den Füßen nach dem Schwarzen tretenden Meute, die es offenbar darauf abgesehen hatte, den Mann zu lynchen.
»Bringt den Bastard um!« schrien sie. Jeder hatte sein eigenes Mütchen an den Squatters zu kühlen, und alle balgten sich nun darum, der zusammengekauerten Gestalt einen Schlag oder einen Tritt zu versetzen.
Emanuel Fernandes, der auf der gegenüberliegenden Straßenseite auf einer Parkbank saß, erhob sich nun mit einem Seufzer von seinem Platz. Er brachte die Decke, die Handtasche und den Einkaufskorb in Sicherheit und gab sie der alten Dame zurück. Sie stand gegen einen Baum gelehnt und versuchte, wieder zu Atem zu kommen. Sie sah ziemlich geschafft aus, und deshalb bot Fernandes ihr an, sie bei ihrem Einkaufsbummel zu begleiten, obwohl er ihre Zurückhaltung spürte.
Mrs. Allingham pflegte keinen Umgang mit diesem Gesindel zu haben, das nach Haschisch roch, aber ihr Puls war beängstigend hoch, die Luft noch immer knapp, und sie fühlte sich auch ein wenig schwindlig, was nicht jeder merken sollte. Also machte sie gute Miene zum bösen Spiel und nahm sein Angebot an.
Ari, der gerade mit Willis vom Hafen zum Revier zurückfuhr, stieg auf die Bremse und eilte zu der Stelle, wo eine auf dem Boden liegende Gestalt mit Faustschlägen und Fußtritten traktiert wurde. Er fing selbst ein paar Hiebe ein, als er sich zum Zentrum des Tumults durchkämpfte. Den blutenden und halb zu Mus geschlagenen Schwarzen zwischen sich und die Hauswand schiebend, suchte er diesen gegen die Schläge der Meute abzuschirmen.
»Geben Sie ihn heraus! Dieser Schuft verdient, was er bekommt!«
Jemand traf ihn heftig mit der Faust an der Schulter. Das war Jack, dessen Gesicht aufgedunsen und vor Wut ganz entstellt war. Er war wie von Sinnen. Sie waren jetzt alle wilde Tiere mit vor Wut verzerrten Gesichtern. Ihr wegen der unerwünschten Invasion aufgestauter Frust hatte jetzt ein Ventil gefunden und konzentrierte sich darauf, diesen Schwarzen zusammenzuschlagen.

Ari zog seinen Revolver aus der Halfter und schoß damit in die Luft. »Zurück, Leute!« rief er. »Zurück! Seid ihr denn alle verrückt geworden? Laßt uns jetzt wieder zur Vernunft kommen, ja?« Er atmete erleichtert auf, als die Menge langsam zurückwich. Robin, der sich als erster von seiner Raserei erholte, sagte: »Er hat Mrs. Allingham die Handtasche geraubt. Schlug sie einfach nieder. Ist ein Wunder, daß sie sich nicht die Hüfte gebrochen hat.« Sie waren jetzt harmlos, nachdem der Schock sie aus ihrer Massenhysterie herausgeholt hatte. Ari hatte das alles schon früher erlebt. Er wußte, daß die Gruppenmentalität Menschen in gedankenlose Zahnräder einer Haßmaschine zu verwandeln vermochte. Sekunden später klopften sie sich gegenseitig lachend auf die Schultern und bewegten sich wie ein Mann auf ein in der Nähe befindliches Café zu, während Ari den hageren, leise stöhnenden Handtaschenräuber zum Streifenwagen brachte und ihm dort Handschellen anlegte. Dann ließ er ihn von Willis zum Revier fahren, während er sich darum bemühte, am Tatort ein paar Augenzeugen zu finden, die Robins Angaben bestätigen konnten.
Meggie's Tea Room, in den sich die Meute zurückgezogen hatte, befand sich in unmittelbarer Nähe des Reviers. Er zwängte sich auf einen noch freien Platz neben der Tür und sah zu, wie Mrs. Allingham mit einem Ausdruck der Zufriedenheit auf dem Gesicht einen Mohrenkopf mit Sahne verzehrte. Ein ziemlich verrückt gekleideter dunkelhäutiger Mann mit einem Pferdeschwanz saß ihr gegenüber und schien sich heimlich darüber zu amüsieren, daß er plötzlich in diesen Kreisen willkommen war. Mindestens hundert Einheimische hatten sich inzwischen in diesem Lokal versammelt und saßen dort an den Tischen oder standen an den Wänden.
Meg, die Inhaberin der Teestube, lehnte sich, die grauen Haare aus der Stirn streichend, über ihren Tresen, und ihr rundliches rotes Gesicht nahm einen besorgten Ausdruck an, als sie sich die Beschwerden ihrer Kundschaft anhörte. Sie hatte jetzt neben dem Zubereiten von heißen Getränken und dem Kassieren von Rechnungen auch die Rolle der Vorsitzenden in dieser Stegreifversammlung übernommen. Die zwei jungen Mädchen, die sie zu Serviererinnen ausbilden sollte, schienen von diesem ungewöhnlichen Andrang überfordert zu sein.

»Was sollen wir jetzt tun – es gibt inzwischen Hunderte von ihnen!« rief Robin.
»Schon eher ein paar tausend. Von meiner Terrasse aus kann ich nämlich das ganze Ausmaß dieser Katastrophe übersehen.«
Es war Hannah September, die nun sprach und auf deren Worte Schweigen folgte. Jeder wußte, daß die Septembers die erste farbige Familie waren, die in den exklusivsten Bereich von Silver Bay vorgedrungen war. Die Bewohner der ärmeren Wohnviertel haßten sie deswegen, während ihre Nachbarn sie schnitten.
»Sie haben mir Wasser aus meiner Wasserleitung im Garten gestohlen«, fuhr sie tapfer fort. »Zuerst hatte ich das ja geduldet. Ich dachte mir, daß die Leute ja Wasser zum Leben brauchten, bis ich dann eine Wasserrechnung über zweitausend Rand bekam. Ich sah mich deshalb gezwungen, meine Wasserleitung im Garten abzustellen. Mein Mann trägt sich mit dem Gedanken, eine Mauer um das Grundstück zu errichten.«
Meg schob ihr eine Tasse Kaffee zu, und während Hannah daran nippte, überlegte sie, ob sie vielleicht zuviel gesagt hatte. Cecilia de Beer, Malerin und Bildhauerin und eine der berühmtesten Einwohnerinnen von Silver Bay, blickte zu Hannah hoch und lächelte traurig. »Das mit Ihrer Tochter tut mir leid. Ich hoffe, daß man sie bald finden wird«, sagte sie. »Kommen Sie, und setzen Sie sich zu uns.« Die Frauen an ihrem Tisch rückten zur Seite, um für Hannah Platz zu machen.
Der Grundstücksmakler Roger Binks erhob sich von seinem Stuhl. »Hören Sie – wir haben hier ein echtes Problem«, erklärte er mit einem starken Cockney-Akzent. »Vielleicht haben Sie noch nicht erkannt, daß es noch viel schlimmer werden kann, als es ohnehin schon ist. Wie ich hörte, werden im Rat Überlegungen angestellt, ob man für die Squatters nicht eine Dauerunterkunft finden könnte. Silver Bay würde dann zu einem schwarzen Ghetto werden, in dem niemand sonst mehr wohnen möchte. Für jeden von uns, der diese Stadt liebt, würde das der Ruin sein.«
»Jesus! Was würde das für unsere Immobilien bedeuten?« fragte Bronson stöhnend.
»Mein Haus ist meine Pension«, rief Ruth, eine Witwe, die als

Empfangsdame in einem Hotel arbeitete. »Ich habe meine ganzen Ersparnisse hineingesteckt. Einen Zusammenbruch der Grundstückspreise kann ich mir nicht leisten.«

Ein Chor von Stimmen murmelte zustimmend.

»Meine Tochter war halbtot vor Schreck, als sie heute von ihrem Fahrrad heruntergestoßen wurde und man es ihr wegnahm. Sie hat dabei schlimme Schürfwunden davongetragen«, rief Meg. Inzwischen war das Stimmengewirr so laut geworden, daß man kaum noch das eigene Wort verstand.

»Es redet immer nur einer«, erklärte Meg und hieb mit einem Löffel auf die Theke.

»Habt ihr schon von der Vergewaltigung gehört, die heute morgen geschehen ist?« Barbara Jones, die Vorsitzende des Tierschutzvereins, erhob sich von ihrem Platz, und die Frauen seufzten. Wenn Barbara zu reden anfing, würde sie nicht so rasch wieder damit aufhören, doch diesmal verschaffte sie sich mit ihren Worten bei allen Gehör. »Das Pferd wurde dabei verletzt und mußte getötet werden. Deswegen hat man mich hinzugerufen. Ein junges Mädchen wurde, als es einen Ritt in die Berge unternehmen wollte, von seinem Pferd heruntergerissen und von vier Männern vergewaltigt. Sie leidet jetzt an einem Trauma und steht noch unter Schock. Sie stammt nicht aus Silver Bay, sondern reitet nur hier. Sie befindet sich zur Zeit hier im Krankenhaus, glaube ich. Fragen Sie ihn danach. Er müßte es wissen«, fügte sie hinzu und deutete auf Ari.

Ari erhob sich nun widerwillig von seinem Platz. »Die junge Frau behauptet, daß sie von vier Männern vergewaltigt worden sei«, sagte er. »Wir haben diese Männer jedoch noch nicht gefunden. Ich muß Ihnen allen dringend empfehlen, sich immer nur paarweise zu Fuß oder zu Pferd in die nähere Umgebung der Stadt zu begeben. Und wenn Sie im Besitz von Waffen sind, sollten Sie die mitnehmen, wenn Sie einen Ausflug machen. Falls Sie auch damit umgehen können, heißt das. Heute morgen wurde Mrs. Palma in der Nähe des Strands von wilden Siedlern angegriffen, aber es gelang ihr, die Squatters abzuwehren und sich in Sicherheit zu bringen.«

»Was gedenken Sie in dieser Situation zu unternehmen? Dafür

haben wir doch die Polizei – damit sie uns beschützen soll, nicht wahr? Warum jagen Sie diese Leute nicht einfach davon?«
Das war eine Frage, vor der Ari sich gefürchtet hatte. Er verstand ihre Ängste. Die Stadt glich einem überhitzten Kessel, der jeden Moment explodieren konnte. Im Augenblick würden die Einheimischen alles für einen Trupp Burenpolizei alten Stils mit ihren Schlagstöcken und automatischen Waffen geben – für jene Polizei, die sie in der Vergangenheit so oft geschmäht hatten. Sie litten alle unter dem Trauma eines mehrfachen Verlustes. Ihre alte Lebensweise war über Nacht verschwunden; die gegenwärtige für sie ein Alptraum. Raubüberfälle, Morde, Vergewaltigungen und Einbrüche waren an der Tagesordnung, die Strände und Parkanlagen übervölkert. Ihre Kinder konnten nicht mehr mit ihren Pferden ausreiten oder mit ihren Fahrrädern Ausflüge machen. Die Strände stanken, die Berghänge waren mit leeren Flaschen und Konservendosen übersät. Offene Feuerstellen gefährdeten das Leben der wilden Tiere. Die Immobilienpreise waren auf dem Tiefststand angelangt, und solange das Squatter-Problem nicht gelöst war, wurden auch keine Hypotheken bewilligt oder Grundstücke beliehen. Sogar das Einkaufen war zu einer Gefahr geworden, weil sich hungrige Bettler in der Nähe der Supermärkte herumtrieben. Die Ladenbesitzer hatten ihre Auslagen und Türen mit Gittern und Schlössern versehen, und jeder Käufer mußte erst an der Haustür klingeln, bevor er einen Laden betreten konnte. Silver Bay war zu einem *no-buy*-Bereich geworden – zu einem ökonomischen Notstandsgebiet.
Die Reichen würden wie stets überleben, doch Aris Mitleid galt den ärmeren Weißen, denn sie saßen jetzt hier in Südafrika in der Falle. Niemand von ihnen wußte, was die Zukunft bringen würde, jeder von ihnen fürchtete sich vor den unvermeidlichen Veränderungen. Die Apartheid war fortgeschwemmt worden, aber niemand wußte, was an ihre Stelle treten würde. Ari spürte die Angst und Verunsicherung dieser Leute. Aber so, wie die Gesetze im Augenblick aussahen, gab es nichts, was die Bevölkerung von halb Südafrika daran hindern konnte, auf den Berghängen rings um Silver Bay ihre Siedlungen zu errichten, wenn sie das wollte.
»Es hat keinen Sinn, die Polizei um Hilfe zu bitten. Wir müssen

uns selbst verteidigen.« Dave Craw, der Zahnarzt, stellte sich jetzt auf einen Stuhl und bat um Gehör. »Ich bin dafür, sie aus der Stadt zu vertreiben.«
»He, Dave, steig von diesem Stuhl herunter! Ich habe mein Leben lang in deine Nasenlöcher schauen müssen«, rief Roger.
Dave stieg wieder hinunter auf den Boden. »Leute, hört mich an. Wir sind nicht die erste Stadt, die von Squatters überschwemmt wurde. Das ist auch im Norden in der Nähe von Randburg in Transvaal passiert. Der Rat hatte eine leerstehende Farm als Heimstätte für fast eine Million Schwarze ausgewiesen. Hat denn keiner von euch in der Zeitung etwas darüber gelesen?«
»Ja, ich«, rief Bronson. »Die Weißen, die in der Gegend dort wohnten, errichteten auf der einzigen Straße, die zu dieser Farm führte, eine Straßensperre, die sie Tag und Nacht besetzt hielten. Nach einer Reihe von kleineren Gefechten gaben der Rat und die Schwarzen auf.«
»Es gibt nur drei Straßen, die nach Silver Bay führen«, fuhr Dave fort. »Wir könnten unsere Stadt mit Leichtigkeit verteidigen. Ich bin dafür. Ich würde gern eine Truppe zusammenbringen, die diese Burschen von hier vertreibt. Ihr wißt alle, wo ihr mich finden könnt.«
»Ja, verbrennt ihre Hütten.«
»Bringt diese Bastarde um.«
»Setzt euch mit mir in Verbindung«, rief Dave. »Wir werden uns da schon was ausdenken.«
Nun redeten sie alle wild durcheinander, bis Meg wieder mit ihrem Löffel auf die Theke trommelte.
»Hört mich an!« rief sie. »Wir müssen eine ordentliche Versammlung einberufen, einen Vorsitzenden bestellen und solche Sachen. Meine Teestube ist zu klein dafür. Wir sollten alle Steuerzahler zusammenbringen – je früher, desto besser. Also bleibt in Verbindung untereinander. Jack, meinst du, daß du dafür einen geeigneten Versammlungsort finden wirst?«
Er nickte. »Ich bleibe mit dir in Verbindung.«
Nachdem dieser Stegreifkonvent sich wieder aufgelöst hatte, bestellte Ari sich eine Tasse Kaffee, und als sie ihm gebracht worden war, setzte sich Meg zu ihm an den Tisch.

»Ich stecke in der Klemme«, klagte sie. »Ich habe noch nie so etwas gemacht. Aber was sollen wir denn sonst tun? Wenn sie die Lagune in eine schwarze Siedlung verwandeln, bin ich ruiniert. Kein Tourist würde mehr hierherkommen. Die meisten Geschäfte hier am Ort würden pleite gehen.«
Ari wußte darauf keine Antwort. »Die Veränderung ist das einzig Sichere im Leben, und diese vollzieht sich selten schmerzlos«, sagte er und tätschelte ihr die Schulter. Er bestand darauf, seinen Kaffee auch zu bezahlen, und verließ dann ihr Lokal.

Kapitel 11

Mit der Zeit wurden Mandys Ohren überempfindlich. Sie konnte den Motor des Wagens, den er fuhr, bereits hören, wenn er noch ein beträchtliches Stück von ihrem Gefängnis entfernt war. Aus dem Lärm der sich in hohen Drehzahlen bewegenden Maschine schloß sie, daß das Auto sich über schwieriges Terrain vorankämpfte und sie sich demnach in einem entlegenen, schwer zugänglichen Winkel des Buschlandes befinden mußte. Sie hörte, daß das Fahrzeug irgendwo weit über ihr anhielt. Türen wurden zugeworfen, und dann passierte fast eine Viertelstunde lang gar nichts, bis die Vögel zu singen aufhörten. Kurz darauf pflegte sie dann schwere Schritte zu vernehmen, ein keuchendes Atmen, das Öffnen der Tür über der Treppe, schwere Schritte auf den Stufen, sodann den Schieber an der Luke, durch die schließlich Brot und Milch und zuweilen auch Äpfel geschoben wurden.

Wann würde er das nächstemal kommen? »Bitte, komm, bitte, komm«, flüsterte sie ins Dunkel hinein. Was wäre, wenn er nun nie mehr käme? Wenn er einem Unfall zum Opfer gefallen wäre? Sie begann jetzt für seine Sicherheit zu beten. *Er* war ihre Rettungsleine. Sie kam sich wie ein Fötus vor, der durch eine unheimliche Nabelschnur mit ihm verbunden war. Warum? Wer war er? Und weshalb hatte er sie Rose genannt?

Das nächstemal weckte sie seine flüsternde Stimme aus dem Schlummer. Sie lag ganz still da, zitternd, aber sich nicht gegen seine Hand wehrend, die ihren Körper erkundete.

»Ich liebe dich, Rose«, flüsterte eine heisere Stimme.

»Wer sind Sie?« fragte sie.

Stille. Dann wurde die Hand zurückgezogen.

»Hören Sie nicht auf damit. Ich mag es, wenn ich gestreichelt werde.« Sie zwang sich dazu, es zu sagen. »Wer sind Sie?«

»Du weißt, wer ich bin.«

»Wie kann ich das in der Dunkelheit so genau wissen?« erwiderte sie. »Machen Sie Licht, damit ich Sie auch sehen kann.«

»Ich bin dein Verlobter, aber vielleicht hast du das inzwischen vergessen.«

»Wie lange wollen Sie mich denn noch hier festhalten?« fragte sie und begann wieder zu zittern, als sie seine Hand abermals auf ihrer Brust spürte.

»Bis du mich wieder so liebst, wie du es damals getan hast. Bis du mir schwörst, daß es dir leid tut. Bis du versprichst, mich zu heiraten und mit mir von hier wegzugehen. Aber zuerst mußt du für das bestraft werden, was du mir angetan hast.«

Sie begann zu weinen. »Bitte, tun Sie mir nichts«, schluchzte sie.

»Ach – Rose, lieber würde ich sterben, als dir etwas zuleide zu tun.«

»Aber das tun Sie doch! Ich werde hier noch umkommen. Ich hasse die Dunkelheit. Sie müssen mich gehen lassen, das müssen Sie! Ich bin nicht Rose. Das werden Sie inzwischen doch sicherlich erkannt haben.«

Seine Knie knackten. Sie hörte ein rasches, erschrockenes Atemholen. Dann das Rascheln von Stoff, der sich von ihr wegbewegte. Schließlich ein Schritt näher bei der Tür. »Nein... Nein...«, schrie sie. »Verlassen Sie mich nicht!« Dann warf sie sich in die Richtung, aus der sie diese Geräusche vernahm. Sie fühlte etwas Weiches unter ihren Händen, klammerte sich daran und hörte das Zerreißen eines Stoffes. »Ich werde hier sterben. Nehmen Sie mich mit!«

Seine Antwort erfüllte sie mit Schrecken. »Unser kleines Spiel können wir nur im Dunkeln spielen, meine Rose. Draußen würdest du Mandy sein, und ich wäre gezwungen, dich zu töten. Erinnerst du dich noch an den Bootsmann?«

Die Kellertür wurde zugeworfen, und Schritte entfernten sich auf der Treppe.

Diese neue Sicht auf ihren Entführer ließ Sie erschauern. Er war nicht verrückt, sondern nur böse. Im Grunde seines Herzens wußte er, daß sie nicht Rose war. »Warum? Warum? Weshalb tun Sie mir das an?« schrie sie, während sie mit den Fäusten gegen die Eisentür hämmerte.

»Du mußt bestraft werden«, rief seine Stimme höhnisch durch die verschlossene Tür.

Kapitel 12

In den letzten zwei Wochen hatte Ari jede freie Minute damit verbracht, maßgebliche indische Persönlichkeiten in Tempeln, Moscheen und Gemeindezentren zu befragen. Warum sollte eine indische Frau einen schwarzen Jungen, einen Ungläubigen also und obendrein noch einen Krüppel, adoptieren? hatten ihm diese zur Antwort gegeben. Eine Frage, die Ari ebenfalls arg zu schaffen machte.

Willis hatte seinen freien Tag darauf verwandt, die Schulen der Nichtweißen zu überprüfen, während Ari den Nachmittag damit verbrachte, Hilda Ackerman einzuvernehmen – die Mutter von Simon, den Hannah als Mandys Exfreund bezeichnet hatte. Ari war erstaunt über das Ausmaß von Hildas Verweigerungstaktik. Sie bestritt kategorisch, daß ihr Sohn irgendwelche Drogen konsumierte, obwohl Simon sichtlich unter Entzugserscheinungen litt. Blaß und verstockt hatte er hinter dem Sessel seiner Mutter gestanden, mit vor Angst glitzernden dunklen Augen, während alle paar Minuten ein Schauer durch seinen Körper lief. Ari hatte zwar ihre Furcht gespürt, war aber nicht bis zu ihnen durchgedrungen. »Ich will dich doch nicht bestrafen, Simon«, hatte er auf ihn eingeredet. »Erzähl uns also, was du weißt. Ich kann dir helfen, aus diesem Schlamassel wieder herauszukommen.«

Schließlich wurde der Druck, unter dem sie offenbar standen, zu groß für Hilda. »Lassen Sie uns in Ruhe!« hatte sie geschrien. Und da war er wieder gegangen, obwohl er sich jetzt fragte, ob es nicht besser gewesen wäre, noch länger zu bleiben. Etwas war da verdammt faul.

Das Problem war seine Müdigkeit. Im kirchlichen Waisenhaus von St. Patrick, der letzten Adresse auf seinem Zettel, hatte ihm der Direktor den Tip gegeben, daß der Junge möglicherweise jetzt auf der Straße lebte, wie das so viele junge Schwarze taten. Und deshalb fuhr Ari zum *Home Shelter*, einer Wohlfahrtseinrichtung in Kapstadt, die jungen Obdachlosen eine Unterkunft rund um die Uhr bot.

Es war nicht schwierig, das lange, scheunenartige Gebäude in der Nähe des Malaienviertels zu finden. Als er dort anlangte, war es bereits nach neun Uhr abends, und eine Horde ausgemergelter, schmutziger Kinder wimmelte vor dem Eingang herum, während eine dicke, freundliche Frau sich bemühte, sie ins Haus hineinzutreiben.

Ari betrat es und schaute sich in dem langen, saalartigen Raum um, an dessen Seitenwänden eine lange Reihe von Betten standen. Am hinteren Ende des Raumes befand sich eine Küche und am vorderen Ende ein improvisiertes Büro. Dort saß hinter einer auf Holzböcke gelegten Platte ein Mann, der aussah, als gehörte er eigentlich hinter einen Schreibtisch in der Vorstandsetage einer Großbank. Sein Gesicht war lang und knochig, seine intelligenten grauen Augen blickten Ari durch dicke Hornbrillengläser an, und die schütteren blonden Haare bildeten einen flaumigen Saum um eine breite Stirnglatze. Seine Stimme klang sehr kultiviert, als er sich als Archie Goodman und Leiter dieses Obdachlosenasyls vorstellte. Wie er Ari erzählte, hatte er vor kurzem sein Studium der Soziologie mit dem Doktorgrad abgeschlossen und sich vorgenommen, in den nächsten paar Jahren obdachlose Kinder in die Gesellschaft zu integrieren. Es dauerte nur wenige Minuten, bis er Aris Brieftasche um vierzig Rand erleichtert hatte. »Die Kirche stellt uns zwar das Gebäude zur Verfügung«, erklärte Archie entschuldigend, »aber wir existieren ausschließlich von Spenden.«

Das Asyl war ein offenes Haus. Die Kinder kamen und gingen, wann immer es ihnen gefiel. Für Ari war ihr Anblick wie ein Fausthieb in den Magen: Triefnasen, glasige alte Augen und Stimmen, die nur noch krächzen konnten. Zumindest konnten sie hier essen und schlafen, ohne sich dafür prostituieren zu müssen. Sie konnten hier zu jeder Tages- und Nachtzeit eine Mahlzeit und eine Koje mit einer Decke bekommen, wurde ihm bedeutet. Ihre Unterhaltung wurde unzählige Male von Neuankömmlingen oder einem Streit zwischen Kindern unterbrochen.

»Es macht mir Sorge, daß sich bisher keiner bei uns melden wollte, um die ausgesetzte Belohnung zu kassieren«, vertraute Ari Goodman an. »Da Tabson nicht entführt wurde, liegt kein kri-

mineller Tatbestand vor. Warum kommen also die Zieheltern nicht zu uns?«
»Sie befürchten demnach, daß der Junge vielleicht zuviel gehört oder gesehen haben könnte, so daß diese Leute es nicht wagen, ihn der Polizei zu übergeben? Und daß Sie möglicherweise mit Ihrer über das Fernsehen verbreiteten Suchanzeige sein Leben gefährdet haben?«
»So ist es«, erwiderte Ari bedächtig, gar nicht glücklich darüber, seine Ängste so deutlich formuliert zu hören. »Es schien mir damals eine gute Idee zu sein, aber jetzt... Es besteht ja immer noch die Hoffnung, daß er von zu Hause ausgerissen ist oder seine Zieheltern mit ihm aufs Land gezogen sind.«
»Wir hatten hier einmal einen Jungen mit einem Klumpfuß. Ich war damals erst ein paar Wochen im Amt. Wenn Sie sich einen Moment gedulden wollen...« Archie öffnete einen Küchenschrank und holte einen Schuhkarton heraus. »Das ist die Kartei der Unbekannten«, erklärte er und blätterte in den Karteikarten.
Ari war so müde. Die Squatters hatten ihn mit ihren Einbrüchen und Diebstählen stundenlang auf Trab gehalten und ihm keine Minute der Ruhe gegönnt.
»Hören Sie mir eigentlich zu oder was?« sagte Archie streng.
»Tut mir leid«, entschuldigte sich Ari, dem einen Moment lang die Augen zugefallen waren.
»Vor ungefähr acht Monaten hat ein Junge mit einem Klumpfuß hier spätabends um eine Unterkunft gebeten. Er litt an Unterernährung und all den dazugehörigen Mangelerscheinungen. Am nächsten Morgen kam hier eine indische Frau hereingeschneit, die behauptete, die Freundin seiner Mutter zu sein. Sie sagte, sie sei von dieser damit beauftragt worden, für den Jungen zu sorgen, damit er hier die Schule besuchen könne. Ich warnte sie, daß ich die Polizei verständigen würde, wenn sie den Jungen nicht ausreichend ernährte, aber ich mußte ihn gehen lassen.«
Ari spürte eine Welle der Hoffnung in sich aufsteigen.
»Die Frau kam mir nicht koscher vor. Ich hatte das Gefühl, daß sie mir etwas vorschwindelte. Aber ich hatte damals keine Zeit, ihre Angaben überprüfen zu lassen. Als ich später nach dem Jungen sehen wollte, stellte sich heraus, daß sie mir einen falschen

Namen und eine falsche Adresse genannt hatte. Das ist ein verdammt schwieriges Geschäft, sage ich Ihnen. Wir sind hier nur zu dritt, und wir bekommen vom Staat keinerlei Zuschüsse. Ich muß die Hälfte meiner Zeit am Telefon verbringen, um die Leute um Spenden anzubetteln.«
Er seufzte.
»Ich habe hier vermerkt, daß der Junge uns erzählte, er würde des Nachts die Felsen hinunterklettern, um Muscheln zu sammeln, wenn er hungrig sei. Er sagte, er könne sie des Leuchtturms wegen auch sehen. Ich vermute also, daß er irgendwo in der Nähe von Kommetjie wohnen muß.«
Hochgemut verließ Ari das Asyl – er hatte endlich eine Spur.

Ari mußte jetzt schlafen. Er fuhr nach Hause und rief Willis im Revier an, damit der nach Kommetjie fuhr und dort die indische Gemeinde überprüfte. Dann warf er sich auf sein Bett. Es gelang ihm nur mit Mühe, sich wieder hochzurappeln, als das Telefon läutete. Willis war am Apparat.
»Ich glaube, wir haben da etwas«, begann Willis, während Ari sich bemühte, wach zu werden. »Es gibt dort nur eine indische Frau, die Patel heißt. Ihr Sohn, Sam Patel, ist ein häßlicher Bastard, dessen Vater halb Zulu und halb Xhosa ist und den sie nie geheiratet hat. Niemand kann diesen Sam dort leiden, wie ich hörte. Er besitzt einen Gemischtwarenladen, der die Farbigen in der Umgebung mit Waren beliefert. Aber dieses Geschäft scheint nur seine Tarnung zu sein. Sam hat sich vor kurzem einen sehr großen neuen Wagen und eine Motoryacht zugelegt. Die Nachbarn behaupten, er würde mit Drogen handeln, während ihm seine Mutter den Laden führt. Sie hatten dort einen verkrüppelten Jungen, der für sie arbeitete. Offenbar hat er ihnen dabei geholfen, an den Straßenecken *dagga,* Haschischprieme, zu verkaufen, indem er so tat, als würde er für seinen Unterhalt betteln; doch in den letzten beiden Wochen ist er dort nicht mehr gesehen worden. Sam hat heute gegen Mitternacht sein Haus verlassen und ist zum Hafen von Silver Bay gefahren, wo er sein großes Sportangelboot vertäut hat. Er hat hier erst einen Drogen-Pusher namens Tom aufgesucht und ihn vor wenigen Minuten wieder

verlassen. Ich warte hier beim Yachtclub. Ich vermute, daß Sie Tom jetzt gern einen Besuch abstatten würden.«
»Sie sind ein Genie, Willis. Jawohl, das würde ich gern. Komme gleich zu Ihnen.« Ari blickte auf seine Uhr. Es war kurz nach halb vier. Er konnte kaum glauben, daß er fünf Stunden geschlafen hatte – sie kamen ihm wie fünf Minuten vor. Er stieg rasch in seine Jeans und streifte sich noch sein T-Shirt über, als er zur Tür lief. Er hätte dringend ein Duschbad und eine Rasur gebraucht, aber das würde er auf später verschieben müssen.
Während er sich Toms Häuschen näherte, das auf die Schuppen der Fischkonservenfabrik hinausblickte, hörte er den Muezzin die Gläubigen zum Gebet rufen. Die Haustür war nicht verschlossen, und Ari tappte durch den stockdunklen Flur.
»Unter dem Bett ...«, murmelte eine verschlafene Stimme. »Fünfzig Rand der Priem.« Ein Streichholz flammte auf, und eine Laterne wurde von einem alten Mann angezündet, der ihn müde anblinzelte. Er zog sich an einem Seil, das von der Decke herunterhing, in eine sitzende Position. Dann fummelte er mit der Hand hinter seinem Rücken, um sein Kopfkissen zurechtzurücken. Vermutlich hatte er dort eine Waffe versteckt. Ari war mit einem Sprung bei ihm, brachte die Waffe in seinen Besitz und legte sie auf einen Tisch am Fußende der Bettstatt.
»Sie bekommen sie wieder, wenn ich gehe«, sagte Ari, zog dann einen Karton unter der Bettstatt hervor und untersuchte die darin liegenden *dagga*-Prieme. Sie waren säuberlich in Blätter eingewickelt und sahen aus wie kleine Feuerwerkskörper. Er roch daran. Es war gute Ware, die vermutlich aus Lesotho stammte. Er brach einen der Prieme entzwei, verstreute den Inhalt auf der Tischplatte, schob ihn hin und her und roch wieder vorsichtig daran. Dann drehte er sich zu Tom um. »Ich möchte gern etwas Stärkeres haben – wo bewahrst du das auf?«
Inzwischen hatte sich Tom aufgesetzt und musterte ihn mit einem seltsamen Ausdruck in den Augen. Sein Gesicht war rechteckig und von tiefen Furchen durchzogen, die bläulichbraunen Augen standen weit auseinander und waren fast milchig weiß, wie Ari schockiert feststellte. Er hatte eine große Zyste auf der Stirn, und seine Hände waren knotig von einer schweren Arthritis. Der

Ausdruck seiner Augen machte Ari zu schaffen. Sie waren so vertrauensselig wie bei einem Kind. Selbst jetzt noch, wo er erkennen mußte, daß er einen Fehler gemacht hatte, war dieser Hoffnungsschimmer in ihnen nicht ganz erloschen. Doch in ihnen spiegelten sich jetzt auch Traurigkeit wider und der Kummer der Unschuld. Er mußte auf die Achtzig zugehen. Was für ein Leben, dachte Ari, und eine Welle des Mitleids stieg in ihm hoch.
»Sie sind falsch unterrichtet, Sir. Es ist reines *dagga* – etwas Besseres finden Sie nicht. Das ist mein Renommee. Ich bin teuer, verkaufe aber nur reine Ware. Wenn Sie etwas Stärkeres haben wollen, müssen Sie sich an jemand anderen wenden. Sie schulden mir bereits Geld für den Priem, den Sie mir soeben ruiniert haben. Übrigens – wer sind Sie eigentlich?« Er hatte eine weiche Stimme und sprach ein wunderbares Englisch mit einem starken irischen Akzent. Tom gab Ari Rätsel auf.
»Ein Freund.«
»Ein Freund mit einer Amtsmiene.«
»Ich könnte trotzdem noch immer Ihr Freund sein.« Ari starrte Tom jetzt vielsagend an. »Ich bin sehr gut zu meinen Freunden«, sagte er, während er seine Brieftasche zückte und ihr ein paar Scheine entnahm.
»Treiben Sie nicht solche Spielchen mit mir. Dafür bin ich zu alt. Auch gehöre ich nicht zu den redseligen Typen.«
»Hören Sie«, sagte Ari und packte jetzt mit einer schnellen Bewegung den alten Mann bei seinen künstlichen Beinen. Dann schob er eines davon zur Seite, bis es fast waagrecht vom Körper des alten Mannes wegstand. »Das würde einen guten Knüppel abgeben«, sagte er. »Etwas, was ich schon lange suche.«
Der alte Mann biß sich auf die Lippen, aber seine Augen waren nun wäßrig rot. »Ich sitze hier, beobachte die Leute und bilde mir meine eigene Meinung von ihnen«, sagte er. »Ich täusche mich selten. Sie werden dieses Bein niemals zerbrechen. Das bringen Sie gar nicht fertig. Es sei denn, Sie sehen rot vor Wut.«
Ari blickte den alten Mann jetzt überrascht an. »Hören Sie, Tom, Sie müssen mir helfen. Sie haben Ihr Leben gelebt oder zumindest das meiste davon bereits hinter sich. Als Sie Ihre beiden Beine verloren, ist das ein schlimmer Schicksalsschlag für Sie gewe-

sen, und Sie haben vermutlich hart kämpfen müssen, um zu überleben. Aber Sie können auch auf eine bessere Zeit zurückblicken – auf viele Jahre, in denen Sie noch Ihre Beine besaßen. Ist das nicht so? Doch das Kind, nach dem ich suche, war von Geburt an verkrüppelt. Seine Familie hat es weggegeben, weil sie sich seiner schämte. Ich will es finden. Ich glaube, daß ein Inder den Jungen als Drogenverkäufer benutzt und ihm jetzt den Garaus machen möchte. Ich könnte bereits zu spät kommen.«

Ari holte Luft.

»Ich betrachte das Leben auf folgende Weise: Es gibt zwei Sorten von Menschen auf dieser Welt – die einen, die ein Gefühl für andere haben, und die anderen, die das nicht haben. Die erste Sorte gehört zu meinen Freunden, ob sie nun reden oder nicht, und die anderen sind meine Feinde. Zu welcher Sorte gehören Sie?«

»Legen Sie meine Beine wieder hin, Menschenskind!«

»Tabson hat Sie damit beliefert, nicht wahr?« Ari deutete auf die Überreste des *dagga*-Priems auf dem Tisch.

»Nein.« Tom sah ihn nun ehrlich beleidigt an. »Er ist Patels Laufbursche, und Patels Stoff ist von zweifelhafter Qualität. Ich würde so was niemals anfassen.«

Renommee, zweifelhafte Qualität – seltsame Worte für einen alten, beinlosen farbigen Pusher. Tom weckte sein Interesse. Er hätte ihn gern näher kennengelernt.

»Tabson kommt hierher, wenn Patel Informationen braucht, aber diesmal kam er selbst. Ich vermute, daß Sie das bereits wissen.«

»Ja.«

Ari spürte, wie ihn eine Welle der Angst durchlief. Tom sah das und runzelte die Stirn.

»Er suchte einen Skipper, der seinen Mund halten kann und keine Fragen stellt, wenn man ihm einen Sonderauftrag erteilt.«

»Sie kannten da jemanden ...?«

»Natürlich. Wenn Sie jemals verlauten lassen, daß ich Ihnen etwas von ihm erzählt habe, bin ich erledigt. Er ist ein tückischer Bastard. Gefährlich wie eine Mamba und doppelt so glatt.«

Ari legte ein paar Banknoten auf die Bettdecke. »Ich kenne einen Mann, der bessere Sachen anfertigt als die da ...« Er strich mit den Händen über die roh gefertigten Holzbeine. » ... gepolstert, mit künstlichen Gelenken. Prothesen, die einem keine Schmerzen bereiten, aber teuer. Doch unter Freunden spielt das nur eine untergeordnete Rolle. Natürlich würde man dafür schon einiges Geld sparen müssen.«

»Wie heißt du, mein Junge?« fragte Tom nun zögerlich.

»Du kannst mich Ari nennen.« Aus irgendeinem Grund wollte er sich diesen alten Mann zum Freund machen.

»Also gut, Ari – ich sagte zu Patel, daß er Jean Graux unten am Kai finden würde, wo er die Netze des Fischdampfers *Enterprise* ausbessere. Der Wind sei wohl zu stark, als daß sie noch heute morgen auslaufen könnten. Graux hat mit Palma einen Vertrag, daß er sich um dessen Ausrüstung kümmert. Wie ich früher. Hör zu, Junge«, fuhr er fort, und seine blauen Augen sahen Ari jetzt besorgt an. »Sei auf der Hut vor ihm. Palma ist ein heimtückischer und gefährlicher Bastard.«

»Nicht so gefährlich wie ich«, erwiderte Ari, und er meinte das auch so, wie er es sagte. »Wo wohnt dieser Graux?«

»Auf seinem Boot – einem achtzehn Meter langen Trawler mit grüner Back, der *Tralee* heißt. Es liegt draußen in der Bucht vor Anker. Jean kann sich die Hafengebühren nicht leisten. Er stammt aus Mauritius und ist ein guter Seemann.

Und vergiß nicht, was ich dir von Sam Patel erzählt habe. Er ist Gift!«

Kapitel 13

Der Himmel färbte sich am östlichen Horizont bereits hellgrau, und der auffrischende Wind setzte der aufgewühlten dunklen See weiße Schaumkronen auf. Die Wolken, die sich über den Bergen auftürmten, kündigten für die nächsten Stunden Sturm an.

In der Zeit, die Ari gebraucht hatte, um ein Schlauchboot mit Außenbordmotor aufzutreiben, hatten bereits die ersten Sonnenstrahlen die Wolken scharlachrot eingefärbt. Die im Hafen vertäuten Motorboote und Yachten zerrten an ihren Leinen, Bordwände stießen knarzend aneinander, Metall rieb sich an Metall. Er lenkte das Boot durch eine Schar Möwen, die über einem Schwarm von Jungfischen kreiselten. Die Wellen überschütteten ihn mit Spritzwasser, und binnen weniger Sekunden war er von der eiskalten Gischt bis auf die Haut durchnäßt. Er sah die große weiße Masse eines Wals vor sich aus der See aufsteigen und wich in einem großen Bogen aus. Als er dann das Schlauchboot am Heck der *Tralee* festmachte, schob sich über ihm ein Gesicht über die Bordwand, und eine Hand bewegte einen Knüppel in seine Richtung.

»Was, zum Teufel, suchen Sie hier?«

Ari vermochte seinen Akzent nicht zu identifizieren. Jean Graux war von der Sonne fast schwarz gebrannt, und seine Haut bildete einen seltsamen Kontrast zu seinem buschigen weißen Bart. Er sah wie ein topfitter Fünfziger aus. Seine Augen waren groß, leuchtend und von tiefblauer Farbe, seine Züge europäisch, sein Gesicht war lang und knochig und wirkte ausgemergelt mit der spitzen Nase, den dünnen Lippen und den vorspringenden Wangenknochen. Er trug eine rote Weste und khakifarbene Shorts.

»Polizei«, erwiderte Ari und hielt seinen Ausweis hoch. »Kann ich an Bord kommen?«

»Werde Ihnen das wohl kaum verbieten können.« Graux trat von der Bordwand zurück, kratzte sich am Bart und streckte sich dann. Offenbar war er eben erst aus den Federn gekrochen, nachdem er die halbe Nacht hindurch gebechert hatte, mutmaßte Ari. »Was gibt es denn für ein Problem?«

»Ihre Papiere. Ich hätte sie mir gern mal angesehen. Die sind doch in Ordnung, nicht wahr? Die Aufenthaltsgenehmigung und Ihre Arbeitserlaubnis?«
Es war nur eine Vermutung, aber er schien damit ins Schwarze getroffen zu haben. Graux wurde bleich.
»Weiß im Augenblick nicht, wo ich sie hingelegt habe«, sagte er.
»Ich könnte ja, wenn Sie sie verlegt haben, Ihre Angaben im Revier im Polizeicomputer überprüfen ...«
»Hören Sie. Könnten wir nicht miteinander reden? Sie müssen doch nur erneuert werden.« Graux schwitzte jetzt trotz der Kälte.
»Ich gehöre zu der freundlichen Sorte von Menschen«, erwiderte Ari. »Sie helfen mir, und ich werde Ihnen helfen.« Er zog seine Waffe aus der Halfter. »Verschränken Sie die Hände im Nacken, und gehen Sie vor mir den Niedergang hinunter«, sagte er. »Setzen Sie sich.« Er fesselte ihn mit Handschellen an die Rückenlehne seines Stuhls.
Als Jean sich soweit beruhigt hatte, daß er ihm zuhören konnte, schob er den Revolver wieder ins Holster zurück. »Ich will Ihnen keine Schwierigkeiten machen, sondern möchte nur, daß Sie vernünftig sind. Kennen Sie einen Mann namens Sam Patel?«
»Ein gefährlicher Hundesohn.«
»Erzählen Sie mir mehr von ihm.«
»Warum sollte ich?«
»Vielleicht deswegen, weil ich Sie deportieren lassen könnte. Oder vielleicht auch deshalb, weil er heute unten am Hafen auf Sie warten wird. Er möchte Ihnen ein Geschäft vorschlagen, in dem es um einen Mord geht. Ich bin hinter diesem Kerl her, und wenn Sie sich dazu bereitfinden, ihm zu helfen, wird er glauben, Sie hätten ihn verpfiffen, wenn wir ihn hoppnehmen. Wenn Sie jedoch zu seinem Vorschlag nein sagen, sind Sie ebenfalls dran, weil Sie zum Mitwisser geworden sind. Am besten wäre es, wenn Sie mich an Ihre Stelle treten ließen. Und jetzt erzählen Sie mir alles, was Sie von ihm wissen – auch das, was man so über ihn munkelt.«
»Ich kann Ihnen nur das sagen, was ich über ihn gehört habe, weil ich ihm bisher noch nicht persönlich begegnet bin. Patel soll

in letzter Zeit sehr reich geworden sein, weil er Schiffe, die Häfen an der Ostküste ansteuern, mit Drogen belädt, die für Mosambik, Uganda, Kenia und so weiter bestimmt sind. Ein riesiger Markt, den er von hier aus versorgt. Jedenfalls hat man mir das erzählt. Man sagt, er würde das Zeug aus Lesotho und noch anderen Ländern beziehen, vielleicht sogar aus Ostasien. Wer weiß das schon.«
»Diesmal geht es um mehr als nur eine Ladung Drogen. Ich müßte für vierundzwanzig Stunden in Ihre Haut schlüpfen. Das ist alles. Sie werden für einen Job bezahlt, den ich für Sie erledigen werde. Ich werde Ihnen sogar den Zaster aushändigen – oder zumindest das, was er mir als Vorschuß gibt.«
»Dazu hätten Sie mir nicht erst Handschellen anzulegen brauchen.« Graux blickte ihm fest ins Gesicht, und da war sogar ein Funken Humor in seinen Augen. Ari mochte den Mann. »Auf so eine Sache hätte ich mich niemals eingelassen. Meinetwegen können Sie die Rolle meines Doppelgängers spielen, aber nehmen Sie mir erst diese verdammten Dinger hier ab.«
»Kann ich leider nicht machen«, erwiderte Ari. »Sie könnten ihm sonst vielleicht einen Tip geben. Bei diesem Unternehmen steht zu viel auf dem Spiel. Ich sehe Sie dann später wieder.«
»Und wenn das Boot inzwischen kentern sollte? Es könnte mit einem Wal zusammenstoßen – oder ein Sturm reißt es um ...«
»Ich sehe Sie dann später wieder«, rief Ari über die Schulter. »Falls das Boot nicht inzwischen kentert, heißt das.« Ein Strom von Flüchen begleitete ihn hinauf aufs Deck und dann die Strickleiter zu seinem Schlauchboot hinunter.

Das Flicken von Netzen war eine Arbeit, von der Ari nichts verstand. Nachdem er sich eine Weile in Maschen verheddert und in Leinen verwickelt hatte, glaubte er genauso dumm auszusehen, wie er sich fühlte, und beschloß, lieber das Deck zu säubern. Er fing gerade mit dem Schrubben der Brücke an, als eine kurze, fette Gestalt ihm vom Kai aus zurief:
»Jean ... Jean Graux?«
»Wer will was von ihm?« Ari blickte stirnrunzelnd auf den Mann hinunter, der dort am Rand des Kais stand. Es gab Zeiten, wo Ari

glaubte, das Böse riechen zu können. Vielleicht hatte er einen sechsten Sinn entwickelt, oder sollte er etwa wahnsinnig werden, wovor ihn sein Psychiater gewarnt hatte? Er konnte ein Gefühl der Angst und des Abscheus, das ihn beim Anblick dieses Mannes befiel, nicht abschütteln. Patels Züge verrieten seine Abkunft. Seine Nase war rein afrikanisch, während seine fast schwarze Haut auf indische Vorfahren hindeutete. Seine Haare waren fettige Ringellocken, die ein langes, knochiges Gesicht mit wulstigen Lippen rahmten. Er war eine unheimliche Mischung verschiedener Rassen.

»Sind Sie Jean Graux?«

»Ich bin beschäftigt«, sagte Ari, Patel den Rücken zukehrend.

»Zu beschäftigt, um in Ihrer freien Zeit fünfhundert Rand zu verdienen?«

»Möglicherweise nicht.« Ari stellte seinen Eimer ab, schwang beide Beine über die Reling und sprang auf den Kai hinunter. Patel reichte ihm bis zur Schulter. Sein Atem stank nach Ingwer, Curry und Knoblauch und verpestete die frische Brise, die vom Ozean herkam. Sein Goldzahn blitzte in den ersten Strahlen der Morgensonne.

»Ich muß mich um Mitternacht mit einem Boot drei Meilen vor der Küste treffen. Mein Skipper ist krank geworden, und ich habe nicht das Know-how, um ein Schiff führen zu können.«

»Es gibt hier eine Menge Skipper, die man für solche Zwecke anheuern kann. Wieso also ich?«

»Wie ich hörte, sind Sie diskret und zuverlässig.«

»Ich versuche, mich aus allen Schwierigkeiten herauszuhalten. Sollte es sich hier um ein riskantes Geschäft handeln, wird das teuer. Sie sehen mir nicht wie ein reicher Mann aus. Also können Sie sich meinetwegen zum Teufel scheren.«

»Eintausend Rand«, sagte Patel, und seine wilden Zuluaugen sprühten jetzt Feuer.

»Und was soll ich dafür tun?«

»Was ich Ihnen bereits sagte – mich zu einem Boot hinausbringen, den Mund halten und sich auf Ihre Arbeit konzentrieren. Okay?«

»Für eintausend Rand?« Es war nicht schwierig für Ari, das in einem verächtlichen Ton zu sagen.

Patel zögerte, drehte sich um und ging davon, kam jedoch nach ein paar Minuten wieder zurück. Er war wirklich ein übler Vertreter seiner Rasse.
»Ich bin kein reicher Mann«, meinte er weinerlich. »Der Job wirft nicht soviel ab.«
»Fünfhundert jetzt und tausend, wenn der Job erledigt ist«, murmelte Ari. Schließlich zückte Patel seine Brieftasche und blätterte ihm die Scheine in die Hand, wobei sein kleiner Finger jede Banknote zu liebkosen schien.
Ari schob das Geldbündel in die Hosentasche, und sie vereinbarten, sich kurz nach Einbruch der Dunkelheit in der Nähe von Patels Sportangelboot auf dem Kai zu treffen. Ari wartete eine Stunde und kaufte dann ein paar Flaschen Coke, die er zusammen mit den fünfhundert Rand, die er von Patel bekommen hatte, zu Graux' Boot hinausbrachte. »Hören Sie auf zu jammern«, sagte er. »Sie bekommen eine Menge Zaster dafür, daß Sie hier einen Tag lang auf Ihrem Hintern sitzen.«
»Sie wollen mich also nicht von diesen Dingern befreien?« erwiderte Graux grollend, mit dem Kopf auf die Handschellen deutend.
»Nein.«
»Dann können Sie jetzt meinetwegen zur Hölle fahren.«

Ari lag auf einer sandigen Anhöhe über dem Hafen und röstete seinen halbnackten Körper in der heißen Mittagssonne. Er hatte heute dienstfrei, aber irgendeine geheime an seinem Unterbewußtsein nagende Sorge hielt ihn hier oben auf dieser Düne fest, von der aus er die Bucht, die einzige Hafeneinfahrt von Silver Bay und den Kai überblicken konnte, an dem Patel sein hochseetüchtiges Sportangelboot, die *Arabica,* vertäut hatte. Um ein Uhr nachmittags sah er zu seiner Überraschung Patels Lieferwagen unten im Hafen auf den Kai fahren und zwei Männer, die dort ein paar schwere Säcke auszuladen begannen und sie schwitzend auf das Deck des Motorbootes hievten. Zwei Minuten später entstieg Patel selbst dem Lieferwagen und ging an Bord seiner Yacht. Plötzlich begann das Boot zu erschauern, bewegte sich von der Kaimauer weg und hielt dann mit hoher Geschwindigkeit auf die Hafenausfahrt zu.

Während er durch die Sanddünen zum Parkplatz hinuntereilte, bemühte sich Ari, seinen müden Geist zu raschem und klarem Denken anzuspornen: Was habe ich falsch gemacht? Wie ist es ihm gelungen, meine wahre Identität zu entdecken? Und wo, zum Teufel, ist Tabson? Seine Frustration war mit schweren Schuldgefühlen befrachtet.

Als er seinen Wagen erreicht hatte, rief er über Funk das Polizeirevier. Wie kann ich denn von ihnen erwarten, daß sie mir einen Hubschrauber und ein Polizeiboot wegen eines unbekannten Negerkinds schicken, zumal ich ihnen nicht einmal beweisen kann, daß der Junge sich an Bord dieser Yacht befindet? Und selbst wenn ich das beweisen könnte ...

Sekunden später sprach er über Funk mit Gerber in der Polizeizentrale. »Es befindet sich eine große Lieferung für Ostafrika bestimmte Drogen an Bord der *Arabica*, die soeben den Hafen verlassen hat. Ich brauche Hilfe.« Gerber war nicht nur ungehalten, sondern auch nicht bereit, für irgendeinen Einsatz die Verantwortung zu übernehmen. »Ein Informant. Ja, ich bin mir da ziemlich sicher ... Sie werden sich irgendwo außerhalb der Dreimeilenzone treffen und das Zeug dort umladen ... Nehmen Sie doch bitte Verbindung mit dem Rauschgiftdezernat auf. Sie können mich auf dem Parkplatz gegenüber der Hafeneinfahrt aufsammeln. Ich habe vier Säcke gezählt. Ja, ein Vermögen. Absolut sicher, Gerber.«

Die Sekunden schlichen mit einer qualvollen Langsamkeit dahin, während er auf den Rückruf wartete. Ihm wurde ganz schlecht vor Angst, daß er Tabson nicht mehr rechtzeitig zu Hilfe kommen konnte. Und wenn das Motorboot nun keine Drogen geladen hatte? Was machte das schon – Hauptsache, wir bekommen Tabson lebend zurück.

Der Rückruf kam. Ein Hubschrauber würde ihn in den nächsten Minuten aufnehmen. Ein Polizeiboot lief noch in diesem Moment in Kapstadt aus, und er sollte diesem den Kurs und die Geschwindigkeit der verdächtigen Motoryacht durchgeben. »Sie müssen das alles aber auf Ihre Kappe nehmen«, dröhnte Gerbers Stimme.

»In Ordnung«, wisperte Ari und stellte das Funkgerät ab. Er

mußte seinem Instinkt vertrauen. Tabson war auf diesem Motorboot. Er wußte es.
Der Pilot und zwei Polizeioffiziere lasen ihn eine Viertelstunde später vom Parkplatz auf. Kamen Sie bereits zu spät? Der Gedanke war für Ari fast unerträglich. Die Kollegen wollten mit ihm über die Drogenladung sprechen, doch er war angespannt und schweigsam. Schließlich war das ja nur eine Vermutung von ihm.
Sie flogen auf die Bucht hinaus und blickten auf ein klares türkisfarbenes Wasser hinunter mit dunklen Flecken hier und dort. Sie sichteten das Sportangelboot zehn Minuten nach zwei Uhr nachmittags ungefähr acht nautische Meilen nordöstlich von Silver Bay. Ari stieß einen Schrei des Triumphes aus. Das Polizeiboot war zwar noch nicht zu sehen, näherte sich aber nun rasch der angegebenen Position und blieb in ständigem Funkkontakt mit ihnen.
»Halten Sie sich so lange von der Motoryacht fern, bis unsere Jungs mit dem Boot näher herangekommen sind«, wies Ari den Piloten an. »Dann müssen Sie mich rasch auf die Yacht hinunterlassen.«
»Warum wollen Sie Ihr Leben riskieren? Wir haben kompetente Leute an Bord des Küstenwachbootes, die das alles sicher im Griff haben werden.«
»Er wird die Ladung über Bord werfen. Zudem ist ein Informant an Bord. Ich muß ihn zuerst erreichen. Ich kann das Risiko nicht eingehen, daß er ...«
»Wir müssen Sie aber verdammt schnell hinunterlassen, oder die werden Sie sonst in der Luft abknallen, ehe Sie unten ankommen. Viel zu riskant«, sagte einer der beiden Polizeioffiziere besorgt.
Ari legte das Geschirr an und verließ wenige Sekunden später den Hubschrauber durch die Falltür. Einen Moment lang verlor er die Orientierung, als er, sich wie verrückt um die eigene Achse drehend, wie ein Stein in die Tiefe plumpste und nicht mehr wußte, wo sich der Himmel und wo sich das Meer befand und wie weit er inzwischen gefallen war. Der Wind riß an seinem Gesicht, zwang ihm den Mund und die Augen auf und schien ihn in einen Eiszapfen zu verwandeln. Er wollte schreien, aber der Wind drückte ihm den Atem in den Schlund zurück. Das Seil

straffte sich plötzlich, und der Ruck war so stark, daß er meinte, das Geschirr würde seinen Leib zu Mus zerquetschen. Er war sicher, daß sich alle seine Glieder aus ihren Gelenken gelöst hatten. Etwas mußte da schiefgegangen sein. War er zu schnell oder zu früh aus dem Hubschrauber gesprungen? Eines Tages, dachte er, würde er wohl lernen müssen, wie man mit so einem Ding umging. Kurz darauf prallte er mit voller Wucht auf dem Wasser auf, doch nun bewegte sich das Geschirr mit ihm wieder nach oben, so daß er sich an der Bordwand festhalten konnte, als er an ihr in die Höhe schoß. Seine Arme schienen ihm jetzt wirklich aus den Gelenken gerissen zu werden, als er sich festklammern wollte und das Geschirr sich wie ein Expreßlift noch weiter himmelwärts bewegte. Da erinnerte er sich wieder an den Hebel, den er bedienen mußte, und in der nächsten Sekunde gab ihn das Geschirr frei, und er landete mit einem dumpfen Aufprall auf dem Deck der Motoryacht.

Sie hatten ihn nicht mit Blei vollgepumpt. Aber warum nicht? Die Logik sagte ihm, daß er jetzt eigentlich tot sein müßte. Er warf sich hinter eine Winde und zog seinen Revolver aus der Halfter. Er fühlte sich schon etwas sicherer, als sich seine Hand um den Kolben der Waffe legte. Aber wo, zum Teufel, steckten sie denn alle?

Unten in der Ladebucht, um die Beweise zu vernichten? Dieser Gedanke trieb ihn zum Niedergang. Geduckt raste er die Treppe hinunter und suchte rasch, das Knattern von Schüssen im Ohr, hinter irgend etwas Deckung, während sich die Kugeln über ihm in die Wandtäfelung bohrten.

Sie waren zu dritt. Er feuerte in rascher Folge, und zwei der Männer brachen zusammen. Patel beugte sich über eine Falltür im Achterdeck und versuchte, einen Sack hindurchzuzwängen. Sekunden später riß Ari ihn von der Falltür weg und schlug ihm mit dem Lauf seiner Waffe ins Gesicht. Dann lagen seine Hände um Patels dicken Hals und drückten ihm die Luft ab. Nun gab er ihn mit einer Hand wieder frei und tastete nach dem Sack.

Doch der Sack war verschwunden.

»Wo ist er?« schrie Ari ihn an.

»Wer?«

Patel kreischte vor Angst, als Ari ihn nun im Genick packte und ihn mit dem Kopf voran durch die Falltür stieß, so daß er bis zu den Schultern im Wasser versank. Dann riß er ihn wieder in die Höhe.
»Wo?«
»Wer ...?« erwiderte Patel, nach Luft japsend.
»Wo ist Tabson?«
»Nie gehört von ihm ...«
Da wurde Ari von einer rasenden Wut erfaßt. Er hieb Patel den Lauf seiner Waffe über den Kopf, daß ihm das Blut aus einer Stirnwunde rann. Dann begann er ihn auf eine seltsam langsame, ihm fast wie Zeitlupentempo vorkommende Weise mit Faustschlägen zu traktieren. Er spürte, wie Patels klebriges Fleisch unter seinen Fäusten anschwoll und er sich seine Finger an dessen Goldzahn aufriß.
»Wo ist Tabson?« schrie er dabei immer wieder. »Wo ist er?«
Ari hörte, wie die Polizei das Motorboot enterte. Da nahm er seine letzte Chance wahr und sprang durch die Falltür ins Meer.
Das eiskalte Wasser war für ihn ein Schock, aber es dauerte nur Bruchteile von Sekunden, bis er seine Augen wieder aufmachen konnte. Er befand sich hier viel zu nahe an der Oberfläche, und da er offenbar zu spät gekommen war, hatte es auch keinen Sinn mehr, jetzt tiefer zu tauchen, da er nicht wußte, wo er suchen sollte, und den Meeresgrund auch niemals erreichen konnte.
Da nahm er plötzlich etwas Dunkles wahr, das im Sog des Bootes langsam dahintrieb. Mit einem gewaltigen Stoß seiner Beine schnellte er sich nun nach unten, die Arme nach dem Sack ausstreckend, den er gerade noch mit den Fingern zu packen vermochte. Er war schwer und schien seinen Umrissen nach den Körper eines Jungen zu enthalten.
Er bemühte sich nun nach Kräften, mit dieser Last wieder die Oberfläche des Wassers zu erreichen. Ein paar Sekunden später schrie er zum Deck des Motorbootes hinauf: »Helft mir, helft mir!« Strampelnd wie ein Fisch, der sich in einem Netz verfangen hat, versuchte er den Sack über Wasser zu halten. »Will mir nicht endlich jemand von euch dort oben zu Hilfe kommen?«
Jemand rief etwas. Dann landete ein Tau neben Ari im Wasser. Er

hielt sich mit einer Hand daran fest, und wenige Sekunden später waren zwei Männer zu ihm ins Wasser gesprungen und hielten den Sack hoch, bis er an Bord gezogen werden konnte.
Als Ari wenig später über die Reling kletterte, hatte man den Jungen bereits aus dem Sack befreit. Einer von den Männern schickte sich an, ihn mit künstlicher Beatmung wiederzubeleben, während andere das Seil zerschnitten, mit dem der Junge umwickelt war. Es muß Tabson sein, dachte Ari, als er das deformierte Bein des Knaben sah.
»Zu spät«, murmelte ein Polizist, doch dann wurde Tabsons Körper plötzlich von einem Krampf geschüttelt.
»Los«, keuchte Ari, »legt euch ein bißchen stärker ins Zeug!«
Nach einer Weile ließ Tabson ein erstes erschauerndes Stöhnen vernehmen, und im nächsten Augenblick erbrach er sich und spuckte ein paar Liter Seewasser aufs Deck. Ari spürte, wie ihm ein Stein vom Herzen fiel, und begann dann leise zu fluchen. Er machte sich verstohlen auf den Weg hinunter in den Laderaum, wo Patel gerade wieder zu sich kam.
»Sam Patel, ich verhafte Sie wegen des Handels mit Drogen, Kindesentführung und versuchten Mordes. Und das soll ich Ihnen von Tabson geben!« Damit versetzte er Patel einen wuchtigen Schlag gegen das Kinn und schnitt sich das Handgelenk an dessen Goldzahn auf, während Patels Kopf nach hinten schnellte und er wieder ohnmächtig wurde.
Ari hörte hinter sich Rufe, und im nächsten Moment wurde er an beiden Armen gepackt und festgehalten.
»Ich mußte diesem Bastard eine Lektion erteilen«, murmelte er.

Seine Hände waren so angeschwollen, daß er große Mühe hatte, seinen Bericht zu schreiben. Wenn er auch nicht die ganze Wahrheit erzählte, wollte er doch nicht lügen und war dankbar dafür, daß die Ladung des Motorbootes aus Crack, Mandrax und *dagga* bestanden hatte. Südafrika entwickelte sich jetzt rasch zum Drogenzentrum für den ganzen Kontinent. Das Zeug wurde hier tonnenweise auf Schiffe verladen, die Häfen an der Ost- und Westküste von Afrika ansteuerten, und Patel gehörte zu den Leuten, die den Handel mit Drogen im großen Stil betrieben.

Natürlich hatte man ihn inzwischen wieder auf Kaution freigelassen.

Eunice kam ins Revier, um Tabson dort abzuholen. Sie nahm Aris Hand in ihre und sagte: »Vielen Dank. Ich hätte nie geglaubt, daß ich jemals einen Weißen in mein Herz schließen würde.« Tränen rannen ihr über die gefurchten alten Wangen, als sie Tabsons Hand in ihre nahm. Ari sah sie später über die Dünen wandern – unterwegs zu einer Höhle, einem Busch oder was immer sie sonst als Unterkunft für sich und ihren Enkel gefunden haben mochte.

Kapitel 14

Es war Silvester, doch für Kate war das Dinner alles andere als ein Vergnügen. Angelo verzehrte sein Menü in mürrischem Schweigen. Den Blicken, die er zuweilen über den Tisch zu ihr schickte, konnte sie entnehmen, daß er innerlich vor Wut kochte und sie der Grund dafür war. Rob war es dann, der für seinen Großvater Partei ergriff.

»Du hast dieser alten Squatter-Frau Decken gegeben«, warf er ihr mit vor Zorn roten Augen vor. »Und Nahrungsmittel. Und du hast du ihr gesagt, daß sie auf unserem Land bleiben könne.«

»Auf meinem Land«, murmelte Kate.

»Das ist dasselbe.« Seine Augen warnten sie, ihm zu widersprechen. »Du hast ihr sogar eine Hütte gegeben, in der sie schlafen kann. Weißt du eigentlich, was du damit angerichtet hast? Du hast ihr und ihrem verdammten Stamm *Siedlungsrechte gegeben!*« Die beiden letzten Worte schienen aus seinem Mund herauszukommen wie Kugeln aus einem Kanonenrohr.

Er beugte sich vor und starrte mit glasigen Augen in die Kerzenflamme, wie er das oft tat, wenn er in Gedanken versunken war. Er sieht aus wie ein römischer Gladiator in einem dieser alten Hollywoodschinken, dachte sie. Man braucht ihm nur noch eine Peitsche zu geben, damit er die Christen in die Arena treibt, wo die Löwen schon auf sie warten.

Niemand füllte ihr das Glas, also griff sie selbst nach der Weinkaraffe.

Rob wandte sich nun seinem Großvater zu. »Es befinden sich bereits ein paar hundert Schwarze auf unserem Land. Die Polizei kann genausowenig wie wir etwas gegen sie unternehmen. In der letzten Woche habe ich fünfzig von ihren Hütten einreißen lassen, aber am nächsten Tag haben sie an der gleichen Stelle neue errichtet.«

Er seufzte. »Ich habe mit dem Minister gesprochen. Die Situation ist gefahrenträchtig.« Er runzelte die Stirn und zerteilte mit dem Messer sein Steak. »Squatters können nur von einem Grundstück verwiesen werden, wenn man für sie Ausweichquartiere findet und den Transport dorthin bezahlt. Man muß ihre gesamte Habe bis zum letzten Kleiderfetzen hinunter listenmäßig erfassen, verpacken und transportieren. Das Vertrackte daran ist, daß wir ihnen kein anderes Land als Alternative anbieten können. Wir müssen also eine Möglichkeit finden, wie wir sie von unserem Land vertreiben können«, schloß er, ohne auch nur einen Moment zu zögern.

»Das ist alles deine Schuld«, erklärte Angelo, sich an Kate wendend.

»Es war eine alte Frau – und sie sollte nur eine Woche lang in der Hütte bleiben«, flüsterte sie. Sie sah ihn stirnrunzelnd an. »Ich half ihr ... aber nur so lange, bis sie Arbeit gefunden hatte.«

Niemand hörte ihr zu. Ist Mitleid in diesem Haus etwa ein Verbrechen? überlegte sie verdrossen. Wie hatten sie denn das mit der alten Frau überhaupt herausgefunden? Vermutlich hatte Ramona, ihr *bête noire*, es ihnen gesteckt. Und schau dir jetzt Angelos Gesicht an! Es ist dunkelrot vor Wut. Wie kann ein Gesicht sich nur so sehr verfärben? Und seine Augen! Sie sind fast hypnotisch.

Sie leerte ihr Glas wieder und wünschte sich, daß sie endlich aufhören würde, sich wie ein geprügelter Hund zu fühlen.

»Du hast eben nicht nachgedacht«, sagte Rob und seufzte. Er fand immer Gründe, die sie für ihr Verhalten nicht ganz verantwortlich machten, als wäre sie noch ein Kind, und verletzte sie damit noch mehr. »Sie hat inzwischen ihre Freunde und Verwandte, ihre Stammesgenossen und deren Verwandte und Freunde hierhergebracht. Das kann man ihr nicht zum Vorwurf machen. Die Schwarzen denken in Gruppen und nicht als Individuen. Auch mußte sie ihrem *induna* gehorchen. Und wenn du schon deinen eigenen Verstand nicht gebrauchen kannst, solltest du zumindest erst mich fragen, bevor du so etwas tust.«

Er war so verdammt gönnerhaft.

»Warum sollte ich das tun? Es betraf dich ja gar nicht«, erwiderte sie in einem so eisigen Ton, wie ihr das möglich war. »Es ist *mein* Land, das mir *meine* Mutter vermacht hat.«

»Sie wollte daraus ein Schutzgebiet für Vögel machen«, erwiderte Rob. »Es war bestimmt nicht ihre Absicht, es von Siedlern besetzen zu lassen, die dort jetzt alle Vögel fangen und aufessen. Ich bezweifle, daß es dort auch nur noch einen Vogel gibt. Und das Land ist von allererster Güte – ein Vermögen wert.«

»Aber es gehört mir.« Sie setzte ihr Glas so heftig auf den Tisch, daß der Wein überschwappte und einen roten Fleck auf dem weißen Damast hinterließ. Sogleich war Ramona zur Stelle, um Salz darauf zu streuen. Die alte Hexe hatte demnach alles beobachtet und sie belauscht. »Verschwinden Sie!« fauchte Kate sie an.

»Und wie steht es mit unserem Land auf der anderen Seite der Lagune? Glaubst du etwa, das wäre nicht davon berührt?« gab er ihr prompt und großspurig zur Antwort. »Es ist gefährdet. Der Rat beabsichtigt, ›geeignetes Land‹ zum amtlichen Schätzwert zu kaufen – also für einen Apfel und ein Ei, um es im Klartext auszudrücken.«

Er sah jetzt richtiggehend gekränkt aus. »Als ich diese Leute fragte, was sie denn unter ›geeignetem Land‹ verstehen würden, sagten sie, das seien Ländereien, die inzwischen von Schwarzen besetzt seien. Damit würden sie schwarze Enklaven inmitten von Luxusvororten schaffen. Die Beamten wohnen natürlich nicht in solchen Bezirken, sonst würde es ihnen nicht einmal im Traum einfallen, Silver Bay für die Ansiedlung von Schwarzen in Betracht zu ziehen. Wenn das jedoch geschieht, werden alle angrenzenden Ländereien ihren Wert verlieren. Milliarden von Rand stehen auf dem Spiel. Die Regierung hat sich hier von jeder Verantwortung verabschiedet. Sie hat nur noch Angst. Die Schwarzen haben jetzt alle Macht. Stell dir vor, daß in bester Wohnlage ein permanentes Squatter-Camp errichtet wird. Dann weißt du, was uns hier blüht.«

»Aber deswegen hast du trotzdem kein Recht, mein Gewissen für mich zu verwalten. Man hat mich dazu erzogen, anderen Menschen zu helfen, ihnen in einer Notlage beizustehen ...« Es klang abgedroschen, selbst für ihre Ohren.

»Um Gottes willen, Kate, komm mir bitte nicht mit dieser Masche. Was die Nächstenliebe anlangt, zu der dich dein Vater erzogen hat – da würde ich an deiner Stelle mal die Aktionäre seiner Firma fragen, was sie davon halten.«

»Du kämpfst mit unsauberen Mitteln – ja, das tust du«, erklärte sie unglücklich. »Was hat das alles mit meinem Vater zu tun?« Sie zündete sich eine Zigarette an, bewußt gegen das ungeschriebene Gesetz der Palmas verstoßend, daß bei Tisch niemals geraucht wurde, und genoß den Ausdruck von Abscheu auf Angelos Gesicht, der sich nun von seinem Platz erhob. Er schien mit einem seltsam versteckten Lächeln ihre Kriegserklärung zur Kenntnis zu nehmen und verließ das Zimmer.

»Zum Teufel, Kate, was soll das! Du weißt doch, daß Angelo von Zigarettenrauch Asthma bekommt.«

»Gut. Ich hoffe, er erstickt daran.«

»Ich finde dich widerwärtig. Wir werden nicht zu der Party bei den Lilfords gehen.«

Die hatte sie ganz vergessen. Sie sah auf ihre Uhr. »Ich werde hingehen. Du kannst meinetwegen machen, was dir gefällt.«

Sie stand vom Tisch auf. »Okay, Rob. Ich habe einen Fehler gemacht«, räumte sie nun mit einem bitteren Lächeln ein. »Aber ich sage es dir jetzt zum letztenmal: Du und dein abscheulicher Großvater werden mich nicht ändern.« Sie hieb mit der Faust auf die Rückenlehne ihres Stuhls. »Ich mag zwar Mrs. Palma sein, aber deswegen bin und bleibe ich noch immer ich. Ich werde niemals so gefühllos sein, eine arme alte Frau auf dem feuchten Moorboden schlafen zu lassen. Das hätte sie umgebracht. Begreifst du das, du egoistisches Schwein? Es gibt Leute, die neben dem Geld auch noch andere Wertvorstellungen haben.«

Sie drehte sich um, um ihn wütend anzufunkeln, aber plötzlich war er ganz charmant und lächelte süß. Es war doch immer das gleiche. Sie begann zu weinen. Das verbessert natürlich meine Position keineswegs, dachte sie traurig, während sie sich bemühte, ihre Fassung wiederzufinden. Schließlich floh sie hinauf in ihr Schlafzimmer.

Rob spürte, wie sich nach Kates pathetischer Vorstellung Mitleid in ihm regte. Armes kleines Ding. Er glaubte zu wissen, warum sie so plötzlich in Tränen ausgebrochen war. Erst gestern hatte sie ihn gebeten, drei Gemälde zu bezahlen, die sie schon vor einiger Zeit für den Salon angeschafft hatte. Er hatte versucht, Macht durch Erbarmen abzumildern, indem er die Gemälde ausführlich studiert, zwei von ihnen bezahlt und eines in die Kunstgalerie zurückgeschickt hatte. Auf diese Weise hatte er ihr zwar ihren Willen gelassen, ihr aber auch gleichzeitig gezeigt, wer hier der Boß war. Das würde sie sich für die Zukunft merken und ihn immer erst um sein Einverständnis bitten, bevor sie sein Geld ausgab.

Sie hatte wochenlang auf diesen Rechnungen gesessen, bis der Händler ihr mit gerichtlichen Schritten gedroht hatte. Da war sie zu ihm gekommen, hatte die Rechnungen auf seinen Schreibtisch gelegt und ihm mit Tränen in den Augen ihre Notlage geschildert. Was ihn gar nicht interessiert hatte. Es war seine Pflicht als Ehemann, ihre Rechnungen zu bezahlen, aber sie sollte zumindest begreifen, wie kostspielig ihr luxuriöser Lebensstil war, und sich dessen bewußt werden, daß nur er ihr diesen bieten konnte.

Ihre Tränen hatten ihn gerührt, denn er hatte sie bisher noch nie weinen sehen. Zugleich hatte er erkannt, daß er ihre Achillesferse getroffen hatte. Der Verlust ihrer finanziellen Unabhängigkeit war für sie eine Demütigung. Seltsam! Die meisten Frauen würden ihr ganzes Geld ausgeben, ohne danach auch nur noch einen Gedanken daran zu verschwenden. Er beschloß, ihr jetzt ein paar Minuten Zeit zu lassen, damit sie ihre Fassung wiedergewann, und dann ebenfalls ins Schlafzimmer hinaufzugehen, in der Hoffnung, daß sie miteinander schlafen würden.

Warum empfing sie ihn mit einem so finsteren Gesicht? Sie sah so kalt aus. »Ich habe alle deine Rechnungen bezahlt«, warf er ihr hin. Und setzte dann hinzu: »Du könntest dich dafür bedanken.«

Sie schaute ihn mit einer Mischung von Rebellion und Beschämung im Spiegel an.

»Danke«, sagte sie.

»Was wirst du heute abend zur Party tragen?«

»Spielt das eine Rolle?« erwiderte sie und war plötzlich sehr traurig. Das erfüllte ihn mit einem Gefühl des Triumphes, das zu einem körperlichen Bedürfnis wurde.

»O Gott, Kate. Es bedeutet mir durchaus etwas. Warum, glaubst du wohl, habe ich deine Kleiderrechnungen bezahlt? Zehntausend Rand! Und ich gab ihnen noch zehntausend als Vorschuß, damit du eine Weile lang kleidermäßig versorgt bist. Ich möchte, daß du gut aussiehst. Ich will, daß jeder Mann in Silver Bay sich

begehrlich nach Mrs. Kate Palma, der attraktivsten Frau von ganz Afrika, umschaut. Du solltest für das viele Geld doch etwas weitaus Verführerischeres kaufen können.«
Sie sah jetzt von ihm weg.
»Nun komm schon, Honey. Reiß dich zusammen. Denke nicht mehr an diese Squatters. Vergiß sie einfach. Überlaß das alles mir. Ich bin dein Mann, der das alles regelt. Ja! Kümmere dich lieber um mich. Für mein Wohlergehen zu sorgen – das ist dein Job.«
Rob beobachtete sie dabei sorgfältig. Sie war die schönste Frau, der er jemals begegnet war. Zuweilen dachte er, er würde vor Ärger sterben, wenn sie es sich in den Kopf setzte, etwas Riskantes zu unternehmen und sich leichtfertig in Gefahr zu bringen. Wie zu der Zeit, als sie gemeinsam im Pazifik mit Atemgeräten tauchten. Da war sie gleich auf einen Seeteufel zugepaddelt, um ihn zu photographieren, und dann allein zu diesem Wrack hinuntergeschwommen, so daß er sie aus den Augen verloren hatte. Damals hatte er sich ihres Lehrers wegen, der sie im Tiefseetauchen unterwies, Sorgen gemacht. Hatte sie etwas mit ihm? Betrog sie ihn? Hatte sie ihn jemals betrogen?
Er spürte, wie er sich wieder heillos in seinen Argwohn und seine Ängste zu verstricken begann. Das führte stets zu einem Streit, und bisher hatten sich seine Verdächtigungen immer als haltlos erwiesen. Er erschauerte unter der Macht seiner Eifersucht. Sie gehörte ihm. Doch in jüngster Zeit schien es Kate darauf angelegt zu haben, sich selbst zu zerstören, und das bereitete ihm Sorgen. Genauso verrückt war ihr Verlangen nach einem Kind. Er würde nicht zulassen, daß sie ein Kind bekam. Er konnte den Gedanken nicht ertragen, daß ihr herrlich glatter, makelloser Bauch täglich etwas mehr anschwoll und ihre perfekten Brüste von der Milch ruiniert wurden. Sie mußte so bleiben, wie sie war: perfekt in jeder Hinsicht. Selbst ihre Zehen waren reizend. Aber sie würde sich ihr gutes Aussehen nicht auf die Dauer erhalten können, wenn sie das Rauchen nicht aufgab und sich ständig der prallen Sonne aussetzte.

Er trat hinter sie und begann ihren Nacken und ihre Schultern zu massieren. Er schob ihr das Kleid bis zu den Hüften hinunter und

küßte sie auf den Nacken, während er die Hände über ihre Brüste legte.
»Laß uns miteinander schlafen, Kate.«
»Ich möchte jetzt nicht mit dir schlafen«, sagte sie. Sie griff rasch nach ihrem Fön und begann, ihre Haare damit in die von ihr gewünschte Fasson zu bringen, wobei sie ihm die heiße Luft ins Gesicht blies.
»Ich hasse Frauen, die den Sex dazu verwenden, sich für etwas zu rächen.«
»Sex ist ein Teil der Liebe«, erwiderte sie. »Wie kann ich mich zum Sex aufgelegt fühlen, wenn ich keine Liebe dabei empfinde? Und wie kann ich Liebe für dich empfinden, wenn du so ein Bastard bist?«
»Zu einem Streit gehören immer zwei, und ich vermag nicht einzusehen, was das eine mit dem anderen zu tun hat. Soviel ich weiß, hast du nichts anderes zu tun, als zuweilen mit mir zu bumsen«, sagte er und erhob sich mit einem Gesicht kindischer Wut von seinem Hocker. »Das ist deine Pflicht«, setzte er grollend hinzu. »Was verlange ich denn sonst noch von dir, während ich wie ein Hund für dich arbeite? Gütiger Gott – ich habe gerade zwanzigtausend Rand an Pearlman für deine Garderobe überwiesen! Ich sollte meinen, daß ich mir damit einen Fick mit dir verdient habe.«
»Du verlangst also von mir, daß ich dir für meine Kleider und meinen Unterhalt Hurendienste leisten soll?«
»Das ist deine Terminologie, nicht meine. Mir ist es egal, wie du es nennst. Ich möchte mit dir bumsen, und ich denke, daß ich es auch verdient habe, daß du jetzt mit mir schläfst.«
Sie ließ ihr Gewand zu Boden fallen und ging nackt durch das Schlafzimmer. Sie legte sich auf ihr Bett, spreizte die Beine und schloß die Augen.
»Zwanzigtausend Rand sind eine Menge Geld. Du solltest sie besser genießen«, flüsterte sie.
Als er sie jetzt betrachtete, regte sich in ihm ein warnendes Gefühl. Was geschah da nur mit ihnen? Er liebte sie doch so sehr. Aber dessen ungeachtet sollte sie vielleicht lernen, wer hier der Boß war. Dennoch sagten ihm all seine Instinkte, daß er jetzt

zurückstecken und sie in Ruhe lassen sollte. Der Anblick ihres nackten Körpers erregte ihn aber so sehr, daß er sein Verlangen nicht mehr bändigen konnte. Sie war so wunderschön, und sie gehörte ihm. Selbst im Liegen standen ihre herrlichen Brüste so voll und reizend in die Höhe – mit rosigen Spitzen und einer makellos weichen und weißen Haut. Er bewunderte ihre schlanke Taille, ihre schönen quadratischen Schultern, ihren langen weißen Hals und ihre silbrig blonden Haare, die wie ein Fächer über das Kopfkissen gebreitet waren. Er legte seine Hand über ihre linke Brust und spürte, wie sie erschauerte. Dann begann sie zu zittern.
»Kleines Dummes. Wir sind doch verheiratet. Wie kannst du da von einem Hurendienst reden?« Er starrte auf sie hinunter, und sie öffnete die Augen und blickte in seine. Und dabei hatte er wieder das Gefühl, daß er sie jetzt nicht nehmen sollte. Aber er begehrte sie doch so sehr! Er seufzte und bestieg sie.
Kate begann einen Ekel vor sich selbst zu empfinden, aber noch schlimmer war die Art, wie ihr Körper auf ihn reagierte. Sie kämpfte gegen diese Glut an, die sie erfaßte, als Rob in sie eindrang, doch lange vermochte sie das nicht durchzuhalten. Ein unstillbares Verlangen trieb sie zur Raserei.
»O Rob ... O Rob ...«, hörte sie sich murmeln. Wie oft sie auch miteinander stritten – mit dem süßen Stoß seiner Liebe entführte er ihren verräterischen Körper immer wieder auf die höchsten Gipfel der Wonne.
Ein erstaunlicher Segen und für sie immer wieder unbegreiflich – daß es jedesmal so war wie beim erstenmal. Sie begann sich zu bewegen, erregt von dem Rhythmus seines Liebesspiels, sich nach der Erfüllung durch seine Männlichkeit sehnend. Schließlich gab sie erschauernd einen langen, bebenden Seufzer von sich und spürte, wie sein Körper steif wurde. Sie kamen gleichzeitig zum Höhepunkt, und dann weinte sie leise an seiner Schulter.
»Rob ... wir dürfen uns nicht streiten. Wir dürfen das nicht verderben. O Rob ... Rob ...«
Sie kuschelte sich an ihn, aber er schlief ein, und nach wenigen Minuten begann er zu schnarchen. Kate setzte sich auf und sah ihn nachdenklich an, ehe sie aus dem Bett stieg. Es wäre so einfach zu kapitulieren. Aber wenn sie das tat, würde sie zu einem

geistlosen Zombie werden – zu einem dekorativen Accessoire an seinem Arm, zu einer bloßen Erweiterung seines Egos. Sie wurde von einer tiefen Traurigkeit erfüllt. Sie liebte ihn noch immer, aber der Krieg war jetzt erklärt.

Kapitel 15

Es war Silvesterabend, und Ari fühlte sich frustriert, einsam und von Heimweh geplagt. Er war zusammen mit Willis zu der Party bei den Lilfords gegangen, aber er war ein Fremder hier und auch nicht dazu aufgelegt, mit einem der Mädchen, die den Ball besuchten, Bekanntschaft zu schließen. Er befand sich in einem Stimmungstief und versuchte, mit diesem Gefühl der Unzulänglichkeit, das ihn erfaßt hatte, fertig zu werden. Willis hatte rasch eine Partnerin gefunden und ihn an seinem Tisch allein gelassen. Ari zog es auch vor, allein zu trinken. Er wußte noch immer nichts über den Verbleib von Mandy und hatte keine Ahnung, wer sie entführt haben konnte. Auch war er sich voller Schrecken bewußt, daß er im Fall Tabson fast zu spät gekommen wäre. Der Junge wäre verloren gewesen, wenn er sich auch nur eine Sekunde länger mit Patel aufgehalten hätte...

Er hatte den Fall von Anfang an falsch angepackt. Mit seinem Fernsehspot, in dem er eine Belohnung für das Wiederauffinden des Jungen ausgesetzt hatte, hatte er nur Tabsons Leben gefährdet, und später war er dann so arrogant gewesen zu glauben, Patel wäre auf seinen Trick, sich als Jean Graux auszugeben, hereingefallen. Schließlich war er auch noch dazu gezwungen gewesen, den halbverhungerten Jungen seiner mittellosen Großmutter zu überlassen. Die beiden hatten keine Unterkunft, keine sanitären Einrichtungen, keine Lebensmittel. Nur der Himmel wußte, wie der Junge unter solchen Bedingungen überleben konnte. Ari erschauerte, goß seinen Drink hinunter und besorgte sich einen neuen.

Aber das war noch nicht alles. Er spürte, wie dieser Alptraum wieder von ihm Besitz ergriff, ihm kalte Schauer über den Rücken zu jagen begann und seine Hände feucht machte vor Schweiß. Dieser Traum war wie ein Schock, der sein ganzes Wesen zu durchdringen und zu lähmen schien. Er konnte wieder die feuchten Blätter riechen, dieses dunkle Loch vor sich sehen. Oder war es gar kein Traum, sondern vielmehr eine Erinnerung? Er wußte jetzt, daß ihm eine schlimme Nacht bevorstehen würde.

Und Tabson? Würde er sich jemals von diesem Schock erholen können, daß man ihn wie ein Paket verschnürt, in einen Sack gesteckt und ins Meer geworfen hatte? Oder würde er die Erinnerung an Patels habsüchtige Augen sein Leben lang mit sich herumschleppen müssen? Als Ari in sein Glas starrte, spürte er, wie die Wut wieder in ihm hochkochte. Es war immer dasselbe, wenn er sich elend fühlte wie jetzt. Dann verlangte es ihn danach, auszukeilen und zurückzuschlagen, dann wollte er gegen diese Verzweiflung ankämpfen, daß er sich im Angesicht des Bösen so macht- und hilflos fühlte.

Warum war er so?

Deprimiert und übellaunig begann Ari an seine Niederlagen zu denken, ihren Ursachen nachzuspüren, in dieser Wunde zu rühren – diese Bilder von den Kindern, die er nicht mehr hatte retten können, die ihn nie mehr loslassen würden und wie eiternde Wunden an seinem Bewußtsein fraßen. Was war schlimmer, fragte er sich jetzt, die bewußte Grausamkeit der Weißen oder die gedankenlose Wildheit der schwarzen Zauberdoktoren?

Jemand starrte ihn jetzt an und schien ihn mit seinem Willen dazu zwingen zu wollen aufzusehen. Dieses Gefühl war so stark, daß er jetzt den Kopf hob und die Gesichter an der Bar musterte. »Herrje«, murmelte er, »zum Henker damit.« Da saß Mrs. Palma, und ihr hautenges, tief ausgeschnittenes Modellkleid schien in diesem Licht wie ihre Augen grünlich zu schillern. Da war etwas so schamlos Sinnliches an ihr. Doch sie sah dabei so jung, so gesund und irgendwie unschuldig aus. Im Vergleich zu den anderen Frauen, die dort an der Bar standen, kam ihm ihr schönes, etwas hochmütiges Gesicht sogar wie das eines Engels vor. Der Kontrast war verwirrend.

Irgend so ein Lümmel hatte ihr seine Hand auf die Schulter gelegt und beugte sich nun vor, um ihr in den Ausschnitt zu schauen. Wo war ihr Ehemann? Sie begann jetzt ein wenig nervös auszusehen und warf ihm einen Blick zu, der ihn auf eine etwas schüchtern kokette Weise aufforderte, zu ihr an die Bar zu kommen. Es war nur ein kurzes, verstecktes Komm-und-hole-mich-Lächeln, das ihr über das Gesicht huschte, während sie ihn ansah,

doch es verdroß ihn. Warum glaubte sie, daß es nur der Sex war, der sie für Männer anziehend machte?
Er erhob sich von seinem Tisch, traurig darüber, daß er nun nicht mehr den Abend so verbringen konnte, wie er das geplant hatte: allein mit einer Flasche, um seine Niederlagen zu vergessen. Als er zu ihr an die Bar ging, lächelte sie wieder, aber sie schien dabei an ihm vorbeizublicken in die Nacht dort draußen, sich offenbar danach sehnend, diesem allen hier zu entrinnen. Erleichterung spiegelte sich ihren Augen, während sie nun den Mund spöttisch verzog.
»Wie der Geist in der Lampe erscheinen Sie immer dann, wenn man Sie braucht«, erklärte sie. Sie begleitete ihren Satz mit einem traurigen Lächeln. Warum traurig? fragte er sich.
»Wo steckt denn Ihr Gatte? Ich habe ihn hier noch nicht gesehen«, sagte er.
»Er schläft«, erwiderte sie kurz, und der Ton, in dem sie das sagte, schien ihm zu verbieten, dieses Thema weiterzuverfolgen.
»Hi, Kate«, sagte da ihr Begleiter. »Komm und tanz mit mir.« Er faßte sie beim Arm und zog sie so heftig von ihrem Hocker herunter, daß sie das Gleichgewicht verlor und sich den Champagner in ihrem Glas über das Kleid schüttete.
»Lassen Sie sie los!« sagte Ari. Er gab dem Mann einen kurzen Stoß vor die Brust, damit er ihren Arm wieder freigab, und führte sie dann durch die offene Terrassentür hinaus in den Garten.
»Oh«, sagte sie, tief Atem holend. »Was für eine wunderbare frische Luft. Ich hasse Partys.«
»Warum sind Sie dann hier?«
Sie drehte sich mit einem überraschten Gesichtsausdruck zu ihm um.
»Das verlangte meine Ehre von mir«, sagte sie.
Ihr Begleiter war ihnen inzwischen nach draußen gefolgt. Er stand jetzt bei den Terrassentüren und schaute verdrossen zu ihnen herüber, als müsse er sich zu irgend etwas entschließen. Er war groß und kräftig gebaut, schien aber mindestens zwanzig Pfund zuviel zu wiegen. Er hatte ein fettes, pummeliges Gesicht, doch seine großen, etwas verschlagenen blauen Augen loderten vor Eifersucht und Entrüstung, als er nun die Hände in die Ho-

sentaschen steckte und vor ihnen auf seinen Zehen auf und ab wippte.
»Hi, Kate«, sagte er, »ich dachte, wir wären uns einig, daß du mir heute etwas von dem zurückzahlst, was du mir schuldest... In Naturalien. Du weißt schon...«
»Was für Schulden, Jim?«
»Das Geld, um das mich dein alter Herr betrogen...«
Sie sog geräuschvoll die Luft ein. Ihr Mund stand noch immer weit offen, als Ari diesen Fettwanst nun so rasch wieder auf die Terrassentüren zuschob, daß der die Balance verlor und sich in einer großen Blumenrabatte auf den Hosenboden setzte.
»He, Sie, was fällt Ihnen ein...«, knurrte der Fettwanst, als er sich wieder aus den Blumen erhob und sich die Hose abwischte. Offenbar nahm er nun seinen ganzen Mut zusammen, um sich auf seinen Nebenbuhler zu stürzen.
»Lassen Sie das lieber bleiben«, warnte ihn Ari, »Sie könnten sich dabei ernsthaft verletzen.«
Der Ton macht die Musik, und der war bewußt so höhnisch gehalten, daß der Mann ihm jetzt auch den Gefallen tat, ihn mit gesenktem Kopf anzugreifen. Ari wich mit einem raschen Schritt zur Seite aus und schlug, als der Dicke an ihm vorbeischoß, ihm mit der Handkante auf den Nacken. Der Hüne blickte ihn daraufhin, sich den Hals reibend, verdutzt und offenbar etwas benommen an. Doch dann holte er plötzlich aus und landete eine rechte Gerade in Aris Gesicht, die ordentlich weh tat. Im nächsten Moment hatten sie sich dann beide an der Gurgel gepackt, bis der Fettwanst mit einem Seufzer zu Boden ging und damit Aris Racheakt ruinierte.
»O Gott!« flüsterte sie neben ihm. »Sie geben alle mir die Schuld!«
»Er ist eifersüchtig. Das ist alles. Er suchte nur nach einer Möglichkeit, wie er Ihnen weh tun konnte, weil Sie ihm vorhin einen Korb gegeben haben. Ich schätze, das ist ihm auch gelungen. Sie fühlen sich verletzt. Dumm von Ihnen, sich das so zu Herzen zu nehmen«, setzte er grollend hinzu.
»Lassen Sie uns von hier fortgehen«, sagte sie.
»Ich gehe jetzt nach Hause.«

Sie stand da und sah ihn halb ängstlich, halb bittend an. »Ich muß mit jemandem reden.«
»Warum suchen Sie sich dafür nicht Ihren Ehemann aus?« erwiderte er schroff, obwohl er nicht so recht wußte, was ihn dazu brachte, in einem so feindseligen Ton mit ihr zu reden.
»Sie scheinen jedesmal, wenn wir uns treffen, schlecht aufgelegt zu sein. Wie sind Sie, wenn Sie das nicht sind?«
»Wenn Sie sich weiterhin so schlecht benehmen wie bisher, werden Sie das wohl niemals herausfinden«, gab er gereizt zur Antwort. »Warum besucht so ein Mädchen wie Sie ohne seinen Ehemann eine Party?«
»Wir hatten uns eigentlich vorgenommen, zusammen zu dieser Party zu gehen, doch dann zog er es vor zu schlafen... Warum sind Sie so altmodisch? Weshalb meinen Sie, daß ich nicht ohne meinen Mann eine Party besuchen dürfte?«
»Ich bin eben altmodisch erzogen worden.«
»Ich möchte noch nicht nach Hause, Lieutenant«, sagte sie. »Daher sollte ich jetzt wohl besser wieder hineingehen. Ich muß jemanden finden, mit dem ich reden kann. Ich weiß einfach nicht mehr, was ich machen soll.«
»Ich bin ein guter Zuhörer«, sagte Ari, seine Schroffheit bedauernd. »Sie können mich als Beichtvater benutzen. Vielleicht bekommen wir noch irgendwo einen Kaffee.«
Er fuhr mit ihr alle Lokale in Silver Bay ab, aber alle hatten um zwei Uhr morgens bereits geschlossen. Schließlich hielt er vor dem Revier, wo er ein paar Flaschen Sekt für die Jungs im Kühlschrank deponiert hatte, die heute Nachtdienst schieben mußten. Eine Flasche davon war noch übrig. Er kehrte damit zum Wagen zurück.
»Dort drüben«, sagte er und deutete mit dem Finger über die Bucht, »gibt es einen wunderschönen Platz, wo man parken kann.« Er ließ den Motor an und fuhr in diese Richtung.
»Ich bin ausgegangen, weil ich nachdenken wollte, verstehen Sie?« sagte Kate. »Es ist so, als befände ich mich mit jedem im Kriegszustand... selbst mit Rob. Es scheint fast so, als wäre er froh, daß ich jetzt bankrott bin, weil ihm das Macht über mich verleiht...«

Ari hörte ihr nur mit halbem Ohr zu. Die Nacht war herrlich und desgleichen die Aussicht. Er nahm die schmale Straße, die man hoch oben am Berg aus dem Felsen herausgehauen hatte und von der aus man die ganze Bucht überschauen konnte. Der Mond zog unter ihnen eine silberne Schleppe über das dunkle Wasser, und die Granittürme hoben sich als schwarze Silhouetten vor dem schwach erleuchteten Himmel ab. Zuweilen konnten sie draußen auf dem Meer die Lichter eines Schiffes blinken sehen.
Kate hatte offenbar das Bedürfnis, ihm ihre ganze Lebensgeschichte anzuvertrauen, stellte er fest, denn sie begann jetzt mit dem frühesten Moment, als ihr Vater ihre Mutter kennengelernt hatte. Das kann eine lange Nacht werden, dachte Ari.
»Sie müssen wissen«, sagte sie, und als sie ihm das Gesicht zudrehte, sah er, daß ihre Wangen naß waren und sie sich große Mühe gab, ihre Fassung wiederzugewinnen, »ich habe nie ein richtiges Familienleben gehabt und kenne mich deshalb gar nicht so richtig damit aus, wie Eheleute miteinander umgehen. Ich mußte deshalb jemanden finden, mit dem ich darüber reden konnte – mit einem ganz gewöhnlichen Menschen, der nicht reich ist und so. Jemanden, der verheiratet und ... Ich muß Ihnen jetzt gestehen, daß ich vorhatte, diesen Mann danach zu fragen, ob die Ehe denn immer nur ein Spiel um die Macht sei. Was passiert, wenn eine Ehefrau ihren Job aufgibt, um ein Kind zu bekommen? Verliert sie dann alle Rechte? Wie verhalten sich Eheleute, die nicht reich sind? Wissen Sie, was Rob heute abend zu mir gesagt hat? ›Ich denke, daß ich mir mit zwanzigtausend Rand das Recht dazu verdient hätte, mit dir zu bumsen – glaubst du nicht auch?‹ Das war das Geld, das er meiner Couturière für meine Garderobe bezahlt hat. Wie hätten sich Ihre Eltern in so einem Fall verhalten?«
Er parkte den Wagen auf der Straßenseite, die der Bucht zugewandt war.
»Ich kann mir nicht vorstellen, daß mein Vater jemals auf so einen Gedanken gekommen wäre«, erklärte er. »Falls er überhaupt jemals soviel Geld für Garderobe hat ausgeben können, meine ich. Die beiden sind eine Einheit – so etwas wie eine verschworene Gemeinschaft.«

Er erzählte ihr nun von seinen Adoptiveltern, und sie hörte ihm so mucksmäuschenstill zu, daß er befürchten mußte, sie sei eingeschlafen. Aber es war angenehm, mit jemandem darüber reden zu können, weil ihn das von seiner depressiven Stimmung befreite und von diesen Fragen, auf die er keine Antworten wußte. Die Erinnerungen an die heile Welt seiner Kindheit taten ihm jetzt gut.

»Zuweilen mußte ich später sogar nach Hause fahren, um seelisch wieder auftanken zu können – besonders in den beiden Jahren, als ich bei der CPU war... Verstehen Sie, was ich meine?«

»Ich war auch glücklich, als meine Mutter noch lebte«, sagte sie, und dann nickte sie wieder ein.

Eine gute Weile später interessierte sich eine Horde schäbiger langhaariger Bergpaviane für sie und strich neugierig um den Wagen herum. Als einer von ihnen mit den Scheibenwischern zu spielen begann, ließ Ari den Motor wieder an und fuhr langsam nach Silver Bay zurück.

Kate begann ihm nun Sachen zu erzählen, die eigentlich keine Frau einem fremden Mann anvertrauen sollte. Vielleicht hatte der Sekt ihr nur die Zunge gelockert, doch Ari spürte, daß Rob offenbar im Begriff war, sie in eine Hure zu verwandeln. Und sie, das arme kleine Ding, versuchte nun herauszufinden, wer oder was sie wirklich war. Deshalb sagte er auch fast nichts. Er war schon immer ein guter Zuhörer gewesen.

Er war müde und blickte auf seine Uhr. Fast vier Uhr morgens, und er hatte heute Spätschicht.

»Soll ich Sie nach Hause bringen?«

»Nein«, sagte sie in einem fast inbrünstigen Ton.

Schließlich fuhr er mit ihr zu seiner Wohnung, weil er sie ja sonst nirgendwo hinbringen konnte und außerdem so verdammt müde war.

»Hören Sie«, sagte er, als er vor seinem Cottage hielt. »Es gibt Männer, die offenbar nur dann Zutrauen zu etwas haben, wenn sie auch dafür bezahlen – für die Liebe, den Sex, ihre soziale Stellung, Freundschaften und so fort. Offenbar gehört Rob zu dieser Sorte von Männern. Das soll aber nicht heißen, daß er ein schlechter Kerl ist oder Sie nicht lieben würde – nur daß er mit einer Beziehung erst dann zurechtkommt, wenn er sie auch beherrscht und sich seine Macht mit Geld erkauft. Wie ich Ihren Worten entnehmen konnte, scheint das die einzige Methode zu sein, die er kennt und die sich seiner Erfahrung nach bewährt hat. Verstehen Sie? Das hat nichts mit Ihrer Person zu tun. Wenn er sich an dem Komplott beteiligt hat, mit dem Angelo sich an Ihrem Vater rächte, dann vielleicht nur in der Absicht, Sie zu kaufen und damit die Gewähr zu haben, daß Sie bei ihm bleiben. Weil er die Aussicht, Sie zu verlieren, nicht ertragen könnte.«

Es war das Beste, was er für sie tun konnte. Er glaubte nicht, daß jemand sie beobachtete, als sie sich beide in seine Wohnung schlichen. Er überließ ihr sein Bett, und sie rollte sich unter seiner Steppdecke zusammen und hörte auch nicht einen Moment lang zu sprechen auf – selbst dann nicht, wenn sie einen Schluck von seinem Kaffee nahm oder eines von seinen Plätzchen knabberte. Sie war überdreht und würde erst zur Ruhe kommen, wenn sie sich alles, was sie belastete, von der Seele geredet hatte. Und deshalb versuchte er auch nicht, sie zu unterbrechen, bis ihr schließlich der Dampf ausging.

»Sie sind schon ein seltsamer Mann«, flüsterte sie. »Jeder hier kennt die Geschichte, wie Sie sich von einem Hubschrauber haben abseilen lassen, um einen Drogenhändler zu überführen. Die Leute sagen, daß Sie so eine Art Geheimagent für das Rauschgiftdezernat wären. Stimmt das?«

»Nein. Für die Kinderschutzabteilung. Ich war mir nicht einmal sicher, ob das Boot Drogen an Bord hatte. Es war etwas ganz anderes, was ich dort suchte. Aber schlafen Sie jetzt. Ich bin müde.«

»Jedenfalls sind Sie nicht dieser brave Mensch, für den Sie sich ausgeben«, murmelte sie »Ich habe Sie bei der Party beobachtet. Sie haben innerhalb kürzester Zeit drei Gläser Wein geleert. Sie hatten offenbar vor, sich zu betrinken. Warum?«

Er konnte es ihr nicht erklären ... Kinder, die für *muti* verkauft und noch bei lebendigem Leib in Stücke gehackt wurden. Jungen, die als Lustsklaven mißbraucht wurden. Kleine blonde Mädchen, die man nach Zentralafrika verschleppte. Kinder, die mißhandelt, ausgepeitscht, vergewaltigt, zur Unzucht mit Tieren gezwungen wurden; die man zum Vergnügen gequält, angezündet und halb ertränkt hatte. *Und lebendig begraben* ... Er erschauerte. Warum war ihm das jetzt in den Sinn gekommen? Bisher war er als Polizist noch nie mit so einem Fall konfrontiert worden, aber da waren immer noch diese schrecklichen Alpträume, unter denen er litt.

Es war eine Nacht, die dafür geschaffen zu sein schien, sich Traumata von der Seele zu reden. Und da sie sowieso schon schlief – oder kurz davor war einzunicken -, würde sie das nicht weiter berühren.

»Ich versuche das Wesen des Bösen zu ergründen«, sagte er. »Ich will wissen, was das Böse ist, wie es funktioniert. Es sind da ein paar seltsame Dinge passiert ... Und deshalb möchte ich jetzt herausfinden, ob das Böse so etwas ist wie die Dunkelheit, die aufhört zu existieren, wenn man das Licht einschaltet. Oder ob es vielmehr eine äußere Kraft ist – irgendein dunkler und gefährlicher Strom, der auf seine Chance wartet. Eine ansteckende, zersetzende, wilde, sich in einen Menschen einnistende und sich an dessen Seele klammernde Intelligenz, die ihren eigenen Kampf ums Überleben führt wie ein Bazillus. Sind wir alle in Gefahr, von diesem Bazillus befallen zu werden? Ich habe eine Erinnerung an das Böse, kann sie jedoch nicht richtig erfassen – sie liegt schon zu weit zurück. Was mir davon noch erinnerlich ist, ist ein großes schwarzes Loch, sind glitzernde, knopfartige Augen, die mich beobachten, und es ist das Wissen, daß ich hilflos war und in der Gewalt von etwas schrecklich Bösem.

Etwas Seltsames passierte eines Nachts in Soweto«, fuhr er fort. »Ich war einem vermißten Kind auf der Spur. Ein Informant erzählte mir etwas von einem alten *sangoma* – einem alten Mann –, der Mixturen zur Stärkung der Potenz herstellte und diese mit großem Gewinn verkaufte. Ich kam zu spät. Ich möchte Ihnen nicht erzählen, was ich an dieser unglaublich bösen Stätte vorfand. Ich hätte ihn fast zu Tode geprügelt, wozu nicht viel gehörte, weil er alt war und schwach. Dann zog ich meinen Revolver aus der Halfter, um ihn zu erschießen. Da öffnete er die Augen und sagte in perfektem Englisch: ›Sie wissen nicht, gegen was Sie da kämpfen. Sie können mich unmöglich besiegen. Ich bin in Millionen von Häusern zu Hause.‹ Er lächelte, und dann verän-

derte sich plötzlich der Ausdruck seiner Augen. Er schaute mich an und rief etwas auf zulu. Er war der englischen Sprache gar nicht mächtig. Er winselte um Gnade, und ich sagte, ich würde ihn am Leben lassen, wenn er mit mir Englisch reden würde. *Aber das konnte er nicht.* Und da erschoß ich ihn.
Ein kleines Kind lag in seiner Nähe, das noch lebte, verstehen Sie? Das heute noch lebt. Sie führen jetzt eine Serie von Operationen bei ihm durch, um es in ein Mädchen zu verwandeln – da es kein Junge mehr sein kann. Er wird sein ganzes Leben lang Hormone einnehmen müssen.« Er erschauerte.
»O Gott! Ich bin wahrscheinlich verrückt, aber ich habe Angst vor der die Seele zersetzenden Macht des Bösen. Es schaudert mich vor dieser Gewaltbereitschaft, die in mir aufbrandet wie eine Welle, wenn ich in der Nähe des Bösen bin. Ich scheine mich mit ihm anzustecken. Vielleicht bin ich schwach. Eine leichte Beute.«
»Vielleicht ist es auch nur Stuß, was Sie da reden«, hörte er ihre Stimme schläfrig im Dunkeln sagen. »Es gibt nämlich gar nicht so etwas wie das Böse. Nur die Liebe und die Abwesenheit von Liebe. Sie hatten recht. Wie die Dunkelheit und das Licht. Die Dunkelheit ist lediglich die Abwesenheit von Licht.«
Ihre Worte beruhigten ihn. Er schlief ein und erwachte später wieder von den Geräuschen eines Schluchzens. Ein paar Sekunden lang vermochte er sich nicht daran zu erinnern, wo er war oder wer da weinte. Er stand auf, legte sich zu ihr und nahm sie, seinem Beschützerinstinkt gehorchend, in seine Arme und streichelte ihre Haare.
»O Ari«, flüsterte sie. »Ich liebe meinen Mann, muß ihn aber verlassen. Denn wenn ich bei Rob bleibe, werde ich zu einer Hure, verstehst du? Ich würde mich aufgeben müssen, mein Selbst verlieren. Ich weiß nicht, wie ich es dir erklären soll, aber ich weiß, daß es so ist. Könnte es denn etwas Schlimmeres geben, als den Mann verlassen zu müssen, den man liebt? Das Seltsame ist, daß du mich an Rob erinnerst. Ich weiß nicht, warum, aber das ist der Grund, daß ich mich dir so nahe fühle. Es ist fast so, als wärst du der Mann, der er hätte sein können, aber nicht ist.«
Dann schlief sie ein und schmiegte sich, ihren Kopf auf seine

Schulter gelegt, an ihn. Später begann er sie dann zu begehren. Sein sexuelles Verlangen war eine brennende, ihn fast verzehrende Qual. Er zögerte, dann beugte er sich über sie, legte seinen Mund auf ihren und genoß den salzigen Geschmack ihrer Haut und die Weichheit ihrer Zunge. Einen Moment lang ging er ganz in dieser wundervollen Einheit mit ihr auf, als er sie küßte.
»O Rob«, flüsterte sie.
Er drehte ihr den Rücken zu, und Kate kuschelte sich, immer noch schlafend, nun wieder an ihn.

Kapitel 16

Tief im Inneren des verkrüppelten Jungen war eine Stimme versteckt, die nach Heilung verlangte. Tabson konnte diesen Ruf nicht hören, aber er erkannte ihn in dem fernen Schrei eines verwundeten Tieres wieder – eines verstümmelten Vogels oder verletzten Hundes. Er hatte ein seltsames, intuitives, fast psychisches Gespür für die Nöte von Tieren. Dann wurde er von einem Zwang, der stärker war als er selbst, dazu getrieben, ein Heiler zu werden, und er verwandte all den Eifer und die Zuversicht seiner Jugend darauf, dieses Tier zu finden, zu behüten, zu ernähren und die verstümmelte Kreatur gesundzupflegen. Zuweilen mißlang sein Versuch zu heilen, und dann vergoß er bittere Tränen über dieses verlorene Geschöpf und über sich selbst, obwohl er das nicht verstand. Er wußte nur, daß die Welt grausam war, er und diese verstümmelte Kreatur auf der gleichen Seite standen und sein Mitleid keine Grenzen kannte.

Als er jetzt also den fernen Schrei einer Nilgans hörte, die ihren männlichen Partner aufforderte, mit ihr wegzufliegen, und das erbärmliche Quaken hörte, mit dem er ihren Ruf beantwortete, verstand er dessen Situation. Er wartete nur so lange, bis Eunice eingeschlafen war, kroch dann aus der Hütte und bewegte sich langsam flußaufwärts, lauschend am Schilfgürtel entlangschleichend. Zuweilen legte er eine Pause ein, setzte sich ins Gras, nahm rasch ein paar Züge aus einem Joint, den er dann sorgsam wieder ausdrückte und einsteckte. Dabei war ihm so, als würde der Schrei der Gans direkt aus seiner Seele kommen, was ihm noch weher tat.

Der Vogel hatte sich weit von der Siedlung entfernt; aber das würde ihn nicht vor streunenden Hunden oder hungrigen Menschen schützen, wie er sehr wohl wußte. Also setzte er humpelnd seinen Weg fort.

Ein Mann kam von der Straße her, der sich ebenso vorsichtig bewegte wie er und so dicht an ihm vorbeikam, daß sie fast zusammengestoßen wären. Erschauernd verbarg sich der Junge im Schatten des Schilfs und beobachtete den Mann, der sich zielstrebig auf die Hütten zubewegte. Er war groß und kräftig, jedoch schwer beladen, und sein Atem kam in kurzen, keuchenden Stößen. Er hielt nun am Rand des Lagers an, setzte seinen Sack auf dem Boden ab und entnahm ihm eine Flasche. Man konnte im Mondlicht deutlich die klare Flüssigkeit erkennen, die sie enthielt. Dann entfernte er sich wieder ein paar Schritte von der Siedlung und schien angestrengt zu lauschen und sie zu beobachten. Dann flammte ein Streichholz auf, eine Lunte wurde angezündet, und schließlich flog die Flasche in hohem Bogen durch die Luft und landete auf dem Dach eines *shebeen*, einer Hütte, die den Schwarzen als Versammlungsort diente. Das Geräusch von berstendem Glas fiel fast mit dem Knattern des sich entzündenden Benzins zusammen.

Mit einem leisen Lächeln wartete der Mann, bis er Flammen aus dem Dach schlagen sah und den Rauch riechen konnte. Um ganz sicherzugehen, warf er noch eine zweite Flasche auf das Dach des *shebeen* und ging dann weiter zur nächsten Hütte. Sieben Benzinbomben und sechs brennende Hütten – kein übler Start, schien er bei sich zu denken. Man konnte jetzt schon das Prasseln der Flammen hören. Da schrie plötzlich jemand ganz laut in seiner Nähe, und der Mann rannte davon, wobei er seinen Sack und eine letzte mit Benzin gefüllte Flasche am Rand der Siedlung zurückließ.

Die heimatlosen, arbeitslosen und besitzlosen Squatters schliefen wie Babys in ihren armseligen entlang der Lagune aus Stöcken und Zeltplanen errichteten Unterkünften. Wie alle vom Leben stiefmütterlich behandelten und am Rand der Gesellschaft existierenden Menschen hatten sie zwar nur wenig zu verlieren, aber die Hoffnung nicht aufgegeben, an dem Überfluß, von dem sie umgeben waren und den sie bisher noch nie in ihrem Leben gesehen, geschweige denn gekannt hatten, früher oder später teilhaben zu können. Sie waren hier – der erste Schritt in diese Richtung war also getan –, und das war gut. Auch war es eine herrliche Nacht mit einem Vollmond am schwarzen Himmel, einem Bergwind, der sie wärmte, einer schier unbegreiflichen verschwenderischen Fülle von Wasser und den blinkenden Lichtern reicher Häuser um sie herum. Da würde man nicht lange

nach Jobs suchen müssen – Löhne, Essen, ein Leben wie im Paradies!
Ein kleines Rauchwölkchen kam über den Sand und unter die Planen gekrochen, ein Funken glomm auf und verlosch wieder, ein paar Gräser begannen zu brennen. Sie, die immer am offenen Feuer gelebt, auf ihm gekocht, die Glut gehütet und diese bei Tagesanbruch mit ihrem Atem wieder zur Flamme entfacht hatten, sahen in dem Geruch von Rauch kein Gefahrenzeichen. Sie führten ein Dasein inmitten dieses Geruchs. Er war ein Teil ihres Lebens, und so schliefen sie weiter.
Die Nachbarhütten explodierten wie Feuerwerkskörper, als die Paraffinöfen und -lampen mit brennendem Benzin in Berührung kamen und sich ihr Inhalt über Planen und Holzstapel ergoß. Nun begannen die Leute aus ihren Hütten zu laufen, und ihre Schreie weckten andere. Das Lager erwachte allmählich aus dem Schlaf, und die Bewohner begannen hastig ihre erbärmlichen Quartiere abzureißen, doch diese Maßnahme kam zu spät. Der Bergwind war kräftig und heiß und sorgte dafür, daß die Funken, die von den brennenden Bretterbuden davonstoben und sich in den Wänden anderer Behausungen verfingen, dort sogleich wieder neue Brände entfachten. Es gab eine Reihe von Explosionen, als Holzstapel wie Leuchtraketen in die Luft flogen, als hätte man Benzinkanister unter ihnen versteckt. Die Frauen fanden sich vom Feuer eingekreist, und so rannten sie, ihre Kinder bei den Händen oder auf den Arm nehmend, zur Lagune.
Das erste Opfer war ein alter Farmer aus Ciskei. Er hatte aus der Möbelfabrik, wo er sich einen Job als Hilfsarbeiter erbettelt hatte, ein paar Polyurethanschaum-Reste mitgenommen. Die Dämpfe dieses Kunststoffs vergifteten ihn im Schlaf. Er wachte nicht auf, als seine Hütte zu Asche verbrannte.
Noch mehr Explosionen überschütteten die von Panik ergriffenen Lagerbewohner mit brennenden Holzstücken und Stofffetzen. Einige von ihnen flohen hinunter ans Meer und badeten dort ihre mit Brandblasen bedeckten Glieder im eiskalten Wasser. Im auffrischenden Wind wurde aus den Einzelbränden eine Feuerwalze, und die Rauchschwaden, die durch das Lager trieben, raubten den vor dem Feuer flüchtenden Menschen nicht nur den

Atem, sondern jetzt auch die Sicht. Babys weinten, Frauen schrien nach ihren Männern und Kindern. Die Port-Jackson- und Eukalyptusbäume, die um das Lager herum wuchsen, fingen nun Feuer, das in den ölhaltigen Ästen und Blättern reiche Nahrung fand und diese in riesige Fackeln verwandelte.

Boysie, der zwar unerklärte, jedoch von allen respektierte Lagerälteste, hegte, als er die Stichflammen der explodierenden Holzstöße sah, sofort den Verdacht, daß unter ihnen Benzinbehälter versteckt gewesen sein mußten, hatte aber keine Zeit, jetzt darüber nachzudenken. Einen nassen Sack über dem Kopf, rannte er durch die brennenden Hütten und drängte die in Gruppen verängstigt herumirrenden Frauen und Kinder auf die Lagune zu, wo sie dann jammernd und hustend bis zum Hals im Wasser standen und von dem Lager nur noch einen hinter Rauchschleiern wabernden roten Nebel sehen konnten.

Eunice träumte, daß sie von einem Feuerkreis eingeschlossen sei und der *sangoma* ihr seinen Fluch ins Gesicht schreie. Sie erwachte und sah, daß das, was sie soeben geträumt hatte, Wirklichkeit war. Das Dach über ihr brannte. Sie nahm rasch einen mit Wasser gefüllten Eimer und kippte ihn über Tabsons qualmendem Bett aus. Als sie dann in den versengten Decken wühlte, stellte sie fest, daß er gar nicht darin lag. In diesem Moment löste sich über ihr ein brennender Balken und traf sie im Rücken. Von dem schweren Balken auf dem Boden festgehalten, begann sie zu schreien, als er ihre Kleider in Brand setzte. In dem Schock, in den die qualvollen Schmerzen ihres verbrennenden Fleisches sie versetzten, sah sie den *sangoma* ihr zuwinken. Ihr letzter Gedanke auf Erden galt Tabson.

Im *shebeen* hatte sich ein Betrunkener in die brennenden Zeltplanen verwickelt und schrie, als der geschmolzene Gummi ihm die Haut verbrannte. Sein kleiner Sohn, der ihn zu dem Trinkgelage begleitet hatte, starb mit ihm.

Ari, der nur einen leichten Schlaf hatte, wurde von dem Geruch des Rauches, der durch das offene Fenster hereinkam, geweckt. Er schob Kate sachte von seiner Schulter, stieg aus dem Bett und trat ans Fenster. Soweit er sehen konnte, brannte es dort oben in den Wäldern nicht. Er rannte barfuß hinaus und brauchte nur wenige Sekunden, um das Ausmaß der Katastrophe zu erfassen. Fast alle Büsche am Rand des Sandstrandes brannten, ein Feuerwall umgab die Lagune, und der Wind trug ihm aus der Ferne die Schreie von Menschen zu. Das Feuer war, wie er jetzt erkennen konnte, schon am Erlöschen, weil es keine neue Nahrung mehr fand. Der Schaden war also bereits angerichtet und nicht mehr zu verhindern. Wie lange hatte das Feuer schon gewütet, bevor er aufgewacht war? fragte er sich, während tief in seinem Inneren ein neues Feuer entfacht wurde, genährt von seinem Zorn. Ich werde diese Bastarde zur Rechenschaft ziehen, die das dort unten angerichtet haben, dachte er grimmig.

Ein paar Sekunden später gesellte sich Jack zu ihm. »Also haben sie die Squatters doch noch aus dem Feuchtgebiet vertrieben«, sagte er mit einem Hauch von Ehrfurcht in der Stimme. »Die Palmas schrecken doch vor nichts zurück.«

Gill rannte über den Rasen auf sie zu. Sie trug ein seidenes Nachthemd, das im Mondlicht schimmerte und glitzerte. Sie hat sich zwar die Haare gekämmt, aber für das Anziehen eines Morgenmantels offenbar keine Zeit mehr gehabt, dachte Ari bei sich. Er würde zum Brandherd hinunterfahren müssen. Aber wie konnte er jetzt, wo die Bronsons wach waren, Kate unentdeckt aus seiner Wohnung hinausschmuggeln? In diesem Moment erschien Kate auch schon, und er hörte, wie Jack heftig die Luft einzog, während auf Gills Gesicht Wut, Eifersucht und Schadenfreude miteinander stritten.

»Ich muß jetzt gehen«, sagte er, packte Kate bei der Hand und zog sie mit sich zum Wagen. »Ist es dir denn egal, was die Leute von dir denken?«

»Eigentlich nicht«, erwiderte sie und seufzte. »Aber was macht das schon für einen Unterschied? Ich bin eine Aussätzige in dieser Stadt.«

»Das ist absurd«, schnaubte er. »Geschäfte machen täglich bankrott, aber Mrs. Palma kann die Nacht nicht mit jedem Tom, Dick oder Harry verbringen, den sie kennenlernt. Ich werde dich bei deinem Wagen absetzen. Ich muß hinunter zur Lagune.«

Nun war er mit seinen Gedanken bei seiner Arbeit, und Kate sah,

wie sich harte, grimmige Linien um seinen Mund und seine Augen bildeten. Als sie den Hügel hinunterrasten, wurden der Rauch und der Gestank von den brennenden Resten der Hütten fast unerträglich. Kate hielt sich ein Taschentuch vor die Nase. Sie konnten in dem Qualm kaum noch etwas sehen. Er hielt vor dem Haus der Lilfords an, wo Kate ihren Wagen abgestellt hatte, und sah sie mit einem seltsam liebevollen Blick an.
»Du bist ein großartiger Mensch. Laß dich nicht unterkriegen, Kate. Und wenn du mich brauchen solltest, weißt du ja, wo du mich finden kannst. Viel Glück!«

Kate fuhr mit einem flauen Gefühl im Magen nach Hause. Sie fing an zu zittern, als sie die vielen Lichter sah, die dort brannten. Hatten sie sie gesucht? Als sie in die Vorhalle kam, sah sie Ramona kerzengerade in dem antiken Lehnstuhl neben der Haustür sitzen.
»Wo ist mein Mann?« fragte sie
»Ausgegangen«, erwiderte Ramona schroff.
»Und Angelo?«
»Ebenfalls.«
Kate sog den Atem mit einem kurzen, hörbaren Seufzen ein und ging in ihr Zimmer hinauf, um ihr Abendkleid gegen einen Trainingsanzug und derbe Schuhe zu vertauschen.
»Ich habe das Feuer beobachtet«, log sie, als sie wieder herunterkam. »Ich werde noch einmal hinfahren.« Ramona reagierte nicht auf ihre Erklärung, sondern starrte unverwandt die gegenüberliegende Wand an. Kate unterdrückte ihren Unmut und lief rasch die Vortreppe hinunter.
Ein düsteres graues Licht erhellte die Szene, als die Morgendämmerung anbrach. Sie parkte den Wagen in einer Seitenstraße, die zum hinteren Teil der Lagune führte. Gegen den Brechreiz ankämpfend, den dieser schreckliche Gestank in ihr auslöste, sah sie die vom Schicksal arg gebeutelte Schar der Squatters mit den von Brandblasen bedeckten Füßen an sich vorbeihumpeln, die mageren Schultern unter der Last ihres Elends gebeugt. Kaum ein Funken Zorn war noch in diesen wachsamen Augen, die sie nun aus dunklen, leeren Gesichtern anblickten. Sie waren schockiert,

apathisch, niedergeschlagen. All ihr Kampfgeist war zusammen mit ihren wenigen Habseligkeiten in Rauch aufgegangen. Ein verbranntes Kind wand sich schreiend auf den Armen seiner Mutter. Alles war schwarz – das war ihr erster Eindruck. Die Bäume, die Gräser, die Blumen, die Hütten, die Balken und Bretter – alles hatte sich in Kohlenstoff verwandelt. »Nächstes Jahr«, flüsterte sie leise, als sie aus dem Wagen stieg, »wird das alles wieder zu neuem Leben erblühen. Aber ich frage mich, ob wohl die Vögel jemals wieder hierher zurückkommen werden.« Dann bewegte sie sich mit einem Gefühl der Unwirklichkeit in diese schwarze Wüste hinein.

Kate hatte bisher im Leben immer bekommen, was sie haben wollte, doch nun besaß sie nicht mehr die Mittel, um derartige Rückschläge überwinden zu können, ganz zu schweigen von den Katastrophen, mit denen sie sich konfrontiert sah. Sie betrachtete benommen die Verwüstung ihres geliebten Feuchtgebietes.

»Wie konnten sie nur so etwas tun! Oh, wie schrecklich!« Mit geballten Fäusten und sich auf die Unterlippe beißend, während ihr heiße Tränen über die blassen Wangen liefen, schaute sie ungläubig auf die rostigen Konservenbüchsen, verbogenen Eisenstangen, zerfetzten Planen, zerbrochenen Holzlatten, alten Lumpen, zerfledderten Schuhe und die Tausende von leeren Weinflaschen, die über das Gelände verstreut waren. Und jenseits der Sumpfwiesen konnte sie einen schmutzigen Dschungel noch rauchender, rußgeschwärzter Ruinen erkennen. Die mächtigen Port-Jackson-Bäume waren nur noch schwarze Stümpfe, und sie sah einen toten Mann unter einem verrußten Wellblech liegen. Bei diesem Anblick drehte sich ihr der Magen um. Sie war zu schockiert, um Mitleid empfinden zu können.

O Gott! Wie konnte das passieren?

Sie bewegte sich, hustend und sich die Schuhe versengend, durch die noch qualmenden Ruinen auf die Lagune zu. Hier war, hinter Bäumen verborgen, eine regelrechte, aus Zeltplanen, Eisenstangen, Lattenkisten und Brettern errichtete Stadt entstanden – mit Läden, Kneipen und allem, was sonst noch dazugehörte –, und niemand hatte offenbar gewußt, wie umfangreich sie gewesen war. Erst jetzt, wo die Bäume niedergebrannt oder nur noch

schwarze Strünke waren, konnte man das wahre Ausmaß dieser Katastrophe erkennen, zu der sie mit ihrem unbesonnenen Verhalten, Eunice hier eine Hütte als Quartier zu überlassen, gewissermaßen den Grundstein gelegt hatte.
»He, Sie da! Gehen Sie nicht weiter!« Als sie sich umdrehte, sah sie ein paar Polizisten, die sich am Rand der Lagune versammelt hatten.
»Dort drüben liegt eine Leiche«, rief sie den Männern in einem Rettungswagen zu.
Ari kam auf sie zugerannt und deutete zum Meer hinunter. Sie sah, daß dort noch mehr Rettungswagen geparkt waren. Weißgekleidete Männer, die Bahren zwischen sich trugen, bewegten sich durch das Gelände.
»Ich habe die Leiche schon gesehen. Sie werden sie in wenigen Minuten fortschaffen. Doch zuerst müssen die noch lebenden Brandopfer geborgen werden.« Sie war überrascht von dem Zorn und dem Kummer, die sich auf seinem Gesicht spiegelten. Fühlte er sich denn persönlich für diese Katastrophe verantwortlich?
»Sind noch mehr Leute bei dem Brand umgekommen?« fragte sie ihn.
Eine große Gestalt sprang aus den Büschen am Rand der Lagune heraus. »Nicht schießen, das ist nur Frikkie!« rief sie einem Polizisten zu, der mit seinem Revolver auf den Mann zielte. »Frikkie, komm hierher!« befahl sie dann. Da drehte sich die Gestalt wieder um und kam mit einem seltsam hüpfenden Gang auf sie zu. Ari beobachtete den Mann neugierig. Mit der wulstigen, niedrigen Stirn, den buschigen Brauen, den kleinen, tief in ihren Höhlen liegenden und nahe beieinanderstehenden Augen, die unter einer dicken schwarzen Mähne hervorlugten, schien er das lebende Abbild eines Urmenschen zu sein. Die Arme, die von den mächtigen Schultern herabhingen, waren ungewöhnlich lang. Seinem Gesichtsausdruck nach zu schließen, hatte dieser Mann ein schlichtes, einfältiges Gemüt.
»Er ist verletzt. Wir müssen ihn zu einer Ambulanz bringen«, rief Willis. Doch als der Sergeant auf Frikkie zuging, nahm dieser Reißaus und flüchtete zu den Dünen.

Kate ging weiter auf die Lagune zu und stieß plötzlich einen Schrei aus.
»Oh! Wie entsetzlich!« klagte sie dann laut, auf vier halbverkohlte Leichen starrend.
»Tut mir leid. Sie werden ins Leichenschauhaus gebracht werden, doch zuerst müssen wir uns um die Verletzten kümmern.« Ari, der ihr gefolgt war, legte nun die Arme um sie.
»Und auch ein Kind! Oh, wie schrecklich!« Tränen liefen ihr über die Wangen. »Und ich kannte diese Frau. Ich ließ sie in meiner Hütte bei der Lagune schlafen. Damit habe ich sie umgebracht. Ja, das habe ich. Ich hatte zwar nicht wissen können, daß so etwas passieren würde, aber ich habe unüberlegt gehandelt.«
Gerber, der ihre Worte gehört hatte, starrte sie mit harten, feindseligen Augen an.
»Ich habe sie hierhergebracht«, flüsterte sie Ari zu. »Und sie holte dann all die anderen nach. Es ist alles meine Schuld.«
»Du hast sie nicht umgebracht, Kate. Aber jemand anders hat es getan«, sagte er grimmig. »Ihr Name war Eunice, und ich muß jetzt ihren Enkelsohn Tabson finden. Er hat einen Klumpfuß. Könntest du ihn für mich suchen?«
Da verließ sie ihn, machte jetzt, die Brandstätte meidend, einen Bogen um die noch glimmenden Ruinen. Sie erreichte nun die Lagune, die diese Katastrophe offenbar gut überstanden hatte. Aber nur Gott wußte, wieviel Müll inzwischen auf dem Grund des stillen grauen Wassers ruhte. Zwischen dem Schilf und den Wasserlilien lagen noch mehr verkohlte, qualmende Überreste, aber sie sah keinen einzigen Vogel in ihrer Nähe. Kate setzte sich auf einen Baumstumpf und schlug die Hände vors Gesicht.
Da hörte sie den halberstickten Schrei einer Nilgans im dichten Röhricht, das auf einer Sandbank in der Nähe des Ufers wuchs. Konnte das der Vogel sein, den sie aus der Schlinge befreit hatte? In das Wasser hineinwatend, fürchtete sie das Schlimmste für diesen Vogel. Als sie sich dann durch Wasserlilien und Schilf hindurch auf eine kleine, versteckte Insel hinaufarbeitete, sah sie einen Jungen auf dem Boden hocken, der eine Nilgans in seinen Armen hielt. Er hatte den gebrochenen rechten Flügel auf eine

primitive Weise mit Stöcken geschient und dann mit Lehm eine Art Gipsverband gemacht.
»Oh, du meine Güte!« rief sie und kniete nieder, um dem Jungen den Vogel abzunehmen. Doch der Junge wich vor ihr zurück.
»Nein, Missus. Tun Sie ihm nichts. Er wird wieder gesund werden, Missus. Ich werde für ihn sorgen. Bitte, Missus, lassen Sie ihn in Ruhe.«
Er stand vom Boden auf, und sie sah nun seinen nackten, deformierten Fuß, der leicht nach innen gedreht war. Er mußte auf den Zehenspitzen stehen, denn das verkrüppelte Bein schien kürzer zu sein als das gesunde, und er bewegte sich nun humpelnd, in der einen Hüfte einknickend und mit einem vor Trauer und Angst verzerrten Gesicht von ihr weg. Wie seltsam doch seine großen Augen in diesem fast nur noch aus Haut und Knochen bestehenden Gesicht unter den dichten gekrausten Haaren wirkten. Er zitterte heftig, stand offenbar unter Schock.
»Du mußt Tabson sein«, sagte sie. »Ich glaube, daß du ärztliche Hilfe brauchst. Ich nehme dich mit zu mir nach Hause. Gib mir den Vogel.«
Er wich vor ihr bis in den Schilfgürtel zurück. Dann blickte er wieder zu dieser hübschen Frau auf und schüttelte den Kopf. Menschen bedeuteten für ihn nichts Gutes. Er hatte gelernt, ihnen zu mißtrauen. Aber er wußte auch, daß dieser weiße Polizist sein Leben gerettet hatte. Was wollte diese weiße Frau von ihm? Und warum verlangte sie, daß er ihr den Vogel geben sollte? Hatte sie vielleicht Hunger?
Auch mochte er die Weißen nicht. Sie hatten eine rosige Haut wie die Schweine und rochen auch wie diese. Als er noch ein kleines Kind gewesen war, hatte man ihm erzählt, wie die ersten Weißen in ihr Land gekommen waren. Das war zu einer Zeit gewesen, als es ungewöhnlich viel geregnet hatte und sich überall Sümpfe ausgebreitet hatten. Da war eine große schwarze Fliege in diese Sümpfe geflogen und hatte dort überall ihre Eier abgelegt. Einige Wochen später waren weiße Maden aus diesen Eiern hervorgekrochen und hatten alles aufgefressen, was grün war. Während die schwarzen Menschen hungerten, strotzten diese weißen Maden vor Fett. Sie hatten sich dann unter der Erdkruste verpuppt,

und aus den Larven waren schließlich diese prahlerischen und herrschsüchtigen weißen Menschen herausgekrochen. Jedesmal wenn er einen dieser schwitzenden weißen Menschen fluchen hörte, erinnerte er sich an diese Geschichte. Doch diese Frau sah wie ein Engel aus, den er in einem Buch in der örtlichen Missionsschule gesehen hatte. Er wurde zwischen Mißtrauen und seiner Sehnsucht nach Geborgenheit hin und her gerissen. Warum wollte sie ihn unbedingt mitnehmen? Sie war weiß und deshalb eigensüchtig. Warum bot sie ihm eine Unterkunft an? »Tabson, Tabson«, rief sie immer wieder, ihm ihre Hand hinstreckend. Instinktiv spürte er, daß er ihr vertrauen konnte.
Daß sie seinen Namen kannte, schien ihn ein wenig zu beruhigen, bemerkte Kate. Er war ausgemergelt, und seine Kleider waren schmutzig und zerlumpt. Sie setzte sich neben ihm auf die Sandbank und fragte sich, was sie tun konnte, um sein Vertrauen zu erwerben. Ari hätte das gewußt. »Erzähl mir, wie du den Vogel gefunden hast«, sagte sie leise. »Ich habe nämlich den gleichen Vogel vor zwei Tagen entdeckt. Er hatte sich mit einem Flügel in einer Schlinge verfangen. Ich habe ihn daraus befreit, aber da griff mich ein Squatter mit einem Messer an, und der Vogel floh ins Röhricht. Ich muß ihn zu einem Tierarzt bringen.«
»Nein!« Nun war er bereit, mit ihr um den Besitz des Vogels zu kämpfen.
»Wir werden ihn gemeinsam zu ihm bringen«, sagte sie begütigend.
»Ich werde ihn füttern«, erwiderte der Junge eigensinnig. Seine Stimme war heiser, halb gebrochen und ließ ihn älter wirken, als er seiner Statur nach war. Seine langen, schmalen Finger streichelten den Hals des Vogels. Dabei gab er seltsam schnalzende Töne von sich, mit denen er offenbar den Vogel beruhigen wollte, doch der sah verängstigt aus.
»Er wird sterben«, sagte sie.
»Nein, Missus.« Seine Hände krampften sich unwillkürlich fester um die Gans, die nun zu quaken begann.
Und wer wird sich um dich kümmern, du dummer Junge? dachte sie bei sich. Wie seltsam, daß ihm so sehr daran lag, diesen Vogel zu behalten und zu pflegen. Sie hatte immer geglaubt, daß

Schwarze kein Herz für Tiere hätten. »Verkauf ihn mir. Ich werde dir zwanzig Rand für ihn geben.«
»Nein, Missus.« Er blickte zur Seite, und sie sah, daß er wieder am ganzen Körper zitterte.
»Tabson. Du mußt mit mir kommen. Ich habe einen trockenen und sicheren Platz für den Vogel und das Futter, das er braucht. Du hast nichts, womit du ihn ernähren könntest. Und ich werde auch dich verpflegen. Bist du denn nicht hungrig?«
»Ich muß hierbleiben. Jemand wird nach mir suchen.«
»Eunice ist tot, Tabson. Das tut mir sehr leid. Komm mit mir. Ich werde für dich sorgen.« Warum habe ich das jetzt gesagt? fragte sie sich verwundert.
»Ja, Missus.« Der Junge senkte den Kopf, und Tränen liefen ihm über die Wangen, als sie ihn an den Polizisten vorbeiführte. Doch als er Ari bei ihnen stehen sah, schienen seine Augen aufzuleuchten, weil er in ihm einen Freund wiedererkannte.
»Also hast du ihn gefunden.« Ari sah den Jungen mit einem traurigen Lächeln an. »Ich fürchte ...«
»Ich habe es ihm bereits gesagt«, unterbrach ihn Kate, ihre Tränen hinunterschluckend.
»Ich werde einen sicheren Platz für dich finden, wo du ein paar Tage bleiben kannst, Tabson«, sagte Ari.
»Er kommt mit mir.« Kate war überrascht, in welch energischem Ton sie das sagte. »Zumindest für so lange, bis du seine Eltern aufgespürt hast. Er hat doch noch Eltern, nicht wahr?« setzte sie ein wenig bang hinzu.
»Ja. Ich habe ihre Adresse. Ich werde sie benachrichtigen.«
Ari sah sie ein wenig verdutzt an, eine stumme Frage in den Augen, als könnte er sie nicht richtig einordnen. Er scheint mich für eine Art von Schönwettermädchen zu halten, das sich nur für die guten Tage des Lebens eignet, dachte sie bei sich. Vielleicht hat er recht mit seiner Vermutung.
»Der Junge braucht medizinische Versorgung. Du wirst einen Arzt für ihn bestellen müssen.«
»Ich weiß das alles«, gab sie ihm ein wenig ungehalten zur Antwort. Seltsam, wie sehr sie sich auf einmal mit diesem verkrüppelten Jungen verbunden fühlte. Kam das daher, weil es ihn

genausosehr wie sie danach verlangte, diesem verletzten Vogel zu helfen? Sie nahm Tabson nun fest bei der Hand. »Er ist bei mir gut aufgehoben. Zumindest vorläufig«, sagte sie. Tatsächlich bereute sie bereits ihren spontanen Entschluß.
Ihre Besorgnis wuchs, als sie mit dem Jungen zu ihrer Wohnung fuhr. Sie haßte dieses düstere Haus, das dort oben auf dem Hügel wie eine Festung thronte. Es war ein kalter, unglücklicher Ort, und jemand beobachtete sie jetzt von dort – aber wer? Dann sah sie, wie sich ein Vorhang an einem der Eßzimmerfenster bewegte. Vielleicht Ramona? Rob würde ihr vermutlich den Marsch blasen, wenn sie mit dem Jungen nach Hause kam. Tabson hingegen schien wie betäubt zu sein beim Anblick des Hauses mit seinen Erkern und Vorsprüngen, den Ställen, dem Rosengarten und dem Swimmingpool. Er war so verletzlich und mißtrauisch und sah aus, als würde er versuchen, bei der ersten sich ihm bietenden Gelegenheit davonzulaufen. Und was, zum Kuckuck, sollte sie den ganzen Tag über mit ihm anstellen? Vielleicht konnte sie ihn erst füttern und ihm dann ein paar Spiele und das Schwimmen beibringen.
Die Nilgans war für sie das kleinere Problem – da wußte sie genau, was sie machen mußte. Sie befahl Robs Sekretär, dem Gärtner aufzutragen, einen Gänsestall mit Auslauf zu bauen und entsprechend zu sichern. Dann wurde der Tierarzt ins Haus bestellt, und Tabson sah mit großen, verwunderten Augen zu, wie dieser den Flügel des Vogels wieder einrichtete und mit einem Gipsverband versah. Eine Stunde später hopste die Gans bereits in ihrem Gehege herum. Tabson machte jetzt zum erstenmal ein glückliches Gesicht.
So weit, so gut. Da sie es nicht fertigbrachte, Ramona unter die Augen zu treten, übergab sie Tabson der stellvertretenden Haushälterin, einer sehr fähigen malaiischen Witwe.
»Baden Sie ihn, kleiden Sie ihn neu ein, füttern Sie ihn, und bringen Sie ihm Tischmanieren bei«, sagte Kate. »Oh ... und rufen Sie einen Arzt an, der ihn untersuchen soll.« Wieder einmal wurde sich Kate schmerzlich der Notwendigkeit des Reichtums bewußt, als sie erkannte, wie leicht sich damit alle Probleme lösen ließen.

Rob saß an seinem Schreibtisch. Er hatte die Nacht damit verbracht, das Einzäunen seines Landes bei der Lagune zu überwachen, und er fragte sich nun, ob er, ehe er zu arbeiten begann, ein paar Stunden schlafen oder nur einen steifen Brandy trinken und dann seinen ersten Brief diktieren sollte. Er war fit und konnte notfalls ein paar Tage lang ohne Schlaf auskommen. Er hatte sich das oft genug in der Namib bewiesen.
Es klopfte leicht an die Tür seines Arbeitszimmers, und Ramona trat ein, ohne erst seine Antwort abzuwarten. Darüber ärgerte sich Rob jedesmal, obwohl er ihr das nie sagte, sondern statt dessen auf seine Fingerspitzen hinunterblickte, die er so heftig aneinanderpreßte, daß sie weiß wurden. Ramona hatte ihn wie ein eigenes Kind aufgezogen. In seinen Vorschuljahren war er selten mit jemand anderem zusammengewesen. Später hatte sie ihn dann gegen den Zorn seines Großvaters abgeschirmt, wenn er etwas angestellt hatte, ihm bei seinen Schularbeiten geholfen, für ihn gelogen, ihn beschützt und einmal sogar etwas Geld für ihn gestohlen. Er hatte nie beschreiben können, welche Art von Bindung zwischen ihnen beiden bestand – aber es gab sie, und sie war echt. Dennoch fand er es lästig, von ihr wie ein Kind behandelt zu werden, und zuweilen vergaß sie sogar, daß sie nur ein Dienstbote war. Als sie sich vor seinen Schreibtisch setzte, spürte er ihre Ängste und fühlte sich irgendwie davon angesteckt. Er hatte noch nie erlebt, daß Ramona sich vor irgend etwas fürchtete. Das deprimierte ihn auf eine unerklärliche Weise, erfüllte ihn mit der Vorahnung eines Verhängnisses.
»Hör mich an, Master Rob«, murmelte sie. »Dieser neue Polizeilieutenant ist dein Doppelgänger, und das Schicksal hat ihn hierher nach Silver Bay gebracht. Es droht dir von ihm das größte nur denkbare Mißgeschick. Befreie dich von ihm, ehe es zu spät ist. Er bringt Unglück über dieses Haus – schlimme Zeiten. Er kann dich vernichten. Glaub mir! Sorg dafür, daß er so rasch wie möglich versetzt wird.«
Rob blickte sie stirnrunzelnd an. Er versuchte, Ramona einzuschüchtern, was jedoch bisher noch keinem gelungen war. Sie konnte zuweilen etwas Verrücktes anstellen, aber noch nie hatte sie etwas prophezeit, was danach nicht eingetreten war.

Er versuchte sie auszulachen, aber sie beugte sich mit vor Leidenschaft lodernden Augen vor und zischelte: »Du kennst mich, Master Rob. Du weißt, daß ich immer recht habe. Schaff ihn dir vom Hals. Und noch etwas: Kate hat die Nacht außer Haus verbracht, während du unten bei dem Feuer warst. Sie trug noch immer ihr Abendkleid, als sie heute in der Morgendämmerung nach Hause kam. Man hat gesehen, wie sie zusammen mit diesem neuen Lieutenant die Party bei den Lilfords verließ. Wirst du ihn jetzt in die Wüste schicken?«

Dann ging sie aus dem Zimmer und ließ Rob als Beute seiner rasenden Eifersucht am Schreibtisch zurück.

Kapitel 17

Gerbers Zorn war tragisch und komisch zugleich, als er den Hörer nach einem Gespräch mit dem leitenden Staatsanwalt am Magistratsgericht von Kapstadt wieder auflegte. Er war ein Mann, der Problemen dadurch aus dem Weg ging, daß er sich schlichtweg weigerte, sie zu akzeptieren. Alles war in Ordnung und würde auch so bleiben, wenn man nicht daran rührte. Silver Bay war eine großartige kleine Stadt, in der es keine Verbrechen gab. Seine Verleugnung der Tatsachen ist fast schon pathologisch, dachte Ari bei sich, während er Gerber genau beobachtete.
Der Lieutenant lief jetzt puterrot an vor Wut, und seine Augen füllten sich mit Wasser und begannen nervös zu zucken. Das hat etwas damit zu tun, daß er nicht verlieren kann, überlegte Ari, und daher vermutlich auch am liebsten mit einem Zielfernrohr oder einem Nachtsichtgerät auf die Jagd geht. Ari hatte wegen der vier Squatters, die bei dem Feuer umgekommen waren, Ermittlungen wegen Mordes einleiten wollen, doch Gerber hatte darauf bestanden, diese vier als Unfalltote abzuschreiben. Er war nicht müde geworden, Ari in den letzten zwei Wochen seine Ansichten in dieser Angelegenheit ständig unter die Nase zu reiben. Ari hingegen hatte sehr wenig gesagt, aber die Art, in der er die Dokumente abgefaßt hatte, die bei Gericht eingereicht wurden, hatte den Staatsanwalt ermutigt, darauf zu bestehen, daß eine polizeiliche Untersuchung wegen Mordes in vier Fällen stattzufinden habe. Gerber war gerade von der Staatsanwaltschaft in diesem Sinn unterrichtet worden und mußte jetzt seinem Zorn Luft machen.
»Das ist Ihr Baby«, erklärte er und funkelte Ari wütend an. Und dann tat er, was er immer zu dieser Zeit machte: er packte seine Sachen zusammen und ging – diesmal zu der Party bei den Grants, die jeder besuchte, der zu den wichtigen Persönlichkeiten in dieser Gemeinde gehörte, und überließ es den übrigen fünf Polizeibeamten, sich mit der Flut von Verbrechen zu befassen, die jetzt jede Nacht die Stadt heimsuchte.

An Bord von Grants Yacht war die Illumination prächtig, die Musik zauberhaft, und jeder, der etwas galt oder darstellte, war zugegen; doch nur ein paar Auserlesene hatten sich um die Bar auf dem Oberdeck versammelt.

»Wenn man eine Weile in Äthiopien gewesen ist«, erklärte Rob mit lauter Stimme, »findet man es unerträglich, auch nur noch einen Cent für die Wohlfahrt der Schwarzen auszugeben. Ganz Afrika ist auf dem besten Wege dazu, sich zu einem Kontinent von Sozialhilfeempfängern zu entwickeln. Äthiopien ist zu einer Wüstenregion verkommen. Seine Bewohner müssen entweder umgesiedelt oder aufgegeben werden. Dieses Land wird seine Bevölkerung niemals ernähren können, und je früher wir uns von dort zurückziehen und die Natur ihre uralte Rolle spielen lassen, um so besser.«

Kate, die ihm zugehört hatte, zuckte bei diesen Worten zusammen. Sie war der Meinung, daß ein Mann seines intellektuellen Kalibers es eigentlich besser wissen sollte.

Sie feierten auf der Yacht Grants Geburtstag. Ein Glas Whisky in der Hand, betrachtete Kate die im Salon des Oberdecks hängenden Photos von nackten Blondinen in Matrosenhüten. Dave, ihr Gastgeber, ein Kupferminenmillionär, hatte eine Hand zwischen die geschlossenen Schenkel eines schönen jungen Mädchens gesteckt, das den hübschen Blondinen auf den Postern sehr ähnlich sah, wenn man sich den Schnürsenkel-Bikini, den sie trug, wegdachte. Sie schien ein wenig peinlich berührt, aber auch entschlossen zu sein, die Sache auszufechten, und ignorierte mit hochmütigem Gesicht den Rest der Gesellschaft. Dave, der früher einmal ein Athlet gewesen war, nun aber in den mittleren Jahren etwas Speck angesetzt hatte, war sehr rot im Gesicht und fing an zu schnaufen, was er immer tat, wenn er betrunken war. Dann schienen seine Stirnhöhlen zu kollabieren.

Ist die Kleine nun hinter Dave oder den mehr als dreißig Millionen her, die zu ihm gehören? fragte sich Kate im stillen. Und wo, zum Henker, steckte Melissa, seine Frau? Auf den Decks der Yacht drängten sich die Freunde der Grants, die zum größten Teil auch Robs Freunde waren – George Rockwell, ein amerikanischer Minenmagnat mit Firmensitz in Namibia, die de Villiers, denen die meisten Diamantenkonzessionen an der Küste gehörten, Don Cohen, ein Grundstücksmillionär, drei amerikanische Besucher, die angeblich etliche U.S.-Investmentfonds-Milliarden repräsentierten, und dazu noch einige in Silver Bay ansässige Personen – Dr. John Flanagan, der hier seine Arztpraxis hatte, nebst Gattin, Sigal, der Zahnarzt, und Lynette, seine Frau, und die Bronsons. Cecilia, die Malerin, ein paar Schriftsteller, ein Bildhauer, ein Opernstar und ein Dichter hatten ebenfalls Einladungskarten erhalten, um zu zeigen, daß hier nicht nur Geld etwas zählte. Was natürlich gelogen ist, dachte Kate.

Rob, der in seinem blau und weiß gestreiften Jackett, der weißen Hose und mit seinem brünetten, kantigen Gesicht, das vom Wind lebhaft gerötet war, großartig aussah, führte wie gewöhnlich das große Wort – den hier Versammelten mit seiner cleveren, ätzenden Zunge schmeichelnd und sie dann mit seiner Spottlust verletzend. Ein gewisser Claude Soundso, der eine Reihe von Büchern über die Naturschutzbemühungen in Nordafrika geschrieben hatte, widersprach jetzt leidenschaftlich Robs These:

»Ich denke, es ist abscheulich, daß wir Millionen von Menschen zum Hungertod verdammen, während wir uns hier zu einem epikureischen Festmahl an den Tisch setzen«, sagte er und warf einen zornigen Blick auf die mit dampfenden Garnelen und Langusten gefüllten Schüsseln.

»Verderben Sie uns jetzt doch nicht den Appetit!« rief Grant, der sich am Kopfende der Tafel auf einem Sofa niedergelassen hatte und das Mädchen in dem winzigen Bikini etwas dichter an sich heranzog. In der darauf folgenden Stille konnte man die Gitarrenklänge auf dem Oberdeck hören, während Claudes Augen vor Wut glitzerten.

»Sind Sie nicht der Mann, der neben anderen Tieren auch die Wildhunde der Sahara vor dem Aussterben bewahren möchte?« erkundigte sich nun Rob mit einem seltsamen Funkeln in den Augen. Kate spürte eine Welle der Sympathie für den Schriftsteller in sich aufsteigen. Wenn Rob seine Mundwinkel so amüsiert in die Höhe zog wie jetzt, würde jemand bald sein Waterloo erleben.

Nicht jeder war zu seinem Vergnügen hier, stellte Kate fest. Cecilia war zum Beispiel darum bemüht, das letzte von ihr fertiggestellte Gemälde an den Mann zu bringen, und hatte deshalb Melissa dazu überredet, es heute hier im Salon aufzuhängen. Jack Bronson versuchte, Rob dazu zu bringen, seine Grundstücke in Strandnähe mit jenen zu vereinigen, die er selbst dort besaß, damit er darauf das von Rob schon seit Jahren ersehnte Kondominium errichten konnte. Seine Frau Gill wollte Angelos Biographie schreiben, doch er wies sie auf galante Weise ab. Er konnte sehr charmant sein zu Frauen, wenn er das wollte. Kate bekam heute zum erstenmal eine Kostprobe von dem gutaussehenden Charmeur, der er einmal gewesen war, wie man ihr erzählt hatte. Sie war überrascht. So hatte sie ihn noch nie erlebt.
Richard Mooney, der im Ruhestand lebende katholische Priester von Silver Bay, war gekommen, weil er sich Spenden für seine »Brot-für-die-Squatters«-Kampagne erhoffte, und der Bildhauer war hier, weil er eine Mahlzeit brauchte. Und praktisch jeder wollte einen Anteil von den amerikanischen Milliarden haben. Sie scharwenzelten um die beiden Besucher aus der Neuen Welt herum und warteten auf ihre Chance. Jeder betrank sich oder wurde high, und dröhnendes Männerlachen überlagerte die schrillen Stimmen der Frauen.
Kate ging zu Melissa, die sich über die Reling beugte, eine Zigarette in der Linken und in der anderen Hand ein Glas.
»Wenn ich jetzt über Bord fallen sollte, würde das wohl kaum jemand bemerken«, sagte Melissa, ohne Kate ihr klassisches Profil zuzudrehen. Als Kate sie musterte, konnte sie verstehen, warum sie einmal eine weltberühmte Schönheit gewesen war. Doch jetzt sah sie ziemlich mitgenommen aus. Ihre aschblonden Haare glitzerten im Mondlicht, und obwohl ihr Hals jugendlich glatt war, nachdem sie sich vor kurzem das Gesicht hatte liften lassen, hatte sie dicke Tränensäcke unter den rot unterlaufenen Augen. Sie war achtundvierzig und konnte ihr Alter nicht verleugnen.
»Wenn ich jetzt stürbe, würde ich Dave einen Scheidungsprozeß ersparen«, sagte sie, die Silben leicht verwischend. »Ich bin heute früher, als Dave das erwartete, aus meinem Schönheitsschlaf erwacht und habe ihn im Salon dabei ertappt, wie er mit diesem

kleinen Biest rammelte. Weißt du, was er da zu mir sagte? Er sagte: ›Hör zu, Lady, ich bin ein freier Mann. Ich habe einen Haufen Geld gemacht und bin niemandem auch nur einen Cent schuldig. Niemand hat mir etwas zu verbieten und du schon gar nicht. Wenn dir das hier nicht gefällt, dann schau entweder weg oder verklag mich. Ja, warum tust du das nicht? Du hast in deinem verdammten Leben nicht einen Tag gearbeitet, und das sieht man dir allmählich auch an. Deine Titten sind leere Schläuche, und der Hintern hängt dir bis zu den Kniekehlen hinunter. Wenn Frauen die Fünfzig erreichen, sollte man sie alle an die Wand stellen und erschießen. Und jetzt troll dich.‹ Das hat er gesagt – wortwörtlich! Ich stehe noch immer unter Schock. Ich weiß nicht, ob ich ihn oder meinen Schönheitschirurgen verklagen soll.
»Er war betrunken, dessen bin ich mir sicher«, sagte Kate und legte ihren Arm um Melissa. »Du weißt doch, wie gehässig er werden kann, wenn er betrunken ist.«
»Ja. Und wie ehrlich. Ich werde ihm nicht die Freude machen, mich loszuwerden. Er ist schon immer ein Schwein gewesen, war aber in mein gutes Aussehen vernarrt. Nun ist er in die Figur dieser Kleinen verknallt. Er hat mich gern als seinen teuren Besitz bezeichnet, jetzt bin ich für ihn wertlos geworden – abgeschrieben.«
»Ich bin sicher, das ist nur eine vorübergehende Schwärmerei von ihm. Er wird wieder zur Besinnung kommen.«
Melissa antwortete darauf mit einem schnaubenden Lachen: »Bist du verrückt? Irgendwie bekommt er ihn bei ihr hoch, selbst wenn er betrunken ist. Außerdem hat sie ihm ihre Jugend zu bieten. Er schaut sie an und fühlt sich wieder als junger Hüpfer, der dumme alte Narr.«
»Du hast doch noch deine Freunde und Kinder. Wir stehen alle auf deiner Seite, Mel«, sagte Kate in dem vergeblichen Bemühen, sie zu beruhigen.
Melissa lachte kurz. »Meine Kinder sind erwachsen und aus dem Haus, und meine Freunde werden mich fallenlassen, sobald ich ihn verlasse. Ich habe immer reizend ausgesehen, Kate. Reizend auszusehen ist mein Lebensinhalt gewesen. Nun bin ich achtundvierzig und könnte gut und gern noch vierzig Jahre leben.

Aber alles, wofür ich gelebt habe, hat sich nun in Luft aufgelöst, weil ich mein gutes Aussehen verloren habe. Ich verrate dir was, Kate«, fuhr sie nun mit brechender Stimme fort. »Wenn ich etwas hätte, was meinem Leben noch einen Sinn gäbe, würde ich ihn verlassen. Doch was, zum Teufel, soll ich in den nächsten vierzig Jahren mit mir anfangen? Ich gedenke deshalb, bei ihm zu bleiben – als der sprichwörtliche Knüppel, der ihm zwischen die Beine geworfen wird. Jetzt, wo ich aufmucke, betrachtet er mich zum erstenmal in unserem Leben als eine Person und haßt mich. Das verschafft mir eine Art von krankhafter Befriedigung. Endlich bin ich zu einem realen Menschen für ihn geworden.«
Kate wäre jetzt am liebsten geflüchtet, aber die Freundschaft, die sie miteinander verband, gebot ihr, mit ihren bisher fruchtlosen Bemühungen fortzufahren, Melissa etwas Selbstwertgefühl beizubringen – was nicht ganz einfach war angesichts des jungen, hübschen Kuckucks, der auf dem Oberdeck in ihrem Nest saß.
»Du mußt Würde zeigen, Mel. Sie soll denken, daß sie nur ein gemieteter Körper ist – ein lebendes Bettgestell. Ja, warum tust du das eigentlich nicht?«
»O Kate, steh jetzt nicht mit deiner schönen zarten Pfirsichcremehaut und diesem jugendlichen Schmelz in den Augen da und predige mir, daß ich meine Würde bewahren sollte. Du erinnerst mich daran, wie ich früher einmal ausgesehen habe. Was weißt du schon von der Bitterkeit, die eine Frau überkommt, wenn sie einfach übersehen wird? In jüngster Zeit ignorieren mich die Männer einfach. Sie sind nicht unhöflich oder grob zu mir – sie nehmen mich einfach nicht wahr. Du hast alles, was man als Frau braucht, und ich habe nichts. Also hör auf, mir zu sagen, wie ich mich verhalten soll. Geh weg und laß mich in Ruhe.«
O Gott, dachte Kate bei sich. Sie ist das, was ich in sechsundzwanzig Jahren sein werde. Sie goß ihren Drink hinunter und kehrte an die Bar auf dem Oberdeck zurück, um sich einen neuen zu besorgen. Melissa hatte sie an einer Stelle getroffen, wo es weh tat.
Rob war offenbar gerade dabei, diesem bedauernswerten Schriftsteller den Todesstoß zu versetzen. Sie konnte das an dem ironischen Funkeln seiner Augen erkennen. Eine Hand hatte er auf

Claudes Schulter gelegt, der darüber klagte, daß man zuwenig Land als Reservat für Wildtiere zu Verfügung stellte und was für Schäden die Überweidung und die Insektizide in den Okavango-Sümpfen anrichteten. »Wir weißen Afrikaner«, dozierte Claude, »sind die Hüter eines der letzten großen natürlichen Kontinente dieser Welt. Die Geschichte wird zeigen, wie gut oder schlecht wir dieser Aufgabe gerecht wurden.«

»Indem wir die Äthioper und all die anderen Krücken durchfüttern oder das Gleichgewicht der Natur erhalten und damit die Wildtiere retten, Claude? Bei den exorbitanten Geburtenraten ist das vermutlich das allerletzte Jahrhundert der Koexistenz. Also treffen Sie Ihre Entscheidung, wie wir das alle tun müssen. Nun? Wie sieht sie aus?«

Das Schweigen, das jetzt folgte, war peinlich.

Melissa, die zu der Gesellschaft auf dem Oberdeck gestoßen war, stieß plötzlich einen schrillen Schrei aus. »Oh, du liebe Güte – was ist das für ein schreckliches Ding, das an deinem Hals runterkrabbelt, Rob? Es ist aus deinen Haaren gekommen.«

Der Schrei wurde zu einem entsetzten Heulen, als das »Ding« auf Melissas weißes Abendkleid hüpfte. Es sah aus wie eine kleine schwarze Spinne.

»Eine Laus«, erklärte Rob. Er klaubte das Anstoß erregende Insekt mit spitzen Fingern von ihrem Kleid und studierte es. »Pechschwarze Tarnfarbe. Vermutlich bereits die dritte Generation, würde ich sagen. Es juckte mich schon seit einer Woche entsetzlich, aber auf den Gedanken, daß es Läuse sein könnten, bin ich nicht gekommen ...«

Seine jetzt plötzlich einen zornigen Ausdruck annehmenden Augen suchten Kates Blick und versprachen ihr lebenslange Vergeltung für diese Schmach.

»Auf meine Frau, die Sozialarbeiterin«, sagte er jetzt, sein Glas erhebend. »Sie ist so wie Sie, Claude – eine gläubige Anhängerin der Theorie, daß dem Underdog immer geholfen werden muß. Sie hat so ein kleines Schoßtier zu sich genommen – ein verkrüppeltes, dummes, unwissendes Negerkind. Und jetzt wissen wir, daß es auch verlaust ist. Sie sehen also, Claude«, fuhr er fort und setzte die Laus auf dessen Scheitel ab, »daß Sie nicht der ein-

zige sind, der Afrika und all seine Kreaturen retten möchte.«
Ein erleichtertes Lachen folgte seinen Worten, während Claude mit dem Oberkörper einknickte, den Kopf zwischen die Knie klemmte und mit beiden Händen auf seine Haare einschlug. Auch sahen sich die beiden Männer sogleich von einem unsichtbaren *cordon sanitaire* umgeben.
»Kate«, rief Melissa in dem vergeblichen Bemühen, die Unbeschwertheit, die vorher hier geherrscht hatte, wiederherzustellen. »Du bist mir ein Rätsel – so schön und doch so teilnahmsvoll. Ich beneide dich darum. Ich hatte nie etwas für die Armen übrig. Sie sind so häßlich. Verrat uns doch mal, wie du das machst. Stell dich hierher!« Damit zog sie Kate auf die Plattform hinauf, auf der die Bar errichtet war, und drückte ihr ein Glas in die Hand.
Für Kate hatte der Abend jetzt bedrohliche Untertöne angenommen. Sie blickte auf die strengen Münder hinunter und in die glitzernden, sie an Raubtiere erinnernden Augen. Ihre Gedanken wanderten zu ihrem Vater und dem toten Leoparden zurück. Dann fiel ihr wieder ein, was Mira damals zu ihr gesagt hatte: *Die Natur erschuf sich den im Kampf ums Dasein allen anderen Kreaturen überlegenen aggressiven, mit Verstand begabten Primaten – uns!* War das alles? Wenn ja, war die Crème de la Crème des *Homo sapiens* hier um sie versammelt und forderte sie mit ihren Blicken auf, mit einem banalen, aber launigen Trinkspruch wieder für gute Stimmung zu sorgen, damit sie weiterbechern und nebenbei ihre Schäfchen ins trockene bringen konnten. »Das ist nicht unser Problem« war ihr Motto, und die einzige Sünde, die sie gelten ließen, war der Verlust ihres Geldes oder ihrer Schönheit.
»Ich möchte wissen, ob es jemanden unter euch gibt, der wahrhaft glücklich ist«, sagte sie mit einer kleinen, verlorenen Stimme. Niemand gab ihr darauf eine Antwort. Dann ergriff der Priester das Wort. »Die Squatters sind oft glücklich«, sagte er. »Aber sie sind ja auch so viel reicher als ihr.«
»Was könnten sie denn haben, was uns fehlt?« fragte Melissa ihn mit hohler Stimme und bekümmertem Blick.
»Güte. Und Respekt vor dem Alter, meine Liebe ...«
»Dem Alter – o Gott!« krächzte Melissa.

Rob lachte leise. »Komm, Darling. Laß uns gehen, bevor wir hier noch alle unsere Freunde infizieren.« Er packte Kate bei der Hand und zog sie mit sich von der Yacht. Sekunden später liefen sie den Kai hinunter. Kate blickte hoch und seufzte. Über ihr schaukelte die Yacht sacht in der leichten Dünung. Die Musik war göttlich. Aus der Entfernung betrachtet, schien ihr die Party etwas überaus Begehrenswertes zu sein.

Kapitel 18

Robs Zorn wurde von seiner Eifersucht genährt. Er ließ den Motor des BMW an, und das Coupé schoß mit quietschenden Reifen nach vorn und prallte mit einem lauten Wamm-Bamm, das weh tat, gegen eine hohe Bordsteinkante. »Scheiße!« fluchte Rob und kurvte dann im Rückwärtsgang über den mit Kies bestreuten Parkplatz, bis der Wagen in einem Schlagloch zum Stehen kam. Dann verließ er in einer Kiesfontäne den Parkplatz, und wenig später rasten sie zur Highway hinauf.

»Du fährst zu schnell!« rief Kate.

»Halt den Mund.«

»Das macht mir angst.«

»Halt den Mund.«

»Warum sollte ich?«

»Du möchtest doch leben, nicht wahr? Ich versichere dir, ich habe genug für heute. Also halt den Mund!«

Sie nahmen mit quietschenden Reifen die Kurven und fuhren auf den geraden Stücken mit maximaler Geschwindigkeit, *en route* nur bei einer Apotheke anhaltend, die Nachtdienst hatte, um dort zwei große Flaschen mit Anti-Läuse-Shampoo zu kaufen. Dann ging es mit unverminderter Geschwindigkeit weiter.

Wo ist Ari? fragte Kate sich. Sie hätte es jetzt gern gesehen, daß er sie verfolgte und ihnen ein Strafmandat ausstellte. Dann würde Rob explodieren, und wenn die Teile seines Selbsts herunterregneten, würden sie wie konzentrierte Schwefelsäure auf der Haut brennen.

Sie wären schließlich fast mit dem Heck eines Polizeifahrzeuges kollidiert, das die Einfahrt zu ihrem Haus hinaufraste.

»Was, zum Teufel ...?« murmelte Rob.

Als sie vor dem Haus anhielten, schien dort die Hölle loszubrechen. Das Gebäude war in gleißendes Licht getaucht, Schüsse knatterten, dunkle Gestalten sprangen aus den Fenstern und stoben in alle Richtungen davon. Pfeifen trillerten.

Ein großgewachsener Junge rannte, den Kopf in den Nacken geworfen, die mageren Beine viel zu schnell bewegend wie in einem alten Stummfilm, an ihnen vorbei. Sie konnten seinen rauhen Atem hören. Rob hob seine Pistole und feuerte mit einer raschen, kreisförmigen Bewegung. Dann lag der Junge schreiend und sich windend auf dem Boden. Sergeant Smit kam die Einfahrt heruntergerannt. »Ein guter Schuß!« rief er. »Zumindest haben wir einen von ihnen!«

»Ruft einen Krankenwagen!« schrie Kate zum Haus hinauf. Sie hielt den Jungen in ihren Armen. Er konnte nicht älter als sechzehn sein, und er schien zu verbluten. Die Kugel hatte ihn im Gesäß getroffen. Sein Gesicht war verzerrt, und er rief wimmernd nach seiner Mutter. Kate setzte sich auf den Boden und bettete seinen Kopf in ihren Schoß. Die nächsten Minuten kamen ihr wie Stunden vor, doch dann traf der Rettungswagen ein. Der Junge wurde auf eine Bahre gelegt, und der Wagen fuhr mit ihm davon. Das letzte, was sie von dem Jungen hörte, waren seine Schreie.

Schockiert und betäubt ging Kate zum Haus hinauf. Kann jemand so viel Blut verlieren und dennoch überleben? fragte sie sich, als sie ihre mit Blut getränkten Kleider in die Badewanne warf. Sie war so deprimiert, daß sie sich kaum noch aufrecht halten konnte und sich auf ihr Bett setzen mußte. Obwohl sie ihre Glieder fast nicht mehr bewegen konnte, bestand Ramona, die an ihre Tür geklopft hatte, darauf, daß sie nach unten kommen müsse, weil die Polizei mit ihr reden wolle.

Willis Gous schien das Kommando über die Einsatzgruppe zu haben. Es seien sechs Jugendliche zwischen vierzehn und siebzehn gewesen, die Handschuhe und Wollmützen getragen hätten, erzählten sie ihr. Sie waren mit einem gestohlenen Wagen zum Haus hinaufgefahren, hatten dort erst den Kofferraum leer geräumt und waren dann in das Haus eingebrochen, um fast das ganze Silber und den Schmuck, den Kate vergessen hatte im Safe einzuschließen, dazu Robs teure Kameras und die Videoausrüstung zusammenzuraffen und zu verladen. Das alles habe man jetzt in dem gestohlenen Wagen sichergestellt. Ramona hatte ihre Flucht dadurch vereitelt, daß sie heimlich die Polizei verständigt hatte, ohne die Alarmanlage auszulösen.

»Wird Rob mit einem Gerichtsverfahren rechnen müssen?« fragte sie.

»Es wird natürlich eine Untersuchung stattfinden. Aber nein – zu einer Anklage wird es nicht kommen. Sie müssen verstehen, daß das die einzige Möglichkeit war, einen von dieser Bande zu fangen. Alle anderen sind uns entwischt, aber wir haben den Wagen und die Beute sichergestellt. Ich fürchte, Sie werden Ihren Schmuck nicht so rasch zurückbekommen, Mrs. Palma.«
Kate zuckte mit den Achseln. Das war ihre letzte Sorge an diesem langen, tragischen Abend.
»Bisher hat diese Bande nur in Camps Bay operiert«, sagte Smit. »Das ist das erste Mal, daß sie hier in Erscheinung getreten ist, und ich denke, daß es auch das letzte Mal sein wird.« Sie konnte eine leise Befriedigung aus seiner Stimme heraushören.
Seltsam, wie ganz anders Rob sich in Gegenwart dieser Leute verhielt! Er lächelte, machte Witze, hieb Smit auf die Schulter und schien nur so zu sprühen vor guter Laune. Doch kaum hatte sich die Haustür hinter den Männern geschlossen, wurde seine Miene wieder finster und kalt.
»Wie konntest du nur diesen Jungen niederschießen?« fragte Kate ihn vorwurfsvoll. »Hast du gedacht, er sei eine Antilope?«
»Er hat sich seiner Festnahme widersetzt«, gab ihr Rob schroff zur Antwort, aber sie konnte ihm ansehen, daß er seine Tat bedauerte. Er war ganz grau im Gesicht.
»Das ist es«, sagte er dann mit schriller Stimme. »Ich habe nicht den geringsten Zweifel daran, daß Tabson diesen Burschen einen Tip gegeben hat. Morgen früh verschwindet mir der Junge aus dem Haus. Ich würde ihn eigenhändig vor die Tür setzen, wenn ich nicht fürchten müßte, daß er im Schutz der Dunkelheit wieder hierher zurückkäme.«
»Ist es seine Schuld, daß du Läuse hast?« fragte sie.
»Nein, deine!«
»Nun – es ist nicht seine Schuld. Jemand hat ihn damit infiziert – irgendwo. Dafür kannst du ihn nicht verantwortlich machen.«
»Egal. Ich sage es dir jetzt zum letztenmal: Schaff ihn mir aus dem Haus, oder ich werde ihn selbst hinauswerfen.«
»Er hat niemanden, zu dem er gehen könnte, bis seine Eltern hier eintreffen und ihn zu sich nehmen«, sagte sie leise.
»Das ist nicht unser Problem.«

»Du würdest ihn hinauswerfen, obwohl du weißt, daß er nirgendwo anders hingehen könnte?«
»Was glaubst du denn?« Er blickte sie jetzt mit einem seltsam schiefen Grinsen an. »Falls du geglaubt hast, einen Heiligen zu heiraten, Kate, dann tut es mir leid, wenn ich dich jetzt enttäuschen muß. Ich möchte ihn nie mehr sehen oder jemals wieder seinen Namen hören.«

Es gab gar keine andere Möglichkeit, entschied Kate. Egal, was Rob ihr angedroht hatte: Tabson mußte vorläufig im Haus bleiben. Heute morgen hatte Ari sie angerufen und ihr gesagt, daß er Kontakt zu Tabsons Eltern aufgenommen habe, die ihn aber nicht mehr zu sich nehmen wollten. »Er ist bereits elf«, sagte er. »Kaum zu glauben, nicht wahr? Offenbar schon immer unterernährt. Er braucht viel Pflege. Ich habe mit der Wohlfahrtsbehörde gesprochen, die versuchen will, Pflegeeltern für ihn zu finden. Was nicht leicht sein wird, weil er behindert ist. Kopf hoch, Kate. Wir bleiben in Verbindung.«
Da niemand anders Tabsons verlauste Haare waschen wollte, machte Kate das selbst und empfand seltsame, neue, mütterliche Gefühle, als sie den Jungen an sich drückte, um seine Haare zu trocknen. Die Haushälterin zog ihm dann seine hübschen neuen Sachen an und schickte ihn hinaus in den Garten zum Spielen.
Sie fand Rob in seinem Büro. »Die Jugendschutzbehörde bemüht sich, Pflegeeltern für Tabson zu finden. Er wird also noch ein paar Wochen hierbleiben müssen«, erklärte sie leichthin. »Im Augenblick hat er keinen anderen Platz, wo er unterkommen könnte.«
»Eltern müssen sich um ihre Kinder kümmern«, erwiderte er eigensinnig. »Gestern nacht hat er uns Einbrecher ins Haus geholt. Das nächstemal könnten es Mörder sein. Sie werden dir die Kehle im Schlaf durchschneiden. Wenn du auf deren Seite stehst, bist du kein Teil von mir oder meiner Familie.«
»Wieso nicht?« erwiderte sie verblüfft. »Ich hatte ja gar nicht gewußt, daß du solche rassistischen Ansichten vertrittst. All diese Jahre über hatte ich keine Ahnung, daß du ... Was soll das bedeuten? Grausamkeit gehörte eigentlich nicht zu deinen Charak-

tereigenschaften. Wie hast du also nur auf diesen Jungen schießen können?«
»Das weißt du doch. Er hat sich seiner Festnahme widersetzt. Um Himmels willen, Kate«, rief er, »sie stahlen unsere Sachen! Was sollte ich deiner Meinung nach tun? Den Squatters unser Haus öffnen, damit sie sich mit unseren Wertsachen bedienen können? Machmal zweifle ich an deinem Verstand, Kate. Du liebe Güte – selbst die eigenen Eltern wollen ihn nicht mehr haben. Gibt dir das nicht zu denken?«
Zum erstenmal in ihrem Leben bekam sie das Ausmaß von Robs Macht zu spüren. Sie drohte ihm damit, ihn zu verlassen, und versuchte, ihn mit Versprechungen zu locken, doch Rob war nicht dazu zu bewegen, den Jungen noch einen Tag länger im Haus zu dulden oder auch nur einen Cent für seinen Unterhalt zu bezahlen. Sie hatte dem nichts entgegenzusetzen – keine Macht, kein Geld, keine Aussichten für den Jungen.
Sie rief die malaiische stellvertretende Haushälterin zu sich.
»Ich werde Sie gut dafür bezahlen, wenn Sie sich so lange um den Jungen kümmern, bis wir eine feste Bleibe für ihn gefunden haben«, sagte sie, wobei sie sich im stillen fragte, wo sie das Geld dafür hernehmen sollte.
»Gütiger Himmel, Madam«, erwiderte die Frau mit ihrem singenden Tonfall. »Es würde mich mehr kosten als mein Leben, wenn ich diesen Jungen zu mir nähme. Wir haben eine sehr helle Hautfarbe, müssen Sie wissen. Mein Mann würde es niemals zulassen, daß wir den Jungen bei uns einquartieren.«
Kate war nun mit ihrem Latein am Ende. Sie stand am Fenster und dachte über diese eigenartige Gesellschaft nach, in der ein paar Hautpigmente Regeln festsetzten, die so streng waren wie das indische Kastensystem. Sie wußte nicht, was sie jetzt tun sollte, und beobachtete mit einem bangen Gefühl im Herzen, wie Tabson hinter dem Gärtner durch den Garten humpelte. Und sie meinte zu träumen, als sie jetzt Rob aus dem Haus kommen, etwas Geld aus der Tasche nehmen und es dem Jungen in die Hand drücken sah. Dann deutete er mit der Hand auf das Haupttor am Fuß des Hügels hinunter. Der Junge blickte ihn ratlos an. Doch der Gärtner hatte die Geste verstanden. Er gab dem Jungen einen

Schlag auf die Kehrseite und deutete zum Dorf hinunter. Tabson sah zum Haus herüber und hinkte dann davon.
Sie blieb wie angewurzelt am Fenster stehen. Sie war so aufgeregt, daß sie sich momentan nicht von der Stelle zu rühren vermochte. So weit war es also mit ihr gekommen! Dann rannte sie die Treppe hinunter und rief laut Tabsons Namen, doch der Junge schien vom Erdboden verschluckt zu sein. »Wo steckt er?« fragte sie den Gärtner, der zur Rückseite des Hauses deutete.
»Er hat seine Gans geholt«, murmelte der Mann und blickte zur Seite.
Sie traf mit Rob zusammen, als er ins Haus zurückging. »Du Bastard«, zischte sie. »Ich hasse dich! Du bist ein gefühlloser Tyrann. Du meinst, du könntest mich in jemanden verwandeln, der ich gar nicht sein möchte. Du willst mich so hart machen, wie du es bist. Du willst mich zu einer Kopie von dir selbst machen.«
»Reiß dich zusammen«, schnaubte Rob. »Wenn du jetzt nur sehen könntest, wie du ausschaust. Wie eine Wahnsinnige.«
»Ich war wahnsinnig. Doch jetzt bin ich zur Besinnung gekommen«, sagte sie. Die ganze Spannung fiel plötzlich von ihr ab. »Ich ganz allein bin meines Schicksals Schmied. Ich – nicht du – entscheide, ob ich ein gütiger oder grausamer Mensch sein möchte. Hast du mich verstanden?«
»Ich habe verstanden, daß du übergeschnappt bist.«
»Du treibst jemanden von dir weg, der dich wirklich liebt, Rob. Denk darüber nach. Ist es das, was du möchtest?«
»Wenn du jetzt mein Haus verläßt, kehrst du nie mehr hierher zurück.«
»Dann soll es so sein«, sagte sie. Als sie zur Rückseite des Hauses lief, hämmerte ihr das Herz gegen die Rippen, sang das Blut in ihren Ohren, war ihr Mund trocken und sie selbst atemlos vor Zorn. Tabson hatte die Gans unter dem Arm.
»Wir lassen sie hier, Tabson. Bring die Gans in ihr Gehege zurück.«
»Aber wer wird sich dann um sie kümmern, Missus?« fragte er, und Tränen blinkten in seinen Augen. »Kann sie denn nicht mit uns kommen?«
»Natürlich kann sie das«, erwiderte sie. »Aber zuerst müssen wir

ein Nest für sie herrichten.« Sie wunderte sich über Robs kuriose Logik, denn sie wußte, daß er niemals grausam zu einem Tier sein würde. »Er wird sich schon solange um sie kümmern. Da kannst du ganz unbesorgt sein.«

Sie setzte Tabson in ihren Wagen und ging dann ins Haus zurück, um ihre Toilettensachen, ihr Nachtzeug und ein paar Kleider einzupacken, und floh dann aus dem Haus.

Rob stand, steif wie eine Statue, an der Haustür, und seine Augen waren kalt vor Zorn. Es hat wohl wenig Sinn, ihm Lebewohl zu sagen, dachte sie. Die letzten paar Wochen waren ja ein einziger langer Abschied von ihm gewesen.

Kapitel 19

Als sie das verstaubte Innere des Leuchtturms betrat, traf ein Bündel gleißender Sonnenstrahlen sie mitten ins Gesicht. Wie eine brennende Fackel explodierte die Freiheit vor ihren Augen, und die Tränen, die ihr über die Wangen strömten, zerlegten die Strahlen in unzählige Prismen leuchtender Farben. »Frei ...! Ich bin frei!« Sie hob ihr Gesicht zu der glänzenden Glaskuppel hoch über ihr und erschauerte unter der Wucht dieser erstaunlichen Erkenntnis. »Mein ganzes Leben lang habe ich auf diesen Tag gewartet!« Sie begann zu lachen, und Tabson stimmte in ihr Lachen ein.

Sekunden später verflüchtigte sich dieses Glücksgefühl wieder, und Kate stand, mit wogender Brust und zwischen Angst und Triumph hin und her taumelnden Gefühlen, in der Mitte des Raumes. Als sie jetzt um sich blickte, sah sie schmutzige Wände, abblätternde Farben, faulendes Holz, geborstene Fenster und verrostende Treppen.

»O Gott, wie schrecklich!« Ein Gefühl des Verlustes ergriff nun von ihr Besitz. Es war so still hier – so schrecklich still wie ein abseits der Strömung sich stauendes totes Wasser. Die Welt bewegte sich weiter, aber sie hatte sich daraus verabschiedet. Sie konnte hier bis zum Ende ihrer Tage sitzen, und wen würde das kümmern? Es mochte ja ganz schön sein, sich an dem Gefühl seiner Unabhängigkeit zu berauschen, aber nun war die Zeit gekommen, wo sie dafür bezahlen mußte. Womit sollte sie denn jetzt ihren Lebensunterhalt bestreiten?

Von einer momentanen Panik ergriffen, wollte sie zu Rob zurücklaufen und ihn bitten, etwas gnädiger zu sein. Ein Frösteln überlief sie. Hatte Melissa etwa doch recht? Wäre es besser für sie, bei Rob zu bleiben? Aber nein! Sie wollte nicht zu jener Sorte Mensch werden, die die Tabsons dieser Welt ihrem Elend überließ.

»Wie tief, glaubst du, könntest du denn noch sinken, Kate?« nahm sie sich jetzt selbst ins Gebet. Was hätte es denn auch für einen Sinn, zu ihm zurückzukehren? All diese alten Torturen würden wieder von vorn beginnen. Rob hatte alle Macht und das Geld und meinte, für jede Rechnung, die er für sie bezahlte, von ihr ein Maximum an Gehorsam verlangen zu können. Was hatte Luxus für einen Sinn, wenn einem nicht einmal die eigene Seele gehörte? Andererseits konnte sie ohne ein Einkommen nicht überleben. Sie dachte an ein langsames Verhungern in Ruhe und Frieden, schlug sich diesen Gedanken jedoch rasch wieder aus dem Kopf.

Sie würde sich eine Arbeit suchen müssen.

Doch allein schon bei der Vorstellung, daß sie jeden Morgen mit den Hühnern aufstehen mußte, um während der schrecklichen Hauptverkehrszeit in irgendein düsteres Büro zu fahren, wo sie dann den ganzen Tag schikaniert und herumkommandiert wurde, bevor sie dann den Abend mit dem Saubermachen ihrer Wohnung, dem Kochen oder dem Waschen ihrer Wäsche verbringen durfte, wurde ihr schlecht. Wie konnte sie ihr Leben so vergeuden? Noch dazu für einen mageren Lohn? Andere Menschen taten das. Und da kam ihr ein noch schrecklicherer Gedanke: Würde sie überhaupt jemals einen Job bekommen? Sie verstand nichts von Geschäften. Sie konnte nicht einmal tippen.

Was taten die Leute also, wenn sie keine Arbeit hatten, kein Geld und nichts zu essen? »Dann schau dich bei den Squatters um, meine Liebe«, flüsterte sie sich mit strenger Stimme zu. Sie konnte hungern wie diese oder sich wie Eunice unter einem Pappkarton auf sumpfigem Boden zum Schlafen niederlegen. Plötzlich kam ihr der Leuchtturm gar nicht mehr so übel vor. Zumindest war es hier trocken, und sie hatte ein Dach über dem Kopf. Und was noch wichtiger war: Der Leuchtturm gehörte ihr.

Aber wo sollten sie hier schlafen? Wo konnten sie sich waschen? Es muß hier doch Einrichtungen geben, die man zur Befriedigung der notwendigsten Lebensbedürfnisse braucht, überlegte sie, da ihr Großvater hier gewohnt hatte.

Tabson hinkte die rostigen Stufen der Wendeltreppe hinauf, winkte zu ihr hinunter und lachte vor Vergnügen. Seine Schritte auf den eisernen Stufen hallten von den Wänden des bisher so stillen Gebäudes wider und schienen es mit einem lauten Dröhnen zu erfüllen. Nach einer Weile kam er über ihr außer Sicht,

und sie hörte ihn nur noch irgendwo dort oben stampfen. Nach ein paar Minuten kam er wieder herunter, durchquerte den Raum, stieß eine Tür auf und verschwand dahinter. Kurz darauf hörte sie ihn rufen. Sie fand ihn in einem leeren Zimmer mit einer alten Dusche und einem Wachbecken wieder. Er drehte dort die Hähne auf.
»Kein Wasser, Missus«, sagte er mit seiner seltsam heiseren Stimme. »Wie können wir das Wasser zum Laufen bringen, Missus? Es gibt auch Lampen hier, aber die brennen nicht.« Sie sah an seinen Augen, wie enttäuscht er jetzt war.
»O Gott!« Was, in aller Welt, sollte sie denn mit diesem großen leeren Leuchtturm anfangen? Er glich einem riesigen Fingerhut, und jedes Stockwerk war ein einziger großer Raum, der mit dem darunter- oder darüberliegenden Stockwerk durch eine sich in der Mitte des Turms befindende Wendeltreppe verbunden war. Im obersten Stockwerk würde sie ungestört sein, wenn sie es mit einer Art von Tür versehen konnte. Sie stieg hinauf und staunte über die Rundumsicht, die sie dort oben auf das Meer, die Strände, die Felsen, den Fischereihafen, die Berge, die die Bucht säumten, und das gewundene Tal hatte, das sich am Fuß dreier mächtiger Granitwände dahinschlängelte. Sie drehte sich so lange im Kreis, bis ihr schwindlig wurde. Wie soll ich denn all diese Fenster mit Vorhängen versehen? Oder war das vielleicht gar nicht nötig? Sie hatte hier ja so viel Platz – allein dieses Stockwerk war groß genug für ein Studio, ein Schlaf- und ein Ankleidezimmer. Sie begann sich bereits im Geist auszumalen, wie diese Zimmer sein könnten – wenn sie das dazu nötige Kleingeld, die Energie und genügend Zeit dafür besaß. Sie schloß halb die Augen, neigte den Kopf zur Seite und dachte über die Farben nach. Das war so ungefähr alles, was sie sich leisten konnte. Aber dieser Schmutz! Wie sollte sie den Turm jemals von diesem Staub und Schmutz befreien können?
Sie eilte wieder nach unten und ging nach draußen, einer Aufgabe den Rücken zukehrend, die sie offenbar niemals meistern konnte. Mit einem nervösen Gefühl setzte sie sich auf die alten Steinstufen vor der Tür. Zwei Klippschliefer huschten durch das Röhricht am Rand der Steine und verbargen sich dort zwischen

den wuchernden Schmucklilien. Ein Raubwürger ließ seinen heiseren Ruf aus einem Dornbusch beim Fluß erschallen, und dann entdeckte sie ein Paar Hagedasch-Ibisse, die im Gras nach Insekten suchten. Tabson kam aus dem Turm gelaufen, und die Vögel erhoben sich mit lautem Gezeter in die Lüfte.

Konnte sie hier wohnen? Möglicherweise ja. Dann mußte sie das hier in eine Stätte des Frohsinns und des Glücks verwandeln. Aber wie? Sie besaß so wenig Geld, daß es gerade für das Allernötigste reichte. Und selbst dieser Notgroschen würde bald aufgezehrt sein. Zumindest würde Tabson hier sicher sein. Sie drehte sich um und schaute ihn an, wobei sie seine Deformierung als etwas von ihm Getrenntes betrachtete. Er war kein Krüppel, sondern ein Junge mit einem verkrüppelten Bein. Seine ausgeprägte, forschende, stets wache Intelligenz spiegelte sich in seinen Augen wider. Und er hatte auch ein gutes Herz. »Tabson«, sagte sie, »du sollst mich nicht Missus, sondern Kate nennen.«

»Ja, Missus Kate«, rief er zurück. Er hatte den Sicherungskasten entdeckt, sah aber wieder enttäuscht aus, als die Lampen im Turm trotzdem nicht brennen wollten.

Ein paar hohe, majestätische Bäume wuchsen in ihrer Nähe – wilde Feigen, Akazien, Flieder und Erikas. Und das Gras war voll von hübschen blauen Schwertlilien, Maßliebchen und Orchideen. Sie sind alle so tapfer, dachte sie, alle kämpfen im Hartgras und Schilf ums Überleben. Jedes Gewächs war um sein Gedeihen und Fortkommen bemüht, wie sie das ebenfalls sein würde.

Als sie dort am Fuß des Turms saß, überkam sie das sonderbare Gefühl, eins zu sein mit diesen Bäumen und Blumen. Sie und diese Gewächse waren untrennbar miteinander verbunden – Teile einer lebendigen Liebeskraft, die sie alle durchströmte. Dann war dieser hellsichtige Moment vorüber, aber er ließ in ihr das Gefühl zurück, daß sie nicht allein war. Sie hatte ihre Seele mit einer nicht näher definierbaren Kraft verbunden, von der sie umgeben war. Was war sie? Wer war sie? Sie hatte das Empfinden, daß sie auf irgendeine Weise auf die Probe gestellt worden war. Und daß sie die Kraft zum Überleben besaß. Dann überkam sie eine Schwere, so daß sie sich im Gras neben einem Felsblock ausstreckte und einschlief.

Sie erwachte von dem Klang einer Knabenstimme, die rief: »Missus ... Missus Kate ...« Das Bewußtsein, in welch einer mißlichen Lage sie sich befand, kam nun zu ihr zurück, und fast hätte sie laut aufgeschrien, als die Realität sie wie ein Faustschlag traf. Tabson streckte die Hand aus und ließ ein paar Münzen in ihren Schoß fallen. Er hatte eine Stange Weißbrot unter den Arm geklemmt, die er nun mit einem feierlich ernsten Gesicht auseinanderbrach. Er gab ihr die größere Hälfte, setzte sich in die Sonne und verzehrte, sehr zufrieden mit sich aussehend, sein Brot.
»Wo hast du denn das Brot her ... und die Münzen ...?« Sie preßte die Lippen fest zusammen. Es hatte keinen Sinn, ihn danach zu fragen. Tabson hatte zweifellos unten im Dorf gebettelt. Das war ihre Schuld. Sie hätte ihm ein Essen zubereiten müssen. Aber wovon? Und wie? Sie hatte nichts, worauf sie kochen konnte – keinen Brennstoff, nicht einmal einen Tisch.
»Du darfst niemals betteln. Niemals! Versprich mir das, Tabson. Du wirst so etwas Verwerfliches nie mehr tun.«
Er sah zu ihr hoch, erschrocken von ihrem Ton, und dann füllten sich seine Augen mit Tränen. Sie beugte sich zu ihm, nahm seine Hand und drückte sie zwischen ihren Händen. »Tabson, solange du keine Familie hast, die für dich sorgt, kannst du auf mich bauen«, sagte sie. Sie fühlte sich jetzt schon besser. Etwas war nun endgültig entschieden worden. »Und ich werde dich ernähren«, setzte sie hinzu. Sie kramte in ihrer Handtasche und entnahm ihr ein Notizbuch und einen Bleistift und schrieb ...
Probleme ... 1. kurzfristige ... 2. langfristige ...
Die kurzfristigen waren einfach genug: Sie brauchte Lebensmittel, Elektrizität, laufendes Wasser, Möbel, Farbe, Vorhänge und das dafür nötige Bargeld. *Lösung:* ihren Schmuck und ihr Pferd verkaufen. Erstens konnte sie sich das Futter für Ponty gar nicht leisten, und zweitens besaß sie ja auch keinen Stall. Mit diesen beiden Argumenten erstickte sie ihr Bedauern bereits im Keim. Bei *langfristige Probleme* trug sie ein: einen Job. Dann strich sie das Wort »Job« wieder durch und ersetzte es durch »Einkommen«. Und da war auch noch Tabson. Sie unterstrich seinen Namen und schrieb darunter: ein Arzt, Vitamine, Schule und ein Spezialist für sein Bein.

Nachdem sie ihre Probleme zu Papier gebracht hatte, fühlte sie sich schon besser. Das Vordringlichste zuerst. Sie rief Tabson zu ihrem Wagen und fuhr mit ihm ins Dorf hinunter, um herauszufinden, was sie tun mußte, damit der Leuchtturm wieder an die Wasser- und Stromversorgung angeschlossen wurde, und um ein paar notwendige Dinge einzukaufen.

Als sie zum Leuchtturm zurückkehrten, fanden sie dort Frikkie vor, der auf der Vortreppe saß und eine Zigarette rauchte. Dem stechenden Geruch nach zu schließen, mußte es sich um einen *dagga* handeln. Dann sah sie seine verträumten Augen und sein schiefes Grinsen und wußte, daß ihre Vermutung zutraf. Er war high.

»Was machst du denn hier, Frikkie?«

Er erhob sich von seinem Platz und stand schwankend vor ihr. Sie hatte ihn zwar oft im Garten arbeiten sehen, ihn sich jedoch nie so genau angeschaut. Sie erkannte nun zum erstenmal, warum sie ihn *Bobbejan* – Pavian – nannten. Seine tief in ihren Höhlen liegenden und eng beieinanderstehenden Augen waren so dunkel, daß sie fast schwarz wirkten. Man vermochte sie hinter seinen ihm wirr in die Stirn hängenden Haaren kaum zu erkennen, obgleich sie ihnen jetzt ansah, wie nervös er sein mußte, da er ununterbrochen zwinkerte. Er hatte etwas Ratloses an sich. Vermutlich ist er zu verwirrt, um sich im Leben zurechtfinden zu können, überlegte Kate.

»Ich brauche Arbeit. Und etwas zu essen. Helfen Sie mir, Miss Kate. Ramona hat mich rausgeworfen.« Seine Stimme war so leise, daß sie sich vorbeugen mußte, um seine Worte verstehen zu können. »Sie ist wütend. Sie gibt mir die Schuld. Sie will mir nichts zu essen geben.«

Es gingen Gerüchte, daß Frikkie Ramonas Sohn sei, aber Ramona hatte das stets bestritten. Wie mager er doch war! Sie waren beide das Opfer von Ramonas Zorn.

»Lassen Sie mich für Sie arbeiten.« Seine Stimme hörte sich wie ein leises Fauchen oder Schnurren an.

»Was könntest du denn tun?«

»Ich könnte hier saubermachen, vielleicht auch die Wände strei-

chen und die Fenster flicken.« Er sah sich jetzt um. »Fische für Sie fangen, einen Garten anlegen ...«
»Ich habe nicht viel Geld ...«, begann sie zögerlich.
»Nur was zu essen, Missus Kate. Das ist alles, was sie dem alten Frikkie hier immer gegeben haben.«
»Oh! Das ist ungerecht und unfair. Ich werde dich natürlich bezahlen und dir auch etwas zu essen geben. Und du kannst mir gleich dabei helfen, die Sachen aus meinem Wagen zu laden.«
Sie nahm zuerst den Karton mit den Lebensmitteln aus dem Kofferraum und trug ihn in den Leuchtturm. Als sie dort die Tür eines alten eingebauten Wandschranks öffnete, sprang eine Feldmaus heraus. Frikkie fing das Tier mit seinen großen Händen und trug es behutsam hinaus ins Freie. Sie sah und hörte verwundert zu, wie er die kleine Kreatur mit sanfter Stimme beruhigte, sie dann im hohen Gras absetzte und freiließ.
Plötzlich war sie jetzt fieberhaft damit beschäftigt, Pläne zu machen. Sie brauchte einen Tisch und ein Messer. Aber nein, mehr als das: Messer, Gabeln, Teller und einen Tisch. O du liebe Güte! Die Liste der benötigten Sachen wurde immer länger. Da beschloß sie, ihren Stolz hinunterzuwürgen und bei den nach dem Konkurs ihres Vaters bestellten Liquidatoren alles zu schnorren, was sie ihr zu überlassen bereit waren. Vielleicht konnte sie ihnen sogar ein paar Polstermöbel und Vorhänge abluchsen. Wer wußte schon, was ihr dem Gesetz nach von dem ehemaligen Hausstand ihrer Mutter alles zustand, bevor der versteigert wurde?
»Du kannst schon heute bei mir zu arbeiten anfangen«, sagte sie zu Frikkie. »Sobald ich dir etwas zu essen gegeben habe.«
Frikkie sah sie ein wenig ratlos an, bevor sich dann in seinen Augen etwas Neues zeigte – eine unpersönliche Neugierde. »Ich beabsichtige nämlich, hier zu wohnen«, erklärte sie ihm. »Zusammen mit Tabson. Und falls wir ein passendes Quartier für dich im Außengebäude finden, kannst du auch hierbleiben.«

Es folgten nun ein paar betriebsame Wochen. Die Wände wurden gesäubert und neu gestrichen, die Böden geschrubbt, das Dach wurde von Spinnweben befreit, der Küchenboden neu betoniert, der Schuppen für Frikkie bewohnbar gemacht, ein Carport unter den Bäumen errichtet, die Deckenbalken wurden gebeizt und gefirnißt, die Dielen abgeschliffen und neu versiegelt. So verwandelte sich vor ihren Augen der Leuchtturm allmählich in ein Heim.

Mit Frikkies Hilfe hatte Kate ein Feld eingezäunt, um dort Gemüse anzubauen. Und nachdem sie fast einen Monat lang von morgens bis abends geschuftet hatten, war der Leuchtturm innen sauber und frisch gestrichen, und alle nötigen Reparaturarbeiten waren erledigt. Der Liquidator hatte ihr aus dem zur Konkursmasse gehörenden ehemaligen Hausstand ihrer Mutter die »lebensnotwendigen Dinge« herausgegeben und sich dabei von einer sehr großzügigen Vorstellung, was man unter »lebensnotwendig« zu verstehen habe, leiten lassen. Seinem Begriff nach hatten auch Tischdecken, Kissen und Gemälde zu den lebensnotwendigen Dingen oder unveräußerlichen Erinnerungsstücken gehört, und er hatte ihr eine Menge Geschirr und Besteck zu einem minimalen Preis überlassen. Selbst die alte Nähmaschine ihrer Mutter hatte sie bekommen, und so konnten die Vorhänge, die sie mitgenommen hatte, so geändert werden, daß sie hier an die Fenster paßten.

Sie verfügten jetzt über Betten und zwei Sofas, einen Tisch und Stühle, Kissen und gesteppte Tagesdecken, Vasen, Brücken und Bücher. Nach einigem Hin und Her war der Leuchtturm auch wieder an die Wasserversorgung von Silver Bay angeschlossen worden, aber sie bereiteten ihre Mahlzeiten noch immer auf einem Spirituskocher zu und benutzten Kerzen als Beleuchtung. Trotzdem war es ein behaglich aussehendes Heim geworden, ein zwischen Felsblöcken und Röhricht eingebettetes kleines eigenes Nest. Sie hatte ganze Armladungen von Strelitzien in den Leuchtturm getragen, um damit Licht und Farbe in die unteren Räume zu bringen.

Frikkie war mit dem Streichen der Wände fertig und hatte nun damit begonnen, die Wendeltreppe dunkelgrün zu lackieren. Tontöpfe mit üppig blühenden Pflanzen waren über alle Stockwerke verteilt, und die größten von diesen Gewächsen waren im Erdgeschoß um die Wendeltreppe herumgruppiert worden. Ein aus geglätteten und polierten Eisenbahnschwellen gefertigter, sich nun in zarten Beigetönen präsentierender Tisch füllte die eine Seite des Raumes aus und die dazugehörigen Bänke die andere. Je öfter sie ihr neues Heim betrachtete, um so besser gefiel es ihr. Jeder Winkel wurde von ihr unter die Lupe genommen: es mußte alles richtig aussehen, miteinander harmonieren und ästhetisch ausgewogen sein.

Frikkie beschwerte sich nie darüber, wenn er Möbelstücke und Pflanzen hierhin und dorthin schleppen, Fenster und Wände neu streichen und mit Farben experimentieren mußte, bis sie ihre vollste Zufriedenheit fanden.

Eines Morgens kam ein komischer schlappohriger Welpe mit riesigen Pfoten und hervorstehenden Rippen – ein Skelett auf vier Stelzen – hinter Frikkie ins Haus gewackelt. Sie tauften ihn Dopey, und er blieb bei ihnen.

Jeden Tag um die Mittagszeit herum pflegten sie draußen ein Feuer anzuzünden, und dann saßen sie und Dopey auf einem Felsblock und sahen zu, wie Frikkie seine Angelleine im grünen Niedrigwasser auswarf, während er selbst so leblos wie eine Statue auf einem Fels verharrte. Sie staunte immer wieder, wie rasch er reagierte, wenn ein fetter Fisch anbiß und Sekunden später auf dem Trockenen hüpfte und nach Luft schnappte, bis Frikkie sein Messer nahm, ihm den Kopf abschlug, ihn ausweidete und dann über dem Feuer briet, während Tabson ihm dabei lernbegierig zusah.

An manchen Tagen hatten sie eine Pfanne voll Meeräschen und Sardinen zum Lunch, die sie zusammen mit einem mit Tomaten- und Zwiebelsoße gewürzten Maismehlbrei verzehrten. Kate hielt dann draußen in der Sonne einen kleinen Mittagsschlaf und wankte nach dem Erwachen zum eiskalten Wasser, um darin zu schwimmen. Anschließend nahm sie wieder den Pinsel zur Hand, um eine weitere Wand in Angriff zu nehmen, und der schlappohrige Welpe pflegte sich dann neben sie zu setzen und seine Rolle als Wachhund, zu dem er sich selbst ernannt hatte, sehr ernst zu nehmen.

Wenn sie schon nicht glücklich war, so hatte sie zumindest ihren Frieden gefunden. Sie hatte niemanden zu fürchten, niemanden zu beeindrucken. Die Tage vergingen ihr bei der Arbeit wie im

Flug. Manchmal wußte sie nicht einmal, was für ein Tag war. Erst in der Abenddämmerung fand sie die Zeit für eine Wanderung um die Lagune, um zu sehen, wie weit Frikkie dort inzwischen mit seinen Aufräumarbeiten gekommen war. Würde das Buschland sich jemals wieder von diesem Feuer erholen können? Würden die Vögel jemals wieder in das ehemalige Feuchtgebiet zurückkehren?
Dann sah sie eines Tages ein paar Turteltauben in einer verkohlten Baumkrone sitzen und einen malachitfarbenen Eisvogel auf einem rußgeschwärzten Ast im Flachwasser nach Elritzen und Kaulquappen Ausschau halten. Da hatte sie das Gefühl, daß trotz allem noch Hoffnung bestand.

Der erste Besucher in ihrem neuen Heim war Melissa Grant, die eines Nachmittags mit einem Blumenstrauß bei ihr auftauchte. Es war das erste Mal, daß jemand aus ihrem bisherigen Freundeskreis den Weg hierhergefunden hatte, und Kate liebte sie dafür.
»Ich habe auch eine Vase dazu gekauft«, erklärte Melissa mit ihrer tiefen, kultivierten Stimme und überreichte ihr eine längliche Schachtel. »Ich dachte, daß du vielleicht eine Vase gut brauchen könntest. Aber wie ich sehe, bist du hier ja überraschend gut zurechtgekommen. Besser, als ich mir das vorgestellt habe. Doch du bist ja schon immer ein Genie gewesen, was Einrichtungen betrifft. Wenn ich daran denke, was du aus Angelos düsterem Felsenschloß gemacht hast ...«
Dann verbrachte sie eine lange Zeit damit, sich in den unteren Räumen umzusehen, und Kate wunderte sich, warum sie jetzt nichts mehr dazu sagte. War sie etwa zu verschwenderisch mit den Farben umgegangen? War Melissa das Ganze zu bunt? Aber nein – die Farben waren absolut richtig für dieses Gebäude.
»Warum hast du soviel Arbeit und Mühe für etwas verschwendet, was du jetzt bald wieder aufgeben wirst?« meinte Melissa schließlich. »Nun gut – du hast deinen Spaß gehabt und bewiesen, daß du eine Weile ganz gut auch ohne Rob über die Runden kommst. Das hat ihm gutgetan. Er hat mindestens fünf Kilo abgenommen. Geschieht ihm recht. Er kam gestern zu uns auf die

Yacht. Er erwartet, daß du jetzt jeden Tag wieder zu ihm zurückkommen könntest.
Oh, damit ich das nicht vergesse: Die Palmas haben beschlossen, deinem kleinen schwarzen Schoßhund ein Stipendium zu geben. Alles, was ihn möglichst weit von hier wegbringt. Ich verstehe nicht, warum du deine Zeit mit ihm verschwendest«, flüsterte sie, wobei sie Tabson mit listigen Augen musterte. »Alle Pflege dieser Welt würde nicht viel ändern. Er würde von seiner Familie niemals akzeptiert werden, weil er ein Krüppel ist.«
Sie setzte sich jetzt und kreuzte ihre schönen Beine. »Ramona hat eine schwarze Familie gefunden, die bereit ist, ihn als Pflegekind bei sich aufzunehmen. Leute, die so etwas beruflich machen. Rob hat mich gebeten, bei dir vorbeizuschauen und dir zu sagen, daß du so rasch wie möglich wieder in das gemeinsame Ehebett zurückkehren sollst.«
Kate war enttäuscht. Deswegen war Melissa also hierhergekommen. »Ich gehe nicht mehr zu ihm zurück, Melissa«, sagte sie. »Ich werde mir jetzt bald einen Job besorgen. Ich habe ein paar Sachen von mir verkauft und kann von dem Geld, das ich dafür bekommen habe, ein paar Monate leben. Ich möchte herausfinden, wer ich bin. Ich werde das nie erfahren, wenn ich Rob entscheiden lasse, wie ich mein Leben einzurichten habe.«
»Ich dachte, du liebst ihn.«
»Ja, das tue ich ...«
»Da hast du ein Problem, Darling. Es wäre so viel einfacher, wenn du ihn nicht lieben würdest. Dann weißt du, wo du stehst. Ich verabscheue meinen Mann«, fuhr sie fort. Ihrer Stimme nach zu schließen, hätte sie jetzt ebensogut über das Wetter reden können, dachte Kate bei sich. »Er ist anmaßend, widerlich, untreu, gemein, habsüchtig und alt. Aber es gibt einen sehr guten Grund dafür, daß ich bei ihm bleiben sollte.«
»Und der ist?«
»Bewahrung meines sozialen Prestiges. Nicht die Erfahrung machen müssen, wer von meinen Freunden mich fallenläßt. Mich nicht einschränken und nicht ohne Mann sein müssen.«
»Solche Dinge mögen für dich wichtig sein, Melissa. Aber für mich sind sie das nicht.«

»Du bist verrückt, Kate. Rob ist fünfzig Millionen schwer, wenn nicht gar mehr.«
Melissas linker Mundwinkel war nach unten gezogen – eine Angewohnheit, die offenbar in den letzten Wochen zu einer Dauererscheinung entartet war, wie Kate feststellte. »Weißt du noch, was du auf Daves Geburtstagsparty zu mir gesagt hast?« fragte Kate sie jetzt. »Daß du unglücklich wärst. Das gab mir zu denken. Ich möchte so ein Leben nicht haben.«
»Das bleibt abzuwarten«, erwiderte Melissa, und ihre Augen füllten sich mit Tränen. »Ich habe eben erst erfahren, daß Dave Krebs hat. Die Ärzte geben ihm höchstens noch ein Jahr. Er möchte diese Kleine heiraten, aber ich lasse das nicht zu. Er hat gar nicht mehr die Zeit dafür, sich von mir scheiden zu lassen, selbst wenn er bei Gericht damit durchkäme.«
Kate sah ihr nun in das verwüstete Gesicht, sah die Bitterkeit darin und die Enttäuschung über die vielen vergeudeten Jahre. Sie spürte, wie ein Gefühl der Traurigkeit sie überkam. Das machte sie wütend, denn sie hatte so hart darum gekämpft, ihren Lebensmut und ihren Optimismus nicht zu verlieren.
»Also wartest du jetzt nur noch darauf, daß er stirbt«, meinte sie vorwurfsvoll.
»Was denkst du denn!«
»Ich denke, daß du viel trauriger bist, als du zugeben möchtest.«
»Ach was«, sagte Melissa mit bebender Stimme. »Rob hat mir aufgetragen, dir eine Botschaft zu überbringen. Sie lautet: *Wenn du nicht zurückkommen willst, dann hol diese verdammte Gans bei mir ab.*«

Später an diesem Nachmittag machte sich Kate dann auf den Weg, um die Gans zu holen. Sobald das Haus auf dem Hügel in Sicht kam, begannen in ihrem Bauch Schmetterlinge zu flattern, ihr Herz fing an rascher zu schlagen, und plötzlich schien sie nicht mehr gnügend Luft zu bekommen.
Sie war gerade dabei, die Gans einzupacken, als Rob aus dem Haus lief. Er hatte vermutlich am Fenster gestanden und nach ihr Ausschau gehalten. Ich hätte damit rechnen müssen, dachte sie. Er packte sie beim Arm und begann sie zum hinteren Ende des

Stalls zu ziehen. Sie holte tief Luft, als Ponty wieherte und den Kopf aus seiner Box herausstreckte, damit sie ihn streichelte.
»O Rob! Seit wann hast du angefangen zu reiten?«
»Es ist dein Pferd, Kate. Ich habe das verdammte Ding nicht für mich gekauft. Nimm es! Ich möchte es nicht haben.«
»Woher wußtest du, daß Ponty verkauft werden sollte?«
»Mary, die Stallbesitzerin, rief mich an. Sie sagte: ›Ich habe hier das Pferd Ihrer Frau. Ich vermute, daß Sie es gern kaufen möchten. Eines Tages wird sie wohl wieder auf ihm reiten wollen.‹ Dann hat diese Hexe den Preis verdoppelt. Warum hast du Ponty verkauft?«
»Ich brauchte Geld. Ich kann es mir nicht leisten, ihn zu füttern, und ich habe auch keinen Stall für ihn.«
»Wenn du Geld brauchst, mußt du mir das doch nur sagen.«
»Ich brauche Geld für Tabsons Bein.«
Es folgte ein längeres Schweigen. »Also gut. Ich werde dafür bezahlen.«
»Das hast du bereits – indem du Ponty gekauft hast. Vielen Dank, Rob. Sei gut zu ihm.«
»Kate, bitte! Tu uns das nicht an. Komm zurück.«
»Nein, das kann ich nicht, Rob.«
»Du mußt zurückkommen.« Er zog sie in seiner Aufregung ziemlich grob an sich.
»Laß mich los, Rob. Du kannst nicht immer deinen Willen haben. Ich muß allein sein, mir alles gründlich überlegen und lernen, für mich selbst zu sorgen. Ich verlange die Scheidung, Rob.«
»Es ist kein Zeichen von Unabhängigkeit, wenn man von Alimenten lebt.«
»Deswegen will ich auch keine haben.«
»Idiotisch!« Er versuchte zu lachen, aber das mißlang ihm kläglich. »Okay. Es war ein bißchen brutal von mir, Tabson vor die Tür zu setzen. Ich habe mir das alles noch einmal durch den Kopf gehen lassen und entschieden, dir zu verzeihen.«
»Was zu verzeihen?«
»Deine Willkür und deine Starrköpfigkeit. Laß uns jetzt dieses törichte Spiel beenden. Du hast gewonnen. Okay? Bist du jetzt

zufrieden? Eine totale Kapitulation meinerseits. Ich liebe dich, Kate.«

»O Rob. Mach es nicht noch schlimmer für uns beide. Ich komme nicht zurück. Zumindest nicht in absehbarer Zukunft. Du würdest mich nur wieder beherrschen wollen, und eines Tages würde ich dann feststellen, daß ich zu deinem Schatten geworden bin.« Sie seufzte.

»Also läufst du davon. Ich muß schon sagen – du hast eine Menge von deinem Vater geerbt.«

»Du kannst mir nicht mehr weh tun, Rob«, sagte sie, obwohl sie wußte, daß sie jetzt log, weil sie sich zutiefst verletzt fühlte.

»Ich werde dir ein eigenes Einkommen geben. Du brauchst mich nie mehr zu bitten, wenn du etwas brauchst. Aber nur, wenn du wieder zu mir zurückkommst. Ich bin nicht bereit, auch noch den Unterhalt für deinen Liebhaber zu bezahlen.«

»Ich habe keinen Liebhaber, und ich möchte auch kein Geld von dir annehmen.«

Sie wunderte sich, warum Rob jetzt so bleich wurde. »Lüg mich nicht an«, schnaubte er, und plötzlich hatte sie Angst vor ihm. Er schien die Kontrolle über sich zu verlieren. »Ich weiß, daß du die Nacht, in der das Squatter-Lager niederbrannte, im Bett dieses Polizisten verbracht hast.«

»Aber das ist nicht wahr«, brauste sie auf. »Wer hat so etwas behauptet?«

»Ich habe meine Quellen.«

»Er ist nicht mein Liebhaber«, sagte sie jetzt ruhig. »Er hätte es werden können. Ich war bereit dazu. Ich hätte damals meine Liebe beinahe jedem geschenkt, wenn ich dabei das Gefühl gehabt hätte, daß es ein freiwilliger Akt von mir wäre. Ich hatte es satt, sie für Modellkleider und Urlaubsreisen nach Europa und alle die anderen Luxusartikel zu verkaufen, die du mir vorgehalten hast. Ich wollte damit aufhören, eine Hure zu sein. Kannst du das verstehen?«

»Zum Henker mit dir, Kate!«

Der Stoß, der fast ein Schlag war, traf sie unvorbereitet. Sie taumelte, fiel rückwärts ins Stroh, und Rob warf sich über sie. Während sie sich mit all ihrer Kraft bemühte, ihn von sich wegzuschieben, begann Ponty in seiner Box zu steigen und auszukeilen, aber Rob kümmerte das nicht.

»Du bist meine Frau. Hörst du? Für immer. Ich werde niemals in eine Scheidung einwilligen.« Er drückte seinen Mund auf ihren und zwang mit seiner Zunge ihre Lippen auseinander.

Sie versuchte ihn von sich wegzudrücken. Jeden Moment kann Ponty uns jetzt zertrampeln, dachte sie bei sich.

»Laß mich los! Du kannst mich nicht zwingen.«

»Du Luder!«

Während er ihr mit einer Hand an den Hals griff und so fest zudrückte, daß sie fast erstickte, riß er ihr mit der anderen Hand den Slip herunter. Sie hörte, wie der Stoff zerriß, und spürte das Stroh auf ihrer nackten Haut. Als er den Griff um ihren Hals lockerte, schrie sie ihn an, doch er schien nun für kein Argument mehr erreichbar zu sein. »Du mußt mich lieben«, murmelte er. »Weißt du denn nicht, wie sehr ich dich vermißt habe? Du hast nie wirklich etwas für mich empfunden, sondern nur immer so getan, als würdest du mich lieben. Wie gut fickt er dich denn? Ist er so phantastisch, daß du seinetwegen Millionen wegwirfst? Was hat er denn, was ich nicht hätte?« Seine Hände packten nun ihre Handgelenke und hielten sie über ihrem Kopf fest. Er drückte sie mit seinem ganzen Gewicht ins Stroh, so daß sie kaum noch atmen konnte. Mit seinem Knie zwang er ihre Schenkel auseinander.

Kate wehrte sich noch immer mit allen ihr verfügbaren Kräften gegen ihn. Er hat den Verstand verloren, dachte sie. Er könnte mich sogar umbringen. Sie biß ihn heftig in die Wange und spürte sein Blut.

Rob stieß hart und tief in sie hinein, grunzte wie ein Schwein und murmelte: »Du gehörst mir – hast schon immer mir gehört. Verlaß mich nicht. Ich bringe ihn um.«

Sie konnte nicht glauben, wie wirkungslos ihr Widerstand war. Sie erstickte fast in Staub, als er immer wieder in sie hineinstieß. Sie geriet in Panik.

Da kam er endlich, sich windend und stöhnend, zum Höhepunkt, rollte sich von ihr herunter und begann zu weinen. Es waren die pathetischsten Töne, die sie jemals in ihrem Leben vernommen hatte.

»Du hast mich schrecklich verletzt«, sagte sie, während sie versuchte, sich vom Boden zu erheben. In ihren Ohren rauschte es, und schwarze Flecken tanzten vor ihren Augen. Sie hatte große Schmerzen. Schlimmer noch war jedoch dieses Empfinden, sich vor sich selbst zu ekeln. Sie fühlte sich besudelt, ihre Haut schien vor Schauder zu kribbeln, ihre Glieder waren schwer.
»Tut mir leid«, krächzte er. »Ich dachte, wenn ich mit dir schlafe, würdest du dich daran erinnern, daß du mich liebst.«
»Du wagst es, das, was du soeben gemacht hast, als Liebe zu bezeichnen? Das war Krieg«, murmelte sie.
»Hast du auch nur einen Moment daran gedacht, was ich durchmache?« fragte Rob leise.
»Kauf dir ein lebendes Bettgestell, das mir ähnlich sieht, Rob. Die wird sich nicht beschweren, und du wirst glücklicher mit ihr sein. Du möchtest gar keine Frau, die auch eine Persönlichkeit ist. Die Wahrheit ist, daß ich dich noch immer liebe; aber du hast die ganze Macht und benutzt sie auf eine grausame und brutale Weise. Deswegen mußte ich dich verlassen.«
Als sie jetzt sah, daß sie halbnackt war, versuchte sie ihren Slip wieder hochzuziehen, aber der war so zerfetzt, daß sie ihn ganz auszog. Auch ihre Jeans war zerrissen, doch das würde niemand sehen, wenn sie im Wagen saß. Sie beruhigte das Pferd und drehte sich dann zu Rob um, der in einer Ecke des Stalls kauerte, das Gesicht in die Hände gelegt.
»Werde erwachsen, Rob. Lerne, mit deinen Niederlagen umzugehen, wenn die schreckliche Macht deines Reichtums und deine körperliche Stärke versagen. Möglich, daß dann vielleicht immer noch ein echter Mann aus dir wird.«
Sie nahm die Gans, steckte sie in die mitgebrachte Lattenkiste und humpelte mit ihr zu ihrem Wagen. Dann fuhr sie nach Hause.

Rob lauschte den Geräuschen ihres Wagens, bis sie in der Ferne verhallten. Warum konnte sie einfach nicht begreifen, wie sehr er sie liebte? Er wußte nicht, wie er mit seiner Qual fertig werden sollte. So etwas Kostbares hatte er bisher noch nie verloren. Er hatte das Gefühl, daß ihm das schlimmste Leid zugefügt worden

war, das einem Menschen widerfahren konnte. Er hatte alles verloren, was ihm im Leben etwas bedeutet hatte. Er hatte versucht, sie an sich zu binden, und sie war ihm entschlüpft. Er sollte dem allen ein Ende machen und sich das Gehirn aus dem Schädel blasen. Aber würde sie das berühren? Sie würde ihren Polizisten heiraten, und die beiden würden bis zum Ende ihrer Tage glücklich werden mit seinem Geld. Was sollte er also tun? Er hockte noch immer in einer Ecke des Stalls, den Kopf in die Hände gelegt, und dachte nach.
Jede hart erworbene Lektion in seinem Leben hatte ihn gelehrt, um das zu kämpfen, was er haben wollte. Das war immer die Maxime seines Handelns gewesen. Er hatte schon als Kind die Macht des Geldes erfahren. Vielleicht konnte er noch immer mit Geld seine Frau zurückkaufen und seinen Rivalen aus dem Weg räumen. Was, wenn er sich einen Killer für St. John besorgte? Solche Dinge konnten arrangiert werden. Aber ein Mord? Gott wußte, daß er schon genug Haß in sich trug. Er war von dem Gedanken besessen, daß er Kate wiedergewinnen mußte, weil sie ihm gehörte und er sie liebte. Seit sie ihn verlassen hatte, hatte er ständig ihr Bild vor sich gehabt - ihr Gesicht, ihre schönen Augen, ihren Mund - und sich immer wieder an das unglaublich sinnliche Gefühl ihrer weichen Hände auf seinem Körper erinnert. Mit Kate zu schlafen war wie ein Gottesgeschenk gewesen. Doch dieses schreckliche Geschehen eben war eine höhnische Verspottung seiner Liebe zu ihr gewesen.
»O Gott!« Er erstickte sein Stöhnen mit seinen Händen und mußte nun seine ganze Willenskraft aufbieten, um seine Tränen niederzukämpfen.

Kapitel 20

Meggies Teestube wurde Punkt acht Uhr geöffnet, und Ari stand bereits vor der Tür, als Meggie aufschloß. Sie war mit einem geblümten grünen Overall bekleidet und hatte ihre Haare mit einem gelben Turban aufgebunden, auf dem man die Abdrücke der darunter verborgenen Lockenwickler erkennen konnte. Ohne Make-up wirkte sie jünger, stellte Ari fest, und wenn man ihre grauen Haare nicht sah, konnte man sie sogar auf fünfunddreißig schätzen. Seltsam, daß sie neulich eher wie fünfzig ausgesehen hatte. Sie versah seinen Kaffee mit einer üppigen Portion frischer Sahne, machte für ihn ein Eiersandwich zurecht und bestand darauf, daß letzteres auf Rechnung des Hauses gehen sollte. Nachdem sie die Weißbrotscheiben geröstet und mit einem frisch gekochten Ei belegt hatte, nahm sie ihren Kaffee und setzte sich zu ihm an den Tisch. Sie roch nach Eau de Cologne, und Ari hatte das Gefühl, sich in ihrer Gegenwart entspannen zu können.

Er blickte sich nun beifällig um. Sie hatte den Eckladen in eine behagliche, anheimelnde Stätte verwandelt, aber unmittelbar dahinter konnte er nun ein paar Dutzend Squatters mit hoffnungslosen Gesichtern in einer Ecke des Parkplatzes beisammenhocken sehen. Dann fiel sein Blick auf Meggies Küchenmädchen, das zusammen mit der Köchin einen großen Topf Suppe hinaustrug. Eine von Meggies Kellnerinnen folgte den beiden mit einem Tablett voll aufgeschnittenem Weißbrot.

»Arme Teufel«, sagte sie. »Ich kann Ihnen gar nicht sagen, wie sehr sie mir in der Seele leid tun. Es ist nicht ihre Schuld. Man hätte sie niemals hierherbringen dürfen. Man hatte ihnen den Himmel auf Erden versprochen – Häuser, Jobs, alles! Sie haben jeder bis zu dreißig Rand für die Busfahrt bezahlt, und dann hat man sie einfach auf dem Bürgersteig abgeladen – ohne Hoffnung, hier einen Job oder gar ein Heim zu finden.«

»Hm. Vermutlich gäbe es hier genügend Jobs für sie, wenn die Einheimischen ihre Angst und ihre Antipathie überwinden könnten.«

»Sollten Sie erfahren, daß man irgendwo eine Arbeitskraft sucht, lassen Sie mich das wissen. Die dort draußen kommen jedesmal hierher, um sich nach Jobs zu erkundigen, und bei mir laufen jetzt alle Angebote zusammen. Die Kirche hat ein Depot für Flick- und Bügelarbeiten eingerichtet, so daß sich damit ein paar von den Frauen eine Kleinigkeit verdienen können.«

Ein Kombi hielt vor der Teestube, und ein Junge, den Ari auf zwölf schätzte, rannte die Vortreppe herauf und blieb in der Eingangstür stehen. »Mum brauchte jemanden für das Rasenmähen«, sagte er.

»Moment«, erwiderte Meggie und erhob sich von ihrem Stuhl. Sie ging nach draußen und rief etwas. »Es sind fast tausend von ihnen«, sagte sie, als sie wieder an Aris Tisch zurückgekommen war. »Die Fischkonservenfabriken haben etliche von ihnen als Putzer eingestellt und die Farbigen dafür höhergestuft und ihnen bessere Jobs gegeben. Ungefähr hundert Frauen machen als Zugehfrauen Wohnungen sauber, aber das alles reicht noch lange nicht aus.«

Sie ist eine gute Frau, entschied Ari. Er fing nun an, sie behutsam auszufragen.

»Schrecklich, wie sie alle ihre Habe verloren haben.«

»Ja, furchtbar. Ganz furchtbar. Einige von ihnen haben schwere Brandverletzungen.« Sie errötete und schob eine graue Strähne, die sich von einem Wickler gelöst hatte, wieder unter ihren Turban.

»Vier von ihnen sind bei dem Brand umgekommen.«

Sie erschauerte. »Als wenn ich das nicht wüßte. Sagen Sie mir das nicht noch einmal. So etwas schlägt sich bei mir fürchterlich auf den Magen.«

»Ich denke, wir fühlen uns hier alle dafür verantwortlich, nach dieser Versammlung neulich bei Ihnen.«

»Was meinen Sie damit?« Ihr Gesicht wurde jetzt sehr rot, während ihre Augen Warnsignale aussandten.

»Seien wir ehrlich. Alle Teilnehmer hatten sich damals doch in einer mehr oder weniger deutlichen Form dafür ausgesprochen, die Squatters wieder von hier zu vertreiben. Wissen Sie, wie viele sich Daves Komitee angeschlossen haben, das entsprechende Maßnahmen ergreifen wollte?«

»Was für ein Komitee sollte das sein?« murmelte Meggie.
»Wir sind doch beide bei dieser Versammlung dabeigewesen, Meg. Wer genau stand auf Daves Seite? Hatte er einen Plan entwickelt, wie man die Squatters wieder aus den Dünen vertreiben könnte?«
Meggies Miene wurde undurchdringlich. Es war jetzt nichts mehr von dieser Wärme zu spüren, die sie bisher verströmt hatte. Ihre Lippen waren ein gerader, dünner Strich, und mit einemmal sah sie wieder wie fünfzig aus. »Warum fragen Sie ihn denn nicht selbst? Ich weiß nichts von einem Komitee. Und ich glaube auch nicht, daß damals wirklich jemand etwas davon gesagt hat, daß man die Squatters gewaltsam vertreiben sollte. Jedenfalls kann ich mich nicht daran erinnern. Nein. Niemand sagte so was.«
»Es war Mord, Meg«, sagte er behutsam. »Sie sind doch nicht der Typ, der einen Mord gutheißen würde, nicht wahr?«
»Sie reden Stuß. Ein Paraffinofen muß umgestürzt sein. Jedenfalls würde mich das nicht wundern. Sie fackeln sich doch immer selbst ab. Ständig passiert so was.«
»Das Feuer ist durch Benzinbomben entstanden. Dafür gibt es Beweise. Wir ermitteln deshalb in einem Mordfall und gedenken, den oder die Schuldigen zu verhaften. Das ist kein Geheimnis. Sie können es Ihren Kunden erzählen, Meg. Wenn die hier Ansässigen etwas wissen, was zur Ergreifung der Täter führen könnte, uns das jedoch verschweigen, machen sie sich der Beihilfe zum Mord schuldig. Das gilt auch für Sie, Meggie.«
»Wollen Sie mir drohen?« fragte sie. Sie legte eine Hand auf seinen Arm. »Tun Sie das nicht, Ari. Ich mag Sie. Es muß sich um einen Unfall handeln. Es gab kein Komitee. Wir sind hier alle Liberale – sind es immer gewesen. Niemand von uns würde diesen Leuten etwas zuleide tun, aber sie sollten nicht hier in Silver Bay sein.« Sie stand auf und ging hinter die Theke. Ihre Miene war jetzt steif und unnahbar. Ari wandte seine Aufmerksamkeit nun dem Eiersandwich zu, verschlang es hungrig und bestellte sich ein zweites. Es gab nur einen echten Streit zwischen ihnen, als Ari darauf bestand, sein Frühstück zu bezahlen.

Ari traf Jean Graux beim Reinemachen seines Trawlers an. Selbst im Hafen herrschte an diesem Morgen eine so starke Dünung, daß Ari Mühe hatte, sich auf den Beinen zu halten, weil es in Rufweite von Graux nichts gab, an dem er sich festhalten konnte.
»Gott sei Dank habe ich mein ganzes Leben auf dem Meer verbracht«, sagte dieser. »Ich würde mich mit Händen und Füßen dagegen wehren, in diese blutschänderische Katastrophe verwickelt zu werden, die sich Silver Bay nennt. Hier sind sie doch alle voneinander abhängig, und jeder hat irgendein schreckliches Geheimnis zu hüten, von dem Außenstehende nichts wissen dürfen. Da deckt jeder jeden.«
»Warum?« forschte Ari, doch Jean drehte ihm nun den Rücken zu. Er stand, mit einem Wasserschlauch bewaffnet, über die Ladeluke seines Schiffes gebeugt, und in seinen ihm bis zu den Schenkeln hinaufreichenden Gummistiefeln, dem alten T-Shirt und den Shorts hätte man ihn leicht mit einem seiner Mannschaftsmitglieder verwechseln können.
»Was treibt Sie denn so sehr um?« rief er zurück, Aris Frage ignorierend. »Sie scheinen mir ein geradezu zwanghaftes Bedürfnis danach zu haben, die Schuldigen zu bestrafen. Aber wer kann denn schon mit dem Finger auf jemanden zeigen und behaupten, daß er sich zu dem gemacht hat, was er ist? Daß alle anderen schuldlos wären – nur er nicht? Wir sitzen doch alle in einem Boot – oder sollte Ihnen diese Tatsache bisher entgangen sein? Natürlich. Deswegen sind Sie ja Polizist. Sie bekommen nicht viel für Ihre Tätigkeit bezahlt, nicht war? Warum machen Sie also diese Arbeit? Weil Sie dieses zwanghafte Bedürfnis haben, die Wahrheit herauszufinden. Und was werden Sie damit machen, wenn Sie sie herausgefunden haben?«
»Wie Sie bereits sagten – den Schuldigen bestrafen. Mir gefällt es, das Gesetz und die Ordnung zu vertreten. Das ist alles, was wir haben: die Summe all unserer Anstrengungen, uns des Bösen zu erwehren.«
»Der Bestie in uns?«
»So kann man es nennen.«
»Und Ihre Bestie? Es muß doch einen Grund dafür geben, daß Sie immer das Verlangen haben zurückzuschlagen.«

Ari seufzte. Er hatte mal nach ein paar Gläsern Bier im Pub über seine Arbeit geredet. Jean wußte zuviel über ihn. Doch er, Ari, sprach nie über Fälle, an denen er gerade arbeitete. Er legte Jeans Frage unter »Wiedervorlage« ab. Sie würde in einer seiner dunkleren Nächte wieder in seinem Bewußtsein auftauchen, und vielleicht fand er dann die Antwort darauf.
Er setzte sich jetzt auf das Deck, blickte auf die stürmische, dunkelgrüne See hinaus und sah den Möwen zu, die kreischend über den Wellen kreiselten und in das Wasser hinunterstießen.
»Hinter was sind denn die Möwen dort her?« rief er Jean zu.
»Sie sind hinter dem gleichen her, hinter dem auch die Thunfische her sind, die dort draußen das Wasser aufwühlen: hinter den Sardinen. Im Meer leben alle größeren Fische von den kleineren Fischen – genauso wie hier an der Bucht. Sie und die da draußen ...« Er grinste vergnügt über seine tiefsinnige Metapher. »Letztendlich läuft alles auf diese armen Sardinen hinaus. Alles, was Sie hier sehen.« Damit machte er eine alle reicheren Vorstädte an der Bucht umschreibende Handbewegung.
»Und deswegen sind Sie auch eine Bedrohung für das Idol der Stadt, das dort oben in dieser Pseudo-Spoleto-Villa wohnt.« Da war eine leise Häme in seiner Stimme, die Ari stutzig machte. »Können Sie ihn nicht dort oben in seinem Felsenschloß sehen, wie er mit einem Fernglas auf das Meer hinausschaut und die Größe des Sardinenschwarms abschätzt? Er weiß vermutlich schon, wie viele Thunfische ich heute fangen werde, bevor sie mir ins Netz gegangen sind. Können Sie denn nicht spüren, wie ihm jetzt die Haut prickelt? Ich wette, er beobachtet Sie durch sein Glas und überlegt sich, wie er Sie loswerden kann.«
»Warum sollte er das wollen?«
»Weil Sie so sind wie eine Robbe. Sie verbeißen sich in Ihre Beute und geben sie nicht mehr frei. Sie schütteln Ihr Opfer so lange, bis es alles ausgespuckt hat.«
»Sie glauben, daß er an den Dünenmorden schuld ist?«
»Seien Sie unbesorgt, der macht sich die Hände mit so etwas nicht schmutzig. Er bezahlt andere dafür, damit sie seine unsauberen Arbeiten für ihn erledigen. Da brauchen Sie nur mich an-

zuschauen – ich stecke, seine Dreckarbeit verrichtend, bis zu den Hüften in Fischabfällen.«
»Aber er bezahlt Sie auch gut dafür.«
»Ja. Und ich wette, er hat auch irgendeinen armen Schlucker gut dafür bezahlt, daß er diese Squatters für ihn ausräucherte. Schauen Sie, Ari...« Jean sprang über die Reling, setzte sich auf einen Poller und kramte in der Tasche nach einer Zigarette, die er jedoch bei dem starken Wind nicht in Brand setzen konnte. »Es ist schließlich sein Land... nun, seines und das von Kate Palma. Aber es gehört der gleichen Familie – oder hat zumindest bisher der gleichen Familie gehört.« Er warf Ari einen prüfenden Blick zu und brach dann in schallendes Gelächter aus. »Ich würde verdammt auf der Hut sein, wenn ich Sie wäre.«
Ari spürte, wie ihm das Blut in die Wangen schoß. Also wußte bereits das ganze Dorf, daß Kate die Nacht in seiner Wohnung verbracht hatte. Jetzt klammerte er sich an seine Würde und ignorierte die Anspielung.
»Ich sehe nicht, wie die Palmas davon profitieren könnten, daß sie die Hütten der Squatters niederbrennen lassen. Sie sind reich und besitzen so viel Macht. Andere Leute hatten da viel mehr zu verlieren als sie – relativ gesprochen.«
»Es gehen Gerüchte um, daß die Squatters Ruinen unter den Dünen gefunden hätten. Es muß doch einen Grund dafür geben, daß die Palmas ihr früheres Haus unter dem Sand begraben haben.«
»Sind Sie sich sicher?« fragte Ari neugierig.
»Ich höre zu, wenn die Leute in den Bars tratschen. Die Fischer sind große Redner, wenn ihnen der Wein zu Kopf steigt. Ich würde an Ihrer Stelle mal der Frage nachgehen, wieso Bill so reich geworden ist. Er ist fast eine halbe Million schwer. Man munkelt, daß Angelo ihn für den Tod seines Vaters entschädigt habe. Der alte September war Angelos erster Skipper, als Angelo seinen ersten Trawler kaufte. Er ist ein verdammt harter Bastard«, sagte Jean. »Das können Sie mir glauben.«
»Ja«, sagte Ari. »Der Wind frischt noch mehr auf.«
Jean runzelte die Stirn. »Ja. Das wird ein schlimmer Trip werden, aber ich fahre trotzdem raus. Ich sehe Sie dann heute abend im ›Humber‹. Okay?«

Jean kletterte an Bord, verschwand im Laderaum und tauchte fünf Minuten später wieder auf. Er trug jetzt Ölzeug. Kurz darauf lief ein Schauer durch das Boot, und es begann sich vom Kai fortzubewegen. Die Mannschaft sprang jetzt auf dem Deck herum, um Taue aufzuwickeln und zu sichern.
Gibt es noch ein anderes Land auf der Welt, wo die Fischer unter so schlimmen und gefährlichen Bedingungen arbeiten müssen wie hier? fragte sich Ari, als er zusah, wie der Trawler, die Nase in den Sturm drehend, der Hafenausfahrt zustrebte. Fünf Minuten später fuhr er durch eine wild bewegte See hinaus auf das offene Meer, balancierte bald auf einer Pyramide von Wasser und kam im nächsten Moment in einem mächtigen Wellental wieder außer Sicht. Angelo hatte sich sein Vermögen also hart erarbeitet. Offensichtlich wußte er, was er tun mußte, wenn ihm der Wind ins Gesicht blies und es um hohe Einsätze ging. Aber würde er des Geldes wegen auch einen Mord riskieren? Das paßt irgendwie nicht zu ihm, dachte Ari und beschloß, zu Toms Wohnung hinaufzufahren. Der wußte alles über die Vergangenheit.

Tom war nicht zu Hause, aber seine Nachbarin, eine Witwe, kam zu Ari gerannt und rief: »Er liegt im Krankenhaus. Jemand hat versucht, ihn umzubringen. Drei junge Kerle wollten ihm einen brennenden Autoreifen um den Hals hängen. Warum sollte jemand denn so einen armen alten Krüppel umbringen wollen?«
»O Gott – ist er schlimm verbrannt? In welchem Krankenhaus liegt er? Warum hat mich niemand benachrichtigt?«
»Es ist doch erst heute morgen passiert. Ich glaube, er ist okay. Warum lassen Sie ihn nicht in Ruhe?«
»Wissen Sie, in welchem Krankenhaus er liegt?«
»Im Somerset.«
»Warum gerade Tom? Ich meine, wer käme denn Ihrer Meinung nach auf den Gedanken, ihm so etwas anzutun?«
»Die Squatters. Sie könnten ihn vielleicht für das Niederbrennen ihrer Hütten verantwortlich machen.«
»Einen Mann ohne Beine?«
»Oh, Tom hat viel Macht. Er ist schon immer der inoffizielle Anführer der Seeleute-Gewerkschaft gewesen, die sich hier nach sei-

nem Unfall organisiert hat. Er wollte verhindern, daß sie in so einem Fall dann auch so schlecht dastehen würden wie er. Und in der vergangenen Woche hat er einen Streik der hier ansässigen Seeleute organisiert, um Rob Palma zu zwingen, die Schwarzen, die er angeheuert hatte - zumeist Squatters aus Ovambo -, wieder nach Hause zu schicken. Tom wußte, daß es gar nicht genügend seemännisch ausgebildete Schwarze gab, um damit die ganze Fischereiflotte bemannen zu können. Rob war dafür, neue Schiffsbesatzungen aus Ovambo - also aus dem Inland - einfliegen zu lassen, aber da ist sein Großvater dazwischengegangen und hat ihn dazu gezwungen, alle Schwarzen wieder zu feuern. Der alte Palma hat schon immer die Devise verfolgt, daß die Jobs und das Geld hier im Dorf bleiben müßten. Gott weiß, weshalb. Es würde sich doch für ihn nur auszahlen, wenn er seine Schiffe jetzt mit schwarzen Mannschaften bestücken würde, denn die sind billiger und arbeiten härter.«
»Sie glauben also, daß Tom versuchte, die schwarze Konkurrenz aus diesem Gebiet zu vertreiben, und deshalb möglicherweise ein paar Kerle anheuerte, um die Hütten niederzubrennen?«
»Ich glaube das nicht, aber andere könnten so was denken. Warum hätten sie ihn wohl sonst umbringen wollen?«
Und warum sollten sie sich dabei die Mühe machen, es wie einen schwarzen Vendettamord aussehen zu lassen, indem sie ihm einen brennenden Autoreifen um den Hals hängten? dachte Ari bei sich. Er wußte doch aus eigener Erfahrung, daß jeder hier des Nachts in Toms Hütte eindringen und ihn ohne große Schwierigkeit mit einem Stein oder einem Messer töten konnte.

Ari hatte ein Geschenk für Tom mitgebracht. Er schmuggelte es an den Schwestern vorbei und legte es dann Tom auf die Knie. Tom sah noch älter und mitgenommener aus als bei ihrer letzten Begegnung; aber in seinen Augen loderte so etwas wie eine kindliche Entrüstung. Seine Hände und sein Gesicht waren zwar verbunden, doch offenbar hatte er bei dieser Geschichte keine ernsthaften Verletzungen davongetragen.
»Hilf mir hoch, Ari. Ich möchte im Bett gerade sitzen. Ich habe

zwar nach der Schwester geläutet, doch diese jungen Dinger kommen nur, wenn es ihnen paßt. Ohne meinen Strick bin ich hier verloren.«
Ari schob den Arm unter Toms Achseln und stemmte ihn in die Höhe, überrascht von den stählernen Muskeln in dessen Armen und Rücken, der sich so hart anfühlte wie Eisen. Dann schob er ihm die Kissen ins Kreuz.
»Okay?«
»Das ist gut so. Danke.«
»Wie ist das alles passiert?« fragte Ari, auf Toms bandagierte Hände deutend.
»Es war eine Bande von Schlägern. Zum Glück waren meine Nachbarn zu Hause. Sie hörten den Lärm und vertrieben die Kerle. Jemand hielt zwar noch ein Streichholz an den Reifen, aber sie waren mit den Vorbereitungen ihres Feuerwerks noch nicht ganz fertig gewesen, und es gelang mir, den Kopf wieder aus dem Reifen herauszuziehen. Doch wie du sehen kannst, hat es dabei meine Hände erwischt. Ich denke aber, daß sie mir spätestens in einer Woche die Bandagen wieder abnehmen und mich aus dem Krankenhaus entlassen werden.«
»Du hast keine Anzeige erstattet?«
»Ich rechnete damit, daß du früher oder später hier aufkreuzen würdest. Und was hätte es wohl für einen Sinn gehabt, Anzeige zu erstatten, wo es doch Patels Handlanger waren, die mir den Reifen um den Hals gehängt haben, und Patel auf Kaution frei ist? Ich frage mich, wofür ihr überhaupt da seid. Kannst du mir das verraten?«
»Nicht so ganz«, erwiderte Ari. »Also wollte Sam Patel es wie einen schwarzen Vendettamord aussehen lassen. Nun, ich werde mir den Burschen vorknöpfen. Pack dein Geschenk aus.«
Tom hatte große Mühe damit, es auszuwickeln. Ari wollte ihm dabei helfen, doch Tom winkte ab. Schließlich gelang es ihm, eine Flasche Rum von ihren Hüllen zu befreien.
»Und da ist noch etwas, Tom«, sagte Ari und händigte ihm jetzt einen Umschlag aus. Tom nahm nun seine Zähne zu Hilfe, um ihn zu öffnen, und ein Scheck über 10.000 Rand flatterte auf die Bettdecke.

»Was ist das denn?« fragte Tom, und diesmal schwankte seine Stimme bedenklich.
»Vielleicht hast du nicht gewußt, daß die CPU – die Kinderschutzabteilung – eine Belohnung für Hinweise ausgesetzt hat, die zur Rettung eines gewissen Tabson Tweneni führen würden. Das da ist die Belohnung.«
Tom blickte auf, und in seinen Augen blinkten jetzt Tränen. »Du steckst diesen Scheck ein, mein Junge«, sagte er. »Du hast eine bessere Verwendung für ihn als ich – kommst herum, kannst dich bewegen. Ich habe die Geschichte gehört, wie du ihn aus dem Meer herausgefischt hast. Du bist hier im Dorf eine Berühmtheit, Ari.«
»Nein, die Belohnung gehört dir, Tom. Sie wird dir dein Alter ein wenig erleichtern. Du kannst dir damit zum Beispiel ein Paar bessere Beine kaufen. Und was noch wichtiger ist: Ich könnte noch ein paar Mittel für den Kauf dieser Beine lockermachen.«
»Laß uns darauf trinken, Ari. Du wirst das doch tun, nicht wahr?«
»Klar doch«, erwiderte Ari. Er war zwar im Dienst und haßte Rum, aber zum Henker damit. Es war die richtige Zeit für eine kleine Feier.
Tom streichelte die Flasche, während ein leises Lächeln um seinen Mund spielte. »Ich bewundere dich«, sagte er. »Du bist einer, dem man kein X für ein U vormachen könnte. Du erinnerst mich an jemanden, den ich einmal sehr gut kannte. Paß auf. Ich gebe dir jetzt einen Tip. Diese Squatter-Geschichte könnte erheblich komplizierter sein, als du bisher angenommen hast.« Er sprach nun jedes Wort sehr deutlich aus und verfiel dabei wieder in seinen irischen Akzent, der jedesmal durchkam, wenn er etwas getrunken hatte:
»Warum gehst du nicht hin und besuchst Emanuel Fernandes, der ganz oben im Dorf wohnt? Er besitzt etwas, was du haben solltest. Sag ihm, ich hätte dir gesagt, daß er es dir aushändigen solle. Könnte sein, daß er es sonst nicht herausrücken würde. Und sage ihm schöne Grüße von mir.«
Als Ari sich von Tom verabschiedete, saß der kerzengerade im Bett und lächelte selig. Ari bemühte sich, dem alten Mann nicht

zu zeigen, wie besorgt er um ihn war. Wenn Patel zu der Erkenntnis gekommen war, daß es nur Tom gewesen sein konnte, der der Polizei den entscheidenden Hinweis gegeben hatte, der zu seiner Verhaftung wegen Kindesentführung und versuchten Mordes führte, befand Tom sich in großen Schwierigkeiten.

Kapitel 21

Als Ari vor dem Haus der Fernandes im Farbigendorf anlangte, hatte er eine mit Recherchen ausgefüllte Stunde hinter sich und dabei herausgefunden, daß Emanuel Fernandes spanischer Abstammung war, jedoch im März 1961 um eine Änderung seiner Rassenklassifizierung gebeten hatte, damit er seine schöne halb französische, halb äthiopische Frau Juliette heiraten und mit ihr im Farbigendorf wohnen durfte. Sie waren beide Rastafarier und betrachteten sich als selbsternannte Missionare, die jedoch bisher nur wenige zu ihrem Glauben hatten bekehren können.

Rastafarier, hatte Ari gelesen, verehrten Haile Selassie, den früheren Kaiser von Äthiopien, und zwar unter dem Namen, unter dem er vor seiner Krönung bekannt gewesen war – »Ras« (Prinz) und »Tafari«, was soviel wie Messias und Vorkämpfer der schwarzen Rasse bedeutet. Sie glaubten, daß die Schwarzen eine Reinkarnation der Israeliten waren, die als göttliche Strafe für ihre Sünden in früheren Leben der Herrschaft der Weißen unterworfen wurden. Sobald sie ihre Sünden abgebüßt hatten, würden es die Weißen sein, die dazu gezwungen wurden, ihnen zu dienen. Sie waren Vegetarier, und das Rauchen von *dagga* gehörte zu ihren religiösen Riten.

Die Fernandes besaßen ein hübsches pinkfarbenes Häuschen am Ende der von Bäumen gesäumten und gepflasterten Sackgasse oben auf dem Hügel mit Ausblick auf den Hafen. Emanuel hatte lange, schon fast graue zu einem Zopf geflochtene Haare, einen Vollbart und sanfte braune Augen. Er verdiente sich seinen Lebensunterhalt mit wunderschönen farbigen mundgeblasenen Gläsern. Ari war fasziniert von einem krähenden jungen Hahn mit flammendroten Schwanzfedern, einem Schmetterling mit purpurroten und malvenfarbenen Flügeln und einem Pelikan, der in einem türkisfarbenen Sumpf stand.

Es dauerte eine Weile, bis Ari die beiden davon überzeugt hatte, daß er nicht gekommen war, um sie wegen des größten und kräftigsten *dagga*-Busches, den er jemals in seinem Leben gesehen und in ihrem Hinterhof neben einem roten Weihnachtsstern entdeckt hatte, festzunehmen. Als ihm Juliette dann schwarzen Tee mit Zitrone und Honig machte und eine Schale mit Biskuits auf den Tisch stellte, bot Emanuel ihm mit einem scheuen Lächeln einen Joint an, den Ari auch annahm. Er war entzückt von den beiden und beschloß, ihr Vertrauen zu gewinnen.

»Dieser *dagga*-Busch hat eine Geschichte«, sagte Emanuel. Sein Gesicht nahm nun einen versonnenen Ausdruck an, als hinge er schmerzlichen Erinnerungen nach. Ari drängte ihn nicht weiterzureden. Er spürte, daß er nur zu warten brauchte.

»Er wurde vor fast dreißig Jahren von einem mir sehr nahestehenden Freund gepflanzt«, sagte Emanuel schließlich, und dabei rollten ihm zwei Tränen über die Wangen. »Wir haben damals eine recht wilde Zeit miteinander verlebt. Partys, die die ganze Nacht dauerten. Tänze im Mondschein. Trinkgelage. Eigentlich hätte er ein sehr verwöhnter junger Mann sein müssen. Er war so verdammt reich. Aber er war der gütigste und freundlichste Mensch, den man sich vorstellen kann.«

Ari beschloß, so lange mit seinem Anliegen zu warten, bis der *dagga* bei Emanuel Wirkung zeigte. »Tom schickt mich zu Ihnen«, sagte er schließlich. »Er meint, Sie hätten etwas, was ich haben sollte. Er vermutet, daß Mandys Entführung und die Morde in den Dünen auf irgendeine Weise mit etwas zusammenhängen, was sich hier vor dreißig Jahren ereignet hat. Wissen Sie, was er damit meint?«

Da wurde Emanuel ganz blaß und zündete sich einen zweiten Joint an. Er rief Juliette ins Zimmer zurück, und die beiden unterhielten sich eine Weile lang aufgeregt auf spanisch. Ari wünschte sich, daß er verstehen könnte, was sie sagten, als er heimlich sein Bandgerät einschaltete. Schließlich schien Juliette zu gewinnen.

Emanuel war inzwischen bei seinem vierten Joint angelangt, und seine Augen rollten wild. »Zu viele Tote«, sagte er. »Und immer war die Liebe die Todesursache. Seltsam – meinen Sie nicht auch? Auch der Tod meines Freundes gehörte dazu. Juliette ist der Meinung, daß Sie dieses Beweisstück haben sollten. Ich werde Ihnen nichts dazu sagen, weil ich nicht weiß, was damals passiert ist – und das ist die Wahrheit. Nur für den Fall, daß meine Befürchtungen auf unwiderlegbaren Beweisen beruhen, habe ich es unter dem Baum dort draußen vergraben. Ich war der Meinung, daß das der richtige Platz dafür sei.«

Er ging nach draußen, nahm einen Spaten und grub ungefähr einen Meter tief, ehe er eine kleine Holzkiste zutage förderte. Sie konnte nicht lange dort vergraben gewesen sein, denn das Erdreich war noch locker, wie Ari feststellte. Dann brachte Emanuel die Kiste herein.

Juliette erschauerte und eilte aus dem Zimmer, als Ari die Kiste öffnete und die dicke Plastikfolie auseinanderfaltete. Dann fluchte er leise in sich hinein, als er den Schädel sah, der darin verpackt gewesen war. Die Hinterseite des Schädels war eingeschlagen und der Kopf offenbar gewaltsam von den Halswirbeln getrennt worden. Der Knochen war glatt und weiß und sah sehr alt aus.

»Glauben Sie, daß das hier der Schädel Ihres Freundes ist?« fragte Ari.

»Nein. Er ist auf dem Privatfriedhof der Palmas begraben. Was ich Ihnen darüber sagen könnte, sind lediglich Vermutungen von mir. Sie sollten sich da lieber auf Ihre eigenen Ermittlungen verlassen. Das ist der bessere Weg.«

»Wo wurde das gefunden?« fragte Ari.

»Einer von den Squatters – er heißt Boysie und scheint ihr Anführer zu sein – hatte Angst, daß im Lager die Ruhr ausbrechen könnte. Er begann deshalb mit einigen freiwilligen Helfern eine Grube als Latrine an der Westseite der Lagune auszuheben. Sie hatten ungefähr zweieinhalb Meter tief gegraben, als einer von ihnen die Überreste eines Gebäudes freilegte und diesen Schädel dort fand. Boysie wußte nicht, was er damit machen sollte, und versuchte deshalb, ihn zu verkaufen. Ich kaufte ihn.«

»Warum haben Sie sich nicht mit der Polizei in Verbindung gesetzt und uns diesen Fund angezeigt?«

»Das weiß ich nicht. Vielleicht hatte ich Angst, ich könnte damit längst verheilte Wunden wieder aufreißen. Oder daß der Verdacht, den ich hegte, unbegründet sei. Und warum sollte sich die Polizei denn für einen Todesfall interessieren, der schon achtundzwanzig Jahre zurückliegt? Es könnte doch ein Unfall gewesen sein, nicht wahr?«

Ari packte den Schädel ein und verließ damit das Haus der Fernandes. Emanuel hatte gesagt, er stamme von jemandem, der vor achtundzwanzig Jahren auf tragische Weise zu Tode gekommen sei. Und daß der dagga-Busch ebenfalls vor achtundzwanzig Jahren in seinem Hinterhof gepflanzt worden sei.
Das Ganze hatte Ari nun so neugierig gemacht, daß er zu einem spanischen Restaurant in der Stadt fuhr, wo er einen Kellner bestach, damit er sich sein Tonband anhörte und ihm das Gespräch der beiden übersetzte, während er sich Notizen machte.

Emanuel: Das alles ist doch längst Geschichte – und er hat dafür, weiß Gott, mehr als genug bezahlt.
Juliette: Kann man ein Leben überhaupt mit Geld bezahlen?
Emanuel: Wir wissen doch gar nicht, ob sie es ist. Wir haben keinen Beweis dafür. Und wenn es tatsächlich ihr Schädel sein sollte – wer sagt uns dann, daß sie ermordet wurde?
Juliette: Und wenn sie jetzt deine Freundin gewesen wäre? Oder deine Schwester? Würdest du dann nicht etwas unternehmen, um die Wahrheit herauszufinden?
Emanuel: Und wenn es dann doch nicht ihr Schädel war?
Juliette: Natürlich ist er es. Ich habe dir immer gesagt, daß sie niemals von hier fortgegangen wäre, ohne mir vorher Lebewohl zu sagen. Die haben sie umgebracht!
Emanuel: Er ist mein Freund gewesen. Was würde er jetzt wohl von uns verlangen, wenn er noch lebte?
Juliette: Das ist doch klar. Er hat sie geliebt.
Emanuel: Er hat auch seinen Vater geliebt.
Juliette: Gib ihm den Schädel. Was sein soll, soll sein.

Erst jetzt fuhr Ari ins Revier zurück und schickte den Schädel nach Pretoria ins gerichtsmedizinische Institut. Es lagen drei neue Fälle zur Bearbeitung auf seinem Schreibtisch – alles Einbrüche in Häusern in der Nähe des Strands. Sie würden ihn den Rest des Nachmittags über beschäftigen. Er seufzte, suchte in seiner Schreibtischschublade nach seinem Sandwich, das er dort am Morgen deponiert hatte, und fuhr zu der ersten Adresse.

Es war kurz vor Dienstschluß, und Ari war müde. Trotzdem beschloß er, noch die Bronsons zu befragen, und er betrat genau in dem Moment ihr Haus, als der große rote Ball der Sonne im türkisfarbenen Meer versank. In diesem flüchtigen Augenblick schien ein grüner Blitz den Sonnenuntergang zu beleuchten.
»Haben Sie das gesehen?« sagte Jack in einem fast ehrfürchtigen Ton und drehte sich jetzt zum erstenmal zu Ari um. »Das habe ich bisher noch nie beobachtet, obwohl ich schon lange hier bin und immer den Sonnenuntergang verfolgt habe.« Seine Hände zitterten, wie Ari nun feststellte. »Wenn Sie diesen grünen Blitz sehen, bedeutet das, daß Ihre Wünsche in Erfüllung gehen.«
Konnte ein Geschäftsmann wie Jack so etwas wirklich glauben? fragte sich Ari. Oder griff er nur nach einem Strohhalm, weil er in großen finanziellen Schwierigkeiten steckte? Und wenn es wahr war, was Jack ihm erzählte – was würde er sich wohl wünschen? Wieder überkam ihn das sehnsüchtige Verlangen danach, seine Wurzeln zu finden, und in diesem Moment hatte er das überaus merkwürdige Gefühl der Gewißheit, daß ihm das hier in Silver Bay gelingen würde. Es war wie eine Offenbarung, die ihn von einer Sekunde zur anderen mit einer unerschütterlichen Zuversicht erfüllt hatte, doch intuitiv erkannte er auch, daß er das schon immer gewußt hatte.
Die beiden Männer saßen eine Weile schweigend da und beobachteten die noch in ein gleißend helles Licht getauchten Berggipfel, die sich in der dunklen See spiegelten, während purpurrote Schatten an ihnen hinaufzuwandern begannen und violette Dunstschwaden sich vom dunkler werdenden Horizont her über das Wasser stahlen. Schließlich erlosch dieses momentane, ständig die Farbtöne wechselnde Lichterspiel am Horizont, und Himmel und Meer verschmolzen zu einem eintönigen Grau. Der Zauberbann war gebrochen.
»Ich sitze hier jeden Abend und beobachte den Sonnenuntergang«, sagte Jack nach einem langen Schweigen. »Er ist so etwas wie eine Droge für mich. Ich muß ihn mir ansehen. Natürlich kann ich das nicht immer einrichten.«
In diesem Moment kam Gill auf ultrahohen Absätzen und in einem sehr kurzen Rock ins Zimmer getrippelt, ein Tablett mit

Snacks und Eis vor sich hertragend. Sie mußte ihn schon gesehen haben, als er die Straße heraufkam. Sie hob sich wie eine Silhouette von dem Licht im Durchgang ab, das eine goldene Aureole um ihre Haare legte. Ihr Gesicht war weich und sehr anziehend in diesem Licht, ihre Figur jugendlich. Sie ist immer noch eine schöne Frau, stellte er fest, und sie kleidet sich für Männer in weiche, anschmiegende Stoffe, die ihre runden Hüften betonen. Wie alt sie wohl sein mag? fragte er sich jetzt. Als sie sich über ihn beugte, klaffte ihr Kleid vorn auseinander und enthüllte ihre nackten Brüste. Er atmete ihr moschusartiges Parfum ein, und in diesem Moment schien sie ein Bestandteil dieses Abends zu sein – sinnlich, schwül und überaus begehrenswert.

»Hi, Gill«, sagte er, als er sich langsam aus seinem Sessel erhob. Er drehte sich absichtlich von ihr weg, denn etwas in ihren Augen verriet ihm, daß sie sein Verlangen gesehen hatte.

»Wir wäre es mit einem Scotch?« fragte Jack jetzt.

»Eigentlich bin ich noch im Dienst, Jack. Aber Sie können ihn mir gern schon einschenken, weil ich jetzt exakt in fünf Minuten Feierabend habe und der Whisky dann die richtige Temperatur haben wird, wenn ich ihn hinunterkippe. Er wird mir guttun. Ich hatte heute einen scheußlichen Tag. Auch wollte ich Sie noch etwas fragen.«

»Aber nehmen Sie doch wieder Platz«, sagte Gill. »Ich habe noch eine Weile im Haus zu tun und werde nur immer wieder kurz hereinschauen, ob ihr noch irgendwelche Wünsche habt.«

»Fragen dienstlicher Art?« erkundigte sich Jack jetzt mit einem besorgten Gesicht.

»Ja. Diesen Brand betreffend.«

»Ach, das. Vermutlich hat einer von diesen Squatters einen Primusofen umgekippt. So was passiert denen doch ständig. War tatsächlich ein verkappter Segen. Der Herrgott wollte es nicht zulassen, daß sich hier vor unserer Nase ein Squatter-Camp dauerhaft in diesem kleinen Winkel des Paradieses etabliert. Dann würden alle unsere Immobilien auf einen Schlag ihren Wert verlieren. Können Sie sich vorstellen, wie es dann hier aussehen würde? Wellblechbuden, Holzfeuer, vom Qualm verpestete Luft. Die Sonnenuntergänge ruiniert, die Strände nicht mehr benutzbar –

für Weiße, heißt das. Die meisten Läden dort unten sind auf Touristen angewiesen. Sie würden alle in wenigen Tagen pleite sein.«

»Ich bin fremd hier«, sagte Ari. »Ich habe keine Vorstellung, was so ein Haus wie Ihres wert ist. Ich hoffe, Sie haben nichts dagegen, wenn ich Sie danach frage.«

»Vor der Rezession ungefähr zwei Millionen. Jetzt etwa anderthalb. Mit einem Squatter-Lager dort unten würde es selbst dann keiner mehr nehmen, wenn ich es ihm schenkte. Dasselbe gilt für alle anderen Häuser hier in der Nachbarschaft. Und dann sind da noch die Teestuben, die Restaurants, die kleinen Boutiquen. Wenn sich diese Squatters bewußt wären, daß sie uns hier zusammen rund eine Milliarde kosten, hätten sie wahrscheinlich schon angefangen, uns zu erpressen.«

»Aber Sie allein hätten schon einen Verlust von fast fast zwei Millionen Rand, wenn die Squatters dort geblieben wären, wo sie sich vor dem Brand befanden, nicht wahr?«

»Ja.« Jack stand auf und goß sich noch einen Scotch ein. Vielleicht hatten sich die wichtigsten Steuerzahler von Silver Bay tatsächlich untereinander abgesprochen, eine Ansiedlung von Schwarzen hier mit allen Mitteln zu verhindern. Vielleicht war das Komitee, das Dave organisiert hatte, verantwortlich für dieses Feuer. Hatten sie jemanden dafür bezahlt, daß er das Camp angezündet hatte? Würde Jack das zugeben? Höchstwahrscheinlich nicht, aber er, Ari, wollte trotzdem den Versuch machen, ihm ein Geständnis zu entlocken.

»Demnach drohte Ihnen und diesem sogenannten Komitee der Verlust eines riesigen Vermögens, wenn die Squatters in dieser Gegend blieben?«

»Gütiger Gott! Wir sind doch keine Mörder! Wie ich schon sagte, muß einer von diesen betrunkenen Tölpeln einen Primusofen umgestoßen haben, und das ganze Lager ging daraufhin hoch wie eine brennende Feuerwerksfabrik.«

»Aber das auch nur, weil die meisten Hütten mit Benzinbomben beworfen wurden, als die Bewohner noch schliefen, und obendrein auch noch überall im Lager Benzinbomben versteckt waren. Das Camp brannte wie eine Fackel, weil es in Benzin schwamm.«

Gill, die ihnen gerade frische Eiswürfel bringen wollte, ließ daraufhin das Tablett fallen. »Nein! Das glaube ich nicht! Wie können Sie denn so etwas behaupten! Das Benzin müßte doch zusammen mit den Hütten verbrannt sein.«
»Aber nicht die Beweise. Heutzutage läßt sich eine Brandstiftung sehr leicht nachweisen. Außerdem wurde eine primitiv zusammengebastelte Benzinbombe am Tatort zurückgelassen.«
»Die hätten niemals hierherkommen sollen. Niemand wollte sie hier haben«, beschwerte sich Gill, verstummte dann, als ihr Mann sie streng ansah, und goß sich einen Drink ein.
»Gill, du mußt einsehen, daß Silver Bay nicht mehr dieses isolierte koloniale Paradies ist, das es einst war«, sagte Jack.
»In gewisser Weise ist es zu einem Mikrokosmos von Südafrika geworden.« Ari übernahm wieder das Wort. »Jetzt sind alle seine Rassen und sozialen Schichten hier versammelt. Sie sind hier, weil es keine Gesetze mehr gibt, die ihnen den Aufenthalt hier verbieten, und weil sie wie alle anderen ein Existenzrecht haben und im Leben vorankommen wollen. Wir haben sie fünfzig Jahre lang von uns getrennt gehalten. In Dürrezeiten starben ihre Kinder wie die Fliegen. Nun haben sie sich unserer Welt angeschlossen, und wir müssen einfach lernen, sie dort unterzubringen.«
Gill warf ihm einen giftigen Blick zu, und Ari fragte sich, ob der etwas mit Kates Besuch neulich in seiner Wohnung zu tun hatte. Später sprachen sie dann über unverfängliche Dinge, und Jack, der sein Whiskyglas nicht leer werden ließ, holte seine Photoalben aus dem Schrank und begann ausführlich und ein wenig wehmütig über die Zeit zu reden, die er in Amerika verbracht hatte. Ari verabschiedete sich dann so bald, wie ihm das möglich war, von den Bronsons und ging früh schlafen.

So gegen elf Uhr abends klopfte Gill leise an seine Tür. Sie war mit einem durchsichtigen Negligé aus schwarzem Nylon bekleidet. Er konnte darunter die Umrisse ihrer Brüste erkennen, die voller waren, als er angenommen hatte, und ihre Haut war weich und einladend.
»Wir können das Jack nicht antun«, sagte er, ihr den Weg ins Zimmer verstellend.

»Oh, um Himmels willen – ich wollte nur mit jemandem reden«, sagte sie, während sie sich an ihm vorbeidrängte. »Ich habe mich hierhergeschlichen, um Sie zu warnen.«
»Wovor?«
»Daß Sie sich nicht zum Narren machen sollen. Sie sind ein netter Kerl, verstehen aber die Leute in dieser Stadt nicht.«
»Das ist richtig«, sagte er, sie zum Weiterreden ermunternd. »Möchten Sie einen Drink?«
»O ja, bitte.«
Sie setzte sich nun so, als wäre sie noch ein Kind, auf sein Bett – die Knie bis unters Kinn gezogen und die Arme um die Beine geschlungen.
»Ich möchte Sie warnen, daß Sie sich eine Menge Feinde machen, wenn Sie diesen Fall weiterverfolgen«, flüsterte sie.
Das ist genau das, was auch Gerber zu mir sagte, dachte Ari bei sich.
»Ich möchte Ihnen auch von uns erzählen. Jack war bankrott. Sie wissen doch, wie die Versicherung von Lloyds funktioniert. Sie haften im Schadensfall in der Größe Ihrer Anteile. Jack mußte mehr bezahlen, als wir besaßen. Aber zu der Zeit, als er für die Verluste von Lloyds eintreten mußte, hatte er auch ein gutgehendes Immobiliengeschäft, und deshalb hat Angelo Palma ihm das Geld geliehen, damit er er seine Schulden bei Lloyds bezahlen konnte. So bekam Jack die Chance, sich wieder hochzuarbeiten.«
»Warum hat Angelo ihm das Geld geliehen?«
»Ich weiß es nicht«, sagte sie. »Jeder in dieser Stadt schuldet Angelo etwas. In gewisser Weise sorgt er wie ein gütiger Herrgott für sie. Nicht auf diese böse Mafiaweise, sondern als jedermanns Wohltäter. Ich nehme an, daß er sich damit unsere Loyalität verschaffen will.«
»Warum will er die haben?«
»Ich weiß es nicht. Es ist fast so, als hätte er das Gefühl, uns etwas schuldig zu sein. Wenn das so ist, hat er dafür schon viele Jahre bezahlt. Nicht, daß ihm das etwas ausmachen würde, denn er ist ja so unglaublich reich. Ich frage mich manchmal, ob er Jack damit wirklich geholfen hat, als er ihn vor dem Offenbarungseid bewahrte. Die Verlegenheit darüber, daß man ihm hat helfen

müssen, hat ihn auf eine seltsame Weise verändert. Er ist seither nicht mehr sehr männlich.«

»Impotent?«

»Sie sagen es.«

»Damit werden Sie doch zurechtkommen, nehme ich an. Es ist nicht das Ende der Welt, nicht wahr?«

»Es ist diese Gehässigkeit, mit der ich nicht zurechtkommen kann. Er scheint mir die Schuld an seinem Bankrott damals zu geben. Gott weiß, wie sehr ich versucht habe, ihm eine Beteiligung bei Lloyds auszureden. Und dann dieser Mangel an Liebe, nicht nur an Sex. Manchmal – in solchen Nächten wie heute – kann ich das einfach nicht mehr ertragen.«

Sie stand auf und lehnte sich aus dem Fenster.

»Allein diese Luft, dieser wundervolle, heiße, balsamische Geruch des Windes! Das ist eine Nacht, die für die Liebe geschaffen ist.« Sie öffnete die Schleife ihres Negligés und ließ es zu Boden fallen. »Bitte, liebe mich, Ari. Nur in dieser Nacht... Bitte.«

Was kann ich anderes tun? dachte Ari bei sich. Er hatte sich noch nie einer Frau verweigert. Das wäre unhöflich gewesen.

Er zog seinen Pyjama aus und legte die Arme um sie. Aber wo war seine Libido? Das Ganze war ihm peinlich. Als er ihr nacktes Fleisch spürte, das sich sacht an seinen Schenkeln und seinem Bauch rieb, sog er geräuschvoll die Luft ein und begehrte sie plötzlich. Er hob sie hoch, trug sie zu seinem Bett und drang in sie ein. Als ihre Hüften unter seinen zu kreisen begannen, sie ihm die Arme um den Hals schlang und an seinem Ohr flüsterte: »Ach – ich wußte doch, wie gut es mit dir sein würde. O Darling, Darling!«, weckte sie seine Leidenschaft. Ein exquisites Lustgefühl durchströmte ihn. Sie schien innerlich dahinzuschmelzen, als er in sie hineinstieß, eins mit ihm zu werden und, seinem Willen gehorchend, dahinzufließen. Dann brachte ihn ihr leises Stöhnen dazu, den Rhythmus ihrer Bewegungen zu bestimmen, während sie hilflos und sich sacht an ihn klammernd unter ihm lag. Er hörte, wie sie immer wieder leise aufschrie. Sie war erfahren, duftend, sinnlich und hatte offenbar schon lange keinen Sex mehr gehabt. Sie verlangte nach mehr und immer mehr, und sie kam unglaublich oft mit einem tiefen, erschauern-

den Seufzen zum Höhepunkt. Ari hatte dreimal einen Orgasmus, und jedesmal fühlte er sich schuldiger.
»Vergiß nicht«, flüsterte sie so gegen drei Uhr morgens, als sie ihn wieder verließ, »daß wir nur zwei verzweifelt einsame Menschen sind, die sich gegenseitig zu trösten suchten. Ich liebe Jack noch immer.« Dann floh sie, laut schluchzend, aus dem Zimmer.

Ari versuchte, in den drei Stunden, die ihm noch bis zum Aufstehen blieben, ein wenig zu schlafen. Statt dessen wälzte er sich ruhelos in seinem Bett hin und her, geplagt von dem Gedanken an Mandy, an die Torturen, denen sie zweifellos ausgesetzt war, und seinem Unvermögen, auch nur einen einzigen Hinweis auf ihren gegenwärtigen Aufenthaltsort, ihren Entführer und dessen Motive zu finden. Und dann war da noch dieser schreckliche Tod von Eunice – auch hier litt er sehr darunter, daß er die dafür Verantwortlichen bisher nicht hatte finden können. Was hatte Jean ihn gestern gefragt? Ob es Rachsucht sei, die ihn umtrieb. Ein unbändiges Verlangen danach, die Schuldigen zu bestrafen. War da irgendein Verbrechen in seiner Kindheit geschehen, das er aus seinem Bewußtsein verdrängt hatte? Er wußte, daß er eine geradezu pathologische Angst vor dem Bösen hatte, die sein offenbar irrationales, aggressives Verhalten gegenüber Menschen bestimmte, die Grausamkeiten verübten. Gab es da irgendeine dunkle Tat, die im tiefsten Winkel seines Geistes schlummerte und nach Aufklärung verlangte?
Nach einer Weile beschäftigte ihn die Frage, was für eine Sorte Mensch Angelo sein mochte. Gut oder böse? Philanthrop oder ein von der Macht Besessener? Einer, der die Bewohner dieser Stadt mit seinen Geldangeboten manipulierte oder ihnen wirklich helfen wollte? Wer war es, der das Lager der Squatters angezündet hatte? Hatten er oder sie ihre Schreie gehört und ihre Leichen gesehen? Und falls ja – hatte sie das auf irgendeine Weise berührt?
Es war genau vier Uhr dreißig morgens, als er glaubte, jemanden zu hören, der um sein Cottage herumschlich. Er hielt den Atem an und lauschte. Ja, er hatte sich nicht getäuscht: da war jemand bei seinem Fenster. Seine Hand glitt zum Nachttisch und suchte

dort nach seinem Revolver, als dieser Jemand sich an seinem Schlafzimmerfenster zu schaffen machte.
Es glitt langsam nach unten, aber bis jetzt konnte er nichts erkennen. Dann war es wieder still, und Ari vermutete, daß der unbekannte Eindringling horchte, ob er auch schlief. Also hielt er nun nicht mehr den Atem an, sondern bemühte sich, so regelmäßig zu atmen, wie das ein Schlafender tat, während er sich innerlich darauf vorbereitete, daß jeden Moment eine Benzinbombe ins Zimmer geworfen wurde und er sich mit einem Sprung aus dem Bett davor retten mußte, in eine lebende Fackel verwandelt zu werden. Dann schob sich langsam ein Kopf in die Höhe, bis dieser sich deutlich als Silhouette vor dem Mondlicht abhob. Dieser Kopf war ungewöhnlich groß und erinnerte Ari mit der Masse wirrer Haare an einen Gorilla. Fast hätte er jetzt laut aufgeschrien, als er sich an Frikkie erinnerte. Der ungeschlachte Hüne bewegte sich mit einer erstaunlichen Behendigkeit, als er jetzt durch das offene Fenster ins Zimmer stieg und sich auf das Bett zubewegte. Ari hob langsam seine Waffe, bis sie auf die Stirn des Eindringlings zielte, ließ sie dann jedoch wieder sinken, als der Hüne anfing, seine Wohnung zu durchsuchen.
Ari wartete, bis Frikkie sich in der Küche befand, und stieg dann aus dem Bett. Er brachte seinen Revolver erneut in Anschlag und schaltete das Licht ein. Frikkie wirbelte herum und wollte ins Schlafzimmer hinüberrennen, um dort durch das offene Fenster ins Freie zu flüchten. Aber Ari stellte ihm rasch ein Bein und brachte ihn so zu Fall.
Der geistig zurückgebliebene Hüne lag nun, ihn mit leeren, schockierten Augen ansehend, auf dem Boden, während ihm ein Speichelfaden aus dem linken Mundwinkel rann. Er mußte, seinen bereits ergrauenden Haaren nach zu schließen, schon ziemlich alt sein, wie Ari feststellte – seiner Schätzung nach mindestens fünfzig, wenngleich es nicht einfach war, bei einem Menschen mit einem so infantilen Gesichtsausdruck das Alter genauer zu bestimmen.
Ari tastete den Hünen rasch ab und überzeugte sich davon, daß er keine Waffe bei sich trug – nicht einmal ein Messer. Seine Hände waren noch mit Brandblasen überzogen, und er murmelte

ständig: »Sie haben kein Recht... kein Recht...« Und dann, fast winselnd: »Geben Sie es mir.«
»Was soll ich dir geben?«
Frikkie gab ihm darauf allerlei ausweichende Antworten, doch bei einem Satz horchte Ari auf: »Sie muß doch ein ordentliches Begräbnis haben.«
Die Sache wurde immer interessanter. Es wäre sinnlos gewesen, Frikkie anzuzeigen, überlegte Ari – er war harmlos und sich der Strafwürdigkeit seiner Handlung gar nicht bewußt. Es hatte auch keinen Sinn, jetzt noch schlafen zu wollen, und so zog Ari sich an und fuhr mit Frikkie hinunter in das Café für die Fischer unten am Hafen, das die ganze Nacht hindurch geöffnet hatte. Dort bestellte er Sandwiches mit Spiegeleiern und gebratenem Speck und Kaffee für sie beide.
Frikkie fiel wie ein Verhungernder über die Sandwiches her.
»Sie sind ein guter Mann«, sagte er dann mit seiner sanften, heiseren Stimme. »Sie hätten mich einsperren lassen können. Ramona ist schrecklich böse, wenn sie sich ärgert. Sie hat sich in den Kopf gesetzt, daß ich sie belogen habe. Und das alles nur, weil Sie hierhergekommen sind. Dafür kann ich nichts. Das war nicht meine Schuld. Der Delphin hat ihn mitgenommen. Aber sie will nicht auf mich hören.«
»Warum hast du meine Wohnung durchsucht, Frikkie?«
»Sie hat es mir angeschafft«, erwiderte er ausweichend.
»Wonach hast du gesucht?«
Seine Augen begannen wild hin und her zu rollen. »War nicht meine Schuld«, murmelte er wieder.
Ari beschloß, Frikkie von einem Psychiater verhören zu lassen. Vielleicht konnte der etwas Vernünftiges aus ihm herausbringen.
»Es war nicht ich, sondern der Delphin«, sagte Frikkie mit schlauer Miene und den Mund voller Spiegelei.
Das bringt dich nicht weiter, sagte sich Ari schließlich, bestellte noch ein Sandwich für Frikkie, bezahlte und verließ dann das Lokal.
Die Morgendämmerung brach herein und verwandelte den blaßgrünen Himmel über den Gipfeln der Berge in ein zartes Rosa. Die Luft war kühl und roch nach Salz, wilden Kräutern und

feuchter Erde. Kein Wölkchen war über den Bergen zu sehen – ein untrügliches Zeichen dafür, daß der Sturm sich ausgetobt hatte. Sie würden heute einen herrlichen Sommertag erleben. Was für ein seltsamer Ort das hier doch war! Als er die Polizeistation betrat, mußte er an Gill und Kate denken. Zwei schöne Frauen, wie sie unterschiedlicher nicht sein konnten. Er hatte mit einer von ihnen geschlafen, und er konnte es nicht verhindern, daß seine Phantasie sich jetzt mit der anderen beschäftigte. Wie schade, daß beide tabu für ihn waren. Er bedauerte das, bedauerte das sogar sehr, als er jetzt an Kate dachte und all die anderen schönen Frauen, mit denen er niemals schlafen würde.

Kapitel 22

Tabson war seltsam still auf dem Weg ins Krankenhaus und klammerte sich mit seiner Hand an ihre. Einem Impuls folgend, hielt Kate vor einem Spielzeugladen in der Stadt an. Dort gab es ein riesiges Sortiment ihr rätselhaft erscheinender Geräte. Die Spielzeugläden haben sich seit meiner Kindheit doch sehr verändert, dachte sie, obwohl diese noch gar nicht so lange zurücklag. Tabson wollte nur ein Spielzeug von ihr annehmen und entschied sich schließlich für einen Kasten, der allerlei Kugeln aus Kunststoff, Stäbe und Teile verschiedener Größe und elektrische Leitungen enthielt. »Ich fürchte, er ist noch ein bißchen zu jung für so einen technischen Baukasten«, meinte der Ladenbesitzer entschuldigend. »Man kann zwar aus den darin befindlichen Teilen die verschiedenartigsten Fahrzeuge herstellen und sie allerlei Bewegungen ausführen lassen, aber ich glaube nicht, daß er schon die Bau- und Schaltpläne lesen ...«
Tabson drückte ihre Hand noch fester.
»Wir nehmen ihn«, sagte Kate.

Dr. Jones hörte ihr aufmerksam und besorgt zu und sagte sehr wenig, bevor er Tabson zu einer Reihe von Untersuchungen und zu Aufnahmen in der Röntgenabteilung mitnahm; erst sehr viel später kam er mit ihm wieder und erklärte ihnen nun ausführlich die Situation. Er war die erste Adresse auf dem Gebiet der orthopädischen Chirurgie in diesem Land, und Kate hatte deshalb beschlossen, sich erst einmal von ihm beraten zu lassen, ehe sie weitere Schritte unternahm. Während er seine Operationstermine studierte, machte Kate sich im Geist eine Notiz von dem Resümee seiner Ausführungen: Ein Minimum von drei Operationen und einige Hauttransplantationen würden notwendig sein, und er könne auch keine Garantie für den Erfolg übernehmen. Aber selbst im Fall einer halbwegs geglückten Behandlung würde Tabson weitaus besser dran sein als in seiner augenblicklichen Situation. Es bestand sogar die Möglichkeit, daß er sich zu einem körperlich normalen Menschen würde entwickeln können, falls man mit der Behandlung sofort begann, weil seine Wirbelsäule in Mitleidenschaft gezogen war und sich zu verkrümmen drohte, wenn jetzt nicht operative Maßnahmen ergriffen würden.

»Es ist mir bewußt, daß Sie sich bei diesem Unternehmen von philanthropischen Motiven leiten lassen, Mrs. Palma«, sagte der Orthopäde mit seiner grauen, farblosen Stimme. »Und ich werde Sie darin unterstützen, indem ich Ihnen nur den Mindestsatz für die von mir durchgeführten Operationen berechne. Aber es bleiben da noch die Kosten für den Krankenhausaufenthalt, die Tests, die Röntgenaufnahmen, die Medikamente und so fort. Ich werde zwar mit jedem der Beteiligten reden, aber unter dreitausend Rand werden Sie bestimmt nicht wegkommen.«

»Vielen Dank, Dr. Jones«, sagte sie und fühlte sich dabei seltsam gerührt. »Ich bin einverstanden.« Es war zwar eine viel größere Summe, als sie erwartet hatte, aber irgendwie würde sie das Geld, das ihr zu der von ihm genannten Summe noch fehlte, schon auftreiben.

»Dann packen Sie alles, was er für den Krankenhausaufenthalt braucht, zusammen und kommen dann gleich wieder mit ihm hierher. Er muß heute nachmittag noch vor vier Uhr hier aufgenommen werden, denn je früher wir jetzt, wo er es weiß, mit der Behandlung beginnen, um so besser für ihn. Es wird kein Honiglecken für ihn werden.«

Was für eine Hast! Sie kauften Schlafanzüge, Bücher und alles, was er sonst noch für den Krankenhausaufenthalt benötigte, fuhren dann nach Hause, um Dopey zu füttern und Frikkie Lebewohl zu sagen, und fuhren anschließend wieder zurück in die Klinik. Zehn Minuten später saß Tabson aufrecht in seinem Krankenbett, ein wenig benommen und ängstlich, aber auch sehr entschlossen aussehend.

»Hör zu, Tabson.« Sie nahm seine Hände und streichelte deren rauhe Haut. »Gott wird über dich wachen. Glaubst du an Gott?«

»Gott, Missus?« Er runzelte die Stirn. Ach du liebe Güte, dachte sie – wie soll ich ihm das erklären? Hier schien sich zwischen ihnen ein unüberbrückbarer Abgrund aufzutun. Aber er besaß ein so teilnehmendes Wesen. Es mußte doch ein Teil von Gott in allen lebendigen Kreaturen stecken.

»So, wie du unsere Gans heilen möchtest, möchten auch wir, der Arzt und ich, daß du wieder gesund und heil wirst, weil wir dich lieben, wie du deine Gans liebst. Hast du das verstanden?«
Er drückte wieder ihre Hand. »Machen Sie sich meinetwegen nur keine Sorgen, Missus«, sagte er mit seiner heiseren Stimme. »Ich will, daß mein Bein besser wird, weil ich Fußball spielen möchte. Und es macht mir auch nichts aus, wenn es weh tut.«
Sie verließ ihn mit einem Kloß im Hals.

Als sie wieder zu Hause anlangte, waren die Leute von der Telefongesellschaft gerade dabei, die Leitungen für einen Anschluß zu verlegen. Als erstes rief sie dann Tabson im Krankenhaus an, um ihm diese erfreuliche Neuigkeit mitzuteilen und ihn zu beruhigen.
Vor drei Tagen hatte man das Haus auch wieder an die städtische Stromversorgung angeschlossen. Sie hatte es kaum glauben wollen, als das endlich passiert war. Fast zwei Wochen hatte sie dazu gebraucht, die Leute vom Elektrizitätswerk dazu zu bringen, ein neues Kabel bis zu ihrem Leuchtturm zu verlegen. Sie hatte die Gebühren für den Anschluß im voraus bezahlen müssen, aber nun hatte sie endlich fließendes Wasser, elektrisches Licht und sogar Telefon. Was für ein Tag! Was für ein Segen! Doch das alles hatte so viel gekostet, und das Wissen, daß ihr nun bald das Geld ausgehen würde, verfolgte sie wie ein dunkler Schatten überallhin. Die meiste Zeit hatte sie sehr darum zu kämpfen, ihre Ängste in Schach zu halten.
Als ihr Telefon zum erstenmal an diesem Abend läutete, machte ihr Herz einen Satz vor Freude, und sie nahm den Hörer in der Erwartung ab, daß Rob sich am anderen Ende der Leitung melden würde.
»Darling, Gott sei Dank, daß du endlich Telefon hast! Ich habe diesen Telefonleuten deswegen schon seit Tagen im Nacken gesessen. Ich brauche dich«, sagte Melissa mit ihrer tiefen, kultivierten Stimme. »Dave verfällt jetzt zusehends. Es sei nur noch eine Sache von Tagen, sagen mir die Ärzte. Ist das nicht tragisch?« Es folgte ein kurzes Schluchzen. »Aber wir müssen tapfer sein. Ich weiß, daß er so etwas schätzt... Was unser dummes

altes Haus betrifft, Darling, so habe ich es schon vor Jahren neu einrichten lassen wollen, aber Dave hing ja so an dem Plunder, der sich dort mit der Zeit angesammelt hat. Ehrlich, Kate – du bist für diesen Job am besten geeignet. Nun sag bloß nicht ›nein‹ oder daß du das jetzt nicht machen könntest, weil das für mich eine sehr wichtige Sache ist. Ich möchte, daß du gleich morgen früh zu mir kommst. Kremple dieses Haus total um, wirf alle Möbel hinaus, den ganzen Plunder – sogar die Gemälde. Natürlich wirst du sie für einen guten Preis verkaufen können, und ich werde dir einen Anteil von dem Erlös geben. Ich werde solange verreisen, Darling. Und wenn ich von der Reise zurückkomme, möchte ich, daß man sich darin wohl fühlen kann. Ich möchte nicht ein einziges Stück mehr im Haus vorfinden, das mich an Dave erinnert. Und auch nichts Nautisches mehr. Ich werde nie mehr dieses kleine Luder vergessen, das außer dieser verdammten Matrosenmütze fast keinen Faden am Leib hatte.«
»Meinst du nicht, daß Dave in dieser Angelegenheit auch noch etwas zu sagen hätte?«
»Er wird es nie erfahren. Er verfällt ja so rasch. Deswegen möchte ich ja auch den Kummer aus dem Haus werfen und ihn durch eine wunderbare Atmosphäre ersetzen. Das ist dir mit deinem absurden Leuchtturm fabelhaft gelungen. Weißt du das, Darling? Du hast die Traurigkeit hinausgeworfen und sie durch Freude ersetzt... mit Farben, Pflanzen und weiß Gott was allem. Ich weiß nicht, wie du das geschafft hast, Kate, aber jetzt mußt du es für mich machen. Ich will, daß das Haus spätestens an meinem Geburtstag neu dekoriert und eingerichtet ist.«
»Und wann wäre das?«
»In vier Wochen.«
»Du bist verrückt, Melissa. Das ist nicht zu schaffen.«
»Das ist geschäftlich, Darling. Nenn deinen Preis! Mach es! Ich sehe dich dann morgen früh. Bye, Darling.«
Ein scharfes Klicken in der Leitung beendete ihre Diskussion.
Ich nehme an, daß sie reich genug ist, um ihren Willen durchsetzen zu können – egal, wie teuer es auch für sie wird, dachte Kate.
Also lag Dave bereits im Sterben.
Und wenn Rob jetzt an seiner Stelle wäre? O Gott, nein! Ihre

Augen füllten sich mit Tränen, und sie ballte die Fäuste. Ich liebe ihn also noch immer, dachte sie wehmütig.

Wie konnte sie diesen Abend allein verbringen? Sie fuhr im Dorf umher und parkte dann eine Weile in der Nähe der Grants, mochte aber nicht zu ihnen hineingehen. Als nächstes fuhr sie zu Cecilias Studio, aber auch dort änderte sie wieder ihren Entschluß. Sie hatte eine solche Sehnsucht nach einem Wiedersehen mit Rob, und obwohl sie wußte, daß das Wahnsinn war, gab sie schließlich diesem Verlangen nach und fuhr auf der durch das Naturschutzgebiet führenden unbefestigten Forststraße zu Angelos Haus.

Sie parkte und sah, daß Robs Wagen ebenfalls auf dem Parkplatz stand und nicht in der Garage abgestellt war. Demnach war er zu Hause, schien aber später noch einmal irgendwo hinfahren zu wollen. Offenbar befand sich auch Angelo im Haus, denn in seinem Arbeitszimmer brannte Licht. Sie blieb einen Moment stehen und blickte an der Fassade hinauf. Sie hatte das Haus nie gemocht – vermutlich deshalb nicht, weil sie sich immer ein eigenes Heim für Rob und sich gewünscht hatte. Aber nun sah sie das Haus mit ganz neuen Augen an und erkannte, daß sie die meisterhafte Architektur dieses Gebäudes mit seinen runden Türmen und vorkragenden Gesimsen nie richtig gewürdigt hatte.

In diesem Moment hörte sie ein Kichern in den Umkleidekabinen hinter dem Swimmingpool und kurz darauf die tiefe, dröhnende Baritonstimme von Rob. Erschauernd unter einer jähen Anspannung und der Vorahnung eines Schmerzes, bewegte sie sich langsam auf die Stelle zu, von der diese Geräusche kamen.

Rob hielt dort ein Schäferstündchen ab. So viel war klar. Sie mußte wieder von hier verschwinden, doch ihre Füße wollten ihrem Kopf nicht gehorchen. Sie ging statt dessen, als würde sie einem hypnotischen Zwang folgen, weiter auf das Badehaus zu.

Dort lehnte sie sich an die Wand und löste damit versehentlich die Alarmanlage aus. Scheinwerfer gingen im Garten an und blendeten sie mit ihrem gleißenden Licht. Der Lärm im Haus war ohrenbetäubend. Rob kam mit einer Pistole in der Hand aus den Umkleidekabinen heraus, gefolgt von einem langen dünnen

Mädchen, das sich ein Badetuch um den Leib gewickelt hatte. Kate erkannte noch das Gesicht eines lokalen Fernsehstars, ehe sie sich von den beiden abwandte.
»Tut mir leid«, sagte sie. »Ich hatte lediglich – ich wollte nur – ich weiß nicht, weshalb ich herkam.« Dann begann sie mit vor Tränen blinden Augen zu laufen.
»Was, zum Teufel, hast du denn erwartet?« hörte sie Rob hinter sich brüllen. »Ich bin kein Eunuch! Komm hierher zurück, Kate! Komm zurück!«
Sie raste blind vor Tränen die Auffahrt hinunter, rollte über Bordsteinkanten und nahm mit quietschenden Reifen die Kurven, während sie vor Schmerz keuchte.
»O Gott, o Gott«, wiederholte sie immer wieder wie von Sinnen. Die Fahrt zum Leuchtturm war ein Alptraum. Erinnerungen an Rob stürmten auf sie ein – Rob am Steuer seines Schneemobils, seine schwarzen Haare in der Sonne purpurrot leuchtend, seine Augen blitzend vor Aufregung, Rob nackt in der Badewanne, die Muskeln seiner breiten Schultern unter dem prickelnden Seifenschaum ölig glänzend. Robs volle, sinnliche Unterlippe, die Art, wie er sie küßte... Trotz allem, was inzwischen geschehen war, wußte sie, daß sie ihn immer noch liebte. Und nun hatte er mit dieser Frau... Sie knirschte mit den Zähnen. Hatte er mit dieser Frau bereits geschlafen, als sie noch mit ihm zusammenlebte?
»Zum Henker mit diesem Bastard«, murmelte sie. Da ihre Augen in Tränen schwammen, bog sie zu spät in die Fahrspur zum Leuchtturm ein und landete im lockeren Sand. Die Räder drehten sich laut sirrend vergeblich auf der Stelle. Sie rieb sich die Augen und stieg aus dem Wagen. Frikkie würde ihn morgen früh freischaufeln. Sie ging den Rest des Wegs zu Fuß. Rob hat recht, dachte sie, als sie die Eingangstür des Turms öffnete und dann weinend auf einen Stuhl sank. Er war kein Eunuch. Weit entfernt davon. Sie hätte das wissen müssen. Aber das minderte nicht ihren Schmerz.

Die Nacht brach herein, und mit ihr kam die Einsamkeit. Wie leer ihr doch der Leuchtturm ohne Tabson vorkam! Selbst Dopey winselte unglücklich. Kate ging nach draußen, setzte sich auf einen Felsblock und blickte aufs Meer hinaus. Der volle Mond kam langsam hinter den Bergen hervor und überzog das Wasser mit zahllosen silbrigen Reflexen. Sie konnte die Lichter der reichen Vorstädte sehen, die links von ihr fast bis zur Mitte des Berghangs hinaufreichten. Weit drüben zu ihrer Linken schwammen die trüberen Lichter des Farbigendorfes im Dunst.

In diesem Moment brach die Wand, die sie so sorgsam zwischen sich und ihrem gegenwärtigen Chaos aufgerichtet hatte, zusammen. Warum mußte das passieren? Welches Trauma trieb Rob dazu, nach Macht und Beherrschung aller Menschen zu streben, die mit ihm in Berührung kamen? Warum sehnte sie sich nach ihrer Freiheit? Der tragische Zusammenbruch ihrer Liebe war wie ein Messer, das in ihren Eingeweiden wühlte. »O Gott«, jammerte sie verzweifelt, als die Angst und die Einsamkeit in ihr aufbrandeten. Selbst diese Fischer dort drüben wußten, wie man lieben, kämpfen, vergeben und von neuem anfangen mußte. In diesem Moment sehnte sie sich danach, zu ihnen zu gehören, bei ihrem Mann zu liegen, ihren Körper mit seinem zu vereinen, sich sicher zu fühlen in ihrer traditionellen Rolle, sie nicht in Frage zu stellen, nicht aufzubegehren, in Frieden mit ihm verbunden zu sein.

Sie lauschte den Wellen, die über den Sand leckten, und dem Murmeln und Plätschern des Flusses auf den Steinen. Ein Nachthäher kreischte in den Bäumen hinter ihr, und ein Regenpfeifer, dessen Partner umgekommen war, hüpfte durch das Gras und ließ seinen klagenden Ruf vernehmen. Armer einsamer Vogel. Und dann war da plötzlich der Schrei einer afrikanischen Eule, dem ein schrilles, durchbohrendes Piepsen folgte. Sie erschauerte und begann dann leise zu weinen.

Ich bin verflucht, dachte sie – ihre Mutter war tot, ihr Vater von ihr gegangen. Und nun hatte sie auch Rob für immer verloren. Alle ihre teuren Erinnerungen an Rob waren hoffnungslos besudelt. Die Lichter im Dorf erloschen allmählich, der Mond stieg langsam immer höher, doch Kate, die nun von dem Gefühl ihrer Einsamkeit gänzlich ausgefüllt war, verharrte regungslos auf ihrem Stein.

Ari hatte inzwischen die Gewohnheit angenommen, bei seinen nächtlichen Patrouillenfahrten auch den Leuchtturm zu überprüfen, um sich davon zu überzeugen, daß Kate wohlauf war. Heute sah er kein Licht hinter den Fenstern des Turms, dessen Tür jedoch offenstand. Er hörte einen Hund knurren und sah eine Gestalt regungslos auf einem Felsblock sitzen. Dann warf sich der Hund, der nur ein halbverhungerter Welpe war, mit wütendem Gekläff auf ihn.

»He – mein Junge! Wo kommst du denn her? Sachte, sachte – ich bin ein Freund und werde dir und deiner Herrin nichts tun.«

Dann rief er zu dem Felsblock hinüber: »Du solltest nicht allein dort draußen im Dunkeln sitzen, Kate! Dieser verrückte Köter ist kein ausreichender Schutz für dich! Ich werde dir das nächstemal einen Revolver mitbringen und dir das Schießen beibringen.«

Als er keine Antwort bekam, rief er noch einmal: »Kate! Das bist du doch da oben, nicht wahr?«

Sie bewegte sich nicht, starrte noch immer regungslos vor sich hin.

Da sprang er auf den Felsblock, faßte sie bei den Schultern und schüttelte sie, daß sie erschrocken zuammenfuhr und aus ihrer Trance erwachte.

»Oh, du bist das! Hi, Ari«, sagte sie atemlos. »Mir ist so kalt. Ich habe schon so lange hier auf diesem Stein gesessen. Wieviel Uhr ist es? Und was machst du hier?«

Ari blickte sie stirnrunzelnd an. Er spürte, wie verlassen und verloren sie sich fühlte, und empfand dabei eine seltsame Erleichterung. Trotz ihres unglaublich guten Aussehens war sie offenbar wie jeder andere Mensch von Ängsten geplagt und fehlbar. Und wenn er sie jetzt genauer betrachtete, sah sie im Augenblick gar nicht so fabelhaft aus. Ihr Gesicht war blaß und mit roten Flecken bedeckt, ihre Augen waren geschwollen, ihre Haare glanzlos und zerzaust, und an ihren Wimpern hingen Tränen. Er fragte sich, was er tun konnte, um sie ein wenig aufzumuntern. »He – jeder Junge, der neu in die Stadt kommt und dort niemanden kennt, wäre stolz darauf, mit dir Freundschaft schließen zu können. Was meinst du dazu?«

Sie lächelte ein wenig und rieb ihre Nasenspitze an seinem T-

Shirt. Er konnte die Wärme ihres Körpers spüren, aber sie schien noch immer zu frieren. »Warum zitterst du so, Kate?« Sie schüttelte nur heftig den Kopf, und er legte ihr den Arm um die Schultern und zog sie sacht an sich. Eine Weile saßen sie stumm beieinander und beobachteten, sich der Körperwärme des anderen bewußt, das phosphoreszierende Glitzern der Wellen.
»Was für eine Nacht«, sagte Ari schließlich.
Der von Flöhen geplagte Welpe kratzte sich heftig, kroch dann eifersüchtig zwischen ihre Beine, und schob sich schließlich, mit der Schnauze wühlend, wie ein Keil zwischen ihre Körper.
Ich muß ihr Flohpulver besorgen, dachte er, oder sie wird von diesen Plagegeistern bei lebendigem Leib aufgefressen.
»Autsch!« sagte er schließlich und drängte den Hund von sich weg. »Hast du schon mal etwas von Insekten gehört, die man Flöhe nennt? Laß uns besser hineingehen, Kate. Wo ist Tabson?«
»Im Krankenhaus.«
»He! Davon hättest du mich aber unterrichten müssen. Was fehlt ihm denn?«
Sie seufzte.»Um ehrlich zu sein, ist mir nicht ganz wohl bei der Sache. Ein Spezialist will morgen mit einer Reihe von Operationen versuchen, sein rechtes Bein zu normalisieren. Es könnte sein, daß er damit keinen hundertprozentigen Erfolg hat. Er muß Knochensubstanz und Haut verpflanzen und was nicht noch alles ...«
»Du hat die Entscheidung dazu ganz allein getroffen?«
»Wer sonst hätte es tun sollen?«
»Ich!«
»Und wie hättest du dich entschieden?«
»Ich weiß nicht. Aber warum du?«
»Weil es sonst niemanden kümmert. Weil sein Leben nicht lebenswert sein würde als schwarzer Krüppel. Und weil er in den Händen des besten orthopädischen Chirurgen ist, den es in diesem Land gibt. Und weil der Eingriff selbst im schlimmsten Fall eine Verbesserung seines jetzigen Zustands mit sich bringen wird und weil sich jemand seiner annehmen mußte ...«
»Du bist ein guter Mensch, Kate«, sagte er. Und ich habe mich gründlich in dir getäuscht, setzte er reumütig in Gedanken hinzu.

Ich glaubte, du seist eitel, egozentrisch und verwöhnt. Vielleicht bist du das alles auch gewesen, aber dahinter verbarg sich ein warmherziger und großzügiger Mensch. Er konnte ihre Angst verstehen. Sie kam sich so verlassen vor. Die Leidenschaft flammte in ihm auf.

»Du mußt nicht allein sein«, sagte er und zog sie noch fester an sich. »Ich bin hier. Vergiß das nicht.« Er berührte ihren Hals und fuhr mit dem Finger ihre Wange hinauf, beugte sich dann vor und küßte sie auf die Stirn. Seine Lippen glitten über ihre Brauen hin, wanderten an ihren Wangen hinunter. Dann küßte er sie sacht auf den Mund und liebkoste ihre Lippen mit der Zunge.

Da legte sie ihm die Arme um den Hals und zog ihn heftig an sich. Das Begehren regte sich in ihm, aber er spürte auch, wie verwundet sie war. Er durfte nicht so eigensüchtig sein, ihren Kummer für sich auszunutzen.

»Wäre es nicht besser, wenn wir jetzt hineingingen?« fragte er leise.

Da sah er, wie ihre Augen sich wieder mit Tränen füllten.

»Aber Kate – was bedrückt dich denn so sehr?«

Sie schüttelte nur wieder den Kopf. »Ich kann es dir nicht sagen«, flüsterte sie. »Frag mich nicht danach. Halt mich nur fest, Ari. Ich brauche dich. Ich brauche jemanden, der mich liebt. Bitte.« Sie bemühte sich, ihre Tränen hinunterzuschlucken.

»Von dem Moment an, als ich dich kennenlernte, hatte ich ein solches Verlangen nach dir ... aber bist du dir auch sicher?«

Sie blickte ihn mit einer stummen Bitte in den Augen an, und er bemerkte zum erstenmal die tiefen Schatten darunter und die Blässe ihrer Wangen. »Ja«, murmelte sie so leise, daß er sie kaum verstand. »Sehr sicher. Ich will jetzt mit dir schlafen, Ari. Kannst du bis morgen früh bei mir bleiben? Ich möchte nicht allein sein in dieser Nacht.«

Er stand auf und zog sie mit sich in die Höhe. Auf dem Weg in ihr Turmzimmer erriet er, was sie offenbar bedrückte. Seltsam gehorsam stand sie dann vor ihm und ließ sich von ihm das T-Shirt und die Shorts ausziehen. Sie erschauerte, als seine Hände ihren nackten Körper berührten und liebkosend darüber strichen. Er streichelte sanft ihre Brüste, ihren Bauch und ihre Schenkel, sie gewissermaßen mit seinen Händen verführend. Er begriff, daß es nicht er war, den sie begehrte, sondern die Liebe – die Liebe irgendeines Mannes. Sie wollte spüren, daß sie begehrt wurde. Sie wollte eine Nacht lang ihren Kummer vergessen.

Da schwor er sich, sie für sich zu gewinnen – letztendlich –, als er sie auf eine sachte Weise verführte und zum Höhepunkt brachte. Als sie kam, rief sie laut: »Rob, o Rob!«, ohne es zu merken. Ari versuchte, ihr seine Enttäuschung nicht zu zeigen. »Kate, ich mag dich«, sagte er zu ihr. »Du bist die reizendste Frau, der ich bisher in meinem Leben begegnet bin. Ich habe dich schon von dem Moment an begehrt, als ich dich zum erstenmal sah. An dem Abend, als du mit deinem Wagen in den Straßengraben gefahren warst, konnte ich es nicht ertragen, dich anzuschauen, weil ich wußte, daß du mit einem anderen Mann verheiratet bist. Du liebst deinen Mann noch immer, aber ich denke, das ist nur natürlich. Ich werde warten.«

»Nein, ich verabscheue ihn. Deswegen habe ich ihn ja verlassen.«

Sie schlief in seinen Armen ein.

Sie erwachte im Morgengrauen, setzte sich im Bett auf, schaute ihn zärtlich an und lächelte.

»Danke«, sagte sie. »Danke, daß du hier warst, daß du mich magst, wie ich bin, daß du mir das Gefühl gegeben hast, geliebt zu werden. Danke, daß du das bist, was du bist.«

Sie beugte sich über ihn und gab ihm einen festen Kuß auf den Mund. »Und jetzt habe ich Hunger – du auch?«

Damit nahm sie ihren Morgenmantel und lief die Treppe hinunter in die Küche.

Geduld und Liebe würden sie für ihn gewinnen, entschied Ari. Eines Tages würde sie sich von ihrem Mann scheiden lassen, und dann würde sie ihm gehören.

Im Sommer, stellte Ari fest, war das Kap ein wenig verrückt vor Freude. Jeder Tag war schöner als der vorangegangene; denn die Südoststürme hatten ihre Kraft nun größtenteils aufgebraucht. Urlauber aus dem Norden drängten sich in bunten Bermudashorts und -hemden in den Straßen und an den Stränden. Buden und Läden quollen über vor Weintrauben, Warzenmelonen, Wassermelonen, Mangos, Feigen und Oliven. Über den Obstständen kreisten Schwärme summender Bienen, und Scharen von buntgefiederten Vögeln labten sich an reifen Beeren. Die Bergflanken verwandelten sich in ein Meer gelber, roter, rosa- und purpurfarbener Protea-Blüten. Leuchtendbunte Honigsauger schwirrten von Blume zu Blume. Paradiesschnäpper schwebten mit aufgefächerten Schwanzfedern wie bunte Drachen über tanzenden Mückenschwärmen. Bartnelken, Maßliebchen, Lilien, Orchideen und Geranien wucherten auf Rainen und Feldern, und die Hibiskus-, Bougainvillea- und Jakarandabäume schmückten sich mit der Pracht ihrer Sommerblüte. Die Sonne stand zwölf Stunden lang am Himmel, und die Nächte waren heiß und balsamisch. Nächte für Strand*braais*, Grillpartys. Nächte für das Schlafen in Zelten oben in den Bergen. Nächte für das Baden in eiskalten Gebirgsflüssen. Nächte wie geschaffen für die Liebe ...

Ende Februar trat nachts eine jähe Wetterverschlechterung ein, und am Morgen hing eine niedrige Wolkendecke über der Bucht, und dicke Nebelschwaden trieben über das Wasser. Als Ari aufwachte und mit der Hand das Bett neben sich abtastete, lag Kate nicht mehr dort. Verdammt! Weil es draußen so dunkel war, hatte er offenbar verschlafen. Zum Glück mußte er heute nicht zum Dienst. Er stieg die Wendeltreppe hinunter und stellte fest, daß sie den Hund mitgenommen hatte.

Aber er wußte, wo er sie suchen mußte. Er fand sie, wie er vermutet hatte, in Melissas Haus. Als er es betrat, mußte er niesen und konnte zunächst vor lauter Staub nichts sehen. Dann entdeckte er Kate, die ihren Arbeitern gerade Anweisungen gab. Die Auslegware und die Tapeten wurden herausgerissen, die Dielen abgeschliffen und Stuckelemente von den Zimmerdecken entfernt. Kate trug eine Arbeitshose mit Brustlatz, ein altes T-Shirt und Segeltuchschuhe mit Gummisohlen. Ihr Gesicht war von dem Gipsstaub weiß gepudert, ihre Nägel waren kurz und hatten Trauerränder. Sie hatte ihre Haare mit einem Tuch hochgebunden und sah so glücklich aus, wie er sie bisher noch nie erlebt hatte.

Sie hatte gerade eine kleine Auseinandersetzung mit Fernandes. »Nein, kein Rot – absolut kein Rot. Nur Türkis, Blau und Grün kommen in Frage, wie ich Ihnen bereits sagte. Weiß? Ach du liebe Güte, nein! Hören Sie, Emanuel, seien Sie ein Schatz, und richten Sie sich genau nach meinen Skizzen – bitte.« Sie drückte seine Hand und lächelte gewinnend, und Fernandes schien sofort dahinzuschmelzen.

Ein junges Mädchen mit Stoffmustern nahm nun seinen Platz an der vordersten Linie ein. »Warum haben Sie mir denn nicht gesagt, daß Sie nicht genügend Stoff von dieser Farbe auf Lager haben? Nein, wir können keine andere Farbe nehmen. Also müssen wir uns ein anderes Material in dieser Farbe aussuchen.« Sekunden später standen sie dann beide über eine auf Holzböcken ruhende Tischplatte gebeugt. Bis jetzt hatte sie ihn noch nicht bemerkt.

Kate hatte tagelang bis in die Nacht hinein an ihren Skizzen gearbeitet. Jetzt, als ihre Ideen verwirklicht werden sollten, mußte sie feststellen, daß das gar nicht so einfach war, wie sie es sich vorgestellt hatte, denn sie mußte sich nun darauf verlassen, auch die Stoffe und Farben zu bekommen, die sie sich ausgemalt hatte.

Als sie von den Stoffproben aufblickte, sah sie ihn. Sie lief zu ihm und umarmte ihn, wobei sie ihm reichlich von ihrem Gipsstaub abgab. »Wie soll ich denn da rechtzeitig mit dem Haus fertig werden?« jammerte sie.

»Ich habe das größte Vertrauen in deine Fähigkeiten«, sagte Ari. »Wenn es menschenmöglich ist, schaffst du es.«

Er wußte, daß sie einen Vorschuß von Melissas Anwalt bekommen und damit Arbeiter angeheuert hatte, die ihr bei den Umbauarbeiten halfen. Jeden Tag flogen ihr neue Ideen zu, und jeden Abend hatte sie Ari gebeten, sich mit ihr die Zimmer anzusehen, ihre Skizzen zu studieren und über Farben, Licht und Raumgestaltung nachzudenken. Er hatte ein paar farbige Glasfenster vorgeschlagen und sie mit Emanuel zusammengebracht. Die beiden hatten sich gleich gut verstanden. Und mit Emanuel hatte sie auch eine neue Dimension entdeckt, mit der sie arbeiten konnte. Für Kate, spürte Ari, waren es Tage harter kreativer und körperlicher Arbeit und Nächte tiefen, traumlosen Schlafs. Emotional

gesprochen, befand sie sich in einem Ruhezustand. Sie war abgemagert, aber auf eine seltsame, triumphierende, kreative Weise glücklich.
In letzter Zeit schien sein Traum, Kate zu heiraten, in erreichbare Nähe zu rücken.
Er überlegte, daß er sich jetzt, wo er dientfrei hatte, in die Schar ihrer Hilfskräfte einreihen könnte. Er meldete sich freiwillig, und wenige Minuten später fuhr er mit unerwünschten Teppichen und Vorhängen in das Squatter-Camp.

Kapitel 23

Das gerichtsmedizinische Labor in Pretoria hatte ihm die Untersuchungsergebnisse des Schädels zugesandt, den Emanuel für ihn unter seinem *dagga*-Busch ausgegraben hatte. Er stammte von einer weiblichen farbigen Person, die ungefähr zwanzig gewesen sein mußte und rund dreißig Jahre in den Dünen gelegen hatte. Man hatte ihr den Schädel eingeschlagen und das Genick gebrochen.

»Wen kümmert es heute noch, wie sie gestorben ist?« sagte Gerber, als Ari ihn darum ersuchte, Ermittlungen wegen Mordes einzuleiten. »Uralte Kamellen! Wir haben doch schon mit dem Hier und Heute genug Probleme.«

»Aber ich habe den Verdacht«, erwiderte Ari, »daß einiges von dem Unheil, das Silver Bay im Augenblick heimsucht, mit einem Verbrechen im Zusammenhang steht, das hier vor langer Zeit begangen worden sein muß. Mit etwas, das hier vor achtundzwanzig Jahren passiert ist, Sir. Ich glaube, daß Mandys Entführung mit diesem Ereignis zusammenhängt – was auch immer es gewesen ist. Ich vermute, daß auch die Brandstiftung im Camp, bei der vier Menschen ums Leben kamen, die Squatters von dieser Stätte vertreiben sollte, bevor sie zu tief gruben und das Skelett fanden. Wer auch immer für diese Brandstiftung verantwortlich ist, hat nicht gewußt, daß der Schädel der Toten bereits aus seinem Dünengrab entfernt worden war. Nun – das sind natürlich alles nur Vermutungen.«

»Dann verschwinden Sie aus meinem Büro, Lieutenant, und behalten Sie Ihre Vermutungen für sich.«

Später an diesem Tag lieh sich Smit einen alten Schädel im Museum aus, und die Jungs legten ihn dann abends auf Aris Schreibtisch mit einem daran befestigten Etikett, auf dem stand:

»Neandertaler; ermordet ungefähr vierzigtausend – plus/minus tausend – Jahre vor Christi Geburt. Alle Informationen, die zur Aufklärung dieses Mordes beitragen können, sind an Lieutenant Ari St. John zu richten, der diesen Fall bearbeitet.«

Ari nahm ihnen diesen Scherz nicht übel. Sie waren alle bis auf Gerber großartige Kumpel.

Ari mußte noch immer über diesen Jux schmunzeln, als er das Haus der Fernandes oben auf dem Hügel erreichte. Emanuel saß vorn auf der Veranda und arbeitete dort an seiner jüngsten Kreation. »Schon erstaunlich, wie Sie hier direkt über der Bucht zu hängen scheinen«, sagte Ari zu ihm. »Sie haben von allen Leuten im Dorf den besten Blick auf das Meer. Schauen Sie nur, wie das Wasser heute aussieht. Türkis und lindgrün. Schön, nicht wahr?«
»Schön und ständig anders«, erwiderte Emanuel. »Nehmen Sie Platz. Sie haben doch hoffentlich nichts dagegen, wenn ich mit meiner Arbeit fortfahre.« Juliette brachte ihm einen starken schwarzen Kaffee und Plätzchen, und Emanuel bot ihm einen Joint an. Beide schalteten ihre Freundlichkeit jedoch sofort ab wie ein Licht, als er begann, sie wegen des Schädels auszufragen.
»Sie verschwenden meine Zeit«, knurrte Ari nach fruchtlosen zehn Minuten. »Sie wissen genau, was damals passiert ist. Sie wissen es beide – darauf verwette ich meinen letzten Rand. Und Sie können sich darauf verlassen, daß ich wiederkomme.«
Emanuel begleitete ihn zur Tür und folgte ihm dann bis zum Wagen.
»Lassen Sie die Finger von der Sache, Ari. Warum hören Sie nicht auf mich? Juliette teilt zwar nicht meine Meinung, aber ich denke, Sie machen in diesem Fall einen Fehler. Wenn Sie die Vergangenheit wieder aufrühren, werden Sie hier vielen guten, unbescholtenen Leuten weh tun.«
Ari zuckte nur mit den Achseln und fuhr dann hinunter zum Kai, wo die Fischdampfer gerade ihren Fang ausluden.

Bill September wurde ausgesprochen grob, als Ari ihn nach dem Schädel fragte. Er zog Ari beiseite und redete dann, als sie sich außer Hörweite seiner Mannschaft befanden, hastig auf ihn ein: »Hören Sie auf, meine Zeit zu verschwenden. Lassen Sie diesen Quatsch, und finden Sie mir meine Mandy. Sie scheinen sich wohl für einen Ritter in schimmernder Rüstung zu halten, der das Gesetz zu primitiven Außenposten bringt. Lassen Sie mich Ihnen eines sagen, Lieutenant: Vor dreißig Jahren war Silver Bay der schönste Ort, den Sie sich vorstellen können – mit Farmen, die bis zum Fuß der Tafelberge reichten, einer kleinen Fischergemeinde und den Fischkonservenfabriken der Palmas, die allen hier im Dorf ein gutes Auskommen verschafften. Wir wußten hier gar nicht, was ein Verbrechen ist. Diese Frau – wer immer sie auch gewesen sein mag – kann aus einer ganz anderen Gegend gestammt haben. Vielleicht war sie eine Prostituierte. Vielleicht ist sie von den Bergen heruntergefallen. Wer weiß das schon? Und wen kümmert das heute noch?«

»Wissen Sie, was ich denke?« erwiderte Ari und funkelte ihn wütend an. »Ich denke, daß jeder hier weiß, wer sie war, und daß jeder hier sehr daran interessiert ist, daß alles, was damals hier passiert ist, nicht unter dem Teppich hervorgekehrt wird, wo es achtundzwanzig Jahre lang gelegen hat. Zum Teufel mit euch allen! Was ist mit dieser Frau passiert? Ein Mord verjährt nicht. Die Zeit ändert nichts an einem Verbrechen.«

Ari ging mit zornrotem Gesicht zurück zu seinem Wagen. Das Ganze kam ihm allmählich wie eine persönliche Fehde vor: er allein gegen ein ganzes Dorf.

Gill und Jack Bronson saßen auf dem Balkon ihres Hauses und nahmen dort wie gewöhnlich ihren Sonnenuntergangs-Aperitif. Ari überreichte Jack eine Flasche Scotch – eine inzwischen sich ebenfalls zur Routine entwickelnde wöchentliche Gewohnheit –, setzte sich dann zu ihm und versuchte, sich zu entspannen.

»Himmel, was für ein Tag«, meinte er seufzend. »Hören Sie, Jack. Vielleicht können Sie mir helfen. Kramen Sie in Ihrem Gedächtnis. Soweit ich bisher in Erfahrung bringen konnte, hat sich vor achtundzwanzig Jahren das ganze Dorf verschworen, das Gesetz zu brechen. Aber wie ist es gelungen, das so lange ...«

Da ertönte ein lautes Scheppern hinter ihm. »Mist«, fluchte Gill. Ein Glaskrug mit Eiswürfeln war ihren Händen entglitten und auf den Kacheln zerschellt.

Ari half Gill dabei, die Eiswürfel einzusammeln und die Glasscherben aufzukehren. Dabei schnitt er sich in die Hand, die heftig blutete, obwohl Gill sofort ein Pflaster holte und es über die Schnittwunde klebte.

»Wie ich vorhin bereits sagte«, erklärte Ari dann, darum bemüht, seinen momentanen taktischen Vorteil entschlossen auszunutzen,

»wie konnte eine Gruppe von Dorfbewohnern sich dazu verabreden, gemeinschaftlich ein Verbrechen zu begehen, das in dem Mord an einer jungen Frau gipfelte?«

»Da müßte ich Sie fragen, alter Junge«, erwiderte Jack, sich zu einem Lachen zwingend. »Sie sind doch der Fachmann für solche Sachen.«

»Nun, zumindest eines habe ich heute abend dazugelernt«, erwiderte Ari. »Auch Sie gehören zu der Verschwörung, die dieses Verbrechen deckt. Seltsam.«

»O du meine Güte! Da sind Sie aber ganz falsch gewickelt, Ari«, sagte Jack, stand von seinem Stuhl auf und füllte sich sein Glas bis zum Rand mit Scotch. »Sie sehen Sachen, die gar nicht existieren, und machen aus nichts Probleme. Entspannen Sie sich ein wenig, und fangen Sie an, das Leben zu genießen.«

»Das macht er doch schon«, sagte Gill und biß sich dann auf die Lippen.

Jack warf ihr einen vorwurfsvollen Blick zu. »Sein Privatleben geht uns nichts an«, sagte er. »Oder hat es vielleicht etwas mit dir zu tun?«

Gill errötete bis unter die Haarwurzeln, und Ari erhob sich rasch von seinem Stuhl.

»Ich muß mich schon wieder verabschieden. Habe morgen einen anstrengenden Tag vor mir und brauche meinen Schlaf. Gute Nacht.«

Tatsächlich war es ein langweiliger Tag, den Ari vor sich hatte. Er hatte sich vorgenommen, alle in den letzten fünfzig Jahren in Silver Bay Geborenen mit den in den Wahllisten, den Listen der Auswanderer und in den Sterbeurkunden verzeichneten Namen zu vergleichen. Seine Rolle würde sich in dieser Sache darauf beschränken, mit den entsprechenden Computerexperten im Präsidium zu telefonieren und dann einen Tag lang am Telefon auf ihren Rückruf zu warten. Die Bevölkerung von Südafrika war amtlicherseits sehr gut erfaßt, und jeder Bürger mußte einen Personalausweis bei sich tragen.

Die Information, die Ari benötigte, traf am darauffolgenden Nachmittag kurz vor fünf Uhr bei ihm ein. Unter den fünfzig

Frauen, die in der fraglichen, drei Jahre umfassenden Zeitspanne in Silver Bay das Licht der Welt erblickt hatten, gab es nur eine, die weder auf der Wählerliste oder der Liste der Auswanderer noch in einem Heirats- oder Sterberegister eingetragen war – und diese Frau war Rose September, Bill Septembers Schwester und Ramonas Tochter.

Am darauffolgenden Tag verbrachte Ari dann wirklich acht langweilige Stunden, in denen er die Verzeichnisse des Liegenschaftsamts und die Grundbucheintragungen von Silver Bay in den letzten fünfunddreißig Jahren überprüfte. Dabei entdeckte er, daß das Jahr 1964 für die Gemeinde offensichtlich von großer Bedeutung gewesen war. Acht farbige Personen, zu denen auch Ramona gehörte, hatten damals ihre bisher von der Fischereigesellschaft gemieteten Häuser im Grundbuch als ihnen gehörend eintragen lassen, und das traf auch für die Fernandes zu, die zwei Jahre zuvor geheiratet und sich damals rasch, was ihre Rassenzugehörigkeit betraf, als Farbige hatten umklassifizieren lassen. Die Eigentumsübertragungen waren von einer im selben Jahr gegründeten Gesellschaft für den Haus- und Grundstückserwerb von Angestellten betrieben worden, deren Inhaber die Palma Fish Processing, Ltd. war.
Sechs Monate später, wie Ari bei seinen Recherchen feststellte, kaufte Bill September dann seinen Fischdampfer – ohne auch nur einen Rand dafür anzuzahlen. Laut Kaufvertrag sollte er den Anschaffungspreis von den Profiten bezahlen, die der Eigentümer mit diesem Trawler in den nächsten fünfzehn Jahren machen würde – ein sehr großzügiges Verfahren, wie Ari fand. War das nun eine Erpressung oder eine Bestechung im großen Stil, deren Opfer oder Initiator Angelo Palma damals gewesen war? Und was für eine Rolle hatte dabei Angelos Sohn, Robs Vater, gespielt? Warum wurde er in den Dokumenten nirgends erwähnt? Was hatte Emanuel zu ihm gesagt? Sein bester Freund sei auf dem Privatfriedhof der Palmas begraben?
Das Büro des Innenministeriums lieferte ihm auch dafür die nötigen Unterlagen. Trevor Palma war im Juni 1964 im Alter von vierundzwanzig Jahren gestorben.

»Die Sache wird immer mysteriöser«, murmelte Ari.
Als er ins Revier zurückkehrte, nahm er sich dort noch einmal die Tonbandaufzeichnung vor, die er damals heimlich im Haus der Fernandes angefertigt hatte, als ihm Emanuel den von den Squatters in den Dünen ausgegrabenen Schädel überließ.
»Das alles ist doch längst Geschichte – und er hat dafür, weiß Gott, mehr als genug bezahlt.« – »Kann man ein Leben überhaupt mit Geld bezahlen?« – »Er ist mein Freund gewesen. Was würde er jetzt wohl von uns verlangen, wenn er noch lebte?« – »Er hat sie geliebt!« – »Er hat auch seinen Vater geliebt.« – »Gib ihm den Schädel!«
Ari steckte voller Vermutungen, aber es fehlten ihm die Fakten. Er brauchte handfeste Beweise, bevor er offiziell in einem weiteren Mordfall ermitteln und Angelo Palma vernehmen konnte.

Ari und Jean Graux trafen sich in der Regel jeden Freitagabend in der Humber Bar. Dort schäkerte Jean gerade mit dem neuen Barmädchen – einer reizenden Halbchinesin, die sich als Kellnerin das Geld für ihr Universitätsstudium verdienen wollte –, als Ari das Lokal betrat. Jean hatte sich den Bart stutzen und die Haare schneiden lassen. In seinem schicken karierten Hemd und der Mohairhose sieht er recht gut aus für sein Alter, dachte Ari.
»Kommen Sie gut voran, Ari?« fragte ihn Jean mit seiner dröhnenden Stimme, nachdem er Drinks für sie beide besorgt und Ari das neue Schankmädchen vorgestellt hatte, das Susan Lo hieß. »Wissen Sie inzwischen, wo Mandy versteckt gehalten wird? Oder wer die Hütten der Squatters angezündet hat?«
»Nein«, erwiderte Ari leise, »aber ich habe eine Theorie, die mir sagt, daß diese Verbrechen mit einem Mord zusammenhängen, der vor langer Zeit an der gleichen Stelle verübt wurde. Man hat mir den Schädel von einer jungen, ungefähr zwanzig Jahre alten Farbigen ausgehändigt, der in den Dünen gefunden wurde.
Vor achtundzwanzig Jahren«, fuhr Ari nachdenklich fort, »wurde hier ein Verbrechen begangen. Ich weiß zwar nicht, worum es ging, aber ich weiß, daß viele der noch heute hier ansässigen Bewohner darin verwickelt waren und daß das alles vermutlich zum Tod eines zwanzig Jahre alten Mädchens geführt hat. Ich habe den Schädel vor zwei Wochen an das gerichtsmedizinische Insti-

tut geschickt. Das Mädchen, von dem er stammt, ist offenbar an einer Fraktur des Hinterkopfs und einem gebrochenen Genick gestorben ...«

»Genug«, unterbrach ihn Jean nach einer Weile, »man bekommt ja eine Gänsehaut, wenn man so etwas hört. He, noch eine Runde!« setzte er dann mit lauter Stimme hinzu.

»Jetzt bin ich an der Reihe«, sagte Ari.

»Nein. Die geht auf meine Rechnung«, widersprach ihm Jean. »Ich hatte eine gute Woche und einen guten Fang, und jetzt habe ich eine Erkältung, die ich schon immer am besten mit meinem Hausrezept kurieren konnte – indem ich sie in Whisky ertränke, für den ich auch selbst bezahle.«

Er sah wirklich ein bißchen blaß um die Nase aus, wie Ari jetzt feststellte.

»Würden Sie mich danach auch zu meinem Boot zurückbringen?« fragte er.

»Selbstverständlich, wenn Sie das wollen«, erwiderte Ari.

»Und was passiert jetzt mit dem Schädel, den Sie nach Pretoria geschickt haben?« erkundigte sich Jean mit morbider Neugierde.

»Den werden sie dortbehalten.«

»Bekommt er – sie – denn kein christliches Begräbnis?«

»Letztendlich ja, wenn er nicht mehr für weitere Untersuchungen oder als Beweisstück gebraucht wird.«

Die Behandlung, mit der Jean seine Erkältung bekämpfte, war mehr als gründlich, und am Ende war er dann so betrunken, daß Ari ihn nur mit Hilfe des Barkeepers zu seinem Wagen schleppen konnte. Als er diesen dann am Kai abstellte, nahm er einen starken Rauchgeruch wahr und sah oben am Rand des Bergwaldes einen dünnen Streifen roter Flammen. Er ließ Jean in das am Kai vertäute Beiboot hinunter und sprang dann hinterher. Jean sang laut und trunken während der Fahrt zu seiner Yacht, und als Ari mit ihm dort ankam, wurde ihm klar, was für ein hartes Stück Arbeit es sein würde, Jean an Bord zu hieven. Er mühte sich fluchend mit seiner Last ab, während Jean dicht an seinem Ohr schmutzige Lieder sang und dabei so heftig schwankte, daß Ari fürchtete, das Beiboot könnte jeden Moment kentern.

Schließlich tat es das auch, und Ari, der sich Jean gerade auf den

Rücken geladen hatte, fiel so unglücklich, daß er mit dem Kopf gegen die Bordwand prallte. Ihm wurde einen Moment lang schwarz vor Augen, aber das eiskalte Wasser brachte ihn rasch wieder zur Besinnung. Ari kam unter dem umgestürzten Beiboot wieder an die Oberfläche und verharrte ein paar Sekunden lang regungslos in der Luftblase, die sich dort befand, um zu horchen, wo Jean jetzt war. Er atmete erleichtert auf, als er Jean schwimmen und dann sogar wieder singen hörte. Er stieg jetzt, den Geräuschen nach zu schließen, über ihm die Strickleiter hinauf und machte das Beiboot fest. Jean war so betrunken, daß er seinen Begleiter offenbar gar nicht vermißte.

Schön, dachte Ari bei sich. Da er jetzt sowieso schon naß bis auf die Haut war und Jean sein Beiboot morgen früh brauchen würde, konnte er die kurze Strecke zum Kai ebensogut schwimmend zurücklegen.

Als Ari ein paar Minuten später wieder auf den Kai hinaufkletterte, bemerkte er, daß das Feuer sich inzwischen tiefer in den Bergwald hineingefressen hatte. Der Wind, der jetzt den beißenden Qualm über der ganzen Bucht verteilte, trug ihm auch die Töne von »Rose of Tralee« zu, die Jean an Bord seiner Yacht schmetterte. Jean hatte, obwohl er voll war wie eine Haubitze, noch immer eine sehr schöne Baritonstimme, stellte Ari fest.

Vom Wind angefacht, breitete sich der Brand schnell auch auf die Nachbarhänge aus und verschlang in einer an die fünfzig Meter hohen Feuerwalze Büsche und Bäume. Die Bewohner der Häuser in den oberen Hanglagen mußten evakuiert werden, und die Polizei, freiwillige Helfer und Armeeangehörige versuchten Seite an Seite mit den Feuerwehren den Brand einzudämmen, während Hubschrauber mit Wasser und Chemikalien die Flammen aus der Luft bekämpften. Wie viele andere hatten auch die Bronsons großes Glück, daß nur ein hölzerner Schuppen am Colonelen Rand ihres Grundstücks abbrannte und die Sträucher dort versengt wurden, während ihr Wohnhaus und das Cottage unversehrt blieben.

Wie immer folgte der übermäßigen Hitze Regen. Und nachdem es zwölf Stunden lang wie aus Kübeln gegossen hatte, waren von dem Brand nur noch der Geruch von nasser verbrannter Vegetation, große schwarze Narben an den Bergflanken und qualmendes Gras übriggeblieben. Die Bewohner von Silver Bay, die ihre Berge liebten, zogen sich nun alte Kleider und Stiefel an und stiegen die Hänge hinauf, um noch glimmende Restherde zu ersticken und nach verbrannten Schildkröten und Rehwild zu suchen.

»Das ist zuviel«, murrten sie. Die Brandkatastrophe war diesmal von einem alten Squatter ausgelöst worden, der im Wald Feuer gemacht hatte, um darauf sein Frühstück zu kochen, und dann die Kontrolle über das Feuer verloren hatte.

Eine ganze Lebensweise war in Rauch aufgegangen, und nun hatten ihre geliebten Berge das gleiche Schicksal erlitten. »Und das ist nur der Anfang«, versicherten sie einander mit grimmiger Stimme.

Mandy hatte inzwischen aufgehört, die Tage und Nächte zu zählen. Sie lag zusammengerollt auf ihrem Bett und wartete auf das Ende. Sie würde keinen Bissen mehr zu sich nehmen. So konnte sie nicht weiterleben. Warum sollte sie also ihren Tod nicht beschleunigen? Sie würde hier sterben, und niemand würde das jemals erfahren. Sie wollte sterben. Er sollte nur kommen und ihr Skelett streicheln. Er würde ja nicht einmal merken, daß sie längst tot war. Er war verrückt, und sie war in seiner Gewalt. Sie war wie eine Fliege, die sich in der Gewalt eines kleinen Kindes befand und der die Flügel ausgerissen wurden. Sie war zum Tod verurteilt, und sie konnte ihre Angst, ihre körperliche Anspannung und diese bittere Einsamkeit nicht mehr länger ertragen. Es hatte keinen Sinn mehr, sich irgendwelche Hoffnungen zu machen. Keinen Sinn mehr, etwas zu essen. Sie lag zusammengerollt wie ein Fötus auf ihrem Bett und gab sich einer lautlosen Verzweiflung hin.

Zuweilen spürte sie, wie jemand sie schüttelte. Und manchmal glaubte sie zu hören, wie eine Stimme flüsterte: »Wer bist du?«

Tage oder Wochen später merkte sie, wie jemand sie streichelte. »Rose, warum ißt du nicht? Du wirst zu mager. Wenn du nichts ißt, wirst du sterben.«

Sie wollte darauf nicht antworten. Warum sollte sie das auch? In letzter Zeit verfiel sie immer wieder in einen tranceartigen Zustand, der ihr ein wenig Trost spendete.

»Warum machst du das mit mir?« flüsterte sie, als er das nächstemal kam.

»Du mußt dich daran erinnern, daß du Rose bist. Du kannst nicht vor dem wegrennen, was du bist. Das mußt du lernen, weil du immer wieder wegzulaufen versuchst.«

»Ja. Vielleicht bin ich Rose«, sagte sie und driftete dann wieder in die andere Welt hinüber, in die er ihr nicht zu folgen vermochte.

Tage später kam sie dann wieder zu sich und spürte, daß sie sich übergeben wollte. Eine heiße, brennende Flüssigkeit wurde ihr eingeflößt. Ihr Körper erwachte auf eine schmerzliche Weise wieder zum Leben. Ein sanftes Licht kam von einer Ecke ihrer Zelle her, das ihren Augen zuerst weh tat, so daß sie rasch die Lider schloß. Als sie diese wieder öffnete, sah sie einen Mann neben sich sitzen, der einen Becher und einen Teelöffel hielt.

»Komm, öffne deinen Mund!« befahl er. »Nur noch ein bißchen was davon. Ja! Bist ein braves Mädchen.« Seine Stimme war tief und ihr vertraut. Es war die Stimme ihrer Träume. Noch ein Löffel von dieser heißen Flüssigkeit, und das Würgen im Hals holte sie gänzlich zurück in die Wirklichkeit. Sie starrte nun auf diese sich bewegende Hand, und allmählich nahm sie scharfe Umrisse an. Tränen der Dankbarkeit begannen ihr über die Wangen zu rinnen. Licht! Und sie konnte sehen! »Danke, danke«, murmelte sie. Seine Hände waren schön – lange, geschmeidige Finger. Und sie hatten eine von der Sonne gebräunte, rauhe Haut. So kräftige Hände. Sie sehnte sich nach deren Stärke. »Erlaube mir, daß ich mich wieder hinlege. Mir ist so schwindlig«, flüsterte sie.

»Nein, Rose. Du mußt essen. Wenn du tust, was ich von dir verlange, werde ich auch das Licht für dich brennen lassen. Versuche es!«

Er schob nun einen Teller Suppe in ihre Nähe; aber sie schüttelte den Kopf.

»Ich kann nicht.«

Da begann er wieder, sie zu füttern. Zwar bekam sie abermals einen Brechreiz, schluckte die Flüssigkeit jedoch gehorsam hinunter. Er fütterte sie wie ein Kind und wischte ihr nach jedem Löffel Suppe den Mund mit einem Tuch ab. Die Suppe brachte ihre Kraft zurück, und als sie sich langsam von ihrer Schwäche erholte, wurde sie hungrig und verschlang nun gierig die Hühnerbrühe.

»Lege deinen Arm um meinen Hals!« befahl er dann. Er packte sie bei den Schultern, zog sie vom Bett hoch und führte sie im Raum herum. Er drehte eine Runde nach der anderen mit ihr und erklärte ihr die ganze Zeit über: »Du bist sehr krank gewesen, Rose. Du wolltest jemand anderer sein. Du wolltest von mir wegrennen, aber jetzt weißt du, wer du wirklich bist.«

»Ja«, flüsterte sie. Mit ruckartigen, verzweifelten Bewegungen stolperte sie durch ihre Zelle.

Später, als sie vom Gehen erschöpft war, band er sie erst auf ihrem Bett fest, ehe er die Zellentür offenließ, um eine verzinkte Badewanne hereinzuschieben, die er dann mit warmem Wasser füllte, das er irgendwo draußen erhitzt hatte. Dann zog er sie sorgsam und umsichtig aus, und sie stand reglos und mit heißen Wangen da, von widersprüchlichen Gedanken erfüllt, während er sie so zu waschen begann, wie ihre Mutter sie einst gewaschen hatte, und sie fühlte sich ihm genauso nahe, als er ihr die Ohren, die Augen und all ihre intimen Körperteile wusch. Doch er war noch immer nicht zufrieden, und sie mußte sich über die Wanne beugen, während er ihre Haare einseifte und sie dann mit sauberem Wasser spülte. Als sie schließlich in ein Badetuch eingewickelt und trockengerubbelt war und er auch ihre Haare auf diese Weise getrocknet und dann gekämmt hatte, küßte er ihr Gesicht, ihre Wangen, ihre Lippen und ihre Augen. Zuletzt schob er sacht das Badetuch an ihrem Körper hinunter und küßte ihre Brüste, ihren Bauch und die Spalte in ihrem Venushügel.

»Meine Rose«, flüsterte er.

Sie hatte bisher noch nicht gewagt, ihn anzuschauen; aber als sie das nun tat, keuchte sie laut. Er war schon ziemlich alt und war eine recht rauhe, aber auch bezwingende Erscheinung. Seine Augen waren von einem überraschenden Blau, seine Gesichtszüge ebenmäßig, und er schien eine seltsame Mischung aus Brutalität

und Mitgefühl zu sein. Er hatte seine bereits weißen Haare kurz geschoren, aber diese seltsamen Augen erstrahlten in Liebe zu ihr. Sie fühlte sich von ihnen verzaubert.
»Ich scheine Sie zu kennen«, sagte sie ein wenig atemlos. »Ich habe Sie früher schon mal gesehen.«
»Ja, natürlich kennst du mich«, sagte er mit einem Lachen. »Ich bin dein Verlobter Jânek József. Du brauchst keine Angst mehr vor mir zu haben. Ich werde dein Leben lang für dich sorgen. Ich werde dich nicht mehr bestrafen. Du bist schon genug dafür bestraft worden, daß du mich verlassen hast, aber jetzt werden wir für immer vereint sein.«
Er goß jetzt wieder Brandy in die emaillierten Becher, und dann saßen sie in feierlichem Schweigen nebeneinander auf ihrem Bett und schlürften die Flüssigkeit. Er zündete sich eine Zigarre an, und die Luft war erfüllt von seinem Geruch. Es war ein ihr bereits vertrauter Geruch, der ihm stets angehaftet hatte, aber nun sog sie ihn sogar mit ihrem Atem ein. Er war in ihr Leben eingedrungen, in ihren Körper und in ihre Lungen, und es gab nichts, was sie dagegen unternehmen konnte – sie war von ihm überwältigt. Sie gehörte ihm, aber sie kämpfte noch immer gegen diese schreckliche Inbesitznahme an.
Sie nahm die Decke vom Bett und wickelte sich darin ein. »Du kämpfst noch immer gegen mich?« fragte er mit einem Lächeln.
Sie dachte: Du kannst nicht gewinnen. Ich bin immer noch ich. Nenn mich so, wie du willst – du wirst mich nicht erobern.
Sie wartete nun darauf, daß er wieder gehen sollte. Sie hatte Magenkrämpfe vor Angst, sehnte sich danach, von seiner Gegenwart befreit zu werden. Aber als er sich dann tatsächlich zum Gehen anschickte, klammerte sie sich an ihn und bat ihn zu bleiben.
»Wirst du aufhören, mich zu bekämpfen, wenn ich das tue?«
»Ja, o ja«, schluchzte sie.
Aber er ging trotzdem. »Ich werde bald wiederkommen und dann eine Weile bei dir bleiben«, sagte er.
Er kam später mit Schachteln voller Lebensmittel, einer Matratze und Decken zurück. Er machte sich auf dem Boden ein Bett, zog sich aus und stieg in die Wanne mit dem inzwischen kalten Was-

ser. Er stand darin und begann sich mit einem Schwamm zu waschen.

»Willst du mich waschen?« fragte er sie.

Sie schüttelte den Kopf, konnte aber den Blick nicht von seinem harten Bizeps und dem Muskelspiel unter seiner glatten, braungebrannten Haut abwenden.

Als er sich hinlegte, fing er bald an zu schnarchen, doch sie konnte keinen Schlaf finden. Am Morgen hatte sie geschwollene Augen, aber er schien das nicht zu bemerken. Er blieb den ganzen Tag bei ihr, fütterte sie, badete sie, massierte ihre Glieder und erweckte sie damit langsam wieder zum Leben. Und dabei beobachtete er jede ihrer Bewegungen und band sie am Bett fest, bevor er die Tür offenstehen ließ.

Als er sie dann in seine Arme nahm, wollte sie ihn anschreien, daß er sie loslassen solle. Aber wenn er sie dann tatsächlich losließ, sehnte sie sich wieder nach seiner Berührung.

In der darauffolgenden Nacht litt sie unter widersprüchlichen Wünschen. Sie wollte ihn umbringen, aber es verlangte sie auch danach, daß er sie vergewaltigte. Sie war sich nicht sicher, was sie wollte, aber er füllte ihr Universum aus. Es gab außer ihm nichts darin.

In der nächsten Nacht schlief er wieder ein, und sie stand auf, zog sich nackt aus und ging auf Zehenspitzen zu seinem Bett. Sie kroch hinter ihm unter seine Decke und spürte nun seinen Rücken, der so hart war wie Eisen.

Er drehte sich zu ihr herum. »Warum hast du so lange dafür gebraucht?« fragte er leise. »Küß mich!«

Sie hatte noch nie einen Mann geküßt. Das Gefühl seiner weichen, sinnlichen Lippen auf ihrem Mund war mit nichts vergleichbar, was sie bisher in ihrem Leben empfunden hatte. Schwerter der Lust schienen auf sie einzustechen und in ihren Bauch und ihre Lenden einzudringen. Sein Mund schien mit ihrem zu verschmelzen, seine Zunge liebkoste ihre Lippen, und sie schlang die Arme um seinen Hals und zog ihn dichter an sich heran. Ihre Schenkel gegen seine drängend, warf sie ein Bein über seine Hüften, leckte ihm das Gesicht ab und fuhr mit der Zungenspitze über seine Augenlider hin. Wie seltsam sich sein Penis anfühlte, der an ihrem Bauch pulsierte.

»Wer bist du?« fragte er rauh und schob sie von sich weg.

»Rose. Deine Rose.«

»Ja«, flüsterte er. »Ich dachte schon, du würdest nie mehr zur Besinnung kommen. Liebe mich, Rose. Ich habe dich so sehr vermißt.«

»Ja«, flüsterte sie. »Solange du bleibst. Bitte, verlaß mich nie mehr. Ich werde alles tun – alles...«

Kapitel 24

Melissas Haus war doch tatsächlich zum Geburtstag am 25. Februar fertig geworden, was Kate wie ein kleines Wunder vorkam. Melissa war entzückt und Kate plötzlich um zwanzigtausend Rand reicher.

Von diesem Moment an wußte sie sehr genau, wie ihre zukünftige Karriere aussehen würde. Aber sie hatte es nicht eilig damit, sie zu beginnen. Sie verbrachte die letzte Februarwoche faulenzend in und bei ihrem neuen Heim. Die Sonne brannte auf sie herunter und durchflutete sie, und sie hieß sie wie einen alten Freund willkommen. Die Hitze, die vom Boden aufstieg, drang durch ihre Sohlen in ihren Körper ein und lud sie mit ihrer besonderen Energie auf. Zuweilen kam es ihr so vor, als wäre sie nur eine Art Fata Morgana, eine sich durch eine Illusion bewegende, flüchtige und substanzlose Erscheinung, deren wahres Selbst sich größtenteils ganz woanders befand. Und deshalb gab sie sich damit zufrieden, darauf zu warten, daß sich ihr Leben ganz von selbst entfalten würde. Nur die Nächte bereiteten ihr Probleme, denn da vermißte sie Rob sehr. Aber sie behielt ihre Sehnsucht für sich und wartete darauf, daß die Zeit ihre Wunden heilte.

Als Ari an einem Sonntagmorgen beim Leuchtturm anlangte, war er überrascht und beglückt darüber, wie sehr er zu einem Teil dieser Familie geworden war. Kate warf sich in seine Arme. Dopey hüpfte an ihnen beiden hoch, Frikkie blickte mit einem zahnlosen Lächeln vom Feuer auf, ehe er sich wieder über die Glut beugte und sich auf die zehn Fische konzentrierte, die er dort in der Pfanne briet. Und dann eilte Tabson hinkend vom Wasser herauf.

»Onkel Ari – schau dir mal mein Bein an!« Er stolzierte nun, bei jedem Schritt das Bein mit dem Streckverband aufstoßend, vor ihm auf und ab. »Sieh nur – sie sind beide gleich lang!« Er holte ein Metermaß aus der Tasche. »Tante Kate hat mir das gegeben«, erklärte er scheu und warf Kate einen Blick zu, der Ari verriet, daß er sie geradezu glühend verehrte. Dann maß er sorgfältig sein linkes Bein vom Knie bis zur Sohle hinunter.

»Er macht das jeden Tag mindestens ein halbes dutzendmal«, flüsterte Kate Ari ins Ohr. Ihr Atem kitzelte ihn, und er hatte plötzlich das Verlangen, jetzt mit ihr zu schlafen. Aber da Tabson sich zu ihnen gesellt hatte, würde er das wohl auf einen späteren Zeitpunkt verschieben müssen. Er legte seine Hand auf ihre Hände und drückte sie fest.
»Siehst du das?« fragte Tabson mit seiner heiseren, halb gebrochenen Stimme. Er hielt das Metermaß hoch, die gemessene Länge mit dem Daumen markierend. »Und jetzt das andere Bein.« Mit feierlichem Ernst legt er nun dort das Maßband an. »Sie sind beide gleich lang«, stellte er triumphierend fest und lächelte jungenhaft und sorglos. Und aus irgendeinem Grund hatte Ari in diesem Moment einen Kloß im Hals.
Er war müde, hatte sich in der Nacht stundenlang ein Feuergefecht mit drei Squatters geliefert, die er dabei ertappt hatte, wie sie einen Supermarkt ausraubten. Er streckte sich nun im heißen Sand aus und wartete ungeduldig darauf, daß Frikkie mit der Zubereitung der Mahlzeit fertig wurde. Ein köstlicher Duft umschmeichelte seine Nase, und er war hungrig wie ein Wolf. Kate befand sich in der Küche und bereitete dort einen Salat zu, während die Kartoffeln in der Glut des Holzkohlenfeuers garten. Tabson war damit beschäftigt, Dopey einem Ball nachjagen und sich diesen von ihm immer wieder vor die Füße legen zu lassen. Tabson hatte in den letzten Wochen enorm an Selbstvertrauen gewonnen. Kate bekam ihm gut. Das konnte man dem Jungen ansehen.
Selbst der Gänserich schien an diesem Morgen auf eine seltsam freudige Art aufgeregt zu sein. Er breitete alle paar Minuten seinen gesunden Flügel aus und bewegte ihn heftig auf und nieder, während er sehnsüchtig zum Himmel hinaufzublicken schien, bevor er wieder das Gras in seinem durch Maschendraht geschützten Auslauf abzuweiden begann, der fast um den ganzen Turm herumführte.
»Wann wird man ihm denn den Gipsverband abnehmen können?« fragte Ari. »Er möchte fliegen.«
»Wer möchte das nicht?« erwiderte Kate. »Der Tierarzt ist sehr zufrieden mit ihm. Er hat ihn erst gestern untersucht und ge-

meint, daß wir ihn in zwei oder spätestens drei Wochen wieder in die Freiheit entlassen könnten. Es ist so ein herrlicher Tag. Wir werden hier draußen essen. Schau nur!« Sie deutete auf das Meer hinaus. »Da ist ein Delphin.«

»Eine ganze Schule davon«, sagte Ari, in die Richtung blickend, in die sie deutete. Das Wasser hatte eine satte türkisgrüne Farbe, doch im Licht der Vormittagssonne wurde jeder Brecher so durchsichtig wie Glas – eine schimmernde Masse hellgrünen Wassers, in der man die dunkleren Formen dieser Meeressäugetiere deutlich erkennen konnte, die in raschen Wendungen hin und her schossen und zuweilen einen Luftsprung machten, wobei sie sich offenbar gegenseitig zum Narren hielten. Zuweilen versäumt man den Augenblick, ging es Ari durch den Kopf. Man ist ständig damit beschäftigt, an Zukünftiges oder bereits Vergangenes zu denken, doch alles, was wir wirklich haben, ist das Jetzt. Man kann sein ganzes Leben auf diese Weise versäumen. Man stelle sich vor, daß man auf dem Totenbett liegt und keinen einzigen Moment des Hier und Jetzt erlebt hat. Außer vielleicht beim Sex. Da versucht doch jeder, sich an den Höhepunkt zu klammern und »verweile doch, du bist so schön« zu sagen. Ob wir heute abend miteinander schlafen werden? fragte Ari sich jetzt und mußte im nächsten Augenblick über sich selbst lachen. Da war er doch mit seinen Gedanken schon wieder bei der Zukunft und vergaß, das Spiel der Tümmler zu beobachten – vergaß zu leben.

Was ist das doch für ein prächtiges Mädchen, dachte er jetzt, als er Kate mit Papptellern und Plastikbestecken aus dem Turm kommen sah. Eine wahre Zigeunerin, die überall ein Zuhause schaffen und mit sehr wenig glücklich sein konnte. Sie hatte hier einen Garten angelegt, der sie mit Blumen und Gemüse versorgte, und mußte nicht erst zum Friseur gehen oder Make-up auftragen, um hinreißend auszusehen. Und sie war gutherzig – eine ideale Ehefrau. Sein ganzes Leben lang hatte er sich nach einem Mädchen gesehnt, das nicht nur gut aussah, sondern auch ein guter Mensch war. Sie hatte nur einen Fehler: sie hing noch immer an ihrem Ehemann.

Liebte er Kate? Ja, er liebte sie, mußte Ari sich jetzt eingestehen, und er sehnte sich danach, daß sie ihm für immer gehörte. Sie ging ihm nur selten aus dem Sinn. Schau sie dir nur an, wie sie sich jetzt über die Pfanne mit den gebratenen Fischen beugt – fast nackt in ihrem winzigen Bikini, und wie sie die langen, flachsfarbenen Haare über die von der Sonne gebräunten Schultern wirft, während ihre langen schlanken Beine zur Hälfte mit Sand bedeckt sind. Als er sie jetzt dabei beobachtete, wie sie mit der Gabel prüfte, ob die Fische auch gar waren, spürte er, wie sich das Verlangen nach ihr in ihm regte. Es war nicht der Sex oder das Aussehen, was ihn zu ihr hinzog. Er hatte ein tiefes Gefühl für sie entwickelt und bewunderte sie mehr als jede andere Frau, die er bisher in seinem Leben gekannt hatte. Ihr Aussehen war dabei nicht mehr wichtig.

»Kate, was wirst du machen?« flüsterte er, während er mit den Lippen über ihre Wange strich. »Ich liebe dich, Kate.«

»Es ist der Hunger, der da aus dir spricht«, meinte sie lachend.

»Du wirst doch nicht mehr zu Rob zurückkehren, nicht wahr?«

Kate sagte nichts darauf und wich jetzt, den Tisch deckend, seinem Blick aus.

»Sag mir, daß du nie mehr zu ihm zurückgehen wirst.«

»O Ari. Alles, was ich im Augenblick haben möchte, ist mein Seelenfrieden«, erwiderte sie. »Einen emotionalen Waffenstillstand. Was hat es für einen Sinn, über so etwas zu reden? Ich bin ja nicht einmal geschieden.«

Frikkie lenkte jetzt die Aufmerksamkeit der beiden auf sich, indem er zum Himmel hinaufdeutete und dann aufgeregt den Schrei einer Wildgans nachmachte: »Kra, kra, kra – ich wußte, ich wußte es!« rief er. Er beugte den Oberkörper nach vorn und ruderte wild mit den Armen, als er nun den Gänserich nachahmte, der über den Sand hüpfte. »Schaut ihn nur an! Er weiß, daß sie hier ist!« Da blickte Ari zum Himmel hinauf und sah, daß hoch über ihnen – so hoch, daß sie kaum größer war als eine Stecknadel am blauen Firmament – eine Gans kreiste.

Schuldbewußt fing er nun an, sich in Gedanken wieder mit seinen Fällen zu beschäftigen. Das hatte er nicht mehr getan, seit er hierhergekommen war – und das war auch nicht weiter verwunderlich, da er inzwischen rund um die Uhr arbeitete. Die Verbrechensrate war alarmierend angestiegen. Statistisch betrachtet, würde Silver Bay sich in dieser Hinsicht bald mit den Städten in Transvaal messen können. Auf seinem Schreibtisch häuften sich die Ermittlungsakten, und viele Fälle würden vermutlich ungelöst bleiben. Und da war auch noch der Fall Mandy. Er runzelte die Stirn und ließ im Geist jetzt alle Fakten, die er bisher in dieser Sache zusammengetragen hatte, Revue passieren.

»Ari, genieß den Tag«, hörte er da Kate sagen. »Du arbeitest schon wieder, nicht wahr?«

Er lachte. »Vielleicht sollte ich meine Badehose anziehen, damit ich weiß, daß ich nicht im Dienst bin«, erklärte er, erhob sich aus dem Sand und ging zum Leuchtturm hinauf.

Als er wieder zurückkam, war Kate gerade dabei, die inzwischen fertiggebratenen Fische auf die Pappteller zu verteilen. Ari entkorkte eine von den Weinflaschen und öffnete die Flasche Coke, die er für Kate und Tabson mitgebracht hatte, der gerade die gebackenen Kartoffeln, die er aus der Glut herausgeklaubt hatte, von ihren Hüllen aus Alufolie befreite. »Autsch!« rief er laut, als er sich dabei die Finger verbrannte, aber er wollte um keinen Preis Frikkie diese Arbeit überlassen.

Dann fielen sie alle vier hungrig über das Essen her. »Du verstehst was vom Kochen!« rief Ari Frikkie zu, der sich in einiger Entfernung von ihnen im Schatten eines Wolfsmilchbaumes niedergelassen hatte. »Die Soße ist ganz große Klasse!« Ari reckte zum Zeichen seines uneingeschränkten Lobes seinen rechten Daumen in die Höhe, und Frikkie bedankte sich für dieses Kompliment mit einem breiten Grinsen und einem Blitzen in den Augen.

Sie aßen und tranken und schliefen dann beide, ein wenig benebelt von dem Wein und der Hitze, auf dem Sand ein. Als sie mit dem Gefühl, von der Sonne geröstet zu werden, wieder aufwachten, rannten sie in die eiskalte Brandung hinein und schwammen in gemächlichem Kraul einmal durch die ganze Bucht, worauf sie sich dann abermals in der späten Nachmittagssonne in den Sand legten, um ihre frostklammen Glieder wieder zum Leben zu erwecken. Ari holte noch eine Flasche Wein aus seinem Kofferraum und entkorkte sie.

»Was für ein Leben!« sagte er und hob sein Glas, um mit Kate anzustoßen.

»Ja – für uns. Für uns ist es perfekt. Aber wie sieht es für jene dort aus?« meinte sie stirnrunzelnd.

Für jene dort? Warum muß sie uns jetzt diesen wunderschönen Tag verderben? Am Montag war es doch noch Zeit genug, wieder an »jene dort« zu denken, dachte er ein wenig verstimmt und sagte ihr das auch, womit er nur ihren Unmut herausforderte.

»Es muß dir doch klarsein, daß die meisten von ihnen hungern – oder etwa nicht? Ja, genau hier am anderen Ende des Strands. Sie leben dort von Speiseresten, die sie in den Mülltonnen finden, und von der Suppe, die Meg kostenlos an sie verteilt. Frikkie fängt für sie Fische, aber davon können höchstens ein paar von ihnen satt werden. Einige von den hier Ansässigen haben Decken an sie verteilt, und wenn es regnet, suchen sie in irgendeinem alten Gemäuer oder unter irgendeinem Dach Unterschlupf – zum Beispiel in den Toiletten, die sich am Ende des Strands befinden. Es ist schrecklich, daß menschliche Wesen unter solchen Bedingungen leben müssen. Und niemanden bekümmert das«, warf sie ihm jetzt hin. »Keinen – oder bekümmert es vielleicht dich?«

»Ich glaube, schon. Nur weiß ich nicht, wie ...«

»Das ist das Problem. Jeder denkt so. ›Ich kann nicht viel tun, also lasse ich es lieber ganz bleiben.‹ Aber diese Menschen leiden schrecklich ...«

Er brummelte etwas Unverständliches. Er wünschte sich so sehr, daß sie dieses Thema jetzt aufgeben würde. Er wollte wenigstens einen Tag lang frei sein von den Sorgen seines Berufs – von all den Verbrechen, dem Schmutz und den zahllosen sozialen Ungerechtigkeiten, mit denen er die ganze Woche über konfrontiert wurde. Aber sie ließ nicht locker, sondern fuhr fort:

»Ich habe am Freitag mit dem Rat telefoniert und dort mit dem regionalen Manager gesprochen. Weißt du, was er zu mir sagte? ›Das ist kein Wohlfahrtsstaat, Mrs. Palma.‹« Ihre Stimme nahm einen harten Akzent an. »›Und solange die neue Legislative keine Gesetze gegen Landstreicherei erlassen hat, können die Squatters sich auf einem Strand, einem Berg oder irgendeinem anderen Ort niederlassen, der ihnen gefällt, und wir besitzen keine gesetzliche Handhabe, ihnen das zu verwehren.‹ Ich wollte ihnen das

nicht ›verwehren‹«, setzte sie ungehalten hinzu, »sondern ich wollte ihnen helfen!
Ich erinnerte ihn dann daran, daß der Rat diesen Leuten doch Land zuteilen wollte. Weißt du, was er mir darauf anwortete? All diese Zusagen seien jetzt nichtig, weil die Ortsansässigen jedes Interesse an einer Ansiedlung dieser Leute verloren hätten und den Rat nicht mehr dazu drängten, diesen Land zuzuweisen. Und warum drängen sie nicht mehr?« erklärte sie erbittert. »Ari, hör mir jetzt bitte zu! Du scheinst mit deinen Gedanken ganz woanders zu sein.« Ari tat jetzt so, als würde er schlafen, aber sie rüttelte ihn an der Schulter. »Weißt du, warum nicht? Weil die Squatters jetzt nicht mehr ihre Immobilienwerte bedrohen. Als sie hier saßen – auf dem Land direkt hinter uns, also mitten auf der wertvollsten Immobilie von Silver Bay –, waren die meisten hier Ansässigen dazu bereit, ein Opfer zu bringen und sie an einer anderen Stelle mit Land zu versorgen.« Ihre Stimme bebte nun vor Entrüstung. »Doch jetzt sind sie über die Strände, die Berghänge oder irgendeinen anderen entlegenen Winkel verstreut, wo sie vegetieren oder verhungern können, ohne damit einen größeren finanziellen Schaden anzurichten.«
»Aus dir spricht eine echte Liberale«, meinte er lachend.
»Wie kannst du nur so gefühllos sein!« Sie schien sich nun in Wut hineinzusteigern. »Weißt du, daß einige von ihren Kindern diese schrecklichen Bauchparasiten haben, unter denen sonst nur Bewohner der dritten Welt zu leiden haben – ich komme jetzt nur nicht auf den Namen –, und drei von ihnen bereits an Lungenentzündung gestorben sind?«
»Ja, ja, ja!«
»Und das läßt dich kalt?«
»So etwas passiert überall, Kate. Vielleicht ist der Kontrast hier besonders kraß, weil die Reichen und die ganz Armen so dicht beieinanderhocken. Aber wenn du dich in den Cape Flats umschaust, wirst du dort Hunderttausenden von solchen armen heimatlosen Leuten begegnen.«
»Ich habe beschlossen, etwas in dieser Sache zu unternehmen«, sagte sie. Und ihre Augen hatten jetzt diesen eigensinnigen Glanz angenommen, den er nur zu gut an ihr kannte.

Danach erwähnte sie die Squatters nicht mehr, und Ari atmete erleichtert auf. Tabson war in den Turm hineingegangen, um sich dort mit seinem neuesten elektronischen Spielzeug zu beschäftigen, und da sie jetzt allein waren, streichelte er ihr den Rücken und spürte, wie sie unter seiner Berührung erschauerte und manchmal sogar stöhnte vor Behagen. »Du hast meine Frage noch nicht beantwortet, Kate«, murmelte er und wünschte, er könnte sich nun den Mund verbieten. »Ich möchte wissen, wo ich stehe. Liebst du noch immer diesen schrecklichen Mann, mit dem du verheiratet bist?«

Sie zuckte mit den Achseln. Dann stand sie auf und streckte sich. »Es ist viel zu heiß, um mich ernsthaft mit so einer Frage auseinandersetzen zu können«, sagte sie. »Laß uns lieber schwimmen gehen.« Sie rannte zum Strand hinunter, während Ari so tat, als wäre er eingenickt. Um keinen Preis der Welt würde er sie jetzt wissen lassen, wie gekränkt er war.

Als dann die Sonne unterging, kam Frikkie zu ihnen gerannt, von einem hinkenden Tabson begleitet, der ihm dicht auf den Fersen blieb. Frikkie deutete abermals zum Himmel hinauf, wo Ari wieder einen großen Vogel kreisen sah, aber viel tiefer jetzt als noch vor ein paar Stunden. Dann ging er plötzlich in einen Steilflug über und schien mit einem wilden Geflatter wie ein Stein vom Himmel zu fallen. Es folgte ein seltsam wirbelndes Geräusch, als die wilde Nilgans nun direkt neben Tabsons Schoßtier in dem Gehege landete.

Es gab ein lautes Trompeten und Gezeter, als die beiden Gänse umeinander herumtanzten. Tabson hüpfte vor Freude auf und nieder, während Frikkie mit hin und her pendelnden Armen zu seinem Schuppen lief, um dort ein paar Maiskörner für die eben gelandete Nilgans zu holen. Diese flog ein paarmal auf und setzte sich in einen Baum in der Nähe, wo sie dann fürchterlich nach ihrem Partner schrie. Aber da der nicht fliegen konnte, kam sie jedesmal wieder zu ihm zurück und zankte sich lautstark mit ihm. Kate war von dem Treiben dieses wiedervereinten Gänsepaares so sehr gefesselt, daß sie Aris Gegenwart vergessen zu haben schien.

Ich kann jetzt ebensogut nach Hause fahren, dachte er verdros-

sen. Kate würde nun stundenlang mit der Betrachtung dieser beiden Gänse beschäftigt sein. Wenn er hierblieb, würden sie sich nur streiten.
»Ich sollte jetzt wohl besser gehen«, sagte er. »Du scheinst mir mit deinen Gedanken weit weg zu sein.«
Sie blickte überrascht hoch und lachte dann über ihn. »O Ari, so kenne ich dich ja gar nicht! Eifersüchtig auf eine Gans? Oder ist es etwas anderes, was dich stört?«
»Weder – noch«, erwiderte er. »Ich werde in einer Stunde zum Dienst erwartet«, log er. Was hatte es für einen Sinn, ihr eine Szene zu machen? Sie hatte seine Frage ja bereits auf ihre Weise beantwortet. »Wir sehen uns«, sagte er und ging.

Um sieben Uhr am darauffolgenden Morgen erhielt Ari einen dringenden Anruf, zog sich rasch an und fuhr zum Revier. Dort wurde er bereits von einem unrasierten Gerber im Trainingsanzug und mit verquollenen Augen erwartet.
»Die Bewohner von Silver Bay sind außer sich vor Wut«, erklärte er und entnahm seinem Schreibtisch einen Rasierapparat. »Seit vier Uhr morgens läutet bei uns ununterbrochen das Telefon. Fast jeder Bewohner im Umkreis von einer Meile hat uns davon informieren wollen, daß die Squatters wieder das Land von Mrs. Palma besetzt haben, aber diesmal auf *ihre Einladung* hin. Die Dame muß den Verstand verloren haben. Sie hat sogar selbst das Tor für die Squatters aufgeschlossen. Es ist Ihnen sicherlich bekannt, daß Rob dieses Gebiet hat einzäunen lassen, mit Stacheldrahtrollen und allerlei anderen Sachen, um es unbetretbar zu machen. Ich wünschte zu Gott, daß die beiden ihre Ehezwistigkeiten für sich behielten und nicht öffentlich austrügen. Sie schneidet sich damit ja nur ins eigene Fleisch. Rob will dort nämlich ein Superluxuswohnungsprojekt verwirklichen, von dem er schon so lange träumt, müssen Sie wissen, und sie möchte ...«
»Ich weiß, was sie möchte«, fiel ihm Ari hier ins Wort. »Aber wissen Sie es auch?« Er sah, wie Gerbers Gesicht dunkelrot anlief. »Sie will die Bronsons, die Septembers, die Palmas und die übrigen Ultrareichen, die hier Häuser in der allerbesten Wohnlage besitzen, dazu bringen, sich zusammenzusetzen und möglichst

rasch nach Alternativen für die Unterbringung der Squatters zu suchen. Sie hat mir so etwas angedeutet. Aber ich hatte, ehrlich gestanden, nicht geglaubt, daß sie ihren Plan in die Tat umsetzen würde. Ich hoffe nur, daß sie sich das alles auch gründlich überlegt hat. Sie wird eine Menge Scherereien von den Einheimischen bekommen.«

Er ging zum Getränkeautomaten und holte sich dort einen Pappbecher voll Instantkaffee. Er hatte Kopfschmerzen von dem vielen Wein, den er getrunken oder weil er zu lange in der Sonne gelegen hatte. Es konnte aber auch seine Frustration daran schuld sein.

»Ich habe noch nie erlebt, daß Kate sich auch nur einen Deut darum schert, wie es anderen Leuten geht, und ich kenne sie nun schon ziemlich lange«, sagte Gerber und rieb sich das Kinn an der Stelle, wo er sich gerade mit dem Rasierer geschnitten hatte.

Ari seufzte. »Sie ist eine Frau voller Widersprüche. Aber ihr Herz sitzt am richtigen Fleck.«

»Möglich, daß das nicht von Dauer ist. Die Leute hier werden ihr die Haut bei lebendigem Leib abziehen. Jemand hat die Squatters schon einmal ausgeräuchert, und so etwas könnte sich wiederholen. Sie sollte da auf der Hut sein. Womit ich nicht sagen will, daß sie das nicht verdienen würde, was man ihr alles antun könnte.«

Ari warf ihm jetzt einen neugierigen Blick zu. Gerber hatte soeben zum erstenmal eingeräumt, daß das Feuer im Squatter-Camp gelegt worden war. »Vielleicht wissen Sie etwas, was ich nicht weiß. Vielleicht sollte ich Sie ins Verhör nehmen ...«, begann Ari.

»Blödsinn! Ich weiß soviel wie Sie, und das ist verdammt wenig. Nur scheinen Sie nicht zu wissen, wann man schlafende Hunde nicht wecken sollte. Was hat Ihnen denn Ihre Schnüffelei bisher eingebracht? Daß Sie sich damit bei der Hälfte der Stadt in die Nesseln gesetzt haben. Der Lösung Ihrer diversen Fälle sind Sie dabei nicht einen Schritt näher gekommen. Bisher haben Sie auch nicht einen einzigen Hinweis bekommen, wo diese Mandy versteckt sein könnte.

Und jetzt hören Sie mir mal zu, Ari. Ich habe Sie angerufen, weil ich Sie brauche. Ein paar Heißsporne haben eine Straßensperre errichtet und blockieren damit die Zufahrt zur Lagune. Sie wollen auf diese Weise die Squatters daran hindern, Kates Land zu betreten. Vielleicht sind das die Mörder, nach denen Sie suchen – wer weiß? Fahren Sie dorthin, und versuchen Sie, ihnen das, was sie vorhaben, auszureden. Sagen Sie ihnen, daß die Squatters, die jetzt dieses Land besetzen, von der Eigentümerin dazu eingeladen wurden. Vielleicht nehmen sie Ihnen das nicht ab. Das würde mich nicht wundern. Ich habe ja selbst Schwierigkeiten damit, das zu glauben.«

Gerber hat recht, stellte Ari fest, als er bei der Kreuzung anlangte, wo sich die Straßensperre befinden sollte. Dave, Jack und sechs weitere Männer aus dem weißen Wohnviertel riegelten dort, bis zu den Zähnen bewaffnet, die Straße zur Lagune ab.
»Laßt das bleiben, Jungs«, begann Ari mit ruhiger Stimme. »Hören Sie, Jack – Sie können nicht gewinnen.«
Da tänzelte Jack, die Fäuste vors Gesicht gehoben, im Stil der Boxer um die Jahrhundertwende auf ihn zu. »Ich möchte Sie nicht verletzen, Ari, mein Freund«, sagte er. Er sah ein wenig lächerlich aus, als er nun vor Aris Nase schattenboxte.
Ari unterdrückte ein Grinsen. »Ich bin nicht als Freund, sondern als Vertreter des Gesetzes hierhergekommen«, erklärte er mit strenger Stimme.
»Verpiß dich«, sagte Dave, der Zahnarzt, »oder du könntest sonst aus Versehen erschossen werden.«
»Muß ich erst Verstärkung anfordern? Möchten Sie gern in einem Lastwagen mit vergitterten Fenstern zum Revier gebracht werden? Wissen Sie, daß es jetzt in unseren Gefängnissen keine Rassenunterschiede mehr gibt? Können Sie sich vorstellen, was Ihnen des Nachts passieren könnte, wenn man Sie in einer Gemeinschaftszelle unterbringt?«
»Du verdammter Kommunist!«
»Du lebst ja nicht hier!«
»Ja, scher dich zum Teufel! Das hier hat nichts mit dir zu tun.«
»Halt dich da raus, wenn du weißt, was gut für dich ist!«
Dave zog jetzt einen Revolver aus der Tasche und fuchtelte damit vor Aris Gesicht herum.

Ich könnte ihn entwaffnen, dachte Ari, aber diese Leute sind so erregt, daß die kleinste Provokation genügt, um sie zu irgendeiner Wahnsinnstat zu verleiten.
Sie kreisten ihn nun mit grimmigen Gesichtern ein. Sie sahen aus wie Komparsen in einem Wildwestfilm, in dem gerade eine Lynchjustizszene gedreht werden sollte. Aber Ari war sich der Gefahr sehr wohl bewußt. Wenn sie ihn jetzt gemeinsam angriffen, würde er vielleicht noch zwei von ihnen niederschießen können, bevor er selbst tot war. Er konnte ihren Gesichtern ansehen, daß sie jetzt jeden Moment die Kontrolle über sich verlieren konnten.
»Seid ruhig und hört mich an«, sagte er. Er hatte inzwischen den Finger am Abzug seines Dienstrevolvers und stellte sich rasch mit dem Rücken gegen eine Eiche am Straßenrand. »Mrs. Palma war so freundlich, den Squatters so lange ihr Land zur Verfügung zu stellen, bis der Rat ihnen ein anderes Siedlungsgebiet zuweist, was ja nicht lange dauern wird, wie ihr versprochen wurde. Als engagierte Naturschützerin möchte sie damit weitere Brände in den Bergwäldern verhindern und ...«
»Ha! Sie ist eine verdammte Kommunistin! So wie du ...« Dave brach ab und drehte sich um. Man konnte jetzt in der Ferne Stimmen und das Schlurfen nackter Füße auf der mit Kies bestreuten Straße hören. Eine Gruppe von Frauen näherte sich ihnen jetzt.
»Sie verstoßen gegen kein Gesetz«, sagte Ari da rasch. »Sie wurden zum Betreten dieses Landes eingeladen. Daran könnt ihr nichts ändern.«
»Hau ab!« Dave trat jetzt viel zu dicht an ihn heran. Ari sah den Schlag kommen und zögerte. Er wollte den Mann nicht erschießen. Der Fausthieb riß ihn von den Beinen. Er fiel zu Boden und schlug dabei mit dem Hinterkopf auf. Er hatte seinen Revolver noch in der Hand, und er war zum Glück nicht losgegangen. Jack half ihm wieder vom Boden auf. »Sind Sie okay, Ari?« fragte er. Die Männer brüllten ihm etwas mit wutverzerrten Gesichtern zu und klaubten Steine vom Boden auf, aber Jack schirmte ihn mit seinem Körper ab.
Ari schob ihn zur Seite. »Bringen Sie Ihre Freunde wieder zur Vernunft, Jack«, sagte er. »Und vielen Dank.«

Die Frauen waren inzwischen auf der Straße stehengeblieben. Sie hatten offensichtlich Angst, noch weiter auf die Kreuzung zuzugehen. Eine von ihnen rief einem Mann etwas zu, der, mit Wellblechen beladen, der Gruppe von Frauen folgte. Der warf seine Last nun zu Boden und bewaffnete sich mit einem dicken Knüppel. Sein Gesicht war eine häßliche, bedrohliche Fratze, als er dort mitten auf der Straße stand und andere Männer zu ihm aufschlossen.

Dave und dessen Freunde waren jetzt unentschlossen und unterhielten sich aufgeregt miteinander.

»Dave, hören Sie mich an«, sagte Ari mit ruhiger Stimme. »Sie können zwar diese Runde gewinnen und mich sogar töten, aber auf lange Sicht gesehen können Sie nur verlieren. Ihr müßt eine andere Lösung für das finden, was ihr tun müßt. Für Gewaltanwendungen ist es jetzt zu spät.«

Es vergingen noch ein paar bedrohliche, unheilschwangere Minuten, bevor Dave und seine Freunde, während sie etwas von kommunistischen Polizisten und deren Huren murmelten, die Kreuzung räumten. Und Ari dachte, daß er sich glücklich schätzen durfte, mit einer geschwollen Backe davongekommen zu sein.

Er saß in seinem Wagen, den schmerzenden Kopf in die Hand gestützt, und sah diese schier endlose Schar von Männern, Frauen und Kindern an sich vorbeiziehen. »Was hast du da nur angerichtet, Kate«, flüsterte er. »Du allein gegen die ganze Stadt? Ich hoffe, daß du auch so zäh bist, wie du zu sein glaubst.«

Kapitel 25

Kate zog sich gerade an, als sie hörte, wie im Erdgeschoß ein Ziegelstein das Fenster zerschmetterte. Dopey fing an zu knurren und bellte dann laut. Geschockt und keuchend vor Zorn nahm sie mit bebenden Händen ihre Pistole vom Nachttisch und lief die Treppe hinunter zum nächsten Stockwerk, das Tabson bewohnte. Er schlug die Augen auf.

»Was ist denn los?«

»Schlaf weiter und bleib hier oben«, erwiderte sie.

Während weitere Steine durch das eingeworfene Fenster flogen, lief sie auf wackligen Knien weiter und schrie: »Nein ... nein ...!« Während sie die Stufen hinunterrannte, murmelte sie: »Gütiger Gott – verhindere, daß Dopey zu Schaden kommt.« Inzwischen war ihr Wohnzimmer im Erdgeschoß zu einer aus Glassplittern und Ziegelsteinbrocken bestehenden Müllhalde geworden. Dopey war zwar heiser vom Bellen, aber sonst unversehrt. Sie schob ihn rasch in die Vorratskammer neben der Küche und verriegelte die Tür.

Ein hämisch grinsendes Gesicht tauchte vor einem der Fenster auf, während ein Stein auf der Tischplatte landete und auf sie zu schlitterte.

»Du Bastard!« fauchte sie und gab einen Warnschuß aus ihrer Pistole ab. Obwohl sie hoch über seinen Kopf gezielt hatte, schien ihn die Kugel ein paar Haare gekostet zu haben, so daß sie erschrocken die Luft anhielt. Sie hätte den Mann ja beinahe erschossen! Wie hatte sie nur so etwas tun können? Der Mann stieß einen Schrei aus und lief dann vom Fenster weg. Kate rannte zur Eingangstür und suchte dort in fliegender Hast die Sperrkette aus ihrer Schiene zu lösen. »Bastarde ... Bastarde ...«, murmelte sie dabei immer wieder und begann vor Wut zu weinen. Als sie endlich die Sperrkette entfernt hatte, riß sie die Tür auf und schoß noch einmal über die Köpfe der flüchtenden Jungen hinweg.

Was waren das für Leute? Sie hatte keinen von ihnen gekannt. Also stammten sie offenbar auch nicht aus dieser Gegend. Hatte

da jemand ein paar Gangster angeheuert, die ihr angst machen sollten?
»So ein Mist«, klagte sie, als sie ihr verwüstetes Wohnzimmer betrachtete.

Als Kate etwas später an diesem Vormittag nach Silver Bay fuhr, um dort Fensterglas und Kitt zu kaufen, mußte sie feststellen, daß der Ladenbesitzer sie nicht bedienen wollte.
»Ich bin jetzt als nächste dran«, beschwerte Kate sich bei ihm, doch der ignorierte sie.
»Ich verlange...« Sie beendete den Satz nicht, als sie die anderen Kunden mit versteinerten Gesichtern vor sich hin starren sah.
»Sie müssen mich bedienen, da ich meine Einkäufe bar bezahle und auch ein guter Kunde von Ihnen bin«, sagte sie jetzt.
»Sie irren sich, Mrs. Palma. Ich habe das Recht, die Bedienung eines Kunden abzulehnen, und ich mache jetzt von diesem Recht Gebrauch.«
»Ihr seid alle kurzsichtige Narren«, schnaubte sie. »Ihr werdet mich hier nie mehr sehen.«
»Sehr gut«, hörte sie jemanden sagen, als sie kehrtmachte und rasch den Laden wieder verließ.
»Mach dir nichts daraus«, flüsterte sie sich zu, »es gibt auch noch andere Eisenwarenhandlungen in dieser Stadt.«
Am Nachmittag wurde Tabson dann von ein paar Jungen aus Silver Bay angegriffen, als er vor der Schule darauf wartete, daß sie, Kate, ihn dort mit dem Wagen abholte. Ihn schien das Ganze nicht sonderlich berührt zu haben, da er die Angreifer nach einem kurzen Handgemenge in die Flucht geschlagen hatte. »Ich habe sie mit meinem Gipsfuß in den Hintern getreten«, erklärte er stolz. »Du hättest sie hören sollen. Die quietschten wie die Ferkel.«
»Du mußt behutsamer mit deinem Bein umgehen«, sagte sie da in einem viel strengeren Ton, als ihr lieb war.
Panik regte sich in ihr. Wo konnte sie Tabson hinschicken, damit er in Sicherheit war? Würde Melissa ihn vielleicht eine Woche lang nehmen?
Zu Hause saß sie dann mit ihrer Pistole unten im Turm, um ihn

und Dopey zu bewachen, als der Hund nach einer Weile wieder hysterisch zu bellen begann. Sie spähte durch eines der Fenster im Erdgeschoß und sah eine Schar uniformierter Männer von einem Lastwagen heruntersteigen und sich um den Leuchtturm herum verteilen. Die Männer sahen ihr jedoch nicht nach Polizisten aus. Wurde sie jetzt etwa in ihrer Wohnung belagert?

Sie lief nach draußen. »Was, zum Teufel …? Wer sind Sie …?«

»Wir sind hier, um Sie und den Leuchtturm zu beschützen, Mrs. Palma«, sagte einer von den Männern und legte die Hand grüßend an seine Schirmmütze. »Mr. Palma hat einen Vertrag mit unserer Firma abgeschlossen, in dem wir uns verpflichten, heute und in absehbarer Zukunft für Ihren Schutz zu sorgen. Oder so lange, bis Ihr Gatte meint, daß Sie und Ihre Wohnung nicht mehr gefährdet sind. Er sagte uns, daß er dabei nicht nur an die Einheimischen denkt, sondern auch an die Squatters, denen Sie jetzt Zugang zu Ihrem Land verschafft haben.« Sie fühlte sich bei diesen Worten unglaublich erleichtert und rannte wieder in den Turm hinein, damit der Mann ihre Tränen nicht sah.

Aber warum? Warum weine ich jetzt, fragte sie sich. Solche Angst hatte sie ja nun auch wieder nicht gehabt. Sie hatte vielmehr das Gefühl, als wäre sie neu geboren. Rob liebte sie also noch immer. Er machte sich ihretwegen Sorgen. Er war so sehr um sie besorgt, daß er sogar Männer anheuerte, die sie beschützen sollten. Dann dachte sie: Ist das nicht der Grund gewesen, weshalb ich ihn verließ? Weil er versuchte, mein Leben zu organisieren?

Ein paar Minuten später sprach sie mit Rob am Telefon. »Hör auf, dich in mein Leben einzumischen«, sagte sie mit fester Stimme. »Doch vielen Dank dafür, daß du um mich besorgt bist. Darüber habe ich mich gefreut. Aber ich muß schon selbst auf mich aufpassen.«

»Ich habe vor, mich gänzlich aus deinem Leben zurückzuziehen«, erwiderte er. »Mein Anwalt ist gerade dabei, die Scheidung einzureichen. Aber ich bin nicht bereit, untätig dabei zuzuschauen, wie man dich mit Steinen bewirft oder auf eine andere Weise dein Leben gefährdet. Ich mag dich noch immer, Kate, selbst wenn du dich soeben zu der unpopulärsten Frau von Silver Bay

gemacht hast. Und das mindeste, was ich für dich tun kann, ist, für deine Sicherheit zu sorgen.«
»Du und Angelo haben mich zur unpopulärsten Frau von Silver Bay gemacht, als ihr meinen Vater auf schändliche Weise hintergangen und in den Bankrott getrieben habt«, sagte sie und legte auf.

Kate wäre beinahe zusammengebrochen unter der Flut unsäglicher Gemeinheiten, die sich in den nächsten zwei Wochen über sie ergoß. Diese erreichten sie tagsüber in der Form von Telegrammen und von durch Boten zugestellten Drohbriefen und des Nachts in Gestalt von anonymen Anrufern, die sie wüst beschimpften. Sie hätte nie gedacht, daß Menschen so gehässig sein könnten. Als schließlich sogar der Leiter der Lokalredaktion ihrer Provinzzeitung bei ihr erschien, um sie zu interviewen, wurde sie ganz blaß vor Schreck. Sollte sie nun auch von der Presse in den Schmutz gezogen werden?
»Mrs. Palma? Freut mich, Sie kennenzulernen. Wir sind gerade dabei, das Squatter-Problem zum Thema einer Artikelserie zu machen«, sagte er. »Würde es Ihnen etwas ausmachen, mit ein paar Sätzen zu dem Artikel Stellung zu nehmen, den wir in der morgigen Ausgabe veröffentlichen wollen?«
»Ich denke doch, daß ich das könnte«, sagte sie nervös.
Er überreichte ihr eine Kopie von dem zur Veröffentlichung bestimmten Artikel.
Der Streit um das Feuchtgebiet bei der Lagune, der die Familie der Palmas entzweite und vor den Kadi trieb, beschäftigt jetzt sogar den Colonelen Gerichtshof, las sie. Mrs. Kate Palma hat dort vor kurzem den Antrag gestellt, das Feuchtgebiet bei der Lagune zum Vogelschutzgebiet erklären zu lassen. Seltsamerweise hat sie inzwischen jedoch fast tausend Squatters dazu eingeladen, dieses Land in Besitz zu nehmen. So viel zum Schutz der Vögel. Ist das vielleicht der Versuch, sich für die Scheidungsklage ihres Mannes zu revanchieren?
»Oh!« Sie war so geschockt, daß ihr einen Moment lang übel wurde und der Raum um sie herum sich zu drehen begann wie ein Karussell. »Grauenhaft! Da täuschen Sie sich ganz gewaltig! Die Leute hier sind alle so egoistisch und kleinkariert. Und wie

kommen Sie dazu, solche Lügen zu schreiben? In Silver Bay gibt es zweitausend hungernde und heimatlose Menschen, und Ihnen fällt dazu nichts anderes ein als eine Skandalgeschichte?« schleuderte sie ihm ins Gesicht. »Verlassen Sie sofort mein Haus!«
Er wurde krebsrot im Gesicht und holte ein Papiertaschentuch aus seinem Jackett, um sich damit die Stirn abzutupfen. »Sie machen auf mich den Eindruck einer sehr lauteren Person, Mrs. Palma. Ich hatte Sie mir, ehrlich gesagt, ganz anders vorgestellt. Bitte, geben Sie mir die Chance, meinen Fehler wiedergutzumachen. Lassen Sie uns also diesen Artikel vergessen und von vorn anfangen.«
Güte war etwas, was Kate schon immer aus der Fassung gebracht hatte. Sie konnte sich zwar gegen Gemeinheiten wehren und Leuten, die sie verunglimpften, mit Härte entgegentreten, aber jetzt spürte sie plötzlich ein Brennen in den Augen und sagte, bevor sie sich vor diesem Mann zum Narren machte: »Ich werde uns vorher noch rasch einen Tee aufbrühen.« Sie lief in die Küche und schneuzte sich in ihr Taschentuch.
»Natürlich ist es mein sehnlichster Wunsch, aus diesem Feuchtgebiet ein Vogelparadies zu machen«, erklärte sie dann ein paar Minuten später. »Aber diese Leute haben keinen Platz, wo sie hingehen können. Doch niemand scheint das hier zu kümmern. Sehen Sie denn nicht, was ich damit zu erreichen versuche? Ich möchte die Leute hier daran erinnern, daß dieses Problem nach wie vor existiert.«
»Ja«, sagte der Redakteur daraufhin, »ich habe es verstanden.« Und er sah sehr nachdenklich aus, als er den Leuchtturm wieder verließ.

Am Freitag kostete es Kate große Überwindung, in den Supermarkt zu fahren, um dort eine Zeitung zu kaufen. Sie schob sie rasch in ihre Einkaufstasche und schlug sie erst auf, als sie wieder in ihrem Wagen saß.
Umgeben von eingeschlagenen Fenstern und von durch zahllose Steinwürfe arg mitgenommenen Wänden trug mir eine couragierte Kate Palma ihre Vision von einem neuen Silver Bay vor, begann der Artikel.

Was für eine Frechheit, dachte Kate bei sich. Ich habe doch alle Fenster neu verglast. Trotzdem hatte der Redakteur in seinem Artikel Wort für Wort das wiedergegeben, was sie zu ihm gesagt hatte. Und am Ende hatte er geschrieben: *Der Zufall wollte es so, daß wir die ersten sind. Wenn wir dieses Problem so lösen, daß alle damit zufrieden sind, werden andere Städte von uns lernen können.*

Es war schon später Abend, als sie ein Klopfen unten an der Tür hörte. Sie war allein, weil Ari heute Nachtdienst hatte. Sie stieg mit einem bangen Gefühl die Treppe hinunter, öffnete die Tür einen Spalt weit und spähte über die Sperrkette hinweg.

Ihr Herz begann zu rasen, ihr Mund wurde trocken, und ihre Knie wurden weich, als sie Rob draußen stehen sah. Sie mußte den Impuls unterdrücken, sich in seine Arme zu werfen, als sie die Tür für ihn aufmachte. Sie hatte ganz vergessen, wie aggressiv männlich er war – seine schwarzen Haare, die er jetzt länger trug als früher, waren vom Wind zerzaust. Und da war ein spitzbübisches Funkeln in seinen Augen, als er sie mit einem ironischen Grinsen musterte.

»Sieh mal einer an. Jeanne d'Arc persönlich. Genießt du dein Martyrium? Das schien dir damals bei mir aber nicht so gut gefallen zu haben.« Er drängte sich an ihr vorbei, als sie den schwachen Versuch machte, ihm den Weg zu verstellen, und schaute sich dann im Turm um.

»Hm! Melissa sagte, du hättest etwas Großartiges aus diesem alten Gemäuer gemacht, und da muß ich ihr recht geben. Aber du könntest hier noch ein Fernsehgerät brauchen. Ich werde dir eines schicken.«

»Nein, danke. Ich habe keine Zeit dazu, mich vor den Fernseher zu setzen«, sagte sie.

Es war kein guter Start, überlegte sie, und sie fand das bedauerlich. »Willst du nicht Platz nehmen?« fragte sie jetzt. »Möchtest du etwas trinken?«

»Bist du allein?«

»Ja.«

»Was immer du hast.«

Kate goß ihm daraufhin ein Glas Wein ein und bemerkte erst jetzt die Veränderungen an ihm. Seine Augen sahen müde aus und waren von tiefen Schatten umgeben. Sein Gesicht war ungewöhnlich blaß. Wo war nur diese frische rote Farbe seiner Wangen hingekommen? So hatte sie ihn noch nie erlebt, und das erfüllte sie jetzt mit tiefer Sorge. Sie mußte sich dazu zwingen, sich an den Abend zu erinnern, wo sie ihn beim Bumsen mit dieser Schauspielerin überrascht hatte, um standhaft zu bleiben.

»Du hast die Stadt in zwei Lager gespalten, Kate«, sagte er. »Du bist berühmt, oder sollte ich besser sagen: berüchtigt? In den Clubs finden jeden Abend heftige Auseinandersetzungen statt. Die eine Hälfte der Stadt sammelt Decken, Nahrungsmittel und Kochgeräte für die Obdachlosen, während die andere Hälfte Pläne schmiedet, wie man sie wieder von deinem Land vertreiben könnte. Meetings, endlose Debatten... Wußtest du, daß unser Pfarrer inzwischen ein Fan von dir ist und dich über den grünen Klee lobt?«

Sie schüttelte verneinend den Kopf und dachte bei sich, daß sich sogar seine Stimme verändert hatte. Sie war anders – weicher, sogar ein bißchen heiser. Was ist nur mit dir passiert, Rob?

»Gill Bronson hat die ganze letzte Woche damit verbracht, Unterschriften für eine ›ordentliche‹ Unterbringung der Squatters zu sammeln. Unter ›ordentlich‹ versteht Gill eine Unterkunft, die sich nicht in ihrem Blickfeld befindet. Sie hat bereits ein paar tausend Unterschriften zusammengetragen. Selbst die Regierung hat eine Kabinettssitzung dem sogenannten Silver-Bay-Problem gewidmet. Eines muß dir der Neid lassen, Kate: Du hast zwar viel riskiert und hoch gepokert, aber dein Spiel auch gewonnen. Wie ich heute hörte, wird das Forstministerium schon in der nächsten Woche einige in staatlichem Besitz befindliche Ländereien zur Besiedlung freigeben.«

Er sagte das mit einer so selbstzufriedenen Miene, daß Kate daraus den Schluß zog, daß er selbst an dieser Entscheidung der Regierung mitgewirkt hatte.

»Danke«, sagte sie.

»Bedank dich nicht bei mir. Ich mußte erst diesen Artikel lesen, um zu begreifen, was du dir dabei gedacht hast, als du den Squatters erlaubtest, dein Land zu besetzen. Ich habe mir nie die Mühe gemacht, dich wirklich kennenzulernen. Ich habe nur immer dein gutes Aussehen bewundert, von dem allerdings bald nicht mehr viel übrigbleiben wird, falls du nicht aufpaßt. Wenn du so weitermachst, wirst du in zwanzig Jahren eine Haut haben, die sich kaum von einem Büffelleder unterscheidet. Und was ist mit deinen Haaren passiert?«

»Nichts. Ich trage sie jetzt nur hochgebunden.«

»Früher haben sie geglänzt. Jetzt sehen sie aus wie Stroh.«

»Das kommt daher, daß ich außer dem Trinken, dem Rauchen und dem Streiten mit dir auch meine Besuche beim Friseur aufgegeben habe. Und ich fühle mich jetzt viel wohler.«

»Gut für dich«, sagte er, und sein Mund wurde nun zu einem dünnen, grimmigen Strich. »Du bist auch anmaßender geworden, seit du nicht mehr mit mir zusammen bist, Kate. Man muß dich wohl von Zeit zu Zeit wieder von deinem hohen Roß herunterholen.«

»Ist das der Grund deines Kommens?«

Robs Augen sprühten jetzt vor Zorn. »Du spielst bei diesem Polizeilieutenant mit dem Feuer, Kate.«

»Ich habe nicht die Absicht, mit dir über mein Privatleben zu reden.«

»Und was diesen Tabson betrifft, er wird niemals in die weiße Gesellschaft integriert werden. Und du tust alles, um ihm alle anderen Möglichkeiten zu verbauen. Du machst da einen schweren Fehler. Er wird zeitlebens ein Fisch auf dem Trockenen sein. So wie ein *Hansie*-Lamm wird er nie mehr zu seiner Herde zurückfinden.«

»Aber er wird auch kein Krüppel mehr sein«, entgegnete sie und versuchte sich gegen seine Vorwürfe zu verteidigen. »Als Krüppel wurde er sogar von seinen eigenen Eltern verstoßen. Wenn du hierhergekommen bist, um mich und meinen Lebensstil zu kritisieren, solltest du wohl besser wieder gehen, Rob. Als ich dich das letztemal sah, hast du mich vergewaltigt und mich damit monatelang körperlich wie seelisch zum Krüppel gemacht.«

»Ich war mit meinen Nerven am Ende und wußte nicht, was ich tat.«

»Du findest immer eine Entschuldigung für dein Verhalten,

während du es anderen nie verzeihst, wenn sie nicht so sind, wie du sie gern haben möchtest. Es muß sich immer alles nach deinen Wünschen richten. Und wenn du einmal deinen Willen nicht durchsetzen kannst, fängst du an, Amok zu laufen, statt aus einer Niederlage zu lernen.«
»Vielleicht bin ich ja gerade dabei, mich zu ändern. Bitte, gib mir noch eine Chance. Ich werde dir ein eigenes privates Einkommen geben.«
»Ich bin nicht zu kaufen, Rob«, sagte sie und fühlte sich jetzt beleidigt. »Du hattest recht. Du kennst mich nicht.«
»Ach, Kate!« Er legte die Arme um sie und zog sie fest an sich. Als sie jetzt wieder den ihr so vertrauten Duft seines Körpers einatmete und die Stärke seiner Arme um sich fühlte, wurde sie von einem fast unwiderstehlichen Verlangen danach erfaßt, die Uhr zurückzudrehen.
»Du mußt jetzt gehen«, sagte sie statt dessen mit fester Stimme. »Ich habe mit meiner Vergangenheit abgeschlossen. Ich bin nicht die Kate, die du zu kennen glaubst. Ich bin jemand ganz anderer.«
»Gibt es denn keinen Ausweg aus diesem schrecklichen Dilemma?« fragte er wehmütig. »Gibt es gar keine Möglichkeit, daß wir wieder zusammensein könnten?«
»Vielleicht, wenn ich unabhängig genug bin, um mich gegen dich behaupten zu können.«
»Du meinst, ich muß so lange warten, bis du wieder Millionärin bist? Falls ich überhaupt so lange leben sollte«, sagte er und sah sie dabei so belustigt an, daß sie ihn aus dem Turm hinausdrängte und die Tür ins Schloß warf. Dann floh sie hinauf in ihr Bett und weinte sich in den Schlaf.

Kapitel 26

Ari hatte Bereitschaftsdienst, schlief jedoch zu Hause in seinem Bett, als Willis bei ihm anrief, um ihm mitzuteilen, daß ein Feuer auf Bill Septembers Trawler ausgebrochen sei und es sich dabei vermutlich um Brandstiftung handle.

Ari sah auf seine Uhr. Vier Uhr morgens! »Ich bin in zwanzig Minuten dort«, sagte er. »Bring mir die Büste mit, die auf meinem Schreibtisch steht, aber geh vorsichtig mit ihr um. Sie ist zerbrechlich.«

Seine Gedanken weilten bei dieser Fiberglasbüste, während er sich rasch anzog. Sie war gestern aus Pretoria gekommen, und ihre Züge hatten eine fast unheimliche Ähnlichkeit mit den Photos von Mandy; nur daß die Augen der Büste leer und die Züge viel zu glatt und perfekt waren, um von einer lebenden Person stammen zu können.

Tatsächlich war es eine Rekonstruktion, die man an Hand des von ihm eingeschickten Schädels im gerichtsmedizinischen Institut angefertigt hatte, um zu zeigen, wie das Gesicht des Menschen ausgesehen haben mochte, das einmal zu diesem Schädel gehört hatte. Die Übereinstimmung der Nachbildung mit dem Original betrug mindestens 60 Prozent, hatte er dem beiliegenden Schreiben entnommen. Er hatte gestern sogleich Photos von der Büste machen lassen.

Bill Septembers Fischdampfer war von dem Brand schwer mitgenommen, aber die Versicherung würde vermutlich für den Schaden aufkommen. Es war noch dunkel, als Ari an Bord des Trawlers kam und sich über die offene Ladeluke beugte. Im Schein seiner Taschenlampe sah er eine Gruppe von Arbeitern, die Eimer voller Wasser über noch glühendem Holz auskippten. Obwohl sie sich nasse Taschentücher vor Mund und Nase gebunden hatten, mußten sie in dem beißenden Qualm husten, während Bill ihnen mit heiserer Stimme Befehle zurief. Er blickte jetzt mißtrauisch hoch. »Hören Sie auf, mich mit Ihrer verdammten Taschenlampe zu blenden«, schnauzte er. »Was wollen Sie denn jetzt schon wieder von mir?«

»Ich bleibe nicht lange«, sagte Ari. »Ich hoffe nur, daß Sie Ihre Meinung jetzt geändert haben und mir sagen, was oder wer hinter dem allen hier steckt.«
September wedelte ungeduldig mit der Hand. »Als ob ich das wüßte...« Er verzog das Gesicht zu einer wilden Grimasse und hieb mit einer Eisenstange gegen einen verkohlten Sparren. »Wenn ich wüßte, wer das gewesen ist, hätten Sie einen weiteren Mordfall zu untersuchen.« Er kletterte aus dem Laderaum und sprang auf den Kai hinunter.
»Sie sind versichert, nehme ich an?«
»Klar doch, aber die bezahlen mir nicht meine Einkommensverluste, wenn der Trawler im Trockendock liegt, und kommen auch nicht für den Verlust von Peripheriegeräten auf – also für Sachen, die nicht fest mit dem Boot verbunden sind. Und das alles jetzt während der Thunfischsaison! Zum Henker mit ihnen! Ich sage Ihnen was.« Er hielt inne und zündete sich, wobei er seine kräftigen Hände um die Flamme eines Streichholzes wölbte, eine Zigarette an. »Der Brand wurde von jemandem gelegt, der sich mit solchen Booten auskennt und ganz besonders mit meinem. Ich habe stets eine Wache an Bord meines Schiffes, aber jemand muß gesehen haben, daß die Burschen ihren Posten verlassen und sich dort drüben in der Bar einen Drink genehmigt haben.«
»Damit wird der Kreis der Tatverdächtigen ein bißchen kleiner«, sagte Ari. »Denn wie ich sehe, haben Sie sich ja große Mühe gegeben, alle Fingerabdrücke und sonstigen Spuren zu beseitigen.«
»Haben Sie etwa von mir erwartet, daß ich mein Boot so lange brennen lassen würde, bis Sie und Ihre Leute mit der Spurensicherung fertig sind?«
Ari zuckte mit den Achseln. »Hat Ihre Mannschaft vielleicht jemanden bemerkt, der sich in auffälliger Weise Ihrem Boot genähert hat oder der ihnen irgendwie verdächtig vorkam?«
»Nein, und das gilt auch für Jean. Der hat nämlich hinter meinen Bullaugen den Feuerschein gesehen und ist dann sofort mit seinem Beiboot zum Kai gerast. Es war niemand auf dem Kahn, als er an Bord kam, und als meine Mannschaft eintraf, hatte Jean bereits die Schläuche ausgerollt und an die Pumpe angeschlossen.«
»Die Luke vom Laderaum stand offen?«

»Ja. Wir hatten ihn erst gestern abend nach unserem letzten Fang gesäubert.«
»Jeder, der an Ihrem Boot vorbeikam, hätte demnach eine Benzinbombe in Ihren Laderaum werfen können«, sagte Ari. »Wenn ich mir den Schaden betrachte, müssen es allerdings drei oder sogar noch mehr gewesen sein.«
»Scheint so.« Bill blickte jetzt sehnsüchtig auf das Meer hinaus. »Verdammt! Wir sollten jetzt dort draußen sein.«
»Kommen Sie doch bitte mal kurz mit zu meinem Wagen«, sagte Ari.
Bill sah jetzt etwas ängstlich aus, als er Ari zum Wagen folgte. »Hat es mit Mandy zu tun?« fragte er.
»Nein. Sie sollen sich nur etwas anschauen. Das da.« Er hielt jetzt Bill die Büste vors Gesicht.
»Ja und?«
»Das ist eine Rekonstruktion – eine Nachbildung des Kopfes an Hand des Schädels, der hier in den Dünen ausgegraben wurde. Sie werden sicherlich bemerkt haben, daß dieses Gesicht eine starke Ähnlichkeit mit Ihrer Schwester Rose hat, die angeblich nach Amerika ausgewandert ist, meiner Meinung nach jedoch hier ermordet und dort drüben im Sand verbuddelt wurde. Auch hat diese Nachbildung eine große Ähnlichkeit mit den Photos von Mandy, die ich gesehen habe.«
»Sie müssen verrückt sein«, sagte Bill.
»Wie sind Sie eigentlich in den Besitz Ihres Hauses und Ihres Bootes gekommen? Warum haben ein Dutzend Familien im Fischerdorf mit einemmal Eigentumsrechte an ihren gemieteten Häusern erworben? Weshalb sind plötzlich mindestens zehn weiße und zehn farbige junge Leute in den Genuß eines Stipendiums von der Fischereigesellschaft gekommen, damit sie an Universitäten in Übersee studieren konnten? Was ist damals mit Rose passiert? Sie wissen es, nicht wahr? Warum haben sich alle hier Ansässigen gegen mich verschworen? Was versucht ihr vor mir zu verbergen? Was für ein Verbrechen könnte euch hier wohl alle miteinander verbinden?«
»Hören Sie, Lieutenant«, erwiderte Bill und wandte sich zornig von ihm ab. »Ich mochte Rose nicht. Sie war eine Hure. Sie ver-

schwand, und ich scherte mich einen feuchten Staub darum, wo sie hingegangen oder was mit ihr passiert war. Das alles liegt schon so lange zurück, daß ich mich nicht einmal mehr an ihr Aussehen erinnern kann. Ich bin sicher, daß sie das, was sie bekam, auch verdient hat. Bei Huren ist das in der Regel so.«
Damit sprang er wieder auf das Deck seines Trawlers und verschwand dort im Laderaum. Ari empfand ein sonderbares Triumphgefühl. Zum erstenmal hatte Bill seine Fassung verloren. Endlich schien er mit seinen Ermittlungen voranzukommen

Als Ari sich dem Revier näherte, hoben sich die Berggipfel im Osten als schwarze Silhouette von einem lachsfarbenen Himmel ab. Gänse und Komorane flogen auf verschiedenen Wegen das Tal hinauf und hinunter, und es hing ein köstlicher Duft von Seetang in der Luft. Ari verlor jedoch sofort seine gute Laune, als er das Revier betrat und Kate mit dem Gesicht einer armen Sünderin in Gerbers Büro sitzen sah.
»Was, zum Teufel ...?« knurrte er.
»Das hat nichts mit Ihnen zu tun, Lieutenant«, sagte Gerber.
»Soll das etwa ein Witz sein?«
»Wir haben Mrs. Palma vorläufig festgenommen, um sie im Zusammenhang mit einem Ermittlungsverfahren wegen Brandstiftung und vierfachen Mordes zu befragen, die in der Nacht vom ...«
»Zum Teufel damit«, unterbrach Ari ihn heftig, »wir wissen hier alle, in welcher Nacht das passiert ist. Übrigens führe ich die Untersuchung in diesem Fall.«
»Ich habe inzwischen aus zuverlässiger Quelle erfahren, daß Mrs. Palma und ihr Gärtner in der Nacht, als das Feuer ausbrach, am Tatort gesehen wurden ...«
»Sie hat damals die Nacht bei mir in meiner Wohnung verbracht, und ich habe das Gefühl, daß Sie das auch wissen, Gerber.«
»Ich brauche jedoch eine eidesstattliche Erklärung von Ihnen, die das bezeugt, bevor ich Mrs. Palma wieder freilassen ...«
»Das ist also Ihr Spiel, wie, Gerber? Na, warten Sie, bis wir wieder dienstfrei haben ...« Er ließ die Drohung unausgesprochen in der Luft hängen und sah, wie Gerbers Augen heftig zu zwinkern

begannen. Trotz seiner imponierenden Figur war Gerber ein nervöser Mann. »Sie werden Ihre eidesstattliche Erklärung bekommen, wann und wenn ich das für nötig halte. Glauben Sie etwa, Kate würde erst die Squatters gewaltsam von ihrem Land vertreiben, um sie dann schriftlich dazu einzuladen, es wieder zu betreten?«

»Ja, wenn sie Angst hat, daß die Squatters sich sonst an ihr rächen würden.«

»Sie sind doch nicht hinter Kate, sondern hinter dieser eidesstattlichen Erklärung her, nicht wahr? Erledigen Sie immer die schmutzige Arbeit für die Palmas?«

Der schuldbewußte Ausdruck in Gerbers Augen verriet ihm, daß er ins Schwarze getroffen hatte.

»Komm, Kate«, sagte Ari und zog Kate von ihrem Stuhl hoch, »ich werde dich nach Hause bringen.«

»Verdächtigt er mich wirklich?« fragte Kate, als sie die Küstenstraße entlangfuhren. Sie sah geschockt und ängstlich aus.

»Nein! Darum geht es hier nicht.«

»Worum geht es denn dann?« erkundigte sie sich bedrückt.

»Um eine Scheidungssache, in der ich vermutlich als Scheidungsgrund zitiert werden soll und in der man mir möglicherweise auch ein Zivilgerichtsverfahren wegen Entfremdung der Gattin von ihrem Gatten anhängen möchte ... Womit ich mir vermutlich einen Rüffel von meinen Vorgesetzten einhandle und eine Strafversetzung in einen anderen Bezirk. Ja, wenn ich es mir jetzt richtig überlege, läuft das darauf hinaus. Jemand möchte mich von hier entfernen.

Ramona hat eine schriftliche Aussage gemacht. Ich habe sie auf Gerbers Schreibtisch liegen sehen. Sie gibt darin an, daß du im Morgengrauen in einem Kleid voller Ruß und Schmutz nach Hause gekommen seist, und zwar in Begleitung von Frikkie, dessen Hände und Füße mit frischen Brandblasen bedeckt gewesen seien. Später habe ihr dann eine Frau aus dem Lager erzählt, daß du am Brandort gewesen seist, als das Feuer dort ausbrach. Wer würde deines Wissens nach Ramona dazu bringen können, eine Falschaussage zu machen, selbst wenn sie damit ihren eigenen Sohn belastet?«

»Ich würde Rob so etwas nicht zutrauen. Ich glaube nicht, daß er dahintersteckt.« Sie fing ihre Unterlippe mit ihren Schneidezähnen ein und begann darauf zu kauen.

»Laß das, Kate, sonst fängt deine Lippe noch an zu bluten. Vielleicht ist es Rob auch gar nicht gewesen. Vielleicht ist es Ramona, die uns beide loswerden möchte. Oder vielleicht glaubt Rob, dich damit so einschüchtern zu können, daß du zu ihm zurückkehrst.«

»Wie kannst du nur so etwas sagen!« Sie funkelte ihn an, damit er es nicht wagen sollte, ihr zu widersprechen. »Das werde ich niemals tun!«

»Vielleicht versuchst du, dir etwas vorzumachen, aber mich kannst du damit nicht täuschen. Du liebst dieses Monster noch immer.« Er hielt jetzt in der Seitenstraße hinter dem Leuchtturm an. »Wirst du mich zu einem Kaffee einladen?«

»Klar«, sagte sie lustlos. Sie blieb noch einen Moment lang wie betäubt sitzen, gab sich dann einen Ruck, verließ mit einer raschen, trotzigen Bewegung den Wagen und warf die Beifahrertür hinter sich zu. Als er sie dann mit hängendem Kopf und nach unten sackenden Schultern zum Leuchtturm hinaufsteigen sah, bot sie ihm das Bild einer geschlagenen Frau. Er schüttelte traurig den Kopf und folgte ihr dann.

»Hör mir jetzt mal zu, Kate. Vielleicht ist dir jetzt so zumute, als ginge die Welt unter, aber das tut sie nicht. Sie pflegt nur jemandem, der bereits am Boden liegt, auch noch einen Tritt zu versetzen. Früher habe ich immer gedacht, daß es ein sehr gehässiges Wesen sein müsse, das da oben unsere Geschicke lenkt, bis ich später erkannte, daß Gleiches nur immer Gleiches anzieht. Und du bist so traurig und niedergeschlagen, daß du damit nur dein eigenes Unglück anziehst. Also wein dir deinen Kummer von der Seele, und leg dann deine Traurigkeit beiseite. Du bist jung, siehst blendend aus, und es warten sehr schöne und gute Zeiten auf dich: eine Ehe mit einem Mann, der dich liebt, ein schönes Zuhause, Kinder, eine eigene Karriere. Glaub mir – es ist alles dort draußen, du brauchst es dir nur zu nehmen. Aber es wird nicht zu dir kommen, solange du nicht empfangsbereit dafür bist. Es kann nicht zu dir kommen, solange du dich weigerst, es anzunehmen. Also laß deinen Schmerz heraus, und wein dir deinen Kummer von der Seele, Kate. Tu es!«

Zunächst war es nur ein leises, verhaltenes Schluchzen und ein Schaudern, das über sie hinlief, als sie den Wasserkessel aufsetzte, und dann, als sie den Pulverkaffee aufbrühte, rollten ihr ein paar Tränen über die Wangen. Das genügte, damit ein kleiner Riß in dem Damm entstand, an dem sie vermutlich von dem Moment an, als ihre private Misere begann, gebaut hatte. Und binnen weniger Minuten brach der Damm dann in sich zusammen, und es folgte eine so gewaltige Flut von Tränen, wie sie Ari bisher noch nie erlebt hatte.

Kate sank auf die Sitzbank und trauerte um ihren Vater, ihre gescheiterte Ehe und ihr verlorenes Zuhause. Sie beklagte Eunice und die anderen im Feuer umgekommenen Squatters, sie weinte aus Sorge um Tabsons Zukunft und aus Scham über die Art, wie Gerber sie behandelt hatte, als er sie vor Tagesanbruch aus dem Bett getrommelt und sie in Pyjama und Morgenmantel zu seinem Wagen hinausgezerrt hatte.

»Wie man es zwar in Detektivromanen liest, jedoch niemals glaubt, daß es einem selbst passieren könnte«, klagte sie, sich von dieser Demütigung befreiend. Und dann versuchte sie ihm, immer wieder von einem Schluchzen unterbrochen, zu erklären, wie sehr sich das Verhalten der Leute ihr gegenüber verändert hatte und wie verächtlich man sie behandelte, seit sie mittelos dastand.

»Wenn du reich bist, betrachtest du die Leute durch rosarote Brillengläser«, klagte sie. »Du siehst sie nur freundlich lächeln, wohin du auch kommst. Aber du solltest sie einmal erleben, wenn sie nicht versuchen, dir zu imponieren. Man mag gar nicht glauben, daß das noch die gleichen Menschen sind oder die gleiche Welt.«

Als Ari merkte, daß diese Tränenflut kein Ende nehmen würde, hob er sie von der Bank auf und trug sie hinauf in ihr Bett, was keine geringe Leistung war, dachte er stolz, als er das oberste Stockwerk des Turms erreicht hatte.

Er zog sein T-Shirt und ihr die Pyjamajacke aus, so daß sie seine warme Haut an ihren nackten Brüsten spüren konnte. Er fragte sich, ob es hilfreich für sie sei, wenn er jetzt mit ihr schlief, fand

dann aber, daß das wohl keine so gute, weil nicht ganz uneigennützige Idee sei. Seltsam, was diese Frau in letzter Zeit alles hatte durchmachen müssen. Seltsam, was für ein überaus mitfühlendes und liebevolles Wesen sich hinter ihrem so arroganten, herrischen und kratzbürstigen Äußeren versteckt hat, dachte er jetzt bei sich. Mußte ihr das alles passieren, damit ihr wahres Selbst endlich zum Vorschein kommen konnte? So wie ein Feuer in den Bergen die Samenkapseln von ihren harten Schalen befreit? Hatte das Mißgeschick, das ihr widerfahren war, eine tiefere Bedeutung für sie oder auch für andere?
Er saß nun neben ihr auf dem Bett, streichelte ihr den Rücken und ließ sie sich an seiner Schulter das alles von der Seele weinen, bis ihr Gesicht und ihre Lider so geschwollen waren, daß sie diese kaum noch öffnen konnte. Aber er spürte, daß sie sich nun fast von ihrem ganzen Kummer befreit hatte, als sie sich schließlich im Bett aufsetzte und sagte: »Du liebe Güte! Es geschieht nicht oft, daß ich mich so gehenlasse. Wie muß ich jetzt wohl aussehen! Das Weinen ist mir noch nie gut bekommen. Ich dachte, ich hätte es ganz aufgegeben.«
»Für mich siehst du gut aus«, log er. »Weißt du was? Wir werden heute abend zusammen ausgehen. In den Nachtclub von Sands. Wir werden es ihnen zeigen. Sie sollen sehen, daß sie uns alle mal sonstwo können. Sie sollen sehen, wie vergnügt wir beide sind.«
»O nein«, murmelte sie und klammerte sich wieder an ihn.
»Wir werden die Nacht durchtanzen, uns draußen unter dem Sternenhimmel küssen, uns an Garnelen und Hummern laben und zuviel Rotwein dazu trinken.«
»Nein, Weißwein, du Dummer«, sagte sie lachend. »Zu einem Fischgericht gehört immer ein eisgekühlter und sehr trockener Weißwein.«
Er war jetzt ein bißchen beleidigt, mochte ihr das aber nicht zeigen. »Wir werden den Einheimischen eine Vorstellung geben, über die sie noch lange reden werden.«
Endlich zeigte sich wieder der Schimmer eines Lächelns in ihren Augen. »Du hast recht«, flüsterte sie dann. »Ich bin dabei. Sie sollen wissen, daß sie mir allesamt den Buckel runterrutschen können.«

Sie hat sich wieder gefangen, dachte er, als er sie dann später verließ. Kate war eine Kämpfernatur.

Ari hatte darauf bestanden, Tom vom Krankenhaus abzuholen, weil er von ihm etwas zu erfahren hoffte, was ihn in seinen Ermittlungen voranbringen konnte. Irgend etwas! Im Fall Mandy war er bisher nicht einen Schritt weitergekommen. Und Bill Septembers Verhalten war ihm absolut unverständlich.
Das ist schon ein hartgesottener Bursche, dachte Ari bei sich. Obwohl man ihm die Tochter entführt und seinen Trawler in Brand gesteckt hatte, geriet er nicht in Panik, sondern behielt einen kühlen Kopf und sagte kaum etwas. Er und Ramona waren zwei recht undurchsichtige Charaktere.
Aber habe ich auch recht mit der Annahme, daß eine Verbindung zwischen der Entführung von Mandy und dem Tod von Rose besteht? Wenn nun Angelo Palma Rose getötet hat? Dann wäre Ramona heute wohl kaum noch seine Haushälterin, überlegte er. Zugegeben – ihr Sohn Bill hat einen Fischdampfer, sie selbst ein Haus und ein lebenslanges sicheres Auskommen, dazu noch ein Cottage auf dem Grundstück der Palmas und ein Heim für Frikkie. Aber würde das alles eine Mutter für den Tod ihrer Tochter entschädigen? Der gesunde Menschenstand sagte »nein«. Wenn man nun Rose eine andere Identität verschafft und sie ins Ausland gebracht hatte? Nein! Die Reaktion von Bill September auf die Büste heute morgen war zweifellos eine Bestätigung seiner Theorie gewesen, daß die Tote, die achtundzwanzig Jahre lang in den Dünen gelegen hatte, Rose sein mußte. War das der Grund, weshalb man Frikkie damit beauftragt hatte, in seine Wohnung einzudringen und den Schädel zu stehlen? Und Mandy? Was war ihr Schicksal? Würde er noch rechtzeitig ihr Versteck finden können? Das Schlimme war, daß das ganze verdammte Dorf sich jetzt gegen ihn verschworen hatte.
Silver Bay war inzwischen zu einem Alptraum für jeden Detective geworden. Es wurden dort täglich so viele Straftaten verübt, daß ihm kaum noch die Zeit dafür blieb, sich mit jedem Fall in der erforderlichen Gründlichkeit zu befassen – mit den zahllosen Einbrüchen, Ladendiebstählen und nächtlichen Streitereien unter

den Squatters, die in der Regel mit Verletzten oder sogar Toten endeten. Blutschande, Vergewaltigungen, Raubüberfälle, Brandstiftungen – die Liste der hier am Ort verübten Verbrechen war ellenlang. Bisher war zwar noch niemand von der örtlichen Polizeitruppe zu Tode gekommen, aber die Anschläge auf deren Leben hatten immer mehr zugenommen, so daß sie nachts nur noch zu zweit auf Streife gingen. Und das kostete sie jetzt noch mehr Zeit.

Wütend trat Ari das Gaspedal durch, als er den Hügel zum Krankenhaus hinauffuhr. Er verfluchte dieses Dorf. War es seinen Bewohnern gleichgültig, was mit Mandy geschah? Er jedenfalls wurde tage- und nächtelang von den grauenhaftesten Vorstellungen geplagt, was man mit ihr gemacht haben konnte. War sie noch am Leben? Wurde sie in irgendeinem dunklen Erdloch gefangengehalten, gepeinigt, gefoltert oder sexuell mißbraucht? Stand sie Todesängste aus, oder war sie schon tot?

Dazu kamen dann noch seine eigenen Alpträume, in denen er sich in einem Erdloch eingesperrt und lebendig begraben wähnte. Wo etwas Böses um ihn herumzuschleichen schien und ihn mit dunklen, glitzernden Augen ansah. Wo eine alte, in seinem Unterbewußtsein schlummernde Erinnerung ihn mitten in der Nacht schweißgebadet im Bett hochfahren ließ. Nun war es Mandy, der so etwas widerfuhr. Er mußte sie finden!

Freude am Morgen! Als er Tom stolz, wenn auch ein wenig steif und von den Jubelrufen der ihn bewundernden Schwestern begleitet mit seinen neuen Beinprothesen die Krankenhauseinfahrt herunterkommen sah, dachte Ari, daß er in der Zeit, seit er hier stationiert war, wenigstens etwas Gutes vollbracht hatte.

»Die Dinge ändern sich«, sagte Tom, als Ari ihm in den Wagen half und ihn anschnallte, »und nichts ist mehr so, wie es vorher war.«

Ihm war die Freude über diese Veränderung ins Gesicht geschrieben. Mit dem Geld, das als Belohnung ausgesetzt gewesen war, hatte er sich seine neuen Beine gekauft, und die Prothesen waren ihm angepaßt worden, als er sich im Krankenhaus von seinen Brandverletzungen erholte. Nun war er viel mobiler als

früher und konnte, wenn auch noch mit Hilfe zweier Stöcke, überall hingehen, wo er hingehen wollte.
Tom befand sich in einer philosophischen Stimmung: »Das Leben zwingt dich mit atemberaubender Geschwindigkeit von einer Veränderung in die andere. Der Trick des Überlebens besteht darin, daß man eine geschickte Hand an der Ruderpinne haben muß. Das setzt natürlich voraus, daß man auch weiß, wo man hinwill und wie man dorthin gelangen kann. Wo steuerst du denn hin, mein Junge?«
»Wenn ich das wüßte.«
Tom seufzte. »Das macht das Navigieren natürlich zu einem schwierigen Unterfangen. Bist du in diese Kate verliebt?« fragte er dann mit seiner sanften, präzisen Stimme.
Ari fühlte sich ein wenig unbehaglich. Offenbar war ihre Affäre inzwischen ein öffentliches Geheimnis geworden. »Ja«, sagte er nach einer Pause, »aber ich glaube, daß sie noch immer ihren Ehemann liebt.«
»Alles in allem bleiben Frauen bei ihren Angetrauten, wenn sie nicht auf die eine oder andere Weise mißbraucht oder mißhandelt werden. Die Leidensgeschichte der Palma-Frauen ist lang.«
Ari schwieg still in der Hoffnung, daß Tom ihm noch mehr über die Palmas erzählen würde, doch Tom war nun damit beschäftigt, geräuschvoll an einem hohlen Zahn zu saugen.
»Erzähl mir etwas von Frikkie«, sagte Ari nach einer Weile. »Er scheint mir nicht geistesgestört, sondern nur ein wenig wirr im Kopf zu sein. Desorientiert. Nicht so recht im Bilde, was gerade um ihn herum passiert.«
»Einfältig ist das Wort, das seinen Geisteszustand zutreffend beschreibt«, erwiderte Tom.
»Hast du eine Ahnung, warum Ramona ihn vor die Tür gesetzt hat?«
»Nein.«
»Er faselt ständig etwas von einem Jungen auf einem Delphin. Weiß du, was er damit meint?«
»Nichts Bestimmtes. Das ist nur eine Sage. Er faselt schon seit Jahren solches Zeug«, sagte Tom. »Weißt du eigentlich, daß die Bucht von Sardinen überschwemmt wird? Die Brandung wirft

sie zu Tausenden auf den Sand. Das ist vielleicht ein Anblick – Kinder, die mit ihren Eimern, und Frauen, die mit hochgebundenen Röcken die Sardinen aus dem Wasser fischen.« Er lachte vergnügt in sich hinein, aber Ari spürte, daß er nun mit Absicht das Thema wechselte.
»Frikkie behauptet, daß ein Delphin einen kleinen Jungen in der Bucht gerettet und an den Strand zurückgebracht hat. Er scheint von dieser Vorstellung besessen zu sein.«
»Wenn du das glaubst, glaubst du alles, was man dir erzählt. Ich finde, daß die meisten seiner Geschichten darauf hinauslaufen, wie er Ramonas Fuchtel entrinnen könnte.«
Tom kann zuweilen ein richtiges Ärgernis sein, dachte Ari, aber als er nun sah, wie dessen Gesicht sich schmerzlich verzog, schämte er sich seiner Ungeduld.
»Glaubst du, daß Frikkie etwas mit den Dünenmorden zu tun hat?«
»Frikkie ist kein Mörder. Ganz im Gegenteil. Aber seine Mutter Ramona ist eine andere Geschichte. Ich würde mich vor ihr in acht nehmen, wenn ich du wäre.«
»Ist sie tatsächlich seine Mutter?«
»Ja. Sie hat Zwillinge zur Welt gebracht. Bill war hellhäutig und intelligent, Frikkie dunkel und beschränkt – der arme Teufel. Sie ist eine sehr ehrgeizige Frau, mußt du wissen.«
Sie fuhren jetzt die gewundene Pflasterstraße zu Toms Häuschen hinauf.
»Ich habe das Gefühl, daß jeder hier weiß, wer das Lager der Squatters angezündet und vor achtundzwanzig Jahren Rose September ermordet hat, aber ich kann ihre Identität nicht eindeutig beweisen und habe auch kein Mordmotiv, so daß ich kein offizielles Ermittlungsverfahren einleiten kann. Und was diese Entführung von Mandy anlangt – auch da bekomme ich nicht den geringsten Hinweis auf ihren jetzigen Verbleib. Und ich habe auch keine Spur, die ich weiterverfolgen könnte. Aber ich spüre, daß da eine Verbindung zu dem Mord an Rose September bestehen muß. Und selbst du ...«
Er brach ab, weil ihm der Gedanke kam, daß es Tom schaden könnte, wenn die Leute hier sahen, wie angeregt er sich mit ihm unterhielt. »Jemand versuchte dich zu töten, weil er fürchtete, du

könntest mir sonst etwas verraten. Aber wer ist dieser Jemand? Warum erzählst du mir nicht alles, was du weißt? Vielleicht könnte ich dich dann besser vor diesem Unbekannten schützen.«
»Nun – es gibt da ein paar Tatsachen, die dich aber vielleicht auf eine falsche Spur lenken könnten. Sam Patel erpreßt die Eltern der meisten Kinder, denen er Drogen verkauft. Auch Mandys Exfreund gehört zu seinen Kunden. Zuweilen halten sich diese Kinder eine gewisse Zeit lang in einem Haus über der Bucht von Kommetjie auf, das Patel gehört. Nur darfst du nicht glauben, daß er diese Kinder entführt – sie gehen aus freien Stücken dorthin. Patel macht den Eltern angst, daß er ihre Kinder von den harten Drogen abhängig machen würde, wenn sie ihm nicht monatlich eine ›Schutzgebühr‹ bezahlen, damit er davon absieht. Mandy befindet sich bestimmt nicht in diesem Haus. So ein Risiko würde Patel niemals eingehen.«
»Warum, glaubst du, hat man Bills Boot angezündet?«
»September hat sich in letzter Zeit viele Feinde gemacht, weil er Schwarze als Mannschaft für seinen Trawler anheuerte – zumeist Ovambos aus Namibia. Die hier ansässigen Fischer sind empört darüber, weil er ihnen damit Jobs wegnimmt. Und die Skipper der Palma-Trawler hassen Bill, weil er einen riesigen Profit mit dem Verkauf seiner Fänge an die Fischereigesellschaft macht, während sie mit ihrem Gehalt als Angestellte der Gesellschaft gerade so über die Runden kommen.«
»Halt die Ohren offen«, bat Ari ihn. »Aus dieser Quelle ist sicherlich noch mehr zu erwarten.« Er schob dem alten Mann ein Bündel Banknoten in die Tasche. »Und in Zukunft werde ich dich nur noch nachts aufsuchen. Die Leute sollen nicht sehen, wie du mit mir redest.«
»Ich denke, das fällt dir ein bißchen spät ein, Ari. Aber mach dir meinetwegen keine Sorgen. Es gibt Dinge, die wichtiger sind als das Leben eines alten beinlosen Narren.«
Als Ari jetzt vor seinem Häuschen hielt, wollte Tom sich nicht von ihm beim Aussteigen helfen lassen, sondern humpelte rasch, sich auf seine beiden Stöcke stützend, zu seiner Haustür und war, die Tür hinter sich zuwerfend, im Inneren verschwunden, ohne sich noch einmal umzudrehen.

Kapitel 27

In dem Moment, als Ari den Leuchtturm betrat, wußte er, daß Kate nicht mit ihm in den Nachtclub gehen würde. Sie trug ihr altes T-Shirt und die Shorts, die sie gewöhnlich für ihre Gartenarbeiten reservierte, und saß, von Papieren umgeben, auf dem Fußboden. Ihre Haare waren zu einem Zopf geflochten, ihre Augen noch geschwollen, und sie nieste von dem Staub, der von den Papieren aufstieg.

Sie sah zu ihm auf und lächelte schwach. »Entschuldigung, aber ich wollte nicht ausgehen. Und entschuldige, daß ich mich heute morgen so gehenließ. Ich habe uns eine Paella zum Abendessen gemacht. Es ist meine erste, also kritisiere mich nicht zu sehr. Übrigens soll Tabson übermorgen zum letztenmal operiert werden. Es besteht die Chance, daß sein verkrüppeltes Bein wieder völlig normal sein wird, aber der Arzt kann das nicht versprechen. Er kann das erst sagen, wenn er die Operation durchgeführt hat. Ich habe einen solchen Bammel vor übermorgen, Ari.«

Als Ari sie nun ansah, dachte er, daß er sie gern heiraten würde. Dieses Verlangen war so stark, daß er ihr jetzt einen Antrag machte, ohne sich erst eine Strategie zurechtzulegen.

»Hast du dir schon mal überlegt, ob du mit einem einfachen, ehrlichen, ganz gewöhnlichen Typ mit einem nicht gerade fürstlichen Gehalt zum Standesamt gehen könntest?« fragte er sie jetzt und konnte sie nun, nachdem er es gesagt hatte, beim besten Willen nicht mehr anschauen. Er begann statt dessen, als sie ihm keine Antwort darauf gab, die auf dem Boden verstreuten Papiere aufzusammeln.

Er beschloß, mit einem Achselzucken über seinen Antrag hinwegzugehen. Kate hatte vorhin so verwundbar ausgesehen, daß er sich jetzt wünschte, sie irgendwie aufmuntern zu können. »Ich fürchte, ich habe dich mit meiner Frage überfahren und auch den falschen Zeitpunkt dafür gewählt«, sagte er und sah sie ein wenig verschämt an.

»Etwas in dieser Richtung. Ich bin nicht frei, obwohl es mir leichtfällt, zu vergessen, daß ich verheiratet bin. Zudem weiß ich ja nicht einmal, wer oder was ich bin. Das ist die Wahrheit.«

»Aber ich nehme an, du weißt, daß ich dich liebe.«

»O Ari. Das darfst du nicht tun. Ich brauche zuerst einmal Zeit, um mir darüber klarzuwerden, wer und was ich bin. Ich muß mich doch erst selbst kennenlernen. Und ich muß auch lernen, mich selbst zu lieben.«

»Ich liebe dich genügend für uns beide.«

»Ich frage mich, ob du wirklich mich oder nur mein Aussehen liebst.«

»Du siehst nicht mehr so gut aus, wie du einmal ausgesehen hast, und ich liebe dich trotzdem.«

»Danke für das Kompliment.«

Oh – du liebe Güte! Jetzt hatte er es gänzlich vermasselt. »Was ist das denn?« fragte er, auf die Papiere deutend, die auf dem Boden verstreut lagen.

»Das sind Vaters private Dokumente. Ich versuche, etwas Ordnung hineinzubringen. Er hat damals, wie du ja weißt, fluchtartig das Land verlassen, und die Liquidatoren haben heute nachmittag alle Papiere, die sie nicht benötigen, einfach bei mir abgeladen.« Sie deutete auf einen großen offenen Metallkoffer, der neben ihrem Wohnzimmertisch stand.

»Ich werde dir dabei helfen, wenn es dir recht ist«, sagte er.

Da waren Dutzende von Akten und Papieren aus einer Zeit, als Russell noch nicht im Minengeschäft tätig gewesen war, wie Ari jetzt feststellte. »Willst du das denn alles aufheben?« fragte er Kate.

»Nein. Ich werfe alles weg, wenn ich keinen konstruktiven Grund dafür finde, es aufzubewahren. Wie zum Beispiel Photos von meiner Mutter.«

Seine Gedanken von Mädchen, von der Liebe und Dingen abwendend, an die zu denken er kein Recht hatte, begann Ari die Papiere zu sichten, zu ordnen, zu kennzeichnen und sie dann Kate zuzuschieben, damit sie entscheiden sollte, ob sie das vernichten oder aufbewahren wollte. O Gott, was für eine langweilige Beschäftigung! Aber da sie nicht bei Sands unter dem Sternenhimmel tanzen, knutschen und sich mit Wein vollaufen lassen würden, konnte er sich ebensogut hier nützlich machen. Nach einer Weile stieß er auf einen versiegelten Umschlag mit der Aufschrift VERTRAULICH. Darin befand sich ein Bankbeleg, der schon so vergilbt war, daß Ari ihn ins Licht halten mußte, um die mit einer schon verblaßten Tinte vorgenommenen Eintragungen lesen zu können. Es war eine im Februar 1964 von einer Bankfiliale in Silver Bay gutgeschriebene Summe von zweihunderttausend Rand, die von einem gewissen A. M. Palma von dessen Konto überwiesen worden war. Dieser Bankbeleg war an zwei Pappen befestigt, die mit Klebeband aneinandergeheftet waren. Als er das Klebeband durchschnitt und die Pappen auseinanderklappte, fielen eine Reihe von Photos heraus.

Er pfiff leise vor sich hin, als er diese Bilder nun betrachtete. Auf einem dieser Photos sah er Mandy nackt, groß und stolz mit drei anderen unbekleideten Personen zusammenstehen, die er nicht zu identifizieren vermochte. Als er das Photo umdrehte, konnte er darauf folgenden Vermerk lesen: *15. Januar 1964. (Von rechts nach links): Trevor Palma, Rose September, Emanuel Fernandes, Juliette Fernandes.*

Aber das mußte doch Mandy sein, die er auf diesem Photo sah! Oder genauer gesagt: Mandy sah heute dieser Rose von damals zum Verwechseln ähnlich.

Er ging mit den Bildern zum Tisch und studierte sie dort eingehend unter der Lampe. Es waren ein Dutzend Photos, auf denen eine Reihe junger weißer Männer in mehr oder weniger bekleidetem Zustand zu sehen waren, die zusammen mit einer Auswahl schöner, junger farbiger Mädchen schwammen oder tanzten. Es waren auch ein paar Nahaufnahmen von einem Paar darunter, das sich in den Dünen liebte. Den Schatten nach zu urteilen, waren die Photos zu unterschiedlichen Tageszeiten aufgenommen worden.

Im Jahr 1964, hatte ihm Gill Bronson in der Nacht erzählt, als sie mit ihm geschlafen hatte, war Mike Russell, Kates Vater, noch als Journalist tätig gewesen. Offenbar hatte er damals diese Aktphotos gemacht, die Ramonas Tochter Rose zusammen mit Robs Vater zeigten. Ari studierte die Photos nun zum zweitenmal. Dem Hintergrund nach zu schließen, mußten sie von der Seite der Lagune aus aufgenommen worden sein, die den Russells gehörte – und zwar von einer Stelle aus, die gar nicht weit vom Leuchtturm entfernt war.

»Ich gehe mal kurz weg«, sagte er zu Kate. »Bin in fünf Minuten wieder zurück.«

Sie war so sehr in ihre Arbeit vertieft, daß sie seine Worte kaum hörte.

Es war eine klare Vollmondnacht, und er benötigte auch nur fünf Minuten für den Weg vom Leuchtturm bis zum Rand der Lagune. Während er über das stille Gewässer blickte, brachte er das Panorama der sich vor dem helleren Himmel abzeichnenden Berggipfel mit dem auf dem Photo abgebildeten Hintergrund zur Deckung und konnte nun genau den Punkt auf der gegenüberliegenden Seite der Lagune bestimmen, wo das Liebespaar damals mit einem Teleobjektiv aufgenommen worden sein mußte. Auch die Villa, die auf einigen Photos zu sehen war, hatte sich damals auf der den Palmas gehörenden Seite der Lagune befunden, aber sie existierte nicht mehr. Vermutlich waren ihre Ruinen jetzt unter dem Sand begraben. Und was würde er heute noch darin finden? Noch mehr Gebeine? Noch mehr Geheimnisse?

Eines ist jedoch klar, dachte Ari, als er zum Leuchtturm zurückging: Mike Russell hatte sich diese Photos teuer bezahlen lassen und damit Angelo Palma um zweihunderttausend Rand erpreßt. Denn bei einer Veröffentlichung dieser Bilder hätten alle darauf abgebildeten jungen Leute mit einer Gefängnisstrafe und dem Verlust ihrer Bürgerrechte rechnen müssen, weil sie gegen das Immoralitätsgesetz verstoßen hatten, das eine geschlechtliche Beziehung zwischen Weißen und Farbigen verbot – und das in einer Zeit, in der solche Verstöße besonders hart geahndet wurden. Vermutlich war das von Angelo Palma erpreßte Geld Mike Russells Startkapital für seine Minengeschäfte gewesen und der Beginn der Familienfehde zwischen den Palmas und den Russells, die mit Mikes Ruin endete.

Er würde Kate das schonend beibringen und das Photo als Beweisstück behalten müssen. Diese neuerliche Enthüllung würde sie sicherlich hart treffen. Ihr alter Herr schien ein ziemlich übler

Bastard gewesen zu sein. Arme Kate. Sie würde das natürlich wieder persönlich nehmen.
Er wartete, bis sie nach dem Abendbrot noch eine Weile nach draußen gingen und dort auf den Dünen saßen. Es war eine herrliche, balsamische Nacht. Er konnte das sanfte Rauschen der Wellen am Strand unter ihnen hören, und die leichte, von der See her wehende Brise trug ihm den würzigen Geruch des Meeres zu. Eine Eule schrie hinter ihnen in den Bäumen.
Er wollte es ihr gerade sagen, als sie sich plötzlich kerzengerade aufsetzte und mit gerunzelter Stirn sagte: »Wie konnte mein Vater nur das Geld anderer Leute veruntreuen? Er ist zwar schon immer ein Egoist gewesen, aber er hatte kein Recht dazu, mit dem Geld, das ihm nicht gehörte, zu spekulieren. All die Wochen über habe ich meinen Zorn hinuntergewürgt, doch jetzt kocht er wieder in mir hoch. Ich muß ihn herauslassen, weil ich sonst daran ersticke. Ich verabscheue ihn!« Damit sprang sie auf die Beine, rannte zum Strand hinunter und lief dann in das dunkle Wasser hinein.
Was für eine Narretei! Sie hatte doch sicherlich davon gehört, daß man heute morgen Haifische in der Bucht gesichtet hatte.
Er rannte ihr also nach, warf sich ebenfalls ins Wasser und versuchte sie mit raschen Kraulstößen einzuholen, was ihm nach einer Weile auch gelang.
Sie trieb, mit ausgebreiteten Armen auf dem Rücken liegend, in der sanften Dünung auf und nieder schaukelnd, und schaute zum Mond hinauf.
»Du bist hier nicht sicher!« rief er ihr zu.
Sie blickte über die Schulter zu ihm hin. »Du wirst niemals das herrliche Gefühl erleben, daß es dir egal ist, ob du lebst oder tot bist«, flüsterte sie.
»Und was ist mit Tabson?« gab er zurück. »Zählt er denn gar nicht mehr für dich?«
Diesmal hatte er das Richtige gesagt. Sie rollte sich wieder auf den Bauch und schwamm mit kräftigen Zügen zum Strand zurück.

Am nächsten Morgen begann Ari, bewaffnet mit Gerichtsbeschlüssen und einem Durchsuchungsbefehl, mit Hilfe eines Arbeitstrupps, den er sich vom städtischen Bauamt ausgeliehen hatte, und von einer Handvoll Polizisten begleitet, die Ruinen in den Dünen auszugraben. Noch ehe die Sonne aufgegangen war, hatte sich das halbe Dorf in den Dünen versammelt, um diese Aktion zu beobachten, und eine Horde kleiner Jungen machte sich immer wieder auf lästige Weise bemerkbar, weil sie sich von den Absperrseilen nicht daran hindern ließen, sich bis zum Rand der Grube an die Ausgrabungsstätte heranzupirschen.

Von den weitgehenden Vollmachten unterstützt, die man Ari erteilt hatte, als er mit den Ermittlungen im Entführungsfall Mandy betraut worden war, ging Ari über die Einwände der Palma-Familie hinweg. Zwar gehörten die Gebeine, die er hier sicherstellte und sorgsam in Plastikhüllen verwahren ließ, nicht Mandy, sondern Rose, aber die Publicity, die seine Aktion seinem Fall verschaffte, stellte nicht nur die Presse, sondern auch das Dorf und seinen Colonel zufrieden.

Als er gegen Mittag die Ausgrabungsstelle mit der Weisung verließ, daß das Team mit seiner Buddelei bis auf weiteres fortfahren solle, ging er zum Haus der Septembers, traf dort aber nur Hannah an.

»Bill ist draußen auf See. Er müßte aber gegen Abend wieder zurück sein«, erklärte sie ihm. Er sah, daß sie rote Augen vom Weinen hatte. »Sie müssen es mir sagen!« Sie schluchzte und klammerte sich mit nassen Händen an ihn. »Was hat Sie auf den Gedanken gebracht, daß Mandy in den Dünen begraben sein könnte? Jemand hat Ihnen einen Tip gegeben, nicht wahr? Sie wissen, daß sie tot ist.«

»Nein, Mrs. September. Ich weiß noch immer nicht, wo Mandy versteckt sein könnte, aber ich glaube, daß ihre Entführung möglicherweise ein Racheakt für den Tod ihrer Tante Rose ist. Ich suche jetzt in den Dünen nach den Überresten von Rose, nicht nach der Leiche Ihrer Tochter. Schauen Sie sich doch bitte mal das da an. Das ist eine Rekonstruktion des Gesichts, das einmal zu dem Schädel gehörte, der hier vor einiger Zeit in den Dünen gefunden wurde.« Er zeigte ihr die Photos von der Büste.

»Wenn das wahr ist«, stammelte sie schluchzend, »hat Bill das all die Jahre über vor mir geheimgehalten. Er hat mir nämlich immer

wieder versichert, daß Rose nach Amerika ausgewandert wäre. Ich werde ihn jetzt aber dazu zwingen, mir die Wahrheit zu sagen. Ich habe ein Mittel, um ihn zum Reden zu bringen. Ich weiß ein paar Sachen über seine Geschäfte, die Sie nicht wissen sollen. Ich will meine Tochter wiederhaben. Ich setze da mein ganzes Vertrauen in Sie, Lieutenant. Kommen Sie heute abend um sechs Uhr noch einmal hierher. Um diese Zeit müßte Bill wieder zu Hause sein. Und dann wird er Ihnen alles erzählen, was er weiß – ich schwöre bei Gott, daß ich ihn dazu zwingen werde. Aber enttäuschen Sie mich nicht, und finden Sie mir meine Mandy wieder!«
Da verließ er sie wieder und fuhr zum Anwesen der Palmas hinauf. Jetzt war der Zeitpunkt gekommen, an dem er Angelo Palma ins Gebet nehmen mußte, wenngleich ihm bewußt war, daß diese mächtige Familie ihn mit all den ihr zu Gebote stehenden Mitteln attackieren würde. Von jetzt an würden seine Ermittlungen eine bittere Fehde zwischen ihm und der Familie Palma sein.

Die Gemälde, Skulpturen, Fresken, antiken Mosaike der Marmorfußböden und das kostbare Mobiliar raubten Ari den Atem. Er erklärte einem schwarzgewandeten Diener kurz sein Anliegen, zeigte ihm dann seinen Polizeiausweis und mußte nur fünf Minuten warten, bis er in ein geräumiges Büro geführt wurde.
Angelo Palma war eine furchtgebietende Gestalt. Ari schätzte ihn auf einen Meter fünfundachtzig, und seine breiten Schultern waren trotz seines hohen Alters noch sehr gerade, sein Rücken war nicht im mindesten gebeugt. Seine dichte weiße Mähne bildete einen seltsamen Kontrast zu seiner von der Sonne verbrannten Haut. Er ist ganz bestimmt nicht das Monster, als das Kate und Jean ihn beschrieben haben, dachte Ari bei sich. Im Gegenteil – seine Augen waren die eines verwundbaren und unter einem geheimen Schmerz leidenden Mannes. Ari fand ihn auf Anhieb sympathisch.
Trotzdem verlor er keine Zeit und eröffnete seine Attacke, nachdem er vor Angelos Schreibtisch Platz genommen hatte: »Es

muß für Sie eine große Befriedigung gewesen sein, daß Sie Mike Russell endlich das heimzahlen konnten, was er Ihnen vor fast dreißig Jahren angetan hatte«, sagte er.
Angelos Gesicht blieb ausdruckslos, aber er konnte seinen Schock nicht ganz hinter seinen halb gesenkten schweren Augenlidern verbergen. Er äußerte sich nicht zu Aris Bemerkung.
»Ich bin hier, Sir, um Ihnen ein paar Fragen im Zusammenhang mit dem Tod von Rose September zu stellen. In was für einer Beziehung stand diese Person zu Ihrem Sohn Trevor Palma?«
Angelo blickte ihn nun stirnrunzelnd an. »Es gab da keine Beziehung«, murmelte er, aber Ari bemerkte, daß ihm bei dieser Antwort nicht ganz wohl in seiner Haut zu sein schien. »Wie hätte es auch zu einer Beziehung zwischen den beiden kommen können? Damals wäre eine Verbindung oder Beziehung zwischen einem Weißen und einer Farbigen ein Verstoß gegen die Apartheidgesetze gewesen.«
Ari breitete nur die alten Photos, die er bei Mike Russells Papieren gefunden hatte, auf der Schreibtischplatte aus. »Diese Bilder erzählen aber eine andere Geschichte, Mr. Palma, und Sie haben neunzehnhundertvierundsechzig zweihunderttausend Rand für diese Photos bezahlt. Wieviel sind sie Ihnen denn heute noch wert?«
Da zeigte sich ein verächtliches Funkeln in Angelos Augen, während sich seine Lippen zu einem ironischen Lächeln kräuselten. »Wie sind diese Photos in Ihren Besitz gelangt?«
»Nun, wir könnten sagen, daß ich im Zuge meiner Ermittlungen auf sie gestoßen bin.«
»Sie meinen, daß Mrs. Palma Ihnen das zugesteckt hat ... und Sie und möglicherweise auch Mrs. Palma dachten ... Nun, sie ist eine sehr teure Frau, wie Sie inzwischen wohl festgestellt haben werden. Mit Ihrem Gehalt kommen Sie da nicht weit. Demnach wollen Sie das da also jetzt an mich verkaufen, wie?«
»Ich fragte Sie, was sie Ihnen jetzt wert sein würden. Ich warte noch immer auf Ihre Antwort darauf.«
Angelo griff in seine Schreibtischschublade und holte ein Scheckbuch heraus. »Das hier ist ein Verkaufsmarkt, Lieutenant«, sagte er mit rauher Stimme. »Sie wissen vielleicht nicht, was dieses

Wort bedeutet, aber ich könnte mir denken, daß Sie eine ganz bestimmte Preisvorstellung haben. Habe ich recht?«
»Fünfzigtausend ...?« Ari nannte jetzt irgendeine Summe.
Palma begann einen Scheck auszustellen, trug zuerst das Datum, dann die Summe in Worten und Ziffern ein und unterschrieb ihn dann, ohne das dafür vorgesehene Kästchen mit dem Namen des Empfängers auszufüllen. »Diese Summe wird Ihnen gehören, wenn Sie mir die Negative übergeben«, murmelte er, ohne hochzusehen.
»Das war nur ein Versuchsballon, den ich da eben gestartet habe, Mr. Palma«, sagte Ari. »Tut mir leid, aber diese Photos und die dazugehörigen Negative können nicht verkauft werden, weil sie als Beweisstücke im Fall der vor achtundzwanzig Jahren verschwundenen und vermutlich ermordeten Rose September gebraucht werden. Wie auch das hier.« Ari holte den Recorder aus der Innentasche seiner Jacke, entnahm ihm die Tonbandkassette und trug darauf demonstrativ den Ort, das Datum und den Zeitpunkt der Aufnahme ein.
»Wie Sie sehen, Mr. Palma«, erklärte er dabei, »können Sie sich diesmal nicht mit Geld alle Schwierigkeiten vom Hals schaffen.« Er steckte das Gerät und die Photos wieder in seine Brusttasche. »Sie haben jetzt die Gelegenheit, reinen Tisch zu machen und mir alles zu erzählen, was damals passiert ist. Wenn Sie das aber nicht tun wollen, werde ich trotzdem die Wahrheit herausfinden, auch wenn das ein bißchen länger dauern sollte. Sie können mir zwar die Arbeit erschweren und mir zweifellos jede Menge Knüppel zwischen die Beine werfen, was mich aber nicht daran hindern wird, die Sache aufzuklären. Sie werden mich davon nicht abbringen können. Ich erreiche nämlich immer mein Ziel, wenn ich mir etwas vornehme.«
Angelo läutete, und im gleichen Moment kam auch schon Ramona ins Zimmer. Vermutlich hatte sie an der Tür gelauscht. Sie warf Ari einen haßerfüllten Blick zu, und er war verblüfft über seine Reaktion darauf: *Er hatte Angst.* Eisige Schauer liefen ihm über den Rücken, sein Mund war plötzlich trocken, und seine Hände begannen zu schwitzen. Er konnte sich nicht erinnern, daß er jemals etwas Ähnliches in seiner Laufbahn als Polizist

empfunden hätte. Das war der Stoff, aus dem sein uralter Alptraum gemacht war.
Er drehte sich rasch von ihr weg, wußte aber, daß ihr seine Reaktion auf ihren Blick nicht entgangen war. Und aus irgendeinem Grund schien sie das nun ebenfalls mit Angst zu erfüllen.
»Hören Sie, Sir«, sagte er mit beschwörender Stimme, an Angelo Palma gewandt. »Das Böse ist dort unten in den Dünen begraben. Ich spüre es. Wenn ich etwas in meinem Beruf als Polizist gelernt habe, dann die Tatsache, daß das Böse stets andere ansteckt und verdirbt. Es wird nicht eher Frieden in Silver Bay geben, bis die Wahrheit ans Licht gekommen ist. Wahrheit und Sühne haben eine ihnen eigentümliche reinigende und befreiende Kraft. Das Geschwür der Verbitterung wuchert hier nun seit achtundzwanzig Jahren. Es ist höchste Zeit, daß die Wahrheit ans Licht kommt.«
Die beiden so eigenwilligen, hartnäckigen und hellsichtigen Männer funkelten sich über den Schreibtisch hinweg ein paar Sekunden lang an. Dann drehte Ari sich um, ging, Ramona noch einmal mit einem verwunderten Blick streifend, rasch zur Tür und verließ das Zimmer.
Sobald sich die Tür hinter ihm geschlossen hatte, griff Angelo sich ans Herz und fiel in seinen Sessel zurück. Ramona rief laut nach Rob, der aus dem angrenzenden Raum herbeigelaufen kam und mit düsterem Gesicht auf seinen Großvater hinunterblickte, der jetzt unter einer schweren Atemnot litt. Dann riß er eine Schublade auf, entnahm ihr zwei Tabletten, legte sie seinem Großvater unter die Zunge und gab ihm Wasser aus einem Glas zu trinken, das stets für einen solchen Fall auf dem Schreibtisch bereitstand.
»Okay«, sagte er, als Angelo sich von seinem Anfall wieder erholt hatte, »ich habe jedes Wort mitgehört. Wenn ich dir helfen soll, muß ich die Wahrheit wissen. Ich werde alles tun, um dich aus diesem Schlamassel herauszuholen, aber dann mußt du mir auch dein Vertrauen schenken, zum Donnerwetter noch einmal!«
»Ich werde es dir sagen, wenn ich dazu bereit bin«, murmelte Angelo. »Also dräng mich nicht. Ich muß nachdenken. Gib mir noch einen Schluck von dem Wasser. Das Ganze liegt schon so

lange zurück. Und verlaß mich jetzt. Ich möchte allein sein. Dieser junge Lieutenant wird nicht eher ruhen, bis er die Wahrheit entdeckt hat. Darauf müssen wir uns einstellen. Es steckt eine Menge Aggressivität in diesem jungen Mann, die er jedoch sorgsam verborgen hält.«

»Verdammt, Großvater. Ich muß wissen, worum es hier geht«, sagte Rob, verließ dann das Büro seines Großvaters wieder und warf die Tür hinter sich zu.

Angelo schloß seinen Safe auf, holte ein altes Photoalbum heraus und verbrachte lange Zeit damit, die Bilder darin zu studieren. Da war ein Photo von Ramona, als sie noch jung gewesen war. Wie reizend sie damals doch ausgesehen hatte! Er erinnerte sich wieder an den Tag, als er sie zum erstenmal gesehen hatte. Er hatte geglaubt, er wäre tot, als er die Augen aufschlug und dieses schöne Zigeunermädchen mit den langen, kohlschwarzen Haaren und den etwas schräg stehenden, lachenden bernsteinfarbenen Augen sich über ihn beugen sah. Ihre Lippen waren so rot wie Wein gewesen, ihre Haut so makellos wie die eines kastilischen Edelfräuleins. Er konnte sie jetzt im Geist wieder in ihrem roten Rock und ihrer grünen Bluse, die eine Schulter frei ließ, vor sich sehen. Und auch die hübsche Claire Durrell mit ihren braunen Haaren, ihrem lächelnden Gesicht mit den Sommersprossen auf der Nase und den großen grünen Augen, bis sie zu traurig geworden war, um noch länger verweilen zu können. Und dann Pippa du Toit, die er schließlich so sehr geliebt hatte.

Er nahm nun das Photo seines geliebten Sohnes Trevor in die Hand und starrte es lange an. »Ich muß dich und das, was dir gehörte, beschützen, mein Junge. Nur darum geht es hier«, flüsterte er.

Mitten in der Nacht wachte Angelo mit einem stechenden Schmerz in der Brust auf. Er suchte tastend nach seinen Tabletten und nahm zwei davon. Darauf wartend, daß der Schmerz wieder nachlassen sollte, stand er auf und trat ans Fenster. Es war dunkel draußen, denn die Hitze des Tages hatte Wolken aufsteigen lassen, hinter denen sich der Mond versteckte.

Drei Tote, und dann wird auch noch dein Sohn sterben, ehe er voll-

jährig ist, hatte Ramona bei der Taufe seines Sohnes zu ihm gesagt. Natürlich hatte sie mit ihrer Voraussage recht behalten. Sie besaß das Zweite Gesicht, daran bestand kein Zweifel. Pippa hatte ihre Worte als Fluch betrachtet, aber er hatte begriffen, daß es eine Prophezeiung war, und sich vor der Zukunft gefürchtet. Nach Trevors Tod hatte Ramona ihm verziehen, und niemand hätte seiner Familie seither aufrichtiger dienen können als sie.

Er seufzte. Er würde Rob alles erzählen müssen. Nun – fast alles, und vielleicht war das jetzt der bestmögliche Zeitpunkt dafür. Der Schmerz in der Brust hatte ihn wieder daran erinnert, daß er nicht unsterblich war. Er hatte immer wieder den Tag hinausgeschoben, an dem er Rob die Wahrheit über seine Eltern erzählen wollte, aber er konnte nicht sterben und so vieles ungesagt lassen.

Wo soll ich anfangen? fragte er sich, als er seinen Morgenmantel anzog, das Licht im Flur einschaltete und den Gang zum Schlafzimmer seines Enkels hinunterging.

»Beginn mit dem Anfang«, murmelte er. Und wo hatte es angefangen? Für ihn hatte alles mit dem Blick in Ramonas lachende bernsteinfarbene Augen begonnen.

Teil II

Silver Bay, Juli 1941

Kapitel 28

Die Wellen waren seine Feinde, rollten wie schäumende Engel des Todes in geschlossener Formation auf ihn zu, ragten mit ihren Schaumkronen zehn Meter über ihm auf, ehe sie, ihn tonnenweise mit eiskaltem Wasser überschüttend, auf die Stagen, Wanten und das Deck einhämmerten und ihm fast den Atem aus dem Leib preßten, bevor sie sich über die Reling wieder ins Meer ergossen. Er befand sich in einem brodelnden Kessel weißen und gelben Schaums, und die Sicht reichte immer nur bis zum nächsten Wellenberg. Daß die Yacht noch nicht gekentert war, kam ihm wie ein Wunder vor, während er darum kämpfte, den Bug immer wieder auf die nächste heranflutende haushohe Woge auszurichten. Sein Körper wurde von Krämpfen geschüttelt, und seine Hände waren schon seit Stunden ohne Gefühl. Der Sturm peitschte ihm ins Gesicht, trieb ihm die Tränen in die Augen, so daß er kaum etwas sehen konnte, und überschüttete ihn mit salziger Gischt. Obwohl er über beträchtliche Körperkräfte verfügte, war er machtlos gegen diesen Wind. Er hatte sich am Ruder festgebunden und hoffte zu Gott, daß das Boot nicht von diesen gewaltigen Wassermassen, die ständig auf sie herunterstürzten, zerschmettert werden würde.
Der Sturm war plötzlich, ohne Vorwarnung vor etwa 48 Stunden irgendwo vor der Küste Südafrikas, wie er vermutete, über ihn hergefallen. Er hatte kaum noch Zeit gehabt, die Segel einzuholen und sie unter Deck zu verstauen. Der Motor hatte seither mindestens ein dutzendmal gestreikt, und obwohl es ihm gelungen war, ihn immer wieder zum Leben zu erwecken, ging sein Treibstoffvorrat jetzt rasch zu Ende. Wenn er das Boot nicht mehr steuern konnte, würde es kentern und er zweifellos ertrinken müssen. Er war zwar ein guter Schwimmer, aber in welche Richtung er auch blickte – er konnte nirgendwo Land entdecken.
»Heilige Maria, Mutter von Jesus, rette mich«, murmelte er, aber ohne große Hoffnung. Er hatte dieses Boot gestohlen und gab

sich deshalb keinen Illusionen hin, welchen Status er in den Augen der Heiligen Jungfrau genoß. Er war ein Dieb, der mit diesem entwendeten Boot heimlich im Morgengrauen aus dem Hafen von Palmi ausgelaufen war, nachdem er am Tag zuvor seinen Einberufungsbefehl erhalten hatte. In einer mondlosen Nacht hatte er die Meerenge von Gibraltar passiert und war daraufhin wochenlang, sich immer in Sichtweite der westafrikanischen Küste haltend, nach Süden gesegelt, bis er dem Sonnenstand und der Meeresströmung entnehmen konnte, daß er sich in unmittelbarer Nähe des Äquators befand. Dort hatte er tagelang in einer Flaute unter der Tropensonne geschmachtet, um seinen Treibstoff für Notfälle zu schonen. Und dies war jetzt ein Notfall, der alle anderen Mißgeschicke zu harmlosen Pannen zusammenschrumpfen ließ.
Er war drei Monate lang nur gesegelt, hatte sich von Fischen ernährt, die er selbst geangelt hatte, war sehr sparsam mit seinem Trinkwasser umgegangen und hatte ein Drittel seines Körpergewichts verloren. Seine von der Sonne verbrannte Haut hatte eine dunkelbraune Farbe angenommen. Seine langen schwarzen Haare ringelten sich um Schultern und Hals, und sein Bart hatte sich mit seinen Brusthaaren zu einer lockigen Matte vereinigt. Doch mit jedem Tag, den er auf See verbrachte, hatte er Gott dafür gedankt, daß er sich wieder ein Stück weiter von Italien entfernt hatte.
Der Sturm hatte inzwischen noch an Wucht zugenommen, und als sich nun die Nacht auf ihn heruntersenkte, schienen die Chancen, daß er den nächsten Morgen noch erleben würde, äußerst gering zu sein. Diese gigantischen Wellen folgten zu dicht aufeinander. So tapfer das Boot auch war, es blieb ihm keine Zeit mehr, einen Wellenberg zu erklimmen, bevor schon der nächste es erreichte. Und die Wassermassen, die nun ständig auf die Yacht herunterstürzten, mußten sie schließlich in Stücke hauen und unter sich begraben. In diesem ohrenbetäubenden Kreischen des Windes hörte er plötzlich ein lautes Bersten über sich. Der Mast war gebrochen und fiel auf das Deck! Er duckte sich instinktiv und versuchte, sich noch mit einem Satz zur Seite in Sicherheit zu bringen, als ihn das abgebrochene Mastende hinter dem Ohr

traf und ihm schwarz vor den Augen wurde.
Das erste, was ihm auffiel, als er wieder zu sich kam, war die Stille. Kein Wind, kein Sturm, nur Ruhe und Frieden. Oder war er etwa gar nicht mehr am Leben? Da hörte er eine Möwe schreien. Als er vorsichtig die Augen öffnete, sah er einen azurblauen Himmel über sich, an dem auch nicht das kleinste Wölkchen zu entdecken war. Er blinzelte und schloß, von der Sonne geblendet, wieder die Augen.
Als er nun den Kopf bewegte, tat dieser ihm schrecklich weh. Er tastete mit der Hand darüber, um die Ursache des Schmerzes aufzuspüren, und fand dort etwas Nasses, Klebriges. Er öffnete wieder die Augen, um das Blut an seiner Hand zu betrachten. Da fiel ihm der abgebrochene Mast ein. Es grenzte fast an ein Wunder, daß er und die Yacht den Sturm überlebt hatten, und er empfand fast so etwas wie zärtliche Gefühle für das tapfere Boot.
Als er sich dann jedoch, stöhnend vor Schmerzen, aufsetzte, mußte er erkennen, daß er sich zu früh gefreut hatte. Das Boot hatte nämlich so viel Schlagseite, daß es jeden Moment kentern und ihn mit sich in die Tiefe reißen konnte. Er machte sich also mit fliegender Hast daran, sich von dem Segeltuch zu befreien, mit dem er sich am Ruder festgebunden hatte, und als ihm das endlich gelungen war, kroch er auf den Niedergang zu. Das Boot mußte irgendwo ein Leck haben. Vielleicht konnte er es abdichten und das eingedrungene Wasser mit der Lenzpumpe wieder entfernen.
Als er sich über den Niedergang beugte und die vom Wasser überflutete Kabine sah, wußte er, daß er sich umsonst Hoffnungen gemacht hatte. Die Rettungsflöße mußten in der Nacht von den Brechern über Bord gespült worden sein, und das Boot bekam jetzt immer mehr Schlagseite. Er sah sich rasch nach irgend etwas um, was er vielleicht in ein Rettungsfloß würde verwandeln können, aber der Sturm hatte alles weggefegt, was nicht fest mit dem Deck verbunden gewesen war.
Und wo, zum Teufel, war er hier überhaupt? In welcher Richtung befand sich die Küste? Er kniff die Lider ein wenig zusammen und suchte den Horizont mit den Augen ab. Ein freudiges Beben durchlief seinen Körper, als er in der Ferne die Umrisse einiger Berge im Dunst zu erkennen glaubte. War das nun echt

oder nur eine Fata Morgana, was er dort sah? Im nächsten Moment war es nur noch eine Wolke, und er bibberte vor Angst. Er zog Stiefel und Ölzeug aus und steckte vorsichtig den Fuß ins Wasser.

Er war eisig kalt. Wie kann das sein, überlegte er erschrocken. Er befand sich doch hier an der Küste von Afrika – oder etwa nicht? Wie lange würde er wohl in einem so kalten Wasser überleben können?

Das Boot erschauerte unter ihm wie ein Mensch im Todeskampf, bäumte sich auf und kenterte. Angelo machte im gleichen Moment einen Hechtsprung in das kristallklare Wasser, um nicht unter das Boot zu geraten und mitgerissen zu werden. Er kam Sekunden später wieder an die Oberfläche und rief mit klappernden Zähnen: »Oh! Oh! Jesus! Diese Kälte! Himmel, das hält doch kein Mensch aus!« Aber als er jetzt seine eigene tiefe Stimme hörte, schien ihm das wieder Mut zu machen.

Er fing an zu kraulen, doch schon nach kurzer Zeit fühlten sich seine Arme und Beine so an, als wären sie mit Bleigewichten beschwert. Als Krämpfe ihn zu plagen begannen, wechselte er den Schwimmstil, wobei er allerdings die Chance, noch lebend das Festland oder irgendein anderes rettendes Ufer erreichen zu können, viel geringer einschätzte als vorher. Denn als Brustschwimmer kam er viel langsamer voran, während die eisige Kälte des Wassers allmählich bis in das Mark seiner Knochen vorzudringen und seine Lebensgeister zu lähmen schien. Er wußte, daß er das Bewußtsein zu verlieren drohte, und fing wieder an zu kraulen. Er spürte einen Schlag an seinem rechten Bein und keuchte vor Schreck. Haifische! Dann zupfte ihn etwas am anderen Bein, und als er sich im Wasser herumwarf, sah er sich von Seehunden umgeben, die ihn offenbar zum Spielen einladen wollten, als sie ihn jetzt zu umkreisen begannen, vor ihm aus dem Wasser herausschossen und ihn dabei mit zuckenden Schnurrbarthaaren und freundlichen Augen neugierig betrachteten.

Als er wieder in die Richtung blickte, in die er bisher geschwommen war, konnte er dort nur noch eine Wolkenbank ausmachen, die direkt auf dem Wasser zu liegen schien. Aber die Seehunde schwammen von ihr fort, was bedeutete, daß hier in der Nähe eine Insel sein mußte, die sie als Rastplatz oder Sonnenbank benutzten. Und so änderte er jetzt seinen Kurs und begann in die gleiche Richtung wie die Tiere zu schwimmen, wobei er leise ein Lied vor sich hin summte und seine Arme und Beine im Rhythmus dieser Melodie bewegte.

Mit der Zeit wurde der Schmerz, der sich in seinem Körper ausbreitete, sich unter seinen Rippen, in seinen Schulter- und Kniegelenken und seinen Gedärmen einnistete, unerträglich. Er begann im Takt der Musik zu zählen, sich an seine Lieblingsopern zu erinnern, während seine Arme und Beine sich abwechselnd hoben und senkten. Der Schmerz dehnte sich jetzt bis in seine Fingerspitzen aus, doch Angelo ignorierte ihn. Er war wieder zu Hause in Italien und lauschte dort der Musik vom Grammophon seines Vaters. Wie lange schwamm er jetzt wohl schon – eine Stunde? Zwei? Oder gar drei? Er wußte es nicht zu sagen. Er befand sich in einem tranceähnlichen Dämmerzustand, während seine inzwischen gefühllos gewordenen Arme und Beine sich ganz von selbst zu bewegen schienen.

Die Dämmerung brach herein und löste panische Angst in ihm aus. Wenn es jetzt dunkel wurde und er in die falsche Richtung schwamm? Also sollte er wohl besser das Schwimmen aufgeben und das Tageslicht abwarten. Aber als er sich auf den Rücken drehte, um sich im Wasser treiben zu lassen, kroch ihm die Kälte ins Gehirn hinein. Da wußte er, daß er weiterschwimmen mußte, wenn er nicht das Bewußtsein verlieren und ertrinken wollte. Also drehte er sich wieder auf den Bauch und zwang seine Arme und Beine dazu, sich erneut in Bewegung zu setzen.

Er war schon halb ohnmächtig, als er glaubte, ein Licht rechts von sich zu erkennen – einen glühenden Stecknadelkopf, der ihm in die Augen stach. Er schrie und versuchte, in die Höhe zu schnellen, fiel jedoch kraftlos wieder ins Wasser zurück. Er sah wieder nach vorn, doch da war jetzt nur eine schwarze Wand, die er aber sekundenlang sehnsüchtig anstarrte, sich weigernd, seine Hoffnung aufzugeben. Und da sah er ihn wieder – diesen stecknadelkopfgroßen Stern, der über das Wasser hinwanderte. Das war keine Einbildung, sondern vermutlich das Blinkfeuer eines Leuchtturms! Da vor ihm, wenn auch noch weit entfernt, gab es

Licht, Land, Menschen – Leben!
Der Gedanke daran verlieh ihm neue Kräfte. Er begann jetzt, mächtig mit den Armen und Beinen auskeilend, auf dieses Licht zuzuschwimmen. Eine Stunde verging und dann noch eine, und Angelo war sich jetzt nur noch der Qual bewußt, die es ihn kostete, seine Arme und Beine weiter in Bewegung zu halten. Er fühlte sich schwach und krank und entsetzlich durstig. Das Salz hatte eine Kruste auf seinem Gesicht gebildet und brannte ihm in den Augen und Ohren. Sein Magen rebellierte gegen das Wasser, das er aus Versehen verschluckt hatte, so daß er sich ein paarmal übergeben mußte.
Da hörte er die Klänge von *Nessun dorma* und befand sich wieder in Spoleto, wo er seinem Vater dabei zusah, wie er die Schallplatte sorgsam mit einem Tuch reinigte, ehe er vorsichtig die Nadel des Tonarms auf die erste Rille setzte: *Keiner schlafe!... Auch du, Prinzessin, in deinen kalten Räumen, blickst schlaflos nach den Sternen, die flimmernd von Lieb' und Hoffnung träumen.*
Jeden Abend hatte Papa sich eine Stunde lang Ausschnitte aus seinen Lieblingsopern auf dem Grammophon angehört, ehe er zu arbeiten begann. Papa war so sanft, so freundlich, so gütig und intellektuell gewesen. Er sah ihn jetzt wieder vor sich, wie er unter der Hängelampe an einem antiken Schreibtisch saß und Aufsätze korrigierte, während seine Mutter sich über ihn beugte, ihn mit ihren langen schwarzen Haaren einhüllte und auf den Scheitel küßte. »Du arbeitest zu hart, mein Süßer«, hatte sie dabei stets zu ihm gesagt. »Komm mit ins Bett – es ist schon spät.« Wie sehr sie ihn doch geliebt hatte! Sie waren eine verschworene Gemeinschaft gewesen – eine durch die Verachtung der Dorfbewohner zusammengeschweißte Familie.
Als sein Vater noch ein kleiner Junge gewesen war, hatte dessen Vater den Rest eines vormals stattlichen Familienvermögens durchgebracht, so daß ihnen nur noch die Weingärten und das alte Herrenhaus geblieben waren, die sich im Besitz einer vor vielen Jahren errichteten Familienstiftung befanden. Papa hatte dann als Lehrer gearbeitet, sobald er mit seiner Ausbildung fertig gewesen war, und war schließlich Rektor der örtlichen Schule geworden. Das alte Herrenhaus hatten sie in Apartments aufteilen

lassen und dann vermietet. Mama hatte sich daraufhin mit einer schier unglaublichen Energie der Rolle einer Pensionswirtin gewidmet, und Papa hatte sich nach Kräften bemüht, ein guter Lehrer zu sein und seine Schüler vor den Übeln eines faschistischen Regimes zu warnen. Im Oktober 1922 war dann Mussolini an die Macht gekommen – also im gleichen Monat und Jahr, in dem er, Angelo, das Licht der Welt erblickt hatte. Inzwischen hatte die Hälfte der Schüler Papas Schule verlassen, weil sie seine Warnungen vor dem Faschismus nicht mehr hören wollten. Er hatte seine Einstellung zu diesem Regime nie geändert, sondern achtzehn Jahre lang für das gekämpft, woran er glaubte: für Demokratie und Menschenwürde.

Angelo sah ihn jetzt wieder in der Aula seiner Schule hinter dem Rednerpult stehen und vor vollbesetzten Bänken mit ruhiger Stimme einen Vortrag über Menschenrechte und die unantastbare Würde des Menschen halten. Er, der jeden Menschen respektierte, war ein lebendes Beispiel seiner Lehren. Er hatte sich so würdig und unerschrocken an diesem Tag verhalten, als eine Horde von ortsansässigen Faschisten, die vom Bürgermeister angeführt wurde, in die Aula eingedrungen war und seinen Vater festgenommen hatte. Doch Angelo, der damals in der ersten Reihe saß, hatte Angst für sie beide gehabt und von diesem Moment an um das Leben seines Vaters gekämpft, gebettelt, gefleht und geweint.

Die Erinnerung daran, die gerade noch so lebhaft gewesen war, verblaßte am Nachthimmel. Plötzlich fühlte er sich so allein und verlassen wie noch nie zuvor in seinem Leben. Wie aussichtslos schien ihm nun sein Bemühen zu sein, die Küste, die er von Ferne gesehen hatte, jemals schwimmend erreichen zu können.

Während er auf dem Rücken liegend im Meer trieb und darauf wartete, in einen Schlaf hinüberzudämmern, der unvermeidlich zu seinem Kältetod führen mußte, sah er wieder den Schulhof vor sich: die johlende Menge, die seinen Vater mit Schmähungen überhäufte. Papa, der mit verbundenen Augen an einen Pfahl gefesselt war. Er konnte seine Gestalt mit der schwarzen Kapuze über dem Kopf nur undeutlich hinter seinem Tränenschleier erkennen. Er spürte, wie seine Mutter, die am ganzen Leib zitterte, sich fest an ihn preßte. Und als sie dann sah, wie sein Körper sich aufbäumte, und die Salve der Gewehrschüsse hörte, stieß sie einen lauten Schrei aus und fiel, als wäre sie selbst von den Kugeln durchsiebt worden, ohnmächtig zu Boden.

Zwei Jahre später hatte sie dann den Bürgermeister, der ihren Vater ermorden ließ, geheiratet.

Was für Erinnerungen! Er mußte ihnen so rasch wie möglich entrinnen. Er entfernte sich nun mit schnellen Kraulstößen von ihnen, kämpfte um sein neues Leben, holte das Letzte aus seinem erschöpften Körper heraus. Er hatte der Alten Welt den Rücken zugekehrt. Europa war für ihn tot. Er hatte seine Bitterkeiten und jahrhundertealten Fehden, die Gewalttätigkeit seiner Politik, die Grausamkeiten seiner Bewohner und die Wankelmütigkeit seiner Frauen hinter sich gelassen und war unterwegs zu neuen Ufern.

Einen Tag nach der Wiederverheiratung seiner Mutter war ihm sein Einberufungsbefehl zugestellt worden. Sollte er etwa für diese Leute kämpfen, die seinen Vater umgebracht hatten? Er hatte noch am gleichen Tag das Haus seines Stiefvaters verlassen und war zu der in der Nähe gelegenen Hafenstadt Palmi gefahren, wo er dann viele Stunden lang die an der Mole vertäuten Yachten begutachtet hatte. Schließlich war seine Wahl auf dieses Segelboot gefallen, das ein reicher englischer Tourist zurückgelassen hatte und das zuweilen vom örtlichen Hafenmeister benutzt wurde.

Angelo versank wieder in diesen seltsamen Dämmerzustand, der fast einer Ohnmacht gleichkam. Er hatte Schmerzen, aber sie schienen ihm in eine weite Ferne entrückt zu sein. Als er bei Tagesanbruch wieder kurz aus seiner Trance erwachte, sah er etwas, was er nie mehr vergessen würde: einen Kranz von herrlichen, rosig überhauchten und sich in einen asternblauen Himmel hinaufschwingenden Bergen, die eine türkisfarbene Bucht umgaben. War das wirklich die Küste, oder war es das Paradies? Er hatte so etwas Schönes noch nie in seinem Leben gesehen, und das Ganze verblaßte jetzt auch rasch wieder vor seinen Augen, als er abermals in diesen Dämmerzustand versank, in dem er nicht mehr wußte, was er tat oder was mit ihm geschah.

Morgengrauen in Silver Bay. Ramona ging in dem kleinen Garten vor ihrer winzigen Hütte auf und ab. Sie fühlte sich seltsam erregt, wußte jedoch nicht, warum. Dann steckte sie kurz entschlossen ihre langen schwarzen Haare zu einem Knoten auf, nahm ihre Sandalen und rannte zum Kai hinunter.

Gideon, ihr junger Ehemann, reparierte dort gerade das kommunale Fischernetz. Später würde er damit aufs Meer hinausrudern, wo es, an Bojen befestigt, den ganzen Tag quer vor der Bucht hängen würde, bis sich bei Sonnenuntergang alle Männer des Dorfes am Strand versammelten, um das Netz mit Hilfe der beiden an seinen Enden befestigten Seile einzuholen. Sie würden dann die darin gefangenen Meeräschen, Roßmakrelen, Makrelen und die ihnen zuweilen ins Netz gehenden kleineren Gelbschwänze und Meerbrassen unter den Dorfbewohnern aufteilen. Jeder bekam etwas von dem Fang ab, selbst wenn er noch so klein war. Aber Gideon, der stärkste und beste Ruderer im Dorf, bescherte ihnen stets den größten Fang und die besten Fische.

»Bring das Boot zu Wasser«, befahl sie ihm mit atemloser, aufgeregter Stimme.

»Ich habe zu tun«, gab er ihr brummig zur Antwort. »Die Netze sind noch nicht fertig. Was ist denn los mit dir?«

Sie rannte zum Strand hinunter und begann das kleinste der dort bereitliegenden Boote ins Wasser zu schieben.

»He!« rief Gideon, ihr nachrennend. »Was, zum Teufel, tust du da?«

Es gab eine seltsame Art von Kommunikation zwischen den beiden. Er besaß zwar nicht das Zweite Gesicht, doch die enge Beziehung, die zwischen ihnen bestand, half ihm, sie zu verstehen. Er hätte jetzt mit ihr gezankt, wenn sie ihn mit ihren dunklen Augen nicht so eindringlich angesehen hätte. Jeder im Dorf wußte, daß sie eine Hexe war.

»Frag mich nicht ... ich weiß es nicht ... ich weiß es nicht«, murmelte sie. »Ich weiß nur, daß wir keine Zeit verlieren dürfen. Also rudere, Gideon. Rudere, so schnell du kannst!«

»In welche Richtung?«

»Ich weiß es nicht. Es ist etwas dort draußen.«

Er seufzte und tauchte die Ruderblätter ins Wasser.

»Ich habe einen Ruf gehört«, sagte sie mit ihrer vibrierenden tiefen Stimme. »Hilfe. Er rief um Hilfe. ›Helft mir, und ich werde euch helfen.‹« Sie blickte aufs Meer hinaus, schüttelte den Kopf und sah ihn dann lächelnd an: »Es wird Kummer geben, Schmerzen und Tod, aber das ist unsere Bestimmung. Dort draußen ... liegt unsere Bestimmung ... für mich und für dich.«

Und sie hörte nicht auf, während sie im Bann ihrer seltsamen Vision stand, es ständig zu wiederholen, wobei sie unablässig mit den Augen das Meer absuchte. Gideon liebte sie bis zur Selbstvergessenheit. Sie war seine Sonne, und er war der sie anbetende Mond, der sich um sie drehte. In dieser privaten Konstellation bewegte sich ihrer beider Leben und ging ganz darin auf. Ihre ständigen Querelen waren dabei nur bedeutungslose Randerscheinungen. Worte und Aktionen konnten nicht einmal die Oberfläche ihrer Liebe ankratzen, die einem unterirdischen Strom glich, der durch ihre Träume und ihr Bewußtsein floß, weit über dieses Leben hinausreichte und sich aus Quellen früherer, vergessener Daseinsformen speiste. Jenseits von Zeit und Raum. So erklärte sie es ihm jedenfalls oft, und er glaubte ihr.

Er ruderte, bis er meinte, daß ihm das Rückgrat jeden Moment zerbrechen und die Arme aus den Schultergelenken herausspringen müßten. Inzwischen würden die Dorfbewohner ohne ihn das Netz ausgebracht haben, und das verdroß ihn. Denn da war nichts anderes zu sehen als Seehunde und zwei Brillenpinguine, die sie umkreisten und hin und wieder an die Oberfläche kamen, um Luft zu holen. Und einmal sah er weiter draußen eine Schar von Delphinen. Er konnte am Stand der Sonne erkennen, daß es schon elf sein mußte, und dieses Wissen war von Hungergefühlen begleitet, die ihm Verdruß bereiteten.

»Wie kannst du nur so dumm sein!« schnaubte er, aber sein Zorn richtete sich nicht gegen sie, sondern gegen sich selbst. Er war nicht der Mann, für den sie ihn hielt. Er schämte sich seines Hungers, seines Durstes und seiner schmerzenden Glieder wegen. Ihre Stimme besänftigte ihn wieder.

»Es ist hier. Halt einen Moment inne und sei still.« Sie legte ihre Hände wie einen Trichter um ihren Mund und rief: »Hallo! Wer ist das? Wo bist du? Ist da jemand dort draußen?«

Dann sahen sie ihn, gar nicht weit weg von ihnen, sahen, wie seine Arme sich ruckartig bewegten wie eine verrostete alte Windmühle ihre Flügel bei einer Bö – eine dunkle Gestalt, die, von den Wellen geschaukelt, im Wasser trieb und seltsam stöhnende Geräusche von sich gab wie irgendein Seeungeheuer.

»Was ist das?«

»Ein Mann, du Dummkopf.«

»Was macht er denn so weit draußen?«

»Vermutlich ein Schiffbrüchiger. Ich halte solange die Ruder, während du ihn an Bord holst.«

Sie lehnte sich weit nach Backbord hinüber, damit das Boot nicht kenterte, als Gideon ihn auf der Steuerbordseite ins Boot zog. Der Mann übergab sich, und Salzwasser lief ihm aus Mund und Nase. Sie drückte ihn auf den Boden des Boots und legte sich dann auf ihn, um ihn mit ihrem Körper zu wärmen.

»Rudere, Gideon!« befahl sie. »Rudere um sein Leben! Es steckt nur noch ein Funken davon in ihm.« Als sie auf den schlafenden Hünen hinuntersah, wußte sie, daß sie diesen Anblick ihr Leben lang nicht mehr vergessen würde. Die überwältigende Schönheit dieses Fremden traf sie wie ein Schlag. Obwohl er bewußtlos war, konnte sie seine Kraft und Willensstärke spüren. Pechschwarze Locken klebten an seiner breiten Stirn, die schwarzen Brauen waren überraschend gerade, die schwarzen Wimpern seidig und lang, die Nase war kurz und gerade, mit weiten Nasenlöchern, er hatte sinnliche Lippen und ein weit vorspringendes, eigensinniges Kinn. Sie vermochte die Augen nicht von seinem Gesicht abzuwenden. Die Sinnlichkeit, die von ihm ausging, raubte ihr den Atem. Ihr Blick wanderte nun über seinen kräftigen, muskulösen Hals und seinen mächtigen, drahtigen Körper.

Dann schien sein Gesicht sich plötzlich zu verwandeln, während sie es anstarrte. Es verlor seine scharfen Konturen, und ein neues Antlitz kam darunter zum Vorschein: das eines jungen Mannes, nicht minder willensstark und kräftig, doch seltsam anders – von ihrem Blut und seinem, aus ihren vereinten Samen erschaffen, ein göttergleicher Erbe, in Luxus aufwachsend und mit der Macht, über ein großes Imperium zu gebieten. *Aus ihrem und seinem Samen.* Es war ihr prophezeit. Sie hatte es gesehen. Deshalb war sie gerufen worden, ihn zu retten. Hier lag ihr Schicksal.

Dann war dieser Moment vorbei, und sie erschauerte. So war es immer mit ihren Visionen. Sie konnte seinen Puls nicht spüren, aber sie durfte ihn nicht sterben lassen. Sie riß sich die Bluse und den Rock vom Leib, preßte ihren heißen Körper an seinen, blies ihm ihren Atem in die Lungen und versuchte mit der Macht ihres Willens und dem Beistand des Himmels ihre Lebenskraft auf ihn zu übertragen.

Ein unerträglicher Schmerz durchflutete Angelo, als seine Glieder wieder zum Leben erwachten. Alle seine Muskeln, Sehnen, Knochen und Nervenenden schienen von einem glühenden Eisen durchbohrt zu werden. Er stöhnte, versuchte sich von diesen Qualen zu befreien und schlug die Augen auf. Was er nun sah, raubte ihm den Atem und erstickte den Schrei in seiner Kehle. Ein Gesicht wie das eines Engels – herzförmig, mit einer Haut wie Milchkaffee und von langen, lockigen schwarzen Haaren eingerahmt – schwebte dicht über ihm. Ihre Brauen waren gerade und dicht, ihre Lippen rot wie Wein, ihre Zähne weiß und ebenmäßig. Und sie lächelte, wie eine Mutter ihrem Kind zulächeln würde. Er fühlte sich der Macht dieser seltsam dunklen Augen hilflos ausgeliefert, denn sie waren mit nichts vergleichbar, was er bisher in seinem Leben gesehen hatte. Sie waren eigenartig transparent, als würden sie von einem Licht dahinter erhellt und in Liebe für ihn erstrahlen. Er fühlte sich sicher unter diesem leuchtenden Blick. Er konnte ihr vertrauen. Und so überließ er sich wieder seiner Ohnmacht...

Kapitel 29

Der Körper dieses Schiffbrüchigen oder über Bord Gegangenen heilte schnell, denn er hatte eine ungewöhnlich kräftige Natur. Das ist der leichtere Teil, überlegte Gideon, als er sah, wie er die Netze einholte. »Gideons Boy«, nannten ihn die Dorfbewohner, denn es schien ihn zu freuen, wenn er den Tag damit verbringen konnte, Gideon wie ein Schatten überallhin zu folgen und ihm bei der Arbeit zu helfen. Er hatte zugenommen, so daß er jetzt die Kleider, die ihm anfangs um den Leib schlotterten, fast wieder ausfüllte. Auch seine Haut hatte wieder eine gesunde Färbung, seine Haare waren lang und struppig, und er sah den Farbigen hier so ähnlich, daß keiner einen zweiten Blick an ihn verschwendete.

Sie nannten ihn »Boy«, weil er ihnen seinen wahren Namen nicht verraten wollte. Oder das nicht konnte? fragte sich Gideon jetzt, als er ihn genauer beobachtete. Er lernte ihre Sprache, wie ein Kind sie lernt, indem er den Tonfall der Einheimischen exakt nachahmte und sich der gleichen Kraftausdrücke, Flüche und deftigen Scherze bediente wie sie. Er sprach ohne den geringsten ausländischen Akzent, aber jeder hier wußte, daß er ein Ausländer war. Sein Geist hielt offenbar einen Winterschlaf, nur fragte Gideon sich, ob er jemals wieder daraus erwachen würde. Gideon hatte da seine Zweifel, während er zusah, wie Boy ihm folgte wie ein Zombie. Er vermutete, daß der Verstand von Boy Schaden genommen hatte, als er so lange im kalten Wasser gelegen hatte und fast ertrunken wäre. Er hatte das schon bei anderen erlebt, die man bewußtlos aus dem Wasser gezogen hatte. Er hatte das oft genug zu Ramona gesagt, die ihm darauf jedoch stets die gleiche Antwort gab: »Laß ihm Zeit. Er braucht sie.«

Monate gingen so dahin, bis Ramona sich selbst zu fragen begann, ob ihr Zweites Gesicht sie nicht getäuscht hatte. Den ganzen Sommer hindurch bewegte sich Boy wie ein Schlafwandler über den Strand, half Gideon beim Einbringen der Netze, sammelte Muschelschalen und spielte mit den Kindern und Hunden des Dorfes.

Am dritten Mittwoch im Oktober verbrachten Gideon und sein Schatten den Vormittag mit Fischen. Der Fang war gut, und Boy wurde zu den im Ort befindlichen Kaufläden geschickt, um dort Fische zu verkaufen oder gegen Wein einzutauschen.
Als Boy sich den Läden näherte, kam er an einem Trupp italienischer Kriegsgefangener vorbei, die dort gerade einen Graben für das Verlegen neuer Kabel aushoben. Er blieb auf dem Bürgersteig stehen, um ihren Stimmen zu lauschen, und er verstand jedes Wort, das sie sagten.
Wie war das möglich? Wer war er? Wie war er hierhergekommen? Und im gleichen Moment fielen ihm die bitteren Stunden im Sturm, der geborstene Mast und das Schwimmen im kalten Wasser wieder ein. Die Bilder der Vergangenheit kamen wie eine reißende Flut zurück, als sich das Unterbewußtsein von seiner schweren Last befreite – ein Kaleidoskop von schmerzvollen Erinnerungen. Und er stürzte, wie von einem Schlag getroffen, auf das Pflaster, rappelte sich dann mühsam wieder auf, wankte hinunter zum Strand und brach dort abermals auf dem Sand zusammen wie irgendein betrunkener *Skolly*, ein farbiger Vagabund, so daß ihn keiner weiter beachtete.

Die Sonne erreichte den Zenit und neigte sich langsam wieder dem Horizont zu. Peggy Cohen, die ein Café am Strand betrieb, erkannte seinen bedauernswerten Zustand und schickte Jimmy, ihren schwarzen Tellerwäscher, hinaus, damit er ihn in ihren Hof bringen sollte. Dann sah sie mit einem Gesicht, in dem sich Mitleid mit Verachtung mischte, auf den Skolly hinunter, während ihre Tochter mit gespreizten Beinen und einem Finger in der Nase ihn ebenfalls anstarrte.
»Er ist betrunken, und du mußt dich von Betrunkenen fernhalten«, belehrte sie ihre Tochter. Sie beugte sich über Angelo und rüttelte ihn an der Schulter. »Du mußt nach Hause gehen. Wenn du hier liegenbleibst, wird dich die Polizei bei Sonnenuntergang mitnehmen und einsperren«, sagte sie. Dann brachte sie ihm eine Tasse Kaffee mit viel Zucker und gab ihm auch noch ein paar Sandwiches, die sie nicht verkauft hatte. »Iß das. Dann wirst du dich gleich besser fühlen«, drängte sie ihn.

Die Fische stanken schon, als Gideon ihn später am Strand traf, wo er sich wankend auf das Fischerdorf zubewegte. »Komm mit, Boy«, sagte Gideon in gütigem Ton zu ihm. »Ich hätte dich nicht allein losschicken sollen.«
Angelo blickte daraufhin Gideon so an, als würde er ihn zum erstenmal sehen. Die tiefliegenden, unter buschigen Brauen halb versteckten Augen zeigten ständig wechselnde Gefühle. Zorn, Scham, Wut, Stolz, Aggressivität, Unterwürfigkeit – alles war da, eine seltsame Mischung starker Kontraste, bald weich und mitfühlend und im nächsten Moment so rasch wie der Wind in eine fast unglaubliche Wildheit umschlagend. Da war auch Grausamkeit, und zuweilen konnte man diese so widersprüchlichen Gefühle alle auf einmal in seinen Augen sehen.
Gideons Stirn war seltsam schmal für so einen großen Mann, der Schädel ein wenig abgeflacht, die Wangenknochen und das Kinn waren jedoch sehr ausgeprägt und vorspringend. Die plattgedrückte Nase dehnte sich fast über das halbe Gesicht aus, und in den großen Nasenlöchern waren Büschel von rötlichblonden Haaren zu erkennen. Die Lippen waren voll, der Kopf und fast das ganze Gesicht mit einer seltsamen Mischung brauner und gelblichroter Haare bedeckt. Die Spitzen seines honigfarbenen Schnurrbarts, die ihm über die Mundwinkel herunterhingen, gaben seinem Gesicht etwas Tückisches.
Angelo runzelte die Stirn und fragte sich, ob Gideon nicht ein mieser Kerl war. Wahrscheinlich war er das. Als er mit ihm zur Hütte kam, ging er in sein Zimmer und starrte dort in die Spiegelscheibe, die Ramona auf die Kommode gestellt hatte.
»Mio Dio!« rief er mit einer Stimme, die auf einmal sehr männlich und autoritär klang. Er musterte sich mit gerunzelter Stirn, während er sich am Bart kratzte. *»Shit«*, sagte er, *»what a fucking dirty sight!«* Dann fiel ihm wieder ein, daß er niemals fluchte – auch nicht auf englisch. Und er würde auch nie mehr ein italienisches Wort sagen, beschloß er, weil er sonst mit einer Spitzhacke in diesem Graben neben der Straße landen würde.
»He, Gideon – würdest du mir mal deinen Rasierer leihen?« rief er.
Ramona und Gideon kamen in sein Zimmer gelaufen. Plötzlich

war er für sie ein Fremder. Ramona umarmte ihn schüchtern, während Gideon ihm auf die Schulter hieb. »Warum diese Aufregung?« fragte Angelo. »Ich wohne jetzt doch mindestens schon ein Jahr bei euch. Leih mir deinen Rasierapparat, Gideon.«
»*Shit,* Mann! Du wärst ein *fucking* Idiot, wenn du dir jetzt den Bart abrasieren würdest, denn dann würden deine *fucking* Wangen so aussehen wie dein *fucking* Arsch. Du wärst so weiß wie einer von diesen verdammten Immigranten. Verstehst du, was ich meine, Boy?«
Angelo lachte. »Mein Name ist Angelo. Wie lange bin ich schon hier? Was für ein Tag ist heute?«
Als sie ihm sagten, daß dies der 22. Oktober des Jahres 1942 sei, fiel ihm ein, daß er heute Geburtstag hatte und neunzehn geworden war.

Ramona, die nie einen Vorwand brauchte, um Feste zu feiern, bereitete nun einen großen Topf mit gedünsteten Fischen und Tomaten zu. Sie schlachteten Old Cocky, ihren Hahn, und verwandelten ihn zusammen mit Reis, Kürbissen, Erbsen, Süßkartoffeln und Zimt in ein schmackhaftes Gericht. Gideon kaufte einen großen Kanister billigen starken Rotwein, und die Freunde und Nachbarn kamen, um an ihrer Freude teilzuhaben.
Da erzähle mir einer etwas von der wunderbaren Speisung der Fünftausend, sagte sich Angelo staunend. Es gab Essen und Getränke in Hülle und Fülle, weil jeder, der zur Party kam, auch etwas mitbrachte, und bis Mitternacht hatte es vier Schlägereien und jede Menge Tänze gegeben. Eine Reihe von Männern hatten ihre Gitarren mitgebracht, und sie sangen und tanzten nun alle zu ihrer wilden, freien und herrlichen Musik. Die Mädchen aus der Umgebung waren plötzlich, wie von einem Geist gerufen, in ihren besten langen Röcken zur Party erschienen, die sich beim Tanzen bauschten und ihnen um die Beine wirbelten, und so waren um Mitternacht fast alle Dorfbewohner singend, tanzend und flirtend um Ramonas Haus herum im Mondlicht versammelt.
Angelo beobachtete sie, als sähe er sie heute zum erstenmal, und er liebte sie alle. Da waren kein Arg und keine Mißgunst in ihnen.

Sie waren einfach gut und vertrauensvoll und sangen und tanzten gern. Sie singen sogar, wenn sie reden, dachte Angelo bei sich.
Als das erste Licht der Morgendämmerung sich über den Dünen zeigte, waren die Gäste wieder nach Hause gegangen, bis auf ein paar wenige, die draußen im Garten schliefen. Da nahm Angelo Ramona und Gideon bei der Hand und sagte: »Vielen Dank, meine Freunde. Danke, daß ihr mir das Leben gerettet, mich hier versteckt und für mich gesorgt habt.«
Später, in der Stille seines Zimmers, schwor er dann einen heiligen Eid, daß er den Dorfbewohnern die Güte, mit der sie ihn behandelt hatten, hundertfältig entgelten wollte.

Aber wie?
Die Tage, die auf seinen Geburtstag folgten, waren für ihn voller Betrübnis. Er betrachtete seine von Armut geplagten Freunde, denen es, wie er bemerkte, oft am Allernötigsten fehlte, mit traurigen Augen. Die meisten von ihnen hatten nie in ihrem Leben einen Dentisten gesehen, und nur wenige besaßen noch alle ihre Zähne, während kaum jemand, der älter als vierzig war, überhaupt noch einen Zahn im Mund hatte. Obwohl es in den staatlichen Krankenhäusern eine billige medizinische Grundversorgung gab, war diese doch sehr lückenhaft. Er sah viele von der Kinderlähmung verkrüppelte Menschen im Dorf, Tuberkulose in jeder Form war verbreitet, und die Meningitis raffte viel zu viele Kinder hinweg.
Obwohl sie alle in der Nachbarschaft eines Meeres lebten, in dem es Krustentiere und eßbare Fische im Überfluß gab, sahen die Dorfbewohner doch halb verhungert aus. Sie lebten von den Fischen, die sie in ihren Schleppnetzen vor der Küste fingen, und von der halben Krone, die sie sich zuweilen damit verdienten, daß sie in der kleinen weißen Gemeinde ab und zu eine Gelegenheitsarbeit bekamen. Wenn das Wetter zu rauh war zum Fischen, aßen sie so gut wie gar nichts und betäubten ihre Hungergefühle mit dem Rauchen von *dagga,* das sie illegal in den Bergen anbauten. Vielleicht ist das *dagga* der Grund dafür, daß sie stets so vergnügt sind, überlegte Angelo, als er die wenigen im Dorf, die das Glück hatten, irgendwo angestellt zu sein, am Freitagabend ihren

Lohn vertrinken umd am Samstagmorgen unter einem schrecklichen Kater leiden sah. Sie lebten alle nur in den Tag hinein und verschwendeten wie die Kinder im Garten Eden nie einen Gedanken an das Morgen. Es gab hier jedoch genügend Möglichkeiten, um sie alle mit Jobs und einem Heim versorgen zu können. Er benötigte nur etwas Kapital dafür. Doch woher er sich das besorgen sollte, war ein echtes Problem.
»Was wir brauchen, ist ein Fischdampfer«, sagte er zu Gideon.
Da lachte dieser laut und schlug sich auf die Schenkel. »Mann, ich glaube, dein Verstand hat doch etwas unter dem Salzwasser gelitten, das du damals geschluckt hattest, als wir dich aus dem Meer fischten.«

Von da an besuchte Angelo jeden Sonntag die Messe in der katholischen Gemeindekirche im Tal. Pater Richard Mooney sprach Englisch mit einem starken irischen Akzent, und Angelo konnte seinen Predigten entnehmen, daß er nicht gerade ein Freund der Engländer war. Ich werde mich jemandem anvertrauen müssen, überlegte Angelo. Und er nahm seinen ganzen Mut zusammen und suchte den Priester schließlich an einem Mittwochabend im Pfarrhaus auf. Pater Mooney war ein großer, hagerer Mann mit einem verkniffenen Gesicht und überraschend blauen Augen.
»Was kann ich für dich tun, mein Sohn?« fragte er Angelo mit gütiger Stimme.
»Ich brauche Hilfe, Pater.«
»Und du heißt ...?«
»Angel.«
»Das ist ja ein richtiggehend heiliger Name, mein Sohn«, sagte Mooney und bemühte sich, ein Lächeln zu unterdrücken. »Aber du bist nicht katholisch, nicht wahr?«
»Doch. Sonst wäre ich wohl nicht zu Ihnen gekommen.«
»Seltsam«, meinte der Pater darauf stirnrunzelnd, und Angelo konnte ihm ansehen, daß er ihm nicht glaubte.
»Ich kenne keine Katholiken, die im Bereich des Hafens wohnen«, fuhr der Pater fort, »was sich jedoch leicht beheben ließe, da es nichts kostet, ein Katholik zu werden.«

»Ich stamme nicht aus dieser Gegend«, begann Angelo vorsichtig.
»Nein? Du redest aber so und siehst auch so aus wie ein Einheimischer, mein Sohn.«
Der Priester sah ihn nun unbehaglich an, und da gab Angelo sich einen Ruck und erzählte ihm seine Geschichte. Er berichtete ihm von dem einsamen Kampf seines Vaters gegen den Faschismus, der in seinem Tod gegipfelt hatte, und wie er sich ein Schiff besorgt hatte, als er seinen Einberufungsbefehl bekommen hatte, damit aus Italien geflüchtet und an der Westküste Afrikas hinuntergesegelt war. Er erzählte ihm von dem Sturm, in dem er sein gestohlenes Schiff verloren hatte, und wie Ramona und Gideon ihn vor dem Ertrinken retteten. Er sagte ihm allerdings nichts von Ramonas Zweitem Gesicht, weil er fürchtete, daß sie sich damit nur Schwierigkeiten mit der Kirche einhandeln würde.
»Sie müssen verstehen, Pater, daß ich niemals für eine Weltanschauung kämpfen könnte, die meine Familie zerstörte und die ich für die Ideologie des Teufels halte«, erklärte er mit einer vor Erregung heiseren Stimme.
»Und dein wahrer Name ist ...?«
Nach kurzem Zögern sagte er ihn dem Pater. Schließlich mußte er jemandem ganz und gar vertrauen können.
»Dominus vobiscum«, sagte der Pater leise.
»Et cum spiritu tuo«, erwiderte Angelo prompt.
»Nun setz dich mal dorthin, Angelo, und laß mich nachdenken.«
Der Pater stammte aus Dublin. Seine Großmutter war Italienerin gewesen, und deshalb identifizierte er sich nun mit diesem jungen Mann.
»Wir müssen von der Annahme ausgehen, daß man dich für die Dauer des Krieges einsperren wird, falls du dich den Behörden stellst. Und wir müssen weiterhin annehmen, daß einige von den Kriegsgefangenen und internierten Zivilisten überzeugte Faschisten sind und dich als Deserteur betrachten werden. Vermutlich würdest du die Kriegsjahre als Insasse eines Gefangenen- oder Internierungslagers kaum lebend überstehen.« Die Augen Pater Mooneys nahmen nun einen seltsam entrückten Ausdruck an. »Du wurdest von einer höheren Macht geleitet, als du hierher-

kamst, mein Sohn«, sagte er. »Ich sehe es als meine mir von Gott auferlegte heilige Pflicht an, dir zu helfen. Zufällig bin ich in der Lage, dich mit irischen Papieren auszustatten. Ich werde mein Bestes tun. Bleib du inzwischen dort, wo du jetzt bist, benimm dich möglichst unauffällig, komm regelmäßig zur Beichte und such mich in einem Monat wieder hier auf. Bis dahin werde ich die Papiere für dich besorgt haben.«

Wie der Priester es ihm versprochen hatte, händigte er ihm einen Monat später die Papiere aus, in denen aus Angelo Palma ein Angelo Morgan geworden war, dessen Vater aus Dublin stammte und dessen Mutter eine Afrikaanderin war. Beide Eltern waren bei einem Autounfall ums Leben gekommen, und ihr fiktiver Sohn war angeblich in einem katholischen Waisenhaus großgezogen worden.

»Deine Eltern sind echte Personen gewesen, und du könntest dir zuweilen freinehmen, um Blumen auf ihr Grab zu legen, weil sie dir für die Dauer des Krieges ihren Namen geliehen haben, mein Sohn«, sagte der Pater zum Abschied, nachdem Angelo sich bei ihm bedankt hatte.

Angelo bemühte sich nach Kräften, sich vorzustellen, wie das Paar zu Lebzeiten wohl ausgesehen haben mochte, als er vor dem schlichten Steinkreuz auf dem katholischen Friedhof von Athlone niederkniete. Dann steckte er einen aus wilden Schmucklilien, Rosmarin und Erika bestehenden Strauß zwischen die Wachsblumen in der Grabvase.

Als Angelo Morgan war er ein freier Mann und konnte arbeiten, wo immer er wollte. Er war mit einer rastlosen Energie erfüllt, als müßte er verlorene Jahre aufholen. Gideon lachte ihn aus, als er als Matrose auf einem Walfänger anheuerte, um etwas Kapital anzusparen.

»Das sagen sie alle«, meinte Gideon lachend. »Aber dann geben sie ihre Heuer für Schnaps und Weiber aus. Alle machen das so.«

Gideon sollte sich täuschen. Angelo kam von den vier eisigen Monaten in der Antarktis mit der stattlichen Summe von fünfhundert Pfund zurück, mit denen er sich ein acht Fuß langes offenes Gleitboot mit zwei guten Motoren, einem Schleppnetz und Fangreusen für Krustentiere kaufte.

»Was nützt es dir, wenn du Krebse fängst, die du nicht verkaufen kannst?« meinte Gideon. »Silver Bay ist voll von Fischen und Hummern.«

Wie recht er hatte!

Da besorgte sich Angelo vom Priester dessen Fahrrad als Dauerleihgabe und begann mit der Hauszustellung fangfrischer Fische und Schalentiere. Und die Hausfrauen von Silver Bay, die von Angelos hübscher und sehr virilen Erscheinung bezaubert waren, kauften ihm so viele Fische ab, daß sich der Fleischer zu beschweren begann.

Es dauerte nur Wochen, bis Angelo zum Fischlieferanten aller Hotels und Krankenhäuser im Umkreis von zwanzig Meilen geworden war. Nun war er jedoch so sehr mit der Zustellung beschäftigt, daß er keine Zeit mehr zum Fischen fand. Und deshalb übernahm Gideon mit einem seiner Freunde diese Aufgabe, während Angelo den ganzen Tag zu tun hatte, die von Gideon gefangenen Fische an den Mann zu bringen.

»Wenn wir doch nur genügend Kapital hätten«, erklärte er Ramona eines Abends seufzend, während er seine Arme mit einer Creme gegen seine Muskelschmerzen einrieb. »Dann könnten wir uns einen Lastwagen und einen Trawler kaufen, eine Konservenfabrik aufmachen und Leute vom Dorf dort beschäftigen. Wir könnten die Truppentransporter, die um das Kap fahren, mit Fischkonserven beliefern«, erklärte er aufgeregt, während seine Pläne immer größere Dimensionen annahmen. »Jetzt verlieren wir nur Geld, weil die Fische verderben, bevor wir sie dorthin bringen können, wo sie gebraucht werden. Aber wir könnten sie einfrieren«, rief er, von seinem Stuhl aufspringend. »Warum ist mir das nicht schon früher eingefallen? Was könnte ein gebrauchtes Tiefkühlgerät wohl kosten?«

Mehr Geld, als er besaß, wie er am nächsten Morgen feststellen mußte. Der Bankdirektor – ein Engländer kurz vor der Pensionierung, introvertiert und stockkonservativ – betrachtete Angelos Kreditgesuch als Zumutung.

»Aber«, unterbrach Angelo ihn, nachdem er sich die sarkastischen Bemerkungen zehn Minuten lang angehört hatte, »warum nehmen Sie nicht mein Boot als Sicherheit?«
»Das ist doch nicht einmal versichert, wie Sie mir soeben erklärt haben. Sie haben keine Sicherheiten für einen Kredit, Mr. Morgan. Wenn Sie mich jetzt entschuldigen wollen. Es warten noch andere Kunden auf mich.«
»Das wird Ihnen noch leid tun«, schnaubte Angelo. »Eines Tages wird mir die ganze Stadt gehören.« Er verließ wütend die Bank. Er mußte das Kapital zur Finanzierung der Gefrieranlage auftreiben. Aber wie?

In Silver Bay passierte nicht viel. Im Jahr 1942 wurde das Tal von der englischen Reitergemeinde favorisiert, die sich am Fluß angesiedelt und dort jeweils ein paar Morgen Land für ihre Weiden und Ställe gekauft hatte, und von betuchten Bohemiens, die sich am Rand der Bucht häuslich eingerichtet hatten. In den Bergen gab es eine Silbermine und im Tal ein paar Milchfarmen, und dazu kamen dann noch der kleine Fischerhafen und eine Sägemühle. Dort konnte man zwar Jobs bekommen, in denen man zwei Pfund die Woche verdiente, doch dann hätte Angelo wohl sein ganzes Leben und sogar noch etliche Jahre länger dazu benötigt, um das Kapital anzusparen, das er brauchte. Er war der Verzweiflung nahe.
Da wurde das Tal in einer Sonntagnacht um zwei Uhr von Kirchenglocken geweckt. Ein Schiff, das mit Nahrungsmitteln, lebendem Vieh und sechsundzwanzig Männern der British Air Force nach Kapstadt unterwegs war, war im Sturm auf die Klippen von Oudebaai geworfen worden – einem unzugänglichen Felsenstrand, der sich am Fuß des mächtigen Bobbejan-Berges an einer meilenlangen, mit Buschwerk bestandenen Steilwand hinzog. Das leckgeschlagene Schiff drohte rasch zu sinken, und alle Männer, die körperlich dazu in der Lage waren, wurden deshalb aufgefordert, Seile und Bergungsgerät in die Nähe der Unfallstelle zu bringen, zu der man aber nur über eine sich an der Flanke des Bobbejan hinschlängelnden mit Kies bestreuten Fahrspur gelangen konnte, die jedoch exakt fünfhundert Meter über dem Strand

an einer Felskante endete. Die Dorfbewohner transportierten also die ihnen aufgebürdeten Lasten bis zu einer Felsplatte am Ende der Fahrspur und überlegten, wie sie von dort aus über den mit Dornbüschen bestandenen Steilhang, der knapp hundert Meter über der tobenden See in eine schlüpfrige Granitwand überging, an den Strand gelangen sollten.

Angelo und Gideon hatten die Seenotraketen um zehn Uhr abends gesehen und sich mit einigen Fischern aus dem Dorf auf den Weg zur Felsplatte gemacht. Von dort aus hatten sie dann das Drama verfolgt, wie ein Schlepper aus Kapstadt immer wieder von den Brechern, die gegen die Klippen anrollten und von dort zurückfluteten, zurückgetrieben wurde, bevor er an das havarierte Schiff herankam. Um zwei Uhr nachts war der hilflose Frachter schließlich von einer gewaltigen Woge wie eine Streichholzschachtel hochgehoben und mit der Steuerbordseite voran mit einem so gewaltigen Krachen auf einem Felsbrett wieder abgesetzt worden, daß es wie ein Donnerschlag von den Bergen widerhallte. Dort blieb das Schiff dann hängen, auf der Backbordseite bis zum Schergang in die brodelnde, schäumende Flut getaucht, während die Brecher über die Decks fluteten.

Die Männer der Air Force und die Besatzung hatten sich auf das Brückendeck geflüchtet, wo sie sich aneinander und an der Reling festklammerten und verzweifelt den Lichtern zuwinkten, die sie über sich an der Felswand sehen konnten. Ihre Hilferufe gingen im Getöse der Brandung unter. Ein Verlassen des Schiffes wäre Selbstmord gewesen, denn dann wären sie von den Brechern an den Felswänden zerschmettert worden. Die Schafe, die natürlich auch gerettet werden wollten, blökten erbärmlich in ihren über das Oberdeck verteilten Käfigen.

Bald war fast das ganze Dorf auf dem Bergpfad über dem Felsenstrand versammelt. Fackeln und Leuchtraketen erhellten die Szene, und Ferngläser waren auf die unter ihnen in der Falle sitzenden Männer gerichtet, die offensichtlich dem Untergang geweiht waren, denn ein Seenotkreuzer, der an der Unfallstelle erschienen war, konnte ebenfalls nicht gegen die mächtige Brandung ankommen.

Da wurde eine Gestalt gesichtet, die an der nackten Granitwand

zum Strand hinunterturnte. Sie hatte sich ein Seil um die Hüften gebunden, das über ihr auf dem Steilhang von Gideon gesichert wurde, während Ramona mit einem Handscheinwerfer für die nötige Beleuchtung sorgte.
Wer ist dieser Mann? wollten die Weißen wissen, denn er schien ein erfahrener Alpinist zu sein. Plötzlich wurde diese Gestalt von einer riesigen Brandungswelle erfaßt und aus der Wand gerissen. Im nächsten Moment sah man sie dann wieder, völlig durchnäßt, verzweifelt mit den Füßen einen Halt suchend, aus dem Wasser auftauchen.
Ein Seufzer lief durch die Menge, als der Mann wie ein Pendel hin- und herschwang, bis er die Höhe des Vorschiffs erreicht hatte. Er schien durch die Luft katapultiert zu werden, ehe er auf dem Deck des Schiffes landete. Dort band er rasch sein Seil an der Reling fest und winkte zu seinen Freunden hinauf, woraufhin gleich ein Dutzend Seile auf einmal die Steilwand herunterrollten. Im Nu waren die gesamte Besatzung des Havaristen und die Männer der Air Force angeseilt und auf die Felsplatte hinaufgezogen. Sie waren ziemlich erschöpft und mit Schürfwunden und Blutergüssen bedeckt, als sie wieder sicheren Boden unter den Füßten hatten. Da sie alle an Unterkühlung und einem Schock litten, wurden sie anschließend mit einem Lastwagen ins Krankenhaus gebracht.
Angelo blieb als einziger auf dem Schiff zurück. Er gab Gideon mit der Hand ein Zeichen, nun ebenfalls mit dem Abstieg zu beginnen, und deutete dann auf den schmalen Strand am Fuß der Wand.
Seiner Berechnung nach mußte sich der Sturm jetzt bald ausgetobt haben, und das beschädigte Schiff würde bei einer normalen Brandung erst nach Wochen auseinanderbrechen. Die größte Gefahr bestand seiner Meinung nach darin, daß es von einer größeren Welle von seinem Felsenbrett weggeschwemmt wurde und dann in den Fluten versank. Er befreite die Schafe aus ihren stinkenden Käfigen und wartete dann darauf, daß es hell wurde.
Die Morgendämmerung brach herein, und der Sturm tobte mit unverminderter Kraft weiter, so daß das Schiff zweimal bedenklich ins Rutschen kam. Erst als die Sonne aufging, flaute der

Sturm ab und legte dann sogar eine Ruhepause ein. Endlich! Angelo hob die Schafe nacheinander über die Reling, wo sie, erbärmlich blökend, das Schiff schwimmend umkreisten und mit den Füßen an der Bordwand scharrten. Angelo hatte einen kräftigen Widder bis zuletzt aufgehoben. Er legte ihm ein Seil als Halsband an und sprang mit ihm zusammen ins Wasser. Das verschreckte Tier versuchte nun, auf seinen Rücken zu steigen, aber Angelo schob es von sich fort und schwamm, den Widder hinter sich herziehend, mit kräftigen Kraulstößen auf den nächstbesten Kanal zwischen den Klippen zu. Wie er gehofft hatte, folgte ihm und dem Widder nun auch der Rest der Herde zu dem schmalen Felsenstrand, wo sie bereits von Gideon erwartet wurden. Es gelang den beiden Männern, die Tiere den Berg hinaufzutreiben, und sie hatten sie dann noch vor dem Mittag an einen Farmer, der nicht lange nach der Herkunft der Tiere fragte, für einen Preis von einem Pfund pro Schaf verkauft.

Damit hatte Angelo die fünfzig Pfund beisammen, die er für den Kauf einer gebrauchten Gefrieranlage als Anzahlung benötigte.

Am folgenden Sonntag erfuhr Angelo dann bei der Frühmesse in der Kirche, daß dem Dorf von Silver Bay von der britischen Regierung ein Orden verliehen worden war, weil es die in Seenot geratene Besatzung eines Militärtransporters gerettet hatte. Der Priester verkündete daraufhin, daß er eine Kollekte für den wagemutigen jungen Mann vorbereitet habe, der sein Leben riskiert habe, um an Bord des havarierten Schiffes zu gelangen, und forderte seine Schäflein zu einer großzügigen Spende auf.

Weil sie sich der passiven Rolle schämte, die sie bei der ganzen Sache gespielt hatte, war die gutbetuchte weiße Gemeinde von Silver Bay auch gern bereit, dieser Aufforderung nachzukommen. Und so geschah es, daß Pater Mooney dem vor Schock blassen und zitternden Angelo nach dem Gottesdienst in der Sakristei zweihundert Pfund in Scheinen und Münzen überreichte.

»Wir sind im Geschäft«, erklärte er Ramona und Gideon jubelnd, als er von der Messe nach Hause kam und ihnen seinen Geldschatz zeigte. »Damit ist der Grundstein für unseren zukünftigen Reichtum gelegt.«

Kapitel 30

Zehn trübselige Tage lang hatte nun das Wellblechdach von Gideons Hütte Regengüsse und Hagelschauer stöhnend und knirschend über sich ergehen lassen. Es war ein Samstagabend im Juni, und Ramona sagte, es sei ein ganz besonders übler Winter, und trank zuviel billigen Wein. Angelo hatte inzwischen die Erfahrung gemacht, daß die Einheimischen schlechtes Wetter nicht mochten und sich lieber in ihre Betten verkrochen, statt zur Arbeit zu erscheinen. Er hatte deshalb seine Arbeiter mit Ölzeug, Kapuzen und Gummistiefeln ausgerüstet, so daß sie sich nicht mehr auf das Wetter herausreden konnten, wenn sie morgens zu spät zur Arbeit erschienen – egal, wie dunkel es auch noch sein mochte. Doch bei Ramona hatte er damit keinen Erfolg gehabt. Die Kälte deprimierte sie, obwohl er nicht wußte, wieso. Aber er hatte festgestellt, daß ihre Nerven blank lagen, wenn es draußen regnete und stürmte.

»Für mich ist die Zeit der Fischernte immer ein Segen gewesen«, sagte sie und drehte sich halb zu Angelo um, so daß er wieder einmal bemerkte, was für eine reizende Frau sie doch war. Ihre Augen glänzten, und das Weiße darin schimmerte genauso wie die Perlen in ihren Ohrläppchen. Ihre Haut war glatt und weich, die schwarzen Haare fielen ihr lockig über die nackten Schultern, und nur ihre Mundwinkel waren herabgezogen. In letzter Zeit hatte sie sich angewöhnt, ihre Lippen dunkelrot anzumalen, so daß sie ihre jeweilige Stimmung noch mehr betonten als früher, denn ihr Mund war genauso ausdrucksvoll wie ihre Augen.

»Du mußt wissen«, fuhr sie fort, »daß ich jeden der sich verzweifelt aufbäumenden silbernen Körper beobachtet und um ihn getrauert habe, wenn die Netze auf den Strand gezogen wurden. Ich habe stets versucht, die Größe des Fangs abzuschätzen, und habe für diese Kreaturen gebetet. Ich habe jeden dieser schönen silbernen Fische gesegnet. Ich habe sie geliebt. Ja, das tat ich. Sie brachten uns Leben. Einen Fisch für den alten Jimmy, damit er sich noch eine Woche lang seines Daseins erfreuen konnte, ein

Fest für die darbende Hendrickse-Familie, mehr Milch für Freda, damit auch ihr Baby satt wurde, und der kleine Jamie konnte ein *bokkem* zu seinem Geburtstag bekommen. Erinnerst du dich noch …?«

Ihre Stimme verebbte, und Tränen glitzerten jetzt in ihren Augen. Angelo versuchte sie zu verstehen, aber das wollte ihm nicht gelingen.

»Inzwischen hasse ich die Fische. Was sind sie jetzt? Seelenlose Filets. Berge stinkenden Abfalls. Schuppen, die mir überall auf der Haut kleben. Und ich stinke ebenfalls. Du brauchst nur an meinen Händen zu riechen. Merkst du es, wie sie stinken? Ich schrubbe und schrubbe, werde aber trotzdem diesen Fischgestank nicht mehr los. Und dieser Lärm den ganzen Tag, wenn die Kisten vernagelt werden und die Mädchen sich gegenseitig anschreien, um sich bei diesem Getöse verständlich zu machen. Diese glitschigen Böden und diese Wasserschläuche, mit denen sie dann abgespritzt werden. Diese menschliche Gleichgültigkeit gegenüber dem Tod von etwas, was einmal gelebt hat. Wer kann uns das schon verdenken? Es sind ja keine Fische, sondern nur Kilos von Filets.«

Sie leerte jetzt ihr Glas auf einen Zug und schenkte sich ein neues ein. »Der Priester kam jeden Abend zu uns ins Dorf, um die Ernte zu segnen, und wir segneten dann alle im Geist auch die armen Fische. Aber jetzt hasse ich sie.« Ramona rülpste, und ihr Mund senkte sich noch mehr nach unten und wurde fast häßlich.

»Aber du hast doch jetzt einen Kühlschrank«, sagte er, und in dem Verlangen, daß sie seinen Wert anerkennen sollte, gab er seiner rauhen Stimme jetzt etwas Schmeichelndes: »Und so viele neue Kleider. Und schau doch nur, wie hübsch deine Haare sind. Eines Tages werden wir auch genügend Geld haben, um dir ein besseres Haus mit einem ordentlichen Dach kaufen zu können«, fügte er mit einem schlauen Lächeln hinzu. Das Wellblechdach leckte, und wenn die Wassertropfen in den eisernen Eimer fielen, den sie druntergestellt hatte, hörte sich das wie eine Blechtrommel an. Nichts griff ihre Nerven mehr an als die Unregelmäßigkeit dieser Geräusche.

»Nichts zu haben war ganz in Ordnung«, meinte sie philosophisch. »Wir waren an das Nichts gewöhnt, aber ›ein bißchen‹ ist nicht genug.«

»So gefällst du mir«, sagte er, schlug ihr auf die nackte Schulter und lächelte sie an. »Natürlich ist das nicht genug. Deswegen werden wir auch immer mehr haben. Dafür werde ich schon sorgen. Du wirst sehen.«

Vielleicht ist die Aufsicht über die Fischfrosterei nicht die richtige Arbeit für Ramona, überlegte Angelo jetzt. Offenbar war es falsch gewesen, ihr diesen Posten aufzudrängen. Er würde sich nach einem Ersatz für sie umschauen müssen. Der junge Visset, einer von den Packern, war ein heller Kopf. Er konnte den Posten übernehmen, und dann würde wieder eine Stelle in der Fabrik für einen der Dorfbewohner frei.

Kurz darauf kam Gideon aus der Bar nach Hause. Sein Blick glitt über Ramona hin und wanderte dann weiter.

»Warum schaust du mich so an?« fragte sie ihn grob, während sie ihre Ohrringe befingerte.

Gideon stand so sehr unter Spannung, daß sie seine Aggression förmlich riechen konnten. Auf seinem Gesicht, auf dem die widersprüchlichsten Gefühle miteinander im Streit lagen, schob sich die Verachtung in den Vordergrund. Seine Lippen kräuselten sich zu einem höhnischen Grinsen, seine Nasenlöcher bebten vor unterdrücktem Zorn, und seine Augen waren so hart wie Achat.

»Du bist betrunken, und du siehst häßlich aus, wenn du betrunken bist.«

»Das bist du auch. Schau dich doch an! Nur bist du *immer* häßlich – blau oder nüchtern.«

»Ich bin ein Mann. Es ist ganz natürlich, wenn ich mich zuweilen betrinken möchte.«

»Und ich bin eine Frau. Und es ist ganz natürlich, daß ich zuweilen gefickt werden möchte.«

Angelo zog sich mit einem Buch in sein Bett zurück. Er seufzte. Warum hatte sich hier alles so verändert? Er hatte ihnen doch nur ein schönes Leben bereiten wollen, aber irgendwie hatte das nicht funktioniert. Indem er Ramonas Status aufwertete, hatte er Gideon impotent gemacht. Aber warum? Er verdiente doch ebenfalls Geld, und die Hütte war jetzt zu einer viel besseren

Wohnung geworden mit den elektrischen Geräten, dem neuen Küchentisch und dem Linoleumbelag.
Angelo versuchte nicht hinzuhören, als sie sich nebenan wüst beschimpften, konnte jedoch nicht aufhören, sich darüber zu wundern, wie sehr sich auch das Dorf inzwischen verändert hatte. Es war ihm bisher nur gelungen, Jobs für ein Viertel der Dorfbewohner zu besorgen, und der Rest platzte jetzt vor Wut. Täglich kam es zu Prügeleien und irgendwelchen Anfeindungen. War das alles nur mit Eifersucht zu erklären? Steckte da nicht noch etwas anderes dahinter? Sie benahmen sich, als hätte man sie aus dem Paradies vertrieben.
Inzwischen war Gideon offenbar dabei, in der Küche sein Abendbrot zu essen, doch Ramonas giftigen Bemerkungen war zu entnehmen, daß er Trauerränder unter den Nägeln hatte, Gabel und Messer in der falschen Hand hielt, sein Kragen schmutzig war und er wie ein Schwein roch. Eine Ohrfeige schien dieser Sintflut von Worten nun ein Ende zu setzen, aber ein paar Sekunden später hörte er einen heiseren Schrei, dem ein Strom deftiger Flüche folgte. Ramona hatte sich da wohl auf irgendeine Weise revanchiert. Das tat sie immer, nur wurde Gideon stets aufs neue davon überrascht. Angelo seufzte.
Schließlich fiel die Vordertür krachend ins Schloß, und Angelo konnte Gideons Schritte hören, als er die Straße hinunterstampfte, während Ramona ihm allerlei Schimpfworte nachschickte. Dann kehrte wieder Friede in der Hütte ein, wenn auch nicht für lange. Seine Tür öffnete sich einen Spalt, und Ramona steckte den Kopf zu ihm herein. Ihre Augen waren geschwollen, ihre Haare zerzaust und die Schminke auf ihren Lippen über Kinn und Wangen verteilt.
»Ich hasse ihn«, flüsterte sie.
»Nein, das tust du nicht, du liebst ihn.«
»Das habe ich einmal. Aber nun sehe ich, was für ein Stoffel er ist.«
»Gideon ist ein guter Mensch. Ich habe großen Respekt vor ihm. Es gibt nicht viele Männer, die ihm das Wasser reichen können.«
»Er kann nicht mit den Verhältnissen wachsen. Wie in diesen Büchern von den Dinosauriern, die du mir geschenkt hast, wird er mit alledem nicht fertig.« Sie deutete zur Küche hin.

»Das sind doch nur Geräte, Ramona. Es ist nett, sie zu haben, aber nichts ist so wichtig wie die Liebe, die zwei Menschen füreinander empfinden.«

»Halt mir jetzt keine Predigt, Angie«, murmelte sie. »Er hat sich verändert. Ich kenne diesen Mann nicht mehr wieder.«

Sie streckte sich, schob ihre Hände in die Haare und warf sie über die Schultern zurück, während ihr Körper sich vorwölbte und ihre schönen Augen ihm eine Botschaft zuschickten, die man unmöglich falsch verstehen konnte. »Du und ich wissen, daß wir vieles gemeinsam haben.«

»Aber er ist dein Ehemann.«

Angelos Verstand arbeitete jetzt fieberhaft. Seine Hände schwitzten, aber er lag ganz still, ohne seine Miene zu verändern. Er fühlte sich wie jemand, der unerschrocken in die Nacht hinausgegangen war und dann plötzlich entdeckt hatte, daß er sich in ein Moor verirrt hatte. Und wenn er jetzt auf seinen Fußspuren wieder zurückwanderte? Würde er dieser Gefahr dann entrinnen können?

»Nein. Wir haben nie geheiratet. Warum auch? Wir sind seit unserem fünfzehnten Lebensjahr zusammengewesen, aber wir hatten nie den Wunsch zu heiraten.«

Er wußte, daß er jetzt in diesem Moor versinken würde, wenngleich er das noch zu verhindern versuchte. »Ich liebe dich wie eine Schwester«, erklärte er. »Und Gideon liebe ich auch. Vielleicht bin ich eine zu große Belastung für euch gewesen. Ich sollte mir eine eigene Wohnung suchen.«

»Nein!« Sie begann zu weinen, und nichts, was er zu ihr sagte, vermochte sie zu trösten. Schließlich stand er auf und goß ihr und sich ein Glas Brandy ein, in der Hoffnung, das würde sie so schläfrig machen, daß sie ins Bett ging. Sie befand sich in einer gefährlichen Stimmung; schmollend, in Tränen aufgelöst und liebebedürftig. Er bemühte sich, ihr nicht zu zeigen, wie ihn das abstieß. Angelo haßte Exzesse. In Ramonas Kopf steckte eine Meute wilder Hunde, die sie nicht zu bändigen wußte: Neid, Schuldgefühle, Wut... und noch viele andere seltsame Rassen. Der Alkohol schien alle diese Bestien von der Leine zu lassen.

Ramona fing Angelos tadelnden Blick auf und fühlte sich zurückgestoßen. Zum Henker mit ihm! Sie war besessen von ihm. Gideon wußte das und wachte Tag und Nacht über sie, aber jetzt hatte er ihre Wohnung verlassen, um sich noch mehr zu betrinken. Sie lief hinüber in ihr Schlafzimmer, tauchte ihr Gesicht in eiskaltes Wasser, badete ihre Augen darin und verteilte dann großzügig den Rest des Parfums, das Angelo für sie gekauft hatte, auf ihrem Körper.

Als sie in Angelos Zimmer zurückkehrte, sah sie dort nur einen Berg von Decken. Er tat so, als würde er schlafen, dieser Narr! Sie betrachtete ihn listig. Wie jung er doch zuweilen noch war. Und wie nervös. Sie konnte das an dem raschen Zucken seiner Augenlider erkennen. Vielleicht hatte er noch nie eine Frau gehabt? Oh, wie sehr sie wünschte, die erste zu sein. Ihr Leib hungerte schon seit Tagen nach ihm, ihre Schenkel waren schwer und feucht, jeder Nerv in ihrem Körper schien vor Begierde nach diesem schönen Jungen zu schreien. Er war ihr so nahe und war doch so unerreichbar für sie, und ihr Verlangen nach ihm wurde unerträglich.

Sie beugte sich über ihn, zog ihm die Decke vom Gesicht und schaute ihn hungrig an. Er schwitzte, obwohl es draußen bitter kalt war. Sie sehnte sich danach, mit den Fingern in diesen schwarzen Haaren zu wühlen. Wie reizend er doch aussah mit seinen vollen Lippen, mit seinem so schönen, unglaublich ebenmäßigen Profil. Sie konnte sich jetzt nicht mehr zurückhalten, mit ihrem Finger den Konturen seiner Wangen nachzuspüren und diese dichten schwarzen Brauen zu berühren, die sich über seinen Augen fast zu einer Linie vereinigten. Das Brandyglas an ihre Brust drückend, sann sie ihren Träumen nach, die dort so zerzaust auf dem Kissen lagen. Nicht nur Träume, sondern freudige Erwartungen. Manchmal konnte sie einen Blick in die Zukunft werfen, und sie wußte, daß ihre Samen sich vermischen würden. Sie wußte, daß aus der Vereinigung ihres Blutes ein Mann entstehen würde, der groß genug war, ein riesiges Imperium zu beherrschen. Aus der Verbindung von ihrer und seiner Stärke, seines Verstandes und ihrer Intuition, ihres und seines Samens würde ein Gott unter Menschen entstehen.

Das wußte sie, aber das Wann und das Wie waren ihr verborgen geblieben.
Bevor Angelo in ihr Leben getreten war, war die Zukunft für sie ein Spiel des Zufalls gewesen, und sie hatte nie einen Gedanken daran verschwendet, sondern immer nur in den Tag hinein gelebt. Er hatte das alles verändert. Er hatte ihre Zukunft mit brillanten Träumen erhellt, die so verrückt und unerwartet gewesen waren wie ein Guy-Fawkes-Feuerwerk.
Ihre sexuelle Begierde war zu groß, als daß sie sie noch länger unterdrücken konnte. Sie schlug die Decken ganz zurück und betrachtete gierig seinen Körper. Sie hatte nicht gewußt, was Schönheit ist, bis sie Angie fast nackt in ihrem Boot hatte liegen sehen. Nun war er noch kräftiger, etwas fülliger und sogar noch hübscher geworden. Er setzte sich abrupt im Bett auf, und seine Brauen wurden nun wirklich zu einem Strich, als er sie zornig anfunkelte. »Was, zum Teufel, machst du da? Du bist betrunken!« Er zog die Decken wieder über sich und verschwand gänzlich darunter, nicht einmal eine Haarsträhne war von ihm zu sehen.
»Angelo«, murmelte sie atemlos mit rotem Gesicht, während sie an den Knöpfen ihrer Bluse nestelte. »Schlaf mit mir.«
Angelo war so schockiert, daß er keine Worte fand. Sein Mund war ganz trocken, das Herz hämmerte in seiner Brust, und die Alarmglocken, die in seinen Ohren klingelten, waren so laut, daß er fürchtete, taub zu werden. »Wie kann ich das?« stammelte er schließlich. »Du liebst Gideon«, und dann setzte er mit fester Stimme hinzu: »Und ich auch.«
Sie begann vor seinen Augen die Bluse auszuziehen. Dann ließ sie ihren schimmernden schwarzen Rock zu Boden gleiten, dem nun der Rest ihrer Kleidung folgte. Sie machte das, als wäre es eine Selbstverständlichkeit. Warum tat sie das? In diesem Moment spürte er, daß er sie haßte. Sie hatte ihn in eine Ecke gedrängt. Sie war ein Teil seiner eigenen neuen Familie, stand ihm so nahe wie eine Schwester. Näher noch. Er versuchte es ihr zu erklären: »Wir sind eine Familie, Ramona. Verdirb das nicht. Ich liebe Gideon wie meinen Bruder.«
Sie lachte, streckte den Arm aus und nahm seinen Penis in die

Hand. Er sah, wie sie die Stirn runzelte, als er so lasch blieb bei ihrer Berührung. Zorn wallte in ihr auf.
»Du bist schüchtern«, zischelte sie. Sie legte sich mit glitzernden schwarzen Augen auf ihn, und da lag er nun, von ihrem hypnotischen Blick gefangen, zitternd unter ihr wie der unerfahrene Junge, der er eigentlich auch war.
Dann setzte er sich wieder abrupt auf und schob sie von sich weg. Aber sie griff abermals nach seinem Penis und drückte die Eichel so fest zusammen, daß er geräuschvoll Luft holte.
»He, Ramona, laß das. Du kannst mich nicht mit Gewalt dazu bringen, und das weißt du auch.«
Sie seufzte und stand auf, ohne sich ihrer Nacktheit zu schämen. Er beobachtete sie, ihrer verlorenen Unschuld nachtrauernd, und spürte, wie seine Träume zerplatzten wie Seifenblasen. Sie konnten jetzt nicht mehr so frei und unbefangen miteinander umgehen wie bisher. Wie sollte er ihr erklären, daß sie ihn noch nie sexuell erregt hatte? Und selbst wenn sie das getan hätte, wäre das Ergebnis nicht anders gewesen. Er hätte diesem Verlangen niemals nachgegeben. Es gelüstete ihn nicht nach den Frauen anderer Männer und auch nicht nach dunklerem Fleisch. Tatsächlich stand er auf helle, nordische Typen. Was seine Zukünftige betraf, mußte sie ein würdevolles und reserviertes Auftreten haben. Ihm schwebte da so eine hochmütige englische Blondine mit Sommersprossen auf der Nase vor. Jemand, der seine Kinder ordentlich erzog und in der Lage war, dem Palais mit einem Heer von Dienstboten vorzustehen, das ihm einmal gehören würde. Ihr Stammbaum mußte dem seinen ebenbürtig sein. Die Palmas konnten ihre Vorfahren bis ins zehnte Jahrhundert zurückverfolgen. Das waren natürlich alles noch weit entfernte Zukunftspläne, und bis dahin würde er sich auf flüchtige sexuelle Abenteuer mit anämischen Blondinen beschränken, die mindestens zwei Autostunden von Silver Bay entfernt wohnten. Diese kurzen, ihn von sexuellen Nöten befreienden Begegnungen waren rein körperlicher und niemals seelischer Natur, hatten jedoch in letzter Zeit ein Gefühl der Einsamkeit in ihm hinterlassen, so daß er beschlossen hatte, künftig diesen sexuellen Bedürfnissen nicht zu oft nachzugeben.
Ramona stand jetzt wie eine rachsüchtige Walküre über ihm und

rieb ihre Brustwarzen und ihre Spalte an seinem Glied in dem vergeblichen Bemühen, dieses steif zu machen. Sie seufzte.
»Du bist so schön«, sagte er nun zu ihr, um sie zu besänftigen. Und setzte dann, einer idiotischen Eingebung folgend, hinzu: »Ich habe noch nie eine Frau gehabt. Ich habe keine Ahnung, wie man es macht. Also geh bitte wieder auf dein ...«
In diesem Moment machte sie einen Satz, legte ihre roten Lippen um sein schlappes Glied und brachte es in wenigen Sekunden auf eine geradezu erstaunliche Höhe. Während er halbherzig dagegen protestierte, erstickte sie seinen Widerspruch mit ihren Brüsten, spreizte die Beine, ließ sich auf seinen Penis hinuntersinken und ihre Hüften wilder kreisen als eine Bauchtänzerin, bis sie beide mit einem lauten Stöhnen gleichzeitig zum Höhepunkt kamen. Angelo kam danach als erster wieder zur Besinnung, stieß sie beiseite, sprang aus dem Bett und streifte sich rasch seine Sachen über.
»Du hast mich vergewaltigt! Ich ziehe aus, Ramona. Wir sind eine Familie. Das ist das stärkste Band, das Menschen miteinander verbindet. Ich sage dir was: Ich werde dir ein Geschäft kaufen, das du führen kannst. Wir teilen uns den Profit und sind Partner. Würde dir das gefallen? Und jetzt vergiß einfach, was heute nacht geschehen ist, und probiere so etwas nie wieder.«
Sie wollte jetzt nicht mehr aufhören zu weinen und machte auch keine Anstalten, sich wieder anzuziehen. Er beschloß deshalb, sie allein zu lassen, in der Hoffnung, daß sie von selbst zur Besinnung kommen würde. Als er sein Zimmer verließ, lag Gideon betrunken, die Hand um den Hals einer leeren Brandyflasche gekrampft, vor dem Feuer auf dem neuen Teppich.
»Hast wohl schon genug für eine Nacht, wie?« fragte er Angelo jetzt mit trunkener Stimme.
»Es ist nichts zwischen uns passiert, Gideon. Es ist auch nie etwas zwischen ihr und mir gewesen.«
»Dann verrat mir mal, warum sie nackt ist.«
»Sie war ängstlich, aufgeregt. Ich glaube, sie ist betrunken. Morgen wird sie sich nicht mehr daran erinnern.«
»An was erinnern?«
»An den Streit, den wir miteinander hatten. Ich schwöre dir,

Gideon. Es ist nichts zwischen ihr und mir. Aber ich ziehe aus.«
Gideon folgte ihm hinaus ins Freie und dann die Straße hinunter. Und so setzte Angelo sich auf eine Bank und wartete dort, bis Gideon ihn eingeholt hatte. Wie seltsam Gideon doch jetzt aussah mit dem Messer, um das sich seine Finger krampften, mit diesem schweißnassen Gesicht, den feuchten, ihm am Kopf klebenden Haaren und dem Speichel, der ihm aus dem Schnurrbart tropfte. Seine Augen glitzerten. Angelo spürte, daß er sich zutiefst gedemütigt fühlte.
»Töte mich, wenn du das möchtest, aber schau mich bitte nicht so an, Gideon. Wir sind Brüder, oder etwa nicht?«
Gideon sank neben ihm auf die Bank. Sein Gesicht zeigte einen so bitteren Ausdruck und war so zerknittert, als wollte er jeden Moment zu heulen anfangen. Aber da waren keine Tränen in seinen Augen. »Ich habe schon viele Männer getötet«, fauchte er. »Das würde mir nichts mehr ausmachen. Aber dich kann ich nicht töten. Und dabei frage ich mich die ganze Zeit, ob es wohl etwas Schlimmeres geben könnte, als zusehen zu müssen, wie du mit meiner Frau vögelst. Nun? Fällt dir da etwas ein?«
»Nein«, log Angelo.
»Ich denke doch, daß es da noch etwas gäbe«, erwiderte Gideon seufzend, stand auf und begann zu seinem Haus zurückzugehen, Angelo den Flüchen überlassend, die sich gegen ihn selbst richteten.
»O Gott, was ist da falsch gelaufen? Ich wollte sie doch nur glücklich machen. Aber ich werde das noch tun. Ich werde es, das schwöre ich.«
Angelo blieb noch eine Weile auf der Bank sitzen, während er sich überlegte, wo er heute nacht schlafen sollte. Da hörte er einen Schrei und dann noch einen.
Und während er sich noch fragte, ob er sich einmischen sollte oder nicht, tauchte Gideon wieder aus der Dunkelheit auf.
»Komm ins Haus, Angie. Laß uns schlafen gehen«, sagte er.

Kapitel 31

Das Strandcafé hatte Angelo schon immer Rätsel aufgegeben. Peggy Cohen, die Besitzerin, schien alle kommerziellen Möglichkeiten, welche die einmalige Lage des Lokals ihr bot, ungenutzt zu lassen und verkaufte dort nur Snacks. Sogar die großartige Aussicht hatte sie mit einer Bretterwand vernagelt, so daß die Fenster des scheunenartigen Gastraumes auf den Strand-Parkplatz hinausgingen. Als dann eines Tages ein Schild »Zu verkaufen« an der Eingangstür hing, fand Angelo sich dort zu einer Lokalbesichtigung ein.

»Ich bin Angelo Morgan«, sagte er und streckte Peggy seine Rechte hin.

Peggy Cohen wußte sehr genau, wer dieser imposante junge Mann war, denn sie sah ihn ja jeden Sonntag in der Kirche. Sie hatte sogar damals nach dieser Rettungsaktion in Oudebaai ein paar Pfundnoten in den Klingelbeutel gesteckt – teils, um den jungen Mann für seine tapfere Tat zu belohnen, aber hauptsächlich deswegen, weil er so ungemein sexy war. Man brauchte ihn ja nur anzuschauen, wie er dort am Türpfosten lehnte, eine Zigarette im Mundwinkel, und sie mit seinen großen braunen Augen, denen nichts entging, musterte. Er warf ihr einen seltsam intimen Blick zu, wobei er eine Braue hochzog und die Lippen zu einem Lächeln kräuselte. Mit diesem Lächeln könnte er weit kommen, dachte sie, aber hinter seinem Sex-Appeal und der wilden, ungezähmten Energie spürte sie kalte Berechnung und unersättlichen Hunger. Er war schon ein bißchen unheimlich, dieser junge Mann.

Sie hatte gehört, daß seine Fischfrosterei recht gutging – warum interessierte er sich also für diese Bretterbude? Die Touristensaison dauerte nur drei Monate im Jahr. Von den Einnahmen in den restlichen neun Monaten konnte sie kaum den alten Jimmy, der hier saubermachte, bezahlen, geschweige denn ihr eigenes bescheidenes Gehalt abzweigen. Ihr Mann kämpfte oben in Nordafrika, und sie hatte, bevor sie heiratete, nie arbeiten müssen. Jedenfalls reichte das Geld vorn und hinten nicht, und sie würde ihre Eltern um einen finanziellen Zuschuß zum Unterhalt ihrer drei Kinder bitten müssen. Sie hatte das Schild »Zu verkaufen« an die Tür gehängt, obwohl sie sich wenig Hoffnung machte, daß jemand diesen Schuppen haben wollte. Doch Morgan interessierte sich offenbar wirklich für ihn. Hatte er denn überhaupt das Geld, daß er ihn kaufen konnte? Er war schäbig gekleidet. Jeder im Dorf sprach von dem Iren, der bei den Farbigen wohnte und auch so redete wie sie, und dabei sah er aus wie ein griechischer Gott, der auf die Erde zurückgekommen war. Niemand wußte, wo er eigentlich herkam, aber die meisten Leute argwöhnten, daß er ein Farbiger sei, der versuche, sich mit gefälschten Papieren als Weißer auszugeben. Gesellschaftlich gesprochen war er also ein Unberührbarer, doch er schien ehrgeizig zu sein.

Angelo war sich ihrer Zweifel bewußt, während er das Lokal inspizierte. Seiner Schätzung nach konnte man es zu einem profitablen Unternehmen machen. Wenn man den Raum richtig ausnutzte, fanden hier hundert Leute Platz. O Gott, dachte er, als er die runden Stahlsockeltische, die nackten Holzdielen, das Wellblechdach und die hölzerne Theke betrachtete, auf der ein paar traurige Kuchenstücke unter einem Fliegennetz auf Kundschaft warteten. Er erschauerte. Er würde lieber hungern, als hier zu essen.

Sein fruchtbarer Geist sah sogleich die Decke mit Fischnetzen verkleidet, die das häßliche Wellblech verdeckten, und die Wände mit Muscheln, Seesternen und anderen für Meeresküsten typischen Objekten dekoriert. Ich werde es »Sands« nennen, dachte er bei sich. Während die Vorderfront auf den Strand »Nur für Weiße« hinausging, würde die Hinterseite dem Kai zugewandt sein. Also konnten sie dort einen Bereich des Lokals als Imbiß abteilen und Fish and Chips an die Fischer und Fabrikarbeiter verkaufen.

Da kam ihm noch eine Idee. Ramona war eine gute Köchin. Warum sollte sie also hier nicht auch traditionelle malaiische Speisen als Spezialitäten anbieten? Er liebte ihre würzigen Hammel- und Fischgerichte, und damit würde er auch die Einheimischen in das Lokal locken können. Außerdem sollte ein Gitarrenspieler für das entsprechende Flair sorgen, überlegte er.

Die Ideen flogen ihm jetzt immer schneller zu, und er wurde ganz aufgeregt.
»Kochen Sie gern?« fragte er Peggy.
»Ich hasse es.«
»Man sieht es, aber ich habe da an jemand anderen gedacht. Was könnten Sie also tun?«
Peggy zögerte. Warum sollte sie sich einem Fremden offenbaren? »Ich habe nie arbeiten müssen, bevor ich heiratete«, gestand sie ihm. »Ich war wohl auch zu sehr damit beschäftigt, zu Partys zu gehen oder welche zu geben«, setzte sie seufzend hinzu. »Oh, was waren das doch für schöne Zeiten.«
»Großartig! Wie werden einen Party-Service einrichten, dem Sie vorstehen.«
Peggy verschlug es den Atem, und sie fragte sich, ob sie den jungen Mann jetzt nicht besser hinauswerfen sollte. Aber konnte sie das? Er war doppelt so groß wie Jim.
»Nehmen Sie das Schild von der Tür. Das Lokal ist verkauft – genauer gesagt, zur Hälfte verkauft. Wir werden gleichberechtigte Partner sein.« Er streckte ihr wieder seine rechte Hand hin.
Peggy sah sich jetzt in einer Zwickmühle. Nach einer fast zweijährigen Trennung von Vernon, ihrem Mann, war sie frustriert und sehr einsam, aber sie staunte nun doch darüber, wie groß ihr Verlangen war, das Fleisch dieses schwarzhaarigen Hünen zu berühren. Schuldgefühle überschwemmten sie, als sie daran dachte, daß Vernon jetzt irgendwo dort oben im Norden sein Leben aufs Spiel setzte. Sie biß sich auf die Lippen und kam sich verworfen vor.
»Ich möchte nicht Ihr verdammter Partner sein. Ich möchte nicht die Hälfte von diesem verdammten Restaurant haben. Ich will, solange ich lebe, nie mehr Leute essen sehen. Ich hasse Menschen und ganz besonders essende Menschen. Ich habe mit der Gastronomie nichts mehr am Hut.«
»Warum haben Sie dann dieses Lokal überhaupt eröffnet?« fragte er. Sie tat ihm leid. Sie war offenbar eine sehr unglückliche Frau.
»Mein Mann hat es gekauft. Ich bin immer dagegen gewesen, aber jetzt...« Sie brach ab und seufzte. »Ich möchte mal die Frau

sehen, die drei Kinder mit dem Sold, den die Armee bezahlt, großziehen kann.«
»Ich mache Ihnen einen Vorschlag. Ich übernehme jetzt die Hälfte von Ihrem Restaurant und in ein paar Monaten alles, falls Sie dann immer noch aussteigen möchten. Ich werde Ihnen den dann gültigen Marktpreis dafür bezahlen. Einverstanden?«
»Keineswegs. Aber nur interessehalber: Haben Sie denn überhaupt das Geld, um Ihre Hälfte bezahlen zu können?«
»Ich werde sie Ihnen mit meinem Gewinnanteil abkaufen. Sie brauchen mich, Peggy Cohen. Ohne mich gehen Sie bankrott.«
»Oh, Sie sollten jetzt besser wieder verschwinden«, sagte sie erbost und kehrte ihm den Rücken zu.
»Hier ist meine Karte«, sagte er. »Sie können mich anrufen, wenn Sie verhandlungsbereit sind.«

Peggys Geschäft ging pleite, wie er es ihr prophezeit hatte, und sie bekam keine Kaufangebote für ihr Lokal. Wie traurig sie doch jeden Sonntag bei der Messe aussah! Angelo hätte ihr so gern geholfen, aber nur zu seinen Bedingungen. Also wartete er ab.
Seit ein paar Wochen arbeiteten er und Gideon rund um die Uhr, um mit ihren beiden Lieferwagen Fische zuzustellen. Es wurde ihnen bald klar, daß der Tag mehr Stunden haben mußte, wenn sie alles schaffen wollten. Da der Tag nicht verlängert werden konnte, brauchten sie noch zwei Lieferwagen und vier Fahrer. Jetzt war der Ton zwischen ihnen nicht mehr so locker wie früher, und es kam öfter zu Streitereien. Angelo wußte, daß daran das Trauma schuld war, ihn zusammen mit Ramona im Bett erwischt zu haben, und daß Gideon über diese Demütigung wohl niemals hinwegkommen würde.
Als Angelo an einem Samstagvormittag mit der Kappe in der Hand zum Direktor seiner Bank ging, war dessen Begrüßung nicht ganz so frostig wie beim ersten Mal.
»Wie ich sehe, sind Sie mit Ihren Ratenzahlungen nie im Verzug, Mr. Morgan«, stellte der vertrocknete alte Banker fest. »Auch nehmen Ihre Umsätze rasant zu, obwohl Sie noch immer in den roten Zahlen sind.«
»Ich glaube nicht, daß ich jemals bei Ihnen im Plus sein werde,

Sir«, erwiderte Angelo. »Warum sollte ich auch mein Geld in Ihre Bank investieren, wenn es woanders bessere Gewinne bringt? Entschuldigen Sie, Sir, wenn ich das sage, aber Sparkonten sind nur etwas für Dumme. Ich habe höhere Profite im Visier, als Sie mir bieten könnten. Im Augenblick benötige ich noch zwei weitere Lieferwagen und eine größere Frosterei. Ich habe nicht das Geld, das ich für diese Investitionen brauche, aber ich werde Ihnen den Kredit in zwölf Monaten zurückgezahlt haben.«

Der Bankdirektor musterte ihn nachdenklich. »Wie sehen denn Ihre langfristigen Ziele aus?« fragte er, während er aufstand, um die Tür seines Büros zu schließen. »Lassen Sie mal hören, mit welchen Ideen Sie sich da tragen, Morgan.«

Angelo erzählte ihm nun in groben Zügen von seinen Träumen, während der alte Mann ihm aufmerksam zuhörte.

»Übrigens ist Peggy Cohen eine unserer Kundinnen und zudem auch noch eine Freundin meiner Familie. Ich würde es sehr begrüßen, wenn sie in finanzieller Hinsicht wieder auf festem Boden stünde, zumal ihr Mann für unser Land kämpft und sie ihre drei kleinen Kinder allein aufziehen muß. Ich habe Ihnen da einen Vorschlag zu machen.«

Als Angelo wieder nach Hause kam, lag Gideon betrunken auf dem Fußboden. Angelo war wütend. Er hatte ihm die großartige Neuigkeit mitteilen wollen, daß die Bank sie bei allen Investitionen unterstützen würde, solange sie pünktlich ihre Zinsen zahlten und ihre Einnahmen stets größer waren als ihre Verbindlichkeiten. Sie hatten jetzt die beiden Lieferwagen, die sie brauchten, und sie hatten auch die Hälfte von Peggys Restaurant. Er war sich nur nicht sicher, wie Peggy auf diese Neuigkeit reagieren würde.

Angelo wartete auf den Morgen, an dem er seinen Partner zur Rede stellen wollte, doch Gideon kam ihm zuvor.

»Ich hasse dieses Geschäft, Angie.« In Gideons Augen schimmerte es feucht. Seine Lippen bebten, sein honigfarbener Schnurrbart zitterte, und der Speichel, der darin hing, glitzerte im Licht. Der Geruch von schalem Wein, von Tabak und Schweiß, den er verströmte, signalisierte Angelo einen moralischen Kollaps, der Schuldgefühle in ihm weckte.

»Du denkst, jeder wäre so ehrgeizig wie du«, fuhr Gideon fort. »Das ist aber nicht so, Angie. Du hältst nichts von der Freude. Du weißt nicht einmal, was das ist. Ich möchte mit deiner Welt nichts mehr zu tun haben. All diese Sachen da ...«, er wies mit der Hand um sich, »sie haben mir kein Glück gebracht. Ich glaube auch nicht, daß Ramona noch so glücklich ist, wie sie das einmal war. Wir haben die Lebensfreude verloren, die wir hatten. Ich will damit nicht sagen, daß das alles deine Schuld sei, Angie, aber du hast deine Welt zu uns gebracht und unsere damit in die Flucht geschlagen. Ich fische gern und liebe das Meer. Ich habe mich früher auf jeden Tag gefreut, aber jetzt habe ich Angst, morgens aufzustehen. Manchmal komme ich sogar nur noch ungern nach Hause. Laß mich in Frieden. Ich möchte am Strand sitzen, meine Pfeife anzünden und später hinausrudern, um meine Netze auszulegen. Ich verstehe dich nicht, und Ramona ist mir fremd geworden. Ich muß wieder hinausfahren aufs Meer.«
»Moment mal«, sagte Angelo, der jetzt einen bitteren Geschmack auf der Zunge hatte. »Was ist mit unseren Plänen, daß jeder hier einen Job, ein Haus und das Dorf eine Schule haben soll? Du läßt uns jetzt nicht im Stich. Ich werde das nicht zulassen. Okay, es war falsch von mir, dir Jobs aufzudrängen, die dir keinen Spaß machten. Aber du kannst die Gesellschaft jetzt nicht verlassen. Du hast großartige Arbeit für sie geleistet.«
Angelo setzte sich nun auf den Boden, um gründlich nachzudenken. Wenn Gideon und Ramona nicht an seinem Reichtum teilhaben wollten – was hatte das Ganze dann für einen Sinn? Er hatte ein Dorf erschaffen wollen, in dem er geliebt und verehrt wurde. Er hatte nie die Tage seiner Kindheit vergessen, als man ihn in Spoleto wie einen Aussätzigen behandelt hatte. Sie würden ihm zeitlebens in Erinnerung bleiben. Hier würde er seine eigene perfekte Umwelt erschaffen, aber Gideon mußte ihn lieben, in dieses Umfeld hineinpassen, glücklich sein. »Du gehst jetzt wieder in die Schule, Mann.«
»Schule!« wiederholte Gideon stöhnend. »Du hast mir wohl gar nicht richtig zugehört.«
»Vertraue mir, Gideon. Du besuchst eine nautische Schule für angehende Steuermänner und Kapitäne, und wenn du dort deine

Prüfung ablegst, werden wir unseren ersten Fischdampfer haben, den du befehligen wirst. Das schwöre ich dir.«
Gideon verkroch sich daraufhin in seine Decken und stöhnte.
Es wird nicht lange dauern, bis Gideon nachgeben wird, dachte Angelo. Er merkte, daß Ramona entschlossen war, ihn zur Vernunft zu bringen. Es gehörte schon ein härterer Mann als Gideon dazu, ihrem Willen widerstehen zu können. Aber es dämmerte ihm jetzt, daß er schon vor Monaten aus ihrem Häuschen hätte ausziehen sollen. Er hätte das wohl auch schon längst getan, wenn die beiden ihn nicht inständig gebeten hätten zu bleiben.

Peggy Cohen saß in ihrem Restaurant über eine Tasse Kaffee gebeugt und dachte an Selbstmord. Sie war soeben von ihrer Bank zurückgekommen, wo der Direktor sie über ihren neuen Status informiert hatte. Sie war an Angelo Morgan verkauft worden. Jedenfalls lief das Ganze darauf hinaus. Die Bank hatte 51 Prozent von ihrem Café an ihn verkauft und behielt die restlichen 49 Prozent so lange ein, bis sie ihr Konto ausgeglichen hatte. Sie konnte nicht einmal aus ihrem Geschäft aussteigen, solange sie nicht das Geld besaß, um die Hälfte ihrer Bankschulden zu bezahlen. Sie war gefangen und in die Sklaverei verkauft worden. Man hätte ihr ebensogut Fußfesseln anlegen und ihr mit einem glühenden Eisen ein Brandzeichen auf die Stirn machen können. Sie erschauerte bei dem Gedanken an ihre Demütigung, und die Angst hatte ihre Lippen ganz trocken gemacht, ihre Handflächen mit Schweiß überzogen und ihren Mund mit Bitterkeit erfüllt. O Gott, wie konnten sie ihr nur so etwas antun! Ein Anruf bei ihrem Anwalt hatte sie belehrt, daß sie das konnten und auch getan hatten.
Als Angelo in ihr Lokal hereinschlenderte, war sie bereit für ihn.
»Hören Sie, Sie Bastard. Ich habe diesen verdammten Krieg nicht gemacht. Ich bin immer reich gewesen und wurde nicht dazu ausgebildet, etwas Nützliches zu tun. Es ist nicht meine Schuld, daß ich in diesen Schlamassel geraten bin. Sie können sich dieses verdammte Café meinetwegen in den Hintern stecken. Ich wer-

de nicht für Sie, mit Ihnen oder mit sonst jemandem arbeiten. Was mich betrifft, stehen Sie weit unter meiner Würde.«
Angelo blieb im Durchgang stehen und seufzte. Sie hatte das trotzige und verwundete Aussehen, das ihn an eine Hure erinnerte. Er bemerkte nun auch zum erstenmal, daß sie gar keine echte Blondine war, weil die schwarzen Haarwurzeln nicht zu übersehen waren. Ihre Kleider waren schäbig und ihre Hände eine Katastrophe. Sie paßte einfach nicht zu dem Bild des neuen »Sands«, das er im Geist entworfen hatte. Glaubte sie etwa, daß ihm etwas an einer Partnerschaft mit ihr liegen würde? Was ihn betraf, war sie nur ein weiterer Posten auf seinem Debet-Konto. Und sie sollte auch mehr Wert auf ihr Äußeres legen. Er würde ihr das klarmachen müssen.
»Wie wäre es, wenn Sie uns einen Kaffee machen würden?«
»Das ist es – das Tüpfelchen auf dem i! Wenn Sie glauben, ich würde Sie auch noch bedienen, sind Sie falsch gewickelt. Ich verachte Sie!«
»Das letztemal sind Sie aber freundlicher gewesen.«
»Das letztemal?« wiederholte sie stirnrunzelnd.
Sie hatte, seit er sie zum letztenmal gesehen hatte, eine rauhe, fleckige Haut bekommen, und ihre Haare waren strähnig und glanzlos. Aber ihre Züge waren gut und ihre blauen Augen groß und gut geformt, wenn sie jetzt auch ein wenig gehetzt wirkten. Sie sah älter aus, als sie eigentlich aussehen durfte. Sie braucht wohl ein wenig Zuwendung, dachte er bei sich, und er beschloß, ihr diese zu geben.
»Als ich hierherkam, wußte ich nicht, wer ich war oder woher ich stammte. Ich hatte mein Gedächtnis verloren. Dann hörte ich eines Tages ein paar Kriegsgefangene Italienisch miteinander reden, und da konnte ich mich plötzlich wieder an alles erinnern. Ich hatte damals einen Zusammenbruch in den Dünen, aber Sie holten mich in Ihr Lokal, gaben mir etwas zu essen und machten mir einen Kaffee. Anderenfalls wäre ich wohl von der Polizei eingebuchtet worden und müßte Gräben ausheben. Das ist einer der Gründe, weshalb ich zu Ihnen gekommen bin. Ich muß meine Schulden zurückzahlen.«
Sie starrte ihn jetzt lange und hart an. »Du meine Güte!« sagte sie

dann, kramte in ihrer Handtasche und begann sich mit einem schmutzigen Wattebausch die Nase zu pudern.
»Manchmal haben Soldaten auch Heimaturlaub«, sagte er. »Wollen Sie, daß Ihr Mann Sie so sieht?«
»Er wird vermißt«, flüsterte sie. »Ich habe in der letzten Woche eine Nachricht von seinem Truppenteil erhalten.«
Sie sah ihn mit einem versteinerten Gesicht an, und er spürte, daß sie einen Wall zwischen sich und ihrem Schmerz errichtet hatte. Sein Zorn verebbte und wurde nun von Mitgefühl ersetzt. Auch regte sich das schlechte Gewissen in ihm, denn er war ja vor dem Krieg weggelaufen.
Er sperrte die Eingangstür ab und hängte das Schild »Geschlossen« ins Fenster, während Peggy aufstand und ihre Handtasche vom Tisch raffte.
»Gehen Sie jetzt nicht weg, Peggy.«
»Mrs. Cohen für Sie«, schnaubte sie.
»Mrs. Cohen, setzen Sie sich wieder hin.« Er faßte sie beim Handgelenk und zwang sie auf ihren Stuhl hinunter. »Es steht Ihnen frei, zu gehen, wohin auch immer Sie wollen, aber jetzt hören Sie mich erst einmal an. Sie sind nicht die einzige Person auf der Welt, die alles verloren hat. Und ich bin auch nicht Angelo Morgan ...«
Als er ihr seine Geschichte erzählte, spürte er, wie er erst ihr Interesse gewann und dann sogar so etwas wie eine widerwillige Kameradschaft.
»Warum haben Sie mir das alles erzählt?« erkundigte sie sich schließlich gereizt. »Sehen Sie denn nicht, daß Sie mir damit einen Ausweg verschafft haben? Ich kann Sie jetzt internieren lassen.«
»Wenn zwei Leute mit einer Partnerschaft Erfolg haben wollen, müssen sie beide auch die gleiche Macht besitzen. Wir kämpfen beide für unsere Zukunft und die unserer Kinder, und dieses Restaurant ist eines der Werkzeuge, die wir dafür verwenden werden. Vergessen Sie das nie. Ich mag Ihnen zwar befehlen können, diesen verdammten Kaffee für mich zu kochen«, sagte er, ihren Akzent nachahmend, »aber dafür können Sie mich einsperren, internieren und sogar deportieren lassen. Ich könnte im Verlauf

dieses Prozesses sogar mein Leben verlieren. Wir sitzen also im gleichen Boot, wie Sie sehen, und da ich für alle Ihre Schulden unterschrieben habe, ist mein Risiko sogar doppelt so groß wie Ihres. Wie wäre es also, wenn Sie einmal in Ihrem Leben Ihr Schicksal selbst in die Hand nehmen würden, statt es sich auf einem silbernen Tablett servieren zu lassen? Wie wäre es, wenn Sie für die Zukunft Ihrer Kinder arbeiten würden? Wie wäre es, wenn Sie Ihre Niederlage in eine Erfolgsgeschichte umwandeln würden? Wie wäre das, Mrs. Cohen?«

»Peggy für Sie«, sagte sie und lächelte. Dann lachte sie leise in sich hinein, fing dann hysterisch zu kichern an und begann schließlich laut zu schluchzen. Sie klammerte sich an ihn, gestand weinend die Angst um ihren jüdischen Mann, wie zermürbend dieses lange Warten sei und wie schrecklich einsam sie sich fühle.

»Sie können sich bei mir anlehnen, Peggy.«

»Bei Ihnen?« wiederholte sie und lachte verächtlich. »Sie sind doch noch ein Kind. Wie alt sind Sie eigentlich? Zwanzig?« Dann brach sie wieder in Tränen aus.

»Ich habe Großes mit diesem Lokal vor«, sagte er, als sie sich wieder gefangen hatte. »Was hielten Sie davon, wenn ich ...«

»Schön, Angelo«, sagte sie, als er ihr alle seine Pläne mit diesem Lokal erzählt hatte. »Ich werde es also noch einmal versuchen. Ich werde so hart arbeiten, daß ich mir die Knochen wundscheuern werde.«

Angelo hatte den Eindruck, daß sie sich selbst überraschen würde.

Kapitel 32

Es war Sonntag, der 8. November 1942 – vier Monate nach der Neueröffnung des »Sands« –, als sie zum erstenmal schwarze Zahlen schrieben und Angelo meinte, sie würden auf einer Goldmine sitzen, was er den beiden Frauen auch sagte.
Zwei Stunden vor der regulären Öffnungszeit hatten sie sich alle im Lokal versammelt, um diesen Erfolg mit einem Champagnerfrühstück zu feiern. Ramona sprach mit ihren beiden Köchinnen, während Angelo an einem Tisch saß und so tat, als würde er lesen, während er auf seinen Kaffee wartete. Das Licht der Sonne, das von den weißgetünchten Wänden reflektiert wurde, ließ ihre Haut blasser erscheinen, so daß sie aussah wie eine schöne goldene Statue. Ramona spürte sein Interesse für sie. Sie redete lebhaft mit ihrer neuerworbenen tiefen Stimme auf eine Frau ein, während sie ihre mit Perlen besetzten Ohrringe befingerte und mit dem Anhänger spielte, den er ihr im vergangenen Jahr zu Weihnachten geschenkt hatte. Ihr Kleid bestand aus elfenbeinfarbener Seide und hatte so viele Rüschen wie eine Edelrose Blütenblätter. Sie duftete auch so süß wie eine Rose, und Angelo betrachtete sie mit einem Gefühl des Stolzes. Sie war wie ein schönes Kunstwerk, das er in einem Trödelladen gefunden und liebevoll restauriert hatte. Sie schien sich von ihrem sexuellen Verlangen nach ihm erholt zu haben und behandelte ihn in letzter Zeit wie einen jüngeren Bruder.
Sie wollte die Packerei in der Fischfabrik erweitern und versuchte die ihr stumm zuhörende Frau zu überreden, sich ihrem Team anzuschließen. Die Frau, die Angelo kannte, hatte offensichtlich keinerlei Illusionen, was Ramona unter Teamarbeit verstand. Ramona war eine sehr strenge Chefin und behandelte ihre Mitarbeiterinnen eher wie Lohnsklaven. Sie verfuhr auch mit ihren Köchinnen im Restaurant auf ähnliche Weise, und Angelo beschloß, sie deshalb zur Rede zu stellen. Er verschob es dann jedoch auf ein andermal, weil er wußte, daß er gar nicht den Mut für eine derartige Konfrontation besaß.
Er konnte nie herausfinden, warum Ramona Peggy nicht moch-

te – abgesehen von der Tatsache, daß Peggy blond und groß war und imposant aussah. Peggy hingegen schien von Ramonas Existenz kaum Notiz zu nehmen, und falls doch, dann nur mit den Worten: »Unsere Küchenmamsell – wie heißt sie doch gleich wieder?« Die beiden wahrten, wachsam wie zwei Löwinnen, ihre Distanz.
Angelo hatte einen der Räume im Anbau in ein Büro für Peggy verwandelt, und dort betrieb sie ihren Party-Service, wobei sie jedoch ihre Bemühungen auf das Marketing und die Hausbesuche bei den Kunden beschränkte, während sie die Zubereitung der Speisen ganz allein Ramona überließ. Wenn Ramona sich auch über Peggys dünkelhaftes Betragen ihr gegenüber ärgern mochte, war sie doch entzückt über ihren 25prozentigen Gewinnanteil an Peggys Party-Service-Geschäft. Das Restaurant hatte sich zu einem gastronomischen Hit am Kap entwickelt, und auch »Fish and Chips«, die an der Rückseite des Restaurants an die Laufkundschaft verkauft wurden, fanden reißenden Absatz.
Jemand schaltete jetzt den Musikautomaten ein, und Peggy erschien mit einem Tablett, auf dem zwei Flaschen Champagner und eine Karaffe Orangensaft standen, und rief: »Kommt her und bedient euch!«
Dann ließ sie die Korken knallen und beeilte sich, das aus den Flaschen sprudelnde Getränk in die bereitstehenden Gläser zu gießen, ehe zuviel davon verlorenging. Ein paar Sekunden später stießen sie lachend mit den Gläsern an. Selbst der alte Jim begann aufzutauen und gab ihnen eine Kostprobe von dem Welly-Boots-Tanz, den er in seinen goldenen Minentagen gelernt hatte.
Während er sich auf die Schenkel und Stiefelschäfte klatschte und im Restaurant herumsprang, saß Peggy, die an ihrem Champagner nicht einmal genippt hatte, mit steifem Rücken sehr förmlich am Tisch und sah ein bißchen verloren aus.
»Was ist los mit dir, Peggy?« fragte Angelo. »Warum so ernst?«
»Ich trinke keinen Alkohol«, flüsterte sie. »Aber mach dir meinetwegen keine Sorgen. Mir geht es gut.«
»Aber ein Schluck Champagner kann dir doch nicht schaden, oder?«
»Vielleicht nicht.« Peggy blickte ihn unschlüssig an, hob das Glas

an die Lippen und nahm vorsichtig einen Schluck. Keine zehn Sekunden später hatte sie blitzende Augen und rote Wangen und trank ihr Glas leer, das sie sogleich wieder mit Champagner füllte. Nach vier Gläsern tanzte sie auf einem der Tische einen überaus passablen Cancan, wie Angelo feststellte, der jetzt nur die Tatsache bedauerte, daß er sie zum Trinken überredet hatte. Als das Frühstück serviert wurde, konnte sie nur noch lallen.

Sie hing an seinem Hals und himmelte ihn mit Cocker-Spaniel-Augen an. »Ich vertrage keinen Alkohol, und deshalb trinke ich auch nie«, nuschelte sie. »Aber jetzt bin ich total beschwipst und muß dir ein paar Dinge sagen. Erstens: Vielen Dank! Zweitens: Ich werde heute nicht arbeiten können, und deshalb wirst du für mich einspringen müssen. Es sind einige Menüs zuzustellen. Die Küchenmamsell weiß Bescheid, und die Einzelheiten findest du dort drüben.« Sie kicherte und deutete mit dem Daumen in Richtung ihres Büros. »Drittens: Ich liebe dich.«

Und dann fiel sie zu Boden.

Verdammter Mist! Doch nicht so was wieder! Außerdem hatte er heute seinen freien Tag und wollte einen der Gipfel in der Umgebung besteigen. Statt dessen mußte er Peggy jetzt nach Hause bringen.

»Zieh zu mir, Angie«, bettelte sie. »Was machst du denn, wenn dir der Sinn nach Sex steht? Ich leide darunter, daß ich ihn nicht habe. Wahrhaftig, das tue ich. Aber Vernon befindet sich in einem Lager für Kriegsgefangene, wie ich neulich erfuhr, und weiß Gott, wann ich ihn wiedersehen werde. Das Leben kann zuweilen so schrecklich sein. O Angie! Ich kann mich nicht einmal mehr daran erinnern, wie Vernon aussieht, und ich habe mich in dich verliebt. Du brauchst mich. Ja, das tust du. Du sprichst wie ein *gammat*, ein Farbiger, und da du auch bei ihnen lebst, gibt es kein Haus in Silver Bay, wo man dir auch nur eine Tasse Tee anbieten würde. Ich kann dich hier mit allen Leuten bekannt machen, die zählen. Leute, die du brauchen wirst. Ich kann so viel für dich tun. Zieh zu mir. Warum tust du das nicht?«

»Und Vernon?« fragte er behutsam. Sind denn alle Frauen nur ihrem eigenen Wesen treu? fragte er sich und versuchte dabei nicht an den gemeinen Verrat seiner Mutter zu denken. Müssen

sie sich stets für den besten Nestbauer entscheiden und zur Hölle mit den Skrupeln und der Loyalität? Waren Frauen denn wirklich human?
»Hör zu, Peggy«, sagte er hastig. »Wir reden darüber, wenn du wieder nüchtern bist, ja? Du schläfst jetzt erst einmal und machst dir keine Sorgen. Ich sehe dich dann morgen wieder.« Sprach's und suchte das Weite.

Eine Stunde später setzte sich Angelo hinter das Lenkrad eines Lieferwagens, um die erste Ladung Horsd'œuvres zuzustellen. Er tat es mit dem traurigen Gefühl, daß ihm ein freier Tag verlorenging. Die Erforschung der Berge in der Umgebung war seine Sonntagspassion. Nun würde der Gipfel, den er sich für heute vorgenommen hatte, eben bis zum nächsten Wochenende warten müssen.
Es war ein wunderschöner Morgen, die Luft war frisch und prickelnd, der Himmel ein dunstiges Blau. Aber nachdem der Wind abgeflaut war, würde es später ziemlich heiß werden. Möwen und Kormorane fielen draußen in der Bucht über einen Schwarm von Sardinen her. Hübsche, gelbgefiederte Brillenvögel schwebten über leuchtendbunten Sommerblumen, die überall in Massen wucherten. Es herrschte eine Atmosphäre des Friedens und des Überflusses. Angelo empfand eine große Freude darüber, daß er den Schiffbruch überlebt hatte. Das war jetzt seine Heimat, und er liebte dieses Land von ganzem Herzen.
Er hatte den Fuß auf die erste schlüpfrige Sprosse der Leiter gesetzt, und er wußte, daß er sie ganz erklimmen würde. »Sands« war nicht sein einziger Erfolg. Die Fischfrosterei war erheblich erweitert worden, seit er seine erste Kältemaschine installiert hatte. Er hatte die Frosterei im Zentrum des Fischereihafens eingerichtet, in der Nähe des Kais, so daß die Trawler binnen einer Stunde ihren Fang entladen und ihm verkaufen konnten. Dann wurden die Fische gesäubert, entschuppt, in Kisten verpackt und tiefgefroren. Er beschäftigte inzwischen dort fünfzig Packerinnen, und er verkaufte die Fische so rasch, wie er sie verarbeiten konnte. Truppentransporter und Frachtschiffe jeglicher Art drängten sich im Hafen von Kapstadt zusammen und stellten für ihn einen

riesigen, ständig wachsenden Markt dar. Zudem mußte er auch die an Land stationierten Truppen, die Luftwaffenbasen, die Krankenhäuser und Hotels beliefern.

Doch jeder neue Triumph löste in ihm nur einen Funken Befriedigung aus, denn er war von dem brennenden Verlangen erfüllt, noch mehr zu besitzen, viel mehr. Er war so ungeduldig – ein Mann mit einer ihn unermüdlich vorantreibenden Mission, die nicht allein seinem eigenen Nutzen diente. Er war von dem Ehrgeiz besessen, jedem Erwachsenen, der in dem Fischerdorf lebte, eine Anstellung geben zu können, und er betrachtete das als sein Geheimprojekt. Er sah in Gedanken das Dorf bereits so, wie es einmal aussehen konnte – mit hübsch bemalten Häusern, die bis zum Scheitel des Hügels hinaufreichten, mit einer eigenen Schule, einer Kirche, einer Moschee, einem Gemeindezentrum, einer Klinik und einem Park. Er hatte sein Traumdorf sogar schon auf dem Reißbrett entworfen, aber niemand, nicht einmal Ramona, hatte seine Baupläne bisher gesehen. Erst wenn das Fischervolk von Silver Bay mit einem krisenfesten Job und einem gesicherten Einkommen in seinen eigenen Häusern schlafen konnte, würde er das Gefühl haben, daß er ihnen auf eine gewisse Weise das zurückgezahlt hatte, was er ihnen schuldig war. Die Fischer zu ihrem Erfolg und Glück zu drängen war jedoch so, als müsse man eine Dampfwalze einen Steilhang hinaufschieben. Aber das würde ihm schon gelingen. Sie würden alle aus ihrer den Geist lähmenden Armut aussteigen, die ihr Leben ruinierte.

Er fuhr nun hügelaufwärts durch das Tal und bewunderte die mit Fichten bewachsenen Berghänge. Eines Tages würden hier die Ostflanken mit Wein bepflanzt sein, und irgendwo dort oben würde er sich einen schönen Fleck aussuchen, wo er das Haus seiner Vorfahren in Spoleto neu entstehen lassen würde. Er würde es sich dort oben mit seiner schönen, graziösen blonden Frau und seinen gehorsamen Kindern prächtig einrichten. Er sehnte sich nach eigenem Grund und Boden, nach immer mehr Land. Aber diesen ehrgeizigen Wunsch wollte er sich erst in einigen Jahren erfüllen. Doch inzwischen war es schon ein gutes Leben. Er fing an, ein italienisches Lied zu singen. Seltsam, dachte er. Er war schon seit Jahren nicht mehr zum Singen aufgelegt gewesen.

Steyn du Toit, hatte ihm Peggy erzählt, war ein erfolgreicher Architekt, der sich schließlich zum Minenbesitzer gemausert hatte. Neben den zahlreichen Häusern und Geschäften, die er besaß, konnte er noch eine Reihe von profitablen Bergwerksunternehmen in Südwestafrika sein eigen nennen. Ihm gehörte hier auch die westliche Hälfte des Tals. Das Heim der du Toits thronte hoch oben auf einem der zum westlichen Gebirgszug gehörenden Hügel. Es war ein hübscher Besitz mit einem starken Bewuchs von *Fynbos*, einheimischen Wildkräutern und blühenden Sträuchern. Aber wenn die Sonne nicht mehr im Zenit stand, sondern sich dem westlichen Horizont zuzuneigen begann, lag dieser Berghang im Schatten. Und deshalb gedieh hier auch der wunderschöne Silberbaum, den man nirgendwo sonst auf der Welt antrifft. Für Angelo, der ein Land nach der Güte der Rebsorten bewertete, die man darauf anbauen konnte, war der Grundbesitz der du Toits so gut wie nutzlos. Der alte du Toit schien ähnlich wie er zu denken, weil er die Hälfte des Tals eingezäunt hatte, um dort einen privaten Wildpark für Steinböcke, Grysboks, Klippschliefer und Luchse einzurichten.

Angelo fuhr langsam die lange, gewundene Auffahrt hinauf, darauf bedacht, die Horsd'œuvres nicht zu verderben. Er hoffte auch inständig, daß Peggy sich noch bis mittags von ihrem Rausch erholen würde, damit sie das Menü überwachen konnte, das in der Küche der du Toits fertiggestellt werden sollte. Falls nicht, mußte Ramona diese Aufgabe übernehmen.

Aber wo war hier die Eingangstür? Die Spitzkehren der Auffahrt waren in eine Schleife übergegangen, die um eine einstöckige, aus Glas und Stahl bestehende Monstrosität herumführte, die seiner Vermutung nach das Heim der du Toits sein mußte. Er hielt an und blickte sich stirnrunzelnd um. Es mußte dort doch irgendwo einen Eingang geben.

Da hörte er ein Pferd wiehern und das Geräusch eines Hammers. Als er sich dem näherte, kam noch der beißende Geruch von verbranntem Horn dazu. Demnach mußte es dort einen Stall geben, wo gerade ein Hufschmied seiner schweren Arbeit nachging, und der würde vermutlich auch wissen, wie man in das Wohnhaus hineinkam. Er folgte dem Geräusch und landete, wie erwartet, in einem Stallgebäude, wo er überrascht stehenblieb. Schlanke, graziöse weiße Arme waren gerade dabei, ein Pferd zu beschlagen. Ein Mädchen? Lange tizianrote Haare verdeckten ihr Gesicht.

Er ging nun rasch auf beide zu, was das Pferd erschreckte, so daß es sich aufbäumte und das Mädchen gegen die Stallwand schleuderte. Das noch nicht festgenagelte Eisen löste sich vom Huf, Funken sprühten, und das Pferd wurde von Panik ergriffen. Angelo sprang hinzu und packte es beim Halfter.

»Eih! Eih! Piano ... piano ... Fermati! Eih ...!«

Mit der anderen Hand strich er über den Hals des Tieres und brachte es wieder zur Ruhe.

Dann sah er sich nach dem Mädchen um. Sie hockte jetzt auf einem Schemel und rieb sich das Schienbein. Sie ist nicht hübsch, dachte er, und sie sieht kräftig aus. Seiner Ansicht nach sollten Mädchen keine Schmiede sein. Sie tat ihm jedoch leid, als er ihr in die grünen, leicht geschlitzten Augen blickte.

»Entschuldigen Sie. Ich wollte das Pferd nicht erschrecken«, sagte er. »Hoffentlich haben Sie sich nicht verletzt – oder doch?«

»Nein, mir ist nichts passiert«, erwiderte sie. »Trotzdem habe ich mich dumm verhalten.«

»Nein! Das haben Sie nicht. Aber ... ist das nicht eine Arbeit für Männer?«

Sie schnitt eine Grimasse.

»Das ist mein Ernst. Diese Arbeit wird Ihre Haut und Ihre Hände ruinieren, und das ist ein Fakt. Früher oder später würden Sie auch von einem Pferd getreten werden, und das vielleicht sogar ins Gesicht. Und Sie haben so hübsche Augen. Es ist wichtig für Mädchen, daß sie gut aussehen. Sie tun sich nichts Gutes damit, daß Sie diese Arbeit verrichten«, erklärte er in dem singenden Akzent der Farbigen vom Fischerdorf. »Und wenn Sie das Geld so nötig brauchen, kann ich Ihnen auch einen anderen Job besorgen.«

»Sie sind nicht auf der Höhe der Zeit. Mädchen machen heutzutage alles.«

Er nahm ihre Rechte und studierte sie. »Kräftige Finger«, erklärte er, »aber schmutzig. Ich hoffe doch, daß Sie für diese Arbeit auch gut bezahlt werden.«
Sie lächelte. Sie schien das offenbar amüsant zu finden.
»Ein schönes Pferd«, sagte er und streichelte den langen seidigen Hals der Stute. »Ich habe gehört, daß die du Toits eine ziemlich reiche Familie sein sollen. Ich frage mich, ob sie auch diese kleine Schönheit zu schätzen wissen, die sie hier haben.« Die Stute fuhr ihm jetzt mit ihren weichen Nüstern über das Gesicht.
Das Mädchen hörte auf zu lächeln. »Ich denke doch, daß sie das tun.«
»Hoffentlich werde ich nie so reich, daß ich den Blick für den Wert der Dinge verliere. Wie ich hörte, soll du Toit einen Drachen zur Tochter haben.«
»Ja, das ist wahr, aber wer hat Ihnen denn das erzählt?«
»Meine Partnerin. Ich bin nämlich derjenige, der das Essen für die Party liefern soll, die sie hier heute abend geben, aber ich kann den Hauseingang nicht finden. Ich habe jemanden gesucht, der ihn mir zeigen könnte, als ich das Pferd hier erschreckte.«
Sie nickte und musterte ihn jetzt kühl, aber sie sah nur ein ehrliches, offenes Lächeln und vor Freundlichkeit strahlende Augen. Etwas an diesem Gesicht weckte ihr Vertrauen. Er war jung und auf eine aggressive, verwegene Art gutaussehend. In seinen dunklen Augen nistete der Schalk. Sie wunderte sich jedoch über seinen Akzent. Jeder hier wußte, daß er unten im Dorf bei den Farbigen wohnte und vorgab, ein Ire, also ein Weißer zu sein. Alle Weißen zeigten ihm deshalb die kalte Schulter, aber er hatte vorhin Italienisch gesprochen. Möglicherweise war er tatsächlich ein Weißer, aber kein Ire, sondern ein aus einem Gefangenenlager entwichener italienischer Soldat. Ihr gefiel die Art, wie er lächelte. Dann wurde sein Gesicht breiter, und es bildeten sich Grübchen in seinen Wangen.
»Mein Name ist Angelo«, sagte er jetzt. »Und wie heißen Sie?«
»Pippa. Ich arbeite hier.« Sie schüttelte ihm jetzt wie ein Mann die Hand.
»Ich sollte mich jetzt wohl besser wieder verabschieden. Wo ist die Eingangstür?«

»Die du Toits haben einen Wintergarten angebaut, hinter dem der Eingang versteckt ist. Das schafft natürlich Probleme ohne Ende. Ein dummer Einfall, muß ich schon sagen. Vielleicht sollten Sie es besser am Hintereingang versuchen.«

»Sind Sie hier fest angestellt?«

»Sie haben hier eine Menge Pferde.«

»Ja. Ich schätze, das haben sie. Hören Sie, könnten Sie mir vielleicht einen Gefallen tun? Das Anrichten und Garnieren von Platten ist nicht meine Stärke, müssen Sie wissen. Aber meine für den Party-Service zuständige Partnerin ist krank geworden. Würden Sie vielleicht die Sachen so auf den Platten verteilen, daß sie hübsch aussehen?«

»Warum, in aller Welt, sollte ich das wohl tun?«

»Um einem Freund zu helfen. Sagen Sie ja. Mädchen können solche Dinge viel besser als Jungen. Ich würde Sie zum Dank dafür auch zum Dinner ausführen.«

Er hielt ihr die Hand hin, um ihr vom Boden aufzuhelfen, aber sie blieb dort mit angezogenen Beinen sitzen, den Kopf auf die Knie gelegt, so daß ihr Gesicht hinter einer Flut dunkelroter Locken verborgen war.

Sie seufzte. »Fragen Sie mich das noch einmal, wenn ich aufgestanden bin.«

Sie hatte ein Problem, erkannte Angelo jetzt. Er war einen Meter fünfundachtzig groß, und sie schien nur eine Idee kleiner zu sein als er. Sie war wie eine Bohnenstange – mager, fast dürr – und hatte viel zu breite Schultern für ein Mädchen. Aber sie hatte ein sehr angenehmes Gesicht und sah intelligent aus. Er mochte intelligente Frauen. »Nett, Ihnen in die Augen schauen zu können«, sagte er und setzte eine tapfere Miene auf. »In der Regel sehe ich immer nur den Scheitel eines Mädchens. Nun? Was sagen Sie zu meinem Vorschlag?«

»Sie haben gewonnen. Hören Sie. Ich muß heute abend zu einer Geburtstagsparty gehen, aber ich habe keinen Partner. Ehrlich gestanden, habe ich nie einen Partner. Wenn ich Ihnen jetzt bei dem Belegen der Platten helfen würde ...«

»Der Handel gilt«, unterbrach er sie. »Nur ist das nicht ganz so einfach, wie Sie vielleicht glauben. Ich werde nämlich in den Kreisen der Weißen nicht akzeptiert. Ich muß Sie deshalb warnen, daß man es Ihnen vielleicht nicht verzeihen würde, wenn Sie mit mir bei einer Party erschienen.«

»Na und? Dann werde ich eben in Zukunft nicht mehr eingeladen. Bitte ...«

»Okay. Was muß man zu dieser Party tragen?«

»Eine schwarze Fliege ist ein Muß. Ich kenne einen Laden in der Stadt, der diese Dinger verleiht, falls Sie keine haben sollten. Ich werde Ihnen die Adresse aufschreiben. Ich fürchte, ich bereite Ihnen da eine Menge Umstände. Vielleicht hätte ich Sie doch nicht dazu auffordern sollen, mich zu dieser Party zu begleiten.«

»Versprochen ist versprochen«, erwiderte er. »Außerdem brauche ich Ihre Hilfe.«

Er parkte nun den Lieferwagen vor dem Kücheneingang, und sie trugen gemeinsam die Körbe und die Tabletts mit den Hors-d'œuvres hinein. Das Küchenpersonal kicherte und stieß sich gegenseitig mit den Ellenbogen an, als es die Schmiedin in seiner Begleitung in die Küche kommen sah, aber er achtete streng darauf, daß sie sich erst die Hände wusch, und inspizierte sogar ihre Fingernägel, ehe er ihr erlaubte, die Körbe auszupacken und die Köstlichkeiten auf den Platten zu verteilen. Sie machte jedoch ihre Sache recht gut, und die Platten sahen sogar hübsch aus.

»Sollten Sie einmal den Schmiedehammer an den Nagel hängen wollen, können Sie gern auf mein Angebot von vorhin zurückkommen«, sagte er. »Wo soll ich Sie denn heute abend abholen?«

»Hier«, erwiderte sie. »Aber seien Sie pünktlich. Halb sieben wäre genau richtig.«

Er wußte nicht mehr so recht, wann ihm klar wurde, wer sie wirklich war. Vielleicht in dem Moment, als sie der Köchin in einem ziemlich herrischen Ton anschaffte, die Platten in der Speisekammer einzuschließen. Oder als sie einem Küchenmädchen die Meinung sagte, als dieses eine Platte fallen ließ. Oder vielleicht war es auch der belustigte Ausdruck auf ihrem Gesicht, als er ihr noch einmal einen Job anbot.

»Nun, Sie haben Ihren Spaß auf meine Kosten gehabt«, sagte er erbost, als die Arbeit erledigt war. »Ich wünsche Ihnen noch eine angenehme Party heute abend, Miss Pippa du Toit.«

»Nein, nein, warten Sie! Sie kommen doch, nicht wahr?«
»Selbstverständlich komme ich nicht zu dieser Party.«
Er war nicht auf den Boxhieb vorbereitet, den sie ihm jetzt in den Magen versetzte. »Himmel, hat das aber weh getan«, keuchte er, als er wieder Luft bekam.
»Ich verabscheue Männer, die ihr Wort nicht halten. Außerdem habe ich jetzt die ganze Arbeit für Sie gemacht.« Sie heulte fast vor Wut.
»Wenn Sie es unbedingt wollen, werde ich kommen. Aber warum sollte so jemand wie Sie mich als Partner bei einer Gesellschaft dabeihaben wollen, zu der sich fast die ganze Hautevolee des Landes einfindet, wie ich hörte. Wollen Sie tatsächlich dazu mit einem farbigen Jungen aus dem Fischerdorf erscheinen?«
»Schämen Sie sich etwa, zusammen mit dem Drachen von Silver Bay gesehen zu werden?«
»Himmel, es tut mir leid, daß ich so etwas zu Ihnen gesagt habe, Pippa. Aber das ist nicht wahr. Wenn Sie wollen, daß ich zu dieser Party kommen soll, müssen wir jedoch die Regeln ein wenig ändern. Sie werden bei der Party für mich die Hufschmiedin bleiben, okay?«
»Einverstanden«, flüsterte sie und stellte sich dicht vor ihn. »Aber Sie kommen auch pünktlich, okay?«
Warum habe ich sie in diesem Moment geküßt? fragte er sich später. Vielleicht, weil sie meinte, ihn herumkommandieren zu können. Jedenfalls war das sein erster großer Fehler. Er spürte, wie sie unter seinen Lippen dahinschmolz und ihr wütender Stolz unter seiner Berührung zerbröckelte. Sie bestand jetzt nur noch aus Seufzern, schlang die Arme so fest um seinen Hals, daß sie ihm fast die Luft abschnürte, preßte ihre Lippen so ungestüm auf seine, daß ihre Zähne aneinanderstießen, und zog ihn so heftig an sich, daß ihm die Rippen weh taten. War sie denn in ihrem Leben noch nie geküßt worden? In was bin ich da nur wieder hineingeraten? fragte er sich.

Kapitel 33

Angelo erschien dann doch zu spät zur Party. Er hatte zwar versprochen, daß er um sechs Uhr dasein würde, aber es war fast neun, als er zum Haus der du Toits hinauffuhr. Zum erstenmal in seinem Leben war er nervös. Er hatte bisher noch nie einen Abendanzug getragen, und er fürchtete, er würde wie ein Kellner darin aussehen. Auch hatte er Ramona und Peggy nichts von Pippas Einladung erzählt. Warum sollte er auch? Schließlich war er nur einer unter vielen, die eine Party besuchten.

Er wußte, wie er die beiden Frauen dort antreffen würde: Peggy in ihrer besten Abendgarderobe, ein wachsames Auge auf die Gäste und das Büfett werfend, während Ramona, nicht minder fein herausgeputzt, den Küchenbereich beaufsichtigte. Sie hatten noch ein paar Köchinnen zusätzlich angeheuert, dazu einige erfahrene Kellner und ein Dutzend Küchengehilfinnen. Mit dem Service sollte es also keine Probleme geben.

Als er ankam, fand er alle in einem hochgradig nervösen Zustand vor. Ramona und auch Peggy sahen fabelhaft aus, aber sie hatten alle Hände voll zu tun, das Essen warm zu halten, ohne daß es ihnen verdarb, weil die Gastgeberin fehlte.

»Gütiger Gott – was machst du denn hier?« fragte Peggy erschrocken, aber offensichtlich auch erleichtert. »Der Himmel muß dich hierhergeschickt haben, denn ich könnte einen Gehilfen jetzt gut brauchen.«

»Tut mir leid, Peggy, aber da mußt du schon allein zurechtkommen. Ich bin nicht dienstlich hier, sondern als Gast«, sagte er, worauf sie ihn mit offenem Mund anstarrte.

Peggy übernahm es dann, ihn Pippas Vater vorzustellen. Der war sehr groß und dünn, und seine Schulterpartie hing etwas nach vorn über wie bei einer zu schnell gewachsenen Pflanze, die ihr Eigengewicht nicht mehr ganz tragen kann. Die erbarmungslose Sonne Südafrikas hatte seiner blassen Haut das Aussehen von Kies gegeben, und er sah müde und intolerant aus. Als Angelo ihn sah, wußte er, von wem Pippa ihre Züge geerbt hatte – nur waren ihre ein bißchen femininer als seine.

»Das Erscheinen meiner Tochter hat sich unerwarteterweise verzögert«, sagte Steyn du Toit. Dann fiel sein Blick auf den Karton, den Angelo unter dem Arm trug. »Das war nicht nötig, Mr. Morgan, aber die Geschenke kommen dort drüben auf den Tisch, wo meine Tochter sie morgen auspacken wird. Das war zu freundlich von Ihnen.«
»Ich werde meines Pippa selbst überreichen. Wo ist sie? Sie sollte doch hiersein«, sagte Angelo und wunderte sich darüber, daß Peggy blaß wurde und versuchte, seinen Blick auf sich zu lenken.
»Sie ist indisponiert. Vermutlich werden wir auf ihre Anwesenheit ganz verzichten müssen.«
»Das scheint mir aber so gar nicht zu ihr zu passen. Jedenfalls war sie heute morgen noch sehr gesund, als sie mich zu ihrer Geburtstagsparty einlud. Hätten Sie etwas dagegen, wenn ich ein paar Worte mit ihr reden würde?«
Der alte Mann sah ihn stirnrunzelnd an. »Ich fürchte, das ist ausgeschlossen. Sie sagten, sie hätte Sie eingeladen – als Gast?« setzte er mißtrauisch hinzu.
»Richtig. Ich dachte, sie wäre hier der Schmied, verstehen Sie? Ich brachte sie deshalb dazu, mir bei den Vorbereitungen der kalten Platten zu helfen, und versprach ihr, als Belohnung für ihre Hilfe heute abend zu dieser Party zu erscheinen. Sie sagte dann so etwas Dummes, wie daß ich ihr Partner sein solle ...« Seine Stimme verebbte, als er die mißbilligende Miene ihres alten Herrn sah.
»Hier entlang«, sagte Steyn schließlich und ging steif und wütend, aber sich offenbar auch nicht ganz im klaren darüber, wie er unter diesen Umständen verfahren sollte, einen langen, breiten und gewundenen Korridor hinunter – an Pflanzen und Blumen vorbei, bis Angelo erkannte, daß das Haus einem riesigen Autoreifen glich, dessen Felge aus einem großen Garten mit Swimmingpool, Rasenflächen, Sträuchern und in der Mitte versteckten farbigen Flutlichtern bestand. Absurd, pompös und häßlich, fand Angelo. Schließlich blieben sie vor einer Tür stehen, und ihr Vater rief in beschwörendem Ton: »Philippa, die Gäste warten auf dich!«
»Geh weg!« Als Angelo ihre gedämpfte Stimme hörte, fragte er sich, ob sie geweint hatte.

»He, Pippa!« rief er. »Sie ruinieren das Essen für Ihre Gäste! Die wollen nicht eher mit dem Dinner beginnen, bis Sie erscheinen! Tun Sie mir das bitte nicht an!«

In diesem Moment flog die Tür auf, und sie kam wie ein Wirbelwind aus ihrem Zimmer heraus – schluchzend, ihm in die Rippen boxend und allerlei andere törichte Dinge anstellend und sagend, wie das Frauen eben zuweilen tun. Er verstand nur ein paar Worte wie »grausam, Biest, zu spät«, ehe sich ihre Lippen auf seinen Mund preßten. Er hatte ziemlich zu kämpfen, um das Gleichgewicht nicht zu verlieren.

»He«, sagte er und packte sie bei den Armen. »Nicht so hastig. Sie werden später noch genug geküßt werden, aber nur, wenn Sie sich jetzt anständig benehmen. Wissen Sie eigentlich, wie Sie aussehen?« Ihr Gesicht war geschwollen, ihr Make-up verwischt, und ihre Augen waren gerötet. »Was ist denn los mit Ihnen?«

»Sie sind nicht gekommen! Sie hatten es versprochen!«

»Ich bin hier – oder etwa nicht? Aber Pippa, ich bin doch nur der Party-Service-Mann – Mick Morgan aus dem Farbigendorf! Sie können sich unmöglich in mich verlieben. Was ist nur in Sie gefahren? Ich gehe jetzt wieder in den Festsaal zurück. Beeilen Sie sich. Sie verderben sonst alles.«

»Warum kommen Sie erst jetzt?«

»Ich hatte so meine Bedenken.«

»Sie gaben mir Ihr Wort!«

»Deswegen bin ich ja jetzt hier. Nur habe ich das Gefühl, daß es ein schrecklicher Fehler ist.«

Dann sagte er in entschuldigendem Ton zu ihrem Vater: »Tut mir leid, Sir. Ich dachte, sie wäre Ihr Schmied.« Er hörte sie im Hintergrund kichern.

»Wartet! Wartet auf mich – es dauert nur eine Minute!« rief sie. Ihre Stimme hatte plötzlich etwas Jubilierendes.

Der alte Mann musterte Angelo mit einem Blick grenzenloser Verachtung, ehe er sich umdrehte und davonstapfte. Nach kurzem Zögern beschloß Angelo, ihm zu folgen.

Fünf Minuten später stimmte die Kapelle einen Walzer an, als Pippa in den Festsaal kam. Sie sah schon etwas seltsam aus in ihrer leicht gebückten Haltung, damit man nicht merken sollte, wie groß sie eigentlich war, den flachen Tretern, die so gar nicht zu dem glockigen Rock ihres violetten Ballkleides passen wollten, ihrem noch immer geschwollenen Gesicht und ihren zerzausten Haaren. Aber sie lächelte jetzt und hatte auch ihr Make-up repariert. Und das war doch etwas, für das man dankbar sein sollte, überlegte Angelo.

Ihre Augen suchten ängstlich den Raum ab. »Hallo, ihr alle«, sagte sie mit schamrotem Gesicht, als wäre sie die Angeklagte in einem Mordprozeß.

Sie ist schon eine verrückte Nudel, dachte er und seufzte. Arme Pippa. Er würde ihr zu etwas mehr Selbstvertrauen verhelfen müssen und dann wieder aus ihrem Leben verschwinden. Sie glaubte, in ihn verliebt zu sein, aber das bildete sie sich nur ein, weil er der erste Mann war, der sie normal behandelte. Zudem war er offenbar der einzige Mann aus ihrem Bekanntenkreis, der so groß war wie sie.

Sie eilte nun ein wenig linkisch zu ihm und hängte sich an seinen Arm, worauf ein Raunen durch die Schar der Gäste ging. Er konnte es ihnen nicht verdenken, daß sie zu kichern anfingen.

»Möchten Sie tanzen? Können Sie es?«

»Ich habe Tanzstunden genommen«, erwiderte sie, »sie jedoch gehaßt.«

»Nun, ich hingegen tanze gern, und deshalb werden Sie es lieben müssen, weil wir heute abend nämlich oft tanzen werden.« Plötzlich schien die Sonne hinter den Wolken hervorzukommen. Ihr Gesicht strahlte vor Freude, als er sie mit sich zur Tanzfläche zog.

»Meinen Sie das auch so?«

»Klar doch! Halten Sie jetzt den Kopf gerade, drücken Sie die Schultern durch, und stolpern Sie nicht dauernd über meine Füße, weil ich Ihnen sonst auf die Zehen treten muß. Das ist ein Walzer. Eins, zwei drei ... okay?«

»Okay«, flüsterte sie.

Sie tanzte gar nicht so schlecht. Zuerst mußte er sie zwar ziemlich fest halten, um sie auch im Kreis herumschwingen zu können, doch dann brauchte er ihr nur noch im richtigen Moment einen kleinen Schubs zu geben, damit sie die Kurve kriegte. Schließlich entspannte sie sich und kam jetzt nicht mehr aus dem Takt.

»Ein Walzer, und dann essen wir. Sie haben hier den ganzen Betrieb aufgehalten.«
»Nein – Sie!«
»Ich habe nicht so ganz verstanden, wieso Sie mich heute abend eigentlich brauchten«, sagte er, obwohl er die Wahrheit ahnte.
»Weil ich wissen wollte«, erwiderte sie, »warum Angelo Morgan, der farbige Fischer, der einen irischen Paß hat und versucht, sich als Weißer auszugeben, wo doch jedermann weiß, daß er das nicht ist, in einem kritischen Moment plötzlich in perfektem Italienisch mit meinem Pferd redet.«
»Ich hoffte, Sie hätten das überhört.«
»Ich habe es aber gehört«, erwiderte sie und schlang ihm die Arme um den Hals.
»Machen Sie das nicht, Pippa. Benehmen Sie sich wie eine Lady. Zurschaustellungen von Gefühlen in der Öffentlichkeit sind mir verhaßt. Okay? Wir werden später auch mal allein sein.«
»Versprochen?«
»Versprochen.«
Sie war so subtil wie ein Brauereipferd. Hatte sie noch nie etwas davon gehört, daß ein Mädchen, das etwas auf sich hält, nicht so leicht herumzukriegen ist? Wer hat sie aufgezogen? fragte er sich und begann ihr von seiner Kindheit zu erzählen – von seinem Vater, den er so sehr geliebt hatte, und den Weinbergen, die er so vermißte. Und daß er sich danach sehnte, eines Tages hier im Tal Wein anzubauen.
Dann sah er, wie eines der Mädchen, die sich als Pippas Freundinnen ausgaben, sich zu ihr beugte und flüsterte: »Mußt du jetzt schon in den Fischerkähnen suchen, um einen Mann zu finden, der so groß ist wie du, Pippa?«
Pippa hat in der Tat etwas Besseres verdient als einen pseudoirischen Restaurantbesitzer, der ihr das kalte Büfett für ihre Geburtstagsparty liefert, überlegte Angelo, während er jetzt ihren Vater beobachtete, der vor Verlegenheit schwitzte und trotzdem versuchte, ein frohes Gesicht zu machen zu der Wahl, die seine Tochter getroffen hatte.
Angelo beschloß, daß Schweigen in so einem Fall noch immer die

beste Strategie war, und ließ das schlaue Lächeln und Kopfnicken mit stoischer Ruhe über sich ergehen.

Die Party wurde jedoch ein riesiger Erfolg. So gegen Mitternacht hörte Angelo Musik vor dem Haus. Es war die Banjo-Band der Fischerleute, die in ihren cremefarbenen und gelben, reich mit Rüschen und Bändern versehenen Phantasiekostümen erschienen waren, um mit großem Tamtam und heftig mit den Hüften und Pobacken wackelnd dem Geburtstagskind ein Ständchen zu bringen. Alles ging dankbar nach draußen, um sich dort die alten Farbigengesänge und malaiischen Volkslieder anzuhören, weil es drinnen stickig heiß geworden war. Dann schlugen fast alle Sänger Angelo auf die Schulter und bedankten sich mit einem zahnlosen Grinsen bei ihm, als man sie mit Speisen vom kalten Büfett bewirtete. Sie hatten alle viel zuviel getrunken.
Schließlich zogen sie, die Taschen voller Kleingeld, wieder ab. Man konnte jetzt nur noch Fetzen von ihrem Gesang hören, die der heiße Bergwind herüberwehte.
Angelo lehnte sich auf der Bank neben dem Rosengarten zurück, um den Geräuschen der Nacht zu lauschen und den Mond zu beobachten, der sich langsam am Himmel auf die schwarzen Zacken der Gebirgskulisse zubewegte. Es war so friedlich hier draußen. Doch dann hörte er, wie jemand im Haus recht gut auf dem Klavier zu spielen begann. Als er daraufhin in den Festsaal zurückkehrte, sah er Pippa dort am Konzertflügel sitzen. Sie nahm die Hände von den Tasten, als sie ihn sah.
»Hören Sie nicht auf«, bat er sie. Er beugte sich über das Piano und blätterte rasch die Notenbücher durch. »Hier – meinen Sie, daß Sie das spielen können?«
Dann begann sie die alten italienischen Liebeslieder zu spielen, an die er sich so gut erinnern konnte, und nach einer Weile fing Angelo dann an zu singen, zögerlich erst, sich erst langsam wieder in die italienische Sprache hineinfindend und deren herrliche Laute genießend, die er so lange hatte entbehren müssen. Er sang nicht für Pippa, sondern für alle hübschen Frauen, die er jemals gekannt hatte. Und für seinen Traum, die schöne blonde Göttin, die er eines Tages finden und heiraten würde.

Von diesem Abend an wurde er von Pippa regelrecht verfolgt. Sie machte Überraschungsbesuche in seinem Strandcafé, Besichtigungstouren in seiner Fischfrosterei und lud ihn zu allem ein, was ihn ihrer Meinung nach interessieren mußte – angefangen bei Opernvorstellungen bis hinunter zu Rassehundeausstellungen. Sie machte kein Geheimnis daraus, daß sie ihn liebte.

»Sie ist scharf auf dich«, sagte Gideon zu ihm. »Heirate sie, und du wirst sehr reich sein. Dann kannst du uns den Rücken kehren.«

»Das würde ich niemals tun, Gideon. Wenn ich ehrlich bin, ist sie auch nicht mein Typ, obwohl ich sie gern habe. Was ihren Reichtum betrifft, ziehe ich es vor, mir diesen aus eigener Kraft zu erwerben. Wir sind gute Freunde. Das ist alles.«

Und das waren sie auch. An den darauffolgenden Wochenenden unterwies er sie in den Anfangsgründen des Alpinismus und bestieg mit ihr die Granitfelsen an der Bucht, von denen sie sich am späten Nachmittag abseilten, um im eiskalten Atlantik zu schwimmen. Er brachte ihr das Tanzen bei, und zuweilen unternahmen sie Spazierfahrten am Strand und hinaus zur Lagune.

Sie lud ihn auch häufig zum Dinner in ihr Haus ein, das er jedoch stets vor Mitternacht wieder verließ. Und er achtete sorgsam darauf, daß ihre Vertraulichkeiten niemals über das Küssen hinausgingen. Er hatte schon immer gewußt, daß die größte Grausamkeit, die man einem Mädchen antun konnte, darin bestand, daß man ihm falsche Hoffnungen machte.

Pippa nahm ihren Vater zu Ostern beiseite, als er für ein paar Tage von seinen Minen nach Hause kam.

»Er ist so reserviert«, sagte sie.

»Wer?«

»Angelo natürlich. Okay, er hat mich ein paarmal geküßt; aber tatsächlich scheint er mich eher meiden zu wollen.«

»Wenn er nicht an dir interessiert ist, muß er schon ein bißchen seltsam sein. Wenn es etwas gibt, was mich an unserem Reichtum stört, dann die Tatsache, daß er dich so sehr verwöhnt hat. Du glaubst nämlich, daß niemand unserem Geld widerstehen könne. Da muß ich dich eines Besseren belehren. Angelo kann es.«

»Von allen Männern, die ich bisher kannte, ist er der einzige, der mich normal behandelt, Papa. Außerdem ist er noch ein paar Zentimeter größer als ich und sehr kräftig. Er kann mich sogar tragen.«

»Du hast es eben bisher nur mit Weichlingen zu tun gehabt und nie einen richtigen Mann gekannt.«

»O Vater«, meinte Pippa grollend. »Versuch, dich ein wenig ermutigender auszudrücken. Schließlich bin ich deine einzige Tochter, und wenn du dir einen Erben wünschst, muß er von Angelo stammen.« Sie lächelte traurig. »Ich gebe zu, daß er schon etwas ungewöhnlich ist. Ich meine, die meisten Männer würden sich doch ein Bein ausreißen, um an unser Geld heranzukommen. Und sie behandeln mich alle wie ein unvermeidliches Übel, das sie dabei in Kauf nehmen müssen. Aber bei Angelo ist es genau umkehrt.«

»Ist das der Grund, weshalb du ihn haben möchtest?«

»Einer von vielen. Ich habe ihm einen Antrag gemacht, aber er hat mir einen Korb gegeben. Kannst du dir das vorstellen?«

»Ja, das kann ich. Ich habe Erkundigungen über ihn eingezogen, was gar nicht so leicht war, da jetzt überall in Europa Krieg herrscht. Aber über einen Londoner Genealogen habe ich erfahren, daß er tatsächlich von einer uralten Adelsfamilie abstammt. Seine Geschichte, daß sein Großvater das ganze Familienvermögen durchgebracht hat, ist mehr oder weniger korrekt. Die Weltwirtschaftskrise nach dem Ersten Weltkrieg hat ihnen dann den Rest gegeben, obwohl die Familienstiftung, zu der ein Landhaus in Italien und Weinberge gehören, noch immer intakt ist. Nicht, daß das einen großen Unterschied machen würde. Die Leute legen heutzutage viel zu großen Wert auf Abstammung. Für mich ist nur der ein Mann, der etwas aus sich macht, und der junge Angelo scheint zu wissen, was er tut. Du hast dich nur selbst zum Narren gemacht, Pippa. Du kannst ihn nicht kaufen und ihn auch zu nichts zwingen. Und wenn ich ehrlich sein soll, glaube ich auch nicht, daß er dich heiraten möchte.«

»Bring ihn dazu«, erwiderte sie. Sie umarmte ihren Vater. »Ich habe mir in meinem Leben noch nie etwas so sehr gewünscht wie diesen Mann. Du kannst ihn sicherlich dazu bringen, daß er mich

heiratet. Es ist dir doch bisher noch immer gelungen, deinen Willen durchzusetzen.«
»Ich könnte es versuchen, aber du solltest dir da keine zu großen Hoffnungen machen. Ich glaube nicht, daß man ihn kaufen kann.«

Angelo war überrascht, als Pippas Vater ihn zum Lunch im Gardens Club in Kapstadt einlud. Steyn du Toit stellte ihn dort den anderen Clubmitgliedern vor und behandelte ihn wie jemanden, der zum Establishment gehörte, was gar nicht stimmte; wenigstens jetzt noch nicht. Angelo begriff, daß er ihm eine Welt zeigen wollte, die er haben könnte, wenn er das wünschte.
»Die Forelle ist vorzüglich«, sagte Steyn. »Ich besitze eine Blockhütte oben bei Franschhoek. Das ist ein wunderschönes, von Bergen umgebenes Fleckchen. Es gibt eine Menge Wild dort und einen idyllischen kleinen Stausee, den ich selbst mit Forellen bestückt habe. Wie wäre es, wenn Sie dort oben ein Wochenende mit mir verbringen würden? Wir könnten ja auch Pippa mitnehmen, wenn Sie das möchten. Sind Sie in meine Tochter verliebt, Angelo?« fragte er dann unvermittelt.
»Nein, Sir. Aber ich mag sie sehr gern. Wir sind gute Freunde. Sie ist ein sehr mutiges Mädchen. Ungewöhnlich. Und auch eine gute Reiterin.«
»Eine gute Reiterin. Was Sie nicht sagen. Sie ist die südafrikanische Meisterin im Dressurreiten.«
»Wenn das so ist, muß ich auch ihre Bescheidenheit loben. Sie hat mir davon nichts gesagt.«
»Sie ist auch eine recht talentierte Pianistin.«
»In der Tat.«
»Und eine gute Schwimmerin. Sie wird mal eine recht gute Ehefrau abgeben.«
»Sir, ich bin mir Pippas hervorragender Qualitäten durchaus bewußt. Ich bewundere sie außerordentlich. Ich bin stolz darauf, ihr Freund zu sein.«
»Aber heiraten wollen Sie sie nicht, oder doch?«
Angelo errötete und blickte auf seinen Teller.
»Natürlich ist sie meine einzige Erbin. Ich wollte auch einen Sohn

haben, aber als meine Frau starb, hatte ich kein Verlangen danach, mich wieder zu verehelichen. Ich fürchte, daß sie bei mir ein bißchen wie ein Wildfang aufgewachsen ist. Wir sind sogar zusammen auf Goldsuche gegangen. Sie ist mir immer ein guter Kamerad gewesen – selbst als Teenager noch. Sie hätte Geologin werden sollen. Sie hat ein Talent dafür.«

Angelos Gesicht hatte inzwischen eine dunkelrote Färbung angenommen, und er fürchtete, jeden Moment zu explodieren. »Bitte, Sir, ich muß das auf meine Weise regeln. Ich weiß, daß Pippa mich liebt, aber ich denke, daß sie mit der Zeit dieses Gefühl überwinden wird. Sie ist ja erst zwanzig, und in ein paar Monaten wird sie mich vergessen haben. Es kann Jahre dauern, ehe ich es mir leisten kann zu heiraten. Inzwischen muß ich sagen, daß sie für ein Mädchen ihrer Position erstaunlich wenig Selbstbewußtsein besitzt. Ich habe mich bemüht, ihr etwas mehr Eigenliebe beizubringen.«

»Sie empfindet sich nicht als Frau. Daran sind die vielen Jahre schuld, die sie im Busch verbracht hat«, erklärte Steyn düster. »Wissen Sie, mein Junge, ich bin schon immer der Ansicht gewesen, daß diese orientalisch gestifteten Ehen sich besser bewährt haben als unsere Liebesheiraten.«

»Ich teile Ihre Meinung, Sir, aber in diesem Fall wäre es keine vernünftig arrangierte Ehe, sondern ein Sichfügen in die Launen Ihrer Tochter, wie Sie das immer praktiziert haben. Sie haben sie verwöhnt, Sir, und dafür sind Sie verantwortlich. Sie haben ihr immer alles gegeben, was sie sich wünschte, und jetzt will sie mich haben. Glauben Sie mir, Sir, Sie täten gut daran, ihr ein anderes Pferd zu kaufen, sonst könnte sie eines Tages ernsthaft verletzt werden.«

»Ich bitte um Entschuldigung. Ich habe tatsächlich versucht, Sie zu kaufen, aber in Anbetracht der sechs Millionen Pfund, die ich meiner Tochter als Mitgift überschreiben werde, würde es sich doch lohnen, die Sache noch einmal zu überdenken.«

»Nein, Sir.«

»Nun, dann lassen Sie uns jetzt einen Drink nehmen und über unseren geplanten Angelurlaub reden.«

Später wurde Angelo dann nie mehr das Gefühl los, daß Pippas

Vater ihn in eine Falle gelockt hatte, denn Steyn verließ die Blockhütte schon nach der ersten Nacht wieder, weil eine geschäftliche Katastrophe seine Anwesenheit in der Hauptstadt dringend erforderlich machte, so daß Angelo und Pippa allein in den Bergen zurückblieben.

In der dritten Nacht erlag Angelo schließlich Pippas Sinnlichkeit. Spätabends zog ein Unwetter auf, das sie als Vorwand benutzte, um in sein Bett zu kriechen, weil sie sich angeblich vor den Blitzen fürchtete, was er ihr natürlich nicht glaubte. Aber das Gefühl ihrer herrlichen Brüste und ihrer langen, seidigen Beine an seiner Haut war zuviel für ihn. Sie liebten sich leidenschaftlich, und da er jetzt, nachdem sie den Rubikon überschritten hatten, keinen Sinn mehr darin sah, sich noch in Zurückhaltung zu üben, verbrachten sie den ganzen Angelurlaub im Bett, wobei sie sich darin abwechselten, etwas Eßbares zu besorgen.

Zwei Monate später setzte ihn Pippa davon in Kenntnis, daß sie schwanger sei, und bat ihn, sie zu heiraten. Nach einer gründlichen Seelenerforschung gab Angelo ihrem Wunsch nach. Was hätte ich denn auch anderes tun können? überlegte er. Er behielt seinen privaten Kummer für sich, schlug sich entschlossen jeden Gedanken an eine blonde Venus aus dem Sinn und heiratete sie am gleichen Tag standesamtlich unter seinem angenommenen falschen und in der katholischen Kirche unter seinem richtigen Namen.

Die Hochzeitsfeier, für die Peggy wieder den Party-Service übernahm, war sogar noch größer als Pippas Geburtstagsfeier. Als die beiden vormittags von der standesamtlichen Trauung in das Haus der du Toits zurückkehrten, waren dort bereits alle Gäste versammelt, die sich mit Konfetti und Rosenblütenblättern bewaffnet hatten.

Das halbe Dorf erschien zu dieser Party, und als es dunkel wurde, tat sich das Fischervolk an einem scheinbar unerschöpflichen Vorrat von Punsch gütlich. Als dann die Nacht hereinbrach, waren einige von ihnen zu betrunken, um noch aufrecht stehen zu können. Sie fielen zwischen die Tische, warfen Stühle um, beleidigten die anderen Gäste und schrien sich gegenseitig an. Gideon wurde sentimental und beklagte den Verlust seines

Freundes. Er holte sein Banjo und sang melancholisch von einer verlorenen Freundschaft und den schlimmen Taten, zu denen Frauen ganz allgemein fähig seien.
Zum erstenmal lernte Angelo Pippa jetzt von einer anderen Seite kennen.
»Schaff mir dieses farbige Pack aus dem Haus!« verlangte sie von ihm, und mit ihrem wutverzerrten Gesicht sah sie in diesem Moment nicht nur grausam, sondern auch häßlich aus. »Und lade nie mehr einen von diesen Leuten hierher ein!«
Am nächsten Morgen reisten sie dann in die Flitterwochen. Da Krieg herrschte, mußten sie sich mit Rhodesien und den Viktoriafällen bescheiden. Pippa litt jetzt an der Morgenkrankheit, von der sie sich jedoch so gegen neun Uhr zu erholen pflegte und dann einen kaum zu stillenden sexuellen Appetit entwickelte.
Als sie von ihrer Hochzeitsreise zurückkehrten, war Angelo um zehn Pfund leichter, sein neueröffnetes Bankkonto jedoch um die erste Rate seiner Mitgift schwerer geworden. Davon kaufte er sich einen sehr gut ausgestatteten Trawler, den er *Philippa* taufte und dessen Kommando er Gideon anvertraute, der inzwischen sein Kapitänspatent erworben hatte. Angelo hatte jedoch keine große Freude daran, daß er sich seinen unmöglichsten Traum endlich hatte erfüllen können. Aber es kam noch schlimmer, als Steyn du Toit seinen Schwiegersohn in seine Vermögensverhältnisse einweihte und Angelo verblüfft feststellen mußte, wie wohlhabend sie wirklich waren.
Angelo versuchte, sich mit tapferer Miene in sein Schicksal zu fügen. Pippa war intelligent, entschlossen, starrköpfig und reich. Sie würde stets darauf aus sein, ihren Willen durchzusetzen, und Angelo fürchtete, daß ihr das auch fast immer gelingen würde. Was mich betrifft, dachte er traurig, werde ich niemals, auch wenn ich mein Leben lang schufte, mit meinem Kopf soviel verdienen, wie mir meine Rute eingebracht hat. Dennoch, schwor er sich im stillen, werde ich im Lauf der Zeit das Vermögen der du Toits verdoppeln, wenn nicht gar verdreifachen. Er würde sich keinesfalls für den Rest seines Lebens in einen verwöhnten Gigolo verwandeln lassen.

Kapitel 34

Die Privatklinik war steril und effizient, und die Schwestern dort schienen ihm keine menschlichen Gefühle zu besitzen. Sie kamen Angelo eher wie Roboter vor, und er haßte sie. Wie konnten sie nur lächeln und so amüsiert miteinander plaudern, während Pippa unter so großen Schmerzen litt? Er und Steyn waren nervös und einsilbig. Abgesehen von ein paar Kaffeepausen warteten sie jetzt schon seit vierzehn Stunden auf Pippas Niederkunft. Zuerst hatte Angelo neben ihrem Bett gesessen und ihr den Schweiß mit einem feuchten Tuch abgewischt, bis er ihre Pein nicht länger hatte ertragen können und den Kreißsaal verlassen hatte, um im Vorzimmer zu warten.

Ein Schwester steckte nun wieder den Kopf durch die Tür. »Noch keine Veränderung bisher«, erklärte sie munter. »Warum gehen Sie nicht nach Hause, Mr. Morgan, und warten dort unseren Anruf ab?«

»Wenigstens kennen sie meinen Namen«, murmelte Angelo. »Ich hätte gedacht, sie würden eine Nummer aufrufen. Die Klinik kommt mir wie ein Zuchthaus vor und der Kreißsaal wie eine Folterkammer. Warum braucht sie nur so verdammt lange dafür?« Er sprang von seinem Stuhl auf und begann in dem schmalen Korridor der Entbindungsstation auf und ab zu wandern.

»Nun beruhige dich doch, um Gottes willen – und setz dich wieder hin«, knurrte Steyn.

»Es muß doch auch eine bessere Geburtsmethode geben! Arme, arme Pippa. Erinnerst du dich noch daran, was du, lange bevor wir heirateten, zu mir gesagt hast? Du hattest mich damals gefragt, ob ich Pippa lieben würde, und ich sagte ›nein.‹ Und da sagtest du ...«

»... daß die Liebe mit der Zeit von ganz allein kommt, wenn die Ehepartner zusammenpassen. Weshalb ich ja auch ein Anhänger gestifteter Ehen bin.«

»Ja, so ist es wohl. Du hattest recht.«

Angelo begrub das Gesicht in den Händen und versuchte nicht

an Pippas Leiden zu denken. Er konnte aber das Bild nicht aus seinem Bewußtsein verdrängen, wie sie leichenblaß und laut stöhnend vor Schmerzen im Bett lag und ihr der kalte Schweiß auf der Stirn stand.

Wieder schien eine Stunde vergangen zu sein, bevor die Schwester sich abermals an der Tür zeigte.

»Der Kopf ist bereits zu sehen. Jetzt kann es nicht mehr lange dauern.« Und dazu wieder dieses verdammte muntere Lächeln. Angelo hätte ihr eine runterhauen können. Er bekreuzigte sich und sprach ein stilles Gebet, während Steyn neben ihm seine Zigarette ausdrückte, sich von seinem Stuhl erhob und aufs Klo ging. Er sieht auch nicht mehr so frisch aus wie noch vor ein paar Stunden, stellte Angelo fest.

Zwanzig Minuten später hörten sie die ersten Schreie eines Babys und wurden kurz darauf in den Kreißsaal gerufen.

»Sie haben einen hübschen und gesunden Jungen bekommen«, sagte der Arzt zu Angelo.

Pippa sah geschockt und erschöpft aus, lächelte ihn aber sanft aus ihren Kissen an. »Er ist reizend«, sagte sie. »Ein so hübsches Kind. Es kommt mir wie ein Wunder vor.«

Angelo nahm ihre Hände in seine. Er hungerte jetzt nach Liebe. »Du hattest die ganze Arbeit, und ich fühle mich erschöpft«, sagte er, während er sie anlächelte. »Ich liebe dich.«

Sie sah ihn nicht an, sondern besorgt zu dem Arzt hin. »Bitte, geben Sie mir mein Kind«, sagte sie. »Ich möchte es im Arm halten.«

Angelo fragte sich im stillen, ob sich wohl aus diesem so winzigen und zerbrechlich wirkenden rosigen Fleischbündel jemals etwas Nennenswertes entwickeln könne. Doch als man ihm erlaubte, Trevor auf den Arm zu nehmen, wußte er ohne den Schatten eines Zweifels, daß es das war, wofür er lebte. Hier war seine Zukunft, seine Bestimmung – der Sinn seines Daseins.

»Ich bin doppelt gesegnet«, flüsterte er und versuchte die Tränen, die ihm in den Augen brannten, zurückzuhalten.

Die Schwester wurde nun nervös und scheuchte die Männer aus dem Zimmer. »Mrs. Morgan braucht jetzt dringend ihren Schlaf, und das gilt auch für den kleinen Trevor«, erklärte sie.

»Laß uns einen trinken gehen«, sagte Steyn. »Das haben wir verdient.«
Sie waren beide unrasiert und sahen ziemlich zerknittert aus. Steyn trug eine khakifarbene Hose und ein kariertes Hemd und Angelo Shorts und einen Pullover, denn die Wehen hatten unerwartet und ziemlich schlimm an diesem Morgen um sechs begonnen, und die beiden Männer hatten die Klinik seitdem nicht mehr verlassen wollen.
»Komm mit mir«, sagte Angelo. »Ich kenne einen Platz, wo wir auch so willkommen sein werden.«
Er fuhr mit Steyn zur Fischerbar im Fischereihafen.
»Bist du dir da sicher?« meinte Steyn, der unschlüssig und auch ein wenig überheblich das Lokal musterte, das am Rand einer Klippe über der Bucht zu hängen schien. Angelo fragte sich, ob er da nicht einen Fehler gemacht hatte.
»Nein, bitte ... komm ... Es sind Freunde von mir«, sagte er.
Sie schoben sich durch eine Menge schäbig aussehender Gestalten, die sich in dem verräucherten Lokal angeregt miteinander unterhielten. Eine Wolke aus Zigarettenqualm und *dagga*-Dünsten hing im Raum, und es roch nach billigem Wein. Es war die übliche Schar von Dorfbewohnern, die man hier täglich antreffen konnte, und Angelo kannte sie alle. Nicht wenige von ihnen arbeiteten ja auch für ihn. Gideon saß an seinem gewohnten Platz in der Nische bei dem Fenster, das auf den Hafen hinausblickte, und sechs Mitglieder seiner Mannschaft becherten dort mit ihm. Neben den hier ansässigen Männern entdeckte Angelo auch eine Reihe von Ovambos aus Südwestafrika unter den Gästen.
»He, Gideon, ich bin soeben Vater geworden!« rief Angelo. »Es ist ein Junge!«
Diese Neuigkeit wurde von Gideon mit lautem Jubel begrüßt, und im nächsten Moment war Angelo von klatschenden, lachenden und ihn beglückwünschenden Männern umringt. Der Frohsinn, hatte Angelo erfahren, schien diesen Menschen hier angeboren zu sein. Er war wie ein schlummernder Vulkan in ihnen, der darauf wartete, bei dem geringsten Anlaß ausbrechen zu können. Er und Steyn spendierten nun eine Lokalrunde nach der anderen, und dann wurden sie von der jubelnden Gästeschar

aus dem Lokal gedrängt und wie von einer mächtigen Brandungswelle zu Gideons Hütte auf dem Hügel hinaufgetragen, wo sie von einer seltsam stillen Ramona empfangen wurden. Da bemerkte Angelo zum erstenmal, daß sie ebenfalls schwanger war.
Angelo erinnerte sich nun wieder an das erste Jahr, das er bei Gideon und Ramona verbracht hatte. Er hatte sich damals wie sie an den anspruchslosen Dingen dieser Welt erfreuen können. Doch sein Leben hatte sich seither verändert, und er schien jetzt nur noch selten einen Anlaß zur Freude zu finden. Was haben diese Menschen, was mir fehlt, fragte er sich, während er, von einer tiefen Zuneigung zu ihnen ergriffen, ihrem Gelächter lauschte und dem Gesang, den sie jetzt spontan anstimmten.

Pippa und das Baby wurden fünf Tage später aus der Klinik entlassen, und das Haus auf dem Hügel wurde nun mit Spielzeug vollgestopft und von Säuglingsschwestern und Pippas Freundinnen bevölkert, die sich tagsüber gegenseitig die Klinke in die Hand gaben. Zuweilen kam der Arzt ins Haus, um den kleinen Trevor zu untersuchen, und wenn sie keinen Besuch hatte, fand sich auch Angelo manchmal in dem Schlafzimmer ein, das Pippa vorübergehend bezogen hatte, wo sie dann jedoch stets mit dem Säugen ihres Sohnes beschäftigt war. Pippa litt unter dem Problem, daß sie zuviel Milch hatte. Wenn diese nicht ständig abgesaugt wurde, bildeten sich schmerzhafte Knoten in ihren Brüsten. Des Nachts schlich sich Angelo dann häufiger, auf den Zehenspitzen gehend, in ihr Zimmer, um sie im Schlaf zu betrachten. Ihr Hals war lang und graziös, ihre Nase und ihre Wangen waren mit Sommersprossen bedeckt, die roten Haare in einer wilden, ungebändigten Flut über das Kopfkissen verteilt, so daß er jedesmal gegen sein Verlangen ankämpfen mußte, sie zu wecken, um sich körperlich mit ihr zu vereinen. Manchmal war das Gefühl seiner Liebe zu ihr so stark, daß er weinen mußte. Sie war wie eine Droge, und seine Abhängigkeit von ihr wurde immer größer. Er hatte alles, was sich ein Mann nur wünschen konnte, und wollte doch nur eines: nämlich seine Frau zurückbekommen. Er brauchte die körperliche Liebe, aber Pippa hatte zur Zeit nur ein einziges Interesse in ihrem Leben, und das war ihr Sohn Trevor.

Angelo bemühte sich, in den kurzen Perioden zwischen dem Baden, Füttern, dem Windelwechseln und dem In-den-Schlaf-Wiegen seines Rivalen, den er ebenfalls liebte, die Aufmerksamkeit seiner Frau auf sich zu lenken. Er war wie ein Hund: dankbar für jeden Krümel, der für ihn abfiel. Aber selbst diese wurden ihm nur selten zuteil. Hatte sie ihn jemals in ihrem Leben gebraucht? War er nur ein Hengst, der ihr das verschaffen sollte, was ihr noch gefehlt hatte, nämlich ein Baby? Wofür brauchte sie ihn jetzt noch? Ihre Augen gaben ihm darauf die Antwort: für nichts!
»Hi, Pippa, erinnerst du dich noch an mich?« fragte er sie in scherzhaftem Ton.
»Pst!« erwiderte sie und legte den Finger auf die Lippen.
Er beugte sich über das Baby und streckte die Hand aus, um ihm über die Wange zu streicheln. Das Monster stimmte daraufhin, wobei sich sein Gesicht zu einer zornigen Grimasse verzerrte, ein so wütendes Geschrei an, daß Angelo meinte, ihm müßte das Trommelfell platzen.
»Du hast ihn geweckt«, sagte Pippa, nicht minder wütend als ihr Sohn.
»O zum Teufel«, murmelte Angelo, verließ das Schlafzimmer und warf die Tür hinter sich zu.

Die Liste der Leute, die zu Trevors Taufe eingeladen werden sollten, war fertiggestellt. Angelos Sekretärin war so gnädig, ihm die Liste ebenfalls zu zeigen, da niemand sonst es für nötig befunden hatte, ihn zu fragen, ob sie auch seinen Beifall fand. Er stellte zu seinem Ärger fest, daß keiner von seinen farbigen Freunden zu den geladenen Gästen gehörte. Er wußte zwar nicht, wie er Pippa dazu bringen konnte, die Liste zu ergänzen, aber daß er es versuchen mußte, war ihm klar. Sie war gerade dabei, das Monster in den Schlaf zu wiegen, als er in ihr Zimmer kam.
»Darling«, begann er unbehaglich, »du hast meine Freunde aus dem Dorf vergessen.«

»Wenn du diese betrunkenen *skollies* als deine Freunde bezeichnest, mußt du selbst ein bißchen zuviel getrunken haben. Ich will sie nicht in meinem Haus haben. Du weißt, was bei unserer Hochzeit passiert ist. Es war die abscheuliche Demonstration eines unverantwortlichen, pöbelhaften Betragens. So etwas will ich nie wieder!«
»Du kannst sie doch nicht alle dafür bestrafen, daß sich einige danebenbenommen haben.«
»Ich bestrafe niemanden. Ich tue mir nur einen Gefallen.«
»Und wo bleibe ich? Ich arbeite mit ihnen, ich beschäftige sie, ich muß sie einladen. Ich will sie einladen.«
»Nein.« Sie beugte sich über das Baby.
»Pippa, hör mich an.« Er begann, ihren Hals und ihre Schultern zu massieren, als sie über das Baby gebeugt stand. Das hatte sie immer so gern gemocht.
»Ich muß sie einladen.«
Sie schüttelte seine Hand ab. »Wenn du das tust, werde ich nicht zur Taufe kommen. Und Trevor auch nicht. Was für eine komische Taufe das wohl sein würde, wenn der Täufling fehlt, meinst du nicht auch? Spendiere ihnen Drinks in ihrer Kaschemme am Hafen. Alles, was diese Leute haben wollen, sind die Drinks.«
»Da täuschst du dich aber gewaltig, Pippa. Außerdem bestehe ich darauf, daß sie eingeladen werden.«
»Nein! Das ist mein letztes Wort in dieser Angelegenheit.« Sie drehte sich zu ihm um und starrte ihn an. Angelo war erschrocken über die Kälte, die er in ihren Augen sah. So wie jetzt hatte sie ihn bisher noch nie angesehen. Er spürte, wie die Angst ihm die Kehle zuschnürte, daß er sie jetzt, wo er sie so sehr liebte, zu verlieren drohte. »Ich will keine farbigen Gäste in meinem Haus haben. Das schickt sich nicht, und ich werde es auch nicht zulassen. Vater ist da ganz meiner Meinung. Warum kannst du es nicht aus unserer Perspektive sehen? Schließlich ist das sein Haus.«
Angelo verließ ihr Zimmer wieder, um nachzudenken. Sie hatte recht: es war nicht sein Haus. Also wurde es Zeit, daß er sich ein Grundstück kaufte, um darauf ein eigenes Heim für seine Familie zu errichten. Er fühlte sich durch die Macht seines Schwieger-

vaters seiner Männlichkeit beraubt. Wozu war ein Mann wohl nütze, der nicht einmal Herr in seinem eigenen Heim war? Wann hatte sie seine Abhängigkeit von ihr gespürt? Als er sich in seine eigene Frau verliebt hatte, hatte er die Oberhand über sie verloren. Und sie, die früher so eifrig darum bemüht gewesen war, ihm gefällig zu sein, hatte rasch den Vorteil erkannt, den seine gefühlsmäßige Abhängigkeit ihr verschaffte. Er beschloß, einen Kompromiß einzugehen und eine Party für die Leute vom Dorf im Strandlokal zu veranstalten. Was er mit Ramonas und Peggys Hilfe dann auch tat, obwohl kaum jemand vom Dorf zu dieser Party erschien. Er hatte das Gefühl, daß Ramona etwas damit zu tun hatte.

Als der Tag von Trevors Taufe anbrach, war Angelo die ganze Sache leid. Als sie am Nachmittag vom Taufgottesdienst in das Haus auf dem Hügel zurückkamen, glich dieses einem Blumenladen. Überall im Garten hatte man mit Hibiskus geschmückte Tische aufgebaut, die sich unter der Last der mit Delikatessen beladenen Platten und der mit Fruchtpunsch gefüllten Bowlengefäße bogen. Eine Schar von gemieteten Kellnern wanderte mit Tabletts zwischen Hunderten von miteinander plaudernden Gästen umher, um Champagner und diverse Weine anzubieten. Trevor hatte sich so weit von dem Besprühen mit Weihwasser, dem Begrapschen durch fremde Hände und anderen Unannehmlichkeiten erholt, daß er jetzt friedlich in seinem prächtig ausgestatteten Kinderbett schlief, während die Gäste auf Zehenspitzen an ihm vorbeidefilierten, ihn mit vielen Ahs und Ohs bewunderten und dann mit andächtiger Miene ihre Geschenke auf einem Tisch neben ihm ablegten. Angelo sah heimlich auf seine Armbanduhr. Vier Uhr. Er hatte es fast überstanden, Gott sei Dank.

In diesem Moment hörte er in der Ferne Geräusche, vor denen er sich so sehr gefürchtet hatte: Gesang, Dutzende von Banjos, die im Takt dazu spielten, und die Schritte einer Marschkolonne. Er trat ans Fenster und blickte in das Tal hinunter. Eine Staubwolke hing über der mit Kies bestreuten Auffahrt, und zwischen den Bäumen konnte er bunte Röcke und Bänder sehen. Alsbald

vermochte er auch die Stimmen der Sänger voneinander zu unterscheiden.
Er drehte sich um und sah Pippa stirnrunzelnd an. »Sie kommen. Hörst du sie singen? Obwohl du sie nicht einladen wolltest, kommen sie jetzt, um dem Täufling Geschenke zu bringen. Wenn du auch nur einen von ihnen grob behandelst, werde ich dieses Haus auf der Stelle verlassen. Das schwöre ich dir.«
Sie wurde ganz blaß, biß sich auf die Lippen und wandte sich rasch wieder zu den Gästen um, die sich über ihren Sohn beugten. Aber er sah, daß ihr jetzt zwei Tränen über die Wangen rollten. Er empfand kein Mitleid für sie, nur Groll über ihre Arroganz und einen Zorn auf sich selbst, weil er so feige war.
Die Phalanx der singenden Farbigen hatte inzwischen das untere Tor erreicht und bewegte sich nun durch die Gartenanlagen. Sie wurde von Ramona angeführt, der Gideon in kurzem Abstand folgte. Und als diese nun die Verandastufen zu dem riesigen Wohnzimmer der du Toits hinaufstiegen, breitete sich dort ein unbehagliches Schweigen unter den Gästen aus.
Ramona war mit einem weiten gelben Seidenrock und einem locker sitzenden Oberteil bekleidet, womit sie vermutlich ihre fortgeschrittene Schwangerschaft kaschieren wollte, während ihre Begleiter, die gerade von ihren Arbeitsstellen in der Packerei oder auf den Fischerbooten kamen, Overalls und Gummistiefel trugen. Doch jeder von ihnen hatte ein Geschenk für den Täufling mitgebracht, und Angelo hätte weinen können vor Scham.
»Du hast uns nicht eingeladen«, sagte Ramona, als sie jetzt dicht bei ihm stand, »aber hier sind wir und haben Geschenke für den Täufling gebracht. Was ist los mit dir, Angelo? Läßt du dich von ihr herumkommandieren?«
»Du hast recht. Ich schäme mich dafür. Aber es ist hier oben alles schwieriger, als du glaubst. Trotzdem werde ich immer dein Freund sein.«
Er blickte in ihre Augen und sah, daß sie sich danach sehnte, von den hier versammelten Leuten akzeptiert zu werden, aber daneben vermochte er auch Stolz, Wut und Liebe in ihnen zu lesen. Nur in Ramonas leuchtenden Augen konnten sich so viele Ge-

fühle auf einmal widerspiegeln. Sie ging zur Wiege und warf ihr Geschenk auf den Tisch.

»Darf ich ihn mir auch anschauen?« fragte sie, auf die Warteschlange der Gäste deutend.

Da war Angelo mit drei Schritten bei dem Täufling und hob ihn, Pippas wütenden Protest ignorierend, aus der Wiege heraus. »Mein Sohn«, sagte er.

Ramona starrte das Kind an und erbleichte. Ihre Augen nahmen einen seltsam entrückten Ausdruck an, als würde sie in sich hineinschauen. O Gott, dachte er, ausgerechnet hier verfällt sie jetzt in Trance.

»Tod«, sagte sie mit einer heiseren Flüsterstimme. »Er bringt großes Leid über dich und mich. Dreifachen Tod. Und er wird sterben, noch ehe er volljährig ist. Und andere werden ihm folgen.« Sie hielt jetzt schützend die Hände über ihren gesegneten Leib.

Als Pippa schrie und ihr Baby an sich raffte, trat der Priester vor und hielt sein Kruzifix in die Höhe. »Im Namen Jesu Christi ...«, begann er.

Angelo packte Ramona am Arm und zog sie mit sich hinaus auf die Veranda. »Geh und nimm deine bösen Flüche mit!« schnaubte er.

Sie weinte leise vor sich hin und wischte sich die Tränen mit dem Handrücken von den Wangen. Trauer spiegelte sich nun in ihren Augen, aber auch Mitleid.

»Nein, keine Flüche. Niemals!« flüsterte sie. »Nur ein *Gesicht*. O Gott! Ich sah es alles. Unsere Schicksale sind untrennbar miteinander verwoben, unser Leid ist geteiltes Leid. Ich hätte dich niemals vor dem Ertrinken retten sollen. Ich hätte es nicht getan, wenn ich das alles gewußt hätte.«

»Geh!« rief er und stieß sie die Verandastufen hinunter. Er hörte Rufe und höhnische Bemerkungen der Dorfbewohner hinter seinem Rücken, die ihr auf die Veranda hinaus gefolgt waren. Doch da hob Ramona beide Hände, und sie verfielen jetzt in ein mürrisches Schweigen.

»Wir haben unsere Geschenke gebracht. Angelo bedankt sich bei euch allen dafür. Nun gehen wir alle wieder nach Hause.«

Feindselige Gesichter, Stiefel und Overalls zogen daraufhin an ihm vorbei. Ausgestreckte Hände rafften Kuchen, Süßigkeiten und mit Wein gefüllte Gläser von den im Garten aufgestellten Tischen. Platten zerbrachen, Pasteten und Torten wurden von Stiefeln zerstampft, aber Angelo kümmerte das nicht. Er sank in einen Sessel und wollte schreien, bis das Dach der Gewalt seines Zorns und seiner Auflehnung nachgab und davonflog. Lügen! Alles nur Lügen! Aber tief in seinem Inneren war da eine traurige Stimme, die ihn daran erinnerte, daß Ramona sich noch nie getäuscht hatte.

Sie waren gegangen. Nur der Wind trug ihm jetzt noch ihren Gesang aus der Ferne zu. Pippa weinte, und Steyn hatte die Arme um sie gelegt.

»Laß diese Leute nie mehr hierher in unser Haus kommen«, erklärte sie mit vor Zorn wilden Augen.

Er besänftigte sie, so gut er konnte, und versprach, alles zu tun, was sie von ihm verlangte. Pippa konnte auf ihre Weise genauso furchterregend sein wie Ramona.

»Sie werden nie mehr hierherkommen«, sagte er, »aber ich werde ihnen auch niemals den Rücken zukehren. Sie haben mir das Leben gerettet, und ich werde alles für sie tun, was in meiner Macht steht. Sie werden immer meine Freunde sein, und ich werde sie in ihren Häusern besuchen. Sie hatte nichts Böses im Sinn. Sie hat keine Kontrolle über diese Anfälle. Es war sinnloses Zeug, was sie da gesagt hat. Vergiß es.«

Aber Angelo wußte, daß er es niemals vergessen würde.

Kapitel 35

Nach dem Taufdebakel haßte Pippa die Dorfbewohner. Sie machte Angelo persönlich dafür verantwortlich, daß Ramona uneingeladen mit ihren Freunden zur Taufe erschienen war, und verlangte von ihrem Mann, daß er seine Anteile am Fischereihafen verkaufen und sich darauf konzentrieren solle, den Minenbesitz ihres Vaters auszuweiten und dessen Vermögen zu vergrößern. Aber Angelo ließ sich auf diesen Handel nicht ein.
Sie sahen sich fortan von einem tiefen Abgrund verschiedenartiger Loyalitäten voneinander getrennt. Er wollte, daß sie aus Steyns Haus auszog. Er kaufte sogar auf der Sonnenseite des Tals eine Villa für sie – in dem östlichen weißen Bereich, der windgeschützt war und ihnen eine einmalige Aussicht auf das Meer verschaffte. Doch Pippa weigerte sich, aus dem Haus ihres Vaters auszuziehen, und so verkaufte Angelo schließlich das Haus wieder.
Angelo spürte, daß da kaum noch etwas war, was Pippa nach der Geburt ihres Kindes an ihm gefiel. Er vertraute blind seiner glücklichen Hand in Geldsachen, besaß jedoch kein Talent dafür, seinen Reichtum auch zu genießen. Er folgte nur seinem Verlangen, immer wieder etwas Neues zu erschaffen – Jobs, Häuser, Geschäfte, Fabriken –, beschwerte sich jedoch niemals über die Verschwendungssucht seiner Frau. Je mehr sie ausgab, um so mehr Geld verdiente er.
Während der Krieg seinen Fortgang nahm, machte Angelo ein Vermögen, denn es herrschte jetzt ein riesiger Bedarf an exportfähigen, transportabel verpackten Proteinen. Deshalb erweiterte er seine Fischfrosterei und errichtete daneben eine Fischkonservenfabrik. Im darauffolgenden Jahr konnte er mit den Einnahmen, die er mit diesen beiden Unternehmen erzielte, sogar schon seine dritte Fabrik bauen.
Seinen Anteil an den Gewinnen gab er für seine zwei Passionen aus: für den Wein und die Menschen. Er kaufte eine Reihe von guten Weingärten und Kellereien in Paarl und Franschhoek, stellte ein paar geeignete Leute ein, die diese Weingüter bewirtschaf-

teten, und hatte das Glück, einen erfahrenen Kellermeister zu finden, der in Frankreich ausgebildet worden war.
Er hielt sich an das Versprechen, das er den Dorfbewohnern gegeben hatte, und machte sich daran, jedem von ihnen einen Job zu verschaffen oder eine Werkstatt einzurichten. Die Zeiten waren günstig dafür. Farbige Handwerker und Weiße konnten ungehindert miteinander arbeiten und verkehren. Silver Bay gehörte zu den fortschrittlichsten Gemeinden, was die Rassenintegration betraf.
Im Oktober 1944 trank Angelo an seinem Geburtstag zuviel Wein und machte seiner Frau amouröse Avancen. Es war jetzt etwas über ein Jahr her, daß Trevor das Licht der Welt erblickt hatte, und seit seiner Geburt hatte Pippa nicht mehr mit ihrem Mann geschlafen. Ihre Kälte erbitterte ihn so sehr, daß er sie später, als sie im Bett lagen, auf eine etwas unsanfte Weise auf den Rücken drehte und bestieg.
»Ich bin nicht dazu aufgelegt«, erklärte sie ihm mit eisiger Stimme.
»Aber ich«, murmelte er.
Er schob ihre Beine mit dem Knie auseinander. Dann hielt er ihre Arme auf dem Kissen fest und drang in sie ein. Sie ließ die Sache über sich ergehen, ohne sich aktiv daran zu beteiligen, obwohl er lange versuchte, mit Küssen auf Hals und Nacken und dem Streicheln ihrer Brüste und Haare, mit all diesen kleinen Tricks, die sie früher immer sexuell erregt hatten, Lustgefühle in ihr zu wecken. Schließlich kam er zum Höhepunkt, aber das Ganze konnte man eher als eine frustierende Selbstbefriedigung bezeichnen.
»Was ist nur mit uns geschehen, Pippa?« fragte er sie betrübt.
»Daran ist dein Benehmen schuld«, sagte sie. »Deine Sturköpfigkeit, deine bäurischen Manieren. Dein Umgang mit deinen farbigen Freunden, wie du diesen Abschaum zu bezeichnen beliebst, beleidigt mich. Ich hätte nicht geglaubt, daß du mir so etwas antun könntest. Ich kann dich nicht lieben, wenn du nicht wie ein zivilisierter Mensch leben willst.«
»O Pippa«, erwiderte er traurig. »Wer von uns beiden ist denn zivilisiert? Es gibt einen Namen für Frauen, die den Sex zu eigensüchtigen Zwecken verwenden.«

Pippa begann zu weinen. Irgendwie machten die Geräusche einer schluchzenden Frau Angelo so schwach, daß er am liebsten fortgerannt wäre. Vielleicht war die Erinnerung an die Tränen seiner Mutter in der Nacht, bevor sein Vater erschossen wurde, oder später in jener Nacht, bevor sie dessen Mörder heiratete, daran schuld. Was auch immer der Grund dafür sein mochte: er wußte, daß er sich geschlagen geben mußte. Tränen entnervten ihn. Er würde Pippa nie mehr zu einem Liebesakt zwingen.

Trevor wuchs zu einem süßen, sensiblen und intelligenten Knaben heran, aber nun gab es eine neue familiäre Kampfzone, weil Angelo jetzt mit Pippa über die Erziehung ihres Sohnes stritt. Die Angst vor dem Faschismus und allen totalitären Anschauungen war tief in Angelos Herzen verankert. Für ihn gab es nur zwei Sorten von Menschen auf der Welt: jene, die an die Rechte des Individuums glaubten, und solche, die einfach dadurch überlebten, daß sie den Schwächeren unterdrückten. *Das hat alles nichts mit uns zu tun*, war eine Redensart, die ihn krank machte. Er war von der Maxime beherrscht, daß sein Sohn sich seiner Werte bewußt sein sollte, die ihm wiederum von seinem geliebten Vater vermittelt worden waren. Morgens pflegte er Trevor in das Fischerdorf mitzunehmen und ihn dort der Aufsicht seiner Packerinnen zu überlassen, während er sich um seine geschäftlichen Angelegenheiten kümmerte; und diese verwöhnten das Kind und spielten stundenlang mit ihm.

Er wußte, daß seine liberalen Ansichten Pippa zur Weißglut trieben. Er trank immer noch mit den Farbigen in der Bar über dem Hafen, suchte häufig Ramonas Hütte auf, um dort zu essen, und nahm ihre Kinder zusammen mit Trevor auf seinem Motorboot mit, wenn er auf die andere Seite der Bucht fuhr.

»Ich möchte nicht, daß mein Kind Umgang mit schmutzigen Fischerleuten hat«, schrie Pippa ihn eines Tages an. »Ich werde dich verlassen, wenn du versuchst, mich dazu zu zwingen, so etwas zu erlauben.«

»Und ich für meinen Teil möchte nicht, daß mein Kind als Faschist aufwächst«, erwiderte er gereizt.

Der kleine Trevor sah und hörte ihnen dabei mit vor Schreck ge-

weiteten Augen und betrübt heruntergezogenen Mundwinkeln zu.
Pippa seufzte, weil sie spürte, daß sie ihn niemals würde ändern können, und begann jetzt absichtlich, ihre sexuellen Gefühle für diesen schönen, aber eigensinnigen Stier, den sie geheiratet hatte, zu unterdrücken. Er trat ihren gesellschaftlichen Kodex und ihre Wertvorstellungen mit Füßen.
Im Frühjahr 1945, als Europa das Ende des Krieges bejubelte, prophezeite Angelo, daß eine Welle europäischer Einwanderer Südafrika viele dringend benötigte Handwerker und Facharbeiter bescheren würde. Er fuhr regelmäßig ins Hotel Ritz, wo die Einwanderer untergebracht wurden, und konnte sich dort Schweißer, Zimmerleute, Mechaniker aller Art und technische Zeichner besorgen. Die Profite sprudelten reichlich, Silver Bay expandierte, und jeder verdiente gutes Geld. Angelo vergrößerte seine Fischereiflotte, so daß sie jetzt acht Trawler umfaßte, und baute eine Fischmehlfabrik. Es herrschte ein immenser Bedarf an Arbeitskräften, so daß immer mehr farbige Familien hierherzogen, und bald bedeckten deren saubere kleine Häuser den ganzen Hang über dem Hafen.
Als Trevor vier Jahre alt war, begann er nachts ins Bett zu pinkeln. Als sie mit dem Jungen einen Psychotherapeuten aufsuchten, stellte der fest, daß die häufigen Streitereien der Eltern den Jungen so sehr belasteten, daß er zum Bettnässer wurde. Also richtete Pippa ein zweites Schlafzimmer auf der Südseite ihres Hauses ein. »Damit du immer dein geliebtes Dorf sehen kannst«, meinte sie gehässig, »und mir vom Leibe bleibst.«
Sechs Monate später spendete Angelo der Kirche eine große Summe, mit der ein allen Rassen offenstehender Kindergarten eingerichtet werden sollte. Nachdem er fertiggestellt war, gehörten Trevor und Ramonas Zwillinge Bill und Frikkie zu den ersten Kindern, die diese Institution besuchten. Pippa und Angelo hatten daraufhin ihren letzten, tiefe Wunden hinterlassenden Streit und zogen danach in voneinander getrennte Wohnungen im Haus. Von da an trafen sie sich nur noch gelegentlich bei den Mahlzeiten.
Ein Jahr später wurde mit einer zweiten großen Spende von An-

gelos Fabriken eine private kirchliche Schule für alle Rassen errichtet. Angelo sah nun rasch wenigstens einen Teil seiner Träume verwirklicht: Silver Bay war zum Musterdorf einer erfolgreichen Rassenintegration geworden, in dem alle Bewohner ihr gutes Auskommen hatten und in dem er gefeiert und bewundert wurde.

Aber Angelo fing jetzt an, Angst vor der Zukunft zu haben. Er konnte die Zeichen an der Wand lesen und erinnerte sich an die Warnung seines Vaters. »Die menschliche Rasse ist eine einzige große Familie, und jede Form eines Kastensystems ist von Übel, egal, wie es sich auch nennen und wie gut es sich auch tarnen mag.«

Sechsundvierzig Jahre nach seiner Niederlage im südafrikanischen Krieg triumphierte der Nationalismus der Afrikaander, als am 28. Mai 1948 die Nationalpartei – bekannt unter dem Namen *Nats* – mit dem Versprechen, die weiße Vormachtstellung und die Kultur der Afrikaander zu erhalten, die Wahlen gewann. Das Instrument, mit dem sie diese Politik in die Praxis umsetzen wollten, war die Apartheid. Eine zusammengestückelte Reihe von *Homelands* – sprich Reservaten – sollten die Basis für getrennte Nationalstaaten in Südafrika liefern.

Wenn man dieses Vorhaben in die Tat umsetzen wollte, mußten große Teile der Bevölkerung umgesiedelt und gewachsene soziale Strukturen zerstört und neu geschaffen werden. Indische und farbige Aktivisten bildeten gegen die Apartheid Widerstandsgruppen, die jedoch erbarmungslos niedergeschlagen wurden und eine Verhaftungswelle auslösten.

Am Ende dieser Dekade war das Land auf dem besten Weg, sich zu einem Polizeistaat zu entwickeln.

In den fünfziger Jahren wurden neue restriktive Gesetze erlassen, um diese soziale Strategie festzuklopfen. Von allen Schwarzen wurden Fingerabdrücke genommen, man teilte ihnen eine Nummer zu und versah sie mit Arbeitsbüchern, die sie stets bei sich führen mußten.

Den Farbigen wurde das Wahlrecht entzogen, und man richtete jetzt auch nach Rassen getrennte Schulen und Universitäten ein.

Am Ende dieser Dekade hatte sich die Apartheid erfolgreich etabliert.
Dieser rassendiskriminierende Alptraum begann in Silver Bay und den benachbarten Vorstädten mit der Anbringung von »Nur-für-Weiße«-Schildern an Toiletten, Restaurants, Kinos, Opernhäusern, Tanzhallen, Bars, Hotels, öffentlichen Plätzen und Bänken. Besonders schmerzlich war, daß Busse, Kinderspielplätze und Strände nur von Weißen benutzt werden durften.
Als die Farbigen sich derartigen Demütigungen ausgesetzt sahen, wendeten sie sich von den Weißen ab. Sie begannen sich als Menschen zweiter Klasse zu fühlen, als Parias und wertlos. Der Verlust an Selbstachtung führte dazu, daß sich viele der Trunksucht ergaben und die Verbrechensraten und sexuellen Gewalttätigkeiten in ihren Familien zunahmen – was keinen so recht bekümmerte, solange diese sozialen Mißstände auf die Wohngebiete der Farbigen beschränkt blieben. Da die Polizeiaufsicht in den Nichtweißen-Bereichen mangelhaft war, konnten dort Verbrecherbanden das Regiment übernehmen, und die Menschen fürchteten um ihr Leben.
Die englischen Liberalen von Silver Bay widersetzten sich, wenn auch nur halbherzig, dieser Entwicklung, und so wurden Polizisten aus dem Transvaal und dem rechten Flügel der Nats angehörende Richter ans Kap versetzt. Diese hatten keine Sympathie mit den englischen »Kafir-Lovers«, und sie sahen es als ihre Berufung an, den »Sumpf englischer Rassenimmoralität« auszutrocknen.
Hinter verschlossenen Türen tauschten die Bewohner von Silver Bay ihre Erfahrungen aus. Herman Parker, ein Bankier, wurde wegen Immoralität verhaftet, weil er den Babysitter seiner Frau mit dem Wagen nach Hause gebracht hatte. Von jetzt an, beschloß die weiße Gemeinde, mußten die Ehefrauen ihre Ehemänner begleiten, wenn diese ihre Dienstmädchen mit dem Auto transportierten.
Hausangestellte, die keine Arbeitserlaubnis besaßen, wurden nachts aus ihren Betten getrommelt, bis zu ihrem Prozeß eingesperrt, mit hohen Geldstrafen belegt und dann in ein Homeland abgeschoben. Peggy wurde zu einem hohen Bußgeld verurteilt,

weil sie einem Nichtweißen erlaubt hatte, an einem ihrer Tische Platz zu nehmen, um sein Cream Soda zu trinken. Als die Brians von ihrer Urlaubsreise heimkehrten, fanden sie ihre Hunde verhungert vor, weil man ihr Dienstmädchen und ihren Gärtner deportiert hatte. Mrs. Thompsons blinder Gärtner, den sie aus philanthropischen Gründen schon seit Urzeiten bei sich beschäftigte, wurde verhaftet, zusammengeschlagen und dann weggeschickt. Ein Polizist verhaftete Tanya Lockyer, weil sie nackt in ihrem hinter hohen Mauern versteckten Swimmmingpool gebadet hatte. Der Polizist war, mit einem Fernglas bewaffnet, auf einen Baum geklettert, und Tanya wurde wegen unsittlichen Betragens in der Öffentlichkeit zu einer deftigen Geldstrafe verurteilt. Die kleine Maisie Primrose, die gerade zwei Jahre alt war, wurde dabei ertappt, wie sie nackt am Strand spielte, und ihre Mutter wurde daraufhin ebenfalls mit einer Geldstrafe belegt.
Es dauerte nicht lange, bis der sich am Kap regende Widerstand der Weißen gegen die Apartheid im Keim erstickt war. Was die Farbigen anlangte, so saß der Stachel, Menschen zweiter Klasse zu sein, tief in ihrer Seele. Und sie waren für jede Bekundung, daß sie keiner minderwertigen Rasse angehörten, auf eine geradezu rührende Weise dankbar.
Pater Mooney wetterte von seiner Kanzel furchtlos gegen den Rassismus und dessen Auswüchse, und deshalb wurde er nun ständig von Detektiven in Zivil überwacht, die ihm überallhin folgten. Und an jedem Sonntag saßen zwei Detektive in der hintersten Bank der katholischen Gemeindekirche und machten sich in Kurzschrift Notizen von seinen Predigten.

Angelo hatte schon immer ein begehrliches Auge auf die Osthänge des Tals geworfen, denn sie waren sonnig und sanft gewellt und würden sich seinem Gefühl nach hervorragend für den Anbau von Wein eignen. Viele dieser Hänge gehörten Farbigen und waren schon seit drei oder sogar noch mehr Generationen in deren Besitz. Doch dann kam eines Tages ein Team von Regierungsbeamten, um die unglücklichen Eigentümer davon in Kenntnis zu setzen, daß ihr Aufenthalt in einem weißen Wohngebiet illegal sei und sie in das Farbigendorf ziehen müßten. Ihre Häuser und

Hanggrundstücke sollten nun von staatlich bestellten Agenten versteigert werden, die im Auftrag der Besitzer handelten.
Trotz ihrer liberalen Ansichten kamen viele der in Silver Bay wohnhaften Weißen zu dieser Versteigerung, weil sie sich ein Schnäppchen erhofften. Auch Angelo kam, nachdem er in den letzten paar Wochen mit seinem Gewissen gerungen hatte, da er einerseits nicht von der Rassenpolitik der Regierung profitieren und sich am Unglück der Farbigen bereichern wollte, sich jedoch andererseits danach sehnte, das Land zu besitzen, das er schon seit Jahren vergeblich zu kaufen versucht hatte. Und er konnte schließlich dem Verlangen, dieses Land zu erwerben, nicht widerstehen. Es waren herrliche, vernachlässigte, von der Sonne verwöhnte Hänge, auf denen Hühner umherstolzierten und hier und da Esel weideten, da deren Besitzer nicht gewußt hatten, wo sie die Tiere unterbringen sollten, und die früheren Eigentümer standen in einer traurigen isolierten Gruppe beisammen und verfolgten die Vorgänge mit feindseligen Blicken. Irgendwie vermochten sich jedoch die Verbitterung und der Kummer dieser Leute nicht gegen die Sonne und die Schönheit dieses Areals durchzusetzen – nicht gegen die vielen in den Eichen zwitschernden Vögel, nicht gegen das sanfte Murmeln des Baches, der hier hangabwärts floß, nicht gegen diesen schönen klaren Morgen. Diese schwarzgewandete, dunkelgesichtige Gruppe der Trauernden schien in Anbetracht all dieser Herrlichkeiten absolut fehl am Platz zu sein.
Der Auktionator begann nun mit der Versteigerung der ersten zwei kleinen Hanggrundstücke, und es wurden zuerst munter und forsch vierhundert Pfund dafür geboten, während dann bei sechshundert Pfund die Kauflust schon merklich nachließ und nur noch ein Drittel der hier Versammelten seine Stimme erhob. Angelo konnte die zum Kauf entschlossenen Interessenten leicht ausmachen, denn er kannte sie fast alle. Die Bronsons und die Jouberts zum Beispiel, die beide Grundstücksmakler waren. Binnen kurzer Zeit hatte das Gebot achthundert Pfund erreicht, als Angelo Peggy Cohen mit klarer Stimme »Neunhundert Pfund« rufen hörte.
»Tausend!« entschlüpfte es ihm da, bevor er so recht wußte, wie

ihm geschah. Er konnte der Verlockung einfach nicht widerstehen. In diesem Moment verdrängte das Verlangen, diese schönen Hänge zu besitzen, alle anderen Überlegungen. Darauf trat eine jähe Stille ein. Wenn Angelo dieses Land haben wollte, hatte es wenig Sinn, gegen ihn zu bieten. Jeder hier wußte das. Von nun an mußte er einfach bei jedem Grundstück, das unter den Hammer kam, so lange mitbieten, bis er den Zuschlag bekam, und gegen Mittag hatte er die ganzen kleinen Hanggrundstücke für einen Apfel und ein Ei in seinen Besitz gebracht.
Mit gemischten Gefühlen ging er daraufhin zu seinem Wagen zurück – einesteils beglückt darüber, daß es ihm wieder gelungen war, sich einen Wunsch zu erfüllen, und anderenteils von einem schlechten Gewissen geplagt, weil er seiner Schwäche nachgegeben hatte. Eine farbige Frau verstellte ihm nun den Weg und schüttelte die Faust vor seinem Gesicht. »Judas«, rief sie verächtlich und spuckte ihn an. Ihr Speichel landete auf seinem Ärmel, und er zog ein Taschtuch aus der Hose und wischte ihn ab. Nun bezichtigten ihn alle Farbigen, die hier versammelt waren, des Verrats. Er konnte ihren Standpunkt verstehen, ignorierte sie aber und ging schweigend weiter zu seinem Wagen.
Am nächsten Morgen kam es dann zu einem mysteriösen Brand in seiner Fischmehlfabrik. Er rief die Polizei und die Versicherungsgesellschaft an, und der Schaden wurde rasch beseitigt. Noch am gleichen Tag legte er sich einen eigenen Sicherheitsdienst zu, der seine Fabriken rund um die Uhr bewachte.
Ohne seine farbigen Freunde wurde Angelo zu einem bitter einsamen Menschen. In seinem eigenen Haus war er ein Paria, und selbst Trevor, der inzwischen zwölf Jahre alt war, schien sich von ihm abzuwenden und Partei für seine Mutter zu ergreifen. Im Dorf war er ein Verräter, dem keiner dort die Uhrzeit sagen würde, wenn er ihn danach fragte. In seinen Fabriken war er der Boß, und die Gespräche, die seine Angestellten mit ihm führten, beschränkten sich auf »Ja, Sir« und »Nein, Sir«. *Dann soll es eben so sein*, dachte Angelo verbittert. Er fühlte sich zutiefst verletzt, begann jeden Glauben an die menschliche Natur zu verlieren und wurde immer introvertierter.

Kapitel 36

Es war Anfang September 1955. Frühlingsanfang am Kap, aber auch der Beginn der gefährlichsten Saison für die Fischer, weil nun die Südoststürme einsetzten – eisige Winde, die aus der Antarktis kamen und bis zu dreißig Meter hohe Wellenberge vor sich hertrieben.

Fünfundzwanzig Meilen südwestlich von Silver Bay hatte Gideon die Sturmwarnungen nicht mitbekommen, weil er auf einen riesigen Schwarm von Königsmakrelen gestoßen war und alle Männer an Deck beordert hatte, um diese prächtige Fischernte einzuholen. Sein ganzes Leben lang hatte Gideon stets in Sichtweite der Küste gefischt und dabei die Berge als Wetterwarte benutzt, denn sie hatten ihn mit den Wolken, die sich an ihrer Südflanke auftürmten, immer rechtzeitig vor einem heraufziehenden Sturm gewarnt. Doch diesmal waren keine Berge am Horizont mehr zu sehen.

Es war sechs Uhr nachmittags, als die ersten Böen den Trawler erreichten, die Funkantenne wegrissen und die Männer an Deck mit eiskalter Gischt überschütteten. Es war eine ziemlich heftige Attacke gewesen, und Gideon war ein von tiefer Sorge erfüllter Mann, als er den Kurs änderte und mit voller Kraft dem Hafen zustrebte. In den darauffolgenden zehn Minuten herrschte Windstille – eine trügerische Windstille, wie Gideon aus bitterer Erfahrung wußte.

Dann kam die zweite Attacke und mit ihr gewissermaßen die Hauptstreitmacht des Sturms, denn von nun an ließ seine Gewalt nicht mehr nach. Gideon erschauerte, änderte abermals den Kurs, drehte den Trawler in den Wind und beobachtete mit wachsender Besorgnis, wie es immer dunkler wurde. Als der Sturm, der bisher aus Südosten gekommen war, plötzlich die Richtung änderte und von Südwesten heranbrauste, verließ Gideon der Mut. Nicht ohne Grund bezeichneten die Fischer den Südweststurm als schwarzen Südoststurm, weil dieser Orkanstärke erreichte und gewaltige Regengüsse mitbrachte. Er vermutete, daß er sich in einer Hurrikanschneise befand, hoffte

jedoch, daß der Sturm vielleicht schon nach wenigen Stunden wieder abflaute.
Doch die Gewalt des Windes nahm stetig zu. Gegen 9 Uhr abends war die *Philippa* gezwungen, bei Windstärke 10 und angesichts mächtiger Wellenberge, die sie unter sich zu begraben drohten, ihre beiden Schleppanker einzuholen. Es gelang ihr dann zwar, auf dem Kamm der meisten haushohen Wellen zu reiten, aber einige von ihnen stürzten doch auf ihre Decks herunter und richteten dort verheerende Schäden an. Da sie noch meilenweit vom nächsten Hafen entfernt waren, blieb Gideon nichts anderes übrig, als diese Strafe hinzunehmen. Gegen Mitternacht hatten die Brecher, deren Gischt hoch über ihre Mastspitzen hinwegsprühte, ihre Decks leer gefegt. Ihre Schleppnetzgeräte waren schwer beschädigt, die Winden aus ihrer Verankerung gerissen und über Bord gespült. Und sie hatten ihre Netze verloren. Schließlich hielten auch die Lukendeckel den gewaltigen Hammerschlägen der Brecher nicht mehr stand, und es dauerte nicht lange, bis die Laderäume überflutet waren.
Die Mannschaft war nun in ihren Quartieren vom Wasser eingeschlossen und wagte nicht, eine der Luken oder Lenzpforten zu öffnen. Gideon und sein Steuermann befanden sich in ihren Sicherheitsgeschirren auf der Brücke.
Gegen 2 Uhr morgens war der Trawler so stark beschädigt, daß Gideon dem Funkgast befahl, Notsignale auszusenden. Die Sturmwarnungen, die sie empfingen, hörten sich immer bedrohlicher an, und dem lauten Prasseln und Knattern auf der Seenotfrequenz konnte man entnehmen, daß sich andere Fischfangflotten ebenfalls in Seenot befanden. Im Toben des Sturms und im Donnern der Brecher waren die Funksignale fast nicht mehr zu verstehen, und die *Philippa* konnte sich mit ihren überfluteten Laderäumen kaum noch in der schweren See behaupten.
Gegen 3 Uhr morgens hüllte dichter Nebel den Trawler ein, und heftige Regenschauer prasselten auf seine Decks herunter. Die Sichtweite war auf vier Meter begrenzt, und bisher hatten sie noch keine Antwort auf ihre Notsignale erhalten. Gideon wußte, daß sie sich ziemlich weit von ihrem ursprünglichen Kurs entfernt hatten, vermochte jedoch nicht zu sagen, wo sie sich in die-

sem Augenblick befanden, da Nebel und Regen eine nautische Standortbestimmung verhinderten.

Eine tückische querlaufende Welle drehte den Trawler mit der Breitseite in den Wind, so daß der nächste Brecher ihn auf ein Felsenriff warf, das ihm den Bauch aufschlitzte. Es dauerte nur den Bruchteil einer Sekunde, bis Gideon wußte, wo sie sich hier befanden und daß er so gut wie tot war. Als der Trawler sich nun auf die Seite legte, wurde der Maschinenraum überflutet, und im nächsten Moment gingen alle Lichter aus. Binnen fünf Minuten waren alle Kammern des Schiffs vollgelaufen, und sein Untergang war besiegelt. Nun würde der Trawler von den erbarmungslosen Schlägen der heranrollenden Brecher und den scharfen Kanten des Riffs in seine Einzelteile zerlegt werden.

Nachdem es Gideon mit einiger Mühe gelungen war, das Steuerhaus zu verlassen und das Deck zu erreichen, sah er, daß alle Rettungsboote über Bord gespült worden waren und seine Männer, die Schwimmwesten angelegt hatten, sich aneinander und an der Reling festhielten. Doch dann rollte erneut eine haushohe Welle heran, riß sie mit sich und spülte sie über Bord. Und dann war da eine bis zum Himmel hinaufragende weiße Säule aus Gischt, die auf den Trawler herunterstürzte und ihn zum Kentern brachte.

Gideon stürzte in die brodelnde See. Das Wasser war so kalt, daß er einen Schock erlitt und sich nur noch vage bewußt wurde, wie er gegen die Felsen geworfen und dann von einer Unterströmung wieder in das offene Meer hinausgezogen wurde.

»Ich habe ihn umgebracht«, murmelte Angelo, als man vier Tage später die Reste des Wracks auf dem Felsenriff entdeckte. Und vor seinem inneren Auge sah er wieder das Bild von Gideon, der in seiner zerlumpten Hose, das Hemd um die Taille geschlungen, mit einem vergnügten Grinsen in sein Ruderboot stieg, um zusammen mit seinen Freunden draußen in der Bucht das Schleppnetz auszulegen. »Was habe ich nur getan?« fragte sich Angelo schluchzend. »Es war niemals seine Bestimmung gewesen, als Kapitän eines Trawlers auf das offene Meer hinauszufahren. Mein blinder Ehrgeiz hat ihn das Leben gekostet!«

Jeder kann sehen, daß Peggy überarbeitet ist und kurz vor einem Nervenzusammenbruch zu stehen scheint, dachte Angelo bei sich. Das »Sands« war Peggys einziges Interesse im Leben geworden, nachdem sie erfahren hatte, daß ihr Mann kurz vor Kriegsende in einem deutschen Gefangenenlager gestorben war. Seit einigen Wochen stand sie mit Ramona auf Kriegsfuß, weil sie sich in die Küchenangelegenheiten eingemischt, über die Qualität des Essens geklagt und ihr sogar die Schuld für entgangene Party-Service-Aufträge gegeben hatte. Seit ein paar Tagen ließ sie auch kein gutes Haar mehr an den Kellnerinnen und machte ihnen allen das Leben schwer.

Angelo nahm sich deshalb ein paar Stunden in seinem Büro frei, um sich ihre Beschwerden anzuhören. »Nachdem du mir jetzt alle diese trivialen Sachen erzählt hast«, sagte er, als sie einen Moment lang schwieg, um wieder zu Atem zu kommen, »möchte ich jetzt die wahren Probleme von dir wissen.«

»Die wahren Probleme?«

»Zum Beispiel, wie es um dein Liebesleben bestellt ist.« Seit kurzem lebte Peggy, wie er wußte, mit einem arbeitslosen britischen Immigranten zusammen.

»Das ist null und nichtig«, erwiderte sie ärgerlich. »Ich habe Lover-Boy an die frische Luft gesetzt. Er bildete sich nämlich ein, er könne auf Kosten unseres Restaurants bis zum Ende seiner Tage ein Luxusleben führen.« Sie seufzte. »Das nächstemal werde ich vorsichtiger sein, es war gar nicht so leicht, ihn wieder loszuwerden. Es war sogar schrecklich! Aber glaub ja nicht, daß ich nur seinetwegen so gallig wäre. Ramona hat sich sehr verändert. Sie ist nicht mehr die Frau, die du noch vor ein paar Wochen gekannt hast.«

»Was erwartest du eigentlich von ihr?« erwiderte er gereizt. Dann hob er beide Hände, als sie ihn befremdet ansah. »Hör zu. Ich möchte hier keinen Streit haben. Ramona kommt einfach nicht über Gideons tragischen Tod hinweg, und wir sollten uns alle darum bemühen, ihr zu helfen.«

Da schlug Peggy plötzlich die Hände vors Gesicht und begann zu schluchzen. Angelo kauerte sich erschrocken neben ihren Stuhl, legte die Arme um sie und fragte: »Was hast du? Was habe ich denn Schlimmes gesagt? Komm, ich werde dich nach Hause bringen. Tränen sind nicht gut für die Moral. Unsere Angestellten müssen ja glauben, wir stünden kurz vor dem Bankrott.«

Da lachte sie unter Tränen. Als er sie heimgebracht hatte, schaute er sich dort interessiert um. Perserteppiche, gute Gemälde, antike Möbel, dazu noch all diese modernen Geräte, die einem das Leben in den eigenen vier Wänden heutzutage so bequem machen: Peggys Wohnung hatte sich, seit sie seine Geschäftspartnerin geworden war, erheblich verändert.

»Kaffee?« fragte sie.

»Wie wäre es mit einem Scotch – oder was immer du gerade hast.«

Er folgte ihr in die Küche und sah eine Weile zu, wie sie dort die Frühstückstheke und den Küchentisch mit ihren Tränen überflutete, ehe er »Na, na« sagte und nach einem Tuch griff, um ihr das Gesicht abzuwischen.

»Bleib mir mit diesem Spüllumpen vom Gesicht weg«, wehrte sie ihn ab.

»Entschuldigung«, erwiderte er und warf das Tuch in den Ausguß.

»Tut mir leid«, stieß sie schluchzend hervor, »aber es ist gar nicht so leicht, jemanden vor die Tür zu setzen, den man mag. Ich mußte es tun, weil er mich nicht liebte. Ich habe ihn in meinem Schlafzimmer mit einer anderen Frau im Bett erwischt. Begreifst du denn nicht, daß ich in jeder Hinsicht einen ebenso großen Verlust erlitten habe wie Ramona? Doch jeder bedauert nur sie. Wenn ich abends vor die Tür gehe und all diese beleuchteten Fenster um mich herum sehe, hinter denen die Familien so einträchtig und glücklich beisammensitzen, während ich nicht mal einen Mann bekomme – jedenfalls keinen vernünftigen –, dann sage ich mir, daß da etwas mit mir nicht stimmen kann. Aber was, Angelo? Kannst du mir das verraten?«

Er versuchte sie, so gut er konnte, zu trösten.

»Peggy, du bist nicht die einzige, die einsam ist. Man kann sogar verheiratet und trotzdem einsam sein. Selbst mit Frau und Kind und allem nur erdenklichen Komfort kann das Leben für einen zur Hölle werden.«

»Für dich?«
»Möglich. Nur daß ich in der Regel nicht darüber rede.«
»Ich weiß auch nicht, was in mich gefahren ist«, meinte sie. »Schließlich bin ich doch schon so lange allein. Warum muß ich ausgerechnet jetzt einen Nervenzusammenbruch bekommen?«
»Du brichst nicht zusammen, Peggy, du brauchst nur ein bißchen Liebe. So wie ich. Pippa und ich haben schon seit Jahren nicht mehr miteinander geschlafen. Sie braucht keinen Mann. Sie hat ihren Sohn und ihren Vater, und das scheint ihr zu genügen.«
»Ihr solltet nicht unter Steyns Dach wohnen.«
»Das habe ich Pippa schon so oft gesagt, aber bisher habe ich sie noch nicht dazu bewegen können, mit mir in ein eigenes Haus zu ziehen. Sie ist mit ihm nach Südwestafrika geflogen. Ihrem Vater gehören dort ein paar Dutzend Minen, und die beiden wollen dort oben jetzt einige neuerworbene Konzessionen in Augenschein nehmen. Pippa hat zwar in mancherlei Hinsicht eher männliche Eigenschaften, doch wenn es um ihren Sohn geht, ist sie wie eine Löwin. Da läßt sie nichts oder niemanden an diesen Jungen heran.«
Während Angelo Peggy betrachtete, dachte er, wie wunderbar es doch wäre, sich einfach gehenzulassen und mit jemand anderem als seiner Ehefrau ins Bett zu gehen. Konnte er ihr vertrauen? Ihr Bedürfnis nach Liebe war ebenso groß wie seines. Er liebte Pippa von ganzem Herzen, fühlte sich jedoch als ihr Mann unerwünscht und vernachlässigt, wenngleich er zuversichtlich war, daß er nur Geduld mit ihr haben müsse, damit sie ihn eines Tages wieder schätzen und lieben lernen würde.
Als er sich nun vorbeugte und mit den Lippen über Peggys nackte Schulter strich, wurde er zum erstenmal seit Monaten wieder von einem Begehren erfüllt. Er spürte, wie sein Körper erwachte. Doch war es nicht bloß ein sexuelles Bedürfnis, das gestillt werden wollte, sondern vielmehr der Hunger nach Leben – das Verlangen, etwas Schönes berühren, in den Armen halten und genießen zu dürfen.
»Oh«, hauchte sie. »Ich liebe es, gestreichelt zu werden. Ich wünschte mir, du würdest nie mehr damit aufhören.«
»Ich kann mir viel Zeit dafür nehmen«, flüsterte er. »Ich werde

nirgends erwartet und habe nichts anderes zu tun, als dich zu streicheln«, setzte er leise hinzu, während er sacht mit den Händen über ihren Rücken strich. Da ging sie mit ihm hinauf in ihr Schlafzimmer und zog sich dort aus, damit er ihre schönen festen Brüste und das weiche weiße Fleisch an ihren Hüften und Schenkeln streicheln konnte. Als er dann anfing, ihren Körper mit Küssen zu bedecken, wurden ihre Brustwarzen steif, und sie stöhnte leise.

Als er sah, wie sie auf seine Zärtlichkeiten reagierte, geriet er in einen Gefühlskonflikt. Einerseits war er von einem fast verzweifelten Verlangen nach körperlicher Liebe erfüllt, dem jedoch andererseits der Wunsch, Pippa die Treue zu halten, entgegenstand. Da bewegte sich Peggy unter ihm, stöhnte und öffnete die Augen. »Hör jetzt bitte nicht auf«, bettelte sie.

Da überließ er sich seinen Instinkten und drang in sie ein. In diesem Moment regte sich in ihm das schlechte Gewissen, und er spürte, daß er für den Bruch seines Ehegelübdes bestraft werden würde. Aber dann wurde er von seinem Verlangen fortgerissen und kam in einer großartigen Befreiung von all seinen aufgestauten Emotionen und körperlichen Frustrationen zum Höhepunkt.

Als er ein paar Stunden später nach Hause fuhr, wurde er dort von der Polizei erwartet. Es war ein Sergeant, der ihn bat, mit ihm ins Arbeitszimmer zu gehen und sich dort in einen Sessel zu setzen, was Angelo überaus alarmierend fand und ihn deshalb ungeduldig aufforderte, endlich zur Sache zu kommen.

»Sir, ich habe Ihnen etwas sehr Betrübliches mitzuteilen. Das Privatflugzeug, mit dem Ihr Schwiegervater, Steyn du Toit, nach Namibia fliegen wollte, ist am Rand der Kalahariwüste abgestürzt. Keiner der Insassen hat den Absturz überlebt.«

»Wer befand sich alles an Bord der Maschine?« gelang es Angelo nach einer Weile zu flüstern.

»Ihre Frau Philippa, Ihr Schwiegervater und ein Geologe namens ...«

»Und mein Sohn?« fiel ihm Angelo ins Wort. »Meine Frau ist niemals ohne meinen Sohn verreist.«

»Diesmal offenbar doch. Ihr Sohn hatte eine fiebrige Erkältung, und deshalb hatte man ihn im Hotel zurückgelassen, wo sich die Frau des Hotelbesitzers, die mit Ihrer Frau befreundet war, um ihn kümmern sollte.«

Da sank Angelo in seinem Sessel zusammen und schlug die Hände vor das Gesicht.

»Können wir jetzt irgend etwas für Sie tun?« erkundigte sich der Sergeant.

»Nein«, erwiderte Angelo mit tonloser Stimme.

Da gibt es nichts, was jemand jetzt noch für mich tun könnte, dachte Angelo, als er nach Südwestafrika flog, um seinen Sohn heimzuholen. Er würde jetzt viele Jahre lang mit seinem Kummer allein bleiben.

Ramonas Trauer um Gideon war größer, als sie das für möglich gehalten hatte. Es war ja nicht so, daß sie ihn so sehr geliebt hätte, sondern er war vielmehr, wie ihr rechter Arm, ein Teil von ihr gewesen. Es blieb ihr jetzt allein überlassen, sich in einer ständig feindseliger werdenden Welt zurechtzufinden und sich und ihre drei Kinder zu ernähren. Sie spürte, wie sich alles um sie herum veränderte. Immer nur zum Schlimmeren hin veränderte. Alles wurde so grausam und sinnlos! Es war ihr jetzt sogar verboten, sich in ein »weißes« Lokal zu setzen und dort ein Glas Wasser zu trinken! Die Strandtoiletten durften nur noch von Weißen benutzt werden. Selbst der Strand durfte jetzt nur noch von Weißen betreten werden – abgesehen von einem kümmerlichen Rest in der Nähe des Hafens. Und die Busse waren ebenfalls den Weißen vorbehalten, während jene für Nichtweiße nur noch selten am Tag verkehrten und dann von sich flegelhaft benehmenden Schwarzen überfüllt waren.

Ohne die moralische Unterstützung von Gideon, fürchtete Ramona, würde sie eingehen wie ein Primeltopf. Selbst Angelo hatte sich verändert. War er etwa auch von diesem neuen Elitedenken der Weißen angesteckt worden?

Der Fischereihafen war jetzt übervölkert, da immer mehr Farbige ihre Häuser, von denen einige schon seit Generationen in ihrem Besitz gewesen waren, in den weißen Wohnbezirken aufgeben mußten. Man stopfte sie nun alle in den einzigen farbigen

Wohnbereich von Silver Bay hinein, und zwar in diese winzige Siedlung über dem Fischereihafen. Das konnte sie Angelo nicht zum Vorwurf machen, weil die Regierung das so angeordnet hatte. Aber viele von diesen zugewanderten Leuten arbeiteten nicht in seinen zahlreichen Fabriken, und da die Wohnungen in den Mietshäusern überbelegt waren, wurden sie nicht mehr richtig gesäubert und fingen an zu stinken. Überall lag der Müll herum, und auf den Straßen war vor lauter Kindern kein Durchkommen. Das Dorf kam nicht mehr zur Ruhe. Am liebsten wäre sie jetzt von hier weggezogen – aber wohin? Nur farbige Dienstboten wurden jetzt noch in weißen Wohnbezirken geduldet.
Einen Monat nach Gideons Tod kam ein Regierungsbeamter in das »Sands«, um dort der Beschwerde nachzugehen, daß das Restaurant zum Teil im Besitz einer Nichtweißen sei. Das verstoße gegen eine Reihe von Gesetzen, wie ihr der Mann in schroffem Ton erklärte. Er machte sie dann darauf aufmerksam, daß es ihr nach den Bestimmungen des Separate Amenities Act sogar verboten sei, etwas in ihrem eigenen Restaurant zu trinken oder zu essen. Sie dürfe dort zwar an einem ihrer Tische Platz nehmen, aber sobald eine der Kellnerinnen ihr auch nur ein Glas Wasser bringen würde, hätten sie beide gegen das Gesetz verstoßen.
Da gab Ramona sich geschlagen und beschloß, ihren 25prozentigen Anteil an dem Restaurant zu verkaufen.
Angelo verbrachte ein paar Tage damit, ihr das wieder auszureden. Er schlug ihr vor, das Lokal ihretwegen in eine Aktiengesellschaft umzuwandeln, damit sie ihren Anteil behalten und dort als Angestellte weiterarbeiten konnte.
»Ich habe nicht mehr die Kraft und den Mut zum Kämpfen«, sagte sie zu ihm. »Ich weiß nicht, ob du verstehen kannst, wie mir jetzt zumute ist. Ich werde es dir sagen!« rief sie plötzlich mit lauter Stimme, während ihr die Tränen über das Gesicht liefen. »Ich komme mir vor wie ein räudiger Hund, ein Paria, eine Unberührbare, eine Leprakranke! Ich habe das Gefühl, daß ich mit einer Glocke läuten müsse, sobald ich hier auf die Straße hinausgehe, damit solche normalen Leute wie der Installateur oder der Elektriker, die sich zu gut dafür sind, mit mir im gleichen Bus zu

sitzen, sich rechtzeitig vor mir in Sicherheit bringen können. Ich fühle mich geringer als eine Schnecke. Ich wünschte, ich wäre tot«, fuhr sie fort. »Du kannst sicher sein, daß Peggy mich angezeigt hat. Wie wären diese Leute denn sonst darauf gekommen, daß mir ein Viertel von diesem Lokal gehört? Sie hat schon lange ein begehrliches Auge auf meinen Anteil geworfen. Ich will nicht gegen sie kämpfen. Ich möchte aber auch nie mehr mit ihr zusammenarbeiten.«

»Wenn das stimmt, was du mir da gerade erzählt hast, wird sie für unseren halben Anteil an dem Restaurant einen sündhaft hohen Preis bezahlen müssen«, versprach Angelo ihr. Als Peggy ihm dann später gestand, daß sie Ramona tatsächlich bei den Behörden angezeigt hatte, verlor er abermals einen Freund.

Von Schuldgefühlen geplagt, versuchte Angelo einen Weg zu finden, um Ramona für den Verlust ihres Anteils zu entschädigen.

»Laß mich deine Haushälterin sein«, bat Ramona. »Nur so finde ich meinen Frieden wieder und genügend Luft und Raum zum Atmen. Ich möchte in einem kleinen Häuschen auf deinem Grundstück wohnen und dem allen hier den Rücken zukehren. Ich möchte die Straßen von Silver Bay nie mehr betreten. Ich hasse diese Stadt. Ich fühle mich so angeekelt – so beschmutzt. Ich werde dir eine gute Haushälterin sein. Ich weiß, daß ich das sein werde. Und du brauchst mich auch, um deinen Sohn großzuziehen.«

»Meine teure, liebe Ramona... bitte... du mußt dich doch jetzt nicht an mich verkaufen. Du bist viel zu gut für diesen Job. Ich kann aber auch die Vorteile erkennen, die diese Regelung für mich und dich haben würde. Ja – ich werde dir ein schönes Cottage auf meinem Grundstück errichten lassen, und du wirst es entwerfen.«

Noch in der gleichen Woche brachte Ramona ihre Tochter Rose, die gerade zehn geworden war, in einer gemischtrassigen katholischen Privatschule in Betschuanaland unter, wo man noch nie etwas von der Apartheid gehört hatte. Bill schickte sie auf eine Schule der Christlichen Bruderschaft, wo es auch keine Rassentrennung gab, und dessen geistig etwas zurückgebliebenen Zwillingsbruder Frikkie gab sie zu Verwandten nach Malmesbury, die dort auf einer Farm arbeiteten.

Sie wußte, daß sie noch immer die Gabe des Zweiten Gesichts besaß. Sie konnten ihr zwar ihre Selbstachtung nehmen, aber das nicht.

Dein Samen wird sich mit Angelos Samen vermischen, war ihr prophezeit worden, und sie wußte, daß sich diese Weissagung erfüllen würde, aber nicht durch ihren Körper. Sie war alt geworden, und mit den vielen Falten in ihrem Gesicht konnte man sie leicht für fünfzig halten, obwohl sie erst fünfunddreißig war. Aber ihre Tochter Rose versprach eine große Schönheit zu werden. Man würde sie jetzt in diesem Internat wie ein weißes Mädchen erziehen und ihr das richtige Sprechen und eine gute Allgemeinbildung beibringen. Sie weinte bitterlich, als ihre drei Kinder ihr Heim verließen, packte dann ihre Sachen zusammen und trat am Ersten des darauffolgenden Monats ihre Stelle als Angelos Haushälterin an.

Von diesem Tag an war Angelos Welt sein Sohn Trevor, der gerade zwölf Jahre alt geworden war. Er ritt, schwamm und spielte Tennis mit ihm, unternahm mit ihm Wanderungen in die Berge, half ihm bei seinen Schularbeiten und brachte ihm die Grundzüge der Betriebswirtschaft und eines erfolgreichen Managements bei. Als er dann ein paar Jahre später Trevor auf das Fettes College nach Edinburgh schickte, damit er dort seine Ausbildung vervollständigen und sich auf das Studium an einer britischen Universität vorbereiten konnte, kam sich Angelo vollkommen verlassen vor.

Kapitel 37

Trevor Palma, Passagier der South African Airways, schaute durch das Fenster der Erste-Klasse-Kabine, aber statt der Berge, nach deren Anblick er sich so sehr sehnte, sah er nur die flache braune Öde der Karroo-Wüste unter sich, deren Einförmigkeit zuweilen von einer schnurgeraden Straße durchbrochen wurde. Wenn ihn in London das Heimweh gepackt hatte, waren es stets der Vater und dessen Haus gewesen, die ihm so sehr gefehlt hatten, aber noch mehr hatte er in den sechs Jahren seines Exils – zwei Jahre Internat, drei Jahre Studium an der London School of Economics und ein Jahr als Praktikant in einem der führenden Handelshäuser der Metropole – die Berge und die Sonne Südafrikas entbehrt.

Er grinste vergnügt, als ihm die Stewardeß jetzt einen zweiten Scotch auf Eis brachte. Er hatte zwar in den Ferien immer nach Hause fliegen können, freute sich aber, daß er nun wieder in seiner Heimatstadt wohnen würde. Dort wollte er ein neues Leben beginnen, wenngleich London für ihn ein phantastisches Erlebnis gewesen war. Da er aus einer Kleinstadt stammte, hatte er die Swinging Sixties in der Metropole in vollen Zügen genossen – die freie Liebe, die Kunst des Pop, den Twist und den Bop, das Meditieren und zuweilen auch das Rauchen von Marihuana. Seit kurzem hatte er sich auch einen Bart stehenlassen, und sein hellbraunes Haar hing ihm lose bis auf die Schultern. Er trug Hemden mit großen, knalligen Blumenmustern und dazu bunte Stirnbänder; bei Ohrringen und Tätowierungen hatte der Spaß jedoch bei ihm aufgehört.

Zudem hatte er das Gefühl, daß er damit niemanden hätte täuschen können. Da war etwas in seinen kühlen, analytischen grünen Augen und in seinem länglichen, knochigen Gesicht, was jeden dazu zwang, ihn ernst zu nehmen, was er zuweilen bedauerte. Er war ein überaus karrierebewußter Mann, und das sah man ihm offenbar auch an. So konnte er es jetzt kaum erwarten, das Geschäftsimperium seines Vaters zu übernehmen.

Die Maschine ging über den Franschhoek-Bergen in den Sinkflug über, und Trevor, der sich nun an ihrem Anblick weidete, dachte daran, daß er die unglaubliche Weite und Größe Afrikas fast vergessen hatte – diese Tausende von Quadratmeilen Wüste, diese sich über Hunderte von Meilen hinziehenden Gebirgszüge, diese silberweißen Strände, riesigen Farmen und gewaltigen Staudämme. Er spürte einen Kloß im Hals, so glücklich fühlte er sich jetzt. Er sah die Stewardeß mit einem strahlenden Lächeln an, die es mit einem verständnisinnigen Nicken zurückgab. Endlich zu Hause, schien ihr Lächeln zu besagen.

Als die Maschine auf dem Flughafen landete und Trevor sie als erster verließ, wurde er bereits ungeduldig von seinem Vater erwartet, der die Arme um ihn warf und dabei nicht bemerkte, wie die Frauen in der Menge Vater und Sohn mit neugierigen und bewundernden Blicken musterten. Sie waren beide gleich große, überaus attraktive und distinguiert aussehende Männer. Mit einundvierzig stand Angelo in der Blüte seiner Jahre. In seinen gewellten schwarzen Haaren war nicht ein einziges graues Fädchen zu entdecken, und da er ein Fitneßfanatiker war, der jeden Tag joggte, ein paar Runden in der Bucht schwamm und an den Wochenenden die Berge in der Umgebung bestieg, hatte er eine sehr drahtige, muskulöse Figur. Seine Haut war von der Sonne fast schwarz verbrannt, sein Gesicht nur von wenigen Falten durchzogen, und wenn man ihn aus der Entfernung betrachtete, schien er das Abbild eines glücklichen, erfolgreichen Mannes zu sein – wenn da nicht der traurige Ausdruck in seinen Augen gewesen wäre.

Angelo trat einen Schritt zurück, um einen kurzen, kritischen Blick auf Trevors Bart, Hippie-Frisur, Perlenhalsband und geblümtes Hemd zu werfen. Dann lächelte er leise in sich hinein. Er hatte seinen Sohn regelmäßig in England besucht, mit dessen Professoren und Tutoren gesprochen und meinte deshalb seinen Sohn besser zu kennen als die meisten Väter ihre Kinder. Er begrüßte Trevors Geschäftssinn, Ehrgeiz und Entschlossenheit. Und wenn er noch die Abstammung hinzurechnete, war sein Sohn etwas ganz Besonderes. Warum sollte er ihm also seinen kurzen Ausflug in das Hippie-Dasein nicht gönnen? Hatte er denn nicht, bevor er London verlassen hatte, dort noch einen

brillanten Coup gelandet, indem er eine stillgelegte Fischmehlfabrik in Argentinien zu einem Spottpreis erworben hatte? Er war gerade dem College entwachsen und hatte ihr Geschäft bereits zu einem internationalen Unternehmen gemacht. Deshalb habe ich ihn ja auch im Ausland studieren lassen, dachte Angelo bei sich, und damit ein großes Opfer gebracht, denn er hat mir in all den Jahren sehr gefehlt.
Aber nun ist er wieder hier und trägt jetzt unter seiner Hippie-Frisur ein unglaubliches Wissen mit sich herum. Laß ihn doch das Blumenkinder-Dasein genießen, solange er es noch kann. Man ist ja nur einmal jung.

Trotz seiner komischen Kleidung scheint er aus dem gleichen Holz geschnitzt zu sein wie der Alte, überlegte der Chauffeur, als er die Unterhaltung zwischen Vater und Sohn auf der Heimfahrt vom Flughafen belauschte. Sie redeten beide nur über Geld – über den Preis von Fischen und Fischmehl, wie profitabel die neue südamerikanische Fabrik arbeitete und wie wichtig in Zukunft das Fischmehl als ein in der ganzen Welt benötigtes Grundnahrungsmittel sein würde. Und wie Trevor in London den Kaffeepreis in die Höhe getrieben hatte, indem er erhebliche Mengen Rohkaffee in den Lagerhäusern zurückgehalten hatte. Und daß sie hier unbedingt ihre Fischfrosterei erweitern und das Monopol für mosambikische Langusten und Garnelen erwerben müßten. Keiner der beiden schien zu bemerken, daß der Frühling Einzug gehalten hatte und wie herrlich grün und frisch es jetzt überall aussah.
Und noch ehe sie dann das Haus erreicht hatten, geschah das, was in den letzten sechs Jahren, wenn der Junge in die Ferien heimgekommen war, schon oft passiert war: die beiden stritten sich. Trevor hatte gehört, daß er in Japan ein Fabrikschiff, mit dem man Fische bereits auf hoher See verarbeiten konnte, sehr billig kaufen könne und es nur eine Million kosten würde, es für ihre Zwecke umzurüsten. Doch der Alte wollte nichts davon wissen.
»Kannst du denn nicht begreifen, Vater, wie töricht es ist, sich von den Fischschwärmen abhängig zu machen, die ihrerseits wieder-

um vom Plankton abhängig sind? Warum, zum Teufel, sollen wir unsere Einnahmen der Willkür des Planktons überlassen?« ereiferte sich der Junge. »Mit einem Fabrikschiff können wir die Fischschwärme notfalls sogar bis zur südamerikanischen Küste verfolgen. Ich habe es durchgerechnet. Es funktioniert, Vater. Wir können bei diesem Handel nur gewinnen.«

»Wenn wir Fabrikschiffe einsetzen, werden die Sardellen und Sardinen im Nu überfischt sein«, hielt ihm Angelo entgegen. »Auf lange Sicht gesehen, bringen wir uns damit selbst um.«

»Was kümmert es uns, was in ein paar Jahren sein wird. Wir können jetzt damit schnelles Geld machen. Es gibt hier vor der Küste Sardinen in rauhen Mengen. Unser Problem ist die beschränkte Reichweite unserer Trawler, die den Fang zu unseren Fabriken an der Küste bringen müssen, bevor die Fische verderben. Nun? Was sagst du jetzt dazu?«

»Ich bin noch immer am Überlegen«, erwiderte Angelo. »Du kannst von mir nicht erwarten, daß ich so ohne weiteres ja dazu sage. Aber ich werde mir deine Berechnungen ansehen.«

»Du liebe Güte! Wenn du dich nicht beeilst, Vater, werden die Japaner kommen und uns das Geschäft vor der Nase wegschnappen.«

Der junge Palma biß sich ungeduldig auf die Lippen, und der Chauffeur seufzte. Er wäre zwar gern reich gewesen, aber es gab im Leben ja auch noch andere Interessen als nur das Geld.

Trevor verbrachte diesen Tag mit Angelo im Haus, nahm auf der Terrasse ein Sonnenbad, plauschte mit seinem Vater und erholte sich von der Reise.

Er brauchte dann eine Woche dazu, sich wieder in den väterlichen Fabriken zurechtzufinden, da sich dort inzwischen eine Menge verändert hatte, fand aber zwischendurch noch die Zeit für einen Besuch bei alten Freunden.

Es war schön, Emanuel Fernandes wiederzusehen. Sie waren Klassenkameraden in der Grundschule gewesen, aber dann hatte Emanuel auf der Cape Town University Kunst studiert und sich dort Hals über Kopf in ein Mädchen verliebt, das den Studenten für Aktzeichnungen Modell stand. Sie war teils äthiopischer, teils französischer Abstammung, und Trevor hatte nie herausfinden

können, was sie nach Südafrika verschlagen hatte. Sie war groß, cremefarbig und ein bißchen zu mächtig, was ihren Verstand und ihr Aussehen betraf.
Alles an ihr schien Überlebensgröße zu haben – ihre Augen, ihre Hände, ihre Füße und ihr Mund. Sie kannte keine Kompromisse und ruhte nicht eher, bis sie jedesmal ihren Standpunkt durchgesetzt hatte. Das verdarb Trevors Ansicht nach ihren Sex-Appeal, doch Emanuel war verrückt nach ihr. Sie schien seinen überaus sensiblen und zartbesaiteten Freund wie eine Lawine zu überrollen. Nur der Himmel wußte, wie Emanuel sie wirklich sah, da er jeden und alles, was ihm vor Augen kam, in kubistische Formen und leuchtende Farben umsetzte und schließlich in buntes Glas verwandelte.
Sein Freund hatte Juliette ein Cottage im Fischerdorf gekauft, und Trevor konnte nicht umhin, es zu bewundern. Mit seinen dicken, lachsfarben gestrichenen Steinwänden und den scharlachroten Weihnachtssternen, die dort überall herumstanden, erinnerte es ihn vage an arabische Behausungen. Emanuel hatte den rastafarischen Glauben angenommen, was ihm, wie Trevor entdeckte, das moralische Recht gab, soviel Haschisch zu rauchen, wie er wollte. Nachdem sie das Begrüßungszeremoniell hinter sich gebracht hatten, widmeten sich die beiden dem ernsthaften Geschäft, Rotwein zu trinken und Haschisch dazu zu rauchen. Trevor nahm nur ein paar Züge aus der Pfeife, da er sich um zwei Uhr nachmittags in der Fabrik zu einer Konferenz einfinden sollte.
»Mein teurer Freund«, eröffnete ihm Emanuel nach ein paar Joints, »du mußt unbedingt einen Baum mit uns pflanzen, damit wir etwas von dir haben, wenn du wieder fort bist.«
»Ich gehe nicht mehr fort. Jetzt nicht mehr«, erwiderte Trevor lachend. Er fand sich aber dennoch dazu bereit, zusammen mit den beiden im Innenhof zwischen den Weihnachtssternen *dagga*-Samen auszustreuen. »Ich übernehme hier die Fabriken«, erklärte er seinen Freunden vergnügt. »Vater will sich ganz auf den Weinbau konzentrieren – natürlich erst dann, wenn ich all seine Geschäfte fest im Griff habe. Das ist ein langgehegter Traum von ihm. Er hat sich eine Weinkellerei in Paarl gekauft und möchte

dort unbedingt seine eigenen Weine verschneiden. Es hat mal eine Zeit gegeben, in der seine Familie ihren eigenen Wein erzeugte, und er sehnt sich danach, zu seinen Wurzeln zurückzukehren.«

Den Haschischrauch tief in die Lungen ziehend, fühlte er sich ganz im Einklang mit seiner Welt. Die vielen Jahre des Studiums, dieser schöne, sorgenfreie Urlaub, den er im letzten Monat mit Claire Durrell, seiner besten Freundin, in Griechenland verbracht hatte, der Coup, den er mit dem Kauf der Fischmehlfabrik gelandet hatte, seine tiefe Zuneigung zu seinem Vater und das gute Einvernehmen mit ihm, seine jetzt wieder erneuerte Kameradschaft mit Emanuel – all das wirkte in diesem hübschen Haus, der Mittagshitze und dem herrlichen Ausblick auf die Bucht zusammen, um in diesem Moment in ihm ein Gefühl einer perfekten Harmonie zwischen ihm und seiner Welt zu erzeugen, das er mit einem zweiten Lungenzug aus seiner Pfeife noch vertiefte.

Trotzdem erhob er sich exakt um dreizehn Uhr dreiundfünfzig von seinem Platz und sagte verträumt zu den beiden: »Gehabt euch wohl, man sieht sich.«

Verträumt oder nicht – er hatte nicht die Absicht, zu spät zu dieser Konferenz zu kommen.

Als er die Straße zum Hafen hinunterfuhr, glaubte er, eine Vision zu haben. Ein Mädchen in einem roten Rock, einer schulterfreien weißen Bluse, hochhackigen weißen Sandalen und mit schulterlangen, im Wind flatternden schwarzen Haaren kam an ihm vorbei. Sie hatte lange Beine und eine schmale Taille, doch es war das Gesicht, das ihn über alle Maßen erstaunte. Mit den riesigen Augen, der kleinen geraden Nase, den etwas vorspringenden Wangenknochen und dem großzügigen vollen Mund gehörte sie zu dem überaus seltenen Phänomen einer absolut perfekten Frau. Er lachte in sich hinein. Niemand auf dieser Welt konnte so schön sein. Offenbar hatte er mehr Pot geraucht, als ihm lieb sein konnte. Hatte Emanuel etwa seinem *dagga* etwas Stärkeres beigemischt? Aber das würde er seinem Freund doch nicht antun, nicht wahr? Vielleicht sollte ich das Rauchen von Marihuana in Zukunft ganz lassen, überlegte er.

Angelo wartete bereits in der Fabrik auf ihn. Er schnüffelte an

ihm herum wie ein Bluthund und lächelte grimmig. »Sei auf der Hut«, sagte er. »Dieses Zeug ruiniert den Verstand. Aber da du so ein kluger Junge bist, weißt du das natürlich selbst.« Und damit schlug er ihm ein wenig linkisch auf die Schulter, so daß Trevor den Impuls unterdrücken mußte, sich mit einer sarkastischen Bemerkung für diese Geste zu revanchieren. Sein Vater konnte zuweilen so verdammt herablassend sein.
Er verdrängte das Bild des Mädchens, das er auf der Straße gesehen zu haben glaubte, aus seinem Bewußtsein und konzentrierte sich nun ganz auf die Geschäfte, die sein Vater mit ihm besprechen wollte. Verträumtheit, Visionen und Joints waren für ihn jetzt nur noch vage Erinnerungen.

Es war der dritte Abend nach seiner Heimkehr, an dem Trevor beschloß, mit Claire Durrell und seinem Vater die Oper zu besuchen. Er fand es fast komisch, als er sah, wie sein alter Herr Claire mit begehrlichen Blicken betrachtete. Wie alt war er jetzt? Trevor rechnete rasch in Gedanken nach. Einundvierzig. Seltsam, daß Angelos Haare noch pechschwarz waren. Für einen Mann seines Alters sieht er verdammt sexy aus, dachte Trevor liebevoll.
Claire kam dem Idealbild einer blonden nordischen Schönheit sehr nahe, für das sein Vater schon immer geschwärmt hatte, wie Trevor wußte. Sie war vollbusig, aber schlank, und ihre langen, glatten blonden Haare bildeten den vollkommenen Rahmen für ihren perfekt geformten Kopf. Ihre grünen Augen waren ungewöhnlich hell, und sie konnte einen Mann damit auf eine so verträumte Weise anschauen, daß der auf den Gedanken kommen mußte, sie habe eine Schwäche für ihn. Sie hatte lange, geschmeidige Glieder, eine cremig weiße Haut und ein vollendetes Profil. Ihrer Familie gehörte fast alles Ackerland an den Berghängen auf der Nordostseite des Tals, das sich nach Angelos Meinung vorzüglich für den Weinbau eignen würde. Waren es nun diese zukünftigen Weingärten oder vielmehr Claires nordische Gene, die er, Trevor, für seine Familie sicherstellen sollte? Eine für ihn bisher ungeklärte Frage, wenngleich es ihn amüsierte, jetzt mitzuerleben, wie sein alter Herr Claire förmlich mit den Augen verschlang. Seit Claire in die Pubertät gekommen war, hatten

Angelo und ihre Eltern ihre jeweiligen Sprößlinge dazu gedrängt, sich ehelich miteinander zu verbinden.
Trevor hatte Claire zwar sehr gern, aber sie heiraten? Er hatte nicht das Verlangen, sich vor seinem dreißigsten Lebensjahr zu binden. Er sah sie jetzt an, während er im Salon der Durrells darauf wartete, daß sie das Geschenk auspackte, das er für sie aus London mitgebracht hatte. Er blinzelte ihr zu, als ihr alter Herr Angelo zu einem Drink in die Bar entführte, und blickte dann auf die Uhr. »Nicht mehr als ein Glas, Dad, bitte«, sagte er. »Wir dürfen nicht zu spät zur Vorstellung kommen.«
»O Claire«, seufzte Claires Mutter mit einem enttäuschten Blick auf ihre Tochter, als sie mit knisternden Seidenröcken und von einer Duftwolke französischen Parfums umgeben, die den Anwesenden die Sauerstoffzufuhr abzuschneiden drohte, in den Salon kam. »Was für ein tristes Kleid, Darling! Ich hatte gehofft, du würdest dein neues Dior-Modell anziehen. Es ist so modern und gewagt.«
Claire lachte. »Das hat doch einen viel zu großen Ausschnitt für die Oper. Aber sei unbesorgt, Mutter, Trevor weiß sehr genau, wie ich aussehe. Schließlich hat er mich ja schon in einem Bikini bewundern können.«
Nun war es Claire, die ihm zublinzelte, so daß er ein Grinsen unterdrücken mußte. Sie hatten eine Woche auf einer kleinen griechischen Insel verbracht, wo sie stets ohne Oberteil und zuweilen auch ganz ohne gebadet hatte und wo sie die Nächte regelmäßig auf das Tanzen und Bumsen verteilt hatten. Sie waren beide nicht dazu bereit, vor den Traualtar zu treten, wenngleich sie sich darauf verständigt hatten, ihre Eltern nicht zu enttäuschen. Was auch immer passieren mochte: sie waren sich darin einig, daß es keine bessere Kameradschaft fürs Leben geben konnte als die ihre. Claire hatte ebenfalls in London studiert, aber nicht Betriebswirtschaft, sondern Psychologie und Englisch.
Als Trevor dann in der alten Alhambra saß, eine Schachtel Pralinen für Claire auf dem Schoß, spürte er eine Woge des Glücks in sich aufsteigen, während der Vorhang sich hob. Ein paar Sekunden später setzte er sich wie elektrisiert auf. Die langen schwarzen Haare der Operndiva und der ihr um die Beine flatternde

rote Rock erinnerten ihn so gewaltsam an das Mädchen, das er auf der Straße gesehen hatte, daß er den Rest des Abends damit verbrachte, darüber nachzugrübeln, ob sie nun real gewesen war oder nicht, und deshalb von der Vorstellung überhaupt nichts mitbekam.

Als sie später das Opernhaus wieder verließen, nahm Angelo sich ein Taxi, das ihn in seinen Club bringen sollte. »Ihr Jungen könnt euch was Besseres vorstellen, als mich dabeizuhaben«, behauptete er.

Als sie im Haus der Durrells anlangten, waren Claires Eltern schon zu Bett gegangen, um ihnen offenbar die Gelegenheit zu geben, sich ungestört miteinander unterhalten zu können, so daß sie ihnen den Gefallen taten und sich im Salon auf dem Sofa liebten. Trevor schloß die Augen und dachte an die schwarzhaarige Schönheit, die er auf der Dorfstraße gesehen hatte. Vermutlich war der Joint schuld daran gewesen, daß er sie sich nun in seiner Phantasie bis ins kleinste Detail vorstellen konnte. Doch zu seinem Entsetzen mußte er dann, als seine Vorstellungskraft erlahmte, feststellen, daß sein Penis sich in Wirklichkeit in Claires Scheide befand.

»Gütiger Gott!« Er setzte sich auf und blickte sie reumütig an. »War das okay? Oder bist du gerade in der kritischen Phase? Himmel – was können wir denn jetzt machen?«

»Ich habe mir eine Spirale einsetzen lassen«, erwiderte sie. »Ich denke, es ist okay.«

Aber da sie trotzdem ein besorgtes Gesicht machte, kniff er sie neckisch in die nackte Kehrseite. »Wenn deine Eltern wüßten, wie gut es sich mit dir bumsen läßt, würden sie nicht ständig versuchen, dich mir anzupreisen. Ich kann dir einfach nicht widerstehen. Komm, dreh dich jetzt um, damit ich dir den Rücken massieren kann.«

Das war etwas, dem sie nicht widerstehen konnte. Es dauerte nur wenige Minuten, bis sie mit verklärten Augen schnurrte wie eine Katze und ihren kleinen Unfall vergaß.

Kapitel 38

Von diesem Abend an fand sich Trevor regelmäßig zur Lunchzeit auf der Straße unterhalb von Emanuels Häuschen ein, in der Hoffnung, daß er dort vielleicht wieder diesem Mädchen begegnen könnte, das er damals hier gesehen hatte. Oder das ihm seine Phantasie nur vorgegaukelt hatte? War sie etwa nur eine von Drogen erzeugte Halluzination gewesen? Konnte es denn wirklich ein derartig schönes Mädchen auf dieser Erde geben?
»Nein, nie mehr, jedenfalls nicht an Werktagen«, hatte Trevor zu Emanuel gesagt, als der ihn in der darauffolgenden Woche zum Lunch in sein Haus gebeten und ihm dort einen Joint angeboten hatte. »Ein verdammt starkes Zeug. Hast du dem Tabak vielleicht noch etwas anderes als *dagga* beigemischt?«
»Wie kommst du denn auf diese Idee, Trevor? Das würde ich dir doch nicht antun! Das müßtest du eigentlich wissen. Was ist nur in dich gefahren?«
»Als ich das letztemal dieses Kraut geraucht habe, hatte ich eine Halluzination. Ich sah – nein – ich glaubte dort draußen auf der Straße eine so schöne Frau zu sehen, daß alle Hollywood-Produzenten gleich mit einer Chartermaschine hierhergeflogen wären, um sie unter Vertrag zu nehmen, alle Maler hätten Schlange gestanden, um sie zu malen, und alle Männer wären zu Mördern geworden, um sie zu besitzen.«
»Hoppla!« Emanuel lachte. »Sie scheint ja einen gewaltigen Eindruck auf dich gemacht zu haben. Hört sich für mich ganz nach Rose September an. Aber die müßtest du eigentlich kennen. Ihre Mutter ist eure Haushälterin, und Rose arbeitet in einer von euren Konservenfabriken. Ist wirklich ein hübsches Mädchen.«
»Hübsch? Nein, niemals. Das kann sie nicht sein. Hübsch ist kein Ausdruck für diesen Ausbund von Schönheit.«
»Nein? Okay. Dann liegt das an meinem sehr beschränkten Wortschatz. Aber wenn es sich tatsächlich um Rose handeln sollte, mußt du dich in acht nehmen. Sie hat einen ziemlich unangenehmen Typ als Freund – einen rauhbeinigen Ungarn namens Jânek József.«

Trevor machte daraufhin die Runde durch alle Fabrikhallen und suchte zwischen Kisten mit gefrorenen Fischen, Fässern mit Fischabfällen und Säcken mit Fischmehl nach seiner Vision, fand jedoch nirgends einen Hinweis auf die reale Existenz seines Traums und war in gewisser Weise sogar froh darüber. So einer Frau konnte ein Mann doch gar nicht gewachsen sein.

Seine Sekretärin war es dann, die ihm gegenüber den Namen Rose zum zweitenmal erwähnte, als er sie fragte, wo denn seine Rentabilitätsberechnung für das Fabrikschiff geblieben sei, die sie für ihn abtippen sollte.

»Ich bin gestern nicht mehr dazu gekommen und habe sie deshalb Rose September gegeben, die abends länger arbeitet. Ich wollte sie nur noch auf Fehler hin durchsehen, ehe ich sie Ihnen gebe.«

»Das werde ich selbst machen«, sagte er. Zehn Minuten später rief er seine Sekretärin an, daß sie Rose zu ihm schicken solle. Zu dumm, wie seine Hände zitterten. Er lächelte über sich selbst, als er sich eine Zigarette anzündete. Sie würde jetzt jeden Moment hereinkommen und seine Träume zerstören.

Dann ein sachtes Anklopfen. Die Tür ging auf, und seine Vision kam ins Zimmer, die diesmal sogar noch schöner war. Wie konnte das möglich sein? Sie trug kein Make-up, soweit er das sehen konnte, und trotzdem war ihre Haut so samtig und hell. Ihre Lippen waren weinrot, perfekt geformt und so voll, daß sie gar nicht zu diesem zarten Gesicht mit der kleinen Nase, den muschelförmigen Ohrläppchen und dem spitzen Kinn unter der Masse gewellter, feiner schwarzer Haare passen wollten. Doch das alles war trivial, wenn man es mit ihren großen leuchtenden Augen verglich, die vor Wärme, Humor und einer latenten Sinnlichkeit erstrahlten. Fast hätte er laut gestöhnt. Es war so, als hätte ihn sein ganzes Leben auf diesen Moment tiefer schicksalhafter Bedeutung vorbereitet. Er wurde in diesem Augenblick von einem seltsamen Gefühl der Vorbestimmung ergriffen. Ihm war so, als würden sie beide in diesem Moment unlösbar miteinander verbunden. Gütiger Gott, was geschieht da nur mit mir, dachte er in einem schockierten Schweigen, darum bemüht, seine Fassung wiederzufinden. Trotzdem verharrte er noch immer in einer stillen Andacht, all diese Schönheit in sich hineintrinkend.

»Stimmen die Zahlen nicht? Oder ist etwas anderes nicht in Ordnung?«
Ihre Stimme war kultiviert. Er hatte sich im Geist auf den singenden Tonfall der farbigen Dorfbewohner vorbereitet, doch ihre Aussprache war überaus korrekt. »Nein. Meinen Glückwunsch. Ihre Arbeit ist ausgezeichnet.« Sagte man so etwas zu einer Sekretärin? Er machte sich damit doch nur lächerlich. »Wie ich hörte, sind Sie gestern deswegen länger im Büro geblieben. Vielen Dank.«
Als er nun den Verlobungsring an ihrer linken Hand bemerkte, ließ er die von ihr getippten Blätter auf die Schreibtischplatte fallen. Demnach schien ihr dieser verdammte Ungar etwas zu bedeuten.
Sie lächelte. Es war ein leises, verstecktes Lächeln, das ihre Mundwinkel etwas anhob und ihre Augen noch strahlender machte. Lachte sie etwa über ihn?
»Kann ich jetzt wieder gehen?«
»Nein! Rose... ist das Ihr Name? Rose September? Sind Sie wirklich Ramonas Tochter? Wie ist das möglich?« Erst da wurde ihm klar, wie taktlos er war, aber ihre Haut war so hell und ihre Aussprache so gänzlich verschieden von der ihrer Haushälterin. »Ich meine, in all diesen Jahren, in denen sie mich aufgezogen hat, bin ich Ihnen kein einziges Mal begegnet«, korrigierte er sich hastig. »Hat Ihre Mutter Sie irgendwo versteckt? Wir sind doch praktisch Geschwister!« Das war möglicherweise wieder ein Fehler, aber sie schien jetzt etwas von ihrer Schüchternheit zu verlieren.
»Ich habe die meiste Zeit in einer Internatsschule verbracht.«
»Und die Ferien?«
Warum stellt er mir all diese schwierigen Fragen? wunderte sich Rose und runzelte die Stirn. Er hatte den Finger auf eine empfindliche Stelle gelegt, wo es weh tat. Denn es waren die Ferien gewesen, die sie zumeist mit ihren Lehrerinnen in der Fremde hatte verbringen müssen, die sie am meisten verletzt hatten. Vor einer Woche erst hatte sie zum erstenmal den Mut aufgebracht, ihre Mutter zu fragen, warum sie in den Ferien nicht nach Hause kommen durfte.

»Du siehst so reizend aus, Rose«, hatte ihre Mutter darauf geantwortet. »Ich habe auch mal so ausgesehen wie du. Und schau mich jetzt an! Ich hatte kaum eine Chance, mich von dem zu entfernen, was wir darstellen – von den Farbigen, meine ich. Meine Stimme, meine Lebensart, meine Gewohnheiten …« Ihre Stimme verebbte, und eine Weile war sie tief in Gedanken versunken gewesen. »Ich habe große Träume, was dich betrifft. Ich schickte dich fort, damit du so sprechen, denken, fühlen und dich benehmen solltest wie eine Weiße.« Wie sehr sich ihre Mutter doch getäuscht hatte! Ihre Tochter hatte sich nicht eine Sekunde lang wie eine Weiße gefühlt und auch niemals das Stigma, der farbigen Rasse anzugehören, vergessen. Was für eine Vergeudung ihrer Kindheit! Sie lächelte bitter. »Mutter hatte ein paar seltsame Ideen. Ich fürchte, sie ist da einem Irrtum erlegen.«

»Sie müssen sehr einsam gewesen sein als Kind. Ich nehme an, daß Sie sich zurückgestoßen fühlten und zuweilen verbittert waren.«

Was geht ihn das eigentlich an, dachte sie, wobei sie das Kinn vorschob und ihm einen trotzigen Blick zuwarf. Er schien zusammenzuzucken, und sie gab ihre feindselige Haltung sofort auf und lächelte wieder. Seltsame Augen, dachte sie. Teilnahmsvolle Augen. Was für eine Farbe haben sie? Grün? Oder Blau? Irgendwo dazwischen, überlegte sie. Da war etwas überaus Sensibles an ihm, und er schien sich in der Defensive zu befinden. Aber warum? Schließlich war er der Boß. Er schien nicht sehr von sich überzeugt zu sein, obwohl er zweifellos intelligent war. Jeder sprach davon, was für ein brillantes Examen er an der Universität gemacht hatte und daß er jetzt hier die Geschäftsführung übernehmen sollte. Trotzdem kam er ihr irgendwie verloren vor.

»Hören Sie, Sie haben hart gearbeitet und Ihre Sache sehr gut gemacht, während ich Ihnen gestern den Abend verdorben habe. Deshalb würde ich Sie gern zum Essen ausführen – zu einem Geschäftsessen natürlich.«

Sie hätte jetzt beinahe gekichert. »Ich habe einen Freund«, sagte sie. »Aber gegen ein Geschäftsessen wird er wohl nichts einzuwenden haben. Das wird er verstehen.«

»Gut«, sagte er leichthin, »dann würde ich vorschlagen, daß wir uns um zwölf Uhr fünfundvierzig unten auf dem Parkplatz treffen. Wäre Ihnen das recht?« Sie errötete und nickte. Sie wollte sich mit ihm treffen. Er konnte ihr das ansehen. Es mußte ihm nur irgendwie gelingen, diesen Ungarn loszuwerden. Ob er vielleicht hier in der Fabrik arbeitete? Wenn ja, würde er dafür sorgen, daß er versetzt wurde. Sie mußte ihm gehören. Als sie das Büro verließ, erkannte er, daß ihm in seinem Leben bisher nichts soviel bedeutet hatte wie das.

Beim Lunch erzählte ihm Rose von ihrer Buchhaltungsausbildung, die sie gerade beendet hatte, und von ihren Plänen für die Zukunft. Sie arbeitete zur Zeit noch als Buchhaltungs-Stenotypistin, würde aber in die Rechnungsabteilung aufrücken, sobald dort eine Stelle frei wurde.

Wie naiv sie doch noch war. Ihre Augen funkelten und glühten, und sie kicherte häufig, nachdem sie ihr erstes Glas Wein getrunken hatte. Er sah, wie sich dabei ihre Brüste unter dem billigen Stoff ihrer Nylonbluse hüpfend bewegten, konnte sich jedoch leicht vorstellen, wie ungemein reizvoll sie in unverhülltem Zustand aussehen mußten. Sie hatte einen Hals wie ein Schwan, und wenn sie den Kopf zurückwarf, um zu lachen – was sie oft tat –, liefen winzige Wellen darüber hin. Ein kleines Kruzifix baumelte herausfordernd über der schattigen Spalte ihres Busens. Sie hatte bemerkenswert zierliche und wunderbar geformte Finger. Er sehnte sich danach, ihre Hand zu ergreifen. Er hatte noch nie eine Frau so heftig begehrt wie diese und wußte, daß er ihretwegen einen Menschen töten, für sie arbeiten, ihr sein Leben weihen würde. Aber sie mußte ihm gehören.

Sie war noch wie ein Kind und konnte sich nicht lassen vor Begeisterung über das Dessert, bekam schließlich einen Schwips und verschluckte nun die Silben.

»Das ist schön«, sagte er. »Ich vermisse meine Londoner Freunde, und es würde mich sehr freuen, wenn Sie öfter mit mir lunchen würden. Wir könnten hier alle Restaurants ausprobieren. Bei ›Sands‹ gibt es die beste Paella, bei ›Rodriges‹ die schmackhaftesten Pasteten, und ich kenne ein Lokal in Wellington, wo sie das beste *Bobotie* des Landes zubereiten. Wir könnten zum

Lunch dorthin fliegen und danach wieder hierher zurück. Würde Ihnen das gefallen?« fragte er, auf ihre Zustimmung wartend.
»Ich habe noch nie in einem Flugzeug gesessen«, erwiderte sie nachdenklich.
»Morgen«, versprach er ihr, »fliegen wir zum Lunch. Wenn wir zu spät zurückkommen, werde ich sagen, daß Sie für mich Diktate aufgenommen haben.«
Sie kicherte. »Warum nicht? Ein Lunch ist doch harmlos«, sagte sie. »Jânek kann sich darüber nicht aufregen.«
Die Eifersucht traf ihn wie ein Messerstich, und er war verblüfft darüber, wie stark dieses Gefühl war. »Wo arbeitet denn Ihr Freund?« Er mühte sich, beiläufig zu klingen.
»Auf den Schiffen. Nimmt jeden Job an, den er dort bekommen kann. Er liebt die See, verstehen Sie?« Sie kicherte wieder. »Wie komisch das klingt. Ich glaube, ich habe zuviel getrunken.«
»Unsinn.«
»Er ist erst vor einem Jahr hierhergekommen, und solange er noch nicht die Landessprache beherrscht, schlägt er sich mit Gelegenheitsarbeiten durch. Er war früher Lehrer«, vertraute sie ihm an. »Und diesen Beruf möchte er eines Tages auch wieder ausüben.«
Seine Hand schob sich über ihre. Ihr sorgloses Klein-Mädchen-Lächeln verflog sofort. Sie zitterte und errötete, entzog ihm aber nicht ihre Hand. Nun übernahm sie die Rolle des Verführers – die unsterbliche, leise lächelnde Frau, sich ihrer Sexualität sicher und deren Macht erkundend und auskostend.
»Ich muß Ihnen etwas gestehen«, sagte er, und seine Augen nahmen nun einen brütenden, fast düsteren Ausdruck an. »Seit ich Sie zum erstenmal sah, habe ich nur noch an Sie denken können. Ich hatte meinem Freund Emanuel einen Besuch abgestattet, und als ich dessen Haus verließ, sah ich Sie durch das Dorf wandern. Ich habe tagelang alle Fabrikhallen nach Ihnen abgesucht, und wie sich heute herausstellte, befanden Sie sich direkt vor meiner Nase. Sie sind bei mir absolut sicher, Rose, aber geben Sie mir eine Chance. Geben Sie *uns* eine Chance. Gehen Sie nicht gleich mit Ihrem Freund zum Standesamt. Zumindest jetzt noch nicht.«
»Man muß sich schon ein bißchen fürchten vor Ihnen, wenn Sie

einen so anschauen«, sagte sie, und ihre andere Hand spielte dabei nervös mit ihrem Glas.
»Bin ich Ihnen zu ernst? Das Leben sollte Spaß machen, nicht wahr? Und morgen wird es das auch. Warten Sie es ab. Wir werden über die Berge hüpfen und direkt vor der Tür des Restaurants landen.«
Da kicherte sie wieder. »Wie könnte ich dazu nein sagen, wo ich doch so gern einmal fliegen möchte. Wir müssen nicht lunchen, der Flug würde mir genügen.«
Als sie dann auf dem Parkplatz vor der Fabrik anlangten, sprang sie aus dem Wagen und rannte davon, als hätte sie Angst, daß jemand sie mit Trevor sehen könnte. Er beobachtete, wie sie durch den Personaleingang im Gebäude verschwand, und trauerte jetzt um den Verlust ihrer Gegenwart. Würde Sie morgen zu dieser Verabredung kommen? Diese Frage beschäftigte ihn so sehr, daß er den ganzen Nachmittag über an nichts anderes denken konnte, und als er in der Vorstandssitzung bei der Vorstellung seines Fabrikschiffprojekts keine überzeugende Figur machte, fing er ein paar böse Blicke von Angelo ein. Punkt halb sechs rief ihn dann seine Sekretärin an.
»Diese Rose September möchte Sie sprechen. Sie will mir aber nicht sagen, weshalb.«
Das Herz rutschte ihm bis in die Kniekehlen hinunter. Er war überzeugt, daß sie gekommen war, um die Verabredung für morgen abzusagen.
Sie sah so nervös aus. »Da ich noch nie geflogen bin, hätte ich jetzt noch gern von Ihnen gewußt, ob ich nun ein Kleid für das Restaurant oder eine Hose für das Klettern auf den Passagiersitz der Maschine anziehen soll.«
Was für ein Aufstand wegen einer solchen Lappalie! Er lachte erleichtert.
»Ziehen Sie an, was Ihnen gefällt. Sie müssen nicht klettern. Ich werde Sie in die Maschine hineinheben«, versprach er ihr. »Nein, ich weiß etwas Besseres. Ziehen Sie den roten Rock und diese schulterfreie weiße Bluse an, worin ich Sie zum erstenmal gesehen habe. Würden Sie das für mich tun? Aber bringen Sie auch eine Jacke mit!«

Er erhob sich hinter dem Schreibtisch und ging auf sie zu. Als er näher kam, konnte er ihr Parfum und den Geruch ihres Körpers wahrnehmen, der ihn so sehr erregte. Er war viel größer als sie, und es störte ihn jetzt, daß er zu ihr hinunterschauen mußte. Er löste sacht den Knoten des Seidenbandes, das ihre langen Haare im Nacken zu einem Pferdeschwanz zusammenraffte. »Sie sollten Ihre Haare nicht so stramm nach hinten kämmen. Das könnte den Wurzeln schaden. Also tragen Sie sie besser so«, fuhr er fort und entfernte das Band, so daß ihr die Haare locker auf die Schultern fielen. »O Rose«, flüsterte er, »für dich würde ich alles tun.« Dann beugte er sich zu ihr hinunter und preßte, all seinen bisherigen Bindungen abschwörend, seine Lippen auf die feste, warme Haut ihrer Wange.

Kapitel 39

»Schau mich an, Rosie! Wir sind doch verlobt, nicht wahr?«
Rose scheute sich davor, Jânek in die Augen zu sehen, fühlte sich aber schließlich dazu verpflichtet, zu ihm aufzuschauen. Sein Anblick löste in ihr eine Welle von Schuldgefühlen aus. Matte Augen, unrasierte Wangen! Kein Zweifel, daß er ihretwegen Höllenqualen litt, und das belastete ihr Gewissen. Schließlich war es doch erst vier Wochen her, daß sie sich in diesen gutaussehenden Mann mit den kurzgeschorenen schwarzen Haaren, den blitzenden blauen Augen und den von der Sonne tief gebräunten sehnigen Armen vernarrt hatte. Damals war sie sicher gewesen, ihn auch zu lieben.
Aber schau ihn dir jetzt an! Nervöse Hände, heruntergezogene Mundwinkel, blutunterlaufene und von tiefen Schatten unterlegte Augen. Und wie mager er inzwischen geworden war! Er sah richtiggehend krank aus. Da sie wußte, wie sehr er sie liebte, konnte sie sich denken, daß er ihretwegen nachts vor Kummer keinen Schlaf mehr fand. So wie jetzt hatte sie ihn noch nie erlebt, und zum erstenmal beschlich sie das bange Gefühl, daß dieser so sehr von seinen Emotionen beherrschte Mann gefährlich werden konnte.
Er schien ihre Gedanken zu lesen. »Schau mich nicht so an, als müßtest du Angst vor mir haben. Ich liebe dich doch, Rose. Ich könnte dir niemals weh tun. Eher stürbe ich, als dir ein Härchen zu krümmen.«
Sie lächelte schwach. Jânek war erst vor einem Jahr aus Ungarn geflohen, aber er war intelligent und lernte rasch, so daß er die englische Sprache schon recht gut beherrschte. Er verwendete nur manchmal recht seltsame oder schrullige Ausdrücke, über die sie schmunzeln mußte.
»Fällt es dir so leicht, mich wegzuwerfen? Uns? Alle unsere Träume? Sind dir meine Gefühle so gleichgültig? Du hast mich behandelt wie einen Haufen Dreck, während ich dich nur angehimmelt habe. Wenn du mich lieben würdest, wäre es dir niemals in den Sinn gekommen, mich zum Narren zu halten«, sagte er in einem trügerisch ruhigen Ton.

»Wieso halte ich dich zum Narren? Es ist nicht fair, mir so etwas vorzuwerfen. Es ist ein Job – das ist alles. Ein Job ist ein Job.« Sie drehte nervös an ihrem Ring. Der Ringfinger ihrer linken Hand schien angeschwollen zu sein. Der Ring saß offenbar zu stramm und schnitt die Blutzufuhr ab.
»Ein Job? Wen willst du damit täuschen? Angestellte fliegen nicht zum Lunch in weit entfernte, sündhaft teure Restaurants. Und schau dir deine Kleider an. Dieses Kostüm muß ein Vermögen gekostet haben. Wie lange, glaubst du, kannst du mich noch an der Nase herumführen?«
»Diese Kleider sind notwendige, berufsbedingte Anschaffungen, die von der Firma bezahlt werden. Ich muß sie tragen, weil sie zu den Funktionen gehören, die ich auszuüben habe. Wie zum Beispiel gestern, als Trevor in einem Club in Kapstadt eine Rede halten und ich bei dem anschließenden Dinner alle Fragen mitstenografieren mußte, die an ihn gerichtet wurden. Er braucht mich für solche Aufgaben.«
»Trevor? Er heißt also nicht mehr Mr. Palma? Wenn es Trevor ist, den du haben möchtest, werde ich aus deinem Leben verschwinden. Aber dann solltest du dich auch für einen von uns beiden entscheiden, Rose. Du mußt doch inzwischen begriffen haben, daß er hinter dir her ist. Du kannst nicht all das annehmen – diese Kleider, Einladungen zum Essen und weiß Gott was nicht noch alles – und so tun, als wäre das alles nur rein geschäftlich.«
»Aber das ist es. Begreifst du das denn nicht? Er hat mir noch nie Avancen gemacht«, sagte sie. »Kein einziges Mal.« Das stimmte, wenn es auch nur die halbe Wahrheit war. Es war die Art, wie er sie anschaute, mit der er sich verriet. Er bekam ganz zornige Augen, wenn ein anderer Mann es wagte, sie anzusprechen. Da sie so hellhäutig war, nahmen Trevors Geschäftsfreunde offenbar an, daß sie eine Weiße sei – nur weil sie gut gekleidet war und sich in seiner Gesellschaft befand. Und sobald man sie als Weiße akzeptiert hatte, schienen die Männer sich förmlich darum zu reißen, ihre Bekanntschaft zu machen. Nicht einer von ihnen würde ihr auch nur einen guten Tag wünschen, wenn er ihr auf dem Fischmarkt begegnete, doch in diesen eleganten Lokalen und in der dazu passenden Garderobe schien sie plötzlich ihren Kreisen

anzugehören. Was wollte Trevor von ihr? Sie wartete noch immer darauf, das herauszufinden. Sie wußte nur, daß die Sonne aufzugehen schien, wenn Trevor ins Zimmer kam. Er hatte ihr Leben verändert und sie auf ein Podest gestellt, und das gefiel ihr. Sie hatte nicht das Gefühl, ihm etwas zu schulden, aber auf eine gewisse Weise liebte sie ihn. Er wünschte sich, daß sie zu ihm gehörte. Und diese aufregende Welt, die er ihr erschloß, zog sie an wie eine Laterne die Nachtfalter. Sie war wie Balsam auf die Wunden zahlloser Demütigungen, denen sie sich als Bürgerin zweiter Klasse tagtäglich ausgesetzt sah. Sie hatte es schon immer gehaßt, dazu gezwungen zu sein,·in einem Farbigengetto zu wohnen.

Da sie in einem gemischtrassigen christlichen Internat mit weißen Mädchen aufgewachsen war, die sich soviel auf die Überlegenheit ihrer weißen Haut eingebildet hatten, was sie so sehr verletzt, daß sie sich vorgenommen hatte, in allen Fächern die Beste zu sein. Sie hatte nachts auf der Toilette, wo sie Licht anmachen konnte, gebüffelt und Schulpreise gesammelt wie Briefmarken. Hatte sie nicht immer wieder bewiesen, daß sie nicht zweitklassig war? Und trotzdem litt sie noch immer unter dem Stigma der Rassentrennung. *Wenn du nicht weiß warst, warst du gar nichts.*

Trevor hatte ihr nun kraft seines Intellekts, seines Reichtums, seiner gesellschaftlichen Stellung und seiner offenkundigen Verehrung ihrer Person auch den Beweis ihrer gesellschaftlichen Ebenbürtigkeit geliefert. Solange sie mit ihm zusammen war, konnte ihr nichts passieren. Aber was für einen Preis verlangte er für seine Gunst? Sie hatte wirklich keine Vorstellung davon, was Trevor von ihr wollte.

»Du Närrin! Du kleines, naives, törichtes Ding! Das gefällt mir nicht. Ich traue ihm nicht. Er ist ein hinterlistiger Bastard, wenn du mich fragst, der dich nur nudelt wie eine Gans, bis er meint, daß du schlachtreif bist. Ich traue ihm nicht. Flieg nicht mit ihm nach Mosambik, hörst du? Wenn du das tust, sind wir beide geschiedene Leute. Nun habe ich es dir gesagt. Du mußt dich entscheiden.«

Sie würde auf diese Reise nicht verzichten. Sie hatte seit Wochen davon geträumt. Ohne erst nachzudenken, zog sie nun so heftig

an ihrem Ring, daß er sich vom Finger löste und über den Boden rollte. »Da hast du deinen Ring zurück, Jânek. Die Wahrheit ist, daß ich nicht weiß, was ich will. Kannst du das denn nicht verstehen?«
Er lief dem Ring nach, hob ihn vom Boden auf und starrte ihn eine Weile an, ehe er ihn in die Tasche steckte. Dann sah er zu ihr hin und lächelte traurig. »Du kannst jetzt in deinem eigenen Saft schmoren.«
In deinem eigenen Saft schmoren! Es fehlte nicht viel, und ihr wären die Tränen gekommen. In diesem Moment spürte sie ein fast übermächtiges Verlangen, zu ihm zu laufen, ihn zu trösten, ihm den Ring aus der Tasche zu nehmen und sich wieder anzustecken. Ich liebe ihn doch, dachte sie. Wahrhaftig und ehrlich. Aber diese neue Welt war viel zu faszinierend, als daß sie sie so ohne weiteres aufgeben konnte. »Ich liebe dich, Jânek«, sagte sie. »Ich bin sicher, daß alles ein gutes Ende finden wird. Du mußt mir nur Zeit lassen.«

Es war Hochsommer, doch ein kalter Wind wehte vom Meer her. Jenseits des Parkplatzes konnte Trevor eine Schar von Tümmlern sehen, die aus dem Wasser herausschnellten und auf den Wellenkämmen zu reiten schienen. Dann bemerkte er einen hochgewachsenen, etwas zerzaust wirkenden Mann, der sich am Rand des Parkplatzes herumdrückte. Offenbar ein Ausländer, dachte Trevor bei sich.
»Moment mal – das muß dieser Ungar sein«, murmelte er dann und musterte seinen Rivalen mit kritischem Blick. Er war nicht nur groß, sondern auch von sehr hagerer Statur, was einen erfahrenen Boxer wie Trevor nicht täuschen konnte. Er wußte, wie hart und sehnig diese knochigen Typen waren. Er schien einer von diesen Kids zu sein, die in einer üblen Nachbarschaft aufgewachsen waren und dort eine Menge Erfahrung in Straßenkämpfen mit rivalisierenden Jugendbanden gesammelt hatten. Seine Wangen waren von tiefen Furchen durchzogen, und seine tief in den Höhlen liegenden, blutunterlaufenen Augen zwinkerten ununterbrochen. Der Mann steht unter Strom, dachte Trevor, als der plötzlich auf ihn zukam und sich vor ihm aufbaute.

»Ich habe auf Sie gewartet«, sagte er.
Trevor nahm jetzt sorgfältig Maß von diesem Mann, der sich anscheinend mit ihm prügeln wollte. Jedenfalls sah er so aus, als würde er vor nichts zurückschrecken. Da er aus Ungarn geflüchtet war, war er dort vermutlich Verfolgungen ausgesetzt gewesen. Möglicherweise hatte man ihn dort sogar gefoltert, so daß er an Schmerzen gewöhnt war. Vielleicht könnte ich ihn mit einem schnellen, harten Hieb gegen das Kinn ins Land der Träume schicken, überlegte Trevor. Wenn aber nicht, könnte es eine ziemliche blutige Angelegenheit werden. Auch gut, dachte er bei sich und fragte: »Was wollen Sie von mir? Wenn Sie einen Job suchen, müssen Sie sich an das Personalbüro wenden.«
»Zum Henker mit Ihnen, Palma. Sie wissen ganz genau, wer ich bin. Roses Verlobter.«
Auch die leise Stimme des Mannes konnte Trevor nicht täuschen. Er wußte, daß hier ein gefährlicher Mann vor ihm stand.
»Wie ich hörte, hat sie die Verlobung inzwischen gelöst. Zumindest sagte sie das gestern. Sie sollen sie bedroht haben.«
»Bedroht?«
Das schien ihn einen Moment lang aus dem Konzept zu bringen. Trevor blickte ungeduldig auf seine Armbanduhr. »Was kann ich also für Sie tun, Mr.... äh...?«
»Ich bin hierhergekommen, um Ihnen etwas zu sagen, Palma«, erklärte ihm der Mann mit seiner trügerisch sanften Stimme. »Ich trage heute keine Waffe bei mir, aber Sie sollen wissen, daß ich mich nicht scheue, Sie zu töten. Ich dachte, daß ich Sie davon in Kenntnis setzen sollte.«
In Trevors Augen zeigte sich jetzt ein amüsierter Funke. »Sie drohen mir damit, mich töten zu wollen? Wissen Sie, daß das nach den Gesetzen dieses Landes strafbar ist?«
»Ich möchte nicht, daß Sie sich falsche Vorstellungen von Rosie machen. Wir sind zwar verlobt, haben aber nicht miteinander geschlafen. Ich respektiere sie. Sie ist ein reizendes Mädchen.«
»Das ist sie in der Tat«, stimmte ihm Trevor vorsichtig zu.
»Was empfinden Sie für sie?«
»Ich wüßte nicht, daß Sie das etwas anginge. Wenn Sie mich jetzt bitte entschuldigen...«

»Sie sollen wissen, daß ich Rosie im Auge behalten werde.«
»Sie beherrschen ja die Idiome der englischen Sprache schon recht gut, wie ich höre. Wenn ich Sie richtig verstehe, wollen Sie also ein wachsames Auge auf Rose werfen?« Warum, zum Teufel, stand er hier auf einem Bein und ließ sich mit diesem Kerl auf Wortgefechte ein? Vielleicht sollte er jetzt gewissermaßen das Eis brechen, indem er ihm eine langte.
»Ich prügle mich nie«, sagte Jânek da, als könnte er Trevors Gedanken lesen. »Ich töte nur. Glauben Sie mir, Mr. Palma – ich werde Sie umbringen, wenn Sie meiner Rosie ein Leid antun.«
»Ihrer Rosie? Irrtum, mein Freund. Sie scheinen mir da nicht ganz auf der Höhe der Zeit zu sein.« Er forderte diesen Mann jetzt absichtlich heraus, damit der ihm einen Vorwand für einen Kampf liefern sollte. Vielleicht konnte er ihn mit ein paar gezielten Boxhieben dazu bringen, das Feld zu räumen.
»Ich möchte, daß Rosie glücklich wird. Wenn Sie der bessere Mann für sie sind, werde ich Ihnen alles Gute wünschen. Wenn Sie ihr jedoch ein Leid antun...«
»Drohen Sie mir nicht, oder ich werde Sie deportieren lassen. Ich hoffe, es ist Ihnen bewußt, daß ich das kann.«
»Lieben Sie sie?«
Der Ernst und die Entschiedenheit, mit denen dieser doch über den drohenden Verlust seiner Verlobten bekümmerte Mann sich für deren Interessen einsetzte, brachten Trevor jetzt dazu, ihn nicht länger mit irgendwelchen ironischen oder sarkastischen Phrasen abzuspeisen. »Ja, ich liebe sie«, gestand er ihm. »Ich beabsichtige, sie zu heiraten, obwohl sie davon noch gar nichts weiß. Sie kennt mich ja noch gar nicht richtig, verstehen Sie? Ich hoffte, daß wir zuerst Freunde sein könnten.«
Dieser Narr sah jetzt sogar glücklich aus. Zum Teufel mit ihm! Wie konnte er nur so selbstlos sein? Er hatte sich der überlegenen Macht seines Geldes und seiner gesellschaftlichen Stellung beugen müssen, und deswegen tat er Trevor jetzt sogar leid. »Sie ist, wie Sie vorhin so richtig sagten, ein überaus reizendes Mädchen. Ein Juwel, wie man es nur selten findet«, gestand er ihm.
»Sie ist auch ein Mensch. Verraten Sie mir doch mal eines, Mr. Palma: Kaufen Sie immer Ihre Frauen?«

Trevor hätte sich jetzt dafür verdammen können, daß er sich diesem Kretin offenbart hatte. »Nur, wenn sie solche kostbaren Raritäten sind.«
Jânek war jetzt ganz blaß geworden und zitterte am ganzen Körper. »Wenn Sie meinen, sie mit Ihrem Geld und Ihrer Weltläufigkeit verderben zu können, sollten Sie immer daran denken, daß ich eines Abends in einem dunklen Winkel auf Sie warten werde«, warnte er Trevor mit seiner trügerisch sanften Stimme.
Trotz seines Vorsatzes, sich nicht von seinem Rivalen aus der Ruhe bringen zu lassen, winkelte Trevor nun beide Arme an, machte einen Schritt auf Jânek zu und zielte mit den Fäusten auf dessen Gesicht, das ihm jetzt überaus unsympathisch war.
Doch der Ungar wich rasch zur Seite, bevor Trevor zum Schlag ausholen konnte.
»Ich sagte Ihnen doch schon, daß ich mich niemals mit jemandem prügle«, erklärte er. »Das wäre nur Zeitverschwendung. Mit Prügeln hat man noch nie ein Problem gelöst. Mit Töten schon.«
Offenbar die Lebensweisheit meines ungarischen Nebenbuhlers, dachte Trevor sarkastisch, während er Jâneks hagerer Gestalt nachsah, die sich nun rasch vom Parkplatz entfernte.

Für Claire war Trevors unerwartete Einladung zum Lunch so etwas wie ein Gottesgeschenk. Sie mußte ihn sprechen, hatte sich jedoch gescheut, ihn zuerst zu kontaktieren. Zum erstenmal in ihrem Leben befand sie sich im Nachteil. Warum wollte er plötzlich mit ihr lunchen, nachdem er sie wochenlang nicht einmal angerufen hatte?
Das Lächeln, mit dem er sie begrüßte, war beruhigend und half ihr, einen Teil ihrer nervösen Spannung abzubauen. »Es ist schön, dich wiederzusehen, Claire. Du siehst gut aus«, sagte er. Und dann, mit einem Stirnrunzeln: »Nur ein bißchen blaß. Ein Sonnenbad würde dir guttun.« Und dann: »Ich dachte mir, daß wir mit einer Schlemmermahlzeit die drei Wochen wettmachen müßten, in denen wir uns nicht mehr gesehen haben. Was hast du in dieser Zeit mit dir angestellt?«
Er bestellte für sie beide eine große gemischte Meeresfrüchteplatte mit Austern, Calamari, gegrillten Garnelen und Krebsschwän-

zen, zu der sie Knoblauchbrot aßen und einen eisgekühlten jungen Portugieser tranken. Was für ein Fest! Claire langte tüchtig zu, froh darüber, daß sie wenigstens eine Weile von ihren Problemen abgelenkt wurde. Sie fürchtete schwanger zu sein. Sie hatte einen Termin mit ihrem Hausarzt gemacht, der ihr jedoch erklärt hatte, es sei noch zu früh, um so etwas mit Gewißheit sagen zu können. Aber ihre Regel, die sich sonst immer zuverlässig und pünktlich eingestellt hatte, war diesmal ausgeblieben. Auch war ihr morgens beim Aufwachen zuerst speiübel, doch dann beruhigte sich ihr Magen wieder, und mittags hatte sie wie jetzt einen Riesenappetit. Alles, was sie nun von Trevor brauchte, war die beruhigende Erklärung, daß er sie, wenn der schlimmste Fall eintreten sollte, zu einer ehrbaren Frau machen würde. Natürlich hatten sie beide noch nicht in so jungen Jahren heiraten wollen, aber was konnten sie denn anderes tun?

Claire hatte ihr Platte zur Hälfte leer gegessen, während sie über ihren gemeinsam in Griechenland verbrachten Urlaub gesprochen hatten, und sie war schon ein wenig schläfrig von dem Wein, als Trevor sein Glas erhob.

»Auf dich und mich, Claire. Wir haben großartige Zeiten miteinander verlebt, und du wirst mir doch recht geben, wenn ich behaupte, daß wir die besten Freunde füreinander sind, nicht wahr, Claire? Ich hoffe und glaube, daß wir auch immer die besten Freunde bleiben werden.«

»Natürlich«, erwiderte sie mit vor Vertrauen und Liebe glänzenden Augen, »aber...«

»Ich weiß natürlich auch, daß das nicht das ist, was unsere Eltern mit uns vorhatten, aber wir hatten beide stets die Absicht, unser eigenes Leben zu leben. Claire, meine Teuerste – ich habe mich verliebt, und ich wollte, daß du es als erste erfährst. Ich hoffe, daß ich dir Rose demnächst vorstellen kann. Ich weiß, daß du sie ins Herz schließen wirst. Sie ist die schönste Frau, die mir jemals im Leben begegnet ist – abgesehen von dir natürlich.«

Claire versuchte zu lächeln, aber ihr Gesicht schien plötzlich eingefroren zu sein. Sie hatte ein Rauschen in den Ohren und vermochte kaum die Lippen zu bewegen. Was konnte sie dazu sagen? Wie konnte sie es ihm jetzt beibringen?

Von da an war der Lunch für Claire ein Alptraum, während sie zu schnell und zu laut über Nichtigkeiten redete und dabei die ganze Zeit dachte: Deshalb hat er sich also drei Wochen lang nicht bei mir gemeldet. Zum Henker mit ihm! Was, zum Teufel, soll ich jetzt tun? Sie wurde so von einem Gefühl der Einsamkeit und Demütigung überschwemmt, daß ihr ganz übel davon wurde. Sie hätte nie gedacht, daß sie ihn jemals verlieren würde. Zum erstenmal wurde ihr bewußt, daß sie ihn von Anfang an geliebt hatte und daß sie nun etwas unglaublich Kostbares verlor.

Später schien Trevor dann auf die Idee zu kommen, daß ihr Schweigen eine Einwilligung sei, legte seine Hand auf ihre und sagte: »Danke, Claire.«

Danke wofür? Daß sie das gutgläubigste Schaf der Welt war? Sie entriß ihm so heftig ihre Hand, daß sie dabei ihr Weinglas umstieß, das vom Tisch rollte und auf dem Fußboden zerbarst. Ein paar Köpfe drehten sich zu ihr um, als sie von ihrem Stuhl aufsprang und ihre Handtasche an sich raffte.

Sie floh aus dem Lokal. Doch Trevor lief ihr nach.

»Claire, Darling! Ich hatte keine Ahnung, daß du dir etwas aus mir machst«, stotterte er. »Verzeih mir. Wenn ich das gewußt hätte, würde ich mich anders verhalten haben. Aber haben wir nicht immer gesagt… Ich meine, wir haben doch oft genug darüber gesprochen.«

»Zieh Leine, Trevor«, sagte sie, rannte weiter zu ihrem Wagen und fuhr davon, mit vor Tränen blinden Augen. Aber nicht halb so blind wie dieser Idiot, dachte sie. Er stand noch immer mitten auf dem Parkplatz und winkte ihr nach, dieser Trottel. Warum hatte er es nicht erraten können? Was würden ihre Eltern dazu sagen?

»O Gott, hilf mir«, flüsterte sie.

Kapitel 40

›Paradise Island‹ ist eine zutreffende Bezeichnung, dachte Rose, die, das Gesicht auf ihre Arme gebettet, im heißen Sand lag und seine Wärme an ihren Schenkeln und am Bauch spürte. Es wurde schon dunkel, aber der Sand schien die Hitze des Tages gespeichert zu haben, und der laue Wind, der nun wehte, wärmte ihr den Rücken. Wieder so ein herrlicher Tag, der zu Ende ging, und es blieben jetzt nur noch vier. Sie erschauerte, als sie daran dachte, und wünschte sich, sie könnte immer hierbleiben. Dieser Urlaub mit Trevor war die glücklichste Zeit ihres Lebens. Aber habe ich denn bisher überhaupt so etwas wie echtes Glück gekannt? fragte sie sich.

»Ich könnte die ganze Nacht im Sand schlafen«, murmelte sie.

»Dann laß uns das tun! Ich werde dafür sorgen, daß sie uns das Abendessen hierherbringen.« Trevor, der neben ihr lag, hatte auch schon halb geschlafen, und seine tiefe Stimme klang ein wenig gedämpft von dem Handtuch, das er sich über das Gesicht gebreitet hatte. Er setzte sich hoch, streckte sich und stöhnte. »Ich habe einen Sonnenbrand. Was würdest du denn gern essen – Fisch, Fisch oder Fisch?«

»Fisch«, antwortete sie kichernd.

Den Kopf auf die Arme zurückgelegt, beschäftigte sie sich in Gedanken wieder mit dieser fabelhaften Reise. Sie hätte nicht einmal im Traum daran gedacht, daß Menschen so leben könnten. Sie waren mit dem Privatjet der Firma nach Mosambik geflogen und dort von dem Hotelchauffeur abgeholt worden, der erst mit ihnen eine Besichtigungstour durch Lourenço Marques gemacht hatte, bevor er mit ihnen zum Hotel Polona zurückgekehrt war. Dort hatte sie in Gestalt einer Suite mit zwei Schlafzimmern und einem riesigen Salon mit Balkon, der auf die Esplanade und das Meer hinausschaute, der totale Luxus erwartet. Sie wurden behandelt wie königliche Hoheiten, und das Personal scheute keine Mühe, ihnen jeden Wunsch zu erfüllen.

Jeden Morgen waren die pompösen und fetten portugiesischen Händler und Fangflottenbesitzer mit blitzenden Zähnen und

Ringen im Hotel erschienen, um Trevor ihre Waren anzupreisen, der sie zu einem späten Champagnerfrühstück einlud, bevor er mit ihnen ihre Kostenaufstellungen durchging und die Preise drückte. Sie hatte entdeckt, daß Trevors Verstand so scharf war wie ein Rasiermesser und daß er ein unglaublich zäher und zielstrebiger Verhandlungspartner sein konnte. Während seine portugiesischen Gäste noch immer Kosten und Gewinnmargen verglichen und die harten Bedingungen beklagten, die er ihnen auferlegte, diktierte er bereits die Verträge, die noch am gleichen Vormittag unterschrieben und beglaubigt wurden.
Danach erkundeten sie Lourenço Marques, aßen in pittoresken Cafés Peri-peri-Huhn und kehrten dann zur Siesta ins Hotel zurück, bevor sie dort im Pool schwammen. Abends wanderten sie durch die gepflasterten Gassen der Altstadt bei den Docks, wo schöne Frauen Fado – melancholische portugiesische Volkslieder – sangen und dunkelhäutige Huren in den Hauseingängen lauerten. Vier Tage später waren sie mit einem Motorboot nach Paradise Island gefahren, und von da an war ihr fast jedes Gefühl für die Zeit abhanden gekommen. Sie schwammen, schliefen in der Sonne, badeten dann abermals im Meer und labten sich anschließend an Garnelen, Hummer, Langusten und allerlei gewürzten Fischgerichten, zu denen sie viel zuviel eisgekühlten portugiesischen Wein tranken. Wie kann ich danach jemals wieder in ein normales Leben zurückkehren? fragte sie sich.
Das Essen wurde ihnen nun in Picknickkörben gebracht, und Trevor breitete ein Tischtuch auf dem Sand aus und füllte ihren Teller mit Schellfisch, Avocados und Tomaten auf gewürztem Reis. Sie setzte sich abrupt auf und suchte sich von der Depression zu befreien, die sie jählings befallen hatte. Sie nippte an ihrem eiskalten trockenen Wein und spürte, wie er sich mit ihrem Blut vermischte und ihre Zehen zum Kribbeln brachte.
»Ich komme mir so nutzlos vor«, klagte sie. »Ich habe tagelang nur faul in der Sonne gelegen. Ich komme mir vor wie eine Zikade, die der Ameise bei der Arbeit zuschaut. Und wenn es Winter wird, werde ich sterben.«
Seine Augen neckten sie. »Was würdest du denn gern tun? Euer Wunsch ist mir Befehl, gnädige Herrin.«

Warum konnte er nie ernst bleiben? Was ist nur mit uns los? Warum sind wir uns so nahe und doch so weit voneinander entfernt? hätte sie ihn jetzt gern gefragt. Es waren Fragen, die sie schon lange quälten, die sie jedoch nicht auszusprechen wagte, bis ihr dann zwei weitere Gläser Wein die Zunge lockerten.

»Was willst du von mir?« rutschte ihr als erstes ihre geheimste Frage heraus, und dann starrte sie ihn mit halboffenem Mund entsetzt an.

»Es war der Wein, der aus mir sprach«, murmelte sie. »Vergiß es. Ich bin betrunken.«

»Um deine Frage zu beantworten«, sagte er darauf langsam und bedächtig, »ich hoffte, daß du mich lieben würdest.«

»Und dann?«

»Dann werde ich dir den Hof machen, dich leidenschaftlich lieben und schließlich heiraten.«

Sie errötete und nippte wieder an ihrem Wein, wobei sie ihn über ihr Glas hinweg grübelnd beobachtete. Es war sein Reichtum, der zwischen ihnen stand. In letzter Zeit waren noch Schuldgefühle zu ihrem Wust von Emotionen hinzugekommen. Mutter hatte es sich in den Kopf gesetzt, daß sie Trevor heiraten sollte. Sie errötete noch mehr, als sie sich an die Empfehlung ihrer Mutter erinnerte, die sie ihr in letzter Minute mitgegeben hatte: »Komm verlobt oder schwanger wieder zurück – das eine ist so gut wie das andere.«

Würden sie sich denn näherkommen, wenn sie mit ihm schlief? Sie liebte ihn ja, aber ein Teil in ihr wehrte sich dagegen, ihm auch zu gehören. Wie konnte sie ihm das nur erklären? Warum hast du davor Angst? fragte sie sich. Trotzdem wollte das Zittern, das sie nun befallen hatte, nicht aufhören. Sie griff mit beiden Händen hinter sich und löste die Spange ihres Oberteils auf dem Rücken, so daß ihr der Büstenhalter in den Schoß fiel und ihre Brüste ein wenig nach unten sackten, um ihre normale birnenförmige Gestalt anzunehmen, nur waren die Brustwarzen heute abend geschwollen und steif. Sie konnte spüren, wie ihre Wangen flammend rot wurden, während sie ihr Glas in der Höhe ihrer Brüste festhielt, damit er es nicht sehen sollte.

Mit einer hochgezogenen Braue und einem unsicheren Lächeln

auf den Lippen sagte er: »Einfach so? Diesmal ist es dir gelungen, mich zu überraschen, Rose. Du bist so verwundbar und besitzt doch diese eine Waffe, daß du so unglaublich schön bist. Bei weitem die schönste Frau, die ich jemals in meinem Leben gesehen habe. Ich hungere nach Schönheit. Ich sehne mich danach, daß du mir gehörst. Ich möchte, daß du immer da bist, wenn ich morgens aufwache und abends einschlafe, damit ich dich anschauen kann. Das ist aber nicht richtig, denn unter all dieser Schönheit befindet sich eine echte Frau. Ich mußte dich finden, Rose. Ich mußte dich kennenlernen. Deshalb diese Reise. Ich könnte niemals so ein kleiner Junge sein, der einer Rose die Blütenblätter auszupft und sie dann wegwirft.«

Rose erbebte, denn ein Teil in ihr erkannte, daß er dieser kleine Junge war und ihre Blütenblätter fallen würden. Aber sie mußte sich an diese wunderbare neue Welt klammern, auf die sie bisher nur einen kurzen Blick hatte werfen können.

»Liebe mich. Ich möchte, daß wir uns ganz nahe sind. Ich fühle mich sonst so einsam und verloren.«

Warum saß er immer noch da und beobachtete sie, während ein zynisches Lächeln über seinen Lippen schwebte? Er schien durch sie hindurchzusehen.

Sie errötete noch heftiger, beugte sich vor, um einen Hummerschwanz von ihrem Teller zu nehmen und hineinzubeißen. Dabei rann ihr die Knoblauchbutter über das Kinn, den Hals und ihre rechte Brust, wo sie dann an ihrer Brustwarze hängenblieb. Oh, wie peinlich ihr das jetzt war! Sie wollte nach einer Papierserviette greifen, um sie abzuwischen, aber er hielt ihre Hand fest. Dann beugte er sich vor, legte den Mund auf ihre rechte Brust, saugte daran und leckte die Butter von ihrer Brustwarze ab. »Hm! Diese köstlichste aller jungen Ladys schmeckt sogar noch besser, wenn sie mit Knoblauchsoße garniert ist«, sagte er.

Schwerter einer fast schmerzhaften Lust schienen nun überall in ihren Körper einzudringen und ihre Brüste, ihren Unterleib und ihre Lenden zu durchbohren. Sie war einem solchen Übermaß seltsamer neuer Gefühle nicht gewachsen. Sie ließ den Hummerschwanz fallen, verdrehte die Augen, ballte die Hände zu Fäusten und schickte hilfesuchende Blicke zum Himmel hinauf.

O Gott, ist das immer so, wenn es passiert? Hilf mir! Tu etwas! Ihre Haut schmeckte salzig, stellte er fest, als er mit seinen Lippen über ihren Körper hinstreifte. Sie stöhnte leise. Wie zerbrechlich sie doch aussah. Und so unglaublich reizend, daß es fast anbetungswürdig war. Und dennoch spürte er, daß sich hinter all dieser Pracht ein eigensüchtiges Wesen verbarg. Er hätte an seinem Vorsatz festhalten sollen, hinter der Erscheinung von Rose die wahre Rose zu finden, sich klarzuwerden, was für eine Person sie wirklich war. Und dafür war es noch nicht zu spät.

Warum zögert er noch? fragte sich Rose. Sie sehnte sich nach seiner Nähe, die sie aneinanderbinden würde. »Oh, oh«, seufzte sie. »O Trevor. Bitte.«

Sie legte sich auf den Sand zurück, und ein paar Sekunden später hörte sie ihn flüstern: »So sei es denn, Rose.«

Es war eine sachte, überaus zärtliche Besitznahme, die sie hinauftrug zu Höhen der Lust, von denen sie nie geglaubt hätte, daß es sie gab. Als sie dann später, von einer wohligen Trägheit erfüllt, satt und zufrieden an seiner Schulter lag, flüsterte sie: »Ich hätte mir niemals träumen lassen, das es so schön sein könnte, so bedeutungsvoll. Noch näher als jetzt können wir uns sicherlich nicht mehr kommen, meinst du nicht auch? Ich fühle mich an dich gebunden. Und du?«

Der Wind raschelte über ihnen in den Palmenblättern. Die Wellen liefen mit einem sachten Plätschern über den Sand, eine Möwe schrie, und aus der Ferne drangen die Klänge einer romantischen Musik zu ihnen – doch Trevor gab ihr darauf keine Antwort.

Angelo Palma habe sich nun wohl der Beobachtung von Vögeln verschrieben, sagten die Dorfbewohner, oder es habe ihn die Wanderlust ergriffen. Einige meinten, er führe nur gern seinen Rhodesischen Ridgeback-Hund spazieren, den er sich vor kurzem angeschafft hatte. Jedenfalls fuhr er jeden Nachmittag zu einem der vielen Aussichtspunkte über der Bucht, parkte dort seinen Wagen, streifte mit seinem Hund über einen der Bergpfade und kam erst nach Einbruch der Dunkelheit wieder in seine Wohnung zurück.

Es war Herbst. Proteen verwandelten die Bergflanken in gelbe, pink- und orangefarbene Teppiche. Blühende Bohnengewächse rankten sich an Büschen und Bäumen empor, und das Veld war erfüllt von dem Duft der Lilien, Aloen und des wilden Rosmarins. Hunderterlei verschiedenartige Gattungen von Maßliebchen machten die Wiesen bunt, und Honigsauger schwirrten zwischen den Nektarblumen und den Blütendolden der Silberbäume hin und her.
Angelo behielt seine Beweggründe für sich. Er wollte nicht, daß irgendein geschäftstüchtiger Immobilienmakler das Land aufkaufte, das er für sein Projekt ins Auge gefaßt hatte. Nach monatelanger Suche hatte er diesen Platz endlich gefunden. Seltsamerweise war es ein Niemandsland, zwischen dem Wohnbereich der Farbigen und der Weißen gelegen. Genauer gesagt war es wie alle Berghänge hier ein Naturreservat, aber er war sich sicher, daß er dieses Land auf diese oder jene Weise für sich erwerben konnte. Dort gab es Hunderte von verschiedenartigen Wildblumengattungen, die schönsten und imposantesten Proteen und so viele Vögel, daß einem von ihrem Gesang der Kopf dröhnte.
Noch wichtiger war für Angelo jedoch die Aussicht. Es war der einzige Ort in Silver Bay, von dem aus er gleichzeitig seine neuen Fischdampfer, seine in der Marina verankerte Yacht, seine Weingärten, das von den du Toits erworbene Land und das Haus, das er und Trevor nun bald verlassen würden, seine Konservenfabriken und Fischfrostereien sehen und dazu noch das ganze sich an den Bergflanken entlangwindende Tal überblicken konnte. Er konnte den Fluß sehen, der sich durch das Hochtal schlängelte, dann durch das flache Farmland floß und in den Sumpfwiesen, von denen die Hälfte ihm gehörte und wo Steyn du Toit einmal ein Strandhaus hatte errichten lassen für einen Urlaubsaufenthalt am Meer, zu einem breiten Delta wurde. Zu seiner Linken erhoben sich mächtige Sanddünen, die der vom Meer wehende Wind in Tausenden von Jahren aufgeschichtet hatte und die sich vom Bergkamm bis hinunter zur Bucht von Oudebaai ausbreiteten. Eine Weile hatte er sogar daran gedacht, sein Landhaus direkt auf diesem Bergkamm zu errichten, aber als er dort ein paar

Minuten lang in einem heulenden Sandsturm gestanden hatte, war er von diesem Vorhaben abgekommen.
Dieses Plateau am Berghang war der ideale Platz für sein Projekt. Er ließ sich auf einem Felsblock nieder und blickte, das Panorama bewundernd, über das Tal hin, während er sich vorstellte, wie er hier, exakt drei Stockwerke über diesem Felsblock, in seinem Arbeitszimmer am Schreibtisch saß und durchs Fenster sah. Es war perfekt. Seine Arme überzogen sich mit einer Gänsehaut, als er an sein gewaltiges architektonisches Vorhaben dachte. Er würde hier den alten Familiensitz in Spoleto bis ins kleinste Detail reproduzieren. Er hatte bereits Architekten nach Italien geschickt, die sich dort das Landhaus ansehen sollten, in dem seine Mutter noch immer lebte. Eines Tages würde auch das ihm gehören, aber er würde es verkaufen, weil er nie mehr nach Europa zurückkehren wollte. Das hier war jetzt seine Heimat.
Nach einer Weile kehrten seine Gedanken zu Trevor zurück. Wie sehr Kinder einen doch enttäuschen konnten! Das ganze Dorf redete nur noch von Trevors Verhältnis mit Ramonas Tochter. Warum, zum Teufel, mußte er, wenn er dunkleres Fleisch bevorzugte, das so öffentlich tun und auch die Familie und das Geschäft in diese Affäre hineinziehen? Er hatte zwar sein Universitätsstudium mit den besten Noten abgeschlossen und war wohl so etwas wie ein wissenschaftliches Genie, besaß aber anscheinend keinen Funken praktischen Menschenverstand.
Er würde mit ihm reden müssen, wenngleich es ihm zutiefst widerstrebte, sich mit seinem Sohn zu streiten, nachdem er so lange von zu Hause fort gewesen war. In Übersee hatte man vielleicht andere Vorstellungen, was Rassenunterschiede betraf. Hier waren die Behörden auf eine fast fanatische Weise darum bemüht, die Rassen voneinander getrennt zu halten, und man konnte die Armen nur bedauern, die gegen die Apartheidsgesetze verstießen. Wenn man Trevor in einer kompromittierenden Situation mit seinem Mädchen erwischte, waren sechs Monate Verbannung in ein Arbeitslager noch die mildeste Strafe. Ja, er mußte Trevor ins Gebet nehmen und ihn mit den harten Tatsachen des Lebens konfrontieren. Er durfte diesmal keine Nachsicht walten lassen, beschloß er, und die bevorstehende Auseinandersetzung

mit Trevor lag ihm schwer im Magen, als er zu seinem Wagen zurückging.

Die Diskussion, die auf dem Balkon stattfand, wo sie ihr Abendessen einnahmen, entwickelte sich binnen weniger Minuten zu einem heftigen Streit.

»Ich verstehe dich nicht, Trevor.« Angelo merkte jetzt, daß er schrie, und versuchte, sich ein wenig zu beruhigen. »Wenn du schon nicht an deine Sicherheit denkst – wie steht es dann mit ihrer? Man wird sie jahrelang einsperren, und wenn sie, falls überhaupt, wieder aus dem Gefängnis herauskommt, wirst du sie nicht wiedererkennen. Ist es das, was du willst?«

Trevor war blaß geworden. »Ich muß nicht hierbleiben. Ich kann mir meinen Lebensunterhalt überall in der Welt verdienen. Zumindest habe ich das bewiesen.«

Dieser Narr! Angelo hatte das Gefühl, daß er jetzt jeden Moment vor Wut platzen konnte. Am liebsten hätte er seinem Sohn eine Ohrfeige gegeben, und fast hätte er das auch getan. Trevor war stets ein guter Junge gewesen, und er hatte ihm kein einziges Mal die Hosen strammziehen müssen. Doch nun hatte er offenbar wegen eines farbigen Mädchens den Verstand verloren. Er, Angelo, war Rose zwar seit Jahren nicht mehr begegnet, hatte jedoch gehört, daß sie so aussehen sollte wie Ramona damals, als er noch in ihrer Hütte wohnte.

In diesem Augenblick schien es so, als habe er das ganze Geld, das er in diesen Jungen hineingesteckt hatte, sinnlos vergeudet. Gab es denn keine Dankbarkeit für das, was er für ihn getan hatte?

»Wenn du mir und all dem, was ich für dich aufgebaut habe, den Rücken zukehrst, werde ich noch einmal heiraten und dich enterben«, sagte er.

Der Junge zuckte zusammen, als habe er ihn jetzt wirklich geschlagen, und dann nahmen seine grünen Augen diesen störrischen Ausdruck an, der ihn an Pippa erinnerte. »Mach damit, was du für richtig hältst. Schließlich ist es ja dein Vermögen«, sagte Trevor.

Zum Henker mit ihm! Vielleicht würde er ihn tatsächlich enterben.

Angelo schämte sich nun ein wenig über seinen eigenen Mangel an Selbstdisziplin, denn er hatte sich leidenschaftlich in Anne Marais verliebt, die auf der anderen Seite des Tals wohnte, und seit kurzem hatte sich dieses Gefühl zu einem ihn Tag und Nacht beherrschenden Verlangen verdichtet. Sie war die Blondine, die ihm schon immer als Ehefrau vorgeschwebt hatte. Ihr Vater war der Wärter des Leuchtturms von Silver Bay gewesen, bis dieser stillgelegt wurde, als man ein besseres, automatisch funktionierendes Leuchtfeuer auf dem Berg über der Bucht installiert hatte, und war vor einem Jahr gestorben. Anne hatte eine gute Erziehung genossen und war hier Lehrerin an der Grundschule. Sie war zweifellos eine Schönheit, aber ihm machte die Tatsache zu schaffen, daß sie sechzehn Jahre jünger war als er. Spielen diese Jahre eine Rolle? fragte er sich. Er war so fit, wie man als Mann nur sein konnte, und sie waren gute Freunde. Doch er hatte bisher gezögert, ihr einen Heiratsantrag zu machen. Auch mußte er auf Trevor Rücksicht nehmen.
Ich habe ihn immer an die oberste Stelle gesetzt, dachte er, während Trevor keinen Gedanken daran verschwendet hat, wie sehr seine Liaison mir schaden könnte. War er verhext? Er war stets davon besessen gewesen, die Leitung der Fabriken und aller anderen Geschäfte zu übernehmen. Und plötzlich wurden wegen einer Frau all ihre Träume und Hoffnungen über Bord geworfen. Das machte keinen Sinn.
»Hör zu. Ich liebe dich, Vater«, sagte Trevor, dessen Augen sich nun mit Tränen füllten. »Ich werde dich immer lieben, aber ich liebe sie ebenfalls. Du kannst etwas für mich aufbauen, aber nicht mein Leben für mich leben. Selbstverständlich kann ich selbst meinen Weg in der Welt machen, denn dank dir habe ich eine großartige Ausbildung erhalten. Aber das ist mein Leben, und in gewisser Weise ist Rose auch ein Teil meines Lebens.«
Unfähig, sich noch länger zu beherrschen, sprang Angelo vom Tisch auf. Sein Stuhl fiel um, als er die Tür zum Eßzimmer aufriß und Ramona zurückprallte. Hatte sie etwa gelauscht?
»Oh, hallo«, knurrte er, eilte in den Garten hinaus, ließ sich auf einen Stuhl neben dem Schwimmbecken fallen und atmete in kurzen, raschen Zügen die frische Luft ein. Seit er den Winter-

garten hatte abreißen lassen, hatten sie hier eine großartige Aussicht auf das Tal und das Meer.
Bald begann er sich wieder besser zu fühlen, und seine Probleme erschienen ihm in einem weniger bedrohlichen Licht. Der Junge würde in ein paar Monaten dieser törichten Vernarrtheit entwachsen sein. Seine Gedanken wandten sich nun Anne zu. Er wußte, daß sie sich über seine Zurückhaltung wunderte. Daran war zum Teil ihr Altersunterschied schuld. Aber er konnte noch immer fünf Meilen joggen und jeden Berg in der Umgebung ohne Mühe besteigen. Auch konnte er nach einem sechzehnstündigen Arbeitstag abends noch immer Squash spielen und dabei fast alle jüngeren Männer schlagen. Was konnte sie also mehr verlangen? Vielleicht sollte er tatsächlich mit ihr schlafen. Er wußte, daß auch sie ihn begehrte, sich an ihn klammerte, wenn er sie küßte, ganz dicht an ihn heranrückte, wenn er sie streichelte, und tief ausgeschnittene Kleider trug, wenn sie ihn zu sich einlud. Er kannte all diese Zeichen. Er hatte sich bisher nur aus einem Grund zurückgehalten – Trevors wegen. Sie würde ganz bestimmt Kinder haben wollen. Und wie wollte Trevor dann mit der Tatsache zurechtkommen, daß er sein Erbe mit anderen teilen mußte?
»Miss Marais hat soeben angerufen«, sagte Ramona und trat aus dem Schatten der Hauswand heraus. »Sie hat gleich wieder aufgelegt. Sie bittet dich, zu ihr zu kommen – etwas Wichtiges. Sie sagte, es sei dringend.«
Seltsam. Sie war doch sonst so förmlich und versäumte nie, ihn schon Tage vorher zu benachrichtigen, wenn sie ihn – was häufig geschah – zu sich einladen wollte. Vielleicht war da wirklich etwas nicht in Ordnung.
Als er mit dem Wagen vor ihrem kleinen Anwesen, das auf einem Hügel auf der anderen Seite der Bucht lag, anlangte, brannte kein Licht im Haus, und das Gittertor war abgeschlossen. Er läutete, aber niemand öffnete ihm.
Ihm schossen allerlei unheilvolle Möglichkeiten durch den Kopf. Vielleicht war jemand ins Haus eingebrochen, und sie hatte sich dort irgendwo eingeschlossen oder versteckt. Nachdem er noch einmal geläutet hatte, holte er seinen Handscheinwerfer aus dem

Wagen, kletterte über den hohen eisernen Gitterzaun und schlich auf Zehenspitzen die Einfahrt hinauf. Plötzlich hörte er ein seltsames Geräusch, so etwas wie ein Stöhnen. Er begann in die Richtung zu laufen, aus der dieses Geräusch kam – auf das Sommerhäuschen über dem Fischteich zu. O Gott, laß ihr nichts passiert sein, betete er im stillen, als er sich plötzlich bewußt wurde, wie sehr er sie eigentlich liebte.
Da war dieses Stöhnen wieder, und ihm standen die Haare zu Berge. Was würde er wohl vorfinden? In der Nähe der Tür lag eine Eisenstange, die er rasch vom Boden aufraffte, ehe er die Tür eintrat und in das Häuschen hineinstürmte.
»Anne, Darling, wo bist du?« rief er und schaltete seinen Handscheinwerfer ein.
O Gott! Mit einem raschen Blick nahm er das alles in sich auf. Mike Russell, dieser arbeitslose Journalist, dem er bisher zweimal begegnet war und den er unausstehlich fand, trug außer einem Paar schwarzer Socken mit Haltern keinen Faden auf dem Leib. Er sah aus wie eine schleimige Kreatur, die soeben aus dem Teich herausgekrochen war. Anne war vollkommen nackt. Er erhaschte noch einen Blick auf ihren offenen Mund und ihre erschrockenen Augen, bevor er seinen Handscheinwerfer wieder ausschaltete.
»Verzeih mir«, knurrte er. »Ich bekam einen Anruf, daß du mich dringend sehen wolltest. Als ich kein Licht im Haus brennen sah, dachte ich, es wäre bei dir eingebrochen worden. Und als ich dann das Stöhnen hörte ...«
Seine Stimme erstickte mit einem kurzen, wimmernden Laut.
»Lebe wohl, Anne.«
»Nein... nein... O Gott! O Angelo, es tut mir ja so leid...«
Das letzte, was er dann noch hörte, war ihr lautes Schluchzen.

Kapitel 41

Angelo saß wieder in seinem Wagen und starrte blind vor sich hin. Alle seine Sinne empörten sich, als er sich den Anblick ihres weißen Fleisches und den Geruch des Samens von diesem anderen Mann ins Gedächtnis zurückrief. Sie hatte gesagt, sie würde ihn lieben. Was für ein Luder! Er würde ihre aufgerissenen, entsetzten Augen nie mehr vergessen.

Eines war sicher: Sie hatte nicht bei ihm angerufen. War dieses angebliche Telefongespräch eine Erfindung von Ramona gewesen? Und wenn ja, warum? Hatte sie ihn etwa warnen wollen? Was für eine Absicht sie auch immer damit verfolgt hatte, sie hatte ihm einen Gefallen getan.

Er ließ den Motor an und begann, ziellos durch die Straßen von Silver Bay zu fahren. Er wußte, daß hier seines Bleibens nicht länger war, er aber auch Ramona jetzt nicht unter die Augen treten konnte. Noch nicht! Was für ein Narr er doch gewesen war! Er hätte weinen mögen, konnte es aber nicht. Der Schmerz, den er empfand, war nahezu unerträglich. Aber sie war eine Hure. Man sollte ihr deshalb keine Träne nachweinen, das war sie nicht wert. Und warum ihretwegen so schrecklich leiden? Zum Henker mit ihr! Mit einer gewaltigen Willensanstrengung verdrängte er Anne für immer aus seinem Bewußtsein. Dieses Loslassen war zwar sehr schmerzhaft, doch keine zehn Minuten später hatte er sich wieder vollkommen unter Kontrolle.

Arme Claire! Zum erstenmal fragte er sich jetzt, ob sie unter Trevors Affäre mit Rose litt. Er beschloß deshalb, zum Haus der Durrells zu fahren und sich dort bei einem Drink mit ihrem Vater darüber zu informieren, wie Claire mit dieser Situation fertig wurde.

Das erste, was ihm auffiel, als man ihn in diesen schrecklich geschmacklosen bonbonfarbenen Salon führte, war die unglückliche und angespannte Atmosphäre, die dort herrschte. Claires Mutter, die stets so etepetete gekleidete Tessa, wirkte auf ihn etwas angeschmuddelt. Sie nickte kalt, ohne ihn dabei anzuschauen, und ihre blaßgrauen Augen glitzerten wie ihr mit Diamanten besetztes Brillengestell. Harold, dessen Nase noch röter und glänzender war als sonst, machte ein verlegenes Gesicht und sagte, seine Hängebacken ausschüttelnd: »Du mußt Tessa entschuldigen. Sie ist wütend, aber es ist natürlich töricht von ihr, dich dafür verantwortlich zu machen.«

»Wofür?"

»Daß Claire schwanger ist. Vielleicht hast du noch nichts davon gehört. Sie ist furchtbar krank gewesen. Eine schauderhafte Geschichte, sage ich dir. Sie hat sich die Pulsadern aufgeschnitten, aber wir haben sie noch rechtzeitig gefunden.« Harold schüttelte sich. »Wir waren an jenem Abend in einer Ballettvorführung, die Claire ebenfalls hatte besuchen wollen, aber im letzten Moment ist sie dann unter irgendeinem Vorwand zu Hause geblieben. Als wir vom Theater zurückkamen, fanden wir sie, in ihrem Blut schwimmend, leichenblaß auf dem Badezimmerboden. Ich sage dir, Angelo, so eine Nacht möchte ich kein zweites Mal erleben! Wir riefen sofort den Rettungsdienst, die Polizei und unseren Hausarzt an. Der sagte, er könne in diesem Fall überhaupt nichts tun, weil dafür der Unfallarzt zuständig sei. Nachdem wir dann eine halbe Stunde lang vergeblich auf den Unfallwagen gewartet hatten, machte Tessa ihm eine Szene, so daß er im Wagen der Polizei ein Notbett herrichten ließ und dieser die Erlaubnis gab, Claire in die Unfallstation zu bringen. Gott sei Dank sind wir noch rechtzeitig heimgekommen. Unser Hausarzt sagte allerdings, die Schnitte seien nicht so schlimm, wie wir dächten, und es sei wohl eher ein Hilferuf als ein Selbstmordversuch gewesen. Ich begreife diese Leute nicht. Sie hatte schreckliche Krämpfe, sag' ich dir. Grauenhaft. Ich glaubte schon, ich würde mein kleines Mädchen verlieren.«

Und zu Angelos Entsetzen begann Harold jetzt auch noch zu schluchzen. Es hatte hier schon immer ein bißchen nach Äther gerochen, was Angelo stets gestört hatte, doch nun hing diese Familientragödie wie übler Mundgeruch im Raum.

»Weiß Trevor davon?«

»Claire möchte nicht, daß wir es ihm sagen. Sie wird mir niemals verzeihen, daß ich es dir erzählt habe.«

»Es gibt Momente im Leben, Harold, in denen man das tun muß,

was man für richtig hält. Wir haben jetzt so einen Moment. Sie meinen, sie wären erwachsen, und benehmen sich beide wie törichte Kinder. Es tut mir leid, Harold. Was soll ich sonst dazu sagen? Trevor muß sie natürlich sofort heiraten.«
»Das wird gar nicht so einfach sein«, erklärte ihm Harold düster. »Komm und trink einen Whisky mit mir«, sagte er, Angelo am Arm fassend, und zog ihn mit sich zur Bar. »Laß uns unseren Kummer ertränken.«
So, wie Harold aussieht, scheint er das in letzter Zeit bereits oft und reichlich getan zu haben, überlegte Angelo, während er den Scotch, den sein Gastgeber ihm eingegossen hatte, auf einen Zug leerte und dann zum Aufbruch drängte, weil er jetzt mit seinem Sohn reden müsse.
Harold begleitete ihn zur Tür. »Da denkt man, wenn die Kinder zwanzig sind, wäre man auch alle Sorgen los, die man bisher mit ihnen hatte. Und jetzt sieht es so aus, als fingen diese erst richtig an – nicht wahr, Angelo? Wie konnte Claire sich nur so wegwerfen. Ich hatte fest daran geglaubt, daß sie noch Jungfrau sei. Zudem gibt es heutzutage ja Wege und Mittel, um solche Sachen zu verhindern. Ich meine, sie hat doch studiert und einen akademischen Titel. Wie kann man da so dumm sein und uns so etwas antun!«
»Dafür gebe ich Trevor die Schuld. Außerdem hatten wir alle angenommen, daß die beiden bald heiraten würden, und ich denke, daß Claire das ebenfalls geglaubt hat. Mach dir keine Sorgen. Ich werde mit ihm reden. Er muß zur Besinnung kommen. Ich werde ihn dazu zwingen, Claire zu heiraten.«
»Ja, Angelo, danke. Niemand wünscht sich eine Mußheirat, aber haben wir denn eine andere Wahl? Claire hat mir noch etwas erzählt. Offenbar hatte sie mit einemmal entdeckt, daß sie Trevor liebt, und ist mit ihm essen gegangen, um ihm zu sagen, daß sie schwanger sei. Aber beim Lunch sprach dein Sohn dann nur von dieser Rose und daß er sie heiraten wolle. Da kann ich dich jetzt nur bedauern, mein Freund. Wir tun alles, um sie vernünftig aufzuziehen, und das ist dann der Dank, den wir dafür bekommen.«

Trevor fühlte sich tief verletzt und mißverstanden nach diesem schrecklichen Streit mit seinem Vater, als er sich eilends zu Claire auf den Weg machte. »Um Himmels willen«, murmelte er mehrmals, als er in seinem Wagen zum Haus ihrer Eltern fuhr. Die Namen, mit denen Angelo ihn belegt hatte, mußte er in irgendeinem schlimmen Roman aus der viktorianischen Zeit gelesen haben.

Er traf Claire mit einem Buch im Garten in der Sonne. Der größte Teil ihres Gesichts war hinter riesigen Sonnengläsern und unter einem großen Schlapphut, um den sie noch einen Schal gebunden hatte, verborgen. Ihre Hände und Unterarme waren bandagiert, und sie hatte Mühe, die Seiten ihres Buches umzuwenden, das er ihr nun wegnahm und beiseite legte, ehe er sich vor sie hinkniete und ihre Hände nahm.

»Beide? Warum denn alle beide?« fragte er.

»Ich wollte ganz sichergehen«, erwiderte sie mit einem barschen Lachen.

»O Claire! Liebste Claire! Es tut mir ja so leid. Aber wie war das möglich? Wie konnte das geschehen?«

»Es muß wohl in der Nacht passiert sein, als wir mit deinem Vater in der Oper gewesen sind. Damals haben wir zum letztenmal miteinander geschlafen.« Sie nahm ihre Sonnenbrille ab, und er konnte sehen, wie blaß sie war und wie die tiefen Schatten unter ihren Augen fast ihr Gesicht entstellten.

»Aber das ist doch noch gar nicht so lange her. Bist du dir da auch sicher?«

»Ich bin jetzt sechs Wochen über die Zeit, und der Schwangerschaftstest war positiv.« Sie versuchte, ein Schluchzen zu unterdrücken, und es wurde ein Schluckauf daraus.

»Liebste Claire, selbst wenn ich es gewußt hätte, können wir doch nicht leugnen, daß wir nie verlobt gewesen sind und auch nie ans Heiraten gedacht haben. Und ich habe jetzt Rose die Ehe versprochen«, gestand er ihr nach einem längeren peinlichen Schweigen. »Ich liebe sie sehr. Ich kann sie nicht im Stich lassen.«

»Aber mich, wie? Verdammt, Trevor!« Sie begann leise zu weinen.

Trevor erhob sich und begann im Garten auf und ab zu wandern. Er hatte das Gefühl, in einer Zwickmühle zu sitzen. »Aber Claire«, murmelte er, »du hast mich doch gar nicht geliebt. Das weiß ich von dir, du hast es mir ja selbst immer wieder gesagt. Ich meine, wir sind in den letzten vier Jahren zwar miteinander gegangen, haben dabei aber oft über die Pläne gelacht, die unsere Eltern mit uns hatten.«
»Mir ist das erst klargeworden, als... Danach, meine ich... Oh, zum Henker damit. Jetzt sitzen wir schön in der Tinte.« Sie begann wieder leise zu schluchzen.
»Ich glaube nicht, daß du mich liebst. Es ist nur die Schwangerschaft, die eine Art von Gesinnungswandel in dir ausgelöst hat. Sie bedrückt dich, das ist alles. Laß uns nach London fliegen, Claire. Wir werden dort den besten Spezialisten suchen, eine Abtreibung vornehmen lassen und anschließend einen Urlaub miteinander verbringen. Und wenn wir zurückkommen, werden sich hier alle wieder beruhigt haben, und niemand wird jemals etwas von dieser Sache erfahren.«
»Wenn es das ist, was du willst, bin ich damit einverstanden«, sagte sie.
Er runzelte die Stirn über den hoffnungslosen Ton, in dem sie das sagte, und über den melancholischen Ausdruck in ihren Augen. Armes kleines Ding, dachte er. Aber er mußte an Rose denken und das Versprechen, das er ihr gegeben hatte. »Ich fühle mich wie ein Schuft. Nicht nur dir, sondern auch Rose gegenüber«, sagte er. »Tatsächlich habe ich ein schlechtes Gewissen, was euch beide betrifft. Laß es uns also so rasch wie möglich hinter uns bringen.«

In London fing es an zu hageln, aber die diskreten Räume des Harley-Street-Spezialisten waren warm und anheimelnd mit ihren Vasen voller Treibhausblumen. Trevor wartete ungeduldig, während Claire untersucht wurde. Er machte sich ihretwegen große Sorgen, und das, was getan werden mußte, bedrückte ihn sehr, aber es gab für sie keine andere Alternative.
Er und Claire hatten nicht sofort nach London fliegen können. Erst mußten sie darauf warten, bis sie sich von ihrer Verzweif-

lungstat erholt hatte, denn sie hatte dabei viel Blut verloren. Und dann hatte er auf der jährlichen Fischmehl-Konferenz, die in diesem Jahr in Südamerika stattgefunden hatte, an einer Gesprächsrunde über Vermarktungsstrategien teilnehmen müssen. Auf diese Weise war ein Monat verlorengegangen. In der vergangenen Woche waren sie dann nach Paris geflogen, hatten dort in dem Bemühen, ihr Leben ein wenig aufzuhellen, ein paar Shows besucht, bevor sie diese schreckliche Sache in Angriff nahmen, über die zu reden sie beide tunlichst vermieden.

Trevors Gedanken kehrten wieder zu Rose zurück. Ehe er nach Europa geflogen war, hatte er für sie den besten mit Diamanten und Saphiren besetzten Verlobungsring gekauft, den er in der Eile hatte auftreiben können. Er hatte sie dann in dem kleinen, auf den Hafen hinausblickenden Haus der Septembers aufgesucht, und der Rest der Familie hatte sich taktvoll zurückgezogen und sie in dem winzigen Wohnzimmer allein gelassen.

»Was möchtest du zuerst hören – die gute oder die schlechte Nachricht?« hatte er sie ein wenig tölpelhaft gefragt, bevor ihm noch im gleichen Moment der Gedanke gekommen war, wie anmaßend es doch von ihm wäre, seinen Heiratsantrag als ein Gottesgeschenk zu betrachten. Und deshalb hatte er rasch seine gute Nachricht dahingehend abgeändert, daß er ihr von dem Jahrhundertvertrag erzählte, den man ihnen für ihr Fischmehl angeboten hatte. Und dann die schlechte Nachricht von seiner Reise nach Übersee, ehe er ihr schließlich den Ring überreicht hatte.

Etwas an dieser Reihenfolge mußte falsch gewesen sein, denn sie hatte die Stirn gerunzelt. »Heirate mich, Rose«, hatte er gesagt. »Wir werden ins Ausland reisen müssen, um uns trauen zu lassen, und wir brauchen auch eine Genehmigung dafür, daß wir hier zusammen wohnen dürfen. Das kann eine Weile dauern, also laß uns inzwischen Verlobte sein.«

Vermutlich würde das in das Guinnessbuch der Rekorde als der schlechteste Heiratsantrag des Jahrhunderts Eingang finden. Sie hatte daraufhin ihre Mutter von der Verlobung unterrichtet, die ihrerseits die Nachbarn verständigt hatte, die einfach schrecklich gewesen waren. Warum unterschied sich Rose so sehr von den

übrigen Farbigen? Lag das etwa an ihrer guten Erziehung im Mädchenpensionat? Sie waren dann vor dieser lärmenden Gesellschaft in den Firmenpark geflüchtet und hatten dort den Kindern beim Schaukeln zugesehen.
»Ich habe dir etwas sehr Wichtiges mitzuteilen, Darling«, hatte sie dort gesagt, »aber die Neuigkeit kann so lange warten, bis du wieder hier bist. Beeil dich damit. Du wirst mir sehr fehlen.«
Er konnte jetzt wieder ihre schönen, glitzernden bernsteinfarbenen Augen vor sich sehen, mit denen sie ihn in diesem Moment angeschaut hatte – so sanfte, humorvolle, mitfühlende, clevere und weise Augen. Für Trevor war sie wie Eva: alle Frauen in einer Person vereinigend. Er zählte ungeduldig die Tage, bis er wieder bei ihr sein konnte.

Er schreckte aus seinen Tagträumen, als die Schwester sich über die Gegensprechanlage meldete und ihm sagte, daß der Arzt ihn zu sehen wünsche. Er schüttelte sich vor Widerwillen. So war es nicht abgemacht gewesen. Er sollte lediglich der Fahrer bei diesem kleinen Unternehmen sein.
Der Arzt war übergewichtig und sah wie ein Schlachter aus, so daß Trevor aus Mitgefühl für Claire ein wenig zusammenzuckte. Der Gynäkologe stand auf, schob die Hände in die Taschen seines weißen Kittels und sagte, ohne sich erst mit einer Vorrede aufzuhalten, in herablassendem Ton: »Junger Mann, nicht immer entwickeln sich unsere Pläne so, wie wir es gern hätten. Wenn es nicht so wäre, würde die Menschheit längst ausgestorben sein. Dieses Baby scheint die Absicht zu haben, auch geboren zu werden. Dafür können Sie nicht Ihre Claire verantwortlich machen. Sie hatte sich mit einem Pessar und einer Verhütungscreme gegen eine unerwünschte Empfängnis geschützt und es sich zur Regel gemacht, an jenen Tagen, an denen sie fürchtete, schwanger zu werden, jeden Verkehr zu vermeiden. Doch die Natur verfügt über allerlei Tricks, mit denen sie die schwachen Versuche der Menschen, sie zu hintergehen, vereitelt. Um auf den Punkt zu kommen: Für eine Abtreibung ist es zu spät. Claire hat keine kräftige Konstitution – weit entfernt davon –, und damit würde man nur ihr Leben gefährden. Zudem ist das Baby in dieser Pha-

se bereits gut entwickelt. Sehen Sie selbst!« Er schaltete einen Wandschirm ein und zeigte ihm eine Reihe von Aufnahmen, die den Entwicklungsstand des Fötus belegten. Trevor wurde es ganz übel davon. Er kam sich wie ein Mörder vor.

»Das Schicksal hat anders entschieden, und Sie müssen nun das Beste daraus machen. Wie Claire mir erzählte, sind Sie mit einer anderen Frau verlobt. Aber Sie müssen doch ein starkes Gefühl für diese junge Dame hier gehabt haben, wie ihre Schwangerschaft beweist. Sie sind seit Jahren miteinander befreundet, und wie ich hörte, wünschen auch die Eltern, daß Sie beide heiraten sollten. Machen Sie das Richtige in diesem Fall, junger Mann, oder Sie werden es Ihr Leben lang bereuen müssen. Selbst in den sechziger Jahren ist der Makel, eine ledige Mutter zu sein, nicht sehr angenehm.«

Trevor war so betäubt, daß er nicht wußte, wie er den Weg nach draußen fand.

»Das ist alles, was ich dir anbieten kann, Claire«, sagte er dann müde im Taxi. »Ich werde dich jetzt heiraten, wenn du einwilligst, hier in England, in Frankreich oder an irgendeinem anderen Platz deiner Wahl zu bleiben. Ich werde dir ein Haus kaufen und dich reichlich mit Geld versorgen. Gott sei Dank ist Geld kein Problem. Du mußt verstehen, daß ich andere Pläne für meine Zukunft habe. Mit einem Wort: Ich liebe Rose noch immer. Wenn das Kind geboren ist, werden wir uns wieder scheiden lassen. Ich werde jetzt einen Vertrag mit akzeptablen Bedingungen aufsetzen, und dann muß ich frei sein. Und du mußt mir versprechen, nicht eher nach Südafrika zurückzukehren, bis wir geschieden sind.«

Als Claire ihn ansah, wußte sie, daß sie etwas ungeheuer Kostbares und Teures verloren hatte. Warum hatte sie so lange dazu gebraucht, ihre Liebe zu ihm zu entdecken? Sie besaß nicht einmal ein Foto von ihm, hatte jedoch das Gefühl, daß sich das Bild seines intelligenten, teilnahmsvollen Gesichts mit den etwas schräg stehenden grünen Augen, den gekräuselten hellbraunen Augenbrauen – dieses lange, knochige Gesicht – unauslöschlich ihrem Gedächtnis einprägen würde.

Würde sie ihn jemals wiedersehen?

Sie fand sich unter Tränen bereit, seine Bedingungen zu akzeptieren, und wurde am nächsten Morgen mit ihm getraut. Trevor ließ eine große Summe Geld von seinen südafrikanischen Guthaben auf ein Konto überweisen, das er für sie einrichtete, bestellte einen Anwalt, der sich um die gesetzlichen und finanziellen Details kümmern sollte, und verließ London am darauffolgenden Tag.
Auf dem Flug nach Hause machte er einen Plan, der seiner Meinung nach funktionieren mußte. Er würde bei den Behörden den Antrag stellen, Rose als Weiße einzustufen. Er war sich ziemlich sicher, daß ihm das gelingen würde, wenn er hier und dort mit Schmiergeldern nachhalf. Aber es würde lange dauern – vielleicht Jahre –, bis ihr dieser Status zuerkannt wurde. Der Antrag würde viele Instanzen durchlaufen müssen, bevor er genehmigt wurde. Man würde von ihrem Arzt schriftliche Gutachten anfordern, daß sie schon immer wie eine Weiße ausgesehen habe, und von ihren Schulfreundinnen eidesstattliche Erklärungen, daß sie schon immer mit Weißen verkehrt habe. Und so weiter und so sofort. Kurzum, es war eine schier endlose Liste von Formalitäten, die erfüllt werden mußten, ehe man sie zu einer Weißen erklären würde. Und bis es soweit war, würde sein Kind längst geboren und er von Claire wieder geschieden sein.
Inzwischen wollte er seinen Anwalt damit beauftragen, ein Dokument aufzusetzen, das einem Heiratsvertrag gleichkam. Ramona würde sich damit zufriedengeben müssen. Und er würde ein ruhiges, vor den Blicken der Öffentlichkeit verborgenes Haus finden, in dem er, unbehelligt von der Außenwelt, mit Rose leben konnte. Oh, wie sehr er sich danach sehnte, mit ihr zusammenzusein. Er konnte es kaum erwarten, nach Kapstadt zu kommen.

Es regnete – ein für März gänzlich unpassendes Wetter. Trevor stapfte, von seinem murrenden Architekten begleitet, durch das Marschland und wanderte in einem weiten Bogen um das alte Haus an der Lagune herum, wobei er dem Architekten laufend über die Schulter Anweisungen zurief. Der konnte jedoch nicht mit ihm Schritt halten und fluchte leise in sich hinein, weil er ständig im Schlick ausrutschte. Trevors Augen glänzten, sein Gesicht strahlte, und er schien den Regen gar nicht zu bemerken, während

er vor seinem inneren Auge bereits den riedgedeckten Bungalow dort stehen sah mit dem riesigen Schlafzimmer, das auf die Weiden hinausblickte, deren lange herabhängende Rutenzweige unter azurblauem Himmel sacht im Wasser hin und her schaukelten.
»Schwarze Balken, weiße Wände – Tudorstil... verstehen Sie?« bellte er. »Laubengänge, Kletterrosen und was sonst noch alles dazugehört. Und nehmen Sie dort alle Zwischenwände heraus, um Platz für ein großes Wohnzimmer zu schaffen. Chintzmöbel, antike Tische und – ja – ein großer antiker Sekretär in einer Ecke. Haben Sie das notiert?«
Es war eine lange Liste von Forderungen, die er dem Architekten diktierte, zubrüllte, abverlangte, aufzwang.
»Nun halten Sie mal die Luft an«, stöhnte der Architekt, »und kommen Sie hierher! Gut. Und jetzt schauen Sie mal ganz genau hin! Was sehen Sie? Einen halbverfallenen Schuppen, richtig? Also seien Sie vernünftig. Und was die Weidenbäume und Bougainvilleen anlangt, die mit ihren Zweigen bis über die Fenster hinaus reichen sollen – vielleicht in zwanzig Jahren, Sir...«
»Dann graben Sie sie irgendwo aus, und bringen Sie sie hierher. Mieten Sie einen Kran. Beauftragen Sie die besten Gartenbaukünstler von Kapstadt damit. Ich habe keine zwanzig Jahre Zeit. Und Sie auch nicht. Zwanzig Tage kommen der Sache schon näher. Engagieren Sie zwei Bautrupps, die rund um die Uhr arbeiten.«
»Unmöglich«, schnaubte der Architekt.
»Tun Sie es!« befahl Trevor.
Würde sie hierherkommen? Würde sie mit ihm hier als seine Frau leben, versteckt hinter Schilf, Röhricht, Mimosenwäldchen und Wolfsmilchgewächsen, die sie vor neugierigen Blicken schützten? Trevor hatte das Gefühl, daß er sterben müsse, wenn sie nein sagte. Aber er wurde die Vorahnung einer Katastrophe nicht los. Er hatte sich kopfüber in eine Welt der Lügen und Täuschungen gestürzt, und das bedrückte ihn. Er hatte kein Talent für so etwas. Er konnte bestenfalls ein Hinhaltespiel treiben und hoffen, Rose so lange an sich binden zu können, bis er rechtmäßig geschieden war. Nichts anderes zählte für ihn. Er war von ihr besessen.

Einen Monat später nahm er Rose zu einer Hausbesichtigung mit. Sie verliebte sich sofort in »Willow Lodge«, als sie es sah. Die beiden wanderten durch halbfertige Räume und Gärten, teilten Träume und schmusten miteinander wie ein Paar unzertrennliche Turteltauben. Trevor hatte das Gefühl, er würde vor Glück zerspringen.

Kapitel 42

In ihrem Garten in Kent zupfte Claire Unkraut aus. Seltsam, daß ihr diese störenden Gewächse so vertraut vorkamen, während die einheimischen Vögel und etliche Blumensorten ihr gänzlich fremd zu sein schienen. Sie fand zwar den Gesang der englischen Vögel lieblicher als jenen des gefiederten Volkes zu Hause, und ihr gefielen auch die Frühlingsblumen hier recht gut, doch sie hätte in diesem Moment alles dafür gegeben, einen bunten Honigfresser oder einen gelben Brillenvogel zwischen den Märzenbechern hin und her schwirren zu sehen. Wie sehr sie hier den Schrei eines *piet-my-vrou* vermißte oder den Balzruf einer Felsentaube!

Sie trennte wütend mit der Harke einen Schachtelhalm von seiner Wurzel. In Wahrheit litt sie an Heimweh, fühlte sich einsam und war sehr verärgert. Wie hatte sie nur in diesen Schlamassel geraten können! Sie spielte oft mit dem Gedanken, ihre Eltern zu bitten, bei ihr zu wohnen. Sie wußten nichts von ihrem Handel mit Trevor. Sie hatte ihnen lediglich in einem Brief mitgeteilt, daß sie ihn verlassen habe und es vorziehe, in Europa zu bleiben, bis ihr Baby geboren sei. Wie konnte sie ihnen da jetzt noch die Wahrheit sagen?

Es war nun sechs Wochen her, daß Trevor wieder nach Südafrika geflogen war, und sie vermißte ihn sehr. Sein Anwalt hatte ihr dabei geholfen, das richtige Haus zu finden, bezahlte alle ihre Rechnungen und überwies ihr jeden Monat einen recht ansehnlichen Betrag auf ihr Konto. Im Augenblick jedoch hätte sie Liebe viel nötiger gebraucht als Bargeld.

Sie seufzte und richtete sich auf. Als sie das tat, spürte sie eine seltsame Regung von Leben in ihrem Bauch. Es war ein ganz neues Gefühl für sie – als würden Schmetterlinge in der Tiefe ihres Leibes flattern. Volle vier Sekunden lang stand sie wie hypnotisiert da.

In diesem Moment wurde das Baby für Claire zum erstenmal zu einem realen Wesen. Sie stellte es sich als Miniaturausgabe von Trevor vor, denn sie wußte, daß es ein Junge war. Sie ging ins

Haus und ließ sich dort sacht auf einen Stuhl sinken, die Hände auf ihren schon recht rundlichen Bauch gelegt und an ihr gegenwärtiges steriles Dasein und die Zukunft ihres Sohnes denkend. Sie erkannte jetzt, daß es ein Fehler gewesen war, sich Trevors harten und unnatürlichen Bedingungen zu unterwerfen. Sie hatte kein Recht dazu, ihrem Kind den Vater vorzuenthalten. Sie hatte in einen Handel eingewilligt, der ihrem Sohn außerordentlich schadete.

Von da an wurde ihr Baby zu einer echten, eigenständigen Person, zu jemandem, den sie lieben und beschützen mußte. Und mit der Zeit reifte in ihr die Überzeugung, daß sie das Versprechen brechen mußte, das Trevor ihr aufgezwungen hatte.

Sie war erstaunt über die Entschiedenheit, mit der sie für ihre Überzeugung eintrat. Bisher hatte sie noch nie in ihrem Leben um etwas gekämpft, sondern sich stets mit dem zufriedengegeben, was das Schicksal ihr zuteilte. Aber jetzt hatte sie etwas Wichtigeres als sich selbst zu bedenken, und sie war notfalls sogar dazu bereit, ihr Leben für die Rechte ihres Kindes hinzugeben. Es hatte Anspruch auf seinen Vater, ein standesgemäßes Heim, eine Familie, sein Vaterland und einen Platz in der Sonne.

Am darauffolgenden Tag übergab sie ihrem Anwalt die Schlüssel für ihr Haus und buchte eine Passage nach Kapstadt.

Es war ein herrlicher Spätsommertag im April, und Claire empfand eine tiefe Freude, als sie um sich blickte. Die Wärme, der Anblick der Berge, die weite Landschaft und die frische Seeluft, die sie hier einatmete, kamen ihr wie das wiedergeschenkte Paradies vor.

Da niemand sie erwartete, nahm sie ihr Gepäck selbst in Empfang und mietete sich dann ein Taxi. Sollte sie heimfahren zu ihren Eltern? Nein, überlegte sie. Sie wollte sich geradewegs in die Höhle des Löwen – Trevors Haus – begeben und verlangen, daß die Familie sie und ihren Sohn in ihren Schoß aufnahm.

In dem Moment, als sie Angelo sah, erkannte sie, daß sie einen mächtigen Verbündeten an ihrer Seite hatte. Er packte sie, schwang sie im Kreis herum, küßte sie auf beide Wangen, legte dann einen Arm um sie und zog sie mit sich ins Haus. »Liebe, liebste Claire! Wo hast du dich denn so lange versteckt?« fragte er. »Ich habe mich so sehr nach deinem Anblick gesehnt. Und wie geht es meinem Enkel?«

»Er ist hier drin – sicher und gesund. Ich spüre jetzt häufig, wie er sich in meinem Leib bewegt, Mr. Palma.«

»Papa. Für dich Papa, Claire.«

»Daß ich Trevors Sohn unter meinem Herzen trage, hat mir Mut gemacht«, gestand sie ihm. »So viel Mut, daß ich das Versprechen, das ich Trevor gab, gebrochen habe. Ich möchte dir alles erzählen. Vielleicht kannst du mir einen Rat geben. Ich bin so schrecklich einsam gewesen.«

Dann vertraute sie ihm alles an, was sich seit ihrer Abreise nach London zugetragen hatte, und ohne es zu wollen, fand sie sich am Ende schluchzend an Angelos Schulter gelehnt.

»Wir müssen schlau sein«, sagte er schließlich, »und stark. Glaubst du, daß du stark sein kannst?«

Sie nickte. »Für mein Kind kann ich alles sein.«

»Dann laß uns jetzt die Welt der Phantasie betreten, meine Liebe, und dann so lange warten, bis der Sturm um uns herum losbricht.«

Drei Tage später war Trevor gerade dabei, die Post durchzusehen, als ihm seine Vorzimmerdame zusammen mit dem Kaffee die Zeitung in sein Büro brachte. Er überflog die Seiten mit den Wirtschaftsnachrichten, als sein Blick plötzlich auf einem Foto haftenblieb. »Gütiger Gott – das ist Claire«, murmelte er.

Dann las er rasch die Bildunterschrift: »Eine der VIPs an Bord des neuen britischen Luxus-Passagierdampfers, der heute hier eingedockt wurde, war Mrs. Claire Palma, die aus gesundheitlichen Gründen mit dem Schiff aus Großbritannien nach Südafrika zurückgekehrt ist. Mrs. Palma, die ein Baby erwartet, sagte, daß sie sich ein paar Wochen lang in England in einer Klinik habe erholen müssen. ›Es ist großartig, sie jetzt wieder bei uns zu haben‹, erklärte ihr Schwiegervater, Mr. Angelo Palma.«

Zehn Minuten später stürmte Trevor ins Haus, wo ihm als erste Ramona vor die Augen kam. »Wo sind sie?« schnaubte er.

Der Haß, der in ihren Augen loderte, war schrecklich, während sie kurz auf eine Tür deutete.

»Ich kann es erklären«, murmelte er. »Später, wenn ich mit ihr gesprochen habe.«

»Weiße Leute erklären ihren Haushälterinnen nichts«, erwiderte sie. Ihr Augen waren plötzlich seltsam leer. Sie sieht unheimlich aus, dachte er bei sich, entließ sie dann rasch aus seinem Bewußtsein und lief ins Wohnzimmer.

Ramona sah, wie er die Tür hinter sich zuwarf, dann huschte sie schnell heran und horchte, wobei sie ein Auge ans Schlüsselloch legte.

»Zum Henker mit dir, Claire. Wir hatten ein Abkommen. Ich habe mich an meinen Teil unseres Handels gehalten. Ich bin stets ehrlich zu dir gewesen. Ich habe nie ein Hehl daraus gemacht, daß ich Rose liebe und daß ich dich nur geheiratet habe, um deinem Baby einen Namen zu geben.«

»Unser Baby, Trevor«, sagte Claire so leise, daß Ramona sie kaum verstehen konnte.

Trevor war so frustriert, daß er jetzt schrie: »Wir hatten ein Abkommen! Du hast es mir versprochen!«

»Reiß dich zusammen.« Angelos Stimme war jetzt so hart wie ein geschliffener Diamant. »Wir sind Katholiken, und ich werde nicht zulassen, daß du dich von Claire scheiden läßt. Claire ebenfalls nicht. Du wirst Rose niemals heiraten. Das kann ich dir versprechen. Es ist diese Verbindung, die Bestand haben wird, nicht deine törichte Vernarrtheit in dieses farbige Mädchen. Vergiß deine Mätresse, gib ihr Geld. Du mußt jetzt an euren Sohn denken. Ich lasse euch beide jetzt allein. Du bist noch nie ein grausamer Mann gewesen, Trevor. Schau sie dir an! Kannst du nicht sehen, was du mit ihr gemacht hast? Also bring das in Ordnung.«

Draußen vor der Salontür wurde Angelo in diesem Moment von Ramona verflucht. »Ich hätte dich damals dort draußen im Meer ertrinken lassen sollen, du doppelgesichtiges, treuloses Monster!« flüsterte sie. Dann eilte sie nach draußen, zu aufgewühlt, um die Diskussion, die dort drinnen geführt wurde, noch länger ertragen zu können.

»Wie hast du mir das nur antun können, Claire?« fragte Trevor leise. »Ich habe dir alles gegeben, worum du mich gebeten hast. Was verlangst du denn noch von mir?«
Sie sah traurig und wie verloren zu ihm auf, aber auch mit einer neuen Entschlossenheit in ihren Augen, die er nicht mißverstehen konnte. »Ich bin seinetwegen hier. Ich bin hier, weil du sein Vater bist. Und weil das hier sein Zuhause und Papa sein Großvater ist.« Sie legte die Hände schützend auf ihren geschwollenen Leib. »Ich liebe dich, aber ihn liebe ich noch mehr. Ich würde für ihn töten.«
Trotz seines Zorns empfand Trevor jetzt Mitleid für sie. Sie war wie eine furchtsame Katze, die sich in einen Leoparden verwandelte, wenn ihr Junges bedroht wurde. Wie hatte sie nur die Courage aufbringen können, ganz allein nach Südafrika zurückzukommen, um dort für ihren Sohn zu kämpfen? Das arme kleine Ding. Sie war zweifellos nicht gesund. Man mußte doch nur ihr spitzes, blasses Gesicht, die tiefen Schatten unter den Augen und die glanzlosen, strähnigen Haare betrachten, um das zu erkennen. Er hatte plötzlich dieses seltsame Gefühl, daß sie alle nur die ihnen vorausbestimmten Rollen in einer Tragödie spielten, der sie nicht entrinnen konnten. Sie waren alle nur Opfer. Er kauerte sich vor ihr nieder und nahm ihre beiden Hände in seine. »Arme, liebste Claire. Ich wollte dir nicht weh tun. Ich verstehe dich und verzeihe dir. Tatsächlich bewundere ich sogar deinen Mut. Wir müssen uns da etwas ausdenken – für uns alle.«
Er küßte sie nun sacht auf beide Hände. »Hab Geduld mit mir, Claire. Ich liebe Rose sehr, aber wenn ich dich jetzt so anschaue, wird mir klar, daß ich dich ebenfalls liebe, dich aber leiden ließ. Das bedaure ich sehr, Claire.«
Sie lehnte sich ein wenig in ihrem Stuhl zurück, nahm seine Hände und legte sie auf ihren Bauch. »Fühle es!« sagte sie. »Spürst du es? Dein Sohn bewegt sich. Er strampelt wie verrückt.«
Trevor befühlte nun behutsam ihren Leib. Es war so, als würde er seine hohle Hand über einen flatternden Schmetterling halten. »Er bewegt sich«, flüsterte er. »Was habe ich nur getan? Möge Gott mir helfen. Ich weiß, daß ich ihn lieben werde.«

Mochte er noch so großes Mitleid mit Claire haben – seine Liebe zu Rose war stärker. Deshalb packte Trevor nun seine restlichen Kleider, seine Kameras, seine Angelausrüstung, seine Sportgeräte und den Rest seiner Habseligkeiten zusammen und zog in die »Willow Lodge« um. Zwei Tage später kam er dann ins Haus zurück und verbrachte dort den Abend mit Claire, kehrte jedoch eine Stunde vor Mitternacht wieder nach »Willow Lodge« zurück. Er verbrachte die nächsten zehn Tage in seinem Bungalow; aber gute Manieren waren Trevor angeboren, und als er hörte, daß Angelo und Claire eine Dinner-Party veranstalteten, erschien er wieder im Haus, um dort an Claires Seite die Gäste zu empfangen.
»Was, zum Teufel, mache ich da?« flüsterte er. »Wie konnte ich nur in diesen Schlamassel geraten?«
So gegen zehn Uhr abends setzte er sich an die Bar und begann, diese unglaublichen Schuldgefühle, die Tag und Nacht auf ihm lasteten, in purem Scotch zu ertränken. Wenn er mit Rose zusammen war, plagte ihn wegen Angelo und Claire das schlechte Gewissen. Und wenn er sich in Angelos Haus aufhielt, ließ ihn der Gedanke an Rose keinen Moment Ruhe finden. Diese Anspannung ging über seine Kräfte. Gegen zwei Uhr morgens fiel er bewußtlos von seinem Barhocker herunter, und als er sechs Stunden später wieder aufwachte, fand er sich in Claires Bett wieder. Sie trug ein blaues Negligé und sah überaus reizend aus. Er legte sacht seinen Kopf auf ihren Unterleib.
»Ich bin sicher, daß ich sein Herz schlagen hören kann.« Er zog ihr Nachthemd in die Höhe und betrachtete ihre schon etwas füllige Taille. »Die Schwangerschaft steht dir«, murmelte er. Trotz seiner Vorsätze wurde er nun von einem starken Verlangen nach ihr ergriffen, zumal sie ja geradezu nach seiner Liebe hungerte. Ich muß eben beide zu ihrem Recht kommen lassen, überlegte er und fand diesen Gedanken seltsam tröstlich.
Und so liebten sie sich nun so sanft und vertrauensvoll wie zwei gute Freunde, die Gefallen am Sex und aneinander hatten.

Rose machte den schrecklichsten Abend und die schlimmste Nacht ihres Lebens durch. Zum erstenmal wurde ihr bewußt, daß sie keine Nachbarn hatte, die ihre Schreie hätten hören können. Sie mußte eine Alarmanlage im Haus installieren lassen. Schließlich riegelte sie sich in ihrem Schlafzimmer ein und las fast die ganze Nacht hindurch, da sie vor Eifersucht auf Trevor und Claire unmöglich schlafen konnte.

»Du siehst elend aus«, sagte Ramona zu ihrer Tochter, als sie diese am nächsten Morgen besuchte. »Wir sind Narren gewesen. Aber daran bin ich mehr schuld als du. Hör endlich auf zu weinen, Menschenskind! Ihn plagt das schlechte Gewissen. Du mußt ihn auf ein Datum festlegen, an dem er sich scheiden läßt. Zwing ihn dazu, bevor es zu spät ist. Und laß ihn für diese Geschichte teuer bezahlen. Er muß dieses Haus auf dich überschreiben und eine große Summe für dich anlegen. Je mehr er bezahlen muß, um so wertvoller wirst du für ihn.«

Sie blickte ihre Tochter jetzt mit wachsender Verzweiflung und einiger Bestürzung an. Sie hatte das Zweite Gesicht, und das hatte sie bisher noch nie betrogen. *Ein göttergleicher Erbe, aus ihrem vereinten Samen erschaffen, der im Haushalt der Palmas aufwachsen würde – teils von Angelos, teils von ihrem Geblüt.* So war es ihr offenbart worden. So mußte es auch kommen.

Rose bemühte sich nun, ihrem Tränenfluß Einhalt zu gebieten. Sie spürte, daß Trevor sie leidenschaftlich liebte, aber sie wußte auch, daß seine Erziehung und seine Gutherzigkeit es ihm verboten, seine ehemalige Freundin und Geliebte im Stich zu lassen. Sie mochte nicht glauben, daß er Claire oder das noch ungeborene Kind lieben würde. Sie wollte nicht auf ihre Mutter hören, sondern abwarten, bis die Dinge sich von selbst regelten.

Trevor roch stark nach Whisky, als er am darauffolgenden Abend zu Rose zurückkehrte. Er sah schrecklich aus. Seine Augen waren blutunterlaufen, sein Gesicht so grau wie Asche. Er ging geradewegs an die Bar und goß sich dort einen Drink ein.

»Ich möchte dir nicht weh tun, Rose«, murmelte er. »Du weißt, daß ich dich liebe, aber Claire kannte ich schon viel länger als dich. Sie ist bereits meine beste Freundin gewesen, als wir noch Kinder waren. Wir flogen nach London, um eine Abtreibung vornehmen zu lassen, aber dafür war es schon zu spät. Es tut mir leid, daß ich dir davon nichts erzählt habe. Aber ich hatte viel zu große Angst, dich zu verlieren.«

Es war das dritte Mal, daß er ihr diese pathetische Geschichte erzählte. Sie drehte ihm den Rücken zu und starrte aus dem Fenster auf die Lagune hinaus, die still und friedvoll war. Wenn sie doch nur in sie hineintauchen und an ihrem Frieden teilhaben könnte, statt sich täglich Ramonas Ratschläge und Trevors Bitten anhören zu müssen.

»Ich heiratete sie, Rose. Ich habe nur getan, was mein Ehrgefühl von mir verlangte. Aber nun wollen sie mehr – viel mehr...«

Rose spürte, daß er sie jetzt belog, drehte sich zu ihm um und starrte ihn mit kalten Augen an.

»Schau mich bitte nicht so an.«

»Wie schau' ich dich denn an?«

»Als würdest du mir nicht trauen. Du hast recht, ich gebe es zu. Tatsächlich liebe ich euch alle beide. Ich schwöre bei Gott, daß das die Wahrheit ist. Nur daß ich dich mehr liebe als sie.«

»Aber sie wohnt in deinem Haus. Sie besitzt alle Sicherheiten, die sie sich wünschen kann. Und was habe ich?«

Sie konnte sehen, wie nun Hoffnung in seinen Augen aufkeimte.

»Was verlangst du von mir? Das ist doch unser Heim, oder etwa nicht?«

»Es sollte aber auf mich überschrieben werden. Das verlange ich von dir. Ich muß ein Gefühl der Sicherheit haben. Wenn du zu ihr gehst, liege ich die ganze Nacht wach und frage mich, was aus mir werden soll.«

Sie wußte, daß sie einen Fehler gemacht hatte. Warum hatte sie nur auf ihre Mutter gehört? Trevor ließ einen tiefen, erschauernden Seufzer vernehmen und lächelte. Jetzt befand er sich auf sicherem Boden, und seine Schuldgefühle verflogen. Auf das Kaufen verstand er sich. Er wußte, wie man seine finanziellen Schulden begleichen mußte. Er würde sich also daranmachen, sie zu kaufen. Sie erriet instinktiv, was er dachte, konnte aber jetzt ihre Worte nicht mehr zurücknehmen.

Tatsächlich rief sie bereits am nächsten Morgen sein Anwalt an und bat sie, sich pünktlich um zehn Uhr in seiner Kanzlei einzufinden. Dort eröffnete er ihr, daß ihr neben der nicht gerade kleinlichen finanziellen Zuwendung, die sie monatlich von Trevor bekam, jetzt eine beträchtliche Summe gutgeschrieben werden sollte, so daß sie bis zu ihrem Lebensende finanziell abgesichert war. Der Bungalow werde ihr in Form von Aktien überschrieben, da es ihr nicht gestattet sei, in dem Bereich, in dem er sich befinde, Immobilien zu besitzen. Das Land selbst würde natürlich im Treuhandvermögen der Familie bleiben.

In gewisser Weise schien diese Vereinbarung ihre Beziehung auf eine von ihnen schon längst beschrittene Bahn zu lenken. Trevor besuchte sie nun zwar täglich, blieb aber nie über Nacht bei ihr. Sie spürte, daß sie jetzt zu einer teuren Hure geworden war.

Von nun an wurde sie nicht nur von einem Gefühl der Einsamkeit und der Zurücksetzung, sondern auch von einem so großen Schamgefühl geplagt, daß sie sich nicht mehr in ihrem Heimatdorf blicken ließ. Und weil Trevor sie jetzt auch nie mehr auf eine Dienstreise oder in ein Lokal mitnahm, spürte sie, daß er sich ebenfalls schämte, sich mit ihr in der Öffentlichkeit zu zeigen. Alle ihre Träume hatten sich in Luft aufgelöst. Sie hatte nichts mehr, worauf sie ihre Hoffnung setzen konnte, und war der Verzweiflung nahe. Am schlimmsten waren jedoch die Wochenenden für sie, die er stets zu Hause bei seiner Familie verbrachte, während sie ruhelos durch den Garten wanderte, auf das dunkle Wasser der Lagune starrte und sich fragte, ob sie sich nicht am besten darin ertränken sollte. Die Zeit kroch dahin wie eine Schnecke, und erst der Montagmorgen brachte ihr Trevor mit einem Geschenk wieder. Es war stets etwas Wertvolles, und sie liebten sich dann ziemlich hastig, bevor er in sein Büro fuhr.

Sie mußte ihn zurückgewinnen – aber wie? Sex war ihre einzige Waffe. Sie kaufte sich eine Kollektion recht extravaganter Unterwäsche, verführte ihn nach allen Regeln der Kunst und lernte, ihn selbst dann, wenn er todmüde war, auf den Gipfel der Lust hinaufzutragen und ihn mit einem Gefühl tiefer Befriedigung wieder aus »Willow Lodge« zu entlassen. Er besuchte sie nun zweimal täglich – morgens vor der Arbeit und mittags zur Lunchzeit. Er schwor ihr, daß er nicht mit Claire schlafen würde. Wie konnte er das auch? Er war immer ziemlich erschöpft, wenn er den Bungalow wieder verließ. Auch machte Claire eine ziemlich üble

Schwangerschaft durch, wie er ihr anvertraute, so daß sie seine An- oder Abwesenheit kaum bemerkte.

Damit sie sich nicht so einsam fühlen sollte, erlaubte Trevor ihr, eine Freundin bei sich wohnen zu lassen. Juliette fand sich gern dazu bereit, zu ihr in den Bungalow zu ziehen, denn obwohl sie inzwischen mit Emanuel verheiratet war, hatte sie, wie sie Rose erklärte, manchmal das Bedürfnis, sich eine Weile von ihm zu trennen. Von diesem Tag an war Emanuel ein ständiger Gast ihres Hauses, und er brachte auch seine Freunde mit, die sich alle am Ufer der Lagune versammelten, *dagga* rauchten und sangen. Emanuels Freunde brachten nun wiederum ihre Freundinnen mit, und es dauerte nicht lange, bis jeden Abend in der »Willow Lodge« eine Party gefeiert wurde. Man musizierte und tanzte bis spät in die Nacht hinein, und das Haus dröhnte von dem Gelächter der Partygäste. Als eine Spätsommer-Hitzewelle das Wasser der Lagune aufheizte, vergnügten sie sich nun auch alle damit, bei Mondlicht nackt in der Lagune zu baden, im Adamskostüm zu tanzen, sich im Freien an über dem Lagerfeuer zubereiteten Fondues zu laben und literweise hausgemachten Früchtepunsch zu trinken.
Juliettes Schwester Esme, eine Masseuse, wollte nun auch gern bei ihnen wohnen, und Rose war so unglücklich, daß sie ihr diesen Wunsch nicht abschlagen wollte. Und so zog das Mädchen bei ihnen ein und verstreute ihre Schuhe, ihre Kleider und Bücher über alle Räume. Was machte das noch für einen Unterschied? Das Haus glich jetzt sowieso schon einem Obdachlosenasyl. Rose war es egal. Sie konnte alles ertragen, solange man sie nicht ihrer Einsamkeit überließ.
Bald hallten jede Nacht die Dünen von der Tanzmusik in »Willow Lodge« wider. Autos kamen und fuhren wieder ab, und die Spirituosenhandlungen stellten täglich kistenweise neue Waren zu.
Trevors Liebe war inzwischen lange nicht mehr so intensiv wie früher. Rose fürchtete, ihn bald ganz zu verlieren, und dieser Gedanke machte sie fast wahnsinnig. Sie kaufte sich noch mehr Kleider, verbrachte noch mehr Zeit beim Friseur und in den Schönheitssalons und brauchte viele Stunden für ihr Make-up, wenn sie seinen Besuch erwartete.

Trevor saß neben Rose am Ufer der Lagune und schaute den *goons* zu... seine Bezeichnung für diese bunte Gesellschaft wohlhabender junger Männer, die um Roses Freundinnen herumscharwenzelten. Sie verstießen alle auf eklatante Weise gegen bestehende Gesetze und verwandelten sein Heim in einen regelrechten Nachtclub. Oder ist es schon eher ein Bordell? mußte er sich nun widerwillig fragen.
Er versuchte, mit seinen Gefühlen ins reine zu kommen. Er war noch immer von Rose besessen. Wenn sie sich einem anderen Mann zuwandte, würde er ihn umbringen. Aber wenn er Claire mit einem anderen Mann in seinem Bett erwischte, würde er vermutlich ein Glas Wein mit ihr trinken und ihr Freund bleiben. Rose gehörte ihm. Sie war sein Eigentum. Sie war so etwas wie ein schönes Kunstwerk, das er gekauft hatte, und in der letzten Zeit hatte sie so üppige Formen entwickelt, daß sie aussah wie ein Modell von Rubens. Trotzdem war sein Verlangen nach ihr ungebrochen. Claire hingegen war seine Freundin, und er fühlte sich durch ihre langjährige freundschaftliche Beziehung, ihre gesellschaftliche Ebenbürtigkeit und das Kind, das sie von ihm unter dem Herzen trug, fest mit ihr verbunden.
Alles in allem konnte er jedoch mit dem Stand der Dinge sehr zufrieden sein. Jedenfalls hatten sie sich zu einer für ihn recht erfreulichen Routine entwickelt. Er besuchte Rose vor dem Frühstück und zum zweitenmal in der Lunchpause, wo er dann mit ihr in der Sonne lag oder in der Lagune schwamm. Um fünf Uhr nachmittags verließ er sein Büro, um ein paar Stunden in der Sporthalle, der Sauna oder auf dem Tennisplatz zu verbringen, fuhr um acht Uhr zum Dinner nach Hause und verbrachte dann den Abend mit Claire und seinem Vater. Machmal fuhr er – so wie heute – gegen elf Uhr noch einmal zur »Willow Lodge«, um dort an einer Party teilzunehmen. Er nahm sich das Beste von beiden Welten und hatte deshalb auch nicht die Absicht, seinen gegenwärtigen Lebensstil zu ändern, wenn er das nicht mußte. Sein hinter Weiden und Wolfsmilchgewächsen verstecktes Liebesnest bescherte ihm jene extravaganten Genüsse, die den Bohemien in ihm befriedigten.
»He, du Faulpelz, geh mit uns schwimmen!« rief Emanuel in die-

sem Moment. »Bist mit deinen Gedanken offenbar wieder mal ganz woanders – bei einem neuen geschäftlichen Coup, möchte ich wetten. Kannst den Kragen wohl nicht voll genug bekommen, du raffgieriger Bastard!« setzte er lachend hinzu und sprang ins Wasser.

»Ja, laß uns schwimmen gehen«, sagte Trevor zu Rose, nahm ihre Hand und zog sie vom Boden hoch. »Du brauchst keinen Badeanzug – komm!«

Es erregte ihn, sie nackt in der Öffentlichkeit gehen zu sehen. Dieses prächtig gebaute Geschöpf gehörte ihm. Das Gefühl, so ein herrlich anzuschauendes Wesen zu besitzen, stieg ihm so zu Kopf wie der Alkohol in seinem Blut. Es berauschte ihn. Er nahm sie bei der Hand und ging nackt mit ihr hinunter zur Lagune.

Ein greller Blitz erschreckte ihn. »Was, zum Teufel, war denn das?« murmelte er. Das Licht schien von einer dieser vielen von Schilf überwucherten kleinen Inseln gekommen zu sein, die den Vögeln und Wasserratten als Brutstätten dienten. Er rief Emanuel eine Warnung zu, bevor er mit schnellen Kraulzügen auf die Insel zuschwamm. Auf halbem Weg hielt er inne, um zu lauschen, und glaubte das Geräusch eines ins Wasser eintauchenden Paddels zu vernehmen, aber soweit er sehen konnte, befand sich niemand in ihrer Nähe. Er seufzte erleichtert, als er durch das Röhricht am Rand der Insel watete, aber als er dann festen Boden erreicht hatte, sah er dort eine abgebrannte Blitzlichtbirne im Gras liegen. Zutiefst beunruhigt schwamm er zum Ufer zurück.

Kapitel 43

Am anderen Ende der Lagune zog Mike Russell das Kanu auf das Ufer hinauf und trug es dann in den Bootsschuppen, der den Marais gehörte. Nachdem er ihn abgesperrt hatte, machte er sich quer über die Felder auf den Weg zu Annes Leuchtturm, in dem er so lange umsonst kampieren durfte, bis er wieder einen Job hatte. Er war pleite und in einer ziemlich verzweifelten Situation, zumal Anne inzwischen recht ungeduldig wurde, weil sie von ihm geheiratet werden wollte. Vor einem Jahr hatte er bei seinem Redakteur gekündigt und seine Ersparnisse für ein Ferienjahr verbraucht, damit er ein Buch schreiben konnte, das soeben von dem zehnten Verleger, dem er das Manuskript zugeschickt hatte, abgelehnt worden war. Das fand er unbegreiflich, da doch einige der Paperbacks, die er in den Buchhandlungen sah, nichts anderes als Schund waren. Was ihn noch mehr wurmte, war die Tatsache, daß ihn auch die Zeitung nicht mehr haben wollte, bei der er angestellt gewesen war. Er gehörte nun zu den freischaffenden Journalisten, aber da er ein Jahr aus dem Geschäft gewesen war, hatte er keine Kontakte und Verbindungen zu Kollegen oder anderen Zeitungsverlagen mehr. Er brauchte also dringend eine Glückssträhne.

Seit einiger Zeit hatte er im Leuchtturm Tanzmusik, laute Stimmen und Gelächter gehört, die ihm der Wind von der Lagune zutrug. Er wußte, daß das Land auf der anderen Seite der Lagune diesen fabelhaft reichen Palmas gehörte, und hatte sich deshalb vor ein paar Tagen des Nachts zur Lagune geschlichen, um diesen Geräuschen nachzugehen. Was er bei dieser Erkundung zu sehen bekam, veranlaßte ihn, sofort in den Leuchtturm zurückzukehren, um seine Kamera zu holen. Zwanzig Minuten später hatte er dann sechs großartige Schnappschüsse im Kasten.

Als er diese am darauffolgenden Tag entwickelt hatte, hatte er gejubelt vor Begeisterung. Hier war sie endlich – die Glückssträhne, auf die er so lange gewartet hatte! Hier tanzten die wohlhabenden jungen weißen Männer von Silver Bay nackt mit den ebenso textilfreien, mehr oder weniger dunkelhäutigen Jungfrauen aus dem Farbigendorf um ein Lagerfeuer! Das würde einen saftigen Aufmacher für die Lokalpresse abgeben, oder sollte er das Material nicht besser den überregionalen Sonntagszeitungen verkaufen – als Skandalgeschichte für ihre letzte Seite? Wenn er diese Fotos veröffentlichte, würden die darauf abgebildeten Nackedeis mit mindestens sechs Monaten Zwangsarbeit und dem Verlust ihrer bürgerlichen Ehrenrechte rechnen müssen. Geschieht ihnen recht! Mike zögerte keine Sekunde, das Material auch zu verwerten. Nur brauchte er noch mehr Schnappschüsse aus größerer Nähe, damit man die darauf abgelichteten Personen auch identifizieren konnte.

Und so hatte er nun Nacht für Nacht mit seiner Kamera unten an der Lagune auf der Lauer gelegen, war jedoch niemals so nahe an die Nackedeis herangekommen, daß er die ersehnten Großaufnahmen von ihnen hatte machen können. Bis er heute Annes Kanu entdeckt und mit den Fotos von der Insel aus vermutlich einen Volltreffer gelandet hatte.

Silver Bays blaue Lagune, tippte er auf seiner Schreibmaschine, als er in den Leuchtturm zurückgekehrt war, *wo sich die reichen, verwöhnten jungen weißen Männer jede Nacht in den Dünen mit den hübschesten farbigen Mädchen treffen, um mit ihnen Sexorgien zu feiern.*

»Dideldum, dideldei«, summte er vergnügt vor sich hin, als er die frisch entwickelten Fotos aus der Schale nahm, »eine nette Schweinerei. Dideldei, dideldam, damit kriege ich euch dran...«

Und dann hielt er plötzlich mitten in seinem Lied inne, als er die Schnappschüsse näher betrachtete. Warum denn diese jungen Leute ins Kittchen bringen? Himmel, nein! Wenn Angelo Palma diese Fotos von seinem Sohn sah, würde er ihm bestimmt ein Vermögen dafür bezahlen, daß er sie nicht an eine Zeitung verkaufte. War seine Schwiegertochter denn nicht schwanger? Und hier tanzte sein geliebter Trevor nackt mit einer ebenso nackten dunkelhäutigen Schönheit um das Feuer herum, bumste sie in den Dünen, badete nackt mit ihr in der Lagune. Das war alles hier auf diesen Fotos dokumentiert.

Himmel, wieviel mußten dem Senior wohl diese Fotos von seinem nackten Filius wert sein? Eine halbe Million? Oder sogar noch mehr? Wieviel würde ihm Angelo dafür bieten, daß sein Sohn und Erbe nicht ins Zuchthaus kam? Zitternd vor Aufregung ging Mike Russell nun zum Telefon und wählte Angelo Palmas Privatnummer.

Ramona sperrte gerade die Tür ihres Häuschens auf, als sie ein Geräusch in den Büschen hinter sich hörte. Sie schwang herum und wurde im gleichen Moment von dem Strahl eines Handscheinwerfers geblendet.

Sie atmete erleichtert auf, als sie in der Gestalt, die sich nun aus der Dunkelheit herausschälte, Jânek erkannte. Seine Augen waren gerötet vom vielen Weinen, seine Schultern so gebeugt wie die eines alten Mannes, und sein Auftreten erinnerte sie an einen geprügelten Hund.

Doch dann, als er näher kam, erlebte sie plötzlich einen psychischen Schock. Es war so, als würden sich zwei elektrisch geladene Drähte berühren und einen Kurzschluß erzeugen. Ein unsichtbarer Blitz erhellte ihre Welt, und in diesem flüchtigen, zeitlosen Moment wurde ihr vieles, was sonst unserem Wissen verborgen bleibt, offenbar. Ihr eigener Tod zum Beispiel. Ja, dachte sie mit einer jähen Schicksalsergebenheit, hier stand jemand, der den Tod brachte. Aber wem noch außer ihr...? Sie zuckte zurück und unterdrückte einen Schrei.

»Ich tue dir nichts«, murmelte Jânek.

»Noch nicht!«

»Du und dein verrücktes Zweites Gesicht. Wie wäre es, wenn du einmal der Wirklichkeit ins Auge sehen würdest?«

Ich sehe dich, oder bist du etwa nicht wirklich? dachte sie bei sich. Erschüttert von der Macht ihrer Offenbarung und am ganzen Leib zitternd, blieb sie vor ihm stehen und blickte ihn mit ihren dunklen Augen durchbohrend an.

Jânek schüttelte verwundert den Kopf, als sie ihm den Weg verstellte.

»Ich habe hier auf dich gewartet.«

Das war offensichtlich. Sie spähte ihm ins Gesicht und sah, daß seine blaßblauen Augen nervös zuckten.

»Ich bin unbewaffnet«, sagte er. »Ich schwöre es. Ich muß mit dir

reden. Bitte, geh mit mir ins Haus.« Er legte die Hände auf seinen Kopf. »Du kannst mich durchsuchen, wenn du mir nicht traust.«
Ramona blickte ihn noch einmal forschend an, drehte sich dann um, öffnete ihre Haustür und schaltete das Licht ein. Ihre Hand verharrte kurz über dem Knopf der Alarmanlage, die Angelo bei ihr hatte installieren lassen. *Nicht jetzt, noch nicht*, sagte eine Stimme in ihr.
Sie hielt nun die Haustür für ihn offen, und er ging an ihr vorbei in die Wohnstube, wo er mitten im Raum stehenblieb und zögerlich um sich blickte. Ramona kannte nun den Grund seines späten Besuchs. Sie wickelte sich aus ihrem Schal, den sie über eine Stuhllehne warf.
»Dann rede, aber fasse dich kurz«, sagte sie. »Was willst du von mir?«
»Ich möchte von dir erfahren, ob Rose glücklich ist. Sie will mich nämlich nicht sehen, mußt du wissen.«
Sie zuckte mit den Schultern, und er sank auf das Sofa. Er war so traurig, daß er es nicht verdiente, belogen zu werden. Andererseits sah sie auch keinen Grund, warum sie ihm die Wahrheit sagen sollte. Rose war keine Frau für ihn. Sie hatte lange und erbittert mit ihrer Tochter gestritten, als diese ihr zum erstenmal von ihrer Verlobung mit diesem... diesem Ausländer erzählt hatte. Ja, er war ihnen in jeder Hinsicht fremd. Er gehörte nicht in ihre Welt. Vielleicht hatte sie sich in sein Aussehen verliebt. Er war groß, drahtig, nicht übermäßig kräftig gebaut, aber willensstark und zäh. Er hatte schwarze Haare, blaue Augen, eine frische, rosige Haut, und in den Tagen, als er noch mit Rose zusammengewesen war, hatte er soviel Freude verströmt wie ein Seehund Öl. Vielleicht war das sein Charme gewesen. Jetzt war es nur noch Bitterkeit, was von ihm ausging.
»Hübsch hast du es hier«, sagte Jânek, mit der Hand um sich deutend. »Dir geht es offenbar gut. Ist Rose auch ein Teil dieses Handels? Du dienst den Palmas mit deiner Arbeit, Rose mit ihrer Möse. Du hast dafür dieses Häuschen und eine Pension bekommen. Und womit wird Rose belohnt? Vielleicht mit Juwelen? Erzähle mir jetzt nichts von ›Willow Lodge‹! Der Bungalow

befindet sich auf ihrem Land und ist deshalb nicht das Papier wert, mit dem er ihr überschrieben wurde. Wenn sie schon seine Hure sein muß…«, er spuckte dieses verhaßte Wort förmlich aus, »… dann sollte sie sich das zumindest gut bezahlen lassen. Gott weiß, wie schön sie ist. Und ich muß wissen, ob sie auch glücklich ist.«

Sie betrachtete ihn jetzt neugierig. Es war unmöglich, ihn nicht zu bedauern. Die Geschichte hatte ihn furchtbar mitgenommen. Er hat nichts mehr zu verlieren, dachte sie. Also ist er gefährlich.

»Möchtest du ein Glas Wein haben? Ich habe eine noch fast volle Flasche dort drüben im Büfett.«

Er nickte und sah sie überrascht an. Sie ging zur Anrichte und füllte zwei große Gläser mit Wein, von denen sie ihm eins reichte.

»Sprich weiter«, sagte sie. »Rede es dir von der Seele.«

»Ich möchte, daß du sie dazu bringst, sich wieder von ihm zu trennen. Sonst…« Er brach mitten im Satz ab und erschauerte. »Ich muß es wissen. Hat er sie gut versorgt? Ich meine, kümmert er sich auch um sie? Und selbst wenn er das tut – wie sieht es denn mit ihrer Ehrbarkeit, einem echten Heim, einem Ehemann und Kindern aus? Alles, was zu einem richtigen Leben gehört? Ist denn ihr Glück so gar nichts wert?«

Ramona goß ihren Wein hinunter und füllte dann rasch ihr Glas nach. »Du verstehst das nicht.«

Sie lehnte sich an die Wand, sah zur Decke hinauf, und ihre Augen nahmen einen seltsam tranceartigen Ausdruck an, als schaute sie in sich hinein.

»Ich wußte schon immer, daß unser beider Samen sich vereinigen würde – seiner und meiner. Doch mit der Zeit wurde ich unsicher. Bis Rose zu meinem Ebenbild heranwuchs. Da wußte ich, daß es eine zweite Chance für uns gab. Ich hegte sie, pflegte sie, sorgte dafür, daß sie in einem Konvent zusammen mit weißen Mädchen aufwuchs und eine gute Ausbildung…«

»Sie ist schon immer dein Werkzeug gewesen«, flüsterte er, sie unterbrechend. »Du hast sie nie geliebt. Du hast sie nur benutzt.«

Sie sah auf den Boden hinunter und begann zu zittern. »Ich habe mich noch nie geirrt… Er wird sie trotz allem heiraten«, sagte sie.

»Das ist mir schon vor vielen Jahren prophezeit worden. Ihr Kind wird über das Imperium der Palmas herrschen.«
»Deine schlimmen Prophezeiungen machen mich krank. Satans Worte strömen dir über die Lippen wie obszöne Flüche, und was deine Augen betrifft, sehen sie immer nur das Böse.«
Ein Gefühl der Angst beschlich sie wieder. Verlor er jetzt den Verstand? War er nicht schon immer ein bißchen verrückt gewesen?
»Ich möchte dich nicht in dem Glauben lassen, daß dir das verziehen würde«, sagte er. »Du mußt vielmehr wissen, daß ich dich töten werde, sollte ihr etwas zustoßen. Denn du bist der Drahtzieher, die Schlüsselfigur, die das alles eingefädelt hat. Und jetzt verrate mir noch eines: Ist sie glücklich?«
»Glücklich? Was ist das – Glück? Du bist ein Narr, wenn du auch nur einen zweiten Gedanken daran verschwendest. Und jetzt geh, oder ich werde den Alarm auslösen.«
Da ging er wieder hinaus in die Nacht, und sie blickte ihm mit einem bangen Gefühl nach, bis ihn die Dunkelheit verschluckt hatte.
Sie spürte, daß er verrückt genug war, seine Drohungen auch wahr zu machen.

Kapitel 44

Es war neun Uhr abends, als sich Trevor nach einem kurzen, schroffen Telefonat mit Angelo beeilte, »Willow Lodge« wieder zu verlassen. Er hatte seinen Vater noch nie so barsch und zugleich so besorgt zu ihm reden hören. »Komm, so rasch du kannst!« hatte Angelo ihm befohlen.

Dicke Nebelschwaden trieben, aus Südwesten kommend, auf die Küste zu, krochen an den Dünen hinauf und hingen wie Watte vor den Fenstern. Rose machte dieses Wetter ganz krank. »Da lauert etwas Schreckliches dort draußen«, hatte sie geflüstert, als er sich von ihr verabschiedet hatte.

Es erboste ihn, daß sie zuweilen genauso hysterisch sein konnte wie ihre Mutter. »Das ist doch nur ein Nebel«, blaffte er sie an. »Sei nicht so verdammt abergläubisch! Manchmal könnte man dich wirklich für eine von diesen ignoranten Dörflerinnen halten!« Als er dann den Motor seines Wagens anließ, reuten ihn seine Worte. Diese Behandlung hatte sie nicht verdient. Er lief zu ihr zurück und legte die Arme um sie. »Ich werde spätestens in einer Stunde wieder zurück sein, denke ich«, sagte er. »Am besten legst du dich jetzt hin und liest so lange ein Buch, bis ich wieder bei dir bin.«

Angelo stand am Fenster seines Arbeitszimmers, starrte hinaus auf die Bucht und bemühte sich, nicht die Beherrschung zu verlieren. In seiner anfänglichen blinden Wut hatte er daran gedacht, den Jungen zu enterben, ihn außer Landes zu schicken oder ihm den Aufenthalt in Silver Bay für immer zu verbieten. Aber nachdem er sich das alles eine Stunde lang hatte durch den Kopf gehen lassen, war ihm bewußt geworden, daß es keinen ehrenhaften Ausweg für seinen Sohn gab. Trevor befand sich in einer überaus heiklen Lage. Er konnte nur an seine Vernunft appellieren.

Deshalb versuchte er jetzt auch, die Ruhe zu bewahren. Aber Trevor erkannte sofort, als er ins Zimmer kam, daß ihn hier etwas sehr Unangenehmes erwartete. Sein Vater machte auf ihn einen erschütterten Eindruck. Zum erstenmal konnte man ihm

sein wahres Alter ansehen. Was, zum Teufel, ist da passiert? dachte Trevor unbehaglich.
»Ich hatte heute abend einen Besucher«, sagte Angelo. »Einen ungebetenen und unerwarteten Gast. Michael Russell, Anne Marais' Liebhaber.«
Trevor hatte nun eine kurze Vision von Mike Russell, den er vor einem Monat bei einer Party im Yachtclub kennengelernt hatte. Ein blonder, blauäugiger Typ, der sich den ganzen Abend an der Bar aufgehalten und sich stundenlang damit amüsiert hatte, die anwesenden Gäste auseinanderzunehmen. Er schien Trevor einen unglaublichen Sinn für Humor zu haben, jedoch nur auf Kosten anderer Leute.
Angelo warf jetzt ein Paket auf seinen Schreibtisch und sagte: »Ich habe ihm das da für zweihunderttausend Rand abkaufen müssen. Er wollte keinen Penny weniger dafür haben. Vielmehr verlangte er sogar eine Million dafür, aber ich sagte zu ihm, so viel Bargeld könnte ich in so kurzer Zeit unmöglich lockermachen. Ich habe auf Zeit gespielt, und er hat mir eine Gnadenfrist von einer Woche gegeben. Wir müssen also schnell handeln. Mit dem Geld kann sich dieser Bastard ein schönes Leben machen, aber ich werde ihm das eines Tages heimzahlen.«
Nun kamen seinem Vater sogar die Tränen, was Trevor noch mehr entnervte. »Komm, schau dir das an!« befahl Angelo.
Als Trevor das Paket auswickelte und die Fotos sah, die es enthielt, schien er in einen Abgrund der Schande hinunterzustürzen. Obenauf lagen acht Schnappschüsse von ihm und Rose, wie er in den Dünen auf ihr lag und sie bumste. Heiliger Strohsack! Und das alles in Großaufnahme! Dann kam eine Reihe von Fotos, auf denen er nackt mit Rose um das Lagerfeuer tanzte und nackt mit ihr in der Lagune badete. Dann ein paar Schnappschüsse von Emanuel, wie er sich mit Julie in den Dünen vergnügte. So ein Mist! Er mußte die beiden warnen. Und da waren auch einige Fotos von Jack Bronson, wie er Julies Schwester vögelte. »Gütiger Gott«, stöhnte er. Hätten sie denn nicht vorsichtiger sein können! Er schüttelte sich und warf die restlichen Aufnahmen auf den Schreibtisch zurück.
Erst jetzt wurde ihm bewußt, daß Angelo die ganze Zeit mit ihm

geredet haben mußte. Er stand nun am Fenster und sagte: »Schau dir das an! Dieser Anblick setzt mich immer wieder in Erstaunen.«
Trevor ging zu seinem Vater ans Fenster und starrte hinaus auf den Nebel, der wie ein weißer See um das Haus ausgebreitet lag, leuchtend wie Schnee im Mondlicht. Das Meer, die Strände, die Dünen, die Straßen, das Dorf – das alles war unter diesen weißen Schwaden wie unter einem Leichentuch verborgen. Nur die Berggipfel ragten wie Inseln aus dieser Nebelbrühe heraus, und darüber wölbte sich ein kristallklarer Nachthimmel.
»Es wird nicht lange dauern, bis er auch dieses Fenster verschluckt hat und wir nicht mehr die Hand vor den Augen sehen können«, sagte Angelo. »Hörst du das? Da scheint ein Boot die Orientierung verloren zu haben. Wenn sie nicht aufpassen, wird es an den Klippen zerschellen.«
Das Nebelhorn, das da unten in der Bucht tutet, scheint der Felsenküste tatsächlich verdammt nahe gekommen zu sein, pflichtete Trevor seinem Vater im stillen bei.
»Manchmal kommt mir unsere Familie wie dieses Schiff dort unten vor, Trevor«, fuhr Angelo fort. »Wir treiben richtungslos im Nebel dahin und wissen nicht, wie wir uns aus dem Dilemma befreien können, in dem wir stecken. Und dabei kommen wir einer Katastrophe immer näher.«
»Es tut mir ja so leid, Vater«, murmelte Trevor. »Ehrlich. Ich hatte nie die Absicht, jemandem zu schaden oder weh zu tun. Dir am allerwenigsten, Vater.«
»Ich möchte Frieden haben in meinem Haus. Ich will meinen Sohn wiederhaben. Er ist alles, was ich besitze, und ich liebe ihn. Ich möchte, daß meine Schwiegertochter wenigstens hin und wieder vor Freude lächelt. Ich möchte, daß mein Enkelkind in geordneten Verhältnissen aufwächst – bei seiner Mutter und seinem Vater, die es beide lieben. Ist das denn zuviel, was ich von dir verlange, Trevor?
Ich habe hart für diese Familie gearbeitet, mein Junge. Das ist gar nicht so leicht gewesen, wie du dir denken kannst. Ich habe mein Leben aufs Spiel setzen müssen, um überhaupt hierherzukommen. Und auch dann noch, als ich als Schiffbrüchiger diese Küste

erreicht hatte, war mein Leben oft in Gefahr. Das alles habe ich nur gewagt und getan, um das zurückzubekommen, was die Palmas einst besessen hatten. Nicht so sehr für mich, sondern für meine Kinder und Kindeskinder. Und ich denke, daß ich es verdient habe, daß man mir das auch danken sollte, was ich getan habe, denn ich habe Tag und Nacht geschuftet und mich krummgelegt für dich... Also bring jetzt dein Haus in Ordnung, Trevor. Ich befehle es dir und bitte dich zugleich darum. Tu deine Pflicht, mein Junge. Denn das ist die Devise, nach der sich die Palmas schon immer gerichtet haben und die ihr Handeln stets bestimmt hat. Und darin wirst du am Ende auch das von dir so heiß ersehnte Glück finden.«

»Bitte... vernichte diese Fotos! Claire könnte... oder auch Ramona... Gott verhüte...«, stammelte Trevor.

»Natürlich vernichte ich sie. Aber dieser Bastard hat die Negative. Er hat mir damit gedroht, sie in allen Zeitungen des Landes veröffentlichen zu lassen. Und da ist auch noch die Polizei...«

Angelo ging zum Wandschrank und füllte zwei große Gläser mit Whisky. »Hier«, sagte er und schob seinem Sohn ein Glas über den Tisch zu. »In gewisser Weise gebe ich mir selbst die Schuld dafür. Es ist vermutlich ein Fehler von mir gewesen, dir einen jahrelangen Aufenthalt in Europa zu verschaffen. Deshalb verstehst du auch die Gefühle und Gesetze nicht, die dieses Land beherrschen. Der Geschlechtsverkehr zwischen Farbigen und Weißen ist deshalb ein so gefürchtetes Verbrechen, weil er die Wurzeln der Afrikaander-Kultur zerstört – ihren Traum von der Apartheid. Deshalb wird er auch so schwer bestraft. Er gefährdet die Sicherheit und die Zukunft der weißen Gesellschaft in Südafrika. Man würde dich deshalb zu vielen Jahren Zwangsarbeit und dem Verlust deiner Ehrenrechte verurteilen. Mein Geld würde nicht reichen, um dich loszukaufen. Oder sie.«

Angelo setzte sich an den Schreibtisch und begann eine Namensliste aufzustellen. »Ich konnte einige von den auf den Fotos abgebildeten jungen Männern identifizieren. Du mußt mir jetzt helfen, diese Liste zu vervollständigen, damit ich die Eltern benachrichtigen und zu mir bitten kann. Wir müssen einen Plan ausarbeiten, wie wir euch Narren sofort aus dem Land schaffen können.

Denn ich bin nicht gewillt, diesem Bastard eine Million Rand zu bezahlen. Weil es nicht dabei bleiben wird. Er wird mich mein Leben lang schröpfen.«

»O Vater«, flüsterte Trevor, und der Kloß in seinem Hals wurde fast unerträglich schmerzhaft. »Bitte, glaube mir, wie sehr ich das bedaure, was ich dir, Claire und Rose damit angetan habe. Aber ich werde Rose nicht verlassen. So ein verdammter Mist! Ich werde sie sofort außer Landes bringen.«

»Und was soll dann aus Claire werden? Und was aus dem Kind, das sie von dir erwartet? Claire ist keine sehr kräftige Frau. Wenn du sie verläßt, könnte sie das umbringen.«

Trevor zuckte nur hilflos mit den Schultern. »Und was wird aus Rose, wenn ich das tue, was der Anstand von mir verlangt? O Vater, mit schwirrt der Kopf. Ich muß hinaus in die frische Luft und nachdenken.« Er lief zur Tür und drehte sich dort noch einmal um. »Du hast das einzig Richtige getan, Vater. Danke. Ich weiß zwar noch nicht, was ich jetzt machen soll, aber ich verspreche dir, daß ich bis morgen früh zu einer Entscheidung kommen werde. Denn tatsächlich liebe ich sie alle beide. Und deshalb werde ich auch eine Lösung finden, die beide zufriedenstellen wird. Ich geb' dir mein Wort darauf.«

Trevor war dankbar dafür, daß er sich in den Nebel hinausflüchten konnte, der ihn so unsichtbar machte wie eine Tarnkappe. Er kam sich so schäbig vor – so nackt und bloßgestellt. Diese grauenvollen Fotos schienen ein ganz neues und grelles Licht auf seine sexuelle Besessenheit von Rose zu werfen. Er ließ seinen Wagen stehen und ging zu Fuß die Straße zum Meer hinunter, bog dort in die Küstenstraße ein, wanderte durch das Dorf und näherte sich dem Hafen. Er achtete nicht darauf, wohin er ging. Er brauchte nur Zeit zum Nachdenken. Was, zum Henker, sollte er jetzt machen? Sein Sohn hatte natürlich einen Anspruch auf seinen Vater. Er hätte sich seine Kindheit ohne Angelo gar nicht vorstellen können. Was verlangte sein Pflichtgefühl von ihm? Bestimmt nicht, daß er Rose ins Zuchthaus brachte. Was war jetzt richtig und was falsch?

Vor ihm tauchten die Laternen des Hafens auf, denen der Nebel einen Heiligenschein aufgesetzt zu haben schien. Es war kalt geworden. Er fröstelte und beschleunigte seine Schritte. Seltsam, daß er sich so verwundbar vorkam – dieses seltsame Gefühl des Ausgeliefertseins nicht abschütteln konnte. Er blieb stehen und lauschte. Irgend jemand folgte ihm da auf leisen Gummisohlen und schien nur wenige Meter von ihm entfernt zu sein. Er hörte, wie ein Stein eine Böschung hinunterkollerte, und dann ein kurzes rutschendes Geräusch, als wäre da jemand einen Moment vom Weg abgekommen. Er blickte über die Schulter, konnte aber niemanden sehen. Die Nacht war erfüllt von allerlei weißen Formen und Gestalten, die lautlos dahintrieben, aber sie schienen alle keinem lebenden Wesen zu gehören.

Er legte jetzt einen kurzen Sprint ein und blieb dann unter einer Laterne wieder stehen. Er war sich jetzt sicher, daß er verfolgt wurde. Es konnte sich um eine von diesen farbigen Jungenbanden handeln, aber die Geräusche schienen ihm eher auf eine Einzelperson hinzudeuten. Er mußte jetzt darauf gefaßt sein, sich verteidigen zu müssen. Er langte in die Tasche und befühlte seine Pistole, während er sich deprimiert an den Laternenpfahl lehnte. Sein Verfolger rannte nun auf ihn zu. Eine schwarze Gestalt kam plötzlich keine zwei Meter vor ihm aus dem Nebel heraus, hob den Arm und stieß so schnell wie eine Kobra mit dem Messer zu, das er in der rechten Hand hielt. Trevor spürte einen kurzen, stechenden Schmerz in der Brust, der ihm den Atem nahm. »Jânek«, murmelte er.

Trevor zog seine Pistole aus der Tasche. Er fummelte mit dem Zeigefinger am Abzug und feuerte auf die sich schnell wieder entfernende Gestalt. Er glaubte, sie auch getroffen zu haben. Dann rief er laut im Nebel nach Hilfe. Seltsam, wie rasch sich dieser Schmerz in seiner Brust gelegt hatte. Vielleicht war er gar nicht so schlimm verletzt, wie er fürchtete. Er versuchte deshalb, dieser flüchtenden Gestalt nachzurennen. Er wollte noch einmal auf sie schießen, hatte jedoch Angst, im Nebel eine unschuldige Person zu treffen. Es wurde plötzlich alles so dunkel. Selbst der Nebel nahm eine schwarze Färbung an, während sein Körper sich in Stein zu verwandeln schien. Er wollte schreien, aber seine Lippen versagten ihm den Dienst. Nichts mehr wollte funktionieren. Er war sich nur noch vage der Rufe bewußt, die aus dem Nebel zu ihm drangen, und hatte noch kurz das Trillern einer Pfeife ihm Ohr, ehe seine Welt sich in nichts auflöste.

Als ein grauenvoller Tag dem nächsten folgte, fragte sich Angelo, ob er sich in einen Automaten verwandelt hatte. Wie ein Roboter ließ er die Fragen der Polizei über sich ergehen und setzte er sich mit dem Bestattungsunternehmer auseinander. Er fuhr ins Leichenschauhaus, um seinen Sohn zu identifizieren, und ließ sich von der Frau, an die ihn der Bestattungsunternehmer verwies, die Vorzüge der verschiedenen Sargmodelle und Beschläge erklären. Er bezahlte Ramona eine große Summe Geld, damit sie Rose außer Landes schaffen konnte, weigerte sich jedoch, sie bei sich zu empfangen. Als er sie am Grab weinen und sich an ihre Mutter klammern sah, wandte er sich angewidert ab.
Er ließ auch Claires Nervenzusammenbrüche geduldig über sich ergehen und schickte sie in die beste Klinik des Landes. Dann bestellte er die Eltern all der jungen Männer und Frauen zu sich, die er auf den Fotos hatte identifizieren können, und bot ihnen seine finanzielle Unterstützung an, damit sie ihre Sprößlinge so rasch wie möglich in Übersee in Sicherheit bringen konnten.
Aber wo waren die Tränen für seinen einzigen Sohn geblieben? Sie schienen plötzlich versiegt zu sein wie ein Brunnen in der Wüste.
Als Ramona ihm erklärte, daß sie sein Haus für immer verlassen würde, empfand er nicht einmal ein flüchtiges Bedauern. Er schien einen Wall um sich errichtet zu haben, der keine Gefühle mehr an ihn heranließ. Es gab keinen Schmerz und keine Freude mehr für ihn. Er wußte, daß er nie mehr einen Menschen lieben würde. Nie mehr! Von jetzt an war er unverletzbar. Er erwartete nichts mehr vom Leben. Er tat seine Pflicht und leitete seine zahlreichen Unternehmen, so gut er das vermochte.
Als Mike Russell nach einer Woche arrogant und siegessicher bei ihm erschien, um seine Million zu kassieren, drohte ihm Angelo mit einer Anzeige wegen Erpressung. Doch Russell spürte instinktiv, daß Angelo nicht auch noch das Andenken an seinen Sohn beschmutzen wollte. Was nichts daran änderte, daß sich

nach dessen Tod die Fotos nicht mehr als Druckmittel verwenden ließen. Und so verließ Russell fluchend wieder Angelos Haus.

Später kämpfte Angelo auch noch wie ein Roboter um seinen Enkelsohn, den er bei sich behalten wollte. Das winzige Baby war in der Klinik geboren und von einer Säuglingsschwester zu ihm ins Haus gebracht worden, die sich dann auf seine Bitten hin bereit fand, das Baby ein paar Monate lang zu betreuen. Er schaute sich seinen Enkel zwar nur selten an, sorgte aber dafür, daß Rob die bestmögliche Pflege bekam.

Er mußte dann noch einmal ziemlich stark werden, als Claire aus der Klinik entlassen wurde, sich aber trotz all seiner Bitten weigerte, noch länger mit ihm unter einem Dach zu leben. Vielmehr wollte sie mit ihren Eltern von hier wegziehen und ihr Kind mitnehmen. Und sie drohte ihm damit, notfalls das Sorgerecht für ihr zwei Monate altes Baby vor Gericht zu erstreiten, wenn er ihr das Kind nicht sofort herausgab. Daraufhin erklärte er ihr, sie sei geistig viel zu labil, um ein Kind großziehen zu können, und das würde er sich vor Gericht von Gutachtern bescheinigen lassen und ihre Eltern notfalls mit einem jahrelangen Rechtsstreit finanziell zugrunde richten. Er würde vor nichts zurückschrecken, um seinen Enkel behalten zu können, sagte er zu ihr, worauf Claire abermals einen Nervenzusammenbruch bekam und sich in der Klinik wiederfand. Er hatte das Gefühl, daß sie jetzt nie mehr versuchen würde, ihm das Kind wegzunehmen, denn nun gab es ja auch eine Krankengeschichte, die ihre geistige Labilität belegte – wenn diese auch nie von langer Dauer war.

Ein paar Monate später teilten ihm ihre Anwälte dann mit, daß alles, was sie besaß und in Zukunft erben würde, ihrem Kind gehören sollte, wenn es volljährig wurde. Wieder so eine Torheit von ihr, dachte Angelo bei sich. Er hatte mehr als genug Geld für seinen Enkelsohn. Er wollte Claire das auch sagen, aber sie hatte inzwischen das Land verlassen.

Trotzdem hatte er immer ein schlechtes Gewissen, wenn er an Claire zurückdachte. Er hatte sie damals nicht fair behandelt, und er blickte nun zu Rob auf, weil er erwartete, daß sein Enkel seine Verhaltensweise kritisieren würde. Doch Rob starrte ihn nur mit einem sehr seltsamen Ausdruck in den Augen an, den er nicht zu deuten wußte.

»Ich habe dir die Mutter niemals wegnehmen wollen«, sagte Angelo und sah Rob mit trüben alten Augen an. »Ich wollte nicht, daß sie mein Haus verließ. Ich liebte sie doch. Vielleicht hätte ich ihr das auch sagen sollen, aber damals schienen alle meine Gefühle gestorben zu sein.«

Er sieht müde aus, dachte Rob bei sich und blickte auf seine Armbanduhr. Es war kurz vor drei Uhr morgens. Diese stundenlange Beichte mußte Angelo, der nie viele Worte machte, ziemlich mitgenommen haben. Trotzdem wußte Rob, daß er ihn noch nicht vom Haken lassen konnte. Angelo hatte ihm noch nicht erklärt, was für eine Bewandtnis es mit dem Schädel hatte, den man in den Dünen gefunden hatte, und warum er »Willow Lodge« von Bulldozern hatte einebnen lassen.

»Aber dieser Polizeileutnant hat dich doch wegen des Schädels befragt, der in den Dünen vergraben gewesen war. Wenn ich dir helfen soll, muß ich wissen, wie er dorthin gekommen ist.«

Angelo seufzte, als wäre das eine Erinnerung, die ihm am schwersten auf der Seele lag. Er stand auf und hielt sich den Rücken. »Man wird ganz steif vom vielen Sitzen«, sagte er müde und begann, während er sich mit den Fingern durch die weißen Haare fuhr, im Zimmer auf und ab zu wandern. Er mußte sich ein paarmal räuspern, so daß Rob ins Badezimmer hinüberging und ihm ein Glas Wasser brachte.

»Rose kehrte ein paar Monate später wieder nach Silver Bay zurück. Sie sagte, es sei ihr egal, ob man sie verhaften würde. Sie zog in ›Willow Lodge‹ ein, weil sie sagte, daß der Bungalow ihr gehöre. Sie hatte auch Papiere, die ihre Angaben bestätigten, aber das Haus befand sich natürlich auf unserem Land. Sie schickte mir eine Nachricht, daß sie mich sprechen müsse. Sie verlangte, daß diese Unterredung in ihrem Haus stattfinden solle. Ich beschloß, dieser Aufforderung nachzukommen, obwohl mir das gegen den Strich ging, denn ich machte sie für den Tod deines Vaters verantwortlich und gab ihr auch die Schuld dafür, daß seine Beziehung zu Claire in die Brüche gegangen war.

Es war Sommer, aber es hatte seit Tagen in Strömen geregnet, wie ich mich erinnere. Der Bungalow war so still und bedrückend wie eine Leichenhalle. Zwar hatte Ramona dort ständig saubergemacht, aber die Trauer schien in der Luft zu hängen wie ein übler Geruch. Rose hatte ihren älteren Bruder, Bill September, gebeten, an diesem Gespräch teilzunehmen. Vermutlich brauchte sie ihn als moralische Unterstützung. In gewisser Weise war das ein Glück für mich.

Sie hatte ein Papier vor sich liegen, auf dem alle ihre Forderungen an mich schriftlich fixiert waren. Sie verlangte von mir mehr, als ich ihr geben konnte... Nicht wollte, sondern konnte. Viel mehr! Ich erklärte ihr deshalb, daß ich diese Forderungen ablehnen müsse. Da verwandelte sie sich plötzlich in eine Furie. Sie schrie mich an, nannte mich einen gemeinen Schuft, griff mich dann tätlich an, trat mit den Füßen nach mir und zerkratzte mir mit ihren Fingernägeln das Gesicht. Mit einem Wort: Sie war außer sich vor Wut.

Ich setzte mich natürlich zur Wehr. Als sie mich in den Unterleib treten wollte, gab ich ihr einen Stoß. Und da schien sie plötzlich das Gleichgewicht zu verlieren, taumelte gegen das Terrassengeländer, das unter ihrem Gewicht nachgab, und stürzte hinunter in den Hof. Dabei brach sie sich das Genick. O Gott! Du kannst dir vermutlich vorstellen, wie schrecklich das war.«

Er seufzte, fiel auf sein Bett und schlug die Hände vors Gesicht. Dann schüttelte er den Kopf, als könnte er sich so von unerwünschten Erinnerungen befreien. Wie verletzlich er doch ist, dachte Rob. Und dabei hatte er ihn all die Jahre über für einen harten, unbarmherzigen Mann gehalten. Wie sehr er sich doch in ihm getäuscht hatte! Angelo hatte seine Emotionen nur verdrängt, weil er den Schmerz, den sie ihm bereiteten, sonst nicht mehr ertragen konnte.

»Du mußt wissen, Rob«, sagte Angelo mit einem zärtlichen Blick auf seinen Enkel, »daß ich ihre Forderungen nicht erfüllen konnte, weil ich sonst deine Rechte verletzt und dir dein Erbe geschmälert hätte. Ich habe ihre Forderungen nur abgelehnt, um dich zu beschützen.

Bill September und ich«, fuhr er dann, tief Luft holend, fort, »haben sie dann hinter dem Haus begraben. Wir hoben eine zwei

Meter tiefe Grube für sie aus und hielten dann so etwas wie eine Andacht ab, vergossen jedoch beide keine Träne. Ich versprach Bill, ihm ein Grundstück zu überschreiben und ihm so viel Geld zu geben, daß er sich damit ein so schönes Haus wie ›Willow Lodge‹ bauen konnte. Und er sollte von mir auch noch einen voll ausgerüsteten Fischdampfer bekommen.

Er schien mit diesem Handel zufrieden zu sein und sagte, er wolle dafür sorgen, daß seine Mutter sich ebenfalls seiner Denkweise anschließen würde. Vermutlich ist ihm das auch gelungen, denn sie erzählten beide jedem, der nach Roses Verbleib fragte, daß sie nach Übersee ausgewandert sei. Und von jenem Tag an wurden die beiden zu überaus wohlhabenden Leuten.«

»Wäre es nicht besser gewesen, der Polizei die Wahrheit zu erzählen?« fragte ihn Rob behutsam.

»Ich hatte mich mit diesem Gedanken getragen, doch dann wären zu viele andere Dinge ans Tageslicht gekommen, die nicht nur mich, sondern fast alle Bewohner des Dorfes und eine Menge Leute in Silver Bay betrafen.«

»Und warum ist Ramona jetzt noch immer unsere Haushälterin? Das verstehe ich nicht!«

»Das ist in der Tat eine seltsame Geschichte. Denn einen Monat später kam sie zu mir und sagte, daß unser beider Schicksal durch den Verlust unserer jeweiligen Kinder nun so fest miteinander verwoben sei, daß sie jetzt gern ihren Job als Haushälterin wiederhaben wolle. Damit sie dich großziehen könne, sagte sie. Weil eine angestellte Kinderschwester niemals die Mutterliebe ersetzen könnte und ich sie deshalb brauchte. Sie verzieh mir sogar den Tod von Rose, und das bedeutete mir sehr viel. Und sie hat dich dann auch so großgezogen, wie sie es mir versprochen hatte. Keine hätte sich dieser Aufgabe besser annehmen können, als sie es tat. Das ist die ganze Geschichte. Jetzt weißt du alles.«

»Und das erklärt mir jetzt auch deinen Zorn, als ich Kate heiraten wollte.«

»Ich haßte ihren Vater. Wenn er nicht gewesen wäre, würde Trevor vielleicht heute noch leben. Ich wollte nicht, daß du sie heiratest, weil ich wußte, daß ich ihn eines Tages ruinieren und das schlimme Folgen für dich und deine Ehe haben würde. Es tut mir leid, Rob, aber dieser Bastard hat seine Strafe verdient.«

»Angelo – schau mich an! Schwörst du mir, daß das, was du mir erzählt hast, die volle Wahrheit ist und nichts als die Wahrheit?«

»Soweit es mich und die mir bekannten Ereignisse betrifft – ja.«

»Ich werde dir einen guten Anwalt für Strafsachen besorgen. Ich glaube nicht, daß die Polizei etwas gegen dich in der Hand hat. Sie kann dir nichts anhaben. Bill September kann bezeugen, daß Roses Tod ein Unfall gewesen ist.«

»Wenn du es sagst.«

»Und was ist mit diesem Ungarn geschehen, der meinen Vater umbrachte?«

»Trevor hat ihn, als er auf ihn schoß, ins Bein getroffen, und die Polizei konnte ihn schon wenige Minuten nach der Tat festnehmen. Er wurde des Mordes angeklagt und zum Tod verurteilt, hat dann aber Revision eingelegt. Daraufhin wurde das Todesurteil von dem Berufungsgericht in lebenslängliche Haft umgewandelt. Er hat zwanzig Jahre davon abgesessen und wurde dann deportiert.«

»Du siehst erschöpft aus, Großvater. Kein Wunder. Du legst dich jetzt wieder hin, und ich werde dir einen heißen Grog zubereiten, den ich dir dann ans Bett bringen werde.« Er legte den Arm um die Schultern des alten Mannes. »Das Schicksal hat es wirklich nicht sehr gut mit dir gemeint. Du hättest ein besseres Leben verdient. Das ist nicht fair.«

»Ich habe doch dich«, sagte Angelo. »Das hat mich für vieles entschädigt... Ich liebe dich, mein Junge.«

»Ich liebe dich auch«, flüsterte Rob.

TEIL III

Kapitel 45

Ari hatte nun schon vier Stunden auf diesem unbequemen Rohrstuhl inmitten von Topfpflanzen und allerlei Nippes ausgeharrt und sich Bills Geschichte angehört. Es war ein warmer Sommerabend, und da die Hütten der Squatters nun alle niedergebrannt waren, hatten die Septembers auch ihre Terrassentüren wieder öffnen können. Ari konnte die Wellen unten am Strand über den Sand hinwischen hören und die leuchtende Sichel des Mondes sich langsam ihrem Spiegelbild im Wasser nähern sehen. Hannah kam blaß und traurig ins Zimmer, um sie noch einmal mit frisch aufgebrühtem Kaffee und Plätzchen zu versorgen.

Ari nippte dankbar an seiner Tasse. Hannah hatte ihr Versprechen wahr gemacht und ihren Mann unter Druck gesetzt, damit er ihm alles erzählte, was er wußte. Eine Aufgabe, die ihm offenbar so sehr widerstrebte, daß Ari ihm zuweilen die Informationen wie Würmer aus der Nase ziehen mußte.

»Schön«, sagte er jetzt, auf seine Notizen blickend, »lassen Sie uns noch einmal auf das Datum zurückkommen, an dem Rose aus Mosambik zurückgekommen ist. Wann war das gleich wieder? Im Dezember neunzehnhundertvierundsechzig, sagten Sie?«

Bill nickte.

»Also genau sieben Monate, nachdem Jânek József wegen Mordes an Trevor verhaftet worden war?«

»Sie hätten ihn hängen sollen«, warf Hannah an dieser Stelle verbittert ein. »Er hat nur zwanzig Jahre seiner lebenslangen Haftstrafe abgesessen und ist dann deportiert worden. Solche Leute wie er verdienen es nicht, auf dieser Erde zu wandeln. Trevor war ein echter Gentleman. Der netteste Mann, den man sich vorstellen kann.«

Ari kaute auf einem Plätzchen und ließ sie ihren Spruch aufsagen, ehe er sich wieder an Bill wandte:

»Warum hat sie denn nicht gleich nach Trevors Tod Kontakt zu Angelo aufgenommen, sondern erst sieben Monate später?«

»Keine Ahnung«, erwiderte Bill mißmutig.

»Und warum hat Angelo Palma den Bungalow niederreißen lassen und dem Erdboden gleichgemacht?«

»Wie oft soll ich das denn noch wiederholen! Weil Rose sagte, er würde ihr gehören – was ja auch stimmte. Und weil Angelo nicht wollte, daß jemand Ansprüche auf dieses Haus erhob. Schließlich war es ja auf einem Grundstück errichtet worden, das zweifellos ihm gehörte. Und sie hatte aus ›Willow Lodge‹ ein Hurenhaus gemacht.«

Ari hatte den starken Verdacht, daß Bill ihm hier etwas verschwieg. Er betrachtete ihn jetzt genauer. Bill hatte Schweißperlen auf der Stirn, und sein rechtes Augenlid schien von nervösen Zuckungen befallen zu werden. Er war also keinesfalls so ruhig, wie er sich nach außen hin gab.

»Ihren Angaben zufolge«, sagte Ari, wobei er ein paar Seiten in seinem Notizblock zurückblätterte, »ist Angelo gegen halb elf Uhr abends in den Bungalow gekommen, um sich dort Roses Forderungen anzuhören. Er habe sich dann geweigert, ihr mehr zuzugestehen, als sie bereits besaß – nämlich die Anteile an ›Willow Lodge‹, die monatliche Apanage, die ihr Trevor vertraglich zugesichert hatte, und die nicht gerade kleine Summe von dreißigtausend Pfund, die er ihr bereits überschrieben hatte. Daraufhin sei es zum Streit zwischen den beiden gekommen, und Rose habe schließlich die Beherrschung verloren und Angelo tätlich angegriffen. Dabei habe sie das Gleichgewicht verloren, sei über das Terrassengeländer gestürzt, in den Hof hinuntergefallen und habe sich das Genick gebrochen. Ist das richtig?«

»Sie sagen es«, murmelte Bill, der sich den Schweiß von der Stirn wischte und unbehaglich auf seinem Stuhl hin und her rutschte.

»Warum haben Sie denn damals nicht die Polizei verständigt? Sie hätten doch beide bezeugen können, daß es sich um einen Unfalltod gehandelt habe, nicht wahr?«

»Angelo war dagegen. Er hatte Angst vor der schlechten Publicity. Auch fürchtete er, daß man uns nicht glauben würde.«

»Warum sollte man Ihnen denn nicht glauben?« Ari schwieg einen Moment, überlegte kurz, ob er sich noch ein Plätzchen nehmen solle, ließ das dann aber sein und erklärte:

»Ich will Ihnen sagen, was sich meiner Meinung nach damals

wirklich zugetragen hat. Nicht Rose verlor die Beherrschung, sondern Angelo. Er beschuldigte Rose, daß sie am Tod seines Sohnes schuld sei. Darauf kam es zu Handgreiflichkeiten zwischen den beiden, wobei er Rose über das Terrassengeländer in den Hof hinunterwarf und ihr das Genick brach. Dann hat er Sie mit einer großen Summe Geld bestochen, damit Sie den Mund hielten. Der Fischdampfer, den er Ihnen praktisch geschenkt hat, und dieses Haus hier sind gut und gern eine halbe Million wert. Sie wären nicht der erste, der für so viel Geld einen Mord vertuscht hätte.«
Er hörte, wie Hannah hinter ihm erschrocken Luft holte. Als er sich kurz zu ihr umdrehte, sah er, wie sie mit schreckgeweiteten Augen auf ein Sofa sank.
»Mag sein, daß sie inzwischen so viel wert sind. Damals war das jedoch nicht der Fall«, erwiderte Bill grollend.
Ari fühlte sich an dieses Suchspiel erinnert, das früher zum festen Repertoire seiner Kindergeburtstage gehörte. Hatten ihm eben noch Bills Schweißperlen verraten, daß die Spur, die er verfolgte, immer »wärmer« wurde, schien Bills entspannter Gesichtsausdruck nun eher auf das Gegenteil hinzudeuten. Also war es nicht diese exorbitante Bestechungssumme, die Bill Sorgen machte. Was dann? Irgend etwas schien daran doch faul zu sein.
Ari beschloß, hier noch einmal nachzufassen:
»Sie haben vom Tod Ihrer Schwester nur profitiert, nicht wahr? Ein Haus im Dorf, das es Ihnen später ermöglichte, sich dieses hübsche Domizil im Wohnbezirk der Weißen anzuschaffen. Ein voll ausgerüsteter Trawler – plus zehntausend Pfund, die am nächsten Morgen auf Ramonas Konto überwiesen wurden. Wofür wurde ihr dieses Geld bezahlt? Zehntausend Pfund für das Leben ihrer Tochter? War sie mit dieser Summe zufrieden?«
Da sprang er mit flammenden Augen von seinem Stuhl auf, während er ganz blaß im Gesicht wurde.
Aha, dachte Ari bei sich, ich befinde mich wieder in der heißen Zone. Demnach mußte es Ramonas Zorn sein, vor dem Bill September sich fürchtete. *Er versucht, seine Mutter zu decken. Oder war er gar ihr Komplize?* Aber wobei? Was hatten die beiden verbrochen? Und wenn – aus welchen Motiven?

»Wie hat Ramona sich für den Tod ihrer Tochter von Angelo Palma entschädigen lassen? Nur mit Geld? Oder auch noch auf eine andere Weise?«
»Haben Sie mit Ihrer Schnüffelei nicht schon genug Unheil angerichtet?« schrie Bill ihn da an. »Was soll das alles? Was gibt Ihnen das Recht, mir all diese Fragen zu stellen? Rose ist schon so viele Jahre tot und begraben. Und was ist mit meiner Tochter? Warum, zum Teufel, verwenden Sie nicht Ihre Zeit darauf, sie endlich zu finden?« brüllte er.
»Ihretwegen bin ich hier«, erwiderte Ari ruhig. »Und ihretwegen stelle ich Ihnen auch all diese Fragen.«
Da musterte Bill ihn mit flammender Verachtung, stürmte aus dem Zimmer und warf die Tür hinter sich zu.
Ari drehte sich nun wieder zu Hannah um, die noch immer wie ein Häuflein Elend auf dem Sofa saß und mit fahrigen Bewegungen an ihrem Kleid zupfte.
»Ist das viele Reden denn zu etwas nütze?« fragte sie ihn mit blassen, bebenden Lippen. Sie schien dicht vor einem Nervenzusammenbruch zu stehen.
»Natürlich ist es das.« Er versuchte, zuversichtlich auszusehen.
»Ich verstehe nicht, warum ich das alles ertragen und trotzdem versuchen muß, Haltung zu bewahren. Mich adrett kleiden und hübsch machen und mit Ihnen so sprechen, als ob alles in Ordnung wäre. Während sie sich irgendwo dort draußen befindet, vielleicht krank ist, geschlagen oder gar vergewaltigt wird! ... O Gott! Warum Mandy? Warum mußte er ausgerechnet meine kleine Mandy entführen?«
»Wir tun unser möglichstes, Mrs. September.«
Wie abgedroschen das klingt, dachte er, bis unter die Haarwurzeln errötend. Aber Hannah schien das nicht zu bemerken.
»Ich möchte Sie etwas fragen. Wo ist Gott? Wo seine helfende Hand, auf die ich mich früher stets verlassen zu können glaubte? Ich fühle mich so allein gelassen. Am liebsten würde ich mich hinlegen und heulen wie ein Hund. Aber damit ist meiner kleinen Mandy nicht geholfen«, schloß sie seufzend.
»Am besten helfen Sie ihr damit, daß Sie versuchen, an etwas zu denken, was Sie bisher möglicherweise übersehen haben. Etwas,

was Ihnen an ihren Freunden aufgefallen ist. Oder eine neue Bekanntschaft, die sie Ihnen gegenüber erwähnte. Oder daß ihr jemand nachgestiegen ist, der ihre Bekanntschaft machen wollte...«

»Ich denke Tag und Nacht an nichts anderes. Aber mir fällt nichts ein, was ich Ihnen nicht schon längst erzählt hätte.«

»Mrs. September...« Ari blickte sie nun gespannt an. »Glauben Sie, daß Ihre Tochter noch am Leben ist? Sind Sie im Grunde Ihres Herzens davon überzeugt?«

»Ja«, erwiderte sie, ohne zu zögern.

»Ich habe in meinem Beruf die Erfahrung gemacht, daß Mütter sich da selten täuschen. Es gibt so etwas wie einen sechsten Sinn, der sie mit ihren Kindern verbindet. Jedenfalls ist das meine Überzeugung. Auf die Intuition einer Mutter habe ich mich bisher immer verlassen können.«

»Danke«, sagte sie still. »Sie ist irgendwo dort draußen. Ich weiß, daß sie Angst hat und unter ihrer Einsamkeit leidet... und daß sie lebt.«

»Sie dürfen nicht den Glauben daran verlieren, daß sie sich nun bald wieder hier bei Ihnen im Haus befinden wird. Stellen Sie sich vor, daß sie schon jetzt neben Ihnen auf dem Sofa sitzt, und danken Sie Gott dafür, daß er sie zu Ihnen zurückgeschickt hat. Tun Sie so, als wären Ihre Gebete bereits erhört worden. Glauben Sie mir – das hilft!«

»Ich werde es versuchen. So wahr mit Gott helfe – ich werde mich bemühen.«

Ari war froh, als er das Haus der Septembers wieder verlassen konnte. Er fühlte sich so unzulänglich. Er fuhr zu den Bronsons und traf sie beide draußen auf ihrer Veranda an, dort offenbar noch immer den Sonnenuntergang bewundernd, obschon es fast Mitternacht war. Gill enteilte sogleich in das Innere des Hauses, um ein paar Snacks zuzubereiten, wie sie sagte. Aber vermutlich auch deswegen, weil sie sich hübsch machen will, dachte Ari, und damit hatte er mindestens zehn Minuten Zeit gewonnen.

»Hier ist die Miete«, sagte er und legte einen Umschlag auf die Bar.

»Ich scheue mich fast, das Geld anzunehmen, alter Junge. Es ist zwei Wochen her, daß Sie zuletzt hier geschlafen haben. Sind Sie sicher, daß Sie Ihr Quartier bei mir noch brauchen?« sagte er mit einem anzüglichen Grinsen auf seinem Gesicht, das vom Scotch so aufgedunsen war wie ein reifer, roter Kürbis.
»Ich komme sehr spät nach Hause und stehe mit den Hühnern wieder auf. Deshalb sehen Sie mich nie.«
Jack brach nun in ein lautes Gelächter aus.
»Ich habe hier ein paar Fotos. Würden Sie mir den Gefallen tun, die darauf abgebildeten Personen zu identifizieren?«
»Aber sicher doch, mein Junge. Alles Leute hier vom Ort, wie?«
Seine Jovialität verflog sofort, als Ari die Fotos vor ihm ausbreitete. Sein Gesicht nahm eine violette Färbung an, der Schweiß trat ihm auf die Stirn, und als ein Tropfen davon auf ein Foto hinunterfiel, nahm er rasch ein Taschentuch aus der Hose und wischte sich damit das Gesicht ab.
»Ich wünschte, ich bekäme heute noch so einen Steifen, wie man ihn hier bewundern kann«, sagte er, bemüht, seinen Schock hinter einem Scherz zu verbergen. »Wau! Das waren noch Zeiten, wie? Wenn Gill diese Bilder zu Gesicht bekommt, wird sie vor Neid sterben. Vielleicht wäre es besser, wenn sie die Fotos gar nicht erst sieht, alter Junge. Versprechen Sie mir, die Bilder auch nicht im Dorf herumzuzeigen, wenn ich jemanden darauf identifiziere?«
Ari versprach es ihm, und Bronson identifizierte daraufhin eine Reihe von in Silver Bay hochangesehenen Bürgern weißer Hautfarbe – unter anderen auch den Zahnarzt. Von den abgebildeten Mädchen kannte er nur die Vornamen, doch Ari hatte ja die Liste der vielen Stipendiaten, die damals dank Palmas finanzieller Unterstützung ein Studium im Ausland antreten konnten. Er vermutete, daß alle diese Mädchen zu den Gewinnern eines Stipendiums gehörten.
»Stecken Sie die Bilder wieder weg, Ari, und setzen Sie sich hin. Nehmen Sie einen Drink.« Jack stand auf, füllte ein großes Glas Scotch für ihn und schob es ihm zu. »Sie sind noch so jung«, sagte Bronson. »Wie kann jemand wie Sie die sechziger Jahre wirklich verstehen? In gewisser Weise herrschte damals hier Krieg: die

Jungen britischer Abstammung gegen die Nats – die burischen Nationalisten – und ihre ›Lösung‹ des Rassenproblems. Der Sex war nur ein Teil davon. Es war eine überaus vergnügliche Weise, der Regierung und ihren Bully-Boys eine lange Nase zu drehen. Himmel, was für ein Spaß! Bis man eines Tages damit drohte, uns bloßzustellen. Wir sind damals Angelo alle furchtbar dankbar dafür gewesen, daß er uns freikaufte. Natürlich hatte sein Sohn am meisten dabei zu verlieren. Dann wurde Trevor plötzlich ermordet. Aber das wissen Sie ja schon alles.«

Ari lehnte sich nun im Schaukelstuhl zurück und schloß die Augen. Und plötzlich mußte er laut lachen. Wie lange hatte er jetzt nicht mehr geschlafen? Wie viele Stunden seiner kostbaren Zeit hatte er im Zeitungsarchiv verbracht? Wie viele freie Tage hatte er dafür geopfert, die Dorfbewohner zu vernehmen? Er hatte vermutet, daß sie alle Mitwisser eines Verbrechens waren, das man hier vor vielen Jahren begangen hatte, und sein Verdacht hatte sich inzwischen bestätigt. Aber worin bestand dieses Verbrechen? Aus einem gemischtrassigen Hurenhaus!

Lächerlich, würde man heute dazu sagen. Aber nicht unter den damals herrschenden Bedingungen. Die Hälfte aller wohlhabenden jungen Männer von Silver Bay und alle besser aussehenden Mädchen des Dorfes wären damals verhaftet, verurteilt und eingesperrt worden. Doch die Gesetze, die damals galten, gehörten heute ins Museum. Warum amüsierte sich jetzt nicht jeder darüber? Was hatten sie denn noch zu verbergen? Und warum? Vielleicht aus Loyalität Angelo Palma gegenüber, der den meisten hier zu irgendeiner Zeit aus der Patsche geholfen hatte? *Glaubten sie etwa alle fest daran, daß er damals Rose umgebracht hatte?*

Jack blickte jetzt über die Schulter und runzelte die Stirn. »Da kommt Gill. Bringen Sie diese Fotos vor ihr in Sicherheit, alter Junge. Lassen Sie sie verschwinden. Okay?«

»Klar doch«, erwiderte Ari und verstaute die Aufnahmen wieder in ihrem Umschlag. »Was ich Sie noch fragen wollte – haben Sie Mike Russell jemals in der Nähe der Lagune herumschleichen sehen?«

»Gütiger Gott, nein. Er machte damals Anne Marais, Kates Mutter, den Hof. Waren beide sehr darum bemüht, sich gesellschaftlich emporzuhangeln. Sie malte, und er schrieb, was ihnen jedoch nicht viel einbrachte, bis er seinen Job aufgab, um ein Buch zu verfassen. Er verdiente damit so viel Geld, daß er sich eine Diamantenmine in Namaqualand kaufen konnte, wenngleich das Buch in diesem Land nie veröffentlicht wurde. Man habe es hier auf den Index gesetzt, erzählte er mir. Von da an ging es nur noch bergauf mit ihm. Bis zu dieser Pleite kürzlich.«

Er hätte eben nicht vergessen dürfen, wie er zu seinem Geld gekommen war, dachte Ari bei sich. Und daß da jemand nur die ganze Zeit darauf gewartet hatte, ihm die Quittung dafür zu präsentieren.

Es wurde jetzt Zeit, Kate die Bedeutung der Fotos zu erklären, die sie ihm vor zwei Tagen gegeben hatte. Sie hatte ein Recht darauf, es zu erfahren, und Ari wollte diese heikle Aufgabe möglichst rasch hinter sich bringen. Aber es war bereits nach Mitternacht. Würde sie schon schlafen? Als er die steile gewundene Straße zum Leuchtturm hinunterfuhr, sah er im obersten Stockwerk noch Licht brennen. Aber es war ihm trotzdem nicht ganz wohl in seiner Haut. Was würde sie von ihm denken?

Fünf Minuten später waren seine Zweifel behoben, ob sein Besuch auch willkommen sei. Kate warf sich ihm in die Arme. Sie sah aus wie ein Schulmädchen: sauber geschrubbt, nach Zahnpasta riechend und mit einem schlichten weißen Nachthemd aus Baumwolle bekleidet.

»Darling, Darling, Darling«, gurrte sie, »du hast mir so gefehlt.«

Damit waren auch seine schlimmsten Befürchtungen beseitigt, was ihre Gefühle für ihn betraf.

»Hast du schon was gegessen?« fragte sie.

»Nein, aber das soll dich nicht bekümmern.«

»Was würdest du denn gern essen?«

»Mir ist alles recht, solange es dir keine Umstände macht.«

»Schinkensandwich mit Senf und Gurken?«

»Hört sich großartig an.«

»Und ein Bier?«

»Nein, nicht zu so später Stunde. Liebst du mich, Katie?«

»Oder vielleicht ein Tee?«

»Nur, wenn es ein Rooibos ist. Kate, antworte mir!«
»Du mußt Geduld mit mir haben. Ich liebe Rob noch immer. Oh, er hat es jetzt doch eilig mit der Scheidung. Ich bekam heute einen Brief von seinem Anwalt.«
»Und was hast du dabei empfunden?«
»Wenig. Papiere haben keinen Einfluß auf meine Gefühle«, erwiderte sie vage. »Mein großes Problem ist, daß ich ihn noch immer liebe. Ich fühle mich mit ihm verheiratet. Und ich fürchte, daß sich an diesem Gefühl nichts ändern wird. Möchtest du ihn mit Milch und Zucker?«
»Himmel, Katie, was sind das nur für Fragen? Ein Mann sieht es gern, wenn sein Mädchen solche Dinge nicht vergißt.«
»Und der Rooibos-Tee?« erwiderte sie stirnrunzelnd. »Den habe ich heute extra für dich gekauft. Also hör auf zu jammern.«
Ari bekam jetzt ein schlechtes Gewissen. Er hatte ein paar Vorräte in ihre Küche hineinschmuggeln wollen, weil er wußte, daß sie knapp bei Kasse war.«
»Und wie kommst du mit deiner Arbeit voran?«
»Ha!« Sie hob beide Arme, stellte sich auf die Zehenspitzen und streckte dann auch die Hände gen Himmel. »Ich bin eine Rakete! Du wirst es sehen! *Heim und Garten* bringt in der nächsten Ausgabe einen Artikel von Melissas Haus. Und die Zeitungen berichten auch schon darüber. Plötzlich bin ich berühmt. Melissa macht überall für mich Reklame. Ich habe allein in dieser Woche schon zwei große Aufträge bekommen. Ist das zu glauben?«
»Offen gestanden, ja. Ich glaube mich daran zu erinnern, daß ich dir sagte, du solltest mehr Selbstvertrauen haben, weil du gut bist.«
Sie fuhr erschrocken herum, als der Wasserkessel zu pfeifen begann. *»There is a tide in the affairs of men...«* Sie begann mit dem Teekessel in der Hand in der Küche herumzuwirbeln, *»which taken at the flood...«* Sie werden es erleben, Ari Saint-John!«
Warum ärgere ich mich jetzt plötzlich? fragte er sich. War das nicht ein bißchen unter seiner Würde? Aber würde eine erfolgreiche Innenarchitektin einen armen Polizisten heiraten? Sie sah so glücklich aus. Das war ein schlechter Zeitpunkt, um ihr die Wahrheit über ihren Vater zu sagen.

Und da überraschte sie ihn mit der Frage: »Was ist denn aus den Fotos geworden, die du mitgenommen hast? Erinnerst du dich? Die Fotos, die ich in diesem alten Koffer gefunden habe?«
»O Kate, um ehrlich zu sein, bin ich dieser Fotos wegen zu dir gekommen, aber ich will dir nicht die gute Laune verderben. Wir können ein andermal darüber reden.«
»Du kannst es dir gern von der Seele reden. Ich werde nicht eher schlafen können, bis du es mir gesagt hast. Ich sehe dir an, daß es etwas Wichtiges ist.« Sie schnitt jetzt Brotscheiben ab und bestrich sie so dick mit Butter, als wollte er sich sein Zimmer von ihr neu einrichten lassen.
»Auf den Fotos, die du mir gegeben hast, war Trevor Palma, Robs schon lange verstorbener Vater, zu sehen.«
»Gütiger Himmel – splitternackt mit einer ebenso nackten reizenden Sirene.«
»Genauer gesagt, mit Rose September.«
»O Gott!« Sie drehte sich mit ernstem Gesicht zu ihm um.
»Jemand fotografierte die Vorgänge in dem alten Strandhaus und erpreßte Angelo Palma damit. Er gab dieser Person so viel Geld dafür, daß sie sich eine Goldmine in Namaqualand kaufen konnte. Aber Angelo hat ihr das niemals verziehen, sondern jahrelang darauf gewartet, ihr das heimzuzahlen.«
Kate seufzte, und nun hatte sie wirklich ihre gute Laune verloren.
»Ich wünschte, ich hätte es auf ein andermal verschoben«, erklärte er unbehaglich.
»Was hätte das für einen Unterschied gemacht?« Sie bemüht sich, tapfer zu sein, dachte er. »Ich mußte es wissen. Wenn es nicht mein Vater gewesen wäre, würde ich jetzt vermutlich sagen: Gut für Angelo.«
Er zuckte zusammen, als er sah, wie sie nun mit einem Fleischermesser Schinkenscheiben abzuschneiden begann.
»Paß auf deine Finger auf!« rief er besorgt.
Sie ignorierte ihn und fuhr fort: »Es gibt kein Gesetz, das von dir verlangt, deinen Vater zu lieben, Ari. Ich habe meine Mutter über alles geliebt und hatte dann, als sie starb, ein schlechtes Gewissen. Ich wußte nie, weshalb. Ich versuchte immer, meinem Vater eine Freude zu machen, was mir jedoch nie gelang. Ich war unglück-

lich darüber, daß er mich nicht liebte und ich auch keine Liebe für ihn empfand. Vielleicht war er tatsächlich kein liebenswerter Mensch und auch nicht fähig, ein solches Gefühl für mich zu entwickeln. Vielleicht ist das nicht nur meine Schuld gewesen. Seltsamerweise fühle ich mich jetzt sogar erleichtert. Es ist so, als wäre mir eine schwere Last von den Schultern genommen worden.«

»Ich wollte dir nicht den Abend verderben. Ich dachte nur, daß du die Motive von Angelo verstehen solltest.«

»Wirst du heute nacht hierbleiben, Ari?« Es war keine Frage, sondern sie sagte das so sachlich, als würde sie ihm ein Geschäft vorschlagen. »Ich möchte nicht allein sein. Ich brauche deine Schulter, damit ich mich an sie lehnen kann.«

»Such dir eine davon aus«, erwiderte er, erst den Bizeps am rechten und dann den am linken Arm anspannend.

»Du Clown«, sagte sie lachend und dachte dabei: Manchmal liebe ich dich – ist dir das eigentlich bewußt? Manchmal denke ich, daß ich nicht weiß, wie ich ohne dich leben sollte.

Sie sagte: »Wie lange hoffst du noch in Silver Bay bleiben zu können? Du bist jetzt schon gute vier Monate hier. Ich könnte mir denken, daß man dich bald abberufen wird. Und was wird aus Mandy? Glaubst du, daß sie jemals jemand wiederfinden wird?«

Ihre Fragen deprimierten ihn. »Meine Zeit hier ist in sechs Wochen abgelaufen. Und bis dahin werde ich Mandy wiedergefunden haben. Beantwortet das deine Fragen? Auch könnte ich schlimmstenfalls meinen Dienst bei der Polizei quittieren. Aber danach hast du mich ja nicht gefragt, nicht wahr?«

Sie blickte bei dem Ton, in dem er das sagte, betroffen zu ihm hoch.

O du lieber Himmel. Manchmal erinnerst du mich an Rob, dachte sie bei sich. Ich frage mich, ob wir wohl jemals zusammengekommen wären, wenn du ihm nicht oft so ähnlich wärst – zumal dann, wenn du so schmollst wie jetzt.

Er spürte, daß das nicht die Nacht für Sex war. Kate war sorgenvoll und erschöpft, klammerte sich an ihn und schlief rasch ein. Als sie dann später an seiner Schulter schlummerte, fragte er sich, wie seine Zukunft wohl aussehen mochte. Wie kam es, daß er felsenfest von der Richtigkeit dieser Beziehung überzeugt war, wenn es doch nur eine vorübergehende Affäre sein sollte? Der Gedanke daran, daß er sie verlieren könnte, war für ihn schier unerträglich. Er begann jetzt seine Zukunft zu planen. Er würde seinen Dienst quittieren müssen. Aber er verdiente kaum genug, um eine Person unterhalten zu können, geschweige denn zwei.

Auf der anderen Seite des Tals konnte Rob Palma keine Ruhe finden. Er hatte ständig das Bild vor Augen, wie Kate mit diesem Polizeileutnant im Bett zusammen war. Er litt bitter darunter.
Sein Leben lang hatte er sich davor gehütet, jemandem zu vertrauen, weil er wußte, daß man sich das Vertrauen anderer Menschen nur erkaufen konnte. Doch bei Kate hatte ihn die Liebe blind gemacht. Er war ein Narr gewesen, wie er jetzt wußte. Wie sehr sie jetzt wohl über ihn lachen würde. Das ganze Dorf lachte über ihn.
Das Problem war, daß er nicht einfach aufhören konnte, sie zu lieben, und das tat bitter weh. Von dem Tag an, an dem er sich in sie verliebt hatte, wäre er fast gestorben vor Angst, daß sie ihn betrügen könnte. Nun hatte sie genau das getan, was er am meisten gefürchtet hatte. Sie hatte das beschmutzt, was für ihn am kostbarsten gewesen war, und ihn zum Gespött seines Großvaters und der ganzen Gemeinde gemacht.
Sie war eine Dirne, eine grausame und gemeine Frau und obendrein noch töricht, sich mit ihrer Vögelei aus der begüterten Oberschicht zu verabschieden. Ohne ihre teuren Schönheits- und Frisiersalons würde sie vorzeitig alt werden. Mit ihren täglichen Sonnenbädern verwandelte sie ihre Haut jetzt schon in Leder. Er wußte das, weil er sie ständig durch sein Fernglas beobachtete. Es konnte jetzt nicht mehr lange dauern, bis sie heulend zu ihm zurückkam. Aber er würde sie nicht mehr zurücknehmen.
Er staunte, daß sie es so lange ohne sein Geld ausgehalten hatte. Sie war doch so verwöhnt gewesen. Er hatte sich nach Kräften bemüht, diesen Polizeilieutenant aus Silver Bay wegzubekommen, doch Gerber schien nicht soviel Einfluß bei seinen Vorgesetzten zu haben, um dessen Versetzung zu erwirken. Die Dorfbewohner sagten, dieser Polizist sei sein Doppelgänger und wür-

de ihm noch allerlei Ärger machen. Zum Henker mit ihnen! Es war Kate, die sich auf eine Katastrophe zubewegte – nicht er! Es sei denn, er brachte ihren Liebhaber um. Dieser Gedanke kam ihm oft, wenn er so allein wie jetzt in seinem Bett lag. Es lenkte ihn von seinem Kummer ab, wenn er sich überlegte, wie er das bewerkstelligen konnte. Morgens, auf der Fahrt zu seinem Büro mußte er dann über seine nächtlichen Hirngespinste lächeln, aber er kannte trotzdem drei todsichere Methoden, wie er die Welt und sich für immer von Lieutenant Ari St. John befreien konnte.

Kapitel 46

Ari war vor sechs in seinem Büro, um den Computer checken, sich dann ungestört auf den Weg machen und seinen Recherchen nachzugehen zu können, aber er war nicht früh genug. Ian Frost, dem Willis Gous den Spitznamen »Frostgesicht« gegeben hatte, war bereits da. Er vertrat Ari den Weg nach draußen, eine Hand gegen die Wand gestützt und in der anderen einen Pappbecher mit Kaffee. Wenn Ari ihn jetzt nicht beiseite schubsen wollte, saß er in der Falle – ein Zustand, der ihm verhaßt war.

Wenn ich ein Büro mit zwei Ausgängen hätte, brauchte ich jetzt nur zu nicken und zu gehen, dachte er. Und er überlegte, wie er mit Smit und Gous die Plätze tauschen könnte, die ein paar Zimmer weiter über diese luxuriöse Einrichtung verfügten.

Frost kam von der Öffentlichkeitsarbeit. Er besaß ein paar Anteile an der örtlichen Filiale einer multinationalen Werbeagentur, die vor kurzem von der Partei der Nationalisten dazu bestellt worden war, die Public Relations für sie zu übernehmen. Frost hatte nun die Aufgabe, die Farbigen davon zu überzeugen, daß die Behörden sich um jeden einzelnen von ihnen kümmern würden und immer für sie da seien. Die Partei hoffte, auf diese Weise die Farbigen dazu zu bringen, bei den bevorstehenden ersten multinationalen und den Vertretern aller Rassen offenstehenden Wahlen für die Nationalisten zu stimmen. Man hatte Frost den Titel eines Majors ehrenhalber zuerkannt, damit er in den Polizeistationen am Kap ungeniert herumstöbern und dort nach Leuten Ausschau halten konnte, die geeignet waren, das Image dieses gütigen »Big Daddy« erfolgversprechend zu vermitteln. Er hatte bereits mehrere Medienauftritte für Ari organisiert. Und in der nächsten Woche sollte Ari zusammen mit den Septembers einen nationalen Appell an Mandys Entführer richten. Es grauste Ari jetzt schon, wenn er daran dachte.

Ari konnte diesen Frost nicht leiden. Er haßte den Schmerbauch, die roten Hände und die Art, wie er den Kopf auf die Seite legte, an seiner spitzen Nase entlangschielte und einen mit einem Ausdruck geheuchelter Bonhomie in seinen glitzernden grauen Augen fixierte. Er war ein heimtückischer Bastard, und Ari hatte sich bisher bemüht, einen weiten Bogen um Frost zu machen, sobald er ihn sah. Doch gestern hatte ihn sein Colonel aus Pretoria angerufen und ihm am Telefon wegen seiner mangelnden Kooperationsbereitschaft einen Rüffel erteilt. Offenbar hatte Frost sich beim Minister über ihn beschwert.

In diesem Moment hatte er ganz glitzrige Augen, und seine Lippen waren so weit auseinandergezogen, daß man alle seine Jacketkronen sehen konnte. Sollte das etwa ein Lächeln sein? dachte Ari voller Grausen.

»Gut gemacht, mein Junge«, erklärte Frost in gönnerhaftem Ton.

»Hätten Sie die Güte, mich durchzulassen? Ich habe es eilig«, erwiderte Ari kalt.

»Ehre, wem Ehre gebührt, mein Junge. Das ist gestern ein großartiger Schachzug von Ihnen gewesen.«

Ari runzelte die Stirn. »Ein Schachzug? Ich verstehe nicht, was Sie damit meinen – Sir.«

»Nun – das Buddeln in den Sanddünen, was sonst? Sehr öffentlich! Überaus werbewirksam. Wir hatten Journalisten von zwei Lokalblättern und von der Nationalen Sonntagszeitung an der Ausgrabungsstätte, und auch ein Aufnahmeteam vom Fernsehen. Nicht übel, wenn man bedenkt, daß ich von dieser Aktion nichts wußte, bevor sie stattfand.« In seinen Augen spiegelte sich nun Triumph. »Wenn Sie mich ein paar Tage vorher davon unterrichtet hätten, würde ich dafür gesorgt haben, daß man Busse voller Journalisten hingebracht hätte.«

»Das war keine Publicity-Show«, schnaubte Ari. »Ich habe dort nach etwas gesucht.«

»Nach Mandy, wie ich hoffe.«

»Wollen Sie damit sagen, daß Sie hoffen, sie sei tot und unter zwei Meter Sand begraben?« protestierte Ari mit einem verächtlichen Blick auf Frost.

»Damit wollte ich sagen, daß Sie hoffentlich nichts unversucht lassen, um sie wiederzufinden«, gab ihm Frost darauf geschmeidig zur Antwort.

Dieser Bastard ließ sich durch nichts aus der Fassung bringen. Er hatte eine so dicke Haut wie ein Elefant und war dabei so glatt wie ein Aal.

»Hören Sie, Saint-John«, sagte er nun mit einer vor intimen Untertönen schnurrenden Stimme, während er sich auf den Rand von Aris Schreibtisch setzte. »Ich habe im Dorf eine Befragung durchführen lassen. Die meisten Leute hier sind noch unentschlossen, wen sie wählen sollen, scheinen mir aber in dieser Hinsicht sehr flexibel zu sein. Wenn wir nun einen echten Fall daraus machen würden – das heißt, wenn die Leute hier sehen würden, daß Sie wirklich etwas unternehmen, um diese Mandy wiederzufinden, könnten wir ihre Unterstützung gewinnen.«

»Mr. Frost«, sagte Ari, den Ehrenrang bewußt unterschlagend, »ich bin Polizist, und es ist meine einzige Sorge, Mandy wiederzufinden und ihre Entführer festzunehmen. Sie haben eine andere Aufgabe. Sie können zwar alles, was ich tue, für Ihre Zwecke ausbeuten – daran kann ich Sie nicht hindern –, aber erwarten Sie nicht von mir, daß ich mich dazu mißbrauchen lasse, einen Medienrummel zu veranstalten, um für Sie Stimmen einzufangen. Sie stören damit nämlich meine Ermittlungen und vergeuden nur meine Zeit, Frost. Auch ich würde mich nicht scheuen, mich diesbezüglich beim Minister zu beschweren. Also bleiben Sie mir vom Leib, wenn Sie wissen, was gut für Sie ist.«

»Manchmal habe ich den Eindruck, daß Sie meine Arbeit absichtlich behindern«, sagte Frost und blickte auf seinen Kaffee hinunter.

»Das wäre doch ein Grund für Sie, sich abermals bei meinen Vorgesetzten über mich zu beschweren, nicht wahr?« erwiderte Ari rasch. Wenn diesem alten Windbeutel nicht dieser Ehrenrang verliehen worden wäre, hätte ich ihm jetzt eine in die Fresse gegeben, dachte Ari bei sich.

»Vielleicht ist es Ihnen egal, ob die Nats hier die nächsten Wahlen gewinnen oder nicht, mein Junge. Das ist Ihr gutes Recht. Aber Sie sollten die Sache noch unter einem anderen Blickwinkel betrachten. Es gehört ebenfalls zu meinem Auftrag, das Image der Polizei aufzupolieren. Ihr Jungs habt euch bisher noch nicht von dem üblen Ruf der Gestapo-Polizei alten Stils befreien können. Ihr seid noch immer die nationalen Sündenböcke für die

Apartheid. Haben Sie gewußt, daß es in keiner Berufssparte so viele Selbstmorde gibt wie bei der Polizei? Und daß in diesem Jahr mehr Polizisten umgebracht wurden als Vertreter aller anderen Berufsstände? Und daß mehr Polizisten um ihr Leben fürchten als jede andere Berufsgruppe und deshalb der psychiatrischen Behandlung bedürfen?«

Der Mann war jetzt offenbar nicht mehr zu bremsen. Ari seufzte und sah zu den Fenstern hinüber. Doch die waren alle vergittert.

»Und ich weiß auch über Sie Bescheid, Lieutenant«, fuhr Frost nun mit einem hinterhältigen Lächeln fort. »Ich habe nämlich Ihre Akte gelesen, Saint-John. Sie sind auch einer von diesen Gestapo-Typen gewesen, nicht wahr? Sie haben einen schwarzen Verdächtigen in Soweto getötet. Ich versuche, das Image von solchen Leuten wie Sie umzudrehen. Eine sehr undankbare Aufgabe, kann ich Ihnen versichern. Warum wollen Sie mir dabei nicht helfen?«

»Sie haben recht«, erwiderte Ari, den es nun danach verlangte, diesem Bastard die Gurgel abzudrücken. »Ich kann gefährlich werden. Sie verstehen, was ich meine? Also gehen Sie mir jetzt aus den Augen, wenn Sie wissen, was gut für Sie ist.«

Frosts Mund öffnete und schloß sich wieder wie bei einem Goldfisch, aber er brachte keinen Ton heraus, während Ari nun rasch an ihm vorbei ins Freie ging, um dort reine, unverdorbene Luft einzuatmen.

Ari eilte es wirklich. Er hatte eine beunruhigende Nachricht im Computer gefunden. Simon Ackerman, Mandys ehemaliger Freund, hatte sich eine Kugel in den Kopf geschossen. Deshalb fuhr er jetzt auf dem schnellsten Weg zu Hilda Ackermans Apartment an der Beachfront. Willis befand sich bereits dort.

»Ein lupenreiner Selbstmord«, sagte er zu Ari. »Der Junge ging nach einer Auseinandersetzung mit seiner Mutter auf sein Zimmer und erschoß sich dort.«

»Wo ist die Leiche?«

»Sie befindet sich bereits in der Gerichtsmedizin. Ich habe darum gebeten, sie auf Drogen hin zu untersuchen. Aber der Junge lebte noch, als wir hierherkamen. Er starb, während wir auf den Rettungswagen warteten.«

»Hat er noch etwas gesagt?«

»Ja... er murmelte ein paarmal ›Mandy‹. Das war aber auch schon alles. Ich zeige dir, wo es passiert ist.«

Simons Zimmer unterschied sich kaum von den Wohnräumen anderer junger Männer seines Alters. Ari betrachtete nachdenklich die Taucherausrüstung, die Kameras, die vielen Tonbandkassetten und den Feldstecher, der dort an der Wand hing, und fragte dann: »Wo ist seine Mutter?«

»In ihrem Zimmer. Der Arzt will niemanden zu ihr lassen, aber ich konnte noch mit ihr sprechen, bevor er hierherkam und sie mit Beruhigungsmitteln vollstopfte. Sie erzählte mir, daß sie Sam Patel seit vielen Monaten Schutzgeld bezahle. Er soll hier irgendwo in der Nähe ein Haus haben, wo sich regelmäßig Teenager versammeln, Pot rauchen und Jazz hören. Das Haus ist so etwas wie ein eleganter Club für ausgeflippte Jugendliche, und Sam kassiert dafür bei deren Eltern offenbar mit einer neuartigen Schutzgeldmasche ab. Es scheint so, als würden sie ihm horrende Summen für die Garantie bezahlen, daß er ihren Sprößlingen dort nichts anderes gibt als unverfälschtes *dagga* – also ohne Zusatz von Kokain, Crack, Opium oder anderen harten Drogen, die sie umbringen oder noch süchtiger machen könnten, als sie das ohnehin schon sind.«

Willis wischte sich mit einem Taschentuch den Schweiß von der Stirn. »Himmel – Ari!« platzte er jetzt wütend heraus. »Wir hatten ihn wegen Kindesentführung und Drogenhandel festgenagelt. Wir hatten ihn auf frischer Tat ertappt und alle Beweise, die man zu seiner Verurteilung braucht! Was verlangen die denn noch mehr von uns? Das war am Freitag gewesen, und am Montag konnte er dann schon wieder seinen schmutzigen Geschäften nachgehen, weil irgendein gerissener Anwalt seine Freilassung gegen Kaution durchgesetzt und mit Hilfe von Patels Winkeladvokaten erreicht hatte, daß der Prozeßbeginn auf das nächste Jahr verschoben wurde, damit sie jeden Beweis, den der Staat gegen Patel hat, genau unter die Lupe nehmen können.«

Ari gab Willis darauf keine Antwort. Das war einer der Gründe, weshalb er den Dienst bei der Polizei quittieren wollte. So schnell, wie sie die Verbrecher verhafteten, wurden sie von einem Richter wieder auf freien Fuß gesetzt. Er hatte gewußt, daß Patel inzwischen aus der Untersuchungshaft entlassen sein würde. Er hatte es nicht nur gewußt, sondern sogar erwartet.

»Erzähl mir, was du von Hilda Ackerman weißt«, sagte er.

»Offenbar hat sie ihrem Sohn Belege dafür gezeigt, wieviel sie Patel in den letzten zwölf Monaten an Schutzgeld bezahlt hatte. Sie sagte ihm, daß Patel ständig den Preis für seine Sicherheit erhöht habe. Da sie nun die Summe, die er verlange, nicht mehr bezahlen könne, sei sie gezwungen, ihr Geschäft zu verkaufen. Sie sagte zu Simon, daß er ihr versprechen müsse, kein *dagga* mehr zu rauchen, sonst müßte sie ihn so lange einsperren lassen, bis er von dieser Sucht geheilt sei. Da ging er hinauf in sein Zimmer und erschoß sich. Einfach so!« Willis blickte hinunter auf den mit Blut getränkten Teppich. »Ich habe eine Autopsie angeordnet, um nachprüfen zu lassen, ob Patel sich auch an seine Zusage gehalten hat. Vielleicht nahm Simon bereits harte Drogen, obwohl sie Patel Schutzgeld dafür bezahlte, daß er ihren Sohn damit verschonte. Wir werden sehen.«

»Mir reicht's jetzt«, sagte Ari verbittert.

»Willkommen im Club, Ari. Ich kenne keinen Kollegen von der Truppe, der sich inzwischen nicht nach einem anderen Job umschaut.«

»Hör zu, Willis. Das ist heute mein freier Tag. Ich hatte eigentlich mit Mrs. Ackerman sprechen wollen, aber ich werde jetzt erst deinen Bericht abwarten. Sieh zu, daß du ihn bis heute abend fertigstellen und mir mit dem Autopsiebefund zuschicken kannst, sobald du den bekommst.« Er schlug Willis auf die Schulter und verließ das Haus.

Ari fuhr zum Strand hinunter. Er wollte Zeuge dieses radikalen Schrittes werden, nach dem seiner Schätzung nach nichts mehr so sein würde wie bisher. Er traf kurz nach zehn Uhr an der Stelle ein, wo alles stattfinden sollte. Wie die meisten Ereignisse von welterschütternder Bedeutung war auch dieses nicht von lauten Fanfarenklängen begleitet.

Die Squatters standen in einer murmelnden, mißtrauischen Gruppe am Ende des Strands beisammen. Ari empfand ein Gefühl des Bedauerns, als er an Eunice dachte. Was wäre das für ein Triumph für sie gewesen, wenn sie das noch hätte erleben dürfen! Ein paar ängstlich aussehende Weiße hatten sich auf dem Parkplatz versammelt. Drei Regierungsvertreter gestikulierten, während Arbeiter jetzt dort damit beschäftigt waren, eine Anschlagtafel an zwei Pfosten zu befestigen. Die Squatters drängten näher heran, als sie eine Landkarte auf die Tafel nagelten. Hier wurde Geschichte geschrieben, doch dem Ganzen haftete etwas Unwirkliches an. Ein Reporter und ein Fotograf verfolgten den Vorgang mit gelangweilten Gesichtern.
Mit der Unterstützung der meisten weißen Steuerzahler sollte jetzt hier ihr Land den Schwarzen als freier Grundbesitz verkauft werden. Nach über vierzig Jahren Apartheid würden die ersten Schwarzen als Grundbesitzer in einen wertbeständigen weißen Wohnbezirk Einzug halten können. Silver Bay machte damit einen großen Schritt auf das neue Südafrika zu und sollte richtungweisend für andere weiße Kommunen sein. Für den denkbar geringen Preis von 200 Rand, den der Käufer in Jahresraten abstottern konnte, würde hier eine Familie ein kleines Stück Land erwerben können, auf dem sie jede Art von Behausung errichten durfte, die sie sich leisten konnte. Fließendes Wasser, Strom, öffentliche Toiletten und Waschräume, Abwasserkanäle und Straßen waren bereits fertiggestellt und vom Geld der Steuerzahler von Silver Bay bezahlt worden. Ein Gemeindezentrum, eine Kirche und eine Klinik befanden sich noch im Bau.
Niemand wußte so recht, wie er jetzt mit der Prozedur beginnen sollte. Einige Grundstücke waren besser als andere, befanden sich in einer geschützteren Lage und auch näher bei den Latrinen. Es gab sogar einige Grundstücke mit Blick auf die Bucht, doch alle Lose kosteten das gleiche, und Bargeld wurde dafür jetzt noch nicht verlangt.
»Okay, Leute, stellt euch hier in einer Reihe an«, erklärte der Regierungsvertreter. »Du«, sagte er, auf einen alten Mann deutend, »wie heißt du?«
»Monges Mboya«, murmelte der Alte. Weißhaarig und würde-

voll, war er nicht bereit, mit irgendwelchen Gefühlsäußerungen auf diese unerwartete Wende der Ereignisse zu reagieren. Da konnte etwas nicht stimmen. Bisher war immer ein Haken dabeigewesen. Mboya betrachtete blinzelnd die Karte. Er konnte nicht lesen und vermochte sich auch unter diesen abstrakten Zeichen nichts Konkretes vorzustellen. Und deshalb pflanzte er seinen rechten Daumen einfach auf die Mitte des Meßtischblattes.
»Los Nummer zweihundertsiebenunddreißig!« rief der Regierungsvertreter. »Das ist dein Grundstück. Unterschreib hier. Und vergiß deine Nummer nicht.« Der Beamte trug den Namen des Mannes in ein Buch ein. »Du wirst in den nächsten Tagen deine Kaufurkunde bekommen. Der nächste!«
Der frischgebackene Grundstücksbesitzer spuckte mit blitzenden Augen verächtlich auf den Boden. Er würde sich nicht von leeren Versprechungen täuschen lassen!
»He, du da, mein Freund!« rief Ari ihm nun leise auf xhosa zu. »Laß uns mal nachschauen, wo sich dein Grundstück befindet.«
Immer noch ungläubig, stieg Mboya nun zu Ari in den Wagen und ließ sich von ihm auf der neu angelegten Straße zu seinem Grundstück fahren, das sich in dem früheren Forstreservat und in der Mitte zwischen zwei exklusiven Wohnbezirken befand.
Sie fanden das Los 237 ohne große Mühe. Zwei Regierungsvertreter lungerten dort herum und warteten auf den Ansturm der neuen Grundbesitzer.
»Das gehört jetzt Ihnen, Mr. Mboya«, sagte Ari zu dem alten Mann. »Sie haben eine hübsche Aussicht von hier oben, und die Latrinen befinden sich gleich dort drüben. Sie haben hier genügend Platz für ein kleines Haus und einen Gemüsegarten. Und ein Baum würde dem Grundstück auch gut stehen. Was meinen Sie dazu?«
Der alte Mann spuckte wieder auf den Boden, aber diesmal mit einem etwas verwirrten Ausdruck auf dem Gesicht und einer aufkeimenden Hoffnung in den Augen.
»Das ist das neue Südafrika«, erklärte ihm Ari. »Sie haben jetzt Rechte, aber die sind auch mit Verantwortung und Pflichten verbunden. Es ist Ihre Pflicht, hier ein hübsches Heim zu errichten und Ihr Grundstück in Ordnung zu halten.«

»Mein Land?«
»Ja.«
In die Augen des alten Mannes trat nun ein verträumter, ja, tranceartiger Ausdruck. Er streckte beide Arme über den Kopf und ballte die Hände zu Fäusten. »Ich hätte nie geglaubt, daß ich diesen Tag noch erleben würde, Boß«, sagte er feierlich. Dann begann er sich langsam im Kreis zu drehen, warf die Arme zur Seite und lachte laut. »Ha!« rief er, während sein stolpernder Gang sich in ein schnelles Herumwirbeln verwandelte. »Hah, hah, hah!« Das Gesicht zum Himmel erhoben, wurde aus seinem lauten, stakkatoartigen Bellen nun ein melodischer Triumphgesang. Sich mit den Händen auf die Schäfte seiner Stiefel schlagend, hüpfte er so kräftig wie ein junger Mann immer wieder im Kreis herum, und sein Gesicht wurde jetzt so strahlend und heiter wie der Himmel an diesem Morgen.

Ari hatte Kate angeboten, sie zum Krankenhaus zu fahren, wo die letzte und wichtigste Knochenverpflanzung bei Tabson vorgenommen werden sollte. Ari hatte ein flaues Gefühl im Magen, als er Kate abholte. Sie machte ihm einen Kaffee, während er ihr von Mboya und den Grundstücken erzählte, die heute an die Squatters verkauft wurden. »Du kannst stolz sein auf die Rolle, die du dabei gespielt hast, Kate«, sagte er. »Du hast sie dazu gezwungen, endlich zu handeln.«
»Das würden sie in jedem Fall getan haben«, murmelte sie. »Es hätte nur ein bißchen länger gedauert. Das ist alles.«
Ari saß schweigend hinter dem Lenkrad, weil er wieder an Hilda und ihre Tragödie denken mußte. Er fragte sich, wie man Sam Patel endlich aus dem Verkehr ziehen und ihm für immer das Handwerk legen könnte.
Auch Kate war angespannt und still. Der Arzt hatte ihnen beiden vor diesem letzten Eingriff erklärt, daß nur die Götter wüßten, ob ihre Bemühungen von Erfolg gekrönt seien. Nun kam die Zeit des Bangens. Tabsons wochenlange Schmerzen würden ihren Gipfelpunkt erreichen und desgleichen Kates Sorgen und Ausgaben. Ari hatte darauf bestanden, ein Teil von diesem Projekt zu sein, weil er fest damit rechnete, daß sie seine Hilfe brauchen

würde. Gott wußte, wie dringend er gebraucht werden wollte. Aber bisher hatte sie alle seine Angebote, sie finanziell zu unterstützen, ausgeschlagen.
Nach anfänglichen Existenzängsten war sie zu einer geradezu fanatischen Verfechterin ihrer Unabhängigkeit geworden, die jegliche Art von Hilfe ablehnte. Es war ihm nicht mehr gestattet, ihr seine Schulter anzubieten, ihr Geld zu leihen oder sogar irgendwelche Sachen in ihrer Wohnung zu reparieren. »Danke, ich komme schon allein zurecht«, lautete ihre stereotype Antwort auf seine Angebote. Er ärgerte sich jedesmal, wenn er das hörte. Er hatte ihr damit gedroht, einen Stempel anfertigen zu lassen und jedes verdammte Ding, das in ihrem Leuchtturm schadhaft war, mit der Aufschrift *Ich komme schon allein zurecht* zu versehen. Warum konnte sie nicht ein bißchen nachgeben und lernen, sich an ihn zu lehnen? Es grenzte ja schon fast an ein Wunder, daß sie ihm erlaubt hatte, sie in seinem Wagen zum Krankenhaus zu bringen.
Schau sie dir doch an! Diese blassen Wangen, dieser verstörte Blick, diese blauen Ringe unter den Augen! Sie hatte kein Wort mehr gesprochen, seit sie den Leuchtturm verlassen hatten, und blickte nun, auf ihrer Unterlippe kauend und die Hände ineinander verkrampft, starr geradeaus.
»Was macht dir denn so zu schaffen?« fragte er. »Tabson?«
Sie seufzte schwer. »Ich habe Angst. Ich habe mir die Rolle des Herrgotts angemaßt. Ich war mir so sicher...« Sie brach ab und erschauerte. »Es schien mir zu genügen, daß ich den festen Willen hatte, ihm zwei gesunde Beine zu verschaffen. Aber wenn nun etwas schiefgegangen ist? Der Spezialist hat mich gewarnt, daß er vielleicht nie ganz geheilt werden könnte. Schlimmer noch, daß man einen Fehlschlag niemals würde ausschließen können. Aber Tabson glaubt fest daran, daß er so normal sein wird wie alle anderen Jungen seines Alters. Ich fürchte, er könnte es nicht ertragen, wenn wir ihn jetzt enttäuschen müßten.«
Sie seufzte wieder. »Vielleicht bin ich bei ihm zu optimistisch gewesen. Aber ich wollte ihm etwas geben, an das er sich bei all diesen Operationen, in all diesen Monaten voller Beschwerden und Schmerzen, in all den Wochen, die er in diesem Gips- und Streck-

verband verbringen mußte, klammern konnte. Das arme Kind!«
Das arme Kind? dachte Ari erstaunt. Tabson hatte doch mit ihr das große Los gezogen. Er war mit seinem Hintern in einem Butterfaß gelandet und bei der proteinreichen Kost, mit der Kate ihn vollgestopft hatte, mindestens dreißig Zentimeter gewachsen. Und der pensionierte Lehrer, von dem sie ihm Privatunterricht geben ließ, hatte dafür gesorgt, daß er jederzeit mit Jungen seiner Altersgruppe in der besten Privatschule mithalten konnte, und er sollte auch gleich in einer dieser renommierten Institutionen aufgenommen werden, sobald sein Gesundheitszustand ihm das erlauben würde. Er schien ein sehr intelligenter Junge zu sein. In letzter Zeit redete er sogar schon so wie Kate.
Nein – es war nicht Tabson, sondern Kate, die sein Mitgefühl verdiente, überlegte Ari. So oder so befand sie sich in einer schwierigen Lage, wie er wußte, es aber nicht sagen wollte. Wenn die Operationen sich als Fehlschlag erweisen sollten, würde seine Familie sie zweifellos verklagen. Sie würde sich diese Gelegenheit, das schnelle Geld zu machen, nicht entgehen lassen. Vielleicht würden sie auch gar nicht auf das schnelle Geld aus sein, sondern vielmehr auf eine lebenslange Rente.
Und wenn die Operation nun ein voller Erfolg war…? Nun, daran wagte er gar nicht zu denken. Er wußte, daß sie Tabson brauchte – genauso, wie Tabson Kate brauchte. Sie wollte, daß jemand von ihr abhängig war, jemand, der ihr die Triebkraft verschaffte, die sie brauchte, um das Wagnis eines selbständigen Unternehmers einzugehen. Von dem Morgen an, an dem sie beschlossen hatte, diesen Weg zu gehen, war sie unglaublich tüchtig gewesen. Sie hatte Kurse in Maschinenschreiben und Buchführung belegt, bevor sie daran gedacht hatte, ein eigenes Geschäft zu eröffnen. Sie wollte sich die Kosten für ein eigenes Büro ersparen, indem sie von zu Hause aus arbeitete. Aber Melissa war bereit, Kate das Kapital vorzustrecken, das sie für eine Geschäftseröffnung benötigte.
»Ich bin pleite und muß deshalb arbeiten gehen«, hatte sie erst vor einer Woche geklagt. Das entsprach zweifellos der Wahrheit, denn sie hatte ihr Pferd und inzwischen fast ihren ganzen Schmuck verkauft, was ihr ein hübsches Sümmchen eingebracht

haben mußte. Aber Tabson sollte ihrer Meinung nach deshalb nicht auf seine Spielsachen, Bücher und Kleider verzichten müssen, und auch ihr Kühlschrank war stets gut bestückt. Dopey bekam nur das beste Hundefutter, und Frikkie hatte ebenfalls mindestens zwanzig Pfund zugenommen. Zudem mußten Tabsons Operationen inzwischen ihre finanziellen Ressourcen fast gänzlich erschöpft haben. Und sie gehörte ebenfalls nicht zu den genügsamsten Menschen auf dieser Welt, wie er festgestellt hatte. Da kam ihm plötzlich die Erleuchtung, wie er ihr helfen konnte.
»Ich hoffe doch, daß du nicht vergessen hast, daß ich zu fünfzig Prozent an Tabsons Behandlungskosten beteiligt bin«, sagte er jetzt. »Wieviel haben wir denn bis jetzt dafür ausgegeben?«
»Aber Ari, wir haben das doch schon bis zum Erbrechen durchgekaut, und du hattest mir versprochen, mich nie mehr damit zu belästigen. Ich bezahle.«
»Wie kannst du nur so egoistisch sein, Kate! Schließlich habe ich Tabson vor dem Ertrinken gerettet und seiner Großmutter versprochen, mich um ihn zu kümmern. Ich denke also, daß er mir genauso gehört wie dir. Aber du willst natürlich den ganzen Ruhm für dich allein einheimsen.«
»Oh, wie kannst du nur so etwas Garstiges sagen!«
»Manchmal tut die Wahrheit eben weh.«
»Glaubst du wirklich, daß ich so egoistisch bin?«
»Ja«, log er, »und mindestens doppelt so stur.«
»Aber es ist doch so, daß die Idee, ihn operieren zu lassen, ganz allein auf meinem Mist gewachsen ist«, sagte sie nun, ihrer selbst nicht mehr ganz so sicher. »Folglich ist es auch nur recht und billig, daß ich allein die Kosten dafür zu übernehmen habe. Ich glaube mich sogar daran erinnern zu können, daß du mir von einer Behandlung abgeraten hast.«
»Aber doch nur, weil das Risiko zu groß ist! Okay, ich gebe zu, daß ich mich hier negativ verhalten habe.« Er streckte den Arm aus und drückte ihre Hand. »Wir sind fast da. Wir werden es jetzt bald genug erfahren, also sei nicht so schrecklich verzagt. Ich möchte hier wiederholen, was Tom in der letzten Woche zu mir gesagt hat. Er hat ein bißchen was von einem Mystiker, oder er ist nicht ganz richtig im Kopf – wer weiß das schon? Er ist der

Meinung, unsere Lebensführung bestimme die Qualität unserer Aura. Er behauptet, eine gute Aura löse gute Vibrationen aus, ziehe gute Dinge an und vielleicht sogar das Glück – und im umgekehrten Fall das Gegenteil. Gleiches ziehe Gleiches an, sagt er. Und der beste Schutz vor dem Bösen und vor Schicksalsschlägen bestehe darin, daß man gut sei. Du sprudelst ja förmlich vor Gutheit über«, setzte er lächelnd hinzu, »und deshalb glaube ich jetzt auch, daß Tabson geheilt sein wird.« Er drückte abermals ihre Hand. »Bitte, Kate, verwehre mir jetzt nicht, dieses Glück mit dir zu teilen.«

Kate sah Ari mißtrauisch an. Versuchte er nur, sie von ihren schlimmen Ahnungen zu befreien? Sie studierte sein Profil, das ihr nichts preisgab. Niemand kann jemals Aris Gedanken lesen, überlegte sie. Er war ein seltsam introvertierter Mann, der ebenso gütig wie erbarmungslos sein konnte – je nachdem, wie er gerade gelaunt war. Eine Eigenschaft, die er mit Rob teilte. Nur daß Rob sehr bewußt die Entscheidung traf, das zu tun, was für ihn richtig war. Ari hingegen betrachtete sich als Hüter seiner Mitmenschen. Was macht diesen fundamentalen Unterschied zwischen den beiden aus? überlegte sie. Zwei Männer, die sich so ähnlich waren – der eine jedoch von einer fanatischen, sie an einen Heiligen erinnernden Selbstlosigkeit, der andere hingegen von einer ebenso fanatischen Selbstsucht getrieben. Lag das etwa an ihrer unterschiedlichen Erziehung? Oder war da etwas Tieferes, das sie in dieser Hinsicht prägte?

»Nun, wenn du es so ausdrückst – wie könnte ich da nein sagen?« flüsterte sie. »Aber erzähl mir noch mehr von diesem Tom. Er hat das alles wirklich zu dir gesagt? Ein Fischer ohne Beine? Erstaunlich. Du hast mich damit zuversichtlicher gemacht. Glaubst du denn, daß ein Körnchen Wahrheit in seinen Worten steckt?«

»Aber ja doch«, gab er ihr darauf entschieden zur Antwort. Und sie studierte nun abermals sein Profil, das ihr wieder nicht verraten wollte, ob er das auch wirklich so meinte oder sie nur am Gängelband führen wollte. Doch es war eine Philosophie, die ihr gefiel, und sie beschloß daher, sie zu ihrer eigenen zu machen.

Es war Aris brütendes In-sich-gekehrt-Sein, das sie nicht verstand, und sie fand seine Besessenheit, Schuldige zu bestrafen, für einen Mann seines geistigen Kalibers ungewöhnlich. Er gehörte zweifellos zu den intelligentesten Männern, die sie bisher kennengelernt hatte, und er stand in dieser Hinsicht Rob in nichts nach. Aber es war nicht nur die Intelligenz, die sie an Ari als Mann schätzte, sondern vor allem seine echte Besorgnis um das Wohl seiner Mitmenschen.

Er sah plötzlich von ihr weg und grinste. »Was würdest du von einer kleinen Nummer halten?« fragte er jetzt, um sie zum Lächeln zu bringen.

Sie begrüßte diesen Scherz nicht mit ihrem üblichen »Sei gegrüßt, kleine Nummer«, sondern mit einem ernsthaften: »Ja, so bald wie möglich. Ich brauche dich – und das heute besonders. Was auch immer geschieht: ich möchte, daß du mich in deinen Armen hältst, mich liebst und mir verrätst, warum du so bist, wie du bist.«

»Wie soll ich das verstehen?« fragte er, ihr einen Moment lang das Gesicht zudrehend.

»Paß auf!« rief sie.

Er drehte rasch am Lenkrad, um den Wagen wieder auf den richtigen Kurs zu bringen. »Entschuldige bitte.«

»Du hättest uns beinahe in den Graben gefahren.«

»Noch einmal Entschuldigung. Was meintest du damit – wie ich bin?«

»Besorgt«, sagte sie, »nicht um deinen Wagen, sondern um das Wohl deiner Mitmenschen.«

Da lachte er und drückte ihr Knie. Ein paar Minuten später bog er in die Einfahrt des Krankenhauses ein.

Kapitel 47

Ari parkte den Wagen und folgte Kate zur Anmeldung, stolz über die bewundernden Blicke, die man ihr zuwarf. Als sie beide dann zum Aufwachraum geschickt wurden, um dort zu warten, deprimierte ihn der Geruch von Äther und Desinfektionsmitteln. Ari haßte Krankenhäuser. Vielleicht war das der Grund gewesen, weshalb er Tabson das Trauma und die Schmerzen eines operativen Eingriffs hatte ersparen wollen. Und wenn nun etwas schiefgegangen war? Doch Kate hatte sich ja entschlossen über alle Einwände und Widerstände hinweggesetzt. Sie würden nun in wenigen Minuten wissen, ob sie das Richtige getan hatte. Er sah, wie sie jetzt an ihren Fingernägeln kaute. Sie hatte offenbar schreckliche Angst.

»He, Kate, er ist bestimmt okay. Jede Verbesserung seines bisherigen Zustandes ist für ihn ein großes Glück…«

Er mußte mal wieder etwas Verkehrtes gesagt haben, denn sie runzelte die Stirn und drehte ihm den Rücken zu.

Ari kann manchmal auch schrecklich dumm sein, dachte Kate. Eine Verbesserung war keineswegs ausreichend. Sie hatte sich wochenlang im positiven Denken geschult und sich vorgestellt, wie Tabson mit seinen Altersgenossen Fußball spielte, den Strand entlangjoggte und so stolz und aufrecht wie jeder andere Junge durch die Straßen ging. Und was das Beten anlangte, so hatte sie sich fast die Knie durchgescheuert. Er mußte ein in jeder Hinsicht normaler Junge sein. Alles andere war inakzeptabel.

Da öffneten sich die Türen des Operationssaales, und der Chirurg schob die Liege mit dem bewußtlosen Jungen heraus. Etwas an seinem Verhalten erschreckte sie zutiefst. Er sah so ernst aus, als würde er innerlich weinen. Ja, das tat er wirklich! Sie konnte das jetzt sehen. Seine Augen waren naß von seinen Tränen. Ihr Herz machte einen Satz, und ihr Mund wurde knochentrocken.

»Mrs. Palma – oder vielmehr Kate, meine Liebe.« Er nahm ihre beiden Hände in seine. Sie konnte nur nicken, weil ihr die Stimme offensichtlich abhanden gekommen war.

»Gott hat es mehr als gut mit uns allen gemeint. Selbst in meinen

kühnsten Träumen hätte ich mir kein so gutes Ergebnis versprochen. Wenn jetzt auch noch der Heilungsprozeß so verläuft, wie man das üblicherweise erwarten kann, wird Tabsons Bein hundertprozentig normal sein. Wie er mir erzählte, möchte er gern Fußball spielen. Nun, das wird er auch können. Achten Sie nur darauf, daß Sie während des Heilungsprozesses meine Anweisungen auch hundertprozentig befolgen, meine Liebe. Ich werde Ihnen das alles noch erklären, bevor man ihn aus dem Krankenhaus entläßt. Falls Sie an Wunder glauben, Kate: dies ist eines. Sie können stolz darauf sein.«
Kate konnte noch immer nicht sprechen. Sie spürte, wie ihr Gesicht sich verzog und ihr die Tränen über die Wangen rannen. Sie konnte nur seine Hand drücken und sich auf die Unterlippe beißen. Sie konnte nicht einmal danke zu ihm sagen. Ihre Stimme wollte ihr nicht gehorchen, und dann war auch der Chirurg mit der Liege enteilt.
Später, im Aufwachraum, beugte sie sich über den schlafenden Jungen und nahm seine Hände in ihre. Er öffnete die Augen, und da war keine Frage darin, nur blindes Vertrauen, und sie hatte eine solche Angst gehabt, ihn zu enttäuschen.
»Dein Bein wird in Ordnung sein«, flüsterte sie. »Vollkommen normal. Du mußt es nur so lange stillhalten, bis die Knochenverpflanzungen verheilt sind.«
Er faßte jetzt nach ihrer Hand und schlief wieder ein. Sie betrachtete ihn versonnen. Er war ihre Familie – die erste, die sie in ihrem Leben hatte. Er war ihr Kind oder Bruder. Jemand, der sich auf sie verließ. Jemand, der sie brauchte und auf sie baute. Jemand, für den sie kämpfen und arbeiten mußte. Jemand, den sie lieben konnte…
Die Schwester schob die Liege mit Tabson nun auf die Schwingtüren des Ruheraums zu. »Es hat keinen Sinn, jetzt hier zu warten, Mrs. Palma«, sagte sie. »Er wird den ganzen Tag durchschlafen. Kommen Sie morgen wieder, wenn Sie ihn sehen möchten.«
»Ja, danke.«

Kate eilte vor Ari her, als sie zum Parkplatz gingen. Sie wollte nicht, daß er ihre Tränen sah. Sie war ihrem Schöpfer so dankbar dafür.
»Wow!« sagte sie, als sie wieder im Wagen saß. »Wow!«
»Es gibt da noch jemanden, der froh wäre, an diesem Triumph teilhaben zu dürfen, Kate«, sagte Ari leise.
Sie starrte ihn überrascht an. Seine Wangen waren naß. Er war ein eigenartiger Mensch – so voller Komplikationen und Widersprüche. Ein wahrhaft harter und zäher Mann. Das bestätigten ihr die Geschichten, die man sich hier von ihm erzählte: wie er sein Leben riskiert hatte, um Tabson vor dem Ertrinken zu retten, und wie er Patel fast zu Brei geschlagen hatte.
»Als Zeichen einer sehr speziellen Freundschaft gebe ich dir die Erlaubnis, die Hälfte der Kosten zu tragen«, sagte sie heiser. »Wenn das dein aufrechter Wunsch ist. Oder ein Viertel – oder wieviel du eben bis zum Maximum von fünfzig Prozent bezahlen möchtest.«
»Die Hälfte«, erwiderte er rasch, ohne sie anzuschauen. »Ich fühle mich sehr geehrt.« Lachte er sie jetzt etwa aus? Er verstand sich großartig darauf, sie auf die Schippe zu nehmen.
Schau nur, wie selbstgefällig er jetzt lächelt! Er hatte ein großartiges Profil: eine feine gerade Nase – jede Frau hätte sich gefreut, so eine Nase zu besitzen –, überaus ebenmäßige Züge, ein herzförmiges, schmales Gesicht mit zwei tiefen Falten, die von der Nasenwurzel zu seinen Mundwinkeln hinunterliefen, gewellte schwarze Haare mit purpurfarbenen Glanzlichtern, sinnliche Lippen und große braune Augen. Sie brauchte ihn nur anzuschauen, um Gefühle zu bekommen. Aber unter diesem harten, attraktiven, scheinbar unbekümmerten Äußeren verbarg sich ein zutiefst introvertierter Mann. Er litt schwer unter seinen Mißerfolgen, hatte man ihr erzählt, und besonders unter seinem Unvermögen, diese Mandy wiederzufinden. Und da war auch noch diese Geschichte von der verschwundenen Rose. Jeder hier meinte, er sei verrückt, sich wegen eines Mordes, der vor achtundzwanzig Jahren passiert war, den Kopf zu zerbrechen, wo sich jetzt jede Nacht eine solche Bluttat im Squatter-Lager ereignete. Aber er wollte einfach nicht lockerlassen, bis er diesen Mord von damals aufgeklärt hatte.

»Wäre es dir recht, wenn wir diese gute Neuigkeit mit einem Lunch feiern würden, zu dem ich dich einlade?« fragte er sie jetzt.

»Laß uns das lieber zu Hause feiern«, sagte sie. »Oder wie wäre es mit einem Kompromiß? Laß uns später zum Dinner ausgehen. Ich könnte jetzt wirklich ein bißchen zärtliche Zuwendung brauchen. Ich habe es dir noch nicht gesagt, weil es mir im Vergleich zu Tabsons Operation unbedeutend zu sein schien, aber ich habe den Prozeß gegen Rob verloren. Mein Anwalt hat es mir heute morgen mitgeteilt.«

»Was für einen Prozeß?«

»Den Prozeß! Den Rechtsstreit um das Vogelschutzgebiet. Du weißt doch noch, wie ich versuchte, diese Leute daran zu hindern, das Feuchtland von seiner Seite der Lagune aus zu entwässern, damit er das Areal, das ihm gehört, in Bauland verwandeln konnte. Diesen Prozeß habe ich verloren.«

»Ich verstehe.« Ari runzelte die Stirn und versank in ein brütendes Schweigen, als er den Wagen zum Leuchtturm zurücklenkte. Kate schien noch immer an ihrem tyrannischen Ehemann zu hängen. Sie hatte ihm doch eben deutlich zu verstehen gegeben, daß er sie zu ihrem Leuchtturm zurückbringen sollte, weil sie mit ihm schlafen wollte. Warum wollte sie ihm da nicht auch sagen, daß sie ihn liebte? Warum wollte sie ihm nicht gehören? War er nur ein Körper, der ihr einen Lustgewinn verschaffen sollte? Die Tatsache, daß sie noch immer mit Rob verheiratet war, saß ihm wie ein Stachel im Fleisch. Noch schlimmer war die Tatsache, daß sie noch immer an ihm hing. Ari wußte, daß er Kate heiraten wollte. Es gab nichts, was er sich sehnlicher wünschte als das. Es waren nicht nur ihr Aussehen und ihre Courage, die diesen Wunsch in ihm geweckt hatten, sondern ihr innerstes Wesen. Es war so, als wäre dort eine Quelle der Gutartigkeit verborgen, und er sehnte sich danach, ein Teil von ihr und dieser Quelle zu werden. Er liebte sie so sehr, daß er den ganzen Tag nichts anderes hätte tun mögen, als sie in den Arm zu nehmen, zu streicheln und zu lieben. Aber es genügte ihm nicht, mit ihr zu schlafen. Sie mußte ihm auch gehören.

»Und weißt du auch schon etwas Neues von deinem Schei-

dungsprozeß?« Er bemühte sich, sie in einem beiläufigen Ton zu fragen.
»Von gestern auf heute? Ich habe dir doch erst gestern erzählt, daß Rob die Scheidung eingereicht hat.«
Er versuchte, seinen ganzen Mut zusammenzunehmen, um sie das zu fragen, was ihn am meisten beunruhigte: »Du liebst ihn noch immer, nicht wahr?«
»Ich möchte mit dir nicht über Rob diskutieren, Ari«, erwiderte sie und legte ihm dabei die Hand auf das Knie, damit er nicht das Gefühl haben sollte, daß sie ihm diese Frage verübelte. Aber dabei dachte sie: Ja, ich liebe ihn von ganzem Herzen, aber vielleicht wird eines Tages diese Liebe zu ihm erlöschen. Sie hatte das Gefühl, daß Rob sie brauchte. Selbst jetzt noch, wo der Scheidungsprozeß bereits lief. Und trotz all seiner flüchtigen Affären mit diesen Schauspielerinnen und Models, in deren Begleitung er sich ständig in der Öffentlichkeit zeigte, spürte sie, daß er sie dringender brauchte denn je. Und sie vermißte so vieles von ihm – seinen Sinn für Humor, seinen schlagfertigen Witz, seinen feinen, klaren Verstand. Es verging kaum ein Tag, an dem sie nicht an ihn denken mußte oder sich an die Anfangszeit ihrer Ehe erinnerte.
Und Ari? Was empfand sie für Ari? Sie wußte, daß er sich in sie verliebt hatte, und das bereitete ihr Sorgen. Er war unglaublich attraktiv. Sie brauchte ihn nur anzusehen, um Verlangen nach ihm zu spüren. Er war Rob ja auch so ähnlich. Vielleicht war das der Grund, daß sie sich zu ihm hingezogen fühlte.
»Würdest du zu Rob zurückkehren, wenn er dich darum bäte?« fragte Ari sie nun wie ein Blitz aus heiterem Himmel.
»Er hat das bereits ein paarmal getan«, gab sie ihm zur Antwort und wünschte sich, er würde endlich aufhören, sich in ihre Beziehung zu Rob einzumischen.
»Und warum hast du es abgelehnt, zu ihm zurückzukehren?«
»Ich kann nicht als mittellose Frau mit Rob leben. Eine Partnerschaft, in der einer die ganze Macht hat, kann keine Zukunft haben. Ich muß auf eigenen Füßen stehen, bevor ich daran denken könnte, zu Rob zurückzukehren.«
»Zu Rob zurückzukehren? Läuft das Ganze etwa darauf hinaus? Und was für eine Rolle habe ich dabei zu spielen? Bin ich nur ein

Körper, der dich so lange im Bett warm halten soll, bis du so viel Geld hast, daß du Rob und seine Millionen auch verdienst?«
»Du liebe Güte«, sagte sie da. »Was soll das?« Der Wagen hatte angehalten. Sie waren vor ihrem Heim angelangt.
»Steig aus, Kate«, sagte Ari. »Ich bin nicht daran interessiert, die Frau eines anderen Mannes zu bumsen. Also entscheide dich endlich, wen von uns beiden du haben möchtest – ihn oder mich. Und einen guten Tag noch. Vielleicht sehen wir uns dann später.«
»Oh, du Biest! Du weißt ganz genau, wie sehr ich mir wünschte, daß du hierbleiben solltest! Typisch, muß ich schon sagen. Ich hätte allein bleiben und mich nicht mit dir einlassen sollen. Wie kannst du mir nur diesen herrlichen Tag verderben!«
Er faßte nach ihrer Hand. »Ich kann diesen Zustand nicht ertragen, Kate. Laß dich schnell von ihm scheiden und heirate mich. Ich bin kein Roboter. Erzähl mir nicht, daß du vielleicht zu Rob zurückkehren könntest.«
»Dann frag mich auch nicht solche Sachen!« fuhr sie ihn an. »Du hast doch gefragt! Die Wahrheit ist – ich weiß es nicht. Manchmal sprichst du genauso wie Rob. Warum muß ich denn unbedingt jemandem gehören? Warum kann ich nicht ich selbst sein? Warum ist die Liebe so besitzergreifend? Gibt die Liebe dir etwa besondere Rechte und Besitzansprüche? Worin besteht überhaupt die Liebe?« Sie hielt inne, um sich zu fragen, ob sie in Ari verliebt war oder ihn nur körperlich begehrte. »Was bedeutet es denn, wenn du sagst, daß du jemanden liebst? Daß du ihm für immer gehörst, dich in eine Art körperliche Leibeigenschaft begibst, deine Freiheit total aufgibst?«
O Boy! Jetzt hatte sie es geschafft. Ari machte ein Gesicht wie ein beleidigter Schuljunge, und als sie aus dem Wagen gestiegen war, raste er, eine Sandfontäne aufwirbelnd, mit quietschenden Reifen davon. Sie blickte ihm nach und hatte das Gefühl, als hätte sie ein Bleigewicht auf den Schultern, das sie in den Boden drückte. Doch dann stieg ihr der Duft eines Fisch-*braaiing* in die Nase, und sie ging zum Strand hinunter, wo Frikkie sechs Fische auf einem Bratrost wendete.
»Ah, Frikkie – du hast dir ein paar Fische gefangen, wie ich sehe.«
»Für Sie, Missus Kate.«

»Aber heute hast du doch deinen freien Tag, Frikkie.«
»Missus Kate muß auch an meinen freien Tagen etwas essen können.« Er sah sie mit einem zahnlosen Grinsen an, aber seine Augen waren dunkel vor Sorge. »Wie geht es ihm?«
»Großartig«, erwiderte sie, und ihre gute Laune kehrte nun teilweise wieder zurück. »Wunderbar. Die Operation ist ein voller Erfolg gewesen. Wir haben alle großes Glück gehabt.«
Jetzt strahlte er über das ganze Gesicht.
Frikkie kennt das Geheimnis der Liebe, dachte sie bei sich, wobei sie ihn nachdenklich studierte. Er liebt Tabson und mich, aber seine Liebe strömt aus ihm heraus wie ein sprudelnder Quell. Er erwartet nicht, etwas dafür zurückzubekommen. Vielleicht ist er gar nicht der Dorfnarr, sondern vielmehr der Weiseste von uns allen.

Als Ari beim Revier ankam, waren Gous und Smit gerade im Begriff, es mit zwei Einsatzwagen zu verlassen.
»Wo wollt ihr denn hin?« fragte Ari.
»Zu Patels Club, um die Kids dort rauszuholen.«
»Wartet, bis ich geparkt habe.«
Sekunden später waren sie unterwegs zu Patels sogenanntem »Island Clubhouse«, das sich nach Hilda Ackermans Beschreibung auf einem schmalen Plateau über dem zehn Meilen langen Kommetjie-Strand befinden sollte.
Versteckt hinter Büschen, die den »Club« sowohl zum Strand wie auch zur Straße hin abschirmten, war er nur über einen Trampelpfad zu erreichen, der sich vom Highway zu ihm hinunterschlängelte. Es war nicht mehr als ein Schuppen, wie Ari feststellte – innen schwarz gestrichene Wände mit altmodischer Pop-Art-Dekoration, das Dach aus Wellblech und mit Schilf getarnt, der Tresen aus Kokosnußschalen gefertigt. Weiß der Himmel, wo er sich die alle besorgt hat, dachte Ari. Es sah so aus, als habe Patel den Schuppen auf einer verlassenen Südseeinsel entdeckt, ihn dort abreißen und hier wieder aufbauen lassen. Auf den Tischen lagen allerlei tropische Muschelschalen herum, und es war eine Menge Bambus dafür verwendet worden, die Nischen, in denen die Tische standen, vor neugierigen Blicken zu schützen. Ein sehr

wichtiger Bestandteil des Dekors, dachte Ari sarkastisch, weil sonst jedes neu aufgenommene Clubmitglied sofort gesehen hätte, wie es selbst bald ausschauen würde. Die Kids waren durchwegs ungewaschen und unrasiert, und es roch nach Schweiß, *dagga*-Rauch und schalem, billigem Wein. Einige der hier versammelten Gäste schnüffelten Klebstoff. Der Rotz lief ihnen aus der Nase, und sie hatten rote, entzündete Augen. Wieviel ihre Eltern Patel wohl bezahlen mußten, damit er sie mit harten Drogen verschonte?

Der Barkeeper hatte sich in die Büsche geschlagen, aber Albert Smit, der beste Langstreckenläufer vom Polizei-Sportverein, brachte ihn nach kurzer Zeit wieder an seinen Arbeitsplatz zurück.

»Ich würde den Schuppen ja gern anzünden, aber wir brauchen ihn noch als Beweisstück«, sagte Ari. »Laßt zwei von euren Leuten hier, um ihn zu bewachen. Er muß rund um die Uhr observiert werden, damit wir die Personalien aller Kids erfassen können, die herkommen.«

Der sogenannte Manager, der Barkeeper und die Kellnerin, die so dürr war, daß Ari befürchtete, sie könnte Aids haben, wurden nun zusammen mit ihren fünfundzwanzig Kunden in den vergitterten Polizei-Transportern zum Revier gebracht.

»Kommst du mit, um Patel jetzt festzunehmen?« fragte Willis.

»Was hätte das für einen Sinn? Seine Anwälte würden ja doch dafür sorgen, daß er spätestens bis zum Dinner wieder frei wäre. Also laßt ihn heute in Ruhe.« Ari hatte etwas anderes mit ihm vor, und er wandte sich rasch von Willis ab, damit der nicht seine vor Wut brennenden Augen sah.

Später erreichte ihn dann ein Anruf von Willis, daß er in dem neuen Squatter-Camp gebraucht würde, und er machte sich auf den Weg dorthin. Binnen eines Tages hatte sich eine fieberhafte Tätigkeit in dem Camp entfaltet. Die Aussicht, nun zu Grundbesitzern werden zu können, hatte die bisher dumpf dahinvegetierenden, lethargischen Lagerbewohner gleichsam in fleißige, überall herumwimmelnde Ameisen verwandelt. Männer und Frauen bearbeiteten den Boden mit Spitzhacken, legten die Fundamente für Hütten an, betonierten Pfähle ein und nagelten Bleche daran fest. Frauen, die Stapel von Wellblechen auf ihren Köpfen balancierten, kamen die staubige Straße herauf, und Scharen von mit Draht und Nägeln beladenen Kindern folgten ihnen. Die Atmosphäre im Lager war gespannt. Squatters verteidigten ihre Heimstätten gegen Neuankömmlinge, die sie davon zu verdrängen versuchten. Die Neuigkeit von der Landverteilung hatte sich natürlich wie ein Lauffeuer verbreitet, und Heimatlose waren aus allen Richtungen herbeigeeilt, um hier ihr Glück zu finden. Es war, als hätte man die Uhren zurückgedreht und das Goldfieber wäre wieder ausgebrochen. Nachdem diese Leute ein halbes Jahrhundert lang in die Homelands verbannt gewesen waren, hungerten sie nach einem Claim in den Städten. Sie würden notfalls sogar für ein Stück Land töten, und das hatte jetzt auch jemand getan.

Das Opfer lag in einer Blutlache nahe beim Lagerzaun. Ari half Willis dabei, die Leiche auf die Ladefläche des Polizeiwagens zu heben. Ein Protokoll von dem Vorfall aufzunehmen war in der Regel ein vergebliches Bemühen. Niemand wußte, wer der Tote war. Natürlich hatte auch niemand etwas gehört oder gesehen. Aber jemand mußte doch den Toten gemocht oder geliebt haben, überlegte Ari. Jemand würde schließlich zu ihm kommen und eine Aussage machen.

Ari schickte Willis mit dem Toten ins Leichenschauhaus, während er mit der Befragung der Lagerbewohner fortfuhr. Kurz vor Sonnenuntergang hatte er dann den Tathergang eruiert. Zwei Männer hatten sich um den Besitz eines Grundstücks gestritten, und einer davon hatte gewonnen. Das war Afrika, wo Leute schon für einen Rand umgebracht wurden. Und ein eigenes kleines Stück Scholle war ein Vermögen von unschätzbarem Wert.

Es ging recht hitzig zu in der Aula der Gemeindeschule von Silver Bay, fand Ari, als er dort nach Kate Ausschau halten wollte. Er wußte, daß ein Meeting von Steuerzahlern stattfand, auf dem über weitere die Squatters betreffende Hilfsmaßnahmen beraten werden sollte. Die meisten der Einwohner schienen jedoch nur

Beschwerden zu haben, denn er konnte die erregten Stimmen schon hören, als er fünfzig Meter vom Schulhaus entfernt seinen Wagen abstellte.

Kate und Melissa, die Organisatoren dieses Meetings, hatten auf dem Podium Platz genommen und waren darum bemüht, mit zusammengepreßten Knien sehr aufrecht dazusitzen, während sie geduldig darauf zu warten schienen, daß die Gemüter sich wieder ein wenig beruhigten. Kate sah in ihrem blauen Kleid, ihren blauen Pumps und ihren mit einem blauen Band im Nacken zusammengebundenen Haaren hinreißend aus. Ari winkte ihr kurz zu, um sich für sein Zuspätkommen zu entschuldigen, während er in den vorderen Stuhlreihen einen noch freien Platz suchte. Die Wogen schienen derart hochzugehen, daß er fürchtete, es könnte vielleicht sogar zu einer Schlägerei kommen.

»Ich möchte gern etwas sagen«, meldete sich in diesem Moment Irene, Megs Tochter, mit lauter Stimme zu Wort. Es dauerte Minuten, bis es so still wurde, daß man auch verstehen konnte, was sie sagen wollte. »Ich beobachte jetzt schon seit einer Woche den Platz, wo die schwarzen Taxis und die Busse ihre Fahrgäste ausladen. Es sind täglich fast hundert. Erst stehen sie ganz verloren herum. Dann gehen manchmal ein paar von ihnen hier in die Läden, um zu fragen, ob sie vielleicht einen Job oder einen Pappkarton bekommen könnten. Schließlich verlaufen sie sich unten am Strand oder oben in den Hügeln. Viele von ihnen finden auch den Weg in das neue Squatter-Lager. Irgendwie scheinen sie jedenfalls alle hier einen Unterschlupf zu finden. Wie ich hörte, sind in den letzten Tagen etliche hundert Leute mehr gekommen, als wir hier aufnehmen wollten. Wir müssen diese Invasion stoppen, bevor das Lager überquillt und es dort zu unhaltbaren Zuständen kommt.«

»Es gibt da eine Kampagne«, erklärte Melissa mit fester Stimme, »die dafür sorgt, daß so viele Leute hierherkommen. Ihr könnt diese Menschen also nicht für unsere Probleme verantwortlich machen. Die Politiker versprechen ihnen das Blaue vom Himmel und laden sie dann einfach bei uns ab. Diese Leute haben kein Geld, keinen Job, keine Unterkunft und keine Hoffnung. Kein Wunder, daß sie so aggressiv sind. Sie haben ja nichts. Sollten wir ihnen da nicht helfen? Der Pfarrer von der Kirche gegenüber sammelt bereits Decken und andere Dinge für sie, und wenn Sie zu Hause Kleider haben, die Sie nicht mehr tragen, oder überflüssigen Hausrat... Ich habe zum Beispiel eine Menge Möbel auf dem Speicher, die ich nicht mehr brauche. Auch Töpfe und Pfannen – Sachen, die ich eines Tages wahrscheinlich auf den Müll werfen würde. Es wäre schön, wenn wir jetzt eine Organisation gründen könnten. Ein Nachmittag im Monat tut keinem von uns weh. Ich meine, wir haben doch alle irgend etwas zu Hause, was wir nicht mehr benötigen. Wir müssen es nur heraussuchen, um es ihnen dann zu überlassen.« Sie hielt inne und lehnte sich auf ihrem Stuhl zurück. Es herrschte jetzt einen Moment lang Schweigen, bis jemand in den hinteren Stuhlreihen »Kaffer-Lover!« rief.

»Ihnen sollten diese Bastarde nicht leid tun, Melissa«, erklärte Jack daraufhin mit lauter Stimme. »Die schneiden Ihnen die Gurgel durch, wenn Sie die auch nur einmal scheel anblicken.«

Da meldete sich Meg zu Wort: »Ich muß Mrs. Grant recht geben. Es ist wahr, daß es weniger Einbrüche gäbe, wenn diese Leute mehr Hausrat hätten. Sie können meinen Namen auf Ihre Liste setzen, Melissa.«

»Was hätte diese Sammlerei denn für einen Sinn? Sie würden trotzdem einbrechen. Diese Leute haben Hunger...«

»Eine Gruppe von ihnen kampiert direkt hinter meinem Anwesen«, meldete sich jetzt Gill Bronson zu Wort. »Sie verrichten ihre Notdurft dort in den Büschen. Meine Hunde wälzen sich in ihren Exkrementen, kommen dann in mein Wohnzimmer und wälzen sich dort auf dem Teppich. Wir müssen unsere Hunde jetzt einsperren. Sie können sich gar nicht vorstellen, wie es überall auf unserem Grundstück stinkt!«

»Und meine Kinder wollen nicht mehr unten am Strand spielen, weil sie Angst haben.«

»Ich vermisse seit drei Tagen meine Katze. Ich bin sicher, die haben sie gegessen...«

»Ich weiß gar nicht, worüber ihr euch eigentlich beklagt«, rief da Lynette, die Frau des Zahnarztes. »Ihr habt doch alle Häuser, die von dem neuen Squatter-Lager weit entfernt sind. Ich wohne aber im Oaklands-Bezirk, unmittelbar neben diesem ehemaligen

wunderschönen Waldgebiet. Wir hatten die beste Wohnlage von Silver Bay. Heute könnten wir unsere Häuser dort oben nicht einmal mehr verschenken. In mein Haus sind sie schon viermal eingebrochen. Sie haben zwar nur Lebensmittel mitgenommen, und mir tun diese Leute auch leid, aber ich kann es mir nicht leisten, sie alle zu verpflegen. Außerdem kosten die zerbrochenen Scheiben viel mehr als die gestohlenen Vorräte. Wir mußten unsere Grundstücke einzäunen...« Lynette hätte jetzt fast losgeheult.
»Das muß eine Stange Geld gekostet haben...«
»Ja«, rief Dave da, »zehntausend Rand. Ich mußte dafür sogar einen Kredit aufnehmen, verdammte Zucht...!«
Jack Bronson erhob sich nun von seinem Platz. »Mir droht der Verlust eines Vermögens, das ich in das Projekt einer Wohnanlage gesteckt habe, die direkt neben diesem Waldstück entstehen sollte. Ich habe bereits das Bauland dafür gekauft«, erklärte er mit leiser Stimme. Jeder im Saal wußte, daß Jack auch ein paar Millionen in ein in der Nähe der Hauptstraße geplantes Einkaufszentrum investiert hatte. »Ich bin immer ein Liberaler gewesen, und das ist jetzt der Dank dafür. Sollen wir denn tatenlos zuschauen, wie man uns finanziell ruiniert? Ich würde gern ein paar Leute zusammenbringen, die sich dafür einsetzen, daß diese Leute woanders angesiedelt werden.«
»Es handelt sich dabei nicht nur um ein finanzielles Problem«, erklärte Dave. »Diese Leute bekämpfen sich jetzt sogar schon untereinander. Sie haben Parteien gebildet, die sich gegenseitig bis aufs Messer bekriegen. Es wird nicht lange dauern, und sie fallen raubend und plündernd über die ganze Stadt her. Wenn wir dieses Pack nicht wegschicken, wird es uns aus unseren Häusern verjagen. Ich bin für Jacks Vorschlag.«
Es herrschte nun ein etwas betretenes Schweigen. Niemand wußte so recht, ob er jetzt seinen Namen auf Jacks Liste setzen lassen sollte. Aber Ari war überzeugt, daß einige der hier Anwesenden noch heute abend bei Jack anrufen würden.
»Nur weil wir Liberale sind, bedeutet das noch lange nicht, daß wir unsere Häuser verschenken müssen!« meldete sich jetzt Lynette wieder zu Wort.
»Oder ihre Scheiße riechen müssen.«

»Oder uns von ihrem verdammten Holzfeuer die Luft verpesten lassen müssen.«
»Oder uns ihre verdammte Tanzmusik anhören müssen. Samstags spielt sie die ganze Nacht hindurch. Ich werde fast verrückt davon. Wie, zum Teufel, können die sich denn überhaupt einen Lautsprecher leisten?«
»Das sind ihre Schnapsbuden. Davon haben sie allein drei in ihrem neuen Camp.«
»Und sie suchen dauernd Streit. Erst gestern haben sie meiner Mutter eine Benzinbombe nachgeworfen. Sie landete direkt auf der Straße, verfehlte jedoch zum Glück ihren Wagen…«
Der Tierarzt von Silver Bay erhob sich jetzt von seinem Platz. »Hört mal alle her«, rief er. »Die Lagune ist mit *Giardia* verseucht, einer seltenen Gattung von Darmparasiten, die man in der Regel nur in Ländern der dritten Welt vorfindet. Aber jetzt gibt es sie auch hier in Silver Bay. Natürlich können nur die Squatters sie hier eingeschleppt haben. Ich mußte allein heute schon drei mit diesen Parasiten infizierte Hunde behandeln. Ihr müßt wissen, daß auch Kinder von den Parasiten befallen werden können. Also haltet euch in Zukunft vom Flußdelta fern.«
Die Grundstücksmaklerin Silvia Jones lächelte wehmütig, als sie nun aufstand und erklärte: »Ich hab' seit einem Monat kein Haus mehr verkauft. Jeder hat Angst, nach Silver Bay zu ziehen. Der Immobilienmarkt hier ist praktisch tot.«
Emanuel wagte nun auch, zum erstenmal seinen Mund aufzumachen: »Die Schwarzen nehmen den Farbigen die Jobs auf den Fangschiffen weg. Das wird Ärger geben. Die Farbigen wollen sich das nicht länger gefallen lassen.«
»Es ist wie in einem Horrorfilm…«
»Ja – nur daß wir nicht einfach rausgehen können. Die Außerirdischen sind gelandet und wollen die Herrschaft übernehmen…«
»Nur über meine Leiche!«
»Hört, hört!«
Sie schrien jetzt alle durcheinander, und ein paar junge Männer in den hintersten Reihen begannen mit den Füßen auf den Boden zu stampfen und zu skandieren: »Vertreibt sie… vertreibt sie… vertreibt sie!«

Kate erhob sich widerstrebend von ihrem Platz und rief: »Unterlassen Sie das doch bitte! Seien Sie still dort hinten!« Worauf das Getrappel tatsächlich aufhörte und die Rufe verstummten. »Wir haben diese Versammlung einberufen, um herauszufinden, wer von uns diesen Menschen helfen oder wer sie lieber bekämpfen will. Einige von uns sind bereit, ersteres zu tun. Es sind schließlich unsere jüngsten Steuerzahler, denen wir unsere Hilfe anbieten…«
»Falls sie die jemals bezahlen…«
Der Zwischenruf wurde mit einem stürmischen Applaus belohnt.
»Trotzdem«, fuhr Kate unbeirrt fort, »werden diese Menschen jetzt für immer hierbleiben, und deshalb sind einige von uns der Meinung, daß wir alle nur gewinnen können, wenn wir ihnen dabei helfen, sich in unsere Gesellschaft zu integrieren. Hier habe ich eine Liste von Leuten, mit denen Sie Kontakt aufnehmen können, wenn Sie sich unserer Hilfsorganisation anschließen möchten. Und vergessen Sie nicht, daß Sie damit nicht nur diesen Leuten, sondern vor allem uns selbst helfen. Die Versammlung ist geschlossen.«
Kate kann ein verdammt harter Brocken sein, wenn sie das will, dachte Ari, als er sah, wie sie sich von den Sticheleien und höhnischen Zurufen nicht beirren ließ, sondern ganz gelassen an den Stuhlreihen entlangging und dort ihre Flugblätter verteilte.
Melissas Name stand ganz oben auf der Liste, wie Ari jetzt erstaunt feststellte. Sollte das nun ihr neues Image sein, oder war sie wirklich daran interessiert, diesen Leuten zu helfen? Aber was spielte das schon für eine Rolle. Hauptsache, daß sie etwas Positives unternahm.
»Kate, es tut mir leid, was heute passiert ist«, flüsterte er, als sie mit ihren Flugblättern bei ihm vorbeikam. »Ich werde es morgen wiedergutmachen. Heute abend muß ich arbeiten.«
Sie drehte sich mit einem merkwürdigen Gesichtsausdruck zu ihm um. Es schien fast so, als fühlte sie sich für das, was am Morgen geschehen war, schuldig.
Ari fuhr weiter zum Hafen. Er mußte Jean Graux finden. Er hatte Glück und traf ihn auf dem Kai, wo er auf den Fährmann wartete.

»Ich muß mir diesen Patel vorknöpfen«, sagte Ari zu Jean. Dann erzählte er Jean von dem Schuppen und den Kindern, die er dort vorgefunden hatte, von den törichten Eltern, die Patel jeden Monat Schutzgelder zahlten, und von Simon, der mit Mandys Namen auf den Lippen gestorben war. Hatte das vielleicht eine Bedeutung?

»Es soll nicht nur ein Racheakt sein«, sagte Ari. »Ich denke, daß er etwas über Mandys Verbleib wissen könnte. Gehörte sie vielleicht auch zu seinem Club? Hat er sie vielleicht an harte Drogen gewöhnt? Er könnte sie sogar verkauft haben.«

»Oder begraben«, sagte Jean. »Laß uns diesen Hundesohn schnappen und zum Reden bringen.«

Kapitel 48

Der Strand von Long Beach – ein breites, im Mondlicht schimmerndes silberfarbenes Band – schien sich unendlich weit hinzuziehen. Es war eine recht kalte Nacht, aber die drei Männer, die dort durch den Sand liefen, schwitzten. Zwei von ihnen waren barfuß und mit Shorts und T-Shirt bekleidet. Der dritte schien in seinem silbergrauen Mohairanzug, seinen Halbschuhen aus Krokodilleder und seiner eleganten, aber schief sitzenden Seidenkrawatte in schlechte Gesellschaft geraten oder sogar in die Hand von Räubern gefallen zu sein.

Als der Polizeiwagen unerwarteterweise in eine Sackgasse eingebogen war, die an einem menschenleeren Teil des Strands endete, hatte Sam Patel begriffen, daß er nicht zum Polizeirevier gebracht werden sollte, um dort irgendeines Verbrechens beschuldigt zu werden. Da hatte er um sich geschlagen und versucht, mit lauten Schreien die Bewohner der Bungalows zu wecken, die hier noch vereinzelt am Rand der Dünen standen. Aber Ari hatte Patel mit einem Kinnhaken rasch wieder zum Schweigen gebracht. Jetzt konnten sie nur noch seinen keuchenden Atem hören, als er am Ende eines Seiles hinter ihnen herstolperte und mit den Augen verzweifelt den Rand des Strands absuchte. Doch er wußte, daß hier nur noch mit Strandhafer bewachsene Wanderdünen die Wasserfront säumten. Er ahnte, was ihm jetzt blühte.

Jean genoß seine Rolle, wie Ari mit einem raschen Seitenblick feststellte. Er hatte zwanzig Jahre seines Lebens als Söldner in Afrika bei verschiedenen Armeen gedient. Für ihn muß die Folter eine Routinemaßnahme gewesen sein, dachte Ari mit einem Anflug von Abscheu. Was für eine Art von Leben hatte Jean wohl geführt? Er behauptete, Anfang Fünfzig zu sein, aber er war sehr kräftig und körperlich in bester Verfassung. Seine Haut war so dunkel wie die eines Indianers, und seine buschigen schwarzen Augenbrauen bildeten einen seltsamen Kontrast zu seinen kurzgeschorenen weißen Haaren. Er hatte große, seltsam leuchtende braune Augen, die jetzt nur so funkelten vor Vergnügen.

Die See war ziemlich bewegt, und Ari sah zu seiner Rechten schaumgekrönte Wellenberge, die weiter draußen mit mächtigem Getöse an den Felsen zerschellten. Sie zerrten Sam nun hinter sich her bis zu einem Bootshaus, wo sie ihm das Seil zwischen den Beinen hindurch und über beide Schultern zogen und ihn dann wie ein Paket verschnürten. Anschließend banden sie das Seil an einem Motorboot fest, das sie zu Wasser brachten. Als sie den Motor anließen und das Boot mit hoher Geschwindigkeit in die Brandung hinausschoß, stieß Sam einen spitzen Schrei aus, bevor das Seil sich straffte und er in die Luft geschleudert wurde. Ein paar Sekunden lang wurde er mit gespreizten Beinen und aufgeblähtem Jackett wie ein Drachen hinter dem Boot hergezogen, ehe er ins Wasser stürzte und dort zwischen den strudelnden Wellen untertauchte.

»Okay... anhalten!« rief Ari zwei Minuten später, als sie die Brandung hinter sich gelassen hatten.

Aber Jean sah ihn nur über die Schulter hinweg an. »Hasenfuß!« rief er grinsend und ließ den Motor weiter auf vollen Touren laufen.

»Nein... anhalten!« rief Ari nun zum zweitenmal und beugte sich zum Armaturenbrett des Bootes hinunter. Aber da hatte Jean schon das Gas weggenommen, und der Motor tuckerte leise im Leerlauf. Sekunden später verstummte er ganz, und sie schaukelten in der starken Dünung auf und nieder.

Nur das Seil schien sich keinen Zentimeter mehr zu bewegen. Ari fürchtete, daß ein Hai seine Zähne in Sam Patels Körper geschlagen haben könnte und sie den nun zusammen mit Patels Überresten einholten. Oder hing er mit seinem Körper nur zwischen den Felsen fest? »Das Seil ist irgendwo eingeklemmt!« rief Ari, während Panik in ihm hochstieg. Doch dann hob sich eine dunkle Masse in ihrer Nähe kurz aus dem Wasser, ehe sie wieder in den Fluten versank.

»Er lebt«, knurrte Jean.

Ari beugte sich über das Heck des Bootes und machte das Seil wieder klar. »Okay – hol ihn ein!« rief er, und Sams Körper kam in einem Schauer glitzernder Tropfen wieder an die Wasseroberfläche, als sie ihn rasch am Seil zum Boot zogen.

Ein paar Sekunden später hing er stöhnend und würgend über dem Bug des Motorbootes und tat so, als würde er wieder die Besinnung verlieren. Jean faßte ihn um die Hüften und schob ihn ins Wasser zurück. »Der ist hinüber!« rief er Ari zu. »Wir hätten ihn nicht so lange auf Tauchstation lassen sollen. Am besten, wie schneiden ihn los, damit die Haie ihn bestatten können.«

»Nein!« kreischte Sam da, und dann ging sein Schrei in ein Schluchzen über.

»Das war erst der Anfang«, sagte Jean, der ihn mit seinem großen Zeh an seinem fetten Bauch kitzelte. »Du wirst staunen, wie einfallsreich wir sein können, wenn du nicht redest!«

»Er könnte uns hier ja schon mal was erzählen«, sagte Ari. »Wäre das ein guter Platz dafür?«

»So gut wie jeder andere, falls er redet. Wenn aber nicht…« Jean wies nun mit dem Daumen über die Schulter. »Die Haie finden sich um diese Zeit immer dort drüben bei der Insel ein, wo es viele Seehunde gibt. Manchmal ganze Rudel von ihnen. Aber er kann ja auch hier reden, wenn er das möchte. Okay, Sam, laß mal hören, was du uns zu sagen hast!«

Außer rasselnden Atemzügen und einem Schluckauf, der sich mit schluchzenden Geräuschen vermischte, war jedoch von Patel nichts zu hören.

Jean blickte achselzuckend zu Ari hin, schaltete den Motor wieder ein und stellte den Gashebel auf äußerste Kraft. Binnen weniger Sekunden schoß das Boot, von einem Wellenberg zum anderen hüpfend, wie ein Pfeil über das Wasser. Sam, der mit dem Gesicht nach unten auf dem Deck lag, stöhnte und versuchte die Backbordreling zu erreichen, um sich daran hochzuziehen. Aber nach so vielen in Wohlleben verbrachten Jahren war er so fett und schlaff geworden, daß ihm das nicht gelingen wollte, und so blieb er schließlich mit dem Kopf auf einem Stapel von Fischernetzen liegen und klammerte sich dort fest.

Während sie die breite Bucht überquerten, färbte sich der Himmel über den Bergen erst grau und dann türkis, bis schließlich die Berggipfel rosige Säume bekamen. Als sie die Insel erreicht hatten, schob sich der Rand der Sonne über die Bergkette hinaus, und das Meer nahm eine tiefgrüne Färbung an. Eine Schar von neugierigen Seehunden umkreiste das Boot, als sie Sam wieder über Bord warfen.

»Ich kann doch nicht schwimmen!« rief Patel, verzweifelt mit Armen und Beinen im Wasser rudernd. Die Seehunde brachten nun sogar den Mut auf, unter Patel wegzutauchen und ihn dabei mit ihren Nasen anzustupsen. Er geriet daraufhin in Panik, versank gurgelnd in den schaumgekrönten Wellen, kam schreiend wieder an die Oberfläche und versank von neuem im Wasser.

Ari zog das Seil, an dem Patel hing, näher an das Boot heran, bis der sich an die Bordwand klammern konnte und versuchte, sich aufs Boot zu ziehen. Aber seine Kräfte reichten dafür nicht aus.

»Hilfe... Haie...«, keuchte er. Er verdrehte die Augen und schien jetzt wirklich einem Kollaps nahe zu sein.

»Ja. Ein ganzes Rudel heute morgen«, sagte Jean munter.

Ari lehnte sich zurück und blickte in eine andere Richtung. Er wünschte, daß das alles jetzt schon vorbei wäre, und er bemühte sich darum, Sams Stimme auszublenden, die bettelte, jammerte, ihnen allerlei Versprechungen machte oder ihnen auch drohte. Aber stets log. Ari hatte so etwas schon unzählige Male gehört.

Schließlich verließen Sam die Kräfte, und er wurde still und gab auch seine vergeblichen Versuche auf, sich wieder an Bord zu hieven. Er klammerte sich nur noch an die Bordwand und suchte seinen Kopf über Wasser zu halten.

»Na, endlich gibt er Ruhe«, sagte Jean.

»Ja. Aber wo bleiben denn heute die Haie?«

»Warte es ab.«

Zwanzig Minuten später gab es plötzlich einen heftigen Tumult im Wasser, als alle Seehunde auf einmal der Insel zustrebten.

»Siehst du das? Das bedeutet, daß die Haifische sich jetzt ihr Frühstück holen wollen.« Er blinzelte Ari zu, aber Sam begann im Wasser laut zu schluchzen.

Bald darauf begann er um sein Leben zu betteln. »Rettet mich! Ich bin ein Christ. Ein guter Christ sogar. Ich mache keine krummen Geschäfte, bezahle pünktlich meine Steuern und habe euch nichts zu erzählen. Gar nichts. Warum macht ihr das mit mir? Ich habe euch nichts getan. Macht es euch Spaß, zuzusehen, wie ich bei lebendigem Leib von Haifischen gefressen werde? Steht ihr

auf so etwas? Ich weiß, daß ihr beiden nicht viel verdient in eurem Job. Ich könnte euch eine Menge Geld geben – nennt euren Preis.«
»Halt's Maul«, sagte Jean, füllte einen Eimer mit Wasser und kippte ihn über Sams Kopf aus, der nun verzweifelt nach Luft schnappte und Mühe hatte, sich an der Bordwand festzuhalten.
»Wenn du uns nicht sagen kannst, was wir hören wollen, kannst du dir dieses Gesabbere ersparen«, knurrte Ari. »Wo ist Mandy September?«
Sam begann jetzt wieder zu schluchzen. »Ich habe das Mädchen niemals gesehen. Ich kannte nicht mal ihren Namen, bis ich im Rundfunk hörte, daß man sie entführt hatte.«
Ari sah die Rückenflosse eines Hais ungefähr hundert Meter von ihnen entfernt durch das Wasser pflügen. Haie waren an diesem Teil der Küste nur selten anzutreffen, und er wußte, daß das ein Glücksfall für ihn war. Er beugte sich über die Bordwand, zog Sam am Seil halb aus dem Wasser und schwenkte ihn dann in eine andere Richtung.
»Schau mal dorthin!« knurrte er. »Da ist der erste. Er kann deinen fetten Bauch riechen und freut sich schon auf sein Frühstück. Warum hast du Tom mit Benzin übergossen? Warum wolltest du ihn bei lebendigem Leib verbrennen?«
»Das bin ich doch gar nicht gewesen! Ich schwöre bei Gott, daß ich…«
Ari ließ ihn langsam wieder ins Wasser hinunter.
»Zieht mich heraus, ihr Bastarde…«, schrie er und schluchzte dann vor Wut.
»Du brauchst deine Füße nicht zum Reden«, sagte Ari, das Seil abspulend.
Wild mit den Armen rudernd, arbeitete sich Sam wieder an die Bordwand heran und klammerte sich dort fest. Ari schüttete ihm einen Eimer Wasser über den Kopf.
»Tom hat gesungen«, wimmerte Sam, als er wieder Luft bekam. »Er ist euer Mann. Sie wissen das. Deshalb.«
»Tom ist kein Informant und hat auch nie gesungen«, sagte Ari. »Was hätte er mir denn so Wichtiges über dich erzählen können, daß du versucht hast, ihn umzubringen?«

Eine Welle spülte über den Bug des Bootes hin, das in der Dünung heftig schaukelte. Ari sah, wie die Rückenflosse eines Hais immer engere Kreise um das Boot herum beschrieb. Dann blickte er hinunter in Patels Augen, die starr waren vor Angst.
»Er riecht dich. Also rede ein bißchen schneller!«
»Tom wußte...«
»Was wußte er?«
»Ach, fick dich doch, Mann...«
»Er kommt jetzt, um sich sein Frühstück zu holen, Sam!«
Patel sah die Flosse nun auf sich zukommen und schrie. »Er wußte, daß ich das Squatter-Lager angezündet hatte«, würgte er dann heraus.
»Du!«
Für Ari war der Schock, daß nun alle seine Theorien zusammenbrachen wie Kartenhäuser, so groß, daß er einen Moment wie gelähmt dasaß. Es war Jean, der jetzt geistesgegenwärtig am Seil zog, so daß Patel im nächsten Moment mit dem Oberkörper über der Bordwand hing und heftig mit den Beinen strampelte. Angelockt von diesem Gezappel oder auch von dem Geruch der Angst, rammte der Hai nun das Boot mit der Schnauze.
»Jesus!« Ari blickte auf die dunkle Gestalt des Hais hinunter, der mit seiner mächtigen Schwanzflosse das Wasser peitschte. Erst dann wurde ihm bewußt, was Jean inzwischen getan hatte.
Er packte Patel nun bei den Schultern, drehte ihn herum und drückte seinen Kopf so weit zum Wasser hinunter, daß er es mit der Nase fast berührte. »Der Hai hat Hunger, wie du siehst!«
Dann sah er über die Schulter zu Jean, der auf der Steuerbordseite einen zweiten Sack mit Abfällen aus der Fischkonservenfabrik ins Wasser schüttete. Der Typ versteht sein Geschäft, dachte Ari bei sich.
Sam hatte sich inzwischen schreiend wieder auf die Bordwand hinaufgeschoben.
»Der Hai kann mit einem Biß einen Menschen in zwei Teile schneiden«, sagte Jean in nüchternem Ton.
»Es genügt, wenn er ihm den Kopf abreißt«, knurrte Ari und schob Patel wieder dichter ans Wasser heran. Der klammerte sich nun verzweifelt an Aris Schultern.

»Ich werde Ihnen alles sagen, was Sie wissen wollen«, rief er japsend. »Ich wollte niemand töten. Ehrlich nicht. Ich wollte nur die Schnapsbuden beseitigen, weil sie meine Preise im Dorf unterboten. Ich schwöre bei Gott, daß ich niemand umbringen wollte. Weshalb hätte ich das denn tun sollen? Es waren doch Kunden. Sie haben ihren Fusel nur aus der falschen Quelle bezogen.«
»Dir gehört die Hafenbar im Dorf?«
»Mir gehören alle drei Bars im Dorf«, gab ihm Sam rasch zur Antwort.
»Nur weil sie deine Preise unterboten, mußten vier Menschen sterben? Habe ich dich da richtig verstanden?«
»Ich sagte doch schon«, würgte Sam hervor, »daß es nicht meine Absicht war, jemanden zu töten. Ich wollte nur Boysies Destille zerstören. Er hatte kein Recht dazu, meine…«
Kein Recht, dachte Ari, und dabei stand ihm das Bild von Eunices verkohltem Leichnam wieder vor Augen. Und der alte Mann mit seinem Kind. Und der Farmer aus Ciskei. Aber die Todesstrafe sollte ja demnächst abgeschafft werden, und Sam Patel würde vermutlich in ein paar Monaten wieder ein freier Mann sein. Vielleicht kam es gar nicht zum Prozeß gegen ihn. Es juckte Ari in den Fingern, den Mann jetzt dem Hai dort unten zu überlassen.
»Sag uns, wo Mandy versteckt gehalten wird«, knurrte er und drückte Patels Kopf wieder zum Wasser hinunter.
»Ich habe Mandy nie gesehen. Ich schwöre es. Ich kann Ihnen doch nicht sagen, was ich nicht weiß«, wimmerte Sam.
Dann schien er von einer tiefen Depression befallen zu werden und verlor kurz darauf das Bewußtsein. Aber Jean brachte ihn mit einem Kübel Wasser rasch wieder zu sich.
»Woher weißt du denn, daß Mandy nicht zu den Kunden deines sogenannten Clubhauses gehörte?« fragte er Patel.
»Weil ich mir die Namen und Adressen aufgeschrieben habe. Damit ich mit deren Eltern sprechen konnte.«
»Und wenn sie dir ihren Namen und ihre Adresse nicht geben wollten?«
»Das wollten sie nie. Aber ich schrieb mir die Zulassungsnum-

mern ihrer Autos auf, und manchmal bin ich ihnen bis zu ihrer Wohnung gefolgt. Das war leicht. Es waren ja nur Kids.« Seine Stimme war nur noch ein rauhes Flüstern. Er stand unter Schock und wußte wohl gar nicht mehr, was er sagte.

»Wieviel bezahlen dir die Eltern?«

»Je nachdem. In der Regel verlange ich ein Drittel ihres Einkommens.«

»Und wenn sie nicht zahlen wollen?«

»Gebe ich den Kids, was sie haben wollen. Ich bin Geschäftsmann. Das ist alles. Wenn die Kids Crack, Koks oder Mandrax haben wollen, verkaufe ich es ihnen. Angebot und Nachfrage. Darum geht es doch in einem Geschäft.«

Patel schloß nun die Augen, im nächsten Moment hing sein Kopf schlaff über der Bordwand, und ein krampfhaftes Zucken lief durch seinen Körper.

»Jetzt ist er wirklich weggetreten«, sagte Jean. »Wir könnten ihn zwar mit Brandy wieder zu sich bringen, aber ich glaube, er hat uns die Wahrheit erzählt. Und Sie haben genug Material, um ihn wegen Mordes, Erpressung und Handels mit Drogen vor Gericht bringen zu können. Genügt Ihnen das, was wir haben?«

»Ja, danke, Jean«, erwiderte Ari.

»Ich würde ihn ja gern für Sie umbringen, weil ich nicht glaube, daß Sie der Typ für so was sind«, fuhr Jean fort. »Jedenfalls machen Sie sich so was nicht zur Regel. Aber ich schätze, Sie brauchen ihn noch auf dem Revier. Ich habe unser Gespräch – falls man es so nennen kann – auf Tonband aufgenommen.«

Jean warf nun den letzten Sack mit Fischabfällen ins Wasser. »Nimm es dir, Junge – du hast es verdient«, rief er dann zu dem Haifisch hinunter.

»Glauben Sie, er wird es überstehen?« fragte Ari, als er sich über den Bewußtlosen beugte.

»Aber klar doch«, erwiderte Jean. »Aber bei Ihnen bin ich mir da nicht so sicher, wenn Sie Patels Trabanten in die Hände fallen sollten. Sie müssen verdammt auf der Hut sein, Ari!«

»Die Geschichte meines Lebens«, gab ihm Ari darauf gleichmütig zur Antwort.

Kurz vor zehn Uhr morgens war Sam Patel offiziell beschuldigt und im Zellenblock des Reviers untergebracht worden. Ari wollte an den zuständigen Untersuchungsrichter appellieren, den Beschuldigten unter keinen Umständen auf Kaution freizulassen, aber er befürchtete, daß man seiner Empfehlung nicht folgen würde. Sie widersprach dem allgemeinen Trend der Rassenversöhnung. Er seufzte, steckte eine Münze in den Getränkeautomaten und setzte sich mit einem Becher voll dünnem Kaffee hinter seinen Schreibtisch. Er war deprimiert. Er hielt sich nun schon fünf Monate hier am Kap auf und hatte den Entführungsfall Mandy noch immer nicht gelöst. Er war sich sicher gewesen, daß es eine Verbindung zwischen ihrer Entführung, dem Dünenmord und dem Mord an Rose vor achtundzwanzig Jahren geben mußte, aber er hatte sich da offenbar getäuscht.
Er begann jetzt Kringel auf seinen Notizblock zu malen. Da es keine Lösegeldforderungen gegeben hatte, wußte er nicht einmal, aus welchen Motiven sie entführt worden war. Da kam ihm plötzlich ein neuer Gedanke. Wurde Mandy etwa dafür bestraft, daß sie Rose so ähnlich sah? Wer hatte Rose am meisten gehaßt? Claire? Jânek? Beide hätten ihm sicherlich noch mehr über die Umstände von Roses Tod berichten können, als er inzwischen wußte – und das war wenig genug. Er mochte sich noch immer nicht von seiner Theorie trennen, daß es einen Zusammenhang zwischen Roses Tod und Mandys Entführung geben mußte. Jânek war aus Südafrika ausgewiesen worden, aber Claire würde man sicherlich leicht aufspüren können. Er nahm den Hörer von seinem Telefonapparat und wählte.
Seine Eingebungen hatten sich bisher selten als falsch erwiesen. Zudem hatte er gar keine andere Spur mehr, die er verfolgen konnte. Was hatte er also zu verlieren?

Kapitel 49

Ari war beeindruckt, als er in die Auffahrt zur Game Lodge einbog. Er fuhr jetzt eine lange, von blühenden Sträuchern gesäumte Allee hinauf, an sanft gewellten, smaragdgrünen Rasenflächen mit einer Reihe von Springbrunnen und einem Krocket-Platz vorbei und hielt dann vor einem hübschem Hotelbau an, dessen graziöser Stil ihn an die Kolonialzeit erinnerte. Er war nach Durban geflogen, hatte sich dort einen Wagen gemietet und war auf der Küstenstraße nach Norden durch eine üppige tropische Vegetation und an vielen Zuckerplantagen vorbei nach Mtubatuba gefahren, wo Claire Gardner am Rand des Umfolozi-Wildparks ein kleines, aber exklusives Hotel betreiben sollte. Hier könne der Gast das Beste von beiden Welten genießen, hatte ihm der Mann im Reisebüro versichert – bei Tageslicht eine ungezähmte Natur und von Sonnenuntergang bis zum Morgengrauen Luxus total.
Er stellte seinen Wagen ab, nahm dann seine Tasche mit den Utensilien, die er für eine Übernachtung brauchte, aus dem Kofferraum und betrat das weißgekachelte Foyer mit dem riedgedeckten Dach darüber, wo er sehnsüchtig ein paar brillant ausgeführte Wildlife-Gemälde betrachtete. Es war einer jener seltenen Momente, in denen er gern reich gewesen wäre, um sich auch so etwas Schönes anschaffen zu können.
»So etwas sollten Sie nicht tun«, kam da eine reizende Stimme von der Empfangsloge her.
Er blickte sich überrascht um und wurde sich nun bewußt, warum er die Frau nicht sofort bemerkt hatte. Sie war eine so stille, in sich ruhende Person. Mit einem Blick nahm er ihre Erscheinung in sich auf: ihre blaßblonden, modisch kurz geschnittenen Haare, ihr griechisches Profil mit der geraden, kurzen Nase, ihre so herrlich grünen, aufmerksamen und klugen Augen. Ihr grünes, dezent geblümtes Kleid und die winzigen Smaragdohrringe, die so perfekt mit der Farbe ihrer Augen harmonierten, ihre glatte, makellose Haut. Sie war noch immer eine schöne Frau, obwohl sie bereits auf die Fünfzig zuging.
»Was sollte ich nicht tun?« fragte er jetzt, auf die Frau zugehend.

»Ihr Gepäck selbst tragen. Entspannen Sie sich. Hier brauchen Sie keinen Handschlag zu machen. Dieses Haus will seine Gäste verwöhnen.«
»Und wer verwöhnt Sie?« erwiderte er. Ist diese Frau etwa Claire? fragte er sich im stillen. Instinktiv wußte er, daß er hier die Hotelbesitzerin vor sich hatte. In diesem Moment tat ihm Rob fast leid. Es war ein großer Verlust, so eine Mutter entbehren zu müssen. Und würde eine Frau wie sie, deren Augen so viel Mitgefühl und Humor verrieten und deren Mund so entzückend lächeln konnte, ihr Kind so ohne weiteres aufgeben?
»Ich verwöhne mich selbst«, gab sie ihm lächelnd zur Antwort.
Er trug sich in das Hotelbuch ein, sagte, daß er nur eine Nacht bleiben wolle, und bezahlte im voraus.
»Sind Sie geschäftlich hier?« fragte sie, als sie seine Adresse las, die er mit Kapstadt angegeben hatte.
»Ja. Ich bin Polizist.«
»Gütiger Himmel!« Sie blickte ihn jetzt mehr belustigt als erschrocken an. »Für wen oder was könnte die Polizei sich denn hier interessieren?«
»Für Sie, wenn ich mir dessen auch noch nicht so ganz sicher bin. Sind Sie Claire Gardner, vormals Mrs. Palma?«
»Ein Name, den Sie in irgendwelchen alten Akten ausgegraben haben müssen, wie?« gab sie zur Antwort, und eine kleine steile Falte erschien auf ihrer Stirn. »Wie sind Sie darauf gekommen? Und weshalb sind Sie hier?« Plötzlich erschrak sie, als ihr ein neuer Gedanke zu kommen schien. »Ist etwas mit meinem Sohn passiert? Ist ihm etwas zugestoßen?«
»Nein. Die Familie Palma ist wohlauf.«
Sie holte geräuschvoll Luft. »Ist es etwas – Schlimmes?«
»Nein. Falls es Ihnen nicht unangenehm ist, mit mir über die Vergangenheit zu sprechen, heißt das. Ich ermittle in einem Entführungsfall, der sich vor ein paar Monaten zugetragen hat, und ich brauche Informationen über Ereignisse, die bereits achtundzwanzig Jahre zurückliegen. Vielleicht können Sie mir da helfen.«
Sie blickte wieder auf das Hotelbuch hinunter, jedoch nicht so schnell, daß ihm der Schmerz entgangen wäre, der sich jetzt

flüchtig auf ihrem Gesicht zeigte. Tiefe Falten bildeten sich auf ihrer Stirn, und einen Moment lang konnte sie ihr wahres Alter nicht verleugnen.

»Ich schätze, das kann warten. Sie haben ein Zimmer mit Klimaanlage und Duschbad. Sie werden dort auch eine gutbestückte Bar vorfinden. Wäre es Ihnen angenehm, mit mir zu dinieren? Sagen wir, um acht?«

»Aber gern, danke.«

»Heute abend veranstalten wir ein *braai* im Garten. Das Wetter ist um diese Jahreszeit abends wie geschaffen dafür. Bequeme, aber nicht ganz formlose Kleidung. Oh, und wir unternehmen abends hier auch Safaris, die von zehn Uhr bis um zwei Uhr morgens dauern. Es gibt eine Menge Tiere auf unserem Territorium zu sehen – Flußpferde, Nashörner, Warzenschweine, Ameisenbären und alle nur erdenklichen Arten von Antilopen. Möchten Sie gern an einer Safari teilnehmen?«

»Danke, aber ich würde lieber im Hotel bleiben. Ich bin in der Wildnis aufgewachsen – in Kenia, Zaire, Simbabwe. Wenn ich mich in den Busch begebe, ziehe ich vor, das allein zu tun. Und auch für eine längere Zeit.«

»Oh – zu dieser Sorte von Menschen gehören Sie also«, erwiderte sie mit einem versteckten, wissenden Lächeln und beschäftigte sich dann wieder mit ihrer Buchhaltung. War sie wirklich schon neunundvierzig? Wenn sie lächelte, sah sie aus wie ein junges Mädchen. Er fühlte sich zu ihr hingezogen und verharrte noch eine Weile in der Nähe der Loge, ihr dezentes Parfum einatmend, das sich mit dem Duft der Geißblattzweige vermengte, die in einer Vase auf ihrem Schreibtisch standen.

Der Hotelpage winkte ihm nun zu, und er folgte ihm widerstrebend zu seinem Zimmer. Als der Page dort die Fensterläden öffnete, stockte Ari einen Moment lang der Atem bei dieser grandiosen Aussicht auf den kleinen privaten Wildpark des Hotels. Grüne Hügel und sanfte Täler schienen sich bis zum Horizont auszubreiten und sich dort in einem purpurfarbenen Nebel zu verlieren. Zwei Hirschantilopen grasten unmittelbar unter seinem Fenster, und etwas weiter entfernt bemühten sich drei Männer, eine Familie von Warzenschweinen vom Golfplatz zu vertreiben.

Vom Fluß ganz in der Nähe trug ihm der Wind den Geruch von nassem Gras zu, der sich mit dem betäubenden Duft blühender Tabakpflanzen vermischte, die entlang der Hauswand wuchsen. Ihn überkam ein Gefühl des Friedens und der Zeitlosigkeit, und er hatte den Eindruck, einen bedeutenden Augenblick in seinem Dasein zu erleben. Es war so, als versuchte sein inneres Selbst ihm etwas sehr Wichtiges mitzuteilen.

Um Viertel nach acht Uhr abends saß Ari am Rand der Rasenfläche an einem für das Dinner gedeckten Tisch und sah zu, wie der Koch mit geschickter Hand die Steaks auf dem Grillrost wendete. Ein mit Hibiskusblüten geschmücktes Büfett neben dem *braai* bog sich unter Schüsseln voller Salate und Früchte. Frösche quakten unten im Fluß, und man konnte auch Flußpferde in der Nähe schnaufen hören.

Claire überquerte den Rasen und blieb stehen, um mit den Gästen zu plaudern. Er hörte ihr vergnügtes Lachen. Sie war ein bißchen pummelig, wie er jetzt feststellte, was ihr aber gut stand. Sie trug ein Kleid aus grüner Seide mit einem dezenten Gänseblümchenmuster und ein Halsband aus Smaragden, die im Licht der Fackeln und Lampions funkelten. Er fragte sich, wo ihr Ehemann war und ob sie überhaupt noch einen hatte.

Er beschloß, sie danach zu fragen, nachdem sie ihn begrüßt und sich zu ihm an den Tisch gesetzt hatte. »Wo ist Mr. Gardner?«

»Soll das eine offizielle Frage sein?« erkundigte sie sich mit einem Anflug von Mißtrauen. Vielleicht bemühten sich die hier ansässigen ledigen Männer darum, ihre Gunst zu erwerben.

»Nein.«

»Dann sollten wir sie wohl besser übergehen und uns den offiziellen Fragen zuwenden«, erklärte sie.

»Entschuldigen Sie bitte, wenn ich Sie beleidigt haben sollte. Ich hatte nur den Eindruck, daß eine Person einen Betrieb von solcher Größe nicht allein bewältigen kann.«

»Aber ich führe ihn allein, und ich bin auch nicht beleidigt. Mein Mann ist vor ein paar Jahren gestorben, und ich habe beschlossen, nicht mehr zu heiraten. Ich liebte ihn und möchte nicht über dieses Thema reden.« Sie lächelte ein wenig befangen und zuck-

te dann mit den Schultern. »Heute abend bedient sich jeder selbst. Also sollten wir das jetzt auch tun.«
Offenbar hatte sie beschlossen, während des Dinners ihre Rolle als muntere, aber auch ein wenig reservierte Gastgeberin nicht aufzugeben. Und so vermied es Ari während des Essens, über seine Ermittlungen zu sprechen, sondern erzählte ihr statt dessen von den Wildreservaten, die er weiter oben im Norden besucht hatte. Bald begannen sie dann über die Probleme des Wildschutzes im allgemeinen zu sprechen.
»Sie scheinen sich ja hervorragend mit dem Betrieb einer Wildtierfarm auszukennen«, sagte sie nach einer Weile. »Ich könnte so jemanden wie Sie hier gut brauchen.«
»Schon als Kind stand für mich fest, daß ich entweder Wildhüter oder Polizist werden wollte.« Er lächelte wehmütig. »Heute weiß ich, daß ich mir von beiden Berufen falsche Vorstellungen gemacht habe.« Er erzählte ihr dann von seinen Adoptiveltern, die versucht hatten, ihn zu einer akademischen Karriere zu überreden. »Ich trage mich mit dem Gedanken, an die Universität zurückzukehren, um dort mein Studium der Kriminologie fortzusetzen.«
Erst viel später kam er dann auf den Grund seines Besuchs zu sprechen. »Es tut mir leid, wenn ich damit schmerzliche Erinnerungen bei Ihnen wecke«, sagte Ari, als sie nach dem Dessert noch mit ihrem Wein beschäftigt waren. »Ich führe die Ermittlungen im Entführungsfall von Bill Septembers Tochter Mandy. Dieses und noch andere Verbrechen scheinen mir irgendwie mit dem Tod von Rose September zusammenzuhängen.«
»Ich wußte bisher gar nicht, daß sie tot ist«, fiel ihm da Claire ins Wort. »Man erzählte mir, daß sie emigriert sei.«
»Das war die Geschichte, die man damals überall verbreitet hat, aber sie stimmt nicht. Erlauben Sie, daß ich Ihnen zunächst berichte, was ich bisher herausgefunden habe…«
Sie hatten Kaffee und einen Digestif getrunken, bevor er mit seinem Bericht zu Ende gekommen war. Sie wechselten in den Garten vor dem Hotel, wo sie auf einer Bank mit Aussicht auf den Fluß Platz nahmen.
»Was könnte ich Ihnen schon Neues erzählen, wenn Sie doch be-

reits so viel wissen«, sagte Claire nachdenklich, während sie zum Fluß hinunterschaute.
»Es ist mir unverständlich, warum Rose sieben Monate verstreichen ließ, bevor sie nach Silver Bay zurückkehrte, um noch mehr Geld von Angelo Palma zu verlangen.«
»Aber wußten Sie das denn nicht? Rose wartete erst die Geburt ihres Babys ab.«
Ari holte geräuschvoll Luft und setzte sich kerzengerade auf. »Ein Baby? Rose war schwanger?«
»O ja!« erwiderte Claire seufzend. »Das war ja das Problem, mit dem wir uns konfrontiert sahen – wir waren beide schwanger. Sie müssen wissen, Lieutenant, daß Trevor und ich uns damals immer näherkamen. Er war entzückt davon, daß er bald der Vater eines Sohnes sein würde. Ich glaubte deshalb, daß ich als Siegerin aus dieser Dreiecksbeziehung hervorgehen würde, aber tatsächlich befand ich mich die ganze Zeit hindurch auf der Verliererstraße. Weder ich noch Trevor wußten, daß Rose schwanger war.«
Ari bemerkte, wie aufgewühlt sie war, und wünschte sich, er hätte ihr diese Aufregungen ersparen können.
»Ich hatte immer das Gefühl, daß Ramona die Strategie ihrer Tochter Rose bestimmte«, fuhr Claire fort. »Rose war auf eine exotische Weise ein sehr hübsches Mädchen, schien mir jedoch nicht übermäßig intelligent zu ein. Sie hätte niemals den Mut aufgebracht, sich aus eigenem Antrieb so zu verhalten, wie sie es damals tat. Sie wartete also zunächst ihre Niederkunft in Mosambik ab. Als sie von dort nach Silver Bay zurückkehrte, telefonierte sie mit Angelo und verlangte von ihm, daß er ihren Sohn adoptieren und als Miterbe des Palma-Vermögens anerkennen sollte. Angelo weigerte sich jedoch, auf ihre Forderungen einzugehen. Später erzählte er mir dann, daß es deshalb sogar zwischen ihnen zum Streit gekommen sei. Dabei habe Rose jedoch den kürzeren gezogen und sei dann bald darauf außer Landes gegangen.« Claire erschauerte. »Glauben Sie, daß er sie ermordet hat? Zuzutrauen wäre es ihm.«
»Ich weiß es nicht.«
»Ich hielt mich damals nicht im Haus der Palmas auf, müssen Sie

wissen«, fuhr Claire fort, wandte sich ihm zu und legte ihm die Hand auf den Arm. »Ich erlitt nach Trevors Ermordung einen Nervenzusammenbruch. So nannte man es damals jedenfalls. Mir kam es aber so vor, als fühlte ich mich viel zu elend, um mich bewegen, essen oder anderen Menschen zuhören zu können. Ich wollte mich einfach nur hinlegen und sterben. Ich mußte eine Weile lang im Sanatorium bleiben, wo mein Kind zur Welt kam. Eine Säuglingsschwester brachte es dann in das Haus der Palmas, wo sie es zwei Monate lang versorgte. Heute fällt es mir schwer, mich daran zu erinnern, wie traurig ich zu dieser Zeit gewesen bin. Ich mache mir jetzt nur noch Vorwürfe, daß ich damals mein Kind aufgegeben habe.«

Sie holte tief Luft.

»Als ich aus der Klinik zurückkam, war Rob zwei Monate alt. Ich erklärte Angelo, daß ich sein Haus verlassen und mein Baby mitnehmen würde. Das war zwei Wochen nach seinem Streit mit Rose.« Sie seufzte und nippte an ihrem Likörglas. »Wollen Sie das wirklich alles hören?«

»Aber ja doch.«

»Ich begann die Sachen meines Babys einzupacken, als Angelo seine Anwälte anrief und diese einen Gerichtsbeschluß erwirkten, der mir verbot, Rob mitzunehmen. Es war grauenhaft. Es gelang diesen Advokaten doch tatsächlich, das Gericht davon zu überzeugen, daß ich geistig nicht ganz normal und deshalb auch nicht in der Lage wäre, für mein Kind zu sorgen.« Claire erschauerte und rieb sich heftig die Arme. »Daraufhin erlitt ich abermals einen Nervenzusammenbruch - nichts Ernsthaftes, jedenfalls nichts, was man als psychopathisch hätte bezeichnen können -, doch er lieferte Angelo die Munition, die er brauchte, um sich vom Gericht zum gesetzlichen Vormund meines Sohnes bestellen zu lassen.

Er besuchte mich dann in der Klinik und erklärte mir, daß er Rob enterben würde, falls ich versuchte, ihn wieder zu mir zu nehmen. Und daß er dann Roses Sohn zu seinem Erben bestellen würde. So erfuhr ich zum erstenmal, daß auch sie ein Kind von Trevor hatte.

Ich sagte ihm darauf, daß ich trotzdem um mein Kind streiten würde, sobald es mir wieder besserginge, aber meine Eltern und deren Anwälte erklärten mir daraufhin, daß ich diesen Prozeß niemals gewinnen könne – nicht mit meiner Krankengeschichte. Und Angelo drohte mir damit, den Rechtsstreit so lange hinzuziehen, bis meine Eltern bankrott seien, wenn ich es wagen sollte, einen Prozeß gegen ihn zu führen. Er versprach mir, daß es Rob bei ihm besser haben würde als jedes andere Kind auf dieser Welt. Also ließ ich Rob bei ihm. Ich hätte bei ihm bleiben müssen, aber ich konnte die Erinnerungen an das, was sich dort abgespielt hatte, nicht ertragen und auch nicht dieses schreckliche Haus.

Wissen Sie was, Ari... Ich kann Sie doch Ari nennen, nicht wahr?... Ich bin eines Tages heimlich nach Silver Bay zurückgekommen, um Rob zu sehen. Und ich empfand dabei nichts – keine Beziehung, keine innere Bindung. Das ist ein bitterer Moment für mich gewesen.«

Ari sah, wie ihr nun die Tränen über die Wangen liefen, und legte die Hand auf ihre Hände. »Mrs. Gardner...«

»Claire...«

»Claire, Sie müssen sich jetzt keine Vorwürfe machen.«

»O doch, das muß ich, Ari.« Sie wischte sich die Tränen mit dem Handrücken ab. »Jede Frau, die sich von ihrem Kind getrennt hat, wird verstehen, daß ich mir heute wie eine Verräterin vorkomme. Ich rannte davon und verließ mein Kind, als es mich brauchte. Aber ich konnte damals einfach nicht bei Rob bleiben. Denn da war ja immer noch Angelo. Ich hatte ihn immer für den gütigsten Menschen der Welt gehalten, bis er mir die Zähne zeigte. Er war fest dazu entschlossen, dem Gericht zu beweisen, daß ich unfähig wäre, für mein Kind zu sorgen. Welcher Mann macht denn so etwas? Er sei nach dem Tod seiner Frau nie mehr der gleiche Mensch gewesen, erzählten mir meine Eltern. Er legte damals seine ganze Hoffnung in seine Dynastie. Trevor war sein Lebensinhalt gewesen, und nun übertrug er seine ganze Liebe auf dessen Sohn. Er hatte ja so große Pläne mit ihm.« Sie wandte ihm mit einem traurigen Lächeln wieder das Gesicht zu.

»Ich habe Rob daraufhin mein ganzes Vermögen überschrieben. Wenn ich sterbe, wird ihm auch diese Farm gehören. Ich hoffe,

daß er dann begreifen wird, daß ich ihn ebenfalls liebte, obwohl ich ihn verlassen habe. Es hat viele Jahre gedauert, bis ich über das alles hinweggekommen bin, Ari. Daß Rose ebenfalls ein Kind von Trevor hatte, gab damals den Ausschlag für meine Entscheidung, sofort dieses Treuhandvermögen für Rob einzurichten.«
Ein Flußpferd schnaubte, und Claire stand auf, lehnte sich über das Geländer und blickte zum Fluß hinunter. Sie ist eine so reizende, aber auch eine so traurige Frau, dachte Ari bei sich, als er sie von der Seite betrachtete. Es verlangte ihn danach, sie zu trösten. Aber wie konnte er das?
»Wie geht es Rob? Ist er glücklich?« fragte sie, als sie sich mit einem sanften Lächeln zu ihm umdrehte. »Was hat er für eine Frau?«
Ari bemühte sich nun, wobei er seine Schuldgefühle unterdrückte, sie auch in diesem Punkt zu beruhigen, indem er ihr Kate beschrieb.
»Gibt es noch etwas, was Sie wissen möchten?« fragte Claire dann und legte ihm die Hand auf die Schulter.
»Nein. Ich glaube nicht.«
»Dann werde ich Ihnen jetzt Lebewohl sagen«, flüsterte sie und ging zum Haus zurück. Aber Ari hatte das seltsame Gefühl, daß sie sich recht bald wiedersehen würden.
Später mußte er dann feststellen, daß Claires schöne, aber auch so traurige Augen ihn keine Ruhe finden ließen und ihn bis in den Schlaf hinein verfolgten. Und so schaltete er schließlich wieder das Licht ein, besorgte sich einen Scotch aus der Bar und nahm die Broschüre von der Wildtierfarm zur Hand, die auf seinem Nachttisch lag.
Wir wollen unsere Besucher noch einmal darauf hinweisen, daß die wilden Tiere in diesem Park sehr gefährlich sind. Also achten Sie darauf, ihnen nicht zu nahe zu kommen, stand dort geschrieben.
»Und hüte dich noch mehr vor ihnen, wenn du die Farm wieder verläßt«, setzte er mit lauter Stimme hinzu.

Kapitel 50

Ari saß neben einer sehr hilfsbereiten jungen Dame, die im Büro des Innenministeriums in ihrem Computer die Geburtsregister überprüfte. Ihre Haut war weiß und makellos, und er konnte am Rand ihres weiten Ausschnitts die großzügigen Rundungen ihrer Brüste erkennen, die nun auf und nieder hüpften, als sie ihre langen roten Haare über die Schulter warf und ihn mit ihren grünen Augen einladend anblickte.

»Hier haben wir es«, sagte sie und beugte sich vor, um den Text auf dem Bildschirm besser lesen zu können, so daß Ari, der sich hinter ihren Stuhl stellte, einen großartigen Einblick in ihr Dekolleté gewann und nun auch ihre aus dem rosenfarbenen Tüll ihres überaus spärlichen BHs herausquellenden Brustspitzen genauer studieren konnte.

»Anton Palma September, geboren am 18. Dezember 1964 in Lourenço Marques, Mosambik. Name der Mutter: Rose September. Familienstand: ledig«, rief die junge Dame aufgeregt. »Sie hat dort im Südafrikanischen Konsulat ihr Baby registrieren lassen, damit dessen Name in ihren Paß eingetragen wurde und sie es nach Südafrika mitnehmen konnte.«

»Das ist es! Sie haben es geschafft!« Er ergriff dankbar ihre Hand und drückte sie fest. »Könnten Sie jetzt bitte auch noch die Sterberegister für mich überprüfen?«

Sie stöhnte lachend.

Aber dort fand sich kein Eintrag, was jedoch andere Möglichkeiten nicht ausschloß: eine Adoption, eine Emigration oder einen Namenswechsel. Ari wollte alles überprüft haben, worüber sich die junge Dame keineswegs beschwerte. Aber schließlich mußte er dann doch seine Bemühungen aufgeben und sich widerstrebend von all diesem verführerischen Fleisch trennen.

Als er sich wieder auf der Heimfahrt befand, dachte er über das Schicksal von Roses Baby nach. Warum hatte bisher niemand ihm gegenüber den Namen von Anton Palma September erwähnt? War das Kind etwa gestorben? Und wenn ja, wo war seine Sterbeurkunde geblieben? Hatte man es etwa umgebracht?

Anton würde inzwischen achtundzwanzig Jahre alt sein. Es bestand immer noch die Möglichkeit, daß Palma das Kind nach Übersee geschickt hatte. Seltsam, daß Ramona nie von diesem Kind gesprochen hatte. Bill ebenfalls nicht. Offensichtlich verheimlichten sie da etwas vor ihm. Aber was?

Ari traf Ramona in der Wäscherei an, wo sie mit der Büglerin schimpfte, die ihrer Meinung nach die Hemden verdorben hatte. Als sie Ari sah, verdunkelte sich ihr Gesicht noch mehr, während sich ein tückisches Funkeln in ihren Augen zeigte und ihr Mund zu einem dünnen Strich wurde.

Das Alter hatte es nicht gut gemeint mit Ramona. Da war nichts Sanftes in ihrem Gesicht, das ihre scharfen Züge und die vielen Falten und Kerben in ihrer lederartigen Haut hätte ausgleichen können. Sie kam ihm vor wie eine verrückte alte Hexe mit ihren langen grauen Haaren, die ihr lose um die Schultern hingen. Konnte diese Frau tatsächlich einmal so reizend ausgesehen haben wie Mandy? Die Leute hier behaupteten das, obwohl man es sich nur sehr schwer vorzustellen vermochte.

Wie gewöhnlich forderte Ramonas Anblick seine eigene Aggression heraus. Sie war der Stoff für uralte Alpträume.

Sich innerlich stählend, sagte er jetzt: »Mrs. September, ich habe noch ein paar Fragen an Sie, die den Entführungsfall Mandy September betreffen…«

»Sie vergeuden nur Ihre Zeit«, unterbrach sie ihn mit einem höhnischen Grinsen. »Glauben Sie etwa, ich hätte meine eigene Enkelin gekidnappt?«

Die Bügelfrau schien erleichtert zu sein, daß sich jetzt Ramonas Zorn über jemand anderen ergoß.

»Und den Verbleib von Ihrem Enkelsohn Anton Palma September, dem Sohn Ihrer Tochter Rose«, fuhr Ari unbeirrt fort.

Da senkte Ramona den Kopf, aber nicht so rasch, daß ihm die Angst verborgen geblieben wäre, die sich nun in ihren dunklen Augen spiegelte. »Geh!« fuhr sie die Bügelfrau an. »Schrubb die Stufen an der Hintertreppe. Ich werde das Bügeln für dich übernehmen.«

Dann nahm sie die Sprühflasche, drehte Ari den Rücken zu und

begann die Hemden mit dem Wasser anzufeuchten. Er vermutete, daß sie Zeit gewinnen wollte, um ihre Fassung wiederzufinden. »Warum wurde Anton September umgebracht, Ramona? Sie kennen den Grund, nicht wahr? War das die einzige Möglichkeit für Sie, sich an dessen Vater Trevor zu rächen? Aber das Kind war doch auch Ihr eigenes Fleisch und Blut. Hatte das für Sie denn gar keine Bedeutung? Oder hat Angelo Palma Sie etwa dazu gezwungen, das Kind zu töten? War das der Handel, den Sie mit ihm abgeschlossen hatten? Daß Sie Trevors unehelichen Bastard beseitigten, damit er keine Ansprüche auf das Palma-Vermögen erheben konnte, wofür er Sie dann mit einer beträchtlichen Summe Geld, einem Haus, einem Trawler und einer Pension entschädigte?«
Sie neigte ihren Kopf über das Bügelbrett und drückte das heiße Eisen auf den Stoff. Als sie dann wieder zu ihm hochsah, lächelte sie.
»Rose hatte gar kein Kind.«
»Offenbar ist Ihnen nicht bewußt, daß die Geburt des Kindes vom Südafrikanischen Konsulat in Lourenço Marques registriert wurde. Rose mußte das tun, um mit ihrem Sohn aus Mosambik ausreisen zu können.«
»Lächerlich! Es gibt keine Dokumente mehr aus der Zeit vor der Revolution.«
»Sie machen sich mit Ihrem Leugnen lächerlich und vergeuden damit nur meine Zeit, Ramona. Das Innenministerium hat alle damaligen Geburtsregister in seinem Computer gespeichert. Alle Dokumente des Konsulats wurden damals nach Südafrika evakuiert.«
Ramona ließ sich nun auf den Wäschekorb sinken und wischte sich die Stirn mit dem Tuch ab, das sie zum Plätten der Hemden benutzte. »Das liegt schon so lange zurück«, flüsterte sie. »Ich kann mich nur noch dunkel an jene Zeit erinnern. Was konnte ich denn anderes tun? Das Kind war eine Last. Ich mußte für meinen Lebensunterhalt arbeiten. Rose war tot, und niemand wollte sich um ihr Baby kümmern. Ich konnte das natürlich auch nicht, und deshalb habe ich es zu Verwandten gebracht. Mein Bruder zog es auf wie einen eigenen Sohn…«

Was für ein Umschwung, dachte Ari. Er ließ den angehaltenen Atem entweichen wie ein angestochener Ballon. »Aber warum haben Sie mir das nicht schon früher gesagt? Warum hat bisher keiner das Kind auch nur mit einem Wort erwähnt?«

»Wer erinnert sich hier schon nach so langer Zeit an ein Baby? Davon gab es damals mehr als genug im Dorf. Ich wollte nicht auch noch mit ihrem Bastard belastet werden. Und Angelo mochte es auch nicht in seiner Nähe haben. Aus den Ihnen ja bereits bekannten Gründen.«

»Wissen Sie, wo Mandy versteckt gehalten wird?« fragte er sie da plötzlich.

»Wenn ich das wüßte, hätte ich sie doch längst heimgeholt«, erwiderte sie in einem Ton, als könnte sie sich nur über eine so dumme Frage wundern. Dabei wischte sie sich rasch mit dem Saum ihrer Schürze über die Augen. Demnach war sie also doch nicht ganz so gefühllos, wie er angenommen hatte.

»Geben Sie mir die Adresse der Verwandten, zu denen Sie damals das Kind Ihrer Tochter gebracht haben, damit ich Ihre Angaben überprüfen kann«, sagte er.

Da blickte sie ihn finster an und begann leise etwas vor sich hin zu murmeln. Er hatte den Eindruck, als würde sie ihn mit einem Fluch belegen. Was willst du denn mit deinem abergläubischen Hokuspokus erreichen, du alberne alte Hexe, dachte er abfällig und hatte doch ein ungutes Gefühl dabei.

Er mußte Ramona mit Beugehaft drohen, bevor sie ihm den Namen und die Adresse des Verwandten preisgab, und dann dauerte es noch ein paar Tage, ehe er die Familie auf einer gutgehenden Weizenfarm namens Smitsplaas gefunden hatte, die hinter Malmesbury zwischen schönen Gebirgszügen versteckt lag. Die Frau des Farmers hörte sich seine Geschichte an und deutete dann auf eine Reihe von weißgetünchten Hütten. Ari klemmte die in Seidenpapier eingewickelte Brandyflasche unter den Arm, die er als Gastgeschenk mitgebracht hatte, und marschierte die vierhundert Meter bis zu den im Schatten eines Wäldchens befindlichen kleinen Lehmziegelhäusern, in denen die Farmarbeiter untergebracht waren.

Ramona war auf dieser Farm aufgewachsen, und ihr Bruder Piet arbeitete dort noch immer als Traktorfahrer. Er lebte hier mit verschiedenen Frauen zusammen, die kamen und gingen und ihm ihre Kinder daließen, wie Ramona ihm erzählt hatte. Er lernte jetzt auch Piets jüngste Liebe kennen, eine betrunkene alte Schlampe mit blutunterlaufenen Schlitzaugen in einem flachen, runzligen Hottentotten-Gesicht. Der Schmutz und der Gestank, die ihn hier empfingen, waren unbeschreiblich, und die barfüßigen und offenbar mit allerlei Gebresten behafteten Kinder schwärmten um ihn herum wie Mücken bei Sonnenuntergang.

»Sie sagen, Sie wären Polizist?« Piet beäugte ihn mißtrauisch. »Wo ist denn Ihre Uniform?«

Ari zeigte ihm seinen Polizeiausweis, aber der alte Mann konnte nicht lesen.

»He, Mann, er ist von der Polizei! Hier steht es doch!« rief einer von den älteren Jungen.

»Ich habe keine Eier gestohlen«, winselte nun der Alte. »Hier gibt's jede Menge Schlangen und herumstreunende Katzen, aber die Missus versteht von solchen Sachen nichts. Stadtfräcke.« Er spuckte verächtlich auf den Boden.

Ari stellte die Brandyflasche auf die Kiste, die in der Hütte als Tisch diente, und bot dem alten Mann einen Drink an. Piet schien einen Weile sprachlos zu sein. Er starrte in seinen Becher und schmatzte mit den Lippen, während er mit zahnlosem Gaumen etwas von Göttern murmelte, die es gut mit ihm meinten. Dann leerte er seinen Becher mit einem Zug.

Sobald Ari dann auf einem Rohrstuhl Platz genommen hatte, begann es ihn überall am Körper zu jucken. Er konnte es jetzt kaum erwarten, wieder nach Hause zu kommen und dort seine Kleider und Haare zu entlausen. Vermutlich auch den Wagen, dachte er düster.

»Hören Sie, Piet«, begann Ari, »vor achtundzwanzig Jahren brachte Ihre Schwester Ramona das Baby ihrer Tochter hierher und ließ es bei Ihnen zurück. Ich bin zu Ihnen gekommen, weil ich diesen Jungen sehen möchte. Anton heißt er. Ist er hier?«

»Sie verschwenden Ihre Zeit«, murmelte Piet. »Dutzende von Kindern werden uns ins Haus gebracht und vermehren unsere Bürde. Vor achtundzwanzig Jahren? Soll das ein Witz sein?«

Piet blickte vielsagend zur Flasche hin, bis Ari ihm den Becher wieder zwei Finger hoch mit Brandy füllte. Diesmal roch Piet daran, ließ ihn über die Zunge rollen wie ein Connaisseur und bekam ganz verklärte Augen.
Sie sprachen nun über die Ernte und die Mühsal des Farmerdaseins, bis Piet sich ungefähr einen Viertelliter Brandy einverleibt hatte. Dann stand Ari auf, nahm die Flasche an sich und sagte: »Ich muß jetzt wieder weiter... Schade, daß Sie mir nicht helfen konnten.«
»Aber setzen Sie sich doch!« sagte der Alte und schob ihm den Stuhl mit dem Fuß wieder zu. »Helfen Sie meinem Gedächtnis ein wenig auf. Wie hat er denn ausgesehen? Vielleicht kann ich mich an etwas erinnern.«
Ari füllte ihm den Becher wieder zwei Finger hoch mit Brandy.
»Sie sind ein wahrer Freund«, sagte Piet. »Ganz anders als Ramona. Die ist schon als Kind die reinste Pest gewesen. Konnte nicht schnell genug von hier wegkommen – haßte diese Farm. Und was nun das Baby betrifft – das war so ein schmächtiges kleines Ding – und so hellhäutig. Ihre Rose hatte sich verbotenerweise mit einem weißen Mann eingelassen. Vielleicht war das der Grund, weshalb Rose das Baby nicht bei sich behalten wollte. Ich sagte zu Ramona, sie müsse für den Kleinen Kostgeld bezahlen, aber Ramona meinte, das lohne sich gar nicht. Ich kann mich noch ganz deutlich an ihre Worte damals erinnern. ›Laß ihn sterben, niemand möchte ihn haben.‹ Aber er überlebte doch. Wir hatten ihn zwei Jahre lang. Er war immer kränklich und plärrte ständig – machte uns mehr Mühe, als er wert war. Die anderen Kinder hackten dauernd auf ihm herum, weil er so weiß war.«
Ari lehnte sich zurück, schloß die Augen und zwang sich dazu, ihm geduldig zuzuhören. Der Brandy hatte dem Alten die Zunge gelöst. Vielleicht sagte er im Suff jetzt etwas, was ihn in seinen Ermittlungen weiterbrachte.
»Weiß der Himmel, wie er es geschafft hat, zu überleben. Er hatte alle Krankheiten, die man als Kind überhaupt bekommen kann: die Masern, Mumps, Keuchhusten, Lungenentzündung, Scharlach. Eben alles. Die alte Missus, die später dann gestorben

ist, hat immer gleich den Arzt gerufen, wenn eines von unseren Kindern krank wurde. Deshalb hat er wohl auch überlebt. Ramona war gar nicht so glücklich darüber. Er fiel eines Tages in unseren Teich, aber es ist ihm gelungen, da irgendwie wieder herauszukommen. Dann haben ihn die anderen Kinder in ein Loch geworfen und darin begraben. Sie kamen dann zu mir gerannt und sagten, daß er tot sei. Da sind wir hingegangen und haben nachgeschaut, aber da war er verschwunden. Wir glaubten, daß wir ihn jetzt wohl das letztemal gesehen hätten, aber am nächsten Tag kam er wieder hier in die Hütte hereingewankt, von oben bis unten mit Schlamm und Schrammen bedeckt und so heftig niesend, daß es ihm fast den Kopf abriß. Die Kinder sagten, er sei aus dem Bau eines Stachelschweins herausgekrochen. Da rief ich Ramona an und sagte ihr, daß sie ihn von hier wegholen müsse. Der Teufel läßt die Seinen nicht umkommen. Es war schon etwas Seltsames an diesem Jungen.«

»Wie alt ist er denn gewesen, als Ramona ihn wieder abholte?« fragte Ari, sich abermals von seinem Stuhl erhebend. Er hatte es jetzt sehr eilig damit, diese unwirtliche Stätte zu verlassen.

»Knapp über zwei. Vielleicht zweieinhalb. Ich weiß das nicht mehr so genau.«

»Die gehört Ihnen.« Ari gab Piet die noch zu einem Viertel mit Brandy gefüllte Flasche. »Ich weiß nicht, ob ich noch einmal hierherkommen werde.«

Als Ari zu seinem Wagen zurückging, hatte er ein Würgen im Hals, daß er fürchtete, sich jeden Moment übergeben zu müssen. Erst als er sich wieder auf der Schnellstraße nach Kapstadt befand, fühlte er sich ein wenig besser.

Gegen sechs Uhr abends konnte er sich dann endlich unter der Dusche den Staub dieser Reise und den Ekel vor dem alten Mann und seiner schmutzigen, von Ungeziefer wimmelnden Hütte von seiner Haut und seiner Seele herunterwaschen. Er behandelte seine Haare mit einem Spezialshampoo gegen Läuse und warf alle Kleider, die er an diesem Tag getragen hatte, in die Waschmaschine. Trotzdem hatte er noch immer das Gefühl von Unreinheit, als er sich auf den Weg zu Kates Wohnung machte. Und deshalb badete er dort noch einmal ausgiebig im Meer und kraulte durch die Brandungswellen, bis ihm alle Muskeln im Leib weh taten und seine Haut vor Kälte kribbelte. Erst dann schwamm er langsam ans Ufer zurück.

Als er zum Leuchtturm hinaufging, fand er Frikkie dort, der auf einem Felsblock neben der Tür kauerte. Sein Kragen war voller Blut, seine Wangen waren mit Kratzwunden bedeckt, und sein linkes Auge war zugeschwollen. »Was ist los mit dir, Mann?« fragte Ari und legte ihm die Hand auf die Schulter. »Hat dich jemand verprügelt?«

Frikkie blickte auf seine Füße, erstarrt in seinem Unglück, als wäre er aus Stein. Ari befühlte nun Frikkies Arme und Schultern. Alle seine Muskeln waren angespannt und hart, seine leeren Augen waren jetzt unverwandt auf die Tür des Leuchtturms gerichtet, als Kate in diesem Moment mit einem Verbandskasten herauskam. Er schien sie jedoch nicht wiederzuerkennen.

»Bei Frikkie muß man immer darauf gefaßt sein, daß er nach einem Schritt vorwärts zwei Schritte rückwärts macht«, klagte sie, während sie sich neben ihm niederkauerte, um die Kratzwunden mit einem Desinfektionsmittel zu betupfen. »Und dabei hatte sein Zustand sich schon so gebessert.«

»Wer hat dir das angetan, Frikkie? Wer hat dich so zugerichtet?« fragte sie ihn, als sie seine Schürfwunden mit einer Salbe bestrich. Er reagierte nicht auf ihre Worte, gab ihr mit keinem Zeichen zu verstehen, daß er sie überhaupt gehört hatte.

»Erstaunlich, daß er hierhergefunden hat«, sagte sie, zu Ari hochblickend.

»Wann kam er her?«

»Ich weiß es nicht. Erst vor kurzem, denke ich. Ich wollte vor einer Viertelstunde den Müll hinausbringen, und da saß er hier vor der Tür.«

»Seit wann hast du ihn vermißt?«

»Überhaupt nicht. Er ist gestern nachmittag, als er mit seiner Arbeit fertig war, kurz nach fünf von hier weggegangen. Und da ist er noch ganz gesund und munter gewesen.«

»Hast du ihn schon öfter in so einem Zustand der Katatonie erlebt?« fragte Ari.

»Ja. Damals nach dem Feuer in den Dünen. Wie du dich sicherlich erinnern kannst, hatte er dabei etliche Brandwunden davongetragen. Und ein paar Wochen davor. Die Jungen im Dorf können zuweilen sehr grausam sein. Sie wissen, daß sie ihn zur Weißglut bringen können, wenn sie ihn einen *bobbejan* nennen.«
»Er braucht ärztliche Behandlung.«
Sie verzog das Gesicht. »In den alten Zeiten…«
Wenn sie jetzt von den »alten Zeiten« sprach, meinte sie damit immer ihre Ehejahre, wobei sie ihn jedoch stets im unklaren ließ, ob es nun eine gute oder schlechte Zeit für sie gewesen war. Ari wünschte sich nur zu sehr, das von ihr zu erfahren, wollte jedoch nicht wieder einen Streit mit ihr riskieren, indem er sie danach fragte. Statt dessen runzelte er nur die Stirn, was sie jedoch nicht zu bemerken schien.
»… ist er einmal in diesen Zustand verfallen, nachdem er sich mit Ramona gestritten hatte. Wir riefen daraufhin einen Rettungswagen, aber sie haben ihn damals nicht in der psychiatrischen Abteilung des Krankenhauses aufnehmen wollen. Sie sagten, daß sie knapp an Betten seien und sein Leiden ohnehin unheilbar, er selbst jedoch vollkommen harmlos sei. Sie gaben ihm ein Beruhigungsmittel und schickten ihn dann wieder fort.«
»Hast du irgendwelche Beruhigungsmittel im Haus?«
»Nein, aber eine Flasche Brandy.«
»Gib ihm erst was zu essen.«
»Ich habe eine Suppe auf dem Herd stehen.« Sie schickte ihm ein kurzes, unsicheres Lächeln zu.
Ein paar Minuten später stand sie über Frikkie gebeugt und schaute zu, wie Ari ihn mit einem Löffel fütterte. Die Suppe roch köstlich, und Ari wurde sich nun zum erstenmal bewußt, wie hungrig er war.
»Ist die Suppe auch nicht zu heiß für ihn?«
»Nein. Gerade richtig. Ich habe sie uns zum Supper gekocht – einen großen Topf davon – mit Kürbis, Wurzelgemüse und all den anderen Sachen, die du so gern magst.«
»Hmm – mein Lieblingsgericht.«
»Ich weiß.« Sie sah wieder lächelnd zu ihm hoch, und er grinste

in dem Gefühl zurück, daß sich nun alle seine Zweifel in Luft auflösten.

Frikkies Geist befand sich noch immer in einem Zustand des Schocks, aber sein Körper reagierte bereits auf den Geschmack von Kates Suppe. Erschauernd erwachte er wieder zum Leben, und nachdem Ari ihm einige Löffel von der Suppe eingeflößt hatte, konnte er schon wieder selbst essen. Der Brandy löste einen Hustenanfall bei ihm aus, und wenige Sekunden später zitterte er am ganzen Leib, verdrehte die Augen und schien von einer panischen Angst befallen zu werden. Er stand auf und starrte dann mit offenem Mund auf seine Beine hinunter, die sein Gewicht nicht zu tragen vermochten. Er taumelte, und wenn ihn Kate jetzt nicht gestützt hätte, wäre er sicherlich von dem Felsblock gefallen. Kate warf Ari einen vorwurfsvollen Blick zu.

»Wer – hat – dich – geschlagen – Frikkie?«

»Ramona«, flüsterte er. Es war eher ein Seufzer. »Sie… schlug mich… mit einem Stock… Sie wollte… mich… umbringen. Aber… sie… sie… täuscht… sich.« Dann wich er ihren Fragen aus, indem er sich wieder in sich selbst zurückzog.

Aber Kate bemühte sich so lange um ihn, bis er wieder aus seiner Erstarrung erwachte und sich ein Funken Leben in seinen trüben Augen zeigte.

»Missus… Missus… sie sagt, ich hätte das Geld genommen und sie… betrogen.«

»Was für Geld?« Kates Stimme konnte so gütig und gleichzeitig so bezwingend sein.

»Das Geld, das Angelo ihr gab, damit sie das Kind töten sollte. Ich tat, was sie von mir verlangten. Ich nahm das Trekking-Boot und warf es über Bord«, fuhr er ängstlich fort. »Ich schwöre es. Ich habe ihr die Wahrheit gesagt!«

»Hol Papier und Bleistift, Kate«, sagte Ari leise, aber sie schüttelte nur heftig den Kopf.

Da stand Ari auf und holte den Block und den Bleistift, die neben ihrem Telefon lagen.

»Welches Baby hast du denn für sie töten müssen, Frikkie?« fragte er dann.

»Antworte ihm nicht!« sagte Kate beschwörend zu Frikkie, ihn an der Schulter rüttelnd.
»Kate!« Ari schnaubte sie wütend an. »Hier geht es nicht nur um Frikkies Freiheit! Wir müssen Mandy wiederfinden und haben noch andere ungelöste Fälle! Also misch dich da nicht ein!«
Es folgte ein kurzes Schweigen, als Kate erstarrte und Frikkies Blick nervös zwischen Aris und Kates Gesicht hin- und herwanderte. Der Ausdruck in Kates Augen gefiel Ari gar nicht. Er sagte ihm, daß er zur Hölle fahren könne.
»Du kannst es uns ruhig sagen, Frikkie«, redete jetzt Ari, Kate ignorierend, auf den verstörten Mann ein.
Dieser begann jetzt zu murmeln, den Kopf hin und her werfend, wobei die Muskeln an seinem dürren, aber kräftigen Hals wieder so deutlich hervortraten wie Stricke, seine buschigen Augenbrauen sich zusammenschoben und seine Augen sich in ihre Höhlen zurückzogen, bis sie hinter seinen wirren, ihm in die Stirn hängenden Haaren zur Größe einer Stecknadel zusammengeschrumpft zu sein schienen.
»Frikkie«, erklärte Ari jetzt streng. »Sag mir, was du damals tun mußtest.«
»Das Kind ertränken.«
»Nein!« rief Kate da. »Du hast kein Recht dazu!« Sie wollte Frikkie den Mund zuhalten, doch Ari packte ihren Arm und hinderte sie daran, während Frikkie sich nun stotternd und stammelnd immer mehr belastete und ihnen stockend und zuweilen in etwas wirren Worten erzählte, wie er im Morgengrauen mit dem Fischerboot hinausgerudert war, um am Rand der Bucht die Netze auszulegen, unter denen er das Kind versteckt hatte, so daß er es zusammen mit den Netzen ins Wasser werfen konnte.
»Genug!« schrie Kate da wütend. Sie riß sich von Ari los und rannte in den Leuchtturm hinein. »Er braucht einen Anwalt! Ich verlange, daß du jetzt damit aufhörst! Zum Henker mit dir, Ari! Ich sollte ihn mit dem Brandy betrunken machen, nicht wahr?«
Der Zorn regte sich nun auch in Ari. Wie kam sie auf die Idee, daß sie das Mitleidsmonopol besaß? Glaubte sie etwa, sie sei die einzige auf der Welt, die Frikkie gern habe?
»Vertrau mir, Kate.«

»Dir?« erwiderte sie mit schneidender Verachtung.
»Ich rate dir, deine Sympathie für Unschuldige aufzusparen«, warnte Ari sie, von ihrem Ton verletzt. Er sagte schon wieder Sachen, die er gar nicht so meinte.
»Er ist unschuldig, weil er Recht von Unrecht nicht unterscheiden kann. Er würde nicht einmal einer Fliege etwas zuleide tun.«
»Nein – nur einem Baby.«
Kate blickte ihn wütend an. »Du bist ein Scheusal, nicht wahr? Ein echter großer Bastard! Du hast mich dazu mißbraucht, ihn zum Reden zu bringen. Ich hasse deine Welt und verachte dich!«
»Weshalb?« Seine scharfe Stimme schnitt wie ein Messer durch die Selbstvorwürfe, die sie sich im stillen machte, während er nach Worten suchte, mit denen er sie ebenso verletzen konnte wie sie ihn, um seine Selbstachtung zu retten. »Weil ich einen Beruf habe, in dem man nicht viel Geld verdient? Weil ich versuche, die Opfer zu beschützen und die Verbrecher zu bestrafen? Weil ich jemanden festnehme, der möglicherweise ein kleines Kind ermordet hat? Oder weil ich einen der kleineren Monde entferne, die um Kates großartige Sonne kreisen und sich ihrer Nachsicht erfreuen?«
Sie lief in den Turm hinein und warf die Tür hinter sich zu, während Ari sich mit einem Gefühl der Trauer auf den Felsblock setzte. Er würde Frikkie gar nicht verhaften können. Sein Geständnis konnte die Faselei eines Betrunkenen gewesen sein. Auch war sich Ari gar nicht so sicher, ob wirklich ein Kind ermordet worden war. Nach dem Stand seiner Ermittlungen konnte er jedoch diese Möglichkeit keinesfalls ausschließen.
Er half Frikkie, sich auszuziehen und sich in sein Bett zu legen, und setzte sich dann allein draußen in die Dünen, um über den Fall nachzudenken. Sollte sich Angelo tatsächlich den Tod von Roses Baby gewünscht haben? Vielleicht. Ganz sicher wollte er nicht, daß es später Ansprüche auf sein Vermögen erhob. Aber würde Ramona ihr eigenes Enkelkind töten? Möglicherweise. Ari hatte bisher schon in drei Fällen ermittelt, in denen Mütter ihre eigenen Kinder umgebracht hatten. Und Ramona war nur die Großmutter dieses Kindes gewesen und obendrein auch

noch gut dafür bezahlt worden, Angelos Rücken von diesem Kind freizuhalten. Aber es auch gleich ermorden?

Ari war sehr erleichtert, als Kate später mit zwei Flaschen Bier und einer Platte voller Sandwiches aus dem Leuchtturm kam. »Ich möchte nicht mit dir streiten, Ari«, sagte sie mit einem warmen Lächeln zu ihm. »Ich bin nur nicht damit einverstanden, wie du mit Frikkie umgehst. Laß uns wieder Freunde sein.«

Typisch Kate. Schnell aufbrausend, aber ebenso rasch dazu bereit, wieder Frieden zu schließen. Sie war keine nachtragende Frau – eine der vielen Eigenschaften, die er an ihr so sehr schätzte.

Kapitel 51

Der Raum war von Spotlights erhellt, die hübsche Glanzlichter auf die Täfelung aus Rosenholz, die Deckenpaneele aus Brasilholz und den langen polierten Schreibtisch aus Nußbaum, an dem Rob noch arbeitete, warfen. Vor ihm stand ein Rechner, und davor lagen ein kleiner Notizblock und ein gespitzter Bleistift. Das war alles, was er jemals brauchte. Alles andere hatte er im Kopf.

Rob hörte ein Klopfen an seiner Bürotür. Er runzelte die Stirn und rief: »Herein!« Als er auf seine Uhr blickte, stellte er zu seiner Überraschung fest, daß es schon nach zehn war. Er war so sehr in seine Kalkulationen vertieft gewesen, daß er gar nicht bemerkt hatte, wie spät es bereits war. Das war ein Gebiet, das ihm Spaß machte und auf dem er sich sicher fühlte – eine eigene Welt. Kostenanalysen, Gewinnmaximierung, Finanzmanöver, Planungsstrategie: das bereitete ihm Freude und ließ ihn Kates Verrat zeitweilig vergessen. Diese Welt konnte sie ihm nicht verderben. Er trug jetzt die letzte Zahl in seine Kostenaufstellung ein, schaltete den Rechner ab und sah auf. Ramona sah wütend aus, und er wußte auch, warum.

»Es ist schon spät«, murmelte er.

»Ich habe noch Licht in deinem Büro gesehen. Ich wollte dich privat sprechen.«

»Setz dich.« Er stand auf und drehte sich dem Fenster zu, während er versuchte, schon jetzt seine Antwort auf ihre Bitte zu formulieren, die sie ihm gleich vortragen würde. Von seinem Arbeitszimmer aus konnte er das ganze Tal überblicken: den Fluß, der sich dort zu den Dünen hinunterschlängelte, das Flußdelta mit seinen Sumpfwiesen und auch den Leuchtturm, in dem neuerdings immer alle Lichter brannten, bis Kate schlafen ging. Sie war jetzt also noch auf. Las sie ein Buch? Oder vergnügte sie sich etwa mit ihrem Liebhaber?

Erschaudernd wandte er sich von diesem Fenster ab und schaute zum Hafen hinunter, wo die Positionslichter seiner Fangschiffe in der sachten Dünung langsam hin und her pendelten. Alle seine zwölf Trawler hatten sich heute hier versammelt, weil sie mit den modernsten Suchgeräten ausgerüstet werden sollten, die es auf dem Markt gab. Es wurde jetzt immer schwieriger, ökonomisch verwertbare Fischschwärme aufzuspüren. Es gab zu viele Fangschiffe und zuwenig Sardinen. Das war auch einer der Gründe, weshalb er beschlossen hatte, sich von allen Zulieferern zu befreien und nur noch von seiner eigenen Fischereiflotte gefangene Fische zu verarbeiten. Er hatte deshalb die Verträge mit den sieben Fangschiffbesitzern, die bisher auf eigene Rechnung für ihn gearbeitet hatten – und zu denen auch die Septembers gehörten –, in der letzten Woche gekündigt. Er wußte, daß er sie damit ruinieren würde, aber darauf konnte er keine Rücksicht nehmen. Er mußte tun, was ökonomisch sinnvoll war. Und er hatte den für ihn günstigsten Zeitpunkt für diese Rationalisierungsmaßnahme gewählt – die beiden Wochen, in denen Angelo sich auf einer Besichtigungsreise durch seine Weingärten befand. Großvater war ja so sentimental und würde sicherlich versuchen, die Septembers vor dem Ruin zu bewahren und vielleicht sogar noch die anderen sechs dazu.

»Was hast du für ein Anliegen, Ramona?« erkundigte er sich beiläufig, während er zu seinem Sessel zurückging.

»Ich muß dir eine Geschichte erzählen«, sagte sie, ihn mit ihren dunklen Augen unverwandt ansehend. »Vor achtundzwanzig Jahren...«

»Ach, du meine Güte«, unterbrach er sie ärgerlich. »Ich bitte dich, Ramona. Es ist schon spät, und ich muß meine Kalkulation bis morgen früh fertig haben. Glaubst du denn, daß du mir mein neues Fischereikonzept ausreden könntest, indem du mir mit Geschichten kommst, die bereits achtundzwanzig Jahre zurückliegen? Tut mir leid. Ich kann dir nicht helfen. Ich mache nur, was die ökonomische Vernunft von mir verlangt. Ich weiß, was du von mir willst, und meine Antwort darauf ist ›nein‹«, erklärte er in barschem Ton, um ihr das Wasser für ihren erwarteten Redefluß abzugraben.

Verdammt! Sein Temperament war wieder einmal mit ihm durchgegangen. Und dabei hatte er sich vorgenommen, ihr die Probleme zu erklären, denen sie sich stellen mußten, wenn sie auf den internationalen Märkten konkurrenzfähig bleiben wollten. Nun, das konnte er ja immer noch nachholen...

»Hör mich an!« begann sie nun mit einer machtvoll anschwellenden Stimme wie ein Priester, der seiner Gemeinde eine Predigt halten will. »Vor achtundzwanzig Jahren, als ich dich, meinen Enkelsohn Anton September, in Rob Palmas Wiege legte, geschah das nicht in der Absicht, daß du uns ruinieren solltest. Vielmehr wollte ich dich damit zum Erben eines riesigen Vermögens machen. Dir gehört dieses Vermögen jetzt, aber ich werde nicht zulassen, daß du deinen Onkel Bill ruinierst. Ich habe dich die ganzen Jahre über bewacht und behütet. Aber nicht dafür!« Ihr Stimme wurde nun zu einem gewaltigen Crescendo, als sie sich über seinen Schreibtisch beugte. »O nein, niemals dafür!«

»Du mußt verrückt geworden sein«, keuchte er. Er wollte sich von seinem Platz erheben und sie schlagen, aber er schien plötzlich an seinem Sessel festgeleimt zu sein. Es war so, als erlebte er einen Alptraum, aber so wie ein Zuschauer, der ein Drama auf einer Bühne verfolgt, dessen Handlung er für nicht glaubhaft hält. Absurd! Wahnsinn! Sie ragte nun wie ein Turm über ihm auf – mit geballten Fäusten und vor Zorn flammenden Augen. Hatte sie tatsächlich den Verstand verloren? Er klammerte sich an diese Möglichkeit wie an einen rettenden Strohhalm.

»Ich habe den wahren Erben ertränkt, und deshalb hast du nichts zu befürchten.« Mit diesen Worten drehte sie sich um, verließ das Zimmer und schloß die Tür leise hinter sich.

Rob blickte, seinen alten Gewohnheiten folgend, auf die Uhr. Dann schaltete er seinen Rechner ein und versuchte trotz dieses Rauschens in seinen Ohren wieder dort anzuknüpfen, wo er vorhin aufgehört hatte. Wenn es ihm damit gelingen würde, zehn Prozent der bisherigen Kosten einzusparen...

O Gott! Er wischte sich mit der Hand über die Stirn und merkte, daß sie naß war vor Schweiß. Er fror, obwohl er meinte, sich die Jacke ausziehen zu müssen, weil es viel zu heiß war im Zimmer. Sie hatte ihn zweifellos belogen. Diese verrückte alte Vettel! Sie würde alles sagen, um ihrem Sohn zu helfen. Alles! Sie war wie eine Furie, wenn es um die Sicherheit ihrer Familie ging. Was hatte sie damals nicht alles getan, um ihrem Enkel zu helfen! *Ihm? O Gott!*

Was hatte Angelo ihm erzählt? *Das ist in der Tat eine seltsame Geschichte. Denn einen Monat später kam sie zu mir und sagte, daß sie jetzt gern ihren Job als Haushälterin wiederhaben wolle. Damit sie dich großziehen könne, sagte sie. Sie verzieh mir sogar den Tod von Rose, und das bedeutete mir sehr viel.*

Ramona hatte niemandem in ihrem Leben etwas verziehen. Rache war eher ihr Stil. Vorher hatte Angelo noch zu ihm gesagt: *Du mußt wissen, daß ich Roses Forderungen nicht erfüllen konnte, weil ich sonst deine Rechte verletzt und dir dein Erbe geschmälert hätte. Ich habe ihre Forderungen nur abgelehnt, um dich zu beschützen.*

Vor wem? Vor Roses Sohn und dessen Anspruch auf die Hälfte des Palma-Vermögens? Doch er hatte dann alles bekommen – Ramona hatte dafür gesorgt.

Nein! Niemals! Er versuchte verzweifelt, diese verrückten Gedanken aus seinem Kopf zu verbannen. Was für ein Haufen Unsinn! Er stand auf und begann in seinem Arbeitszimmer auf und ab zu wandern.

Er mußte den Impuls unterdrücken, ihr nachzulaufen und die Wahrheit aus ihr herauszuprügeln. *Oder besser noch – sie umzubringen?* Sie hatte verdammt kein Recht dazu, ihm solche verbrecherischen Lügen aufzutischen! Was bezweckte sie damit? Wollte sie ihn etwa erpressen? Konnte es wahr sein?

Nein!

Aber warum hatte sie ihn dann immer so loyal beschützt? Keine Mutter hätte ihn besser behandeln können, als sie es getan hatte. Hatte Rose tatsächlich einen Sohn bekommen? Konnte er jetzt seinen Großvater wecken und sich ihm anvertrauen? Aber Angelo hatte doch Roses farbigen Bastard nicht als seinen Enkel anerkennen wollen, um Claires Baby zu beschützen. »Nun, Großvater«, murmelte er jetzt, »du hast einen Kuckuck in deinem Nest großgezogen.« Er selbst war doch derjenige gewesen, vor dem Angelo sich so sehr gefürchtet hatte. Und aus gutem Grund, denn Rob wußte, wie gefährlich er sein konnte. Unbesiegbar! Vielleicht war Angelo auch ein Psychopath. Das war ko-

misch. Er lachte laut, doch selbst für seine Ohren hörte sich das eher wie ein Heulen an.
Er war ein untergeschobenes Kind, und wenn Angelo das entdeckte, würde er ihn enterben und aus seiner Familie verstoßen. All das hier, dachte er, als er sich jetzt im Zimmer umschaute, gehörte jemand anderem. Er betrachtete sich nun in dem antiken Spiegel mit dem vergoldeten Rahmen, den Kate über dem Büfett aufgehängt hatte. Ramonas schwarze Augen blickten ihm entgegen. Warum war ihm das nicht schon früher aufgefallen? Er hatte das Verlangen, Ramona jetzt für das zu töten, was sie ihm angetan hatte. Aber wie sähe die Alternative aus? Wo wäre er jetzt wohl, wenn sie nicht so gehandelt hätte, wie sie es tat?
Er rannte aus dem Arbeitszimmer, lief die Treppe hinunter und dann an dem Mann vom privaten Sicherheitsdienst vorbei aus der Haustür. Der sah ihm verwundert nach, als er über den Rasen zum Wirtschaftsgebäude hinüberlief.
Er fand Ramona in der Küche, packte sie bei den Armen und schüttelte sie so heftig, daß er fürchtete, ihr könnte der Kopf jeden Moment von den Schultern herunterspringen, falls er nicht von ihr abließ. Und wenn er ihr jetzt in seiner Panik das Genick brach? Würde er damit, daß er sie tötete, auch den Beweis für die Kindesvertauschung vernichten? Würde dieses unselige Geheimnis mit ihr begraben werden?
Schwer atmend ließ er ihre Arme wieder los und brüllte: »Wer... wer weiß es noch außer dir?«
»Ich und du wissen es jetzt. Und Frikkie.«
»Wer noch?«
»Sei still«, zischelte sie. »Man kann dich bis zum Haupthaus hinüber hören. Ich habe dieses Geheimnis nicht achtundzwanzig Jahre lang gehütet, damit du es jetzt ausplauderst.«
»Aber warum? Warum?«
»Dieses Haus ist dein rechtmäßiges Heim«, erwiderte sie und zog sich in einen Winkel der Küche zurück, wo er sie nicht so leicht erreichen konnte. »Das Blut der Palmas fließt in deinen Adern. Es wurde mir schon vor vielen Jahren prophezeit, daß mein und sein Blut sich vermischen und aus dieser Verbindung ein Erbe hervorgehen würde, der über ein gewaltiges Vermögen herrscht. Du!«

»Zum Henker, Ramona! Ich war doch schon reich, bevor ich deren Besitz übernahm!«
Deren Besitz? Wie kam er dazu, so etwas zu sagen? Glaubte er etwa dieser alten Vettel und ihren Lügengeschichten?
»Du hast einen sechsten Sinn für Geschäfte. Gib es zu! Du hast immer gewußt, in welche Richtung du gehen mußtest. Schon als kleiner Junge hast du in geschäftlichen Dingen immer die richtige Entscheidung getroffen.«
Sie lächelte jetzt, setzte sich in ihren Schaukelstuhl neben dem Herd und betrachtete ihn zärtlich. »Von wem, glaubst du wohl, hast du diese Begabung geerbt? Diesen Riecher für gute Geschäfte und deine Intuition? Von mir natürlich!«
»Und sein Verstand? Angelos Intelligenz?« gab er verwirrt zurück.
»Du bist ja auch Trevors Sohn.«
»Himmel!« Er hatte diese Verbindung gänzlich vergessen. Der Gedanke daran war für ihn gleichsam die Befreiung aus der Todeszelle. Er war das Kind von Rose und Trevor. Das machte Sinn.
Er vergrub das Gesicht in den Händen und bemühte sich, folgerichtig zu denken. Wenn Trevor sein Vater gewesen war, war auch er ein Palma und Angelo nach wie vor sein rechtmäßiger Großvater. Daran hatte sich nichts geändert.
»Angelo muß doch damit gerechnet haben, daß der Sohn von Rose eines Tages Anspruch auf sein Vermögen erheben würde. Was hast du zu ihm gesagt, als er dich nach dem Verbleib seines... seines zweiten Enkelkinds fragte?«
»Daß es ertrunken sei.«
»Und er hat dir das geglaubt?«
»Warum sollte er das nicht? Claires Kind ist ja ertrunken.« Sie goß ihm nun ein Glas Brandy ein, das er auf einen Zug leerte.
»Du hast Claires Kind umgebracht?« fragte er entsetzt.
»Das sollte dich nicht weiter kümmern.«
»Was verlangst du jetzt also von mir? Du weißt, daß ich mich nicht so leicht von dem abbringen lasse, was ich mir in den Kopf gesetzt habe«, setzte er mit einem barschen Lachen hinzu.
»Mach dir da nur keine Sorgen«, sagte sie leise und legte ihm

sacht die Hand auf die Schulter. Er fühlte sich von dieser Geste beleidigt. Aber wie konnte er das sein? Sie war schließlich seine Großmutter.
»Nichts hat sich geändert. Nichts wird sich ändern. Ich wollte, daß meine Nachkommen reich, mächtig und weiß sein sollten. Und dieses Ziel habe ich auch erreicht. Da brauchst du dich ja nur anzuschauen. Heirate ein zweites Mal, Rob! Schaff dir Kinder an! Ich werde das, was ich dir heute erzählt habe, nie mehr erwähnen. Versuch nur nicht, deine Verwandtschaft ins Unglück zu stürzen – jetzt, wo du weißt, wer du wirklich bist! Auch würde Angelo das, was du dir jetzt vorgenommen hast, niemals getan haben. Nur ich habe meine Pläne mit ebensolcher Entschiedenheit verfolgt wie du. Ein weiterer Beweis dafür, aus welchem Stall du kommst.«
Sie beugte sich vor, nahm sein Gesicht zwischen ihre Hände und küßte ihn. Das überzeugte ihn mehr als all ihre Worte.
Ein Schauer durchlief seinen Körper, als er sich wieder aufrichtete, mit den Füßen gegen den Küchentisch trat, eine Vase vom Fensterbrett nahm und sie auf dem Boden zerschmetterte.
»Nein!« schrie er. »Nein, nein!«
Als er ein paar Sekunden später wieder zur Besinnung kam, sah er, daß er sich allein in der Küche befand. »Ramona!« rief er, aber sie hatte offenbar das Wirtschaftsgebäude verlassen, um sich vor seinem erneuten Wutausbruch in Sicherheit zu bringen.
Er sollte sich hier gar nicht aufhalten. Als er hinauswankte ins Freie, sah er dort den Gärtner, der rasch eine Hose über das Nachthemd gezogen und sich mit einer Zaunlatte bewaffnet hatte.
»Es ist nichts«, sagte Rob knapp, an dem Gärtner vorbei zum Wohnhaus hinübergehend. »Nur eine kleine Meinungsverschiedenheit.« Der Mann vom Sicherheitsdienst starrte ihn neugierig an, als Rob dann die Vorhalle betrat. Er darf sich gern über mich wundern, dachte Rob bei sich. Die Wahrheit würde er ja doch nie erraten. Die wußten nur Ramona und er. Aber hatte sie nicht gesagt, daß auch Frikkie sie kannte?
Als Rob sich wieder in seinem Arbeitszimmer befand, riegelte er sich dort ein, besorgte sich einen Drink aus seiner Hausbar und lief im Raum auf und ab. Er hatte in seinem Leben schon viele geschäftliche Probleme gelöst. *Probleme waren dazu da, gelöst zu*

werden. Wie oft hatte er das nicht schon seinen zahlreichen viel zu zimperlichen Managern eingehämmert!
Er nahm sein Notizbuch aus der Schreibtischschublade und schrieb: Problem: *die Bedrohung identifizieren.* Lösung: *die Bedrohung eliminieren.*
Er hatte einige Jahre lang einen Mann auf seiner Gehaltsliste gehabt, der unter dem Deckmantel eines unabhängigen Marktforschungsspezialisten Industriespionage für ihn betrieben hatte. Dieser Auftrag lag zwar nicht ganz auf seiner Linie, aber der Mann war ein As auf seinem Gebiet. Er schreckte nicht davor zurück, in die Büros von Robs wirtschaftlichen Konkurrenten einzubrechen, wenn Rob ihre geheimen Geschäftsberichte, Kostenvoranschläge oder Gewinnberechnungen benötigte. Jetzt mußte er mehr über den wahren Erben des Palma-Imperiums wissen.
Er nahm den Hörer vom Telefon auf seinem Schreibtisch ab und wählte die Privatnummer des Industriespions.
»Wir müssen uns noch heute treffen«, sagte er knapp, als eine verschlafene Stimme sich meldete. »Es gibt da eine Kneipe im Hafen, die ›Bei Joe‹ heißt und rund um die Uhr geöffnet hat. Ich erwarte Sie dort um Mitternacht.«
Als er auflegte, fühlte er sich schon ein bißchen besser. Er hatte das Problem erkannt, brauchte aber noch mehr Fakten, ehe er zur Lösung dieses Problems schreiten konnte.

Ari wachte noch vor Anbruch der Morgendämmerung vom Läuten des Telefons auf. Während er im Dunkeln nach dem Schalter der Nachttischlampe suchte, hatte Kate den Hörer bereits abgenommen. »Es ist für dich«, sagte sie mit verschlafener Stimme. »Willis möchte dich sprechen.«
Als sie das Licht anknipste und ihm den Hörer zureichte, wußte er, daß es sich um eine schlechte Nachricht handeln mußte. Wie würde Willis sonst dazu kommen, ihn hier in Kates Leuchtturm anzurufen? Schließlich hatte er, Ari, heute dienstfrei.
»Wieder ein Toter«, hörte er Willis sagen. »Ich dachte mir, daß du davon sofort informiert werden solltest, bevor ich zum Tatort fahre. Ramona ist ermordet worden. Ich sehe dich dann in Palmas Haus.«

Frikkie, dachte Ari, als er sich rasch anzog. »Kate«, sagte er, sie an der Schulter rüttelnd. »Ramona ist ermordet worden, und nach dem Geständnis, das Frikkie gestern abend ablegte, muß ich ihn für den Täter halten. Du darfst ihn unter keinen Umständen in den Leuchtturm lassen, wenn er hierherkommen sollte. Versprichst du mir das?«
»Du kannst manchmal unglaublich dumm sein«, murmelte sie.
Ari rannte die Wendeltreppe hinunter und schaute zuerst einmal in Frikkies Zimmer nach. Es war leer. Und als er Frikkies Laken und Zudecke befühlte, waren sie kalt und sogar ein wenig klamm. Frikkie mußte also schon vor Stunden sein Bett verlassen haben.
Während er zum Haus der Palmas fuhr, dachte er über die Aussage nach, die Frikkie gestern abend unter Alkoholeinfluß gemacht hatte. Hatte Ramona Frikkie tatsächlich dafür bezahlt, daß er ihren eigenen Enkel umbringen sollte? Für eine große Summe Geld, ein Haus, einen Fischdampfer für ihren Sohn und eine Pension im Alter? Falls ja, hatte sie dafür jetzt einen noch höheren Preis bezahlen müssen.
Ari passierte die Wache am Tor und folgte dem Geräusch vieler Stimmen und den hellen Lichtern, die er weiter hinten blinken sah. Der Polizeifotograf war noch nicht am Tatort eingetroffen, und zwei uniformierte Polizisten hielten Wache bei der Leiche. Als Ari seinen Wagen vor Ramonas Häuschen abstellte, trat Willis zu ihm. »Bisher hat keiner etwas angefaßt«, sagte der Sergeant. »Der Mann vom privaten Wachdienst hat zwar keine verdächtigen Geräusche gehört, sich aber darüber gewundert, daß noch so spät Licht in ihrer Wohnung brannte. Der Mann hat dann so gegen halb fünf Uhr morgens hier nach dem Rechten sehen wollen und sie tot vor ihrer Haustür gefunden. Allmählich fange ich an zu glauben, daß tatsächlich eine Verbindung zwischen all diesen Morden und Mandys Entführung besteht«, schloß Willis. »Aber worin besteht diese Verbindung?«
In Rose vermutlich, dachte Ari, ohne Willis' Frage zu beantworten. Irgend jemand will sich an allen Beteiligten für das rächen, was sie Rose angetan hatten. Aber warum erst jetzt? Warum nicht schon damals?

Ramonas Augen lagen ein paar Meter von ihrer Leiche entfernt im Gras. Ihr Mörder hatte sie ihr aus dem Kopf gerissen und dann auf den Rasen geworfen. Wie bemitleidenswert Ramona doch jetzt im Tod aussah! Und wie hinfällig und hilflos sie schon gewesen sein mußte. Und dabei hatte sie auf Ari immer einen willensstarken und körperlich kräftigen Eindruck gemacht. Sie war mit einem Nachthemd und einem Morgenmantel bekleidet. Vermutlich hatte jemand bei ihr angeklopft, als sie bereits im Bett gelegen hatte. Aber warum hatte sie die Alarmanlage nicht ausgelöst? Sie mußte ihren Besucher also gekannt oder ihn sogar erwartet haben. Vielleicht Frikkie?
Als Ari sich neben die Leiche kniete, spürte er, wie sich der Zorn in ihm regte. Er hatte schon in so vielen Mordfällen ermittelt und zitterte doch jedesmal wieder vor Wut, wenn er das Mordopfer untersuchte. Das Verlangen, die Schwachen zu beschützen und die Schuldigen zu bestrafen, war ihm angeboren. Ohne ihre furchtgebietenden Augen war Ramona nur eine vorzeitig gealterte hagere Frau mit einem verstümmelten Gesicht, dessen Züge unter dem vielen Blut, mit dem es bedeckt war, nicht zu erkennen waren. Wen hatten ihre Augen so sehr erschreckt, daß er sie herausgerissen hatte? Wieder mußte Ari an Frikkie denken.
Der Mann vom Sicherheitsdienst genoß die Rolle, die er bei diesem Drama gespielt hatte. Er spann jetzt die Geschichte aus, wie er zu dem Häuschen hinübergegangen und dabei über die Leiche gestolpert war. Ein paar Stunden zuvor hatte er gehört, wie Ramona sich mit Frikkie gestritten hatte. »Sie schrie ihn an, und er brüllte wie ein kastrierter Bulle. Später hat sie sich dann mit Master Rob in dessen Arbeitszimmer gezankt. Mr. Palma ist ihr dann, als sie aus seinem Arbeitszimmer kam, in das Wirtschaftsgebäude nachgerannt. Dort haben sie sich abermals gestritten. Anschließend kehrte er ins Wohnhaus zurück, packte ein paar Sachen zusammen und fuhr weg. Er war so weiß wie ein Laken, als er in seinen Wagen stieg.«
Nachdem die Leiche fotografiert und fortgebracht worden war, suchte Ari mit einem Handscheinwerfer den Rasen ab und versuchte, im Geist den Tathergang zu rekonstruieren. Er ging in ihr Cottage und war beeindruckt von dessen Sauberkeit, den vielen

Blumen, die dort in Vasen über die Zimmer verteilt waren, und den vielen Bildern an den Wänden. Kaffeeduft stieg ihm in der Küche in die Nase. Der Kaffeesatz in der Filtertüte des Kaffeeautomaten war noch warm. Für wen hatte sie Kaffee gekocht? Schwerlich für Frikkie. Ramona hätte niemals guten Kaffee an ihren geistig beschränkten Sohn verschwendet. Er war der von allen verachtete *bobbejan* – der Dorftrottel –, und Ramona war eine stolze Frau gewesen. Würde sie Kaffee für Rob Palma aufbrühen, nachdem sie sich so heftig mit ihm gestritten hatte? Das machte keinen Sinn.

Warum hat sie den Besucher noch so spät in der Nacht in ihr Haus gelassen? fragte sich Ari. Sie mußte einen triftigen Grund dafür gehabt haben. War es möglich, daß er ihr etwas über Mandys Aufenthaltsort berichten konnte? Es war nur eine Vermutung, aber das schien ihm eine brauchbare Theorie zu sein. Er entdeckte eine Pinwand in der Küche, die voller Schnappschüsse war. Er studierte die Fotos sehr genau, weil sie ihm ein Kaleidoskop von Ramonas Leben darzustellen schienen.

Da war ein Foto von ihr, Angelo und einer zweiten Frau, die vor einer Hütte mit der Inschrift »Sands« über der Eingangstür posierten. Gütiger Gott, dachte Ari bei sich, sie war damals eine sehr gepflegte und gutgekleidete Frau gewesen. Sie machte auf dem Foto einen wohlhabenden und glücklichen Eindruck. Er selbst hatte Ramona noch nie glücklich erlebt. Und wie reizend sie damals ausgesehen hatte!

Jedes Foto war mit einem Stecker auf dem Kork befestigt, doch in der obersten Reihe der Fotos war ein Platz leer. Seltsam!

Ari ging wieder nach draußen und untersuchte dort das Hortensienbeet am Rand des Rasens. Ein paar Blumenstengel waren geknickt, und er konnte Fußspuren in der lockeren Erde erkennen. Er rief einen der Jungs von der Spurensicherung zu sich, damit er davon Gipsabdrücke machen sollte, und ging dann zu seinem Wagen.

Ganz in Gedanken versunken, fuhr er durch die menschenleeren Straßen zum Revier. Jemand hatte Ramona so sehr gehaßt, daß er ihr die Augen ausgestochen hatte. Sie war eines schrecklichen Todes gestorben. Warum diese gräßliche Verstümmelung? Weil man ihr nachgesagt hatte, daß sie das Zweite Gesicht besitze? Wer kam für so eine grausige Tat in Frage? Bisher hatte er zwei Tatverdächtige: Rob Palma und Frikkie.

Um neun Uhr war er an seinem Schreibtisch und rief im Büro seines Vorgesetzten, Colonel Greg du Plessis, an.

»Sir, ich möchte Sie um die Genehmigung bitten, noch weitere Polizeikräfte anzufordern, um die Berge um Silver Bay herum absuchen zu lassen. Ich habe hier einen weiteren Mordfall. Ja, auch er ist mit dem Entführungsfall Mandy verbunden. Diesmal ist die Großmutter des Mädchens das Opfer. Ja, es scheint sich hier um eine regelrechte Vendetta zu handeln. Ich habe drei Verdächtige, die für die Entführung des Mädchens und die Morde in Frage kämen, und ich glaube, daß Mandy irgendwo in einer Höhle in den Berghängen rings um Silver City versteckt sein könnte. Es muß meiner Überzeugung nach eine Verbindung zwischen all diesen Morden und der Entführung geben. Folglich muß sich auch der Entführer in der Nachbarschaft von Silver Bay aufhalten – in bequemer Reichweite seiner Opfer. Er scheint die Stadt und das Dorf hier nach Belieben betreten und verlassen zu können, und die Berge in der Nachbarschaft bieten geradezu ideale Schlupfwinkel für einen Kidnapper.

Da ist noch eine andere Sache, Sir. Neunzehnhundertsiebenundsechzig ist der zweieinhalb Jahre alte Sohn von Rose September verschwunden. Ich habe die eidesstattliche Versicherung eines geistig behinderten Mannes, daß er das Kind auf Anweisung von Angelo Palma hier in der Bucht ertränkt habe. Palma ist ein großes Tier in dieser Gegend, aber ich beabsichtige, ihn wegen Mordverdachts vorläufig festzunehmen und zu verhören.«

»Es freut mich, zu hören, daß Sie endlich in die Gänge kommen, Ari. Ich hatte schon geglaubt, daß Ihr Spürsinn sie verlassen hat. Fordern Sie so viele Leute an, wie Sie brauchen. Wie ich Ihnen schon früher sagte, ist es jetzt von größter Wichtigkeit für uns, daß die Öffentlichkeit sieht, wie sehr wir uns auch um die Aufklärung von Verbrechen an Farbigen bemühen. Der Wahltermin rückt immer näher. Dieser Angelo ist doch ein Weißer, nehme ich an?«

»Jawohl, Sir.«
»Und das verschwundene Kind, von dem Sie eben sprachen, ist farbig. Wie Sie sehen, habe ich Ihre Berichte stets aufmerksam gelesen.«
»Jawohl, Sir.«
»Nun, das könnte uns etliche Stimmen mehr einbringen. Machen Sie weiter, Ari. Sie haben dort unten die Befehlsgewalt und alle Vollmachten in dieser Sache. Noch etwas. Werden Sie diese Mandy denn wirklich wiederfinden?«
»Ja, Sir«, sagte er nach kurzem Zögern.
Aber ob ich sie lebend wiederfinde, steht auf einem anderen Blatt, dachte er traurig, behielt jedoch seine Zweifel für sich.

Kapitel 52

Im Morgengrauen des darauffolgenden Tages wurde Kate zum zweitenmal von Willis geweckt, der gekommen war, um Frikkie aufs Revier mitzunehmen.

»Ich kann kaum glauben, daß Ari Sie geschickt hat«, erklärte Kate wutschäumend. »Was ist er? Eine Maus? Oder doch ein Mann? Aber wen kümmert das jetzt noch? Er macht einen schrecklichen Fehler.«

»Im Vertrauen gesagt, Ma'am – Ari glaubt nicht, daß Frikkie Ramona oder das Kind von Rose umgebracht hat, aber es gibt zu viele Zeugen für seinen Streit mit Ramona, so daß wir es uns einfach nicht leisten können, ihn nicht festzunehmen. Auch soll er ja nicht beschuldigt, sondern nur verhaftet werden, damit wir ihn verhören können.«

»Glauben Sie etwa, daß der arme Frikkie eine längere Untersuchungshaft überstehen würde? Niemals!« klagte sie.

»Ari steckt ihn ja gar nicht in eine Zelle, sondern bringt ihn in der psychiatrischen Abteilung des Militärhospitals von Wynberg unter. Dort wird er nicht nur von erfahrenen Psychologen befragt, sondern obendrein auch noch von Nervenärzten behandelt. Also machen Sie sich seinetwegen nicht zu große Sorgen.«

»Das ist gut gesagt, aber wie soll ich denn ohne Frikkie zurechtkommen?« murmelte Kate. »Ich werde ihm jetzt einen Anwalt besorgen. Richten Sie das Ari von mir aus. Ich lasse nicht zu, daß ihr Typen über die Rechte von solchen Leuten wie Frikkie wie Dampfwalzen hinwegrollt.«

»Glaubst du wirklich, was du da sagst, Kate?« fragte Ari, der jetzt mit leisen Schritten vom Strand heraufkam. »Ist es das, was du von mir denkst?«

Kate errötete, drehte sich um und lief in den Leuchtturm, aber Ari folgte ihr, ehe sie die Tür hinter sich zuwerfen konnte.

»Kate, ich verspreche dir, daß Frikkie bis zum Wochenende wieder frei ist, wenn er unschuldig sein sollte. Also sammle jetzt nicht glühende Kohlen auf meinem Haupt. Ich tue nur meine Pflicht.«

Da vergaß sie ihren Groll und kochte ihm einen Kaffee, obwohl

der Gedanke, daß Frikkie ein paar Tage lang eingesperrt sein würde, sie noch immer traurig stimmte. Sie wußte, wie sehr Frikkie darunter leiden würde, wenn er sich nicht mindestens ein paar Stunden täglich in der freien Natur aufhalten konnte.
Himmel! dachte sie. War es wirklich erst sechs Uhr in der Früh? Es kam ihr so vor, als wäre es bereits später Vormittag. Also machte sie auch gleich das Frühstück für Tabson. Es war der 15. März, ein milder Spätsommertag, aber die Wildgänse und Kraniche befanden sich bereits in Aufbruchstimmung. Es würde demnach einen kalten Winter geben. Tabson war inzwischen aufgewacht, setzte sich an den Küchentisch und verzehrte sein Frühstück. Dann ging er nach draußen, um Maiskörner auszustreuen und zuzuschauen, wie sein Gänserich aufzufliegen versuchte. Der Vogel rannte und hüpfte wild mit den Flügeln schlagend umher, wurde dann aber rasch müde. Seine Gefährtin hatte schon seit Tagen ungeduldig den Turm umkreist und mit lautem Geschrei ihren gefiederten Gatten aufgefordert, zu ihr zu kommen. Es drängte sie jetzt danach, nach Norden zu fliegen, um dort zu überwintern.
Tabson durch das Küchenfenster beobachtend, sah Kate, wie er sich auf die Lippen biß und dann auf sein Bein hinunterstarrte. Er sah so verloren aus, als er nun seinen Ranzen nahm und sich hinkend auf den Weg zur Schule machte. Auf eine seltsame Weise identifizierte er sein verkrüppeltes Bein mit dem gebrochenen Flügel des Gänserichs. Kate und er hatten voller Bangen auf den Tag gewartet, an dem ihm der Gipsverband abgenommen werden sollte. Morgen würde es endlich soweit sein. Erst dann würden sie wirklich wissen, ob die drei Operationen von Erfolg gekrönt waren.
Sie seufzte und versuchte, die Angst zu unterdrücken, daß alle Bemühungen der Ärzte doch vergeblich gewesen sein könnten. Sie sollte eigentlich arbeiten, denn sie hatte drei große Aufträge bekommen, die ihr schmeichelten und sie begeisterten, aber heute morgen war sie zu nervös und angespannt, um sich auf Stoffe, Farben und Möbel konzentrieren zu können. Sie beschloß, erst am Nachmittag ans Werk zu gehen und einen Spaziergang um die Lagune zu machen, um nachzusehen, ob die Natur sich von dem verheerenden Brand wieder erholte.

Der Boden war trocken, der Wasserstand niedrig, und Büsche und Gräser begannen an den Stellen, wo die abgebrannten Hütten der Siedler gestanden hatten, wieder zu sprossen. Die menschliche Besiedlung des Ödlands war zwar nur von kurzer Dauer gewesen, aber deren Überreste hatten den sandigen Boden bereichert. Selbst die verbrannten Jackson-Bäume trieben neue und üppige Schößlinge. In spätestens zwei Jahren wird man die Brandstätten hier nicht mehr wiederfinden können, überlegte sie staunend.

Als sie am Ufer der Lagune entlangwanderte, hörte sie plötzlich Hammerschläge und sah orangefarbene Overalls zwischen den Blättern hervorblitzen. Rob gibt doch niemals auf, dachte sie verdrossen. Er hatte es jetzt verdammt eilig damit, hier seinen Wohnpark zu errichten. Aber warum baute er so nahe bei der Grundstücksgrenze, statt zunächst die Häuser unten am Strand hochzuziehen, die ihm einen größeren Profit einbringen würden? Er konnte auch hier am Rand der Lagune Häuser hinstellen, wie sie sich voller Bitterkeit erinnerte, da sie ja den Prozeß, mit dem sie das hatte verhindern wollen, verloren hatte. Als sie nun näher an die Baustelle herankam, sah sie, daß die Männer auch auf ihrer Seite des Grundstücks arbeiteten. Nun flammte der Zorn in ihr auf, und sie rannte auf die Männer zu. »Was, zum Henker...!« rief sie und hielt dann mitten im Schritt verdutzt an.

Da war eine Rampe, die in die Lagune hineingebaut wurde und die sich teils auf ihrer Seite des Grundstücks und zur Hälfte auf Robs Grundstück befinden würde. Daneben lagen die vorgefertigten Teile eines großen hölzernen Schuppens.

»Ich fürchte, daß Sie entweder einen falschen Grundstücksplan oder die Rampe falsch vermessen haben«, sagte sie mit eisiger Stimme. »Sie befinden sich dort nämlich auf meinem Grund und Boden.«

Die Arbeiter legten ihre Werkzeuge beiseite und beäugten sie unbehaglich. Einer von ihnen ging fort, um den Aufseher oder den für diese Baumaßnahme verantwortlichen Architekten zu benachrichtigen, der nun auf sie zueilte und in seiner kurzen khakifarbenen Hose, seinem kurzärmligen Hemd und dem Schopf honigfarbener Haare aussah wie ein Student.

»Mrs. Palma, wie ich vermute!« rief er, ihr seine Hand hinstreckend. »Ich hoffte so sehr, daß Sie sich hier einmal persönlich umschauen würden. Das ist ein aufregendes Projekt, und ich fühle mich geehrt, daß ich von Anfang an dabeisein darf. Das Vogelreservat wird vielen, die ein Feuchtgebiet besitzen, ein nachahmenswertes Beispiel sein und viele gefährdete Vogelarten vor dem Aussterben bewahren.«

»Wer sind Sie?« erwiderte sie verwirrt. »Und was soll das da werden?«

»Ich bin John Hemmings von der *Avian Demography Unit* an der Universität von Kapstadt, Ma'am. Ich habe den ehrenvollen Auftrag bekommen, die Pläne für dieses Vogelschutzgebiet zu erstellen und die entsprechenden Baumaßnahmen durchzuführen.«

Kate biß sich auf die Lippen und bemühte sich, ihre Fassung zu bewahren. Sie hatte jedoch plötzlich einen so großen Kloß im Hals, daß sie fürchtete, daran ersticken zu müssen. Auch fühlten sich ihre Knie plötzlich so wacklig an, daß sie sich auf einen verkohlten Baumstumpf setzen mußte. »Erzählen Sie mir von diesen Plänen«, flüsterte sie.

»Ich bin froh über Ihre moralische Unterstützung dieses Projekts und über Ihre Idee, hier ein Reservat für Vögel einzurichten, Mrs. Palma. Ihr Gatte sagte mir, daß er mir bei der Planung und Verwirklichung freie Hand lasse, müssen Sie wissen.« Hemmings, der offenbar fürchtete, daß sie sich jetzt in seine Pläne einmischen würde, lachte nervös. »Allerdings unter einer Bedingung – daß es den Namen ›Kate-Palma-Vogelschutzgebiet‹ erhalten müsse.«

Wie ein Nachruf, dachte sie traurig. Es sollte wohl ein Denkmal für eine tote Liebe und längstvergangene Hoffnungen werden. Sie las jetzt die Sorge in Hemmings' Augen, daß sie vielleicht mit diesem Projekt nicht einverstanden sein könnte.

»Es ist ein gewaltiges Vorhaben, das hier realisiert werden soll, und das macht mich natürlich nervös. Aber ich bin auch davon überzeugt, daß sich diese Stelle am besten für die Beobachtung der Vögel eignet. Ich bin sicher, daß Sie mir da recht geben werden. Sie läßt sich von der Straße aus bequem erreichen, und die Besucher werden dann durch Korridore wandern, die vollkommen von Maschendraht umgeben sind. Oder vielmehr durch

Tunnels, die unter Strohdächern versteckt sind, so daß die Vögel die Besucher nicht sehen können oder – was noch wichtiger ist – daß diese die Vögel bei der Brut nicht stören oder sie auf irgendeine andere Weise behelligen können. Wir wissen ja beide, wie die menschliche Natur beschaffen ist – nicht wahr? Auf jeden Fall werden die Leute von hier aus einen großartigen Blick auf die ganze Lagune haben. Ihr Gatte stellt uns dafür die entsprechenden Beobachtungsgeräte zur Verfügung, aber das wissen Sie ja bereits. Wie ich heute erfuhr, möchte das Ornithologische Institut von Kapstadt hier einige fast ausgestorbene Vogelarten neu ansiedeln. Zum Beispiel vier Paare von rotbrüstigen stummelschwänzigen Fluff-Tails, die sich im Besitz des Instituts befinden. Wissen Sie eigentlich, daß Sie hier ein paar afrikanische Sumpf-Rohrweihen haben? Die sind äußerst selten.« Er war ja so aufgeregt.
Dann hielt er plötzlich inne und blickte sie stirnrunzelnd an.
»Was ist? Habe ich Sie etwa erschreckt?« fragte er.
»Nein. Es ist nur der Wind. Er treibt mir das Wasser in die Augen.«
Er erwähnte mit keinem Wort, daß es ein absolut windstiller Morgen war.
»Wann hat Mr. Palma denn den Startschuß für dieses Projekt gegeben?« fragte sie rasch. »Er hat mir das nämlich nicht gesagt.«
»Am gleichen Tag, als er vom Gericht benachrichtigt wurde, daß er den Prozeß gewonnen habe. Er kam damals zu der Einsicht, daß er unrecht und Sie recht hätten, Mrs. Palma. Wie ich hörte, haben Sie ja schon viele Jahre für die Einrichtung eines Vogelschutzgebietes gestritten. Er hat mir damals die ganze Geschichte erzählt. Meinen Glückwunsch, Mrs. Palma«, erklärte er nun mit einem breiten Grinsen. »Ihr Gatte hatte ein so schlechtes Gewissen, als er das Gerichtsurteil las, daß er uns eine Million Rand für die Einrichtung und den Betrieb des Vogelschutzgebietes zur Verfügung stellte. Solche Art von Schuldgefühlen brauchen wir. Es würde mich nicht wundern, wenn das Schule machte, sobald wir erst einmal das Reservat hier eingerichtet haben. Es wird beispielhaft für die ganze Welt sein«, fuhr er vergnügt fort. »Hier gibt es mindestens zwei Paare Buntschnepfen, ein seltener Anblick heutzutage. Ich habe sie hier im Röhricht entdeckt.«
Er plauderte munter fort, während Kate Mühe hatte, ihre Tränen

zurückzuhalten. Warum erst jetzt, Rob? Warum nicht schon früher? Warum mußte ich erst diesen Torturen ausgesetzt werden, bis du zur Einsicht gekommen bist? O Rob, was bist du doch für ein seltsamer, eigensinniger und unberechenbarer Mann! Nun ist es zu spät für uns beide. Es ist zu viel passiert, was wir uns gegenseitig vorwerfen können. Zudem geht der Scheidungsprozeß bereits in die letzte Runde.
Sie eilte in den Leuchtturm zurück, um Rob anzurufen, aber er war nicht erreichbar. »Er befindet sich irgendwo in der Namib-Wüste«, teilte ihr seine Sekretärin mit.

Es sollte ein wahrhaft denkwürdiger Tag für Kate werden. Als Tabson von der Schule heimkam, nahm sie ihn auf eine Besichtigungstour mit, die sie um die Lagune herumführte, wo sie noch mehr Wildblumen und Sträucher entdeckten, die nach der Brandkatastrophe ihr früheres Terrain zurückeroberten, und den noch hier und dort verstreuten Müll einsammelten. Es wird Jahre dauern, bis der gänzlich beseitigt ist, dachte Kate, aber vielleicht wird der junge Hemmings einen Trupp von Leuten hierherschicken, die das schon früher besorgen.
Als sie in der Abenddämmerung zum Leuchtturm zurückkehrten, vermißten sie den Gänserich. Kate versuchte, sich ihre Sorge um das Tier nicht anmerken zu lassen, als sie eine Stunde lang vergeblich nach ihm suchten. Sie hatte einen Kuchen für sie beide gekauft, und sie setzten sich nun draußen auf eine Düne, wo sie einen schönen Blick auf das Meer hatten, um ihn zu verzehren. Tabson, der die Hoffnung noch nicht aufgeben wollte, den Gänserich wiederzufinden, versuchte auch jetzt noch, ihn mit lauten Rufen anzulocken.
»Wenn ich jemanden erwische, der ihn mitgenommen und gegessen hat, bringe ich ihn um. Damit Sie das jetzt schon wissen, Missus«, sagte er mit bebender Unterlippe zu Kate.
»Iß deinen Kuchen. Es ist eine Schokoladentorte – dein Lieblingsgebäck. Ich bin sicher, daß er noch irgendwo hier in der Nähe ist«, log Kate.
Tabson würgte ein paar Bissen hinunter. Dann sprang er plötzlich auf.

»Missus Kate!« rief er aufgeregt, Kate aus ihren Tagträumen aufschreckend, »schauen Sie nur – dort!« Er schwang die Arme über den Kopf, hüpfte aufgeregt auf und nieder und deutete dann auf ein paar Wolken, die der Wind auf die Küste zutrieb. Zunächst vermochte Kate gar nichts zu erkennen, doch dann meinte sie, zwei Vögel in großer Höhe über ihrem Leuchtturm kreisen zu sehen, die in der abendlichen Thermik miteinander zu spielen oder sich gegenseitig zu necken schienen.

Kann das möglich sein? dachte sie und lief dann mit wild pochendem Herzen in die Küche, um Maiskörner zu holen, die sie um den Turm herum ausstreute und dabei den Gänserich mit lauten Rufen lockte, wie sie das immer getan hatte, wenn sie ihn fütterte. Plötzlich kam einer der Vögel mit unglaublicher Geschwindigkeit aus dem Dunst auf die Dünen zugeschossen wie ein fallender Stein. Dann bremste er jäh über der Spitze des Leuchtturms seinen Fall ab und landete auf der Kuppel.

»Komm, komm!« lockte sie ihn weiter, und es dauerte nicht lange, bis er, sie in weitem Bogen umkreisend, schwerfällig auf dem Boden landete und gierig die Maiskörner aufpickte, wie er das immer tat.

»O Tabson! Er hat es geschafft! Wir haben es geschafft!« Kate umfing den Jungen mit beiden Armen und wirbelte ihn im Kreis herum. Dann hörten sie wieder ein lautes Schwirren, und die Nilgans landete mit gespreizten Beinen neben ihrem Gefährten, bewegte den Kopf aufgeregt hin und her und beäugte sie mißtrauisch. Sie pickte ein paar Maiskörner auf und flüchtete sich damit in einen Baum in der Nähe des Leuchtturms, wo sie mit lauter Stimme nach ihm rief.

Doch ihr Gänserich setzte seine Mahlzeit fort, bis das letzte Maiskorn aufgepickt war, ehe er einen Anlauf nahm, die Schwingen ausbreitete und sich wieder in die Luft erhob. Dann umkreisten beide Nilgänse noch einmal mit lautem Gequake den Leuchtturm, ehe sie zu den Feuchtwiesen hinüberflogen.

»Im nächsten Jahr werden sie hier so sicher sein wie in Abrahams Schoß«, sagte Kate und dachte dabei an Rob und sein unglaubliches Geschenk.

Es war früher Nachmittag, aber die Vorhänge waren zugezogen, und es war ziemlich dunkel im Zimmer. Eine Schwester erhob sich von ihrem Platz, als Ari und Willis durch die Tür kamen, und sagte:

»Keine Besucher. Anweisung seines Arztes. Offenbar steht der Patient unter Arrest.«

»Das ist schon in Ordnung, Schwester.« Willis zeigte ihr seine Dienstmarke und lächelte sie an. Ari hatte die Erfahrung gemacht, daß Willis mit seinen blauen Augen und seinem breiten Grinsen die Herzen der härtesten Frauen zum Schmelzen bringen konnte.

Sie gab sein Lächeln schüchtern zurück und sagte: »Ich hätte gern ein paar Minuten Pause gemacht. Würden Sie so lange bei ihm bleiben, bis ich wieder zurückkomme?«

»Aber ja doch«, erwiderte Willis, »gehen Sie nur.«

Das Licht im Zimmer reichte nicht aus, daß Ari Frikkies Gesichtsausdruck erkennen konnte, aber seine Haut hatte einen Stich ins Graue, und seine Augen gingen unstet zwischen dem Fenster und der Tür hin und her wie bei einem wilden Tier, das man in einen Käfig eingesperrt hatte und das auf seine Chance wartete, daraus wieder entkommen zu können. Seine ineinander verkrampften Hände sahen auf der weißen Zudecke riesig aus, und sein Atem war rauh, fast hechelnd. War das der Mann, nach dem er suchte? Wohl kaum, dachte Ari bei sich.

»Hallo, Frikkie«, sagte er jetzt laut und so munter, wie er es vermochte. Er beugte sich über Frikkie und schlug ihm auf die Schulter.

»Ich würde jetzt gern gehen«, sagte Frikkie. »Missus Kate wird mich brauchen. Wer gießt denn jetzt ihre Gemüsebeete und füttert ihre Gans?«

»Der Gänserich ist gestern mit seiner Gefährtin weggeflogen, Frikkie. Danach ist er noch ein paarmal zum Leuchtturm zurückgekommen, um sich dort sein Futter zu holen.«

Da strahlte Frikkie einen Moment lang über das ganze Gesicht und lächelte. Jemand vom Krankenhauspersonal hatte ihm die Haare geschnitten, und es war das erste Mal, daß Ari Frikkies Augen richtig sehen konnte, die sonst hinter den ihm wirr in die

Stirn hängenden Strähnen wie hinter einem Vorhang versteckt gewesen waren. Es waren die Augen eines sehr verwundbaren und scheuen Menschen. Kein Wunder, daß er sich unter wilden Tieren heimischer fühlte als unter seinen Artgenossen. Kann das ein Motiv für die Entführung eines jungen und schönen Mädchens gewesen sein? fragte sich Ari. Aber nein! Frikkie konnte nicht Auto fahren, besaß keinen Paß und hatte auch nicht die Gelegenheit gehabt, auf andere Weise nach Botswana zu gelangen. Aber da war noch immer das Baby, das er seinen eigenen Angaben nach ertränkt haben sollte. Und er war auch der Hauptverdächtige in der Mordsache Ramona. Er hatte sogar ein Motiv für diese Tat. Vergeltung für die Prügel, die er von ihr bezogen hatte.

Ein paar Sekunden später kam Dr. George Fink ins Zimmer – ein schmächtiger, agiler Mann mit einer Mähne widerborstiger schwarzer Haare und sehr intelligenten Augen. »Tut mir leid, daß ich mich verspätet habe, Lieutenant«, sagte er. »Ich wurde in eine andere Abteilung des Krankenhauses gerufen.«

Ari machte Willis mit dem Arzt bekannt.

»Ich habe versucht, sein Geständnis zu erschüttern, aber er klammert sich an seine Geschichte, daß er dieses Baby ertränkt habe, wie an einen Rettungsring«, erklärte Fink, der die Hände in seinen Taschen vergraben hatte und auf den Fersen auf und ab schaukelte, nachdenklich. »Ich arbeite gerade an einer neuen Hypnosetechnik. Er reagiert nicht auf die normalen Methoden, mit denen man in der Regel Patienten in Trance versetzen kann. Ich denke, daß ich da kurz vor einem Durchbruch stehe. Es könnte trotzdem noch ein paar Tage dauern, bis ich bei ihm damit Erfolg haben werde.«

Ari hörte aufmerksam zu, als Dr. Fink Frikkie jetzt ins Verhör nahm und ihn dabei ständig in Widersprüche zu verwickeln suchte. Doch Frikkie blieb beharrlich bei seiner Geschichte, daß er das Kind ertränkt habe, um Ramona einen Gefallen zu tun, die wiederum von Angelo Palma unter Druck gesetzt worden war.

Dann kam Fink auf den Mord an Ramona zu sprechen. Es dauerte eine Weile, bis Frikkie begriff, daß sie tot war. Da begann

er bitterlich zu weinen wie ein kleines Kind. Er kann unmöglich ein so guter Schauspieler sein, dachte Ari bei sich. Er ist unschuldig. Ich vergeude hier nur meine Zeit.
Er ging und ließ Willis im Krankenzimmer zurück, damit der ein Protokoll von Frikkies Aussage anfertigen konnte.

Gar nicht so weit entfernt hielt Kate sich in diesem Moment mit dem behandelnden Arzt und Tabson in der Orthopädischen Klinik auf. Es war das erste Mal, daß Kate erlebte, wie Tabson den Mut verlor. Er hatte ganz still dagesessen, als man ihm den Gipsverband abnahm – mit zu Fäusten geballten Händen und fest geschlossenen Augen, die er einfach nicht öffnen wollte.
»Nun komm schon, Tabson«, redete ihm die Schwester gut zu, die das vom Gips befreite Bein mit einer Spezialflüssigkeit gereinigt hatte. »Du kannst es dir jetzt anschauen.« Doch Tabson schien ganz starr zu sein vor Angst.
Der Arzt nahm seine Brille ab und putzte die Gläser, während er sich, mit seinen kurzsichtigen Augen zwinkernd, zu Kate umdrehte. Er sieht müde aus, dachte Kate bei sich.
»Das Bein wird noch eine Weile lang steif sein«, erklärte er ihr. »Deswegen ist es auch so wichtig, daß er zweimal am Tag diese Übungen macht, die ich Ihnen gezeigt habe.«
Sich an Tabson wendend, sagte er: »Du kannst aufstehen, junger Mann!«
Doch Tabson blieb regungslos auf der Liege sitzen, so verängstigt, daß er nicht einmal die Augen zu öffnen wagte.
»Es ist gut. Es ist alles in Ordnung. Du kannst es dir ruhig anschauen«, flüsterte Kate, sich über den Jungen beugend.
Da öffnete er vorsichtig die Lider und sah mit bangen und zugleich sehnsüchtigen Augen zu ihr auf. Sie wußte, daß seine Angst noch immer größer war als seine Hoffnung.
»Dein Bein ist so gut wie der Flügel des Gänserichs. Wirklich. Du hast mein Wort darauf.«
Nun löste er langsam und widerstrebend den Blick von ihrem Gesicht und sah sich zunächst im Zimmer um. Erst dann beugte er sich nach vorn und richtete den Blick nach unten.
»Das Bein ist jetzt dünner, aber daran dürfen Sie sich nicht

stören«, sagte der Arzt zu Kate. »Mit diesen Übungen werden die Muskeln langsam aufgebaut.« Und dann, sich wieder an Tabson wendend, meinte er: »Nun los, junger Mann! Steh auf und zeig uns mal, wie gut du damit gehen kannst!«

Doch Tabson traute sich noch immer nicht, dieser Aufforderung nachzukommen. Er bewegte erst einmal die Zehen auf und nieder, und als das funktionierte, strich er vorsichtig mit den Fingern über die Operationsnarben, als wollte er sich davon überzeugen, daß der darunter befindliche Knochen sein Gewicht auch tragen würde. Dann griff er nach Kates Hand, um sich an ihr in die Höhe zu ziehen. Sie half ihm von der Liege herunter. »Du brauchst jetzt keine Hilfe mehr, Tabson«, sagte sie dann und entzog ihm ihre Hand. »Probier es! Du wirst es sehen!«

Da machte er zögerlich, mit ausgestreckten Armen, um das Gleichgewicht nicht zu verlieren, drei vorsichtige Schritte in das Zimmer hinein. Dann wieder drei, aber diesmal etwas schneller. Als nächstes steckte er die Hände in die Hosentaschen und begann, leise vor sich hin pfeifend, eine Weile im Kreis herumzulaufen, ehe er plötzlich in der Mitte des Raumes stehenblieb, zuerst auf den Fersen und dann auf den Ballen schaukelte und dann, als er offenbar genügend Zutrauen zu seinem operierten Bein gewonnen hatte, langsam in die Hocke ging und einen kleinen Hüpfer wagte.

»Wow!« rief er, während sich das breiteste Lächeln auf seinem Gesicht zeigte, das Kate bisher bei ihm gesehen hatte. »Es ist ein Wunder – genauso, wie Sie es mir vorausgesagt haben, Missus Kate! Als hätte ich nie ein verkrüppeltes Bein gehabt! Als wäre das Ganze nur ein böser Traum gewesen!«

Und mit jedem Wort schienen sein Mut und seine Begeisterung zu wachsen, bis er dann plötzlich mit ausgebreiteten Armen und mit gespitzten Lippen, das Summen eines Düsentriebwerks nachahmend, durch die ganze Station rannte. Sie hörten, wie er die Treppe hinunterrannte, und sahen ihn dann kurz darauf unten auf dem Rasen mit ausgebreiteten Armen herumtollen, ganz außer sich vor Freude.

»Er ist immer so ernst gewesen«, sagte Kate, die ihn verwundert beobachtete.

»Vergessen Sie nicht, daß er einen großen Nachholbedarf hat, was das Spielen betrifft. Er wird ein oder zwei Monate lang unfallgefährdet sein, Kate. Deshalb ist es auch so wichtig, daß er jeden Morgen und jeden Abend diese Übungen macht, die ich Ihnen gezeigt habe.«
Kate nickte, bedankte sich noch einmal mit feuchten Augen bei dem Arzt und eilte dann auf den Vorplatz zu Tabson.

Nachdem der Junge seine Marmeladenhörnchen in Rekordzeit hinuntergeschlungen hatte – er hatte es ungemein eilig damit, die Cafeteria wieder zu verlassen –, fuhren sie zur Fahrradhandlung. Dort wartete auf Tabson die Belohnung für die Tapferkeit und die Geduld, mit denen er drei Operationen und die Belastungen seiner langwierigen und schmerzhaften Therapie über sich hatte ergehen lassen. Der Preis, den Kate ihm dafür versprochen hatte, war ein Mountain Bike – eine nicht gerade billige, aber mehr als angemessene Belohnung, wie sie fand. Zudem bekam sie neuerdings so viele Aufträge, daß sie allmählich aufhören sollte, sich Geldsorgen zu machen.
Der Ladenbesitzer lieh ihr einen Fahrradträger, mit dem sie das Mountain Bike am Kofferraum ihres Wagens befestigen konnte, und dann traten sie die Heimfahrt an, die Tabson auf der Rückbank kniend zurücklegte, damit er sein kostbares Fahrrad ständig im Auge behalten und es ihnen niemand unterwegs klauen konnte.
Kate stellte ihren Wagen in dem Carport ab, den Frikkie für sie gebaut hatte. Das Auto war noch gar nicht richtig zum Stehen gekommen, als Tabson bereits hinaussprang, sein Fahrrad vom Heckträger herunternahm und sich auf den Sattel schwang. Sekunden später fuhr er im Zickzack damit auf dem mit Kies bestreuten Weg zum Leuchtturm hinauf. Kate blieb neben ihrem Wagen stehen und blickte ihm nach, sich wünschend, daß dieser Moment ewig dauern würde. Dieser Tag war so kostbar für sie. Sie hatte das Gefühl, daß sie sich ihr Leben lang voller Dankbarkeit an ihn zurückerinnern würde. Doch keine Minute später kam Tabson, sein Bike neben sich herschiebend, mit bleichem Gesicht und angstgeweiteten Augen zu ihr zurückgerannt.

»Missus Kate! Missus Kate! Sie müssen mir helfen! Sie dürfen ihnen nicht erlauben, mich mitzunehmen, Missus Kate!« Er zitterte am ganzen Körper. So aufgeregt hatte sie den Jungen bisher noch nie erlebt.
»Wer denn, Tabson?«
»Meine Leute sind hier!« Er begann laut zu schluchzen.
Kate hatte das Gefühl, als hätte sie jemand in den Bauch getreten. Sie schien plötzlich nicht mehr genügend Luft zu bekommen. Seine Eltern? Wie konnten sie wissen, daß man sein verkrüppeltes Bein behandelt hatte? Und warum ausgerechnet heute? Sie fing an zu laufen. Sie mußte Ari anrufen.
Doch Ari war bereits da. Er stand mit einer kleinen, feierlich ernsten Gruppe oben beim Leuchtturm vor der Eingangstür. Zu dieser Gruppe gehörten Boysie, der Lagerälteste vom Squatter-Camp, und ein Mann und eine Frau, die sie bisher noch nie gesehen hatte. Die Frau war massiv gebaut, fast einsachtzig groß, hatte so breite Schultern wie ein Mann und mindestens dreißig Pfund Übergewicht. Sie trug ein mit Rüschen besetztes großgeblümtes Kleid, das sie noch massiger aussehen ließ, als sie tatsächlich war. Auch ihr Mann hatte Gardemaß, überragte seine Frau sogar noch um einen halben Kopf, war jedoch von hagerer Statur, hatte eine randlose Brille auf der Nase und trug eine graue Tunika im Mao-Stil über einer blauen Jeanshose. Kate sperrte die Tür ihres Leuchtturms auf, und der Trupp folgte ihr in das Innere des Gebäudes.
»Wir sind gekommen, um unseren Sohn nach Hause zu holen«, erklärte ihr die Frau mit fester Stimme. Sie winkte Tabson zu, der sich jedoch hinter Kates Rücken versteckte und sich an sie klammerte wie ein kleines Kind.
»Mein Sohn ist viel zu lange von daheim weg gewesen«, sagte nun der Mann. »Er hat sich die Manieren der weißen Männer angewöhnt und denkt auch schon wie diese.«
»Ist das so schlimm?« Kate hielt Tabsons Hand fest und spürte, daß sie zitterte wie Espenlaub.
»Ich liebe Sie, Missus Kate«, murmelte Tabson mit einer vor Trauer heiseren Stimme.
Kate sagte, sich an Ari wendend: »Hilf mir!« Sie war zu schockiert, um klar denken zu können.

»Sie haben mich – ausgerechnet mich von allen Leuten – hierhergerufen, damit ich dich zwingen soll, ihnen ihren Sohn auszuhändigen. Sie wollen ihn mitnehmen in ihr Homeland. Es gibt keine Möglichkeit, sie daran zu hindern. Ich habe ihnen erzählt, was du alles für Tabson getan hast, aber das wußten sie bereits. Sie hatten Boysie, der ein entfernter Vetter von ihnen ist, damit beauftragt, den Jungen hier ständig im Auge zu behalten und sie stets über seine Lebensumstände zu unterrichten. Deshalb wußten sie auch, daß ihm heute der Gipsverband abgenommen werden würde.«
»Frage sie, ob ich Tabson adoptieren kann«, sagte sie verzweifelt.
Ari sprach jetzt mit dem Vater im Xhosa-Dialekt, doch der gab Kate darauf auf englisch zur Antwort: »Tabson ist mein einziger Sohn. Ich will ihn zurückhaben. Er muß beim Hüten und Melken der Kühe helfen.«
Die Frau wurde jetzt ärgerlich. Sie schien ihrem Mann vorzuwerfen, daß er die Sache unnötig verzögere.
»Die beiden glauben, daß du versuchen könntest, ihren Sohn zu entführen«, übersetzte Ari für Kate.
Kate war jetzt nicht nur schockiert, sondern auch wütend. »Sie haben sich einen feuchten Staub um ihn gekümmert, als er noch ein Krüppel war«, schleuderte sie den beiden ins Gesicht.
»Doch jetzt ist er kein Krüppel mehr, aber immer noch mein Sohn«, gab ihr darauf die Frau in einem bemerkenswert guten Englisch zur Antwort.
»Sie haben ihn Sklavenarbeit verrichten lassen. Sie hatten kein Recht dazu. Er wäre dabei fast umgekommen.«
»Er muß zu seinen Eltern zurück, Kate. Ich habe mich bereits seinetwegen mit dem Jugendamt und einem Anwalt in Verbindung gesetzt. Du hast keine Handhabe, um das zu verhindern. Das war vorauszusehen, und ich hatte mir vorgenommen, dir das auch zu sagen, aber ich hatte nicht geglaubt, daß das so schnell passieren würde.«
Tabson weinte leise vor sich hin, als Kate ihm nun dabei half, seine Sachen zu packen.
Fünfzehn Minuten später nahm Tabson tränenreich von Dopey Abschied. »Sag meiner Gans von mir Lebewohl«, bat er schluch-

zend. Dann verließ eine kleine Prozession den Leuchtturm mit dem Vater an der Spitze, der einen Karton voller Spielzeug und Bücher trug. Dahinter die Mutter, die Tabsons Koffer auf dem Kopf balancierte, ihre feisten Hüften unter dem großblumigen Kleid hin und her schwingend. Und am Schluß Tabson, der sein Bike ebenfalls auf dem Kopf trug. Dieser Rückfall in seine Stammesgewohnheiten schmerzte sie mehr als seine Tränen. Er war für sie wie ein Schlag ins Gesicht.

Sie rannte ihm nach und drückte seinen Arm. »Tabson – hör mich an – du wirst eines Tages so alt sein, daß du selbst bestimmen kannst, wo du leben möchtest. Dann kannst du jederzeit zu mir zurückkommen. Inzwischen solltest du dein Fahrrad schieben oder damit fahren, statt es auf dem Kopf mit dir herumzutragen.«

Er schien so sehr in seinen Kummer versponnen zu sein, daß er ihre Worte gar nicht hörte.

»*Bunjalo ke ubomi* – so ist das Leben«, murmelte er. Er hatte sich bereits aus ihrer Welt zurückgezogen und war wieder in den dumpfen Fatalismus seiner Rasse verfallen, so daß er sein Mountain Bike als Last auf dem Kopf behielt, statt darauf zu fahren.

Es war alles so schnell gegangen. »Ich kann kaum glauben, was da eben passiert ist«, sagte Kate fassungslos, als sie in den Leuchtturm zurückkam. Dopey legte seinen großen Kopf in ihren Schoß und winselte, als ob er sie verstehen könne, und das machte das Ganze noch schlimmer.

»Sie haben sich nicht einmal bei mir bedankt«, schluchzte sie, als Ari sie zu trösten versuchte. Vielleicht haben diese Leute sogar recht, dachte sie. Sie hatte die Eltern ja nicht danach gefragt, ob sie mit dem einverstanden waren, was sie mit ihrem Sohn machte. Sie hatte sie nicht einmal davon in Kenntnis gesetzt. Und sie hatte jetzt das schreckliche Gefühl, daß sie Tabson nie wiedersehen würde.

Kapitel 53

Als sich der erste rosige Schimmer der Morgenröte am Horizont zeigte, begann ein Kap-Kanarienvogel in ihrer Nähe zu trällern, und alsbald setzte ein Chor von Vogelstimmen in den Büschen ringsum ein. Heute war der 21. März – Herbstanfang –, und als der Himmel im Osten heller wurde, sah Ari, daß dicke weiße Nebelschwaden das Meer bedeckten und um den Fuß der Berge strudelten. Doch er wußte, daß sich der Nebel spätestens in einer Stunde verzogen haben würde.

Gerber und Ari standen mit zwei weiteren Polizeioffizieren unter einer Gruppe von Büschen beisammen, wo die Fahrspur in einen Saumpfad überging. Ihre Fahrzeuge waren gut getarnt unter Port-Jackson-Bäumen geparkt. Sie warteten hier auf das Zeichen, mit der Operation zu beginnen, aber zwei Einheiten waren noch nicht am Sammelpunkt eingetroffen, und diese Verspätung konnte den Erfolg der Aktion gefährden.

Bisher hatte Ari dreißig mit Suchhunden ausgerüstete Männer entlang dem Saumpfad in Stellung bringen können. Weitere zwanzig Polizisten mußten jetzt jeden Moment hier eintreffen. Ari blickte ungeduldig auf seine Armbanduhr, als er den Motor eines Fahrzeuges hörte, das den Hang herauffuhr. Dann kam ein Streifenwagen in Sicht, der die Steigung kaum bewältigen konnte und schließlich ein paar Meter von ihnen entfernt im lockeren Sand steckenblieb. Ari versuchte, seinen Unmut zu beherrschen, als er Frost diesem Wagen entsteigen sah.

»Wie, zum Teufel, hat der denn etwas von dieser Operation erfahren können?« knurrte er.

Gerber wurde eine Idee röter im Gesicht. »Legen Sie sich jetzt nicht mit ihm an«, knurrte er und schickte zwei Constables los, die den Wagen aus dem Sand schieben und neben dem Saumpfad unter Büschen abstellen sollten.

Dann hörten sie das Geräusch von Flugzeugmotoren. Erst leise, dann immer lauter, bis sie keinen Zweifel mehr daran haben konnten, daß sich da mehrere Hubschrauber, an der Küste entlangfliegend, ihrem Einsatzgebiet näherten.

»Was, zum Teufel«, explodierte Arie, »haben diese Hubschrauber hier zu suchen? Und wer hat sie bestellt? Wir hatten uns auf den Überraschungseffekt verlassen. Damit ist unsere Operation im Eimer!«
Das Dröhnen der Helikoptermotoren wurde immer lauter, bis zwei Militärhubschrauber mit ohrenbetäubendem Hämmern der Rotoren durch die Nebelwand brachen und nun direkt über ihren Köpfen am Berghang schwebten.
»Das hat uns dieser Hundesohn dort eingebrockt!« fluchte Ari jetzt und ging wütend auf Frost zu. »Wer hat Ihnen denn die Erlaubnis gegeben, sich in diese Operation einzumischen?« fauchte er den Public Relations Officer an. »Wenn ich einen Hubschrauber gebraucht hätte, würde ich ihn angefordert haben!«
Gerber legte warnend einen Finger auf die Lippen, aber Ari war viel zu wütend, um sich einen Maulkorb verordnen zu lassen.
»Hören Sie auf! Es reicht, Lieutenant«, sagte Gerber.
»Er macht uns nicht nur die Operation kaputt, sondern gefährdet auch das Leben der Geisel. Ich habe diesen Fucker noch nie gemocht, aber jetzt hat er sich bei mir endgültig in die Nesseln gesetzt. Falls er mir einmal im Dunkeln begegnen und niemand in der Nähe sein sollte...«, murmelte er mit einem letzten wütenden Blick auf Frost.
»Halten Sie den Mund!« unterbrach ihn Gerber. »Das ist ein Befehl. Wo, zum Kuckuck, bleiben die anderen Einheiten?«
»Sie verspäten sich«, gab ihm Ari darauf sarkastisch zur Antwort.
»Und sollen diese Hubschrauber nun den ganzen Tag über unseren Köpfen schweben, damit der Entführer auch ganz genau weiß, wo wir uns befinden und was wir im Schilde führen? Wer leitet eigentlich dieses Unternehmen? Ich dachte, das wäre ich. Offenbar nicht, wie ich sehe. Ich glaube, ich sollte jetzt wohl besser wieder nach Hause fahren.«
In diesem Moment quälte sich ein weiterer Polizeilastwagen den Hang herauf, dem fünfzehn mit automatischen Gewehren ausgerüstete Constables in Tarnanzügen entstiegen. Ein Major im Kampfanzug, der mit einem kleinen tragbaren Funksprechgerät und einem Kehlkopfmikrophon ausgerüstet war, kletterte mit zwei Adjutanten aus dem Führerhaus, die ihm einen zusammen-

faltbaren Jagdstuhl und einen zusammenklappbaren Tisch nachtrugen.
Es fehlte nicht viel, und Ari hätte sich jetzt übergeben. »Mit allem gebührenden Respekt vor Ihrem Rang, Sir«, sagte er, als der Major mit seinen beiden Begleitern vor ihm stand. »Das ist meine Operation. Ich habe sie geplant, und sie sollte schnell und möglichst geräuschlos durchgeführt werden. Aber nun haben Sie sich mit Ihrer Einheit nicht nur verspätet, sondern machen obendrein mit Ihren Hubschraubern so viel Lärm, daß unser Wild aufgeschreckt wird und sich in Sicherheit bringen kann, bevor unsere Männer ihre Positionen eingenommen haben.«
»Und warum sind die Männer noch nicht in Position?« gab der Major in schroffem Ton zurück.
»Einige haben bereits die ihnen zugewiesenen Positionen eingenommen, Sir, aber andere, die wir zur Abriegelung des Operationsgebietes unbedingt brauchen, sind eben erst hier eingetroffen – Sie und Ihre Männer zum Beispiel. Und ich erwarte jeden Moment noch eine Einheit, die mir für diese Operation zugeteilt wurde.«
Der Major runzelte die Stirn. »Und wer sind Sie?«
»Lieutenant Ari Saint-John, Sir.«
»Dann lassen Sie uns mit der Operation beginnen, okay? Über die Kompetenzen können wir uns hinterher noch streiten. Wie sieht Ihr Plan aus?«
»Wir errichten einen Kordon um diesen kegelförmigen Berg dort.« Ari deutete auf den Saumpfad, der an der Flanke des Berges entlanglief. »Wie einen Gürtel, den man um die Taille einer etwas beleibten Lady schnallt. Es gibt keine Fluchtwege nach unten – keine Häfen, nur rasiermesserscharfe Riffe und tückische Strömungen. Nach oben führen alle Wege zum Gipfel, aber an der Südseite des Berges könnte der Kidnapper noch immer im Schutz einer dichten Vegetation den Ostrand des Fischerdorfes erreichen und dort untertauchen. Wir haben die Bergflanke über dem Dorf noch nicht vollständig abgeriegelt, und die Hubschrauber werden das Zielobjekt gewarnt haben, so daß es möglicherweise diese Fluchtroute benutzen wird. Männer sind dorthin unterwegs, um den Kordon zu vervollständigen. Nach unse-

rem Plan sollen sie in spätestens fünfzehn Minuten ihre Positionen erreicht haben, Sir, aber für eine lückenlose Überwachung brauchen wir noch mehr Männer.«

»Ich verstehe. Also bringen Sie meine Männer so rasch wie möglich in die von Ihnen vorgesehenen Positionen, Saint-John. Offen gestanden habe ich erst gestern spätabends etwas von dieser Operation erfahren, als mich Major Frost zu Hause anrief. Lassen Sie uns also das Beste aus dieser etwas verfahrenen Situation machen. Ich werde die Hubschrauber anweisen, das bewaldete Gelände über dem Dorf zu überwachen.«

»Danke, Sir.«

»Mal ganz im Vertrauen, Saint-John – ist das ein echter Einsatz? Wie kommen Sie auf die Idee, daß der Kidnapper sich hier versteckt haben könnte? Schließlich ist das Mädchen doch in Botswana entführt worden. Wie ich dem Telefongespräch mit Major Frost entnommen habe, sollte das hier eine großangelegte Suchaktion mit starken politischen Untertönen sein.«

»Ich denke, das ist sie jetzt wohl auch geworden, Sir. Aber ich habe gute Gründe für die Annahme, daß sich die Operationsbasis des Kidnappers in diesem Gelände befindet. Deswegen diese Suchaktion. Man könnte eine ganze Armee hier im Buschwald verstecken. Es gibt hier eine Reihe von verlassenen Blockhütten, Unterständen und Bunkern – Überbleibsel des Zweiten Weltkrieges – und dazu noch Hunderte von Höhlen oberhalb des Saumpfades. Es geht das Gerücht, daß hier oben Anhänger des Satanskultes ihr Unwesen treiben. Und unten an der Küste gibt es auch noch ein paar verlassene Fischerhütten.«

»Haben Sie eine Generalstabskarte von dem Operationsgebiet?«

»Natürlich, Sir. Darauf ist jede Geländeformation, jede Blockhütte und jeder Unterstand oder Bunker eingezeichnet, von denen ich vorhin gesprochen habe. Wir haben diese Objekte mit Nummern versehen.« Er breitete die Karte auf dem Klapptisch aus, den der Major mitgebracht hatte.

»Nun scheint die letzte der von Ihnen angeforderten Einheiten einzutreffen, den Motorgeräuschen nach zu schließen«, sagte der Major. »Sie können also jetzt die letzte Lücke Ihres Kordons schließen, Lieutenant.«

Ari wies die neu eingetroffenen Leute an Hand der Karte rasch ein und schickte sie dann los, damit sie an der Südflanke des Berges Stellung beziehen sollten. Er hatte Bauchgrimmen, wenn er an Mandy dachte. Was würde der Kidnapper wohl mit ihr anstellen, wenn er den Lärm hörte, der die Suchaktion begleitete? Würde er sie töten und ihre Leiche verstecken – oder versuchen, mit ihr zu fliehen?

Der Lärmpegel war jetzt immens. Hunde bellten, Hubschrauber dröhnten, und wie er jetzt sah, kam noch eine weitere bedrohliche Entwicklung hinzu: aufgeregt miteinander plaudernde Dorfbewohner, die an den Dünen hinaufkletterten und drei Allradfahrzeugen folgten, die dort durch den Sand pflügten – eines davon mit bereits in Aktion befindlichen Kameras bestückt. Die Medien waren eingetroffen! Kein Wunder, da sich ja auch Frost hier befand. Ari knirschte mit den Zähnen. »Verdammter Zirkus!« fluchte er.

Jânek hatte gerade mal drei Stunden geschlafen, als ihn die Geräusche von Hubschraubern weckten. Er zwang seine Lider auseinander, aber nachdem er ein paar Sekunden lang ungläubig gelauscht hatte, wurde er hellwach. Er rannte die Steintreppe hinauf und stieg dann auf das Dach des Bunkers. Sein Herz machte einen Satz, und sein Mund wurde ganz trocken, als er zwei Helikopter an der Küste entlangfliegen sah, die nun über der Bucht einen Schwenk nach Westen machten und sich rasch der Südflanke des Berges näherten. Er hob seinen Feldstecher an die Augen und untersuchte das ihn umgebende Buschgelände. Auf dem Saumpfad über ihm, der um den ganzen Berg herumlief, befanden sich Polizisten, die dort eine Kette bildeten. Er blickte kurz zum Himmel hinauf, der sich im Osten bereits rot färbte. Es würde nur Minuten dauern, bis es hell war. Zu spät, jetzt noch diesen Weg als Fluchtroute benutzen zu können.

Er rannte hinunter in das ehemalige Munitionslager und vergaß in der Eile, seinen Handscheinwerfer abzublenden. Mandy saß in der Mitte ihres Drahtkäfigs und hielt die Hände vor die Augen, als sie von dem hellen Lichtkegel geblendet wurde.

»Zieh dich an!« rief er und warf ihr ihre Kleider zu.

Die Tür des Lagers wieder hinter sich abschließend, rannte er abermals ins Freie und begann hastig die Büsche in der Nähe mit Benzin zu übergießen. Sekunden später brannten sie bereits lichterloh, und dichter schwarzer Qualm stieg zum Himmel auf. Im Schutz dieser Rauchwolken würden sie vielleicht den Saumpfad überqueren können, aber er würde Rose tragen müssen. Noch ein Gedanke beunruhigte ihn. Ob die Polizisten vielleicht schon seinen Transporter entdeckt hatten? Er hatte den Wagen in einer dichten Buschgruppe in der Nähe der Straße hinter den Dünen versteckt.

Mandy begann zu schreien, als das Tageslicht ihr in die Augen stach. Sie war so blind wie ein neugeborener Maulwurf. Sie hielt sich wimmernd mit einer Hand die Augen zu und begann zu husten, als sie den Rauch einatmete. Er packte sie beim Arm. »Du mußt mit mir laufen. Lauf, oder ich bringe dich um«, sagte er.

Sie stolperte, fiel hin und lag dann leblos da, als wäre sie ohnmächtig geworden. Er beugte sich über sie, drehte sie auf den Rücken, und als er das tat, schnellte sie in die Höhe und schlug mit einem scharfkantigen Stein zu, den sie unter ihrem Körper versteckt hatte – ein schneller, harter Schlag, der ihn dicht über den Augen an der Stirn traf. Er schüttelte den Kopf, Blutstropfen auf dem Boden verspritzend.

Einen Moment lang war er so benommen, daß er ihre Gestalt nur verschwommen wahrnahm, aber dann hatte er den Schwächeanfall überwunden, und sein Blick wurde wieder klar. »Warte, du Schlampe!« fauchte er und gab ihr einen heftigen Schlag gegen die Wange. Dann warf er sich Mandy über die Schulter und begann, den Hang mit ihr hinaufzuklettern, wobei er alle paar Minuten haltmachte, um zu lauschen. Dem Hundegebell nach zu schließen, schien sich die Suchkette nun hangabwärts auf die Küste zuzubewegen, aber schon kurz darauf erkannte er, daß da in Wirklichkeit zwei Suchtrupps unterwegs waren, die das Gelände ober- und unterhalb des Saumpfades durchkämmten. Ein leichter Wind wehte aus Nordosten, und das Feuer breitete sich nun rasch auf dem Hang aus. Er wollte versuchen, an der Westseite des Feuers im Schutz des Rauches den Saumpfad zu überqueren, dann oberhalb des Kordons den Berg umrunden, bis er den Hangwald über dem Fischerdorf erreicht hatte. Der gefährlichste Abschnitt seiner Fluchtroute war die offene Geröllhalde über dem Versteck seines Kleinlasters. Er würde sich etwas einfallen lassen müssen, wenn er diese Stelle erreicht hatte.

Der Zorn verlieh Jânek jetzt neue Kräfte. Er warf sich Mandy wieder über die Schulter und stand auf. In dem dichten Qualm war die Sicht gleich null. Seine Augen brannten, sein Mund war trocken. Er wußte, daß er von den Flammen eingeschlossen werden konnte, wenn er in die falsche Richtung lief. Er konnte bereits die Hitzewellen auf seiner Haut spüren, die von den brennenden Büschen ausgingen. Er hatte keine Zeit zu verlieren. Die Helikopter umkreisten jetzt ständig den Berg, und das Feuer würde nicht ewig brennen und ihnen die Sicht nehmen.

Er rannte nun bergaufwärts. Mandy bewegte sich stöhnend auf seiner Schulter und wurde dann schlaff und still. Sie war offenbar wieder bewußtlos. Die Geräusche des Feuers waren jetzt überall, aber er wußte, daß er noch immer eine Chance hatte, seinen Häschern zu entrinnen.

»Rose«, rief er, »bist du okay?«

Möglich, daß sie ihre Ohnmacht nur wieder vortäuschte. Er war wütend auf sie, doch er liebte sie auch. Er würde sein Leben hingeben, um sie zu beschützen, aber sie mußte ihm auch gehorchen. Sie war schon einmal ungehorsam gewesen, und unter dem Chaos, das daraus entstanden war, hatten sie viele Jahre lang leiden müssen.

Ari war sich nicht sicher, wie das Feuer entstanden war. Vielleicht hatte einer der Zuschauer achtlos seine Zigarettenkippe weggeworfen, oder es war absichtlich gelegt worden, um den dabei entstehenden Rauch als Tarnung für eine Fluchtroute zu benutzen. Die ursprüngliche Flora der *fynbos* war schon vor langer Zeit dem Fluch der importierten australischen Eukalyptus- und Port-Jackson-Bäume erlegen, und ihre mit ätherischen Ölen gesättigten Blätter und Rinden brannten wie Zunder. Die Hubschrauber, die auf der Südseite den Berg absuchten, waren jetzt blind, aber die Piloten versuchten ihr möglichstes.

Als Ari mit seinem Trupp den verkohlten Rand des Brandherdes

an der anderen Seite des Berges erreichte, war die Hitze fast unerträglich und das Atmen ein mühsames Geschäft. Im Nu waren sie alle in Schweiß gebadet. Die Hubschrauber mußten jetzt in größerem Abstand die Hänge abfliegen, um dem Rauch auszuweichen. Dann stießen sie auf eine bedauernswerte Kolonne von *bergies* – diesen berühmt-berüchtigten vagabundierenden Bewohnern des Tafelbergs –, die ihre armselige Habe und ein greinendes Baby mit sich trugen. Sie waren offenbar mit knapper Mühe dem Feuer entronnen, wie Ari mitleidig feststellte, als er ihre versengten Haare und ihre mit Brandlöchern übersäten zerlumpten Kleider sah. Arbeitslos und auch für keine Arbeit zu gebrauchen, hausten sie dort oben in den Berghöhlen und bettelten in den Dörfern, um sich Wein und Nahrungsmittel kaufen zu können.
Als Ari diese armselige Schar an sich vorbeiziehen ließ, schlug plötzlich eine Kugel hinter ihm in der Felswand ein. Der Einschlag fiel fast mit dem Knall des Schusses zusammen, und während sich alle sofort auf den Boden warfen, suchte Ari den Hang über sich mit den Augen ab. Der Schuß schien aus einer Höhle in ihrer unmittelbaren Nähe gekommen zu sein, in die Ari nun eine Tränengasbombe warf, worauf seine Männer und er in die Höhle hineinstürmten. Sie überwältigten dort nach einem kurzen Handgemenge zwei junge Männer, die in der Höhle ein Drogendepot zu bewachen schienen, das größtenteils aus Mandrax bestand, wie Ari bei einer flüchtigen Untersuchung feststellte. Nachdem sie die beiden Männer mit Handschellen gefesselt hatten, forderte Ari über Funk Verstärkung an, um die Gefangenen und die Drogen in die Operationsbasis abtransportieren zu lassen.
Ari suchte nun noch zwei weitere Stunden mit seinem Trupp das Buschgelände unterhalb des Saumpfades ab, sich langsam über steile, schlüpfrige Hänge und durch dichten Qualm auf die Küste zubewegend. Gegen elf Uhr meldete sich Willis über Funk:
»Ich habe soeben eine Bewegung in einer Hütte über dem Deichweg gesehen. Aber die Flut hat bereits eingesetzt. Es wird nicht lange dauern, und ich bin vom Festland abgeschnitten.«
»Bist du dir da ganz sicher?«
»Klar doch. Ich habe dort jemand sich hinter dem Fenster bewegen sehen.«

»Dann nimm drei Männer von deinem Trupp und ein paar Hunde, und begib dich rasch dorthin. Beil dich – und sei vorsichtig!«
»Okay!«
Die Minuten schlichen quälend langsam dahin, während Ari auf Willis' Rückruf wartete.
»O Gott«, hörte er dann, von prasselnden Störgeräuschen begleitet, »die sind wahnsinnig!«
»Was ist denn da los bei euch?«
»Aufgehängte Katzen, ein Altar, Knochen, auch etwas, was wie das Skelett eines Babys aussieht. Überall getrocknetes Blut, ein paar lebende Hühner und Tauben in Käfigen. Und eine in schwarze Tücher gehüllte Gestalt, die jammernd in einer Ecke kauert. Ich glaube, es handelt sich um eine weibliche Person…«
»Bring sie zur Basis, Willis. Laß die Vögel frei, aber faß sonst nichts an! Ich schicke sofort ein Spurensicherungsteam zu dir hinunter. Wenn es sich nicht um Mandy handelt, schließt du dich sofort wieder den anderen Suchtrupps an, sobald die Spurensicherung dort ihre Arbeit aufgenommen hat. Aber wenn die Flut inzwischen zu hoch ist, bleibst du besser in der Hütte! Die Strömung soll dort so gefährlich sein, daß jeder Schwimmer sofort ins Meer abgetrieben wird.«
»Ich und hierbleiben? Lieber ertrinke ich. Himmel…«
Der Vormittag neigte sich nun voller Staub, Flugasche und Qualm seinem Ende zu. Der Wind änderte jede Viertelstunde seine Richtung, und ein Constable brach sich den Arm, als er im Rauch eine Felsrinne übersah. Willis war in der Hütte einer Kobra auf den Schwanz getreten, die ihn ins Bein biß. Er mußte mit einem Hubschrauber in die Notaufnahme gebracht werden. Das Feuer wütete weiter, und der Rauch machte das Durchkämmen der Berghänge zu einem waghalsigen Unternehmen.

Jânek war fix und fertig. Er hatte das halb bewußtlose Mädchen nun um den halben Berg herumgetragen oder hinter sich hergezogen. Seine Hände waren mit Brandblasen bedeckt, seine Kehle brannte wie Feuer von dem vielen Rauch, den er hinuntergeschluckt hatte, und alle Knochen taten ihm weh. Hier auf der Südflanke des Berges brannte zwar der Wald nicht, aber die

Hubschrauber flogen ständig an den Hängen auf und ab, weil sie wußten, daß das die einzige ihm noch verbliebene Fluchtroute war. Mit jagenden Pulsen und wachsweichen Knien beobachtete Jânek die Hubschrauber, während ihm der Schweiß immer wieder in die Augen lief und er seine Erschöpfung verfluchte, die seine Flucht behinderte.

Indem er sich immer wieder, die Zähne zusammenbeißend und die Schmerzen in seinen Armen und Beinen ignorierend, mit seiner Last ein paar Meter weiter den Hang hinunterschleppte, sobald die Hubschrauber über ihn hinweggeflogen waren, erreichte er schließlich den Rand der Geröllhalde oberhalb des Wäldchens, in dem sein Laster versteckt war. Keuchend kroch er vorwärts, das ohnmächtige Mädchen hinter sich herziehend, bis er nur noch ungefähr vierzig Meter von dem Wagen entfernt war.

Jetzt noch einmal alle Kräfte mobilisieren, und sie hatten es geschafft!

Er nahm zunächst bei Mandy, die still und mit geschlossenen Augen neben ihm lag, eine sorgfältige Untersuchung vor. Das arme Ding. Das war nun wirklich kein Honiglecken für sie gewesen. Da brauchte er sich nur die vielen blutigen Schrammen anzusehen, die sie davongetragen hatte, und ihre mit Ruß bedeckten Kleider. Er legte sie sich nun wieder nach Art der Feuerwehrmänner über die Schulter und bewegte sich auf das offene Gelände zu. Sekunden später lief er geduckt und mit gesenktem Kopf über das Geröll. Als er das Wäldchen am unteren Rand der Halde fast erreicht hatte, stolperte er und schlug der Länge nach hin, wobei ihm Mandy von der Schulter flog und ein paar Meter weiter zwischen den Steinen liegenblieb.

Sie lag so still und leblos vor ihm, daß er sich jetzt neben sie hinkniete, sie in seinen Armen wiegte und klagte: »O Gott! Was habe ich dir da nur angetan? O meine kleine Rose. Jetzt wird alles gut. Wir haben unseren Wagen erreicht. Wir sind in Sicherheit.«

Plötzlich erwachte sie schreiend, kratzend und um sich schlagend wieder zum Leben. Sie stieß ihn mit aller Kraft von sich, rannte in das Wäldchen hinein, rutschte dort aber auf dem schlammigen Boden aus und fing dann so laut an zu schreien, daß man es sogar in dem noch zwei Meilen weit entfernten Dorf hören mußte: »Hilfe! Helft mir! Hilfe!«

Da schlug er sie wieder ins Gesicht – so heftig und so lange, bis sie ganz still vor ihm auf dem Boden lag und ihr das Blut aus dem linken Mundwinkel rann. Er hob sie abermals auf seine Arme und sagte, sie sacht an seiner Brust wiegend: »Es tut mir ja so leid, Rose, so schrecklich leid, aber du hast mich ja dazu gezwungen.« Dann legte er die Bewußtlose hinten auf die Ladefläche seines Transporters und raste auf einem unbefestigten Wirtschaftsweg zum Fischereihafen hinunter.

Dort hatte die Polizei natürlich wie überall eine Straßensperre errichtet, die jedoch in diesem Moment geöffnet wurde, um einen Übertragungswagen einer überregionalen Fernsehstation durchzulassen. Zudem wimmelte es nur so von Journalisten, und die Polizei konnte deshalb, so gern sie es auch gewollt hätte, nicht das Feuer auf den heranbrausenden Laster eröffnen, der nun, das Tempo noch beschleunigend, alle Barrieren durchbrach. Jânek wußte, daß er sich jetzt dieses Fahrzeugs entledigen mußte, aber er war vorsichtig genug gewesen, den Transporter auf einen anderen Namen zuzulassen.

Als Ari mit seinem Suchtrupp den verlassenen Bunker und dort im unterirdischen ehemaligen Munitionslager die Beweise für Mandys Gefangenschaft fand, begann er lästerlich zu fluchen. Er war müde, hungrig und schmutzig und um die Früchte einer monatelangen Polizeiarbeit betrogen. Der Kidnapper war ihnen entwischt und hatte Mandy mitgenommen. Als sie den Bunker und das unterirdische Munitionslager durchsuchten, fanden sie dort Haarsträhnen, einen Schnürsenkel, zwei Haarspangen und einen Knopf, die im Boden vergraben waren. Ari vermutete, daß Mandy diese Sachen dort versteckt hatte, falls jemand irgendwann einmal ihr schreckliches Gefängnis entdecken sollte. Während die Experten nun fieberhaft alles nach Fingerabdrücken absuchten, ging Ari nach draußen, um sich in der Umgebung des Bunkers umzusehen. Er entdeckte dort Fußspuren, einen Stein mit Blutstropfen und abgebrochene Zweige, wo der Kidnapper sein Opfer hinter sich hergezogen haben mußte.

Wenn die Hubschrauber nicht gewesen wären, die den Entführer frühzeitig vor einer bevorstehenden Polizeiaktion gewarnt hatten, hätte er Mandy jetzt aus den Händen ihres Kidnappers befreit. Dieser Gedanke machte ihn fast rasend vor Zorn. Es würde jetzt auch noch eine gute Stunde dauern, die Einsatzkräfte von ihren Positionen zurückzurufen und zu verladen – eine Aufgabe, die Ari jetzt gern Gerber überließ.

Als er dann viel später müde, zerzaust und zutiefst deprimiert in das Revier zurückkehrte, platzte er dort in eine improvisierte Pressekonferenz hinein.
»Wir setzen jetzt alle verfügbaren Kräfte ein, um Mandy September wiederzufinden«, erklärte Ian Frost gerade den versammelten Journalisten. »Wenn sie sich irgendwo dort draußen befindet, bekommen wir sie.«
Er redete wie immer Stuß. Nur konnte er diesmal keine Einsatzpläne verraten, weil ihm jetzt keiner mehr irgend etwas sagte.
Ari führte zuerst ein längeres Telefongespräch mit der für die Gefängnisse zuständigen Behörde und rief dann seinen Vorgesetzten in Pretoria an.
»Das Kriminalamt ist gerade dabei, die von uns gesicherten Fingerabdrücke in den Computer einzugeben«, sagte er. »Ich möchte, daß man sie mit denen von Jânek József vergleicht, der im Jahr neunzehnhundertvierundsechzig zu lebenslänglicher Haft und Zwangsarbeit verurteilt wurde. Ich würde Sie normalerweise nicht mit solchen Lappalien belästigen, aber ich brauche diese Informationen sofort.«
Ari wartete, bis die Pressekonferenz zu Ende war, und rief dann Frost in sein Büro. Dort versetzte er ihm einen Kinnhaken, der den Major bis an das Bücherregal an der Hinterwand fliegen ließ.
»Das ist die Quittung dafür, daß wir Mandy verloren haben«, sagte Ari. »Wenn Sie das jetzt an die große Glocke hängen wollen, werde ich der ganzen Nation erzählen, wie Sie unsere Suchaktion sabotiert und das Leben des entführten Mädchens aufs Spiel gesetzt haben. Wenn sie inzwischen nicht schon tot ist! Und falls Sie es wagen sollten, sich noch einmal in meine Operationen

einzumischen, werde ich Ihnen alle Knochen im Leib brechen. Haben Sie mich verstanden?«

Dann sperrte Ari seine Bürotür hinter Frost von innen ab, legte den Kopf auf die Hände und versuchte, seine Gedanken zu ordnen. Wer hatte Mandy entführt? Für ihn war Jânek József jetzt die erste Wahl unter mehreren, die dafür in Frage kamen, und er würde nun bald erfahren, ob Jânek unter einem falschen Namen nach Silver Bay zurückgekommen war, um Vergeltung zu üben an allen Personen, die vor vielen Jahren seiner geliebten Rose weh getan hatten. Aber weshalb sollte Jânek auch deren Mutter töten? Weil Ramona ihre Tochter zu einem Verhältnis mit Trevor ermuntert hatte? Hatte er ihr die Schuld für ein gebrochenes Eheversprechen gegeben? War Trevor nur das erste Opfer in einer langen Kette von geplanten Racheakten gewesen? War es möglich, daß zwanzig Jahre Zuchthaus seinen Zorn nicht besänftigt und sein Verlangen nach Vergeltung nicht gemindert hatten? War er es etwa gewesen, der diesen Brandanschlag auf Bills Trawler verübt hatte? Glaubte er vielleicht, daß Bill und Angelo Rose gemeinsam umgebracht hatten?

Allerdings war Rob noch immer einer der Hauptverdächtigen. Und natürlich auch Frikkie. Was für ein Kuddelmuddel, dachte er und seufzte. Dieser Vormittag war eine einzige Katastrophe gewesen. Er hatte nur ein positives Ergebnis: Sie wußten jetzt, daß Mandy noch lebte. Oder zumindest vor kurzem noch am Leben gewesen war. Wo hatte ihr Entführer sie jetzt wohl hingebracht?

Ari stand auf und besorgte sich einen Becher Kaffee. Dann setzte er sich wieder hinter seinen Schreibtisch und malte Männchen auf seinen Notizblock, während er darauf wartete, daß ihm die zuständige Behörde die Fotos und Fingerabdrücke von Jânek József übermittelte.

Um vier Uhr nachmittags wurde ihm der Obduktionsbericht von Ramona auf den Tisch gelegt. Ramona war erwürgt worden, aber die Augen waren ihr schon vorher ausgestochen worden. Sie hatte sich verzweifelt gewehrt, doch ihr Mörder hatte ihr einen Knebel in den Mund gesteckt, den er dann wieder entfernt hatte, als sie tot war. Ari erschauerte, als er daran dachte, was für einem Monster Mandy ausgeliefert war.

Kurz nach fünf läutete dann das Telefon auf seinem Schreibtisch. Es war Colonel du Plessis, der zu ihm sagte: »Ari – ich habe soeben die Ergebnisse des Fingerabdruckvergleichs bekommen. Sie haben mal wieder ins Schwarze getroffen. Der Kidnapper ist kein anderer als Jânek Jözsef, neunzehnhundertzweiundvierzig in Ungarn geboren, neunzehnhundertachtundfünfzig nach Südafrika emigriert, neunzehnhundertvierundsechzig wegen Mordes an Trevor Palma zu lebenslänglich Zuchthaus mit Zwangsarbeit verurteilt. Nachdem er zwanzig Jahre abgesessen hatte, wurde er neunzehnhundertvierundachtzig nach Ungarn deportiert.«

»Demnach ist Jânek also wieder nach Südafrika zurückgekehrt«, sagte Ari, »und übt jetzt hier Vergeltung an allen Personen, die er für den Tod seiner ehemaligen Verlobten verantwortlich macht.«

»Ich werde Ihnen jetzt alle Details übermitteln lassen – Fotos, Fingerabdrücke etcetera. Und noch etwas anderes: Lassen Sie die Finger von unserem PR-Offizier. Er hat genauso seinen Job zu machen wie Sie – nur mit anderen Motiven und anderen Zielsetzungen. Gehen Sie also nicht allzu streng mit ihm ins Gericht, wenn er sich einmal auf Ihr Territorium verirren sollte. Er hat gerade eine Dienstaufsichtsbeschwerde gegen Sie eingereicht. Sie hätten ihn tätlich angegriffen, behauptet er. Ich habe die Beschwerde im Reißwolf abgelegt. Aber ein zweites Mal werde ich das nicht mehr machen können.«

»Vermutlich hätte ich Mandy aus den Händen ihres Entführers befreien können, wenn Frost nicht gewesen wäre. Er hat meine ganze Operation verdorben, Sir.«

»Okay, okay. Bleiben Sie am Ball, Ari. Sie werden den Entführer schon schnappen. Mir ist da gar nicht bange. Ich habe das größte Vertrauen, was Ihre Fähigkeiten betrifft.«

Ari seufzte, als er den Hörer wieder auflegte. In letzter Zeit hatte er sehr wenig Vertrauen zu sich selbst.

Kapitel 54

Ari fuhr nach diesem Gespräch – wild entschlossen, wenn auch mit flatternden Schmetterlingen im Magen – sofort zum Haus der Palmas. Der Zwang, diesen Knäuel aus Lügen und Verbrechen zu entwirren, war bei ihm zur Besessenheit geworden. Nachdem er drei Wochen lang der Staatsanwaltschaft auf die Nerven gegangen war, hatte sie endlich nachgegeben und grünes Licht für seine Ermittlungen in der Vermißtensache Anton September gegeben, der im Alter von zwei Jahren vor sechsundzwanzig Jahren spurlos verschwunden war.

Er fuhr die lange gewundene Allee zum Palais der Palmas hinauf, bewunderte die blühenden Oleanderbäume und Bougainvilleen und fragte sich, wie sein Leben wohl aussehen würde, wenn er so reich wäre wie diese Familie Palma. Er stellte seinen Dienstwagen auf dem Vorplatz ab, aber als er an der Haustür klingelte, erschien kein Diener, der ihm öffnete. Ramonas Tod war für das Hauspersonal offenbar ein großer Schock gewesen, denn er mußte dreimal läuten, bevor ein Dienstmädchen den Kopf durch die Tür steckte.

»Ich bin gekommen, um mit Mr. Angelo Palma in einer dienstlichen Angelegenheit zu sprechen«, sagte Ari, dem Mädchen seine Dienstmarke zeigend.

»Warten Sie solange hier«, sagte das Mädchen und deutete auf eine antike Bank in der Vorhalle. Nach zwei Minuten kam sie wieder zurück und geleitete ihn in Angelo Palmas Arbeitszimmer.

»Machen Sie die Tür hinter sich zu«, sagte Angelo mit seiner tiefen, sonoren Stimme zu dem Dienstmädchen, dann zu Ari gewandt: »Das Personal läßt seit Ramonas Tod leider sehr zu wünschen übrig. Sie pflegte den Haushalt mit eiserner Hand wie ein Armeelager zu regieren. Aber jetzt...« Er hob beide Hände, um die absolute Inkompetenz der Leute anzudeuten, von denen er hier umgeben war.

Der Senior der Palmas sieht recht fit aus, dachte Ari, als er Angelo betrachtete. Angelo war ein Mann, den Ari in der Zeit, die

er in Silver Bay verbracht hatte, schätzen gelernt hatte und insgeheim sogar bewunderte. Was ihn jedoch nicht daran hinderte, ihn jetzt in kühlem, formellem Ton mit den Worten zu begrüßen, die von den Dienstvorschriften in so einem Fall von ihm verlangt wurden: »Sie sind Mr. Angelo Palma...«
Er stockte, als er den schockierten Ausdruck auf Angelos Gesicht bemerkte, der sich nun vorbeugte und eine Schreibtischschublade aufzog. Ari spannte alle Muskeln und fragte sich, ob Angelo jetzt vielleicht eine Pistole hervorholen und auf ihn richten wollte. Als er dann ein Röhrchen in Palmas Hand sah, griff er rasch zu und hielt sie fest.
»Was haben Sie denn da, Sir?«
»Meine Herztabletten. Gütiger Himmel – was haben Sie denn gedacht? Muß wohl eine ziemlich heikle Sache sein, wegen der Sie mich sprechen wollen!«
»Sir, ich habe einen Haftbefehl für Sie, um Sie in der Vermißtensache Anton September zu verhören, der im März des Jahres neunzehnhundertsiebenundsechzig spurlos verschwunden ist und damals wahrscheinlich ermordet wurde.«
»Sie haben in dieser Sache eine Ermittlung wegen Mordes eingeleitet?« fragte Angelo ungläubig.
»Jawohl, Sir.«
»Sie sind ein sehr gründlicher und entschlossener junger Mann, nicht wahr, Saint-John? Nun, ich bewundere Sie zwar deswegen, aber Sie machen in diesem Fall einen sehr bedauerlichen Fehler.«
»Sir, ich muß Sie bitten, mich auf das Polizeirevier zu begleiten. Wo ist Ihr Enkel?«
»Das weiß ich nicht so genau. Irgendwo in Namibia. Warum? Wollen Sie ihn ebenfalls festnehmen?« erkundigte sich Angelo und schien in sich hineinzulächeln.
»Er könnte ein paar Sachen für Sie zusammenpacken und sich inzwischen um Ihre Angelegenheiten hier kümmern.«
»Ich werde vermutlich noch heute abend auf Kaution wieder freigelassen.«
»Nein, Sir. Zumindest halte ich das für unwahrscheinlich, wenn ich die Umstände dieses Falls bedenke. Unter uns gesagt: Ich hoffe, Sie so lange in Untersuchungshaft behalten zu können, bis ich

Jânek Jözsef aufgespürt und dingfest gemacht habe. Ich glaube nämlich, daß Sie der nächste sind, den er umbringen möchte. Es ist zwar nur eine Theorie von mir, aber alle Indizien weisen in diese Richtung.«

»Jânek? Gütiger Gott! Sie glauben, daß er sich wieder hier in Silver Bay befindet? Ich würde ihn ja selbst gern umbringen, wenn ich wüßte, wo er sich jetzt aufhält. Er hat meinen Sohn Trevor ermordet, aber das wissen Sie natürlich schon alles.«

»Jawohl, Sir.«

»Und was bringt Sie auf die Idee, daß ich…«

»Sir… bei allem Respekt…«, unterbrach ihn Ari, »ich stelle hier die Fragen.«

»Haben Sie denn gar keine Scheu davor, eine so prominente Person wie mich zu verhaften? Ich mag Sie, Lieutenant, und deshalb möchte ich nicht, daß Sie sich in eine Sache verrennen, die Sie vielleicht Ihre Karriere kosten kann. Ich versichere Ihnen, daß ich weder den Sohn von Rose noch irgend jemand anderen umgebracht habe. Jedenfalls nicht direkt.«

»Ich weiß das, Sir. Sie haben Ramona dafür bezahlt, daß sie Frikkie dazu überreden sollte, das Kind draußen in der Bucht ins Wasser zu werfen und zu ertränken.«

Angelo runzelte die Stirn. »Hat Frikkie das etwa behauptet?«

»Mit dieser Frage müssen wir uns unten im Revier auseinandersetzen, Sir, wo wir ein amtliches Protokoll Ihrer Aussage anfertigen können.«

»Nun gut.«

Angelo erhob sich hinter seinem Schreibtisch, läutete eine Glocke und sagte zu dem Dienstmädchen, das daraufhin in sein Arbeitszimmer kam: »Bringen Sie mir meinen Mantel, und packen Sie eine Tasche mit allen Sachen, die ich für eine Übernachtung außer Haus benötige. Und rufen Sie dann meinen Enkel an, oder hinterlassen Sie für ihn eine Nachricht in seiner Filialdirektion, wenn Sie ihn nicht persönlich erreichen können.« Dann steckte er das Röhrchen mit den Pillen in seine Jackentasche und sagte, sich zu Ari umdrehend: »Ohne diese verdammten Dinger bin ich aufgeschmissen.«

»Was ich Sie noch fragen wollte«, sagte Angelo, als er neben Ari

in dessen Dienstwagen saß, »warum halten Sie Frikkie fest? Er ist vollkommen harmlos und könnte keiner Fliege etwas zuleide tun. Nur ein bißchen beschränkt. Ich hatte mich schon für ihn verwenden wollen, aber da erzählte mir Gerber, daß Frikkie von einem der fähigsten Psychiater dieses Landes behandelt werde.«
»Nicht eigentlich behandelt, Sir. Frikkie hat bei seiner Geburt einen Gehirnschaden erlitten. Da gibt es wenig, was man heute noch daran kurieren könnte, Sir. Er wurde damals als zweiter von Ramonas Zwillingssöhnen, Bill und Frikkie, geboren. Sauerstoffmangel vermutlich. Damals eine ziemlich häufige Erscheinung bei Zwillingsgeburten. Frikkie wird unter Hypnose in der Mordsache Anton September befragt, Sir.«
»Und er ließ Sie in dem Glauben, daß ich...?«
»Bitte, Sir, wir sind fast da.«
Fünf Minuten später saß Angelo Palma neben einem eingeschalteten Diktaphon in Aris Büro, und Willis hatte mit einem bandagierten Fuß und einem unglücklichen Gesicht in einer Ecke bei der Tür Platz genommen.
»Nun, Sir, es wird vermutlich ein ziemlich langes und nicht gerade erbauliches Gespräch werden. Möchten Sie vorher vielleicht noch eine Tasse Kaffee? Oder ein Sandwich? Wenn Sie etwas haben wollen, brauchen Sie mir das nur zu sagen.«
»Ich hätte gern ein Glas Wasser«, sagte Angelo. Bisher schien ihn das Ganze nicht zu bekümmern, sondern eher zu belustigen.
Wollen doch mal sehen, wie du dich in einer Stunde fühlst, dachte Ari bei sich.
»Okay, Sir. Nun denken Sie bitte daran, daß sich Jânek József irgendwo dort draußen auf einem Rachefeldzug befindet. Da er sich vermutlich inzwischen eine andere Identität zugelegt hat, möchte ich Sie fragen, ob Sie sich an etwas erinnern können, was uns helfen würde, ihn zu identifizieren. Irgendwelche Eigenheiten oder besonderen Merkmale.«
Angelo nippte an seinem Glas und blickte einen Moment lang gedankenverloren vor sich hin.
»Meiner Erinnerung nach habe ich diesen Mann zum erstenmal bei der Gerichtsverhandlung gesehen«, sagte er. »Er war groß, hager, hatte schwarze Haare und blaue Augen. Aber das wissen

Sie natürlich längst. Bei seinem Prozeß sagte er so gut wie gar nichts, aber nachdem der Richter das Urteil gesprochen hatte, sang er irgendein ungarisches Lied. Ich war überrascht. Er hatte eine sehr angenehme Tenorstimme. Tut mir leid, wenn ich Ihnen da nicht weiterhelfen kann.«

»Okay. Dann möchte ich jetzt mit Ihnen über eine Theorie von mir sprechen. Vielleicht können wir etwas mehr Licht in diese Sache bringen.«

»Noch ein Problem?« erkundigte sich Angelo mit einem leisen Lächeln. »Ich dachte, Sie wären mit dem Entführungsfall Mandy und dem Mordfall Ramona mehr als ausreichend beschäftigt.«

»Lassen Sie uns jetzt nicht vom Thema abschweifen, Sir. Ich glaube nämlich, daß das alles miteinander zusammenhängt. Gehen Sie jetzt also im Geist bis in das Jahr 1964 zurück, in dem Ihr Enkel Rob geboren wurde. Das ist damals eine sehr schlimme Zeit für Sie gewesen, Sir. Trevor war bereits sieben Monate tot. Jözsef wartete in der Untersuchungshaft auf seinen Prozeß. Da kam Rose mit ihrem Baby zu Ihnen und verlangte mehr Geld. Erzählen Sie mir jetzt bitte, was damals passiert ist.«

Angelo sah sich im Zimmer um. »Es ist sehr warm hier drinnen. Sie verfügen offenbar über keine Klimaanlage. Haben Sie etwas dagegen, wenn ich mir das Jackett ausziehe?«

Angelo machte einen sehr ruhigen und konzentrierten Eindruck, als er jetzt seine Jacke über die Rückenlehne seines Stuhls hängte, doch in seinen Augen zeigte sich so etwas wie Bedauern.

»Meine Hände sind nicht sauber«, sagte er dann, nachdem er wieder vor Aris Schreibtisch Platz genommen hatte, »aber nicht auf eine Weise, wie Sie vermutlich glauben. Ich habe Rose und Ramona tatsächlich umgebracht, aber nicht mit meinen Händen, sondern mit meiner Hartherzigkeit. In meinem Alter hat man das Bedürfnis, reinen Tisch zu machen. Die Sünden der Vergangenheit haben die Angewohnheit, zurückzukommen und einem den Schlaf zu rauben.«

Ari lehnte sich auf seinem Stuhl zurück, schloß die Augen und lauschte nun gespannt dieser uralten Geschichte von Liebe und Haß. Es war so, als habe Angelo schon vor vielen Jahren sich selbst den Prozeß gemacht und sich zu einer lebenslänglichen Strafe der Selbstverachtung und Isolation verurteilt.

»Ich werde diese Nacht niemals vergessen«, hörte er Angelo sagen. »Rose schob mir ihr Baby zu – es wimmerte und schrie – und sagte: ›Hier ist Ihr Enkelkind, Sir. Sie müssen es, um Trevors willen, auch als Ihr Enkelkind anerkennen. Ziehen Sie es als Ihr Enkelkind groß, als Miterben Ihres Vermögens, denn das ist sein gutes Recht.‹

Ich lehnte dieses Begehren natürlich kategorisch ab. Ich bot ihr eine großzügige Abfindung und ein regelmäßiges Einkommen an, aber sie war nicht daran interessiert. Sie wollte, daß ich ihrem Kind den rechtlichen Status eines Familienangehörigen der Palmas geben sollte. Wir stritten uns dann ziemlich lange. Wenn Claire damals kein Kind gehabt hätte, hätte ich vermutlich nachgegeben und ihr Baby als meinen Enkelsohn anerkannt.« Angelo blickte hoch, und Ari las jetzt bittere Reue in seinen Augen. »Ich habe als Sohn meines Vaters versagt«, fuhr Angelo mit leiser Stimme fort. »Er hatte mich in dem, was er für richtig hielt, nicht nur unterrichtet, sondern war für seine Überzeugung sogar gestorben. Das hätte ich niemals vergessen dürfen. Aber ich hatte mich von den rassistischen Ansichten, die damals in diesem Land herrschten, anstecken lassen. Die Wahrheit ist, daß ich keinen Farbigen als Erben haben wollte.«

Angelo wischte sich nun kurz mit der Hand über die Stirn. »Ich habe noch heute das Bild vor Augen, wie sie damals am Geländer stand und sagte: ›Akzeptieren Sie meinen Sohn als gleichberechtigten Miterben, oder ich werde mich in den Lichthof hinunterstürzen.‹

Und ich sagte darauf: ›Nein. Seien Sie keine Närrin. Ich biete Ihnen doch eine wirklich gute Entschädigung dafür an.‹

›Wenn ich tot wäre, würden Sie ihn in Ihr Haus aufnehmen, wo er auch hingehört‹, erwiderte sie. Und plötzlich war sie gar nicht mehr zornig, sondern lächelte sogar, als wäre ihr dieser Gedanke erst in diesem Moment gekommen. Und ehe ich sie daran hindern konnte, warf sie sich im nächsten Moment nach hinten über das Geländer und stürzte hinunter auf den gepflasterten Innenhof.«

Angelo erschauerte und begrub das Gesicht in den Händen. Eine Weile war es ganz still im Zimmer, während Ari Angelo genau beobachtete. Er hätte einen Eid darauf schwören können, daß Angelo ihn nicht belogen, sondern ihm den Vorfall damals wahrheitsgetreu wiedergegeben hatte.

»Ich habe immer gewußt, daß ich sie getötet habe. Sie verstehen, sie dachte, wenn sie nicht mehr im Weg stand... Das arme irregeleitete Ding.«

»Wir werden eine kurze Pause einlegen. Bleib solange hier«, sagte Ari zu Willis.

Dann ging er nach draußen und fütterte den Getränkeautomaten mit Münzen für drei Becher Kaffee, die er in sein Büro zurückbrachte. »Kein sehr guter Kaffee, Sir«, sagte er zu Angelo. »Es gibt Tage, wo wir nicht unterscheiden können, ob das Tee oder Kaffee ist, was dieser Automat da draußen ausspuckt. Aber der Zucker wird Ihnen guttun.« Ari nippte an seinem Becher, bis er das Gefühl hatte, daß Angelo seine Fassung wiedergefunden hatte.

»Und dann haben Sie und Bill Rose neben dem Haus begraben, und Sie haben ihm Geld gegeben, damit er den Selbstmord seiner Schwester verschweigen und auch mit niemandem über das Baby reden sollte.«

»Ja.«

»Sie fürchteten, daß es einen Skandal geben würde, wenn die Öffentlichkeit den Grund ihres Selbstmords erfuhr.«

»Ja. Ich konnte Claire diese zusätzliche Last nicht aufbürden. Sie wußte ja nicht einmal, daß Rose schwanger gewesen war.«

»Aber Sie haben ihr das dann später erzählt, nicht wahr?«

Angelo blickte überrascht hoch. Dann blinkten unvergossene Tränen in seinen Augen. »Sie haben mit Claire gesprochen.« Es war keine Frage.

»Ja.«

»Wie geht es ihr?«

»Sie ist reizend. Heiter, ausgeglichen und in gesicherten Verhältnissen. Aber auch traurig, hatte ich das Gefühl. Sie sagte: ›Angelo hat mich erschreckt. Ich habe ihn von einer Seite erlebt, die ich niemals in ihm vermutet hätte.‹«

Angelo barg das Gesicht in seinen Händen. »Versuchen Sie mich zu verstehen, Lieutenant«, sagte er nach einer Weile, zu Ari aufsehend. »Ich hatte alle Menschen verloren, die mir im Leben etwas bedeuteten. Dann wurde mir auch noch mein Sohn Trevor genommen. Es gab für mich nur eine Methode, das alles zu verkraften. Ich kannte zumindest keine andere. Ich errichtete einen Schutzwall um mich und meine Gefühle. Ich wurde zu einer Maschine.«

»Lassen Sie uns jetzt wieder auf jene Nacht zurückkommen«, sagte Ari energisch. »Was ist mit dem Baby geschehen, als Sie Rose beerdigt hatten?«

»Gütiger Gott! Glauben Sie etwa, ich hätte das Baby...« Angelo sah ihn schockiert an.

»Nein. Ich habe Beweise dafür, daß Anton noch lebte, als er zwei Jahre alt war.«

»Ich verstehe.« Angelo schüttelte den Kopf wie ein Stier, der sich von lästigen Fliegen befreien will.

»Haben Sie das Baby auf den Arm genommen?«

»Nein! Ich kann so etwas nicht... Ich mag Kinder, kann aber nicht mit Babys umgehen. Das ist eher etwas für Frauen.«

»Dann wollen wir jetzt mal von Claire reden. Sie war in einer Klinik gewesen und wollte Ihnen ihr Baby wegnehmen, als sie wieder nach Hause kam.«

»Das ist richtig.«

»Aber Sie haben sie daran gehindert?«

»Ja«, sagte er leise. Dann folgte wieder ein längeres Schweigen, bevor er fortfuhr: »Ich hatte ein schlechtes Gewissen – konnte das Baby aber nicht ziehen lassen. Es war alles, was mir von meinem Sohn geblieben war.«

Es war auch alles, was sie von ihm hatte, dachte Ari bei sich. »Sie haben das Baby dann aufgezogen?«

»In dieser Phase noch nicht. Gütiger Himmel, nein. Es war doch noch ein Wickelkind. Dafür hatte ich Säuglingsschwestern. Später hat Ramona dann seine Erziehung übernommen.«

»War sie immer so versöhnlich?«

»Gütiger Gott – doch nicht Ramona!«

»Rachsucht war demnach eher ihr Stil, wie?«

»Worauf wollen Sie hinaus, Lieutenant?«
»Wie oft haben Sie Rob am Tag gesehen?«
»Du meine Güte – was spielt das für eine Rolle? Ein Baby ist ein Baby. Es wurde gut versorgt. Ich habe mich erst in die Erziehung meines Enkels eingemischt, als er den Windeln entwachsen war. Was kann ein Mann denn schon mit so einem kleinen Baby anstellen.«
»Dann möchte ich Sie jetzt fragen, wie Frikkie dazu kommt, zu behaupten, Ramona habe ihm aufgetragen, das Baby ins Meer zu werfen. Sie hat ihm zweihundert Rand bezahlt, damit er das tat, und zwar auf Ihre Anweisung hin, wie er sagt, weil Sie Roses Bastard nicht in Ihrer Nähe haben wollten. Würde Ramona ihr eigenes Enkelkind umbringen?«
»Niemals! Deswegen ist Frikkies Verhaftung ja auch so absurd.«
»Ich glaube, daß Ramona sich auf eine ihr gemäße Weise an Ihnen gerächt hat, Sir«, fuhr Ari fort. »Nach meiner Theorie hat Ramona geplant, daß Sie ihren Enkelsohn akzeptierten, ob Sie das nun wollten oder nicht. Als Ramona zu Ihnen kam und ihren früheren Job wiederhaben wollte, geschah das nur in der Absicht, das Kind von Rose zu beschützen und aufzuziehen. Sie haben das Leben ihrer Rose zerstört, und dafür zerstörte sie dann Ihren rechtmäßigen Enkel und Erben, indem sie ihn Frikkie übergab, damit er ihn ins Meer werfen sollte. Das ergibt für mich einen Sinn. Was halten Sie davon? Es muß doch einen Grund dafür gegeben haben, daß Ramona sich entschloß, Rob aufzuziehen. Es muß auch einen Grund dafür gegeben haben, daß sie zu Frikkie sagte, er solle einen zweijährigen Jungen ertränken. Wäre es möglich, daß sie die beiden Babys vertauscht hat? Antworten Sie mir, Mr. Palma! Macht das nicht einen Sinn für Sie? Hatte Ramona die Gelegenheit, die beiden Babys zu vertauschen?«
Angelo erhob sich von seinem Stuhl, griff sich an die Brust und fiel nach vorn. Im nächsten Moment rang er keuchend nach Luft.
»Ruf einen Arzt!« befahl Ari Willis, der von seinem Platz aufgesprungen war. Dann suchte er rasch in Angelos Jackentaschen nach den Tabletten und legte ihm eine davon auf die Zunge. Ein paar Minuten später schien Angelo, der auf dem Teppich lag, sich von seiner Herzattacke zu erholen.

»Es ist nur eine Theorie«, sagte Ari. »Ich behaupte nicht, daß es wirklich so gewesen ist.«
Auf Angelos Gesicht spiegelte sich nun eine fast panische Angst, daß das alles wahr sein könnte. Er zitterte am ganzen Körper. Sein Gesicht war schneeweiß, seine Lippen waren blau, und seine Augen hatten einen verstörten Ausdruck.
»Helfen Sie mir aufzustehen!« bat er. »Ich möchte mich wieder auf den Stuhl dort setzen. Helfen Sie mir! Wenn das alles zutrifft – was Gott verhüten möge –, was ist dann aus Claires Sohn geworden?« fragte er mit einem heiseren Flüstern.
»Das kann ich Ihnen nicht sagen, Sir. Ich weiß nur, daß es damals zwei Babys gegeben hat, beide vom selben Vater, beide sich überaus ähnlich sehend. Eines davon wurde von Ihnen großgezogen, während das andere bis zum Alter von zwei Jahren auf einer Farm lebte. Es wurde dort von den anderen Kindern gehänselt, weil es eine so weiße Haut hatte. Dann wurde Ramona von ihren Verwandten auf der Farm aufgefordert, das Kind wieder von dort wegzuholen, worauf sie Frikkie die Anweisung gab, es im Meer zu ertränken. Sie selbst blieb in Ihrem Haus, um sich um das andere Kind zu kümmern. Sie müssen sich nun darüber klarwerden, Sir, welches Kind wer war.«
»O mein Gott!« Angelo beugte sich in seinem Stuhl vor, warf die Arme nach vorn und vergrub sein Gesicht darin.
»Wann kommt denn endlich der Arzt?« erkundigte sich Ari flüsternd bei Willis.
»Er muß jeden Moment hier eintreffen«, gab der leise zurück.
Als Angelo wieder hochsah, war sein Gesicht ein Spiegelbild seiner Zweifel.
»Haben Sie denn niemals wissen wollen, was aus dem Kind von Rose geworden ist?« fragte Ari ihn jetzt. »Schließlich war es doch auch Trevors Sohn.«
»Ja«, flüsterte Angelo. »Nach ein paar Monaten fing ich an, mein Verhalten zu bereuen. Ich habe Ramona deshalb gebeten, mir von Zeit zu Zeit Fotos von dem Jungen zu schicken.«
»Und wie hat sie darauf reagiert?«
»Sie versprach mir, daß sie das tun würde. Aber als Rob ungefähr zweieinhalb Jahre alt war, sagte sie zu mir, daß ihr Enkelkind

beim Spielen in einem Teich auf der Farm ertrunken wäre. Das hat mich damals sehr mitgenommen.«

»Ich verstehe«, erwiderte Ari. »Und jetzt, Mr. Palma – um das Thema zu wechseln –, wollte ich Sie noch fragen, ob Sie gewußt haben, daß Rob alle Lieferverträge kündigen wollte, die Sie mit den Besitzern von eigenen Fangschiffen hier in Silver Bay abgeschlossen haben?«

»Nein, das wußte ich nicht. Ich glaube auch nicht, daß er das getan hat.«

»Doch, er tat es, und zwar im vergangenen Monat, als Sie sich gerade auf einer Inspektionsreise durch Ihre Weinkellereien in Paarl befanden. Ich habe hier eines von diesen Kündigungsschreiben, das mir ein Freund im Fischereihafen zur Verfügung stellte. Bill September war ziemlich verzweifelt, als ihm von Rob die Lieferverträge gekündigt wurden. Er entließ daraufhin seine Mannschaft, die sich dann zusammensetzte und von ihm eine Abfindung verlangte. Würden Sie sagen, daß Rob zu jener Sorte von Männern gehört, die sich einer Drohung oder Erpressung beugen würden?«

»Das soll wohl ein Scherz sein, Lieutenant, wie?« erwiderte Angelo mit einem kleinen stolzen Lächeln. Doch dann verdüsterte sich seine Miene wieder.

»Ramona hat Rob ein paar Tage darauf spätabends in seinem Arbeitszimmer aufgesucht. Die beiden hatten einen fürchterlichen Streit miteinander. Eigenartig, nicht wahr? Der Boß streitet sich mit seiner Haushälterin. Ramona verließ dann sein Arbeitszimmer, und kurz darauf rannte Rob ihr in ihr Cottage nach, wo es abermals zu einer heftigen Auseinandersetzung gekommen ist. Er soll dabei mindestens zehn Minuten lang auf einen Tisch eingeschlagen und ›nein… nein… nein‹ geschrien haben, wie uns der Gärtner erzählte. Er ist ins Wohnhaus zurückgelaufen, hat sich dort in sein Arbeitszimmer eingeschlossen und ist darin eine halbe Stunde auf und ab gewandert. Dann hat er auf seinem Diktiergerät eine Botschaft für seine Sekretärin hinterlassen, in der er ihr mitteilte, daß er seine Kündigungen zurücknehmen und wie bisher Fische von den privaten Schiffseignern abnehmen würde, weil er jetzt einen neuen Markt für seine Fischkonserven im Ausland gefunden habe. Anschließend hat er eine Reisetasche gepackt und ist noch in der gleichen Nacht mit seinem Wagen weggefahren. Er soll sich gegenwärtig in Namibia aufhalten.« Ari drehte sich zu Angelo um. »Wissen Sie etwas von diesem neuen Markt für Ihre Fischkonserven?«

Angelo sah nun aus wie ein geschlagener Mann. Er erhob sich steif und stolz und auch sehr traurig von seinem Stuhl und sagte: »Lieutenant, Sie sind nicht nur ein diensteifriger Polizist, sondern auch ein sehr hinterlistiger Mann. Sie wollten nicht mich, sondern meinen Enkel Rob beschuldigen, als Sie mich hierher aufs Revier brachten. Sie haben keine Sekunde lang geglaubt, daß ich Rose oder deren Sohn getötet haben könnte, nicht wahr? Ich werde ohne einen Anwalt keine Frage mehr von Ihnen beantworten. Sie können meinetwegen zur Hölle fahren.«

»Aber wenn er nun wirklich der Sohn von Rose ist?«

»Das macht keinen Unterschied. Ich liebe Rob. Und daran wird sich auch in Zukunft nichts ändern. Ich glaube auch nicht, daß er Ramona umgebracht hat. So etwas würde er niemals tun. Sperren Sie mich jetzt in eine Zelle ein oder wo auch immer sonst Sie mich unterbringen wollen. Aus mir bringen Sie kein Wort mehr heraus.«

Er stand da und starrte die Wand an.

»Sie werden im Militärhospital untergebracht, wo man Ihnen eine Wache vor die Tür stellen wird. Nicht, weil ich Ihnen irgendwelche böse Absichten unterstelle, sondern weil ich Sie vor einem Mordanschlag beschützen will.«

Der alte Mann gab ihm mit keinem Zeichen zu verstehen, daß er seine Worte verstanden oder ihm überhaupt zugehört hatte.

Eine Woche hatte Rob sich nun in der sengenden Hitze aufgehalten, die hier oben auf dem Moonscape-Plateau der Namib – der ältesten Wüste der Welt – herrschte, und sie hatte ihm ihren Stempel aufgedrückt: seine Haut sah aus wie rissiges Leder, seine Augen glänzten fiebrig, und er schien mindestens zehn Pfund an Gewicht verloren zu haben.

Er hatte sich nach Ramonas Enthüllung hierhergeflüchtet und erst gestern abend von der Verhaftung seines Großvaters erfahren. Dies hier war der einzige Ort, wo er dieses Trauma würde überwinden können, denn er liebte die Wüste und fühlte sich in ihr heimisch. Hier befand sich auch das Vermögen, das er weder Angelo noch Claire, sondern ganz allein seiner Tüchtigkeit und seinem Fleiß zu verdanken hatte. Er hatte hier gleich nach seinem Examen an der Universität als Geologe nach Gold- und Diamantenvorkommen gesucht und Schürfrechte erworben. Er hatte damals ein kleines Vermögen aus diesem Sand herausgeholt und dann ein Firmenkonsortium zusammengebracht, das die Minen im großen Stil abbauen sollte. Angeblich suchte er jetzt hier nach abbauwürdigen Buntmetallerzen, aber in Wahrheit versuchte er sich nur von allen bisherigen finanziellen und emotionalen Bindungen zu befreien und nachzudenken.

Er befand sich in einem tiefen Zwiespalt mit sich und seinem bisherigen Leben. Mit seinem offenbar unstillbaren Verlangen nach immer mehr Geld, Einfluß und Macht schien er in eine Falle geraten zu sein. Er war in diese Wüste – seine zweite Heimat – geflohen, weil er eine Entscheidung treffen mußte. Er befand sich in einem schrecklichen Gefühlskonflikt, litt unter den Qualen seines persönlichen Fegefeuers.

Wer kannte sein Geheimnis? Ramona. Aber die war jetzt tot. Und Frikkie. Doch der war geistig behindert. Man würde ihm nicht glauben, wenn er es ausplauderte.

Was sollte er jetzt tun? Selbst wenn er sein Leben lang hier in der Wüste schuftete wie ein Sklave, würde er nur einen Bruchteil des Vermögens zusammenbringen, das er zu verlieren drohte. Warum sollte er sich hierherverbannen lassen? Er war nach wie vor Angelos Enkelsohn. Er hatte das Blut der Palmas in seinen Adern, wenn er auch dem Gesetz nach nicht als ein Palma anerkannt wurde. Er hatte ein Recht darauf, sich das zu nehmen, was ihm in moralischer Hinsicht zustand. *Aber das würde nicht so einfach sein.*

Und wie sah die Alternative aus? Man würde ihn als betrügerischen Erbschleicher bloßstellen. Man würde ihm den Status eines Weißen nehmen. Angelo würde ihn verstoßen, und man würde ihn als den farbigen Bastard der Septembers verhöhnen, der mit dem halben Fischerdorf verwandt war. Er würde alles verlieren, was den Palmas gehörte – ihr Haus, ihren Grundbesitz, ihre Fischfabriken, ihre Fangschiffe, ihre Bergwerke aus dem Du-Toit-Nachlaß, ihre Weingärten, ihre Reputation, ihre Macht und ihren Einfluß... Alles.

Und dann war da noch Kate. Er hatte noch immer gehofft, sie zurückzugewinnen, aber als kleiner Bergwerksunternehmer, der noch dazu ein Farbiger und Bastard war, hatte er gar keine Chance mehr bei ihr. Zudem war Kate für ein besseres Los erschaffen, als ihr Leben in Zukunft in einem Minencamp in der Wüste zu verbringen.

Das Schicksal hatte seine Welt auf den Kopf gestellt, und er hatte sich nun zwischen zwei Möglichkeiten zu entscheiden – zwischen Gut oder Böse, zwischen Recht oder Unrecht, zwischen dem Genuß seines Erbes und den Früchten seiner bisherigen Arbeit oder der Vernichtung all dessen, was er bisher dargestellt und besessen hatte. Er besaß doch sicherlich das Recht dazu, die Stellung, die er bisher eingenommen hatte und für die er erzogen worden war, zu verteidigen, nicht wahr? Er war der Sohn seines Vaters. Das war sein Geburtsrecht.

Aber er liebte seinen Großvater, und dessen Leben und Freiheit standen nun auf dem Spiel. Nur er konnte Angelo retten. Er war der lebende Beweis dafür, daß die Anschuldigungen, die man gegen ihn erhob, absurd waren.

Wie sah also jetzt seine Entscheidung aus?

Ari traf sich um neun Uhr mit Graux in der Bar. Wie immer machte Jean sich dort an die Barmädchen heran.

»Ari, mein Freund, du machst heute aber sehr spät Feierabend«, rief er, als er für Ari ein Bier bestellte. Ari setzte sich neben ihn an die Theke und sagte sehr wenig, während Jean mit dem neuen Barmädchen schäkerte – eine britische Blondine mit einem Cockney-Akzent. Trotz ihrer kultivierten Naivität war sie zweifellos sehr erfahren darin, sich betrunkene Gäste vom Leib zu halten und sie zu großzügigen Trinkgeldern zu animieren. Jean schien sehr von ihr angetan zu sein, und so sagte Ari nach einer Weile, er habe etwas zu erledigen, spendierte Jean noch einen Drink und verließ dann das Lokal wieder.

Willis wartete unten am Yachthafen mit einem Ruderboot auf ihn.
»Bleib hier am Kai«, wies Ari ihn an. »Wenn Jean hier auftauchen sollte, gibst du einen Schuß ab. Ich werde dann rasch losrudern. Es ist eine Neumondnacht.«
Er brauchte nicht lange, um die *Tralee* zu durchsuchen und dort ein Ortungsgerät anzubringen. Ari kochte vor Zorn. Zuweilen kann ich doch maßlos dumm sein, dachte er bei sich, als er das Schwarzweißfoto von Rose fand, das dort an der Kajütenwand befestigt war. Sie lächelte darauf in die Kamera und war sehr jung und sehr schön. Die Maße des Fotos paßten genau in die Lücke von Ramonas Pinwand.
Nachdem er noch ein Trinkglas, einen Aschenbecher aus Metall und ein Feuerzeug aus Jeans Kajüte eingesteckt hatte, ruderte Ari zu Willis zurück, der auf dem Kai Wache stand. »Laß das alles auf Fingerabdrücke untersuchen und sie mit den Abdrücken von Jânek József vergleichen, die wir von der Gefängnisverwaltung bekommen haben«, sagte er. »Ich brauche die Ergebnisse spätestens bis morgen früh.«
»Die Leute vom Labor haben doch längst Feierabend gemacht.«
»Dann trommle sie notfalls aus dem Bett. Diese Leute schlafen doch ohnehin die meiste Zeit«, knurrte er.

Es dauerte bis fünf Uhr morgens, bevor das Telefon bei ihm läutete. »Himmel, Lieutenant«, beschwerte sich die Stimme am anderen Ende der Leitung, als Ari den Hörer abhob, »was ist denn so Besonderes an diesen Abdrücken, daß ich die halbe Nacht hindurch daran arbeiten mußte?«
»Tut mir aufrichtig leid«, erwiderte Ari. »Es handelt sich um einen dringenden Fall. Wir müssen hier fast jede Nacht arbeiten, während ihr euch einen gemütlichen Tag machen könnt.«
»Wer behauptet denn so etwas!« schnaubte die Stimme am anderen Ende. »Egal. Wir sollten Ihnen das Resultat schon mal mündlich durchgeben, wie man uns sagte, bevor Sie es schriftlich bekommen. Also: Die Abdrücke von Jânek József, die uns die Gefängnisverwaltung übermittelte, sind mit den Abdrücken auf dem Glas und dem Feuerzeug identisch. Der rostbraune Fleck

auf diesem Fotopapier ist menschliches Blut. Die Blutgruppe ist mit jener identisch, die wir bei der Untersuchung von Ramonas Leiche festgestellt haben. Sieht ganz so aus, als wären Sie da auf der richtigen Spur.«

»Ja. Nur wird der Verdächtige bedauerlicherweise merken, daß ein Stück an einem seiner Fotos fehlt. Das war auch der Grund, weshalb ich das Resultat nicht schnell genug bekommen konnte.«

Dann legte er den Hörer wieder auf und dachte: Damit ist Rob aus dem Schneider. Angelo wird sich freuen.

Um 6 Uhr 30 hatte Ari dann Posten an einer Stelle hinter den Dünen bezogen, von der aus er die Bucht und den Hafen überblicken konnte. Er mußte über eine Stunde warten, bevor Jean Graux, aus Nordwesten kommend, den Hafen ansteuerte und dort sein Boot an seinem Liegeplatz vertäute. Das war sein übliches nächtliches Ritual. Und er war immer Punkt sechs Uhr dreißig im Hafen. Er arbeitete im Augenblick hier als Zimmermann auf einer Bootswerft. Vielleicht konnte er sich nun keine längeren, aber weitaus lukrativeren Fangausflüge auf das Meer hinaus mehr leisten, wenn er jetzt Mandy dort irgendwo versteckt hielt, die ja darauf wartete, gefüttert zu werden und…

Ari knirschte mit den Zähnen, als er daran dachte, was wohl mit dem Mädchen passierte, wenn er es jede Nacht aufsuchte. Aber es hatte keinen Sinn, sich jetzt derlei morbiden Spekulationen hinzugeben. Er mußte an das denken, was nun zu tun war.

Kapitel 55

Jeans Yacht stahl sich um Mitternacht aus dem Hafen und nahm dann Kurs nach Süden. Es waren um diese Zeit keine anderen Boote unterwegs. Sie hatten immer noch Neumond, und man konnte nicht einmal einen Stern am Himmel sehen. Deswegen war Ari guter Hoffnung, daß Jean sie nicht bemerken würde, als sie seiner Yacht in einer Polizeibarkasse folgten. Das Ortungsgerät würde ihnen sofort jede Kursänderung anzeigen, die Jean vornahm, und so bestand also kaum die Gefahr, daß sie ihn verlieren konnten, solange er nicht den kleinen Sender entdeckte, den Ari an Bord von Jeans Yacht versteckt hatte. In diesem Fall würde Ari mit seinem starken Nachtglas Jeans weißes Segel im Auge behalten.

Es blies ein kalter Wind aus Südwest, der jetzt an Stärke zunahm und den Wellen weiße Schaumkronen aufsetzte. Sie hatten die *Tralee* eine Stunde lang verfolgt, als Ari glaubte, an Steuerbord Brandungsgeräusche zu vernehmen. Sie schalteten den Motor ab und lauschten, während die Polizeibarkasse in der Dünung auf und nieder schaukelte.

»Gibt es denn hier irgendwo eine Insel?« fragte Ari.

»Mehrere sogar hier an der Kapspitze, wo wir uns meiner Schätzung nach jetzt befinden müssen«, erwiderte Willis. »Die meisten davon kann man allerdings kaum als Insel bezeichnen. Es sind zumeist öde, vegetationslose Geröllhaufen.«

Ari betrachtete nun wieder das Meer durch sein Nachtglas und wurde von einer momentanen Panik ergriffen, als er nur schwarze Wellenberge, aber keine Spur mehr von Jeans Yacht sah. Doch in nächsten Moment erhob diese sich wieder aus einem Wellental – wie ein Gespenst, dachte Ari, da sich das weiße Segel im Nachtsichtgerät in ein schillerndes Grün verwandelte.

Dann wurde dieses grüne Dreieck im Okular immer kleiner und verschwand schließlich ganz. Offenbar hatte Jean sein Segel gerefft, aber sie waren zu weit von der *Tralee* entfernt, um hören zu können, ob er auch die Schiffsmaschine abgestellt hatte. Er schien jedoch seinen Anker auszuwerfen.

»Wir müssen näher heran«, flüsterte Ari. In diesem Moment hörten sie das Geräusch starker Außenbordmotoren, und als Ari das Glas rasch wieder an die Augen hob, sah er die Bugwellen von Jeans aufblasbarem Beiboot wie einen grünen Pfeil über die schwarze See fliegen.

»Hier hat er sie also versteckt«, murmelte Ari. »Vermutlich in einer Höhle in einem dieser Geröllhaufen, von denen du mir vorhin erzählt hast. Geh auf volle Kraft, Willis. Er kann uns bei dem Lärm, den seine Außenbordmotoren machen, nicht hören.«

Eine Weile folgten sie nun mit hoher Geschwindigkeit den Bugwellen von Jeans Beiboot, bis sie vor sich die Gischt von Brandungswellen erkennen konnten, die an den Felsen zerschellten, und Ari sich vorbeugte, um ihren Motor abzustellen. Sie hörten, daß Jean nun ebenfalls seine Außenbordmotoren abschaltete, und sahen im Nachtglas sein Beiboot in der Dünung auf und ab tanzen.

»Das Eiland dort vorn ist von einem Gürtel scharfkantiger Riffs umgeben«, murmelte Willis. »Hier gibt es keine Fahrrinne. Er scheint auf eine günstige Gelegenheit zu warten, um diese Felsenbarriere irgendwie überwinden zu können.«

In diesem Moment lief eine besonders große Brandungswelle auf das Eiland zu. In der nächsten Sekunde erwachten Jeans Außenbordmotoren wieder zum Leben, und sein Boot schoß mit hoher Geschwindigkeit auf die Insel zu. Die beiden beobachteten nun, wie es genau im richtigen Augenblick von dieser Welle hochgehoben und über die Felsklippen hinweggetragen wurde und dahinter im flachen Wasser landete.

»Gütiger Gott«, flüsterte Willis ehrfürchtig, »was für ein Seemann!«

Dann verfolgten sie durch ihre Nachtgläser, wie die große Gestalt von Jean Graux das Beiboot auf einen kleinen Sandstrand hinaufzog und dann im Schatten der Felsen untertauchte.

»Ich bin schon einmal hiergewesen«, sagte Willis jetzt. »Es ist eine Insel, auf der Pinguine nisten und die von Riffs und tückischen Strömungen umgeben ist. Hier prallen zwei Ozeane an der Südspitze dieses Kontinents aufeinander, die diese Insel für Menschen unbetretbar machen. Jedenfalls hielt ich sie für unbetretbar.

Sie hat einen Durchmesser von ungefähr sechzig Metern und ist auf allen Seiten von nackten Steilwänden umgeben, von denen eine eine Höhle aufweist.«
»Erzähl mir alles über diese Höhle«, forderte Ari Willis in grimmigem Ton auf.
»Ich sagte doch schon vorhin, daß ich diese Insel niemals betreten habe. Sie befindet sich ungefähr fünfzig Meter über dem Meeresspiegel und ist schwer zugänglich. Man muß schon gut klettern können, wenn man sie erreichen möchte. Und wenn Jean uns kommen sähe, könnte er uns mit Leichtigkeit abknallen. Es gibt absolut nichts, hinter dem man Deckung suchen könnte.«
Ari betrachtete das Meer mit einem Gefühl eiskalter Angst. Es war wohl das waghalsigste Unternehmen, das er sich jemals als Schwimmer vorgenommen hatte.
Willis schien seine Gedanken zu lesen. »Am besten, wir warten hier ab, bis er das Eiland wieder verläßt, und lassen uns dann von einem Hubschrauber dort oben absetzen, um sie zu retten.«
Ari schüttelte den Kopf. »Das Problem ist, daß er uns möglicherweise entdeckt hat, und in diesem Fall hat er gar keine andere Alternative, als sie zu töten und ihre Leiche ins Meer zu werfen. Wir können dieses Risiko unter keinen Umständen eingehen. Nein – ich werde mir diesen Bastard jetzt gleich schnappen müssen.«
Er zog nun seinen Taucheranzug an.
»Du wirst es nicht schaffen«, sagte Willis besorgt. »Es ist reiner Selbstmord.«
»Nicht, wenn man ganz dicht am Grund schwimmt und zudem ein erfahrener Taucher ist... Hör zu. Du fährst mit der Barkasse zur *Tralee* und machst sie an der von der Insel abgewandten Seite an seiner Yacht fest. Er wird so gegen fünf Uhr wieder an Bord gehen. Du kannst also bis vier Uhr dort die Entwicklung der Ereignisse abwarten. Dann fährst du zurück zur Basis und kommst mit dem Helikopter wieder hierher zurück. Wenn ich Glück habe, werde ich dich dort drüben in Empfang nehmen.«
Willis weigerte sich, ihn anzusehen, und schaute mit großen, von tiefer Besorgnis erfüllten Augen zur Insel hinüber, während Ari den Kurs auf seinem Leuchtkompaß einstellte, sich die Taucher-

maske überstreifte und sich dann rücklings in die eiskalte See warf. Er sank sofort auf eine Tiefe von sechs Metern hinunter und schwamm auf das Eiland zu.
Zuerst kam er recht gut voran. Es gab hier zwar zahlreiche Strudel und ziemlich starke Seitenströmungen – teils warme aus dem Indischen Ozean und dann wieder eiskalte aus dem südlichen Atlantik –, aber als er näher an die Insel herankam, wurde die Sache erheblich kritischer. Plötzlich wurde er von einem so heftigen Sog erfaßt, daß er über den Meeresboden hinrollte und gegen ein Riff geschleudert wurde, bevor im nächsten Moment eine gegenläufige Strömung kam, ihn wieder mit sich auf die Insel zu riß und ihn dabei wieder so heftig mit allerlei Steinen Bekanntschaft machen ließ, daß er fürchtete, er könnte sich jeden Moment alle Knochen im Leib brechen oder das Bewußtsein verlieren. Die Kräfte, die das Wasser hier entwickelte, waren so gewaltig, daß er ihnen so hilflos ausgesetzt war wie ein Stück Treibholz einer Brandungswelle. Viermal wurde er auf dem Meeresgrund so hin und her gewälzt, bis er endlich gegen einen Felsen geworfen wurde, der diesen Gewalten trotzig standhielt und an dem er sich festklammern konnte, bis die Gegenströmung wieder einsetzte. Er merkte, daß er seine Schwimmflossen verloren hatte, aber sein Messer war noch immer an seinem Bein festgebunden, und er spürte auch, daß seine Dienstwaffe sich noch in der wasserdichten Halfter unter seinem Taucheranzug befand.
Er wartete auf die nächste Brandungswelle, die ihn näher auf die Insel zu treiben würde, bevor er den Felsen, an den er sich klammerte, loszulassen wagte. Wieder wurde er wie ein hilfloser Ball nach vorn geschleudert, versuchte aber mit schnellen Beinstößen dicht über dem Meeresboden dahinzugleiten und sich sofort irgendwo festzuhalten, wenn der Sog ihn wieder in die Höhe heben und umdrehen wollte wie einen toten Fisch.
Er merkte plötzlich, daß er von der Strömung wie in einem Kanal zwischen zwei Felsen hindurchgeschoben wurde, die ihn, als das Wasser in das offene Meer zurückzufluten begann, wie ein riesiger Schraubstock an den Hüften festhielten. Möge Gott mir helfen, dachte er, auf das Gummimundstück seines Atemschlauchs beißend. Wenn er Pech hatte, würde er sich aus dieser Umklam-

merung nie mehr befreien können. Der Sog war so gewaltig, daß er fürchtete, er würde ihm den Taucheranzug vom Leib reißen. Aber noch bevor er diesen Gedanken zu Ende denken konnte, setzte bereits wieder die Gegenströmung ein, und statt zwischen den Felsen hängenzubleiben, schoß er zwischen ihnen hervor wie ein Korken aus einer zu warmen Champagnerflasche, wenn man den Drahtverschluß entfernt.
Er spürte, daß das Wasser seichter wurde, denn die Brandung schien wie mit Riesenfäusten auf seinen Kopf einzuschlagen. Jedesmal, wenn das Wasser ihn wieder ins offene Meer hinausziehen wollte, krallte er sich nun ganz mechanisch irgendwo fest, bis dann die nächste Katastrophe kam, als ihm der Sog fast den Sauerstofftank vom Rücken riß und ihm den Atemschlauch zerfetzte. Das reichte ihm nun. Er konnte nicht mehr wie eine Seeschlange über den Meeresboden kriechen, sondern mußte auftauchen, bevor er Sauerstofftank oder Atemschlauch ganz verlor.
Als er zur Wasseroberfläche hinaufschoß, war da weit und breit keine Insel zu sehen, sondern nur viele Meilen weit schaumgekrönte, um Felsen herumstrudelnde Wellen. Bis ihm bewußt wurde, daß er auf die offene See hinausschaute, und er herumwirbelte. Da war das Eiland – eine dichte, vor dem Nachthimmel aufragende schwarze Silhouette, die höchstens noch zwanzig Meter von ihm entfernt war. Die nächste Welle würde ihn dorthin tragen, und als er rasch wieder über die Schulter auf das Meer zurückblickte, sah er einen gewaltigen Brecher auf sich zukommen. Er mußte jetzt um sein Leben schwimmen. Denn wenn die Welle ihn erfaßte und er sich nicht auf ihrem Scheitel halten konnte, würde er nicht dort auf dem Steilufer der Insel landen, sondern zerschmettert werden.
Da wurde er schon von diesem gewaltigen Brecher in die Höhe gehoben wie ein kleines Stück Holz und mit einer beängstigenden Geschwindigkeit dieser dunklen Masse, die da vor ihm aufragte, entgegengeschleudert. Er war dieser Welle ebenso machtlos ausgeliefert wie vorher den unterirdischen Strömungen und kraulte, seine letzten Kraftreserven mobilisierend, wie ein Besessener, um sich auf dem Scheitel der Welle halten zu können.

Dann spürte er, wie es wieder nach unten ging. Gleich würde ihn der Brecher absetzen – es fragte sich nur, wo.
Die Landung war so heftig, daß es ihm den Atem verschlug. Er befand sich nur noch bis zu den Knien im Wasser, das im nächsten Moment ebenfalls wegflutete, und der harte Fels, auf den seine Füße nun aufsetzten, drohte ihm die Fersen zu spalten. Er kroch rasch auf allen vieren höher am Fels hinauf bis zu einer Stelle, wo ihn die nächste Brandungswelle nicht mehr zu erreichen vermochte, und sank dann erschöpft zu Boden.
Keuchend nach Luft ringend und dem Donnern der Brecher lauschend, kam er sich jetzt vor wie eine nasse, hilflose Stoffpuppe, der man die Arme und Beine abgerissen hatte. Sie waren gefühllos und verweigerten ihm den Dienst, als er weiter bergan zu kriechen versuchte. Und als er sich aufsetzen wollte, gelang ihm das ebenfalls nicht.
Er wußte, daß es fast an ein Wunder grenzte, daß er überhaupt noch am Leben war. Aber er war nicht hier, um sich von diesen schrecklichen Strapazen auszuruhen. »Ari«, ermahnte er sich mit lauter Stimme, »ich gebe dir genau zehn Minuten Zeit, um dich zu erholen. Dann kletterst du weiter diese Wand hinauf und nimmst Jean Graux fest. Etwas anderes steht überhaupt nicht zur Debatte. Du hast auch gar keine andere Wahl. Wenn du hier liegenbleibst, bist du für ihn eine hübsche große Zielscheibe.«
Während er, noch immer nach Luft japsend, dalag und neue Kräfte in sich zu mobilisieren versuchte, kehrte allmählich auch das Gefühl wieder in seine Glieder zurück, so daß er sich aufsetzen und seinen Taucheranzug ausziehen konnte. Seine Shorts und sein T-Shirt, die er darunter trug, würden im Wind rasch trocknen. Er hatte zum Glück eine offenbar noch funktionstüchtige Dienstwaffe in der Schulterhalfter, und auch das Messer steckte noch in dem Futteral, das er sich um das Bein geschnallt hatte.
Er richtete sich auf und begann, die Felswand hinaufzuklettern. Der Wind hatte die Wolken vom Himmel gefegt, und im Osten zeigte sich schon ein grauer Streifen. Verdammt! Er hatte zuviel Zeit gebraucht, um auf diese Insel zu kommen. Er glaubte, zu hören, wie Willis dort unten den Motor der Polizeibarkasse wieder anließ, aber er war sich da nicht so ganz sicher – die Brandung

übertönte alle anderen Geräusche. Hatte Jean den Motor auch gehört? Das war das Problem.
Wenn Jean wach war, würde er, Ari, sich vor dem schon heller werdenden Himmel deutlich als Silhouette abzeichnen. Die Dienstwaffe in der Rechten, kroch er nun langsam auf den Höhleneingang zu. Da sah er, daß Jean den Eingang mit einer primitiven Holztür gesichert hatte, die ihm den Zugang verwehrte. Verdammt! Er lag einen Moment lang regungslos da, um zu überlegen. Jean war schwerer und kräftiger als er und ein erfahrener Killer. Er wiederum hatte die Jugend auf seiner Seite, die Schnelligkeit und das Überraschungsmoment.
Die Holztür hing nur an zwei Angeln. Vielleicht sollte sie nur den Höhleneingang tarnen. Ein Hindernis war sie also nicht für ihn. Er richtete sich langsam auf, nahm einen kurzen Anlauf und warf sich dann durch die Tür. Er landete auf den Knien in der Höhle und hob die Waffe. »Hände hoch!« fauchte er.
Es war so verdammt dunkel hier. Er schaltete die Taschenlampe ein, die er in der Linken hielt, aber er sah nichts außer zwei alten Klappstühlen, einem Tisch mit einem Spirituskocher darauf.
»Vorsicht!« hörte er eine Frauenstimme rufen.
Als Ari sich daraufhin blitzschnell zur Seite warf, schlug eine Brechstange an der Stelle ein, wo Bruchteile von Sekunden vorher noch sein Kopf gewesen war. Sie streifte seinen rechten Arm und entriß ihm die Dienstwaffe, die nun irgendwo im Dunkeln landete. Jean fiel nach vorn, von der Wucht seines eigenen Schlages mitgerissen und sich noch immer an seine Brechstange klammernd. Einen Moment lag er mit gespreizten Beinen vor Ari auf dem Boden. Jetzt! schrie eine Stimme in Aris Kopf.
Er sprang Jean auf den Rücken, nagelte ihn mit seinem Gewicht sekundenlang am Boden fest und schob ihm rasch einen Arm unter den Hals, um ihm die Luft abzudrücken.
Jean schnellte in diesem Moment in die Höhe wie ein auskeilendes Pferd und schleuderte Ari beiseite. Aber diese gewaltige Anstrengung hatte ihn so atemlos gemacht, daß er einen Moment lang in der Hocke verharrte.
Diesen Augenblick nützte Ari dazu, sich auf die Brechstange zu stürzen und Jean damit erst einen Schlag gegen den rechten Arm

und dann seitlich gegen den Kopf zu versetzen, daß er bewußtlos zu Boden ging.

Oder verstellte er sich nur? Ari drehte ihm zur Sicherheit den Arm auf den Rücken und rief, ihn mit den Knien auf dem Boden niederhaltend: »Mandy!«

Da vernahm er ein leises Schluchzen. »Ich wußte nicht, was ich hören würde – Mandy oder Rose«, hörte Ari sie wimmern.

»Kommen Sie«, rief Ari ungeduldig. »Ich brauche einen Strick oder ein Seil! Weinen können Sie auch später noch.«

»Das kann ich nicht«, klagte sie. »Er hat den Motor Ihres Bootes gehört. Da hat er mich hier ans Bett gefesselt. Den Schlüssel zu den Handschellen hat er in seiner Hosentasche.«

Da schlug Ari Jeans Kopf noch einmal wuchtig gegen den Boden. Das sollte ihn mindestens fünf Minuten lang außer Gefecht setzen. Dann suchte er fieberhaft in Jeans Taschen nach dem Schlüssel für die Handschellen, hob seine Taschenlampe vom Boden auf und rannte zur Rückwand der Höhle. Dort lag Mandy nackt auf einer Matratze auf dem Boden, ihre Hände waren an einen Anker gefesselt. Fast hätte Ari bei ihrem Anblick vor Mitleid laut aufgeschrien, bevor er sich neben sie kniete und sie von ihren Stahlfesseln befreite. Dann lief er zu Jean zurück, der sich stöhnend aufzurichten versuchte. Er riß ihm rasch beide Arme auf den Rücken und legte ihm seine eigenen Handschellen an.

Jetzt fühlte er sich schon besser.

Graux schwang herum und versuchte nach Ari zu treten. Dabei verlor er das Gleichgewicht und fiel wuchtig auf den Boden zurück. Mit den Beinen vermag er nicht viel gegen mich auszurichten, überlegte Ari. Aber ich werde ihn trotzdem fesseln. Man kann bei diesem Bastard nie wissen...

»Haben Sie ein Laken, mit dem ich ihm die Beine fesseln könnte?« rief er. Er blickte nun in riesige bernsteinfarbene Augen in einem schneeweißen Gesicht, das von langen schwarzen Haaren eingerahmt war. Sie hatte sich jetzt selbst in das Laken eingewickelt und sah schrecklich verängstigt aus.

Er versuchte, ihr diese Angst zu nehmen. »Ich bin Lieutenant Ari Saint-John von der südafrikanischen Polizei«, erklärte er, »und habe schon seit Monaten nach Ihnen gesucht. Es tut mir leid, daß ich so lange gebraucht habe, Sie zu finden. Haben Sie vielleicht einen Strick, den Sie mir bringen könnten?«

Sie tauchte wieder in der Dunkelheit unter und kam nach ein paar Sekunden mit einem Nylonstrick wieder.

Jean wehrte sich wie ein wildes Tier, bis Ari sich auf seine Beine setzte, um sie auf dem Boden zu halten, während er sie mit dem Nylonstrick umwickelte.

»Wollen doch mal sehen, was du jetzt noch ausrichten kannst, du Bastard«, rief er. »Befindet sich außer Ihnen und Ihrem Kidnapper noch jemand hier in der Höhle?« fragte er Mandy dann.

Sie schüttelte den Kopf und trat nun ganz dicht an ihn heran, als müßte sie hinter seinem Rücken noch immer Schutz vor ihrem Peiniger suchen. Er spürte, wie sie am ganzen Leib zitterte. »Kann ich mich jetzt anziehen?« flüsterte sie. »Können wir diese Höhle verlassen? Kann ich wieder heim zu meinen Eltern?«

»Ja. Ein Hubschrauber wird hierherkommen und uns aufnehmen. Alles, was wir jetzt noch tun müssen, Mandy, ist warten.«

Sie kam nach einer Weile mit Shorts und einem T-Shirt bekleidet zurück. Sie bibberte vor Kälte. Ari stieg hinunter zu der Stelle, wo er seinen Taucheranzug zurückgelassen hatte, und schnitt mit dem Messer ein Teil der Hosenbeine ab, so daß sie ihn wie einen Overall tragen konnte. Er half ihr in den Anzug hinein und hielt sie fest, als sie einen Weinkrampf bekam.

Er hatte damit gerechnet, daß sie sich mit einer Flut von Tränen von all den schrecklichen Dingen, die sie durchlebt hatte, zu befreien versuchte. Und von dieser Angst, ob sie sterben oder eines Tages doch noch lebend aus den Händen ihres Entführers befreit werden würde.

Er legte die Arme um sie und wiegte sie sacht an seiner Schulter. »Es ist okay. Es ist vorbei. Sie werden jetzt bald wieder zu Hause bei Ihren Eltern sein.«

Jean Graux begann zu fluchen: »Laß sie in Ruhe! Faß sie nicht an! Ich werde dich töten, Ari – eines Tages, das schwöre ich, werde ich zurückkommen und dich holen, Rose.«

»Muß ich denn ewig mit dieser Stimme leben?« schluchzte Mandy. »Werde ich mein Leben in der Angst leben müssen, daß er jeden Moment zurückkommen und mich holen wird?«

Da führte Ari sie so weit wie möglich von der Höhle weg, gab ihr seine Taschenlampe und ließ sie allein. Sie war so schrecklich verängstigt, aber trotz ihrer Verstörtheit eine ungemein reizvolle junge Frau. Eine Augenweide. Was für eine Freude es für einen Mann sein mußte, jeden Morgen beim Aufwachen ein so reizendes Wesen an seiner Seite zu sehen. Es kam ihm wie das Paradies auf Erden vor. Er empfand jetzt fast so etwas wie Bedauern für Jean. Welcher Mann würde nicht in die Gefahr kommen, von so einem Mädchen besessen zu sein. Er hatte ja gesehen, wie herrlich ihre Brüste waren. Ihr Hals war lang und perfekt geformt, ihre großen bernsteinfarbenen Augen standen weit auseinander, ihre herrlichen schwarzen Haare umrahmten ein herzförmiges Gesicht, dessen wunderschöne ebenmäßige Züge durch dichte schwarze Brauen noch betont wurden.
Er stieg nun wieder zur Höhle hinauf und zerrte Jean ins Freie.
»Hör zu, Graux. Ein Hubschrauber ist unterwegs hierher. Möglich, daß sie dich hängen werden, aber ich halte es für wahrscheinlicher, daß sie dich für den Rest deines Lebens einsperren. Du hast Ramona umgebracht. Ich kann es beweisen. Dazu kommt noch die Entführung und Vergewaltigung einer Minderjährigen. Ist es das, was du dir wünschst? Daß du ein Greis bist, sollte man dich jemals wieder in die Freiheit entlassen? Ich werde dir jetzt die Beine wieder losbinden. Aber nur ein paar Minuten lang. Nütze diese Zeit, Graux!«
Er nahm ihm die Beinfesseln ab und beobachtete ihn, den Revolver schußbereit in der Hand. Jean ging bis zum Rand der Felswand. Er blickte über die Schulter auf Ari zurück und sagte: »Richte Rose von mir aus...«
»Ich werde ihr gar nichts ausrichten. Ihr Name ist Mandy, und das weißt du auch ganz genau. Dein Spiel ist zu Ende, Jean Graux oder Jânek Jözsef.«
Jean erschauerte, als er jetzt nach unten blickte. Tief unter ihm blinkte das Meer silberfarben phosphoreszierend zu ihm herauf, wo es dort an den grausamen Felsen zerschellte. Dann machte er einen Schritt in die schwarze Leere hinaus.
Als Ari zu Mandy zurückrannte, hörte er bereits das Hämmern der Hubschrauberrotoren.

Kapitel 56

Bis Ari dem Staatsanwalt ausführlich Bericht erstattet, die Leiche von Jânek József identifiziert und all diese schrecklichen Formulare ausgefüllt hatte, die er als der mit einem so komplizierten Fall betraute Polizist erstellen mußte, war es fast Mittag.

Wenn das alles vorbei ist, werde ich ein paar Tage Urlaub nehmen, schwor er sich.

Als er dann in das Armeekrankenhaus von Wynberg fuhr, kam er zwanzig Minuten zu spät zu seiner Verabredung mit Dr. Fink. Doch der Psychiater schien ihm das nicht übelzunehmen. Er erzählte Frikkie gerade eine lustige Geschichte, und zu Aris Überraschung lachte Frikkie herzhaft darüber.

»Lassen Sie uns jetzt damit anfangen«, sagte Fink dann, als er mit Ari kurz auf den Korridor hinausging. »Dieses Mittel… nun, im Grunde ist es nichts anderes als eine Weiterentwicklung des bewährten alten Wahrheitsserums. Verbunden mit einer Hypnose, sollte es eine geradezu explosive Wirkung auf Frikkies Gedächtnis haben. Wir werden das ja nun in Bälde erfahren. Kreativ veranlagte Menschen lassen sich leichter hypnotisieren«, fuhr er dann leise fort, als sie das Zimmer wieder betraten und er die Nadel der Injektionsspritze in eine Vene an Frikkies Arm einführte. »Bei Frikkie wurde mir die Arbeit noch durch seine Unfähigkeit erschwert, sich auf etwas konzentrieren zu können. Seine Gedanken wandern unablässig umher, und ich kann seinen Geist nicht lange genug auf einen Gegenstand fixieren, um zu ihm durchzukommen.«

Wieder war Ari betroffen von Frikkies Ähnlichkeit mit einem Neandertaler, als er die dicken Augenwülste, die breite Nase, den kurzen, sehnigen Hals und die langen Arme an den massigen Schultern betrachtete, die nun schlaff auf der Bettdecke lagen. Frikkies kleine Augen nahmen nun einen entspannten, ja fast verträumten Ausdruck an, als die Wirkung der Droge einsetzte. Er lächelte still vor sich hin.

Aris Blick ging zu Dr. Fink, und er bemerkte, daß der seine Aufregung kaum zu verbergen vermochte, als er mit dem Knöchel seines Zeigefingers gegen Frikkies Handrücken klopfte.

»Entspann dich, Frikkie«, sagte er beschwörend. »Du siehst jetzt ein helles Licht. Du möchtest zu diesem Licht hinuntergehen, Frikkie, aber es sind zehn steile Stufen bis dahin. Halte dich am Geländer fest. Siehst du es? Halt dich daran fest, und mach den ersten Schritt. Beweg den Daumen, wenn du ihn gemacht hast. Bist du soweit? Nun nimm die erste Stufe. Ja, gut, das ist es, Frikkie. Man muß das langsam und behutsam machen. Schön – jetzt kommt die nächste Stufe.«

Und dann blickte er zu Ari hoch. »Es könnte eine Weile dauern, bis sein Verstand soweit ist«, flüsterte er, als müßte er sich dafür entschuldigen.

Aris Gedanken wanderten inzwischen zu Mandy zurück. Was für ein wunderschönes Mädchen! Er hatte zu lange dafür gebraucht, um sie wiederzufinden, und das konnte er sich nicht verzeihen. Zum Glück war sie endlich in Sicherheit. Sie befand sich jetzt im Krankenhaus, aber in körperlicher Hinsicht hatte sie keinen Schaden davongetragen. Die Zeit und eine psychiatrische Behandlung würden dafür sorgen, daß sie sich auch von ihrem traumatischen Erlebnis erholte, hatte ihm der sie behandelnde Arzt versichert.

Ari hatte es nun eilig, alle seine Fälle zum Abschluß zu bringen, weil Colonel de Plessis ihn, wie er ihm heute am Telefon gesagt hatte, bereits ungeduldig in Transvaal zurückerwartete. Ari hatte beschlossen, im Fall Rose bei der Voruntersuchung für einen Tod durch Unfall zu plädieren, und er hatte keinen Zweifel daran, daß das Gericht sich seinem Urteil anschließen würde.

Patel wartete auf seinen Prozeß, aber er würde vermutlich spätestens in zehn Jahren wieder auf freiem Fuß sein – vermutlich weit früher. Ari wurde es immer ganz schlecht, wenn er diesen Verbrechern auf der Straße wieder begegnete, wo sie ihrem üblen Handwerk nachgingen, manche schon wenige Tage nach ihrer Verhaftung. Das war einer der Gründe, weshalb er sich vorgenommen hatte, seinen Dienst bei der Polizeitruppe zu quittieren. Sein nächster Zug hing allerdings sehr von Kates Entscheidung ab. Er wollte ihr noch heute einen Heiratsantrag machen und diesmal auf einer klaren Antwort bestehen. Er hoffte sehr, daß sie zu seinen Gunsten ausfallen würde.

Während er seinen glücklicheren Tagträumen nachhing, holte ihn Finks Stimme in die Wirklichkeit zurück.
»Wir sind soweit, Ari«, sagte er leise. »Frikkie befindet sich nun in einer tiefen Trance.« Er beugte sich über das Bett.
»Frikkie – erinnerst du dich an den Tag, als Ramona dir zweihundert Rand gab? Warum hat sie dir dieses Geld gegeben?«
»Ist sollte ein Kind für sie ertränken.« Frikkies Stimme klang seltsam, fast wie die eines anderen Menschen – so tief und rauh.
»Erzähl uns jetzt, was damals geschah, Frikkie. Ich möchte, daß du zu diesem frühen Morgen zurückkehrst, an dem du mit diesem Kind in deinem Boot auf das Meer hinausgerudert bist. Das war im März neunzehnhundertsiebenundsechzig. Du stehst jetzt am Strand. Wieviel Uhr ist es?«
»Sehr früh. So gegen vier.« Frikkies heisere Stimme war nur noch ein Flüstern.
Ari zitterte fast vor gespannter Erwartung.
»Ich bin sehr früh hierhergegangen – lange vor den anderen«, murmelte Frikkie. »Sie brauchen das Kind nicht zu sehen. Oder es zu hören. Ramona hat ihm eine Flasche Milch gegeben, damit es ruhig sein soll. Es klammert sich nun mit beiden Händen an die Milchflasche und saugt daran, als hinge sein Leben davon ab. Es ist halb verhungert. Ich kann das sehen. Das arme Kind. Schande… Schande…«
Frikkie atmete jetzt schwer, und von seinem Körper stieg ein süßlicher Schweißgeruch auf. In seinen unstet hin und her gehenden Augen blinkten Tränen.
»Nur Haut und Knochen, das arme Ding. Niemand möchte es haben«, murmelte er. »Ich soll es ertränken wie einen unerwünschten Welpen. Warum ich? Sie lassen mich immer nur die schmutzigen Arbeiten tun. Sie meinen, mich bekümmerte das nicht. Das Kind ist krank – das kann doch jeder sehen! Es muß einen Grund dafür geben, warum Ramona es nicht in ein Krankenhaus bringen möchte. Aber was macht das schon für einen Unterschied? Es wird so oder so sterben.« Er sprach nun so undeutlich, daß er kaum zu verstehen war. »Also kann ich es auch ertränken. Sie ist da oben und beobachtet mich. Sie sitzt in einem schwarzen Kleid auf der Düne und sieht aus wie eine Hexe. Sie

ist eine Hexe! Ich habe Angst vor ihr. Wenn ich nicht mache, was sie von mir verlangt, wird sie mich schlagen oder mir meinen Wein entziehen oder das Essen. Mein ganzes Leben hindurch hat sie auf mir herumgehackt...«

Er brach ab und murmelte etwas Unverständliches. Dann starrte er lange schweigend die Wand an, tief in seine eigene Welt versunken.

»Wo sind die Fischer?« fragte Fink ihn nach einer Weile, um ihn wieder zum Sprechen zu bringen.

»Sie schlafen. Aber sie werden bald hiersein. Bis dahin muß der alte Frikkie mit dem Boot hinausgerudert und wieder zum Strand zurückgekommen sein. Armes kleines Ding. Ramona hat kein Erbarmen mit Leuten, die ihr im Weg stehen. So wie ich. Alles bekommt Bill. Er hat ein Fangboot und ein Haus. Ich habe gar nichts.«

Wieder riß seine Stimme ab, und seine Wangen wurden naß von seinen Tränen, während er die Hände ineinander verkrampfte.

»Frikkie, Frikkie – kannst du mich hören? Sprich zu uns, Frikkie. Wo bist du?«

»Ich rudere – rudere hinaus aufs Meer. – Es ist eine Freude, so über das Wasser hinzuhuschen. Es ist so ruhig – seltsam zu dieser Jahreszeit. Kein Wind – und so dunkel. Kein Mond am Himmel. Das Kind wimmert, als wüßte es, was ihm bevorsteht. Vielleicht weiß es das wirklich...«

Frikkie begann nun heftig zu zittern. »Nein...«, stotterte er jetzt. »Nein! Wie kann es das wissen?« Seine Finger bewegten sich krampfartig, und er setzte sich langsam im Bett auf und stöhnte, seine Augen groß und starr ins Leere gerichtet. Nun ruderte er wieder – zog die Blätter der Riemen mühelos durchs Wasser... nur hin und wieder ein grunzendes Geräusch von sich gebend. Dann hielt er inne und bewegte die Arme, als würde er die Ruder ins Boot legen. Er beugte sich vor und schien etwas an sich zu ziehen. »Hab keine Angst. Es ist rasch vorbei. Sie sagen, es wäre schmerzlos. Was hättest du denn schon von deinem Leben? Es geht dir wie mir. Niemand möchte dich haben. Also wein jetzt bitte nicht.«

Er machte nun eine rasche, heftige Bewegung mit beiden Hän-

den, als würde er das Kind über Bord werfen. Doch dann zuckte er zurück.
»Oh! Gott helfe mir – ich kann es nicht«, wimmerte er. Er schien jetzt die Arme um einen unsichtbaren Gegenstand zu legen und wiegte ihn sacht hin und her. »Ruhig – ruhig – es ist ja alles gut. Der alte Frikkie bringt das nicht übers Herz. Du hast auch ein Recht auf dein Leben. Wenn Ramona möchte, daß du tot bist, muß das eben ein anderer machen. Ich kann es nicht. Aber was wird Ramona mit mir anstellen, wenn ich es ihr sage? Sie wird mich vermutlich umbringen.«
Der Speichel rann ihm jetzt aus den Mundwinkeln, und seine Augen nahmen den Ausdruck eines gehetzten Tieres an.
»Muß wieder zurück sein«, murmelte er. »Noch vor Anbruch der Dämmerung. Muß dich verstecken. Komm her, Junge«, befahl Frikkie nun in entschiedenem Ton, »oder du verfängst dich in den Netzen, wenn ich sie jetzt auswerfe. Setz dich hinter mich ins Heck. So ist es recht. Mach dich ganz klein. Bist ein braver Junge.« Er begann nun ein altes malaiisches Lied anzustimmen. *»Da kommt der Alabama, der Alabama kommt aus dem Meer…«*, sang er, um das verängstigte Kind zu beruhigen, während er ruderte, die Netze auswarf und sie zwischendurch immer wieder an einer Boje befestigte.
Es sah alles so echt aus. Er hatte nun beide Enden des Seils am Bug seines Bootes befestigt und begann den langen, beschwerlichen Weg zum Strand zurückzurudern, die lange Kette der miteinander verbundenen Netze hinter sich herziehend.
»Schauen Sie nur! Er hat Schweißperlen auf der Stirn«, flüsterte Ari. »Und seine Muskeln! Sie bauschen sich! Wie kann so etwas sein?«
»Pst!« Fink befahl ihm mit einem strengen Blick zu schweigen.
»He, was ist das?« rief Frikkie, sich plötzlich nach vorn beugend, daß sie beide erschraken. »Ein Delphin! Er wird die Netze zerreißen, wenn ich sie jetzt nicht einhole, und ich darf sie dann tagelang flicken.«
Er fing wieder an zu rudern, zog die Riemen kräftig durchs Wasser, während er nun vor Anstrengung stöhnte und ihm der Schweiß in Strömen von der Stirn lief. »Oh!« rief er dann er-

leichtert, als er offenbar den Strand erreicht hatte und das Boot auf den Sand hinaufschob. Sekunden später zog er an dem Seil, an dem die Netze hingen. Es dauerte lange, ehe er das eine Ende des Netzes aus dem Wasser gezogen hatte, und Ari fragte sich schon, ob er nicht einen Herzschlag bekommen würde von der gewaltigen Anstrengung, die er jetzt unternahm. Schließlich war er ja inzwischen sechsundzwanzig Jahre älter als damals.

»O mein Gott! Hier kommen sie schon. Ich werde dich in das Netz werfen, Junge! Hör auf – hör auf zu schreien!«

Frikkie hielt sich mit beiden Händen die Ohren zu.

Dann zeigte sich plötzlich etwas Verschlagenes in seinen Augen, als er den Kopf in den leeren Raum hineindrehte.

»He, Jaapie, he, Cobus! Ich ruderte gerade weit draußen in der Bucht, als ich diesen Jungen auf dem Rücken dieses Delphins reiten sah! Bei Gott, das ist wahr! Ich habe es mit meinen eigenen Augen gesehen. Sie schossen beide wie ein Pfeil durchs Wasser. Aber dann hat sich der Delphin in dem Netz verfangen, und der Junge begann zu schreien. Deshalb bin ich rasch wieder zurückgerudert, und hier sind nun die beiden.

Ich und lügen? Niemals! Ich schwöre es bei Gott! Woher sollte das Kind denn sonst kommen? Es ist die reine Wahrheit, die ich euch erzähle. Ihr könnt euch doch selbst davon überzeugen. Dort ist der Delphin, und hier ist das Kind.«

Frikkie legte sich nun auf das Bett zurück und schloß die Augen. Die Minuten verstrichen, aber Frikkie schien eingeschlafen zu sein. Schließlich beugte sich Dr. Fink über ihn.

»Und dann, Frikkie? Was geschah dann?«

»Nichts. Ramona hat es niemals herausgefunden. Oder wenn doch, hat sie nie ein Wort darüber verloren. Warum auch? Ich bin den Jungen doch losgeworden – wenn auch auf eine andere Weise, als sie beabsichtigt hatte.«

»Und was ist dann mit dem Kind geschehen?«

»Jaapie und eine Gruppe von Dorfbewohnern haben es zu dem Priester oben in der Kirche gebracht. Wir haben das Kind dann nie mehr gesehen.«

»Fragen Sie ihn nach dem Namen des Priesters«, sagte Ari mit leiser Stimme.

»Weshalb? Ich glaube nicht, daß er ihn kennt.«
»Fragen Sie ihn – um Gottes willen!« drängte ihn Ari, der seine Ungeduld nicht mehr länger beherrschen konnte.
»Erinnerst du dich an den Namen des Priesters, Frikkie? Der Mann, zu dem das Kind gebracht wurde?«
»Er hatte einen komischen Namen«, murmelte Frikkie. »Die Kinder im Dorf nannten ihn ›Mondgesicht‹. Ich erinnere mich noch gut an ihn, weil er mich daraufhin oft besuchen kam. Mooney war sein Name. Er wollte herausfinden, woher der Junge stammte. Ich habe es ihm nicht gesagt. Und dann stellte er plötzlich auch seine Besuche ein.«
Ari verließ die psychiatrische Station und suchte die Toilette für Besucher gleich gegenüber auf, wo er sich in eine der Kabinen setzte und die Tür hinter sich verriegelte. Dann schlug er die Hände vors Gesicht und begann leise zu weinen. Er weinte aus Mitleid mit Frikkie, der ihm das Leben gerettet hatte, und weil er jetzt dessen Angst vor Ramona und deren grausamen Augen besser verstand. Und weil er jetzt wußte, woher seine Alpträume stammten, daß er lebendig in einem Loch begraben wäre. Und er weinte, weil ihn Grausamkeiten so wütend machten, daß er die Leute, die sie begingen, tätlich angriff, obwohl er kein wehrloses Kind mehr war, sondern ein erwachsener Mann und obendrein noch Polizist. Er weinte auch, weil er sich in einem Zustand des Schocks befand und immer noch nicht so recht wußte, ob Rose oder Claire seine Mutter war. Er weinte um Eunice und um Mandy und die Torturen, die sie auch seinetwegen hatten erdulden müssen. Und letztendlich beweinte er die Grausamkeiten, die Menschen an Menschen in aller Welt begingen.
Als er sich dann schließlich wieder vom Boden erhob, wurde er von einem heftigen Schwindel erfaßt. Und dann drehte er sich um, beugte sich über die Kloschüssel und erbrach sich immer wieder, bis nur noch weißer Schleim kam. Schließlich riß er sich zusammen, wusch sich im Vorraum das Gesicht, straffte die Schultern und ging zurück in die Station.
Frikkie war dort gerade dabei, einen Haferbrei zu essen, von dem er etwas auf die Serviette kleckerte, die ihm die Schwester umgebunden hatte.

»Ich hege nicht den geringsten Zweifel, daß Frikkie niemals ein Kind umgebracht hat«, sagte Ari zu Dr. Fink. »Ich werde ihn aus der Haft entlassen, sobald Sie meinen, daß er sich so weit von der Wirkung dieser Wahrheitsdroge erholt hat, daß auch Sie ihn aus Ihrer Station entlassen können... Er ist harmlos.«

»He, setzen Sie sich mal lieber hierher auf diesen Stuhl«, rief Dr. Fink, Ari am Arm fassend. »Sie sind ja so weiß im Gesicht wie ein Laken! Was ist passiert? Ist Ihnen schlecht? Oder ist Ihnen das Ganze zu nahegegangen?« Er streifte Ari mit einem nachdenklichen Blick. »Ich hatte gleich den Eindruck, daß das alles eine besondere Bedeutung für sie hat. Ich spürte das schon, als Sie zum erstenmal hierherkamen. Das ist nicht bloß ein Fall wie jeder andere für Sie gewesen, nicht wahr?«

»Ich hatte gedacht, daß er für mich wichtig sei – das stimmt. Aber inzwischen habe ich erkannt, daß ich mich da getäuscht habe. Seltsam«, setzte er hinzu und meinte das auch. »Noch einmal vielen Dank für Ihre Bemühungen, George.« Er schüttelte dem Arzt die Hand und verließ dann rasch die Station, bevor diese bezwingenden grauen Augen, die ihn noch immer forschend anblickten, hinter sein Geheimnis kamen.

Kapitel 57

Es war früher Morgen, und Kate war bereits bei ihren Entwürfen, als sie Dopey knurren hörte und hochblickte. Es war ein freudiger Schrecken, den sie empfand, als sie in dem Mann, der da im Türrahmen stand, Rob erkannte. Sie lief zu ihm und warf ihm die Arme um den Hals. »Rob! O Darling, du hast mir ja so gefehlt!«

Dann fiel ihr wieder ein, daß sie ja ein Scheidung lebten, und wich einen Schritt von ihm zurück. »Komm herein«, sagte sie. »Ich habe mir gerade einen frischen Kaffee gekocht. Du siehst müde aus.« Er muß die ganze Nacht hindurch gefahren sein, dachte sie bei sich, als sie sah, daß er noch seine Wüstenkleidung trug – eine khakifarbene kurze Hose und eine ärmellose Weste – und sein Gesicht mit mindestens zwei Zoll langen schwarzen Bartstoppeln bedeckt war.

»Komm, setz dich bitte und trink einen Kaffee mit mir«, sagte sie. »Und ich möchte mich auch noch bei dir bedanken für das, was du für mich getan hast. Für das Vogelschutzgebiet, meine ich. Nun – vielen Dank... Was könnte ich wohl sonst noch sagen?«

»Du könntest sagen: ›Warum hat es so lange gedauert, bis du deine Meinung geändert hast?‹«

»Ja, das könnte ich«, erwiderte sie lachend. »Aber dann würden wir uns wieder streiten.«

»Dieses Mal nicht, Kate. Ich bin gekommen, um dir Lebewohl zu sagen.«

Da hatte sie das Gefühl, einen Faustschlag gegen den Magen bekommen zu haben. »Oh!« Sie biß sich auf die Lippen, um ihm nicht zu zeigen, wie enttäuscht sie jetzt war. »Wo gehst du denn hin?« fragte sie dann, ihm eine Tasse Kaffee eingießend.

»In die Namib-Wüste. Hör zu, Kate. Ich habe nicht viel Zeit. Ich bin nicht der Mann, für den du mich hältst. Aber als ich dieser Mann noch war, hatte ich meinen Anwalt damit beauftragt, ein Treuhandvermögen für dich einzurichten. Du wirst auf jeden Fall versorgt sein – egal, was passiert.«

»Ich muß nicht am Hungertuch nagen, wenn du das glauben soll-

test, Rob. Aber wovon redest du da eigentlich?«
»Das ist doch nicht wichtig.«
»Für mich schon, Rob. Ich liebe dich nämlich, mußt du wissen.«
»Pst. Sag so etwas nicht. Du kennst mich nicht. Ich habe mich ja nicht einmal selbst gekannt.«
Und dann sprudelte er alles heraus, was in den letzten zwei Wochen passiert war – angefangen bei dem Schock, den er erlitt, als er erfuhr, daß er gar keinen Anspruch auf das Palma-Vermögen hatte. »Mir gehört eigentlich so gut wie gar nichts. Nur ein paar Schürfrechte und ein Minencamp in der Namib. Das ist zumindest ein Startkapital, mit dem ich einen neuen Anfang machen kann«, fuhr er fort, »aber kein Platz für eine Frau. Ich weiß nicht einmal, ob wir geschieden werden müssen. Vielleicht waren wir nach dem Gesetz gar keine Eheleute. Du hast einen Rob Palma geheiratet. Aber der bin ich nicht. Dein Lieutenant ist der wahre Erbe des Palma-Vermögens.«
Jetzt war sie wirklich schockiert. Sie setzte sich auf einen Stuhl und blickte ihn verwirrt an.
»Und wer bist du?«
»Der uneheliche Sohn von Rose.«
Dann sind wir frei, dachte sie. Wir können dort leben, wo wir wollen. Wir müssen nicht mehr in Angelos Haus wohnen.
»Rob, hör mich an«, beschwor sie ihn jetzt. Sie lief zu ihm, setzte sich auf seine Knie, schlang ihm wieder die Arme um den Hals und bedeckte seine Stirn mit kleinen, raschen Küssen. »Ich habe dich geheiratet, Darling. Ich habe dich mit meinem Herzen geheiratet und nicht mit einem Fetzen Papier. Ich liebe dich. Du dachtest, dein Geld hätte meine Wahl beeinflußt, aber das stimmt nicht. Es hat für mich nie eine Rolle gespielt.«
Er schien nicht recht überzeugt zu sein von ihrer Beteuerung.
»Rob«, sagte sie da lächelnd, »wenn wir nicht gesetzlich verheiratet waren – würdest du mich denn dann jetzt heiraten?«
»Himmel, Kate! Es wird Jahre dauern, bis wir wieder den Standard erreicht haben, an den du gewöhnt warst. Willst du das wirklich?«
»Alles, was ich wirklich will, bist du«, erwiderte sie. »Wo immer du hingehst – ich werde dir dorthin folgen. Es wird nicht immer

die Namib sein, wo wir wohnen werden. Da bin ich ganz zuversichtlich. Ich habe das größte Vertrauen zu dir. Zudem könnte ich das Geld, das wir brauchen, auch selbst verdienen. Paß auf, Rob Palma! Es könnte sein, daß ich eines Tages dich ernähre. Gilt der Handel?«

»Ja«, sagte er feierlich, stand auf und legte die Arme um sie. »Es könnte zwar eine Weile dauern, bis unser rechtlicher Status und alles andere geklärt ist, aber ich werde zu dir zurückkehren. Ich habe nie aufgehört, dich zu lieben.« Und dann hielt er sie noch eine Weile umschlungen, ehe er sich aus ihren Armen löste und ging.

Ari fand Kate in ihrem Studio, wo sie gerade den Entwurf für ein neues Wohnzimmer fertigstellte. Das Sonnenlicht flutete durch das Fenster und brachte ihre Haare zum Leuchten. Ihre Augen glänzten, und sie machte auf ihn einen sehr entspannten und zufriedenen Eindruck. Man merkte ihr die Belastungen und Sorgen der letzten Monate überhaupt nicht mehr an. Das sind die Früchte des Erfolgs, dachte er bei sich, sie vergnügt beobachtend. Aber das war ein Irrtum, wie er gleich darauf feststellen mußte.

»O Ari! Mein bester, lieber Ari – ich muß dir etwas sagen.« Sie verließ ihre Staffelei, eilte zu ihm und gab ihm einen Kuß auf beide Wangen. Einen geschwisterlichen Kuß, wie er zu seinem Verdruß bemerkte. »Ich weiß, daß du dich für mich freuen wirst! Rob und ich – wir haben uns eben...«

Ari hörte den Rest ihres Satzes nicht mehr. In seinen Ohren rauschte es, sein Magen krampfte sich zusammen, und seine Beine wurden zu Stein.

»Rob sagte, daß er das Haus der Palmas für immer verlassen wird und auf das Vermögen der Palmas verzichtet. Er fährt nach Namibia, um dort sein eigenes Vermögen zu machen. Aber vorher muß er noch mit dir und Angelo reden. Er ist gerade bei Gerber, um dort eine Aussage zu machen.

Als ich sah, wie verletzt, verloren und sogar ein bißchen verängstigt er aussah, wurde mir bewußt, wie sehr ich ihn eigentlich liebe.« Sie floß jetzt über vor Zärtlichkeit und weiblicher Anteilnahme – vor alledem, was er sich so sehnlich für sich selbst gewünscht hatte.

Ari wollte noch etwas Bedeutendes zu ihr sagen, fand aber nicht die Worte dafür. Er hätte ihr sagen wollen, daß Kate viel wertvoller war als alles Geld und alle Macht dieser Welt, aber was hätte das jetzt noch für einen Sinn gehabt? Er hatte sie verloren.
Kate beeilte sich, ihm einen Tee zu kochen und so zu tun, als hätte sich nichts geändert und als wären sie immer noch die guten Freunde, die sie immer gewesen waren, während Ari sich fragte, was er denn in den nächsten fünfzig oder gar sechzig Jahren anfangen sollte ohne die Frau, die er liebte, an seiner Seite. Und dann dachte er: Nichts hat sich tatsächlich verändert außer meinen Erwartungen. Ich liebe sie noch immer. Ich werde sie immer lieben, und das kann sie mir auch nicht nehmen. Ich muß dafür nicht wiedergeliebt werden oder sie besitzen. Es genügt, daß sie glücklich ist und ich sie liebe. Ich kann damit leben.
Er würgte seinen Tee hinunter und verließ sie dann wieder. Komisch, daß sich meine Füße nun in Blei verwandelt zu haben scheinen, dachte er, als er ins Revier fuhr. Höchste Zeit, daß er Silver Bay verließ. Mit einer fast übermenschlichen Anstrengung gelang es ihm, nicht mehr länger an Kate, sondern an seine Arbeit und an seine noch nicht abgeschlossenen Fälle zu denken. Was blieb jetzt noch zu tun? Es fiel ihm da, verdammt noch mal, nichts anderes ein, als Angelo wieder auf freien Fuß zu setzen.

Angelo saß aufrecht in seinem Bett und verzehrte gerade sein Frühstück. Es roch sehr appetitlich in seiner Zelle, und Ari merkte jetzt zum erstenmal, wie hungrig er war.
»Ist das die übliche Gefängniskost?« fragte ihn Angelo. »Wenn ja, wundert es mich nicht, daß wir so viele Kriminelle haben. Ich werde hier wie ein König behandelt.«
»Dafür gibt es auch einen Grund, falls Sie diesen noch nicht kennen sollten, Mr. Palma. Ich habe nämlich herausgefunden, daß jeder Sie hier liebt. Die Leute pfeifen darauf, ob Sie etwas verbrochen haben könnten. Und die Ironie des Ganzen ist, daß Sie glauben, die Menschen mögen Sie hier nur, weil Sie reich sind. Das stimmt nicht. Sie lieben Sie, weil Sie so sind, wie Sie sind. Bei allem Respekt, Sir – Sie sollten öfter ausgehen und sich unter die Leute mischen.«

Er holte tief Luft und redete jetzt nicht länger um den heißen Brei herum. »Ich bin gekommen, um Sie freizulassen. Frikkie hat uns angelogen. Das Kind von Rose wurde zur Adoption freigegeben. Ich habe das genau überprüfen lassen. Er ist zu guten Eltern gekommen, und er ist glücklich dort, wo er sich heute befindet.«
Angelo starrte ihn ungläubig an.
»Wollen Sie damit sagen, daß das Kind von Rose noch am Leben ist?«
»Ja. Daran besteht nicht der geringste Zweifel. Wie ich eben schon sagte, habe ich das genauestens überprüft. Sie können sich jetzt anziehen und das Gefängnis als freier Mann verlassen.«
»Nein! Warten Sie noch einen Moment!« rief Angelo so laut, daß man es in der ganzen Stadt hören mußte. Seine Hände zitterten, und seine Augen glänzten.
»Wo ist er? Ich muß ihn sehen. Ich will ihn um Verzeihung bitten. Ich will das alles gutmachen, was er versäumt hat und entbehren mußte. Ich möchte ihn wiederhaben. Er gehört mir!«
»Ich fürchte, das wird nicht möglich sein. Dafür ist es jetzt zu spät. Ich habe mit ihm gesprochen. Er ist mit seinen Adoptiveltern vollauf zufrieden. Sie sind ihm überaus gut bekommen – tatsächlich möchte er gar nicht woanders leben. Er braucht Sie nicht, sagte er mir. Und daß Sie nicht nach ihm suchen sollen. Er hat jetzt seine eigene Familie und seine eigenen Wurzeln. Und er möchte sein eigenes Leben führen.«
»Ich kann also jetzt gehen?«
»Ja.«
»Einfach so?«
»Ja.«
»Und Mandy? Die Schwester erzählte mir, daß Sie sie gefunden haben.«
»Das ist richtig, Sir.«
»Und Jean Graux hatte sie entführt?«
»Alias Jânek Jözsef, Sir. Aber das haben wir nicht publik gemacht.«
»Und was ist mit der Mordsache Rose?«
Ari zuckte mit den Achseln. »Ich habe den Staatsanwalt davon überzeugt, daß das ein Unfall gewesen ist.«

»Und Ramonas Tod?«
»Dafür ist Jözsef ebenfalls verantwortlich. Er hatte einen Rachefeldzug unternommen, ist aber zum Glück nicht weit damit gekommen. Gegen Ihren Enkel liegt auch nichts Belastendes mehr vor. Meine Theorie hat sich als Haufen unsinniger Vermutungen erwiesen.«
Angelos Augen wurden schmal. »Sie sind schon ein sehr merkwürdiger junger Mann«, sagte er. »Es ist Ihnen vollkommen egal, was andere von Ihnen denken. Ihnen geht es nur darum, die Wahrheit herauszufinden und die Schuldigen zu bestrafen. Für Sie ist das nicht nur ein Beruf. Sie scheinen mir da einem Zwang zu folgen. Sie müssen das tun, was Sie machen.«
»Das könnte sich jetzt alles ändern, Sir. Ich werde meinen Dienst bei der Polizeitruppe quittieren.«
»Ich könnte Ihnen einen guten Job in einer meiner Gesellschaften anbieten. Für Sie hätte ich immer eine Verwendung. Sie sind ein Erfolgsmensch. Ich habe eine Nase dafür. Sie sind ein Siegertyp, Ari.«
»Danke, Sir.« Er seufzte. »Ich habe jetzt eine Menge zu bedenken, Sir. Rufen Sie die Schwester, und ziehen Sie sich an. Es ist Zeit, daß Sie wieder nach Hause kommen.«
Da hörte er Schritte draußen im Korridor. Im nächsten Moment kam Rob durch die Tür, dem Gerber auf dem Fuße folgte. Robs Haut war fast schwarz geworden von der Wüstensonne, und er trug dazu die entsprechenden Kleider – Khaki-Shorts und eine ärmellose Weste. Ari hatte ihn auch noch nicht mit Bart gesehen. Er war schwarz und buschig, und die Haare hingen ihm bis zu den Schultern. Es war etwas Bemerkenswertes an der Weise, wie nun seine Augen glühten und seine Zähne weiß schimmerten. Ari spürte eine sehr starke persönliche Ausstrahlung bei diesem Mann, und er begriff nun, warum Kate sich in ihn verliebt hatte.
»Großvater«, sagte Rob, nach Angelos Hand fassend, »bist du okay?«
»Natürlich bin ich das«, erwiderte Angelo und tätschelte Rob beruhigend die Hand.
»Lieutenant«, sagte Rob an Ari gewandt, den er mit zornigen Blicken musterte. »Lassen Sie ihn gehen! Ich bin der ganze

Beweis, den Sie brauchen, um ihn von Ihren absurden Beschuldigungen zu entlasten. Ich bin Roses Sohn und kann es Ihnen auch beweisen. Genügt Ihnen das?«
Ari seufzte. Manche Dinge ändern sich doch nie, dachte er. Er fühlte sich plötzlich maßlos müde und erschöpft und schien einen Punkt erreicht zu haben, wo ihm das alles wie ein Traum vorkam.
»Sie kennen meinen Großvater nicht«, knurrte Rob, als wollte er ihn zum Duell herausfordern. »Er würde keiner Fliege etwas zuleide tun. Wo hast du deine Herztabletten?« fragte er nun, sich voller Sorge und Mitgefühl wieder an Angelo wendend. »Du wirst sie jetzt nämlich brauchen.«
»Hier«, erwiderte Angelo, an seine Brusttasche klopfend. Ari, der den alten Mann beobachtete, sah ein belustigtes Funkeln in dessen Augen. Dieser alte Fuchs. Er hatte die Wahrheit schon längst erraten und wartete nun ab, wie sie die Situation meisterten. Zum Henker mit ihm!
»Großvater, hör mir jetzt bitte genau zu. Ich liebe dich, aber ich bin der Kuckuck in deinem Nest – der Bastard, den du um keinen Preis in deine Familie aufnehmen wolltest. Ramona hat mir das alles an dem Abend erzählt, an dem sie ermordet wurde.«
Er holte tief Luft.
»Großvater, ich schäme mich ja so sehr dafür, daß ich so lange gebraucht habe, um wieder zur Vernunft zu kommen. Wenn man in der Wüste lebt – fern von allen materiellen Gütern und der Macht des Geldes –, findet man auch Zeit und Ruhe dazu, sich auf die wahren Werte des Lebens zu besinnen. Und die bestehen nicht aus Geld, Macht oder aus einer bedeutenden Stellung, sondern aus Menschen, die einem etwas bedeuten. Du kannst alles behalten, was dir gehört, Angelo. Ich habe in Namibia genügend verdient, um einen Neuanfang im Leben machen zu können, aber du schuldest mir deine Liebe. Ich bin immer noch dein Enkel. Du schuldest mir das.«
Ari fühlte sich jetzt völlig fehl am Platz und ein wenig schwindlig im Kopf. Vielleicht war er zu lange im Meer geschwommen, oder er litt noch unter den Nachwehen einer schlaflosen Nacht. Oder

lag es vielleicht auch daran, daß er soeben erfahren hatte, daß Claire tatsächlich seine Mutter war? Er hatte so viel Wärme für sie empfunden. Seltsam. Er seufzte. Er hätte Rob sein können – introvertiert, ständig an sich zweifelnd, ganz im Schatten von Angelo stehend, in dem Glauben verhaftet, daß er ohne das Geld seines Großvaters und die Macht, die es ihm verlieh, gar kein richtiger Mensch – ein Nichts – wäre. Was es Rob wohl gekostet haben mochte, hierherzukommen und das zu sagen, was er ihnen allen soeben gebeichtet hatte? Er – Ari – mußte die Sache jetzt aussitzen. Er spielte mit seinem Bleistift, während Rob ihnen gestand, daß er einen Industriespion damit beauftragt hatte, den wahren Erben des Palma-Vermögens bis zu Pater Richard Mooney zurückzuverfolgen.
»Er ist es«, murmelte Rob. »Ramona hatte mir das schon so gut wie verraten. Aber ich wollte es einfach nicht glauben.« Er warf Ari nun einen gehässigen Blick zu. »Ich habe sogar seine Blutgruppe überprüfen lassen.«
Wie sehr er wohl gehofft haben mußte, daß es nicht wahr sei, dachte Ari bei sich.
»Kurzum – *ich* bin Roses Sohn, *er* ist der Sohn von Claire. Du hast niemanden umgebracht, Großvater, und kannst jetzt als freier Mann das Gefängnis verlassen... Gehen wir.«
»Genau das, was ich ihm bereits gesagt habe, bevor Sie hier hereingeplatzt sind«, meldete sich nun Ari wieder zu Wort. »Sie hätten es nicht ausplaudern müssen. Ich hätte es für mich behalten. Ich hätte das Geheimnis gehütet wie meinen Augapfel. Egal – es ist ja auch kein Schaden für Sie entstanden, Rob. Sie sind der einzige Erbe, den er jemals haben wird, und deshalb sollten Sie und er auch das Beste daraus machen.«
»Moment mal«, rief Angelo da, »warum sagst du denn so etwas, mein Junge?«
»Weil ich weder Sie noch Ihr Vermögen brauche. Und weil Sie das Claire angetan haben. Sie ist zutiefst verletzt und voller Narben. Sie hatten kein Recht dazu, ihr das Kind wegzunehmen. Sie sehen die Welt nur durch die Brille Ihres Profits. Meine Adoptiveltern betrachten sie unter dem Aspekt, wie sie die Welt bereichern und ihr nützen können. Ich danke Gott dafür, daß Ramo-

na uns vertauscht hat. Sie tun mir leid«, setzte er, Rob ansehend, hinzu.
»Ari? Warum hat er dich denn Ari genannt?« fragte Angelo in mißbilligendem Ton. »Wir müssen das ändern.«
»Das hat etwas mit der griechischen Mythologie zu tun«, erwiderte Ari. »Ich habe mir nie viel aus meinem Namen gemacht, aber er bedeutet soviel wie…« Er brach mitten im Satz ab und mußte jetzt lachen. Dieser alte Fuchs war doch schon wieder dabei, ihn für sich zu vereinnahmen. Er erhob sich von seinem Stuhl.
»Ich werde Sie jetzt allein lassen. Ich schätze, daß Sie beide sich noch viel zu erzählen haben. Sie werden mich entschuldigen, weil ich mich wieder um meine Angelegenheiten kümmern muß.« Er hatte das Gefühl, daß Welten ihn von den Palmas trennten. »Und lassen Sie mich aus dem Spiel. Vergessen Sie die Bande des Blutes. Ich möchte nichts von Ihnen haben. Ich wollte aus irgendeinem unerfindlichen Grund meine Wurzeln finden. Nun wünsche ich mir, ich hätte nie damit angefangen, sie zu suchen.«
»Ari, mein Junge«, hörte er Angelos flehentliche Stimme nach ihm rufen, als er aus der Zelle stürmte.
Er ging hinunter auf den Parkplatz. Er wollte gerade den Motor seines Wagens anlassen, als er aus dem Augenwinkel eine Faust durch das offene Fenster auf sich zuschießen sah, die ihn an der Wange traf. Dann wurde ihm der Zündschlüssel aus dem Schloß herausgerissen.
»Du hast diese Büchse mit diesen Würmern geöffnet«, knurrte Rob. »Du bist hierhergekommen und hast das alles ausgegraben. Du kannst jetzt nicht einfach so von hier weggehen. Angelo braucht Hilfe. Vergebung! Ich kann ihm meine Liebe geben, aber nur du kannst ihm auch verzeihen.«
Da erkannte Ari, daß er nicht einfach wegrennen konnte. Angelos Wunden waren jetzt wieder aufgebrochen, und die Schuld ist eine schwere Last im Leben. Widerstrebend stieg er aus dem Wagen und ging mit Rob zurück zu Angelos Zelle…

Epilog

Es war Aris letzter Morgen in Silver Bay, und er war froh und traurig zugleich, daß er es nun verlassen mußte. Als er die steile, gewundene Pflasterstraße zum Fischerdorf hinauffuhr, hörte er die schöne Baritonstimme des Muezzins die Gläubigen zum Gebet rufen. Er stellte seinen Wagen oben auf dem Hügel ab und blickte hinunter auf den Hafen, den der aus Süden herankriechende Nebel mit einem silberfarbenen Schleier überzogen hatte. Die Luft war kristallklar und mit dem Duft des Meeres erfüllt. Die Berge wuchsen steil und majestätisch aus dem Nebel heraus, jeder Gipfel eine Insel in einer mystisch weißen See. Es war ein heißer Tag, obwohl es bereits Herbst war, und der Nebel würde sich bald lichten. Ari betrachtete das alles schweigend und versuchte diese Szene seinem Gedächtnis einzuprägen. Er wußte, daß er Silver Bay vermissen würde.

Er drehte sich um und klopfte an die Tür der Fernandes. Emanuel war noch im Pyjama.

»Ich bin gekommen, um Lebewohl zu sagen, du Faulpelz«, sagte Ari.

Emanuel umarmte ihn, und Tränen blinkten in seinen Augen. Seit Silver Bay Aris wahre Abkunft kannte, hatte Emanuel die Rolle des Onkels übernommen, was ganz in Ordnung war, da ihn ja eine enge Freundschaft mit Trevor verbunden hatte.

»Ich bin bereits seit Stunden bei der Arbeit«, protestierte Emanuel. »Komm und schau dir mein Meisterstück an.« Das war ein prächtiger aus türkisfarbenem, blauem und meergrünem Glas gefertigter Delphin, der mit einem kleinen Jungen auf seinem Rücken durchs Meer ritt.

»Es gehört dir, wenn es fertig ist«, sagte Emanuel lächelnd.

Ari war sehr beeindruckt. Er strich ehrfürchtig mit dem Finger über die gläsernen Wellen und den gebogenen Schnabel des Delphins. »Es ist wunderschön«, sagte er.

Juliette kam mit einem Tablett ins Zimmer. »Ich habe deine Stimme gehört«, sagte sie. »Ich wußte, daß du nicht abreisen würdest, ohne dich vorher von uns zu verabschieden.« Sie goß ihm den

frischgebrühten Kaffee ein. »Was hast du jetzt als nächstes vor?« fragte sie. »Verläßt du uns für immer?«
»Das weiß ich noch nicht. Ich habe so viele Angebote erhalten, daß mir der Kopf schwirrt. Mein Vater hat mir an der Universität, wo er unterrichtet, einen Lehrauftrag als Kriminologe besorgt. Ich werde noch heute morgen nach Harare fliegen und mich dort so lange bei meinen Leuten aufhalten, bis ich eine Reihe von Entscheidungen getroffen habe.«
»Und deine andere Familie?« fragte Emanuel vorsichtig.
»Nun – Claire möchte, daß ich ihre Tierfarm und ihr Hotel leite. Ich werde einen Monat oder sogar noch länger bei ihr wohnen, wenn ich Simbabwe wieder verlassen habe. Wir wollen uns etwas näher kennenlernen, obwohl ich, ehrlich gestanden, schon das Gefühl gehabt habe, sie mein Leben lang zu kennen, als ich sie sah.«
»Und Angelo?« fragte Juliette. »Er wird dich nicht aus seinen Klauen lassen.«
»Er hat sie in den letzten Wochen schon einige Male gelockert. Ich glaube, er hat begriffen, daß ich auch ohne seine Mithilfe mein Leben gestalten und damit sehr glücklich sein kann. Er hat auch seine Bitterkeit und seine Schuldgefühle in den letzten vier Wochen ein wenig in den Griff bekommen. Natürlich sähe er es am liebsten, wenn ich hierbliebe. Er hat mir den Mond angeboten, um mich dazu zu bewegen, aber ich halte mir meine Optionen offen. Rob erzählt mir andauernd, daß er den Palma-Besitz nicht allein verwalten könne, aber das ist ihm ja bisher recht gut gelungen, und deshalb glaube ich ihm kein Wort. Er kann recht gut ohne mich auskommen.«
Er brach ab, weil er jetzt an Kate dachte. In den letzten vier Wochen hatte er gelernt, sie als Schwägerin zu lieben, und das war ihm, mit ein bißchen Hilfe von Mandy, auch leidlich gut gelungen.
»Ich hörte, daß du jetzt öfter mit Mandy ausgehst«, sagte Juliette in diesem Moment, einer Intuition folgend. Sie blickte ihn neugierig an. »Wäre es möglich, daß ihr beide dazu bestimmt seid, Ramonas Prophezeiung zu erfüllen? Vielleicht hat es Ramona nur ein bißchen zu eilig damit gehabt.«

Juliette lachte jetzt, als habe sie nur einen Scherz machen wollen, aber er vermutete, daß sie mit Hannah bereits diese Möglichkeit erörtert und ein paar Zukunftspläne geschmiedet hatte.
»Ich kenne das Mädchen doch kaum, und zudem ist es ja auch viel zu jung für mich«, sagte Ari, absichtlich die Wahrheit verschleiernd. Mandy verehrte ihn wie einen Helden, weil er sie aus den Händen ihres Entführers befreit hatte. Er fand sie überaus aufregend und unglaublich schön, aber sie hatte noch eine Menge zu tun, um auch erwachsen zu werden.
Er leerte seine Tasse und stand auf. »Wir sehen uns«, sagte er. Plötzlich war er ganz traurig, daß er sie verlassen sollte. Er ging zur Hintertür und blickte hinaus in den Hof. »Und du sagtest, daß mein Vater den Baum dort gepflanzt hat? Ich wünschte, ich hätte ihn gekannt.« Zum erstenmal wurde ihm bewußt, daß er gegen den Mann gekämpft hatte, der seinen Vater umbrachte. Schicksal? Zufall? Er würde das nie wissen, und das war jetzt auch gar nicht mehr so wichtig.

Er fuhr hinunter zu Toms Häuschen, das sich auf einer Erhebung unmittelbar über dem Hafen befand. Der Nebel begann sich bereits zu lichten. Der alte Mann zupfte dort gerade das Unkraut in seinem Garten aus. In letzter Zeit hatte er gelernt, sich schon recht geschickt auf seinen neuen Beinen zu bewegen.
»Hi«, rief ihm Ari zu, ging in Toms Küche und stellte eine Flasche Brandy auf den Tisch. In der Küche befanden sich jetzt schon zwei Stühle, und auf dem Tisch stand eine Vase mit frischen Blumen. Das Bett nebenan war gemacht, und überhaupt konnte man überall die ordnende Hand einer Frau sehen. Es roch auch ganz anders in seinen zwei Zimmern.
»Sieht recht gut bei dir aus«, sagte Ari zu Tom, der ihm in das Innere des Häuschens gefolgt war. »Und du scheinst mir geradezu runderneuert zu sein.«
»Seit ich wieder einigermaßen gut zu Fuß bin, habe ich auch eine Frau. Nur eine gute Bekannte, die täglich bei mir hereinschaut und für mich kocht. Manchmal sehen wir auch gemeinsam fern.«
»Kommt wohl wieder Leben in die alten Knochen, wie?« Ari legte dem alten Mann die Hand auf die Schulter und drückte sie.

Tom sah ihn prüfend an. »Stimmt was nicht mit dir, Ari?« fragte er.
»Trink ein Glas Brandy mit mir«, erwiderte Ari. »Ich verlasse heute Silver Bay, und es könnte ein Abschied für immer sein.«
Er setzte sich und wartete, bis Tom seine Pfeife in Brand gesetzt hatte.
»Tom, da gibt es etwas, was ich dich fragen wollte.«
Ari leerte sein Glas und schüttelte den Kopf, als Tom es nachfüllen wollte.
»Es ist verrückt«, sagte er versonnen, »aber ich habe tatsächlich nach meinem eigenen Mörder gesucht. Das hätte ich schon früher erkennen müssen. Tatsache ist, daß ich mit der vagen Hoffnung hierherkam, meine wahren Eltern, meine Wurzeln zu finden. Aber dann war ich besessen von der Aufgabe, Mandy und die Mörder von Rose zu finden. Und das alles schien mir zu einer ganz anderen Welt zu gehören als zu jener meiner privaten Probleme. Ich habe es einfach nicht verstanden, diese beiden Welten miteinander zu verbinden.«
Er stand auf und blickte aus dem Fenster. Der Nebel war inzwischen verschwunden, und die Bucht war ein dunkles Türkis mit purpurfarbenen Reflexen unter den hoch aufragenden Bergen. Das Tal erstrahlte in einem satten Grün, und Ari hatte plötzlich das Verlangen nach seiner eigenen Farm, vielleicht mit einem Weinberg und Weiden für seine Rinder. Nach einem Ort, wo er sich niederlassen und selbst Wurzeln schlagen konnte. Das Keltern von Wein gehörte auch zu seinen uralten Träumen. Und warum sollte er ihn nicht hier verwirklichen?
»Du wußtest es die ganze Zeit«, sprudelte er jetzt heraus. »Aber du bist auch mein Freund. Warum hast du es mir nicht gesagt, Tom? Das hat mich die letzten paar Wochen über sehr beschäftigt.«
Tom sah ihn mit seinen blauen Augen an, die immer auf einen fernen Horizont gerichtet zu sein schienen. Diese Frage schien ihn keineswegs aus seinem Gleichmut zu bringen.
»Hör zu, Ari«, sagte er schließlich. »Du hast deine Wurzeln in dir selbst. Sie gehen weit zurück, bis zu den Anfängen der Zeit. Sie sind tiefer und kräftiger, als du glaubtest. Dein Verstand hat sich

über Äonen hinweg entwickelt und durch so viele verschiedene Lebenszeiten und Lebensformen hindurch. Es spielt keine Rolle, wer dich auf die Welt brachte. Es ist nicht wichtig, wem du deine Geburt verdankst.«

»Glaubst du das wirklich?«

»Aber gewiß doch.«

»Dann werde ich mir überlegen, ob ich es auch glaube.«

Der alte Mann runzelte die Stirn und legte die Hand auf Aris Schulter. »Natürlich wußten viele von uns, wer du bist«, sagte er. »Deshalb hast du dich hier ja auch einer Phalanx des Schweigens gegenübergesehen. Du mußt die Sache aus unserem Blickwinkel betrachten. Einer von unseren Fischerjungen saß dort oben in dem großen Haus in einer sehr mächtigen und einflußreichen Position. Von ihm lernten wir, daß wir keineswegs Menschen zweiter Klasse sind – nicht, wenn wir den richtigen Hintergrund haben und die richtigen Chancen bekommen. Rob war unser Idol – unser Symbol, wenn du es so willst. Er hat für uns alle gesiegt.«

Er lachte jetzt ohne Bitterkeit. »Aber das Schicksal war gegen uns. Es schickte dich hierher, um ein großes Unrecht zu berichtigen. Und vielleicht mußtest du Zeuge der Tyrannei des Schicksals werden, wenn der Mensch das Opfer seines Verlangens wird.« Tom nahm einen Zug aus seiner Pfeife.

»Aber wenn du auf der Suche nach dir selbst bist, hast du noch einen weiten Weg zu gehen, mein Junge.«

Ari sagte Tom daraufhin Lebewohl und verließ das Häuschen, von den Worten des alten Mannes und dem Brandy ein wenig aus dem Gleichgewicht gebracht.

Zehn Minuten später schüttelte er Gerber die Hand, der neuerdings vor ihm katzbuckelte, seit er wußte, aus welch vermögenden Verhältnissen Ari eigentlich stammte.

Zum Glück hatten sich Willis und Smit nicht verändert.

»Du mußt bald wieder hierher zurückkommen«, sagte Willis, als er mit Ari den Paß hinauffuhr. »Diese Stadt wird rasch zu ihrer Normalität zurückfinden. Du wirst es erleben. Sie hat nur einen ungewöhnlichen Sommer hinter sich bringen müssen.«

Willis war schon immer ein Optimist, aber Ari spürte, daß er vermutlich zur Hälfte recht hatte.
»Du kannst das noch einmal sagen und dann anhalten.«
Als Willis daraufhin den Wagen zum Stehen brachte, stieg Ari aus und blickte noch einmal über das Tal. In den letzten paar Wochen hatte Silver Bay ihn sogar mit Respekt erfüllt. Die weißen Bewohner der Vorstadt hatten sich zusammengefunden, um mit der Herausforderung, die das neue Südafrika an sie stellte, fertig zu werden, und dabei hatte sich auch ein neuartiges Zusammengehörigkeitsgefühl entwickelt, das eine Katastrophe in einen Sieg verwandelte.
Diese Gemeinde hat endlich eine Seele, dachte Ari bei sich. Aber die Verwandlung vollzog sich nicht ohne Schmerzen. Noch immer setzten vagabundierende Schwarze den Buschwald in den Bergen in Brand, und an den Samstagabenden hatten sie hier auch noch immer unter der lauten Tanzmusik der Squatters zu leiden. Auch wurden noch immer Frauen am hellen Tag auf der Straße überfallen und ihrer Handtaschen beraubt, und des Nachts ereigneten sich noch immer zahlreiche Einbrüche in Silver Bay. Aber die Verbrechensstatistik besserte sich langsam und kontinuierlich. Ari sah, daß sich die häßliche Wunde am Berghang, wo Bäume abgeholzt worden waren, um Platz zu schaffen für die neue Siedlung der Squatters, nun langsam schloß. Neue Bäume waren dort gepflanzt und Gärten dazwischen neu angelegt worden. Das Ganze sieht jetzt wieder recht manierlich aus, dachte Ari. Kate hatte ihre Schlacht gewonnen. Die neuen Gemeindemitglieder wurden rasch integriert. Eine Stellenvermittlung, ein Kinderhort und neue Jobs drängten die Squatters rasch in den neuen Status eines Steuerzahlers hinein. Das Squatter-Camp hatte inzwischen den Namen »Lutuli Park Estate« bekommen und gedieh offenbar prächtig.
An den Sonntagen gingen Hunderte von kleinen schwarzen Mädchen in weißen Spitzenkleidern zur Kirche. Und an den Wochenenden balgten sich eine Menge von Rassehunden mit Stammbaum mit ebenso vielen struppigen Promenadenmischungen ohne Stammbaum vergnügt auf den Stränden, obwohl dort viele Schilder standen, die das Betreten der Strände mit Hunden

verboten. Aber jedermann wußte hier, daß die Bewohner von Silver Bay sich selbst Gesetz waren. Und daß sie mit ihren Stränden machten, was sie wollten. Und in jüngster Zeit gab es in Silver Bay ebenso viele schwarze wie weiße Hundebesitzer, die für ihre Vierbeiner auch Steuern bezahlten.

»Bist du froh, daß du hierhergekommen bist?« fragte Willis, als Ari wieder in den Wagen stieg, um die Fahrt zum Flugplatz fortzusetzen.

Was für eine Frage! Er würde sein Herz hierlassen, und der Rest von ihm mußte lernen, ohne all das hier auszukommen.

»Hast du gewußt, daß auch die Vögel jetzt langsam wieder in das Feuchtgebiet zurückkommen?« sagte Ari, Willis' Frage geschickt ausweichend. »Die Wasserhühner, die Seeschwalben und die Kormorane sind bereits wieder da, und in der vergangenen Woche habe ich einen Fischreiher und einen Storch gesehen. Gestern erzählte mir Kate, daß sogar ein Triel-Pärchen dort eingezogen sei. Auch die Bäume sprießen wieder. Das Gelände wird bald wieder einen großartigen Anblick bieten.«

»Kates Nilgänse-Paar ist gestern im Hof des Polizeireviers eingefallen«, erzählte ihm Willis. »Wer wohnt denn jetzt eigentlich im Leuchtturm?«

»Nur Frikkie, aber er füttert sie dort noch immer.«

»Diese faulen Biester werden verwöhnt ohne Ende.«

Es ist nicht nur für mich ein denkwürdiger Sommer geworden, dachte Ari. Rob hatte gelernt, daß er auch seiner selbst wegen geliebt wurde, als er plötzlich ohne Vermögen dazustehen glaubte, und er hatte seine Frau zurückgewonnen. Kate hatte sich von ihrer emotionalen Abhängigkeit befreit und gelernt, als unabhängige Frau ihren Mann zu lieben.

Und Angelo? Er hatte endlich die schwere Last der Schuld, die er jahrzehntelang mit sich herumgeschleppt hatte, abschütteln können.

Und ich? fragte Ari sich jetzt. Er hatte seine Wurzeln gefunden – oder etwa nicht? Das Leben war so einfach gewesen, bevor er Tom kennengelernt hatte.

Dann mußte er wieder an Mandy und Kate denken. Ja, dachte er bei sich. Die Antwort auf deine Frage, Willis, lautet »ja«.

Mandy würde ihre Winterferien im Juli mit Claire und ihm auf der Tierfarm verbringen. Und er freute sich schon mehr auf ein Wiedersehen mit ihr, als er das eigentlich sollte.
Er erinnerte sich wieder daran, was sein Colonel zu ihm gesagt hatte.
»Ein langer heißer Sommer am Kap wird Ihnen guttun.«
Ja, dachte Ari bei sich. Das hat er auch getan.

Der neue Erfolgsroman der »heimlichen Bestsellerautorin«

Die Ehe zwischen Clara Connor und ihrem zweiten Mann Patrick ist nicht besonders glücklich. Zur Versöhnung schlägt Patrick seiner Frau einen gemeinsamen Segeltörn nach Frankreich vor. Doch was als zweite Flitterwochen geplant war, wird zur Katastrophe: Bei einer Explosion auf der Yacht kommt Patrick ums Leben. Clara, die wie durch ein Wunder gerettet wird, ist sicher, dass es ein Anschlag war – erst recht, als sie von dem Doppelleben erfährt, das ihr Mann geführt hat. Doch niemand glaubt ihr – bis ein zweites »Unglück« geschieht ...

ISBN 3-404-14876-2

BASTEI LÜBBE